U0940559

地势坤，君子以厚德载物。

荣宝斋

都梁 著

浙江教育出版社 · 杭州

图书在版编目（CIP）数据

荣宝斋 / 都梁著 . — 杭州：浙江教育出版社，2020.6（2020.10 重印）

ISBN 978-7-5722-0029-8

Ⅰ . ①荣… Ⅱ . ①都… Ⅲ . ①长篇小说—中国—当代 Ⅳ . ① I247.5

中国版本图书馆 CIP 数据核字（2020）第 038759 号

责任编辑 陈德元　　**美术编辑** 曾国兴
责任校对 董安涛　　**责任印务** 曹雨辰
产品经理 王　军　　**特约编辑** 夏　冰

荣宝斋

RONG BAO ZHAI

都梁　著

出版发行　浙江教育出版社
（杭州市天目山路 40 号　电话：0571-85170300-80928）
印　　刷　三河市冀华印务有限公司
开　　本　700mm × 980mm　1/16
成品尺寸　166mm × 235mm
印　　张　30.5
字　　数　580000
版　　次　2020 年 6 月第 1 版
印　　次　2020 年 10 月第 2 次印刷
标准书号　978-7-5722-0029-8
定　　价　48.00 元

如发现印装质量问题，影响阅读，请与本社市场营销部联系调换。
电话：0571-88909719

目录

· 第一章 ·

1860年9月发生在北京通州八里桥的那场战事，对于张仰山和他的子孙后代来说，有着极不寻常的意义。在那场惨烈的战争中，大清国的军队被英法联军打得一败涂地，可张仰山却因祸得福，几乎是稀里糊涂地获得了两件国宝级文物，并由此给张家带来道不尽的离合悲欢，也改变了张家后代的命运。

事情得从直隶绿营提标郑元培将军，晚清著名书法篆刻大家、大师级人物赵之谦和京城琉璃厂赫赫有名的百年老店松竹斋的掌柜张仰山这三个男人说起。

郑元培那年三十九岁，长得鼻直口阔，虽是中等个头但很彪悍，更有一身好武艺。他在几日之前就接到战报，说是洋人已在大沽口登陆，主帅僧格林沁命令郑元培率标下的人马火速赶到通州设防。此时，蒙古亲王僧格林沁的马步队一万七千人已经部署于通州张家湾、八里桥一带，另有直隶提督成保、礼部尚书瑞麟及副都统伊勒东阿等督带的一万六千余人驻于通州附近地区。大清国用于护卫京师的总兵力也就是这区区三万余人，此时再从各省调兵勤王怕是来不及了，一场大战已经迫在眉睫。

绿营兵由于久未参与战事，早已军备废弛，别说是打仗，就是对付大一点的土匪团伙都难以胜任。郑元培驻扎下来之后，当务之急就是开展军事训练。其实也没什么可练的，不过是按套路舞舞刀枪，用弓箭射射草靶，这些玩意儿有用没用大家心里都有数，只不过谁都不道破而已。此时的绿营兵也装备了火器，可弟兄们都没拿它太当回事。大炮和抬枪都是前装式的，操作起来很麻烦，先装一部分火药捣实，放进弹丸铁砂，然后再装进火药捣实，最后点燃火捻开炮，其杀伤效果可想而知，这类枪炮用于打兔子都不大方便，就别说是作战了。道光二十年（1840年），大清国首次与英国人交战，大清国的军人总算是领教了洋人的炮火的厉害，人家的炮弹是尖锥形，前面装有引信，落地就炸，方圆数丈内血肉横飞，大清国的军人被打得目瞪口呆，还以为洋人用了什么邪术。

郑元培知道这一仗凶多吉少，可不得不按照命令进行练兵，无论如何，士气不可泄，训练一下总比不练强。郑元培弓马娴熟，在骑兵演练场上大出风头。他手执弓箭在马背上做出各种动作，时而镫里藏身，时而倒骑马背开弓射箭，一支支羽箭准确地射在远处的靶心上，赢得围观的清军士兵的阵阵喝彩……

郑元培正准备舞一套“谭家枪”让士兵开开眼时，只见一匹快马从远处奔驰而来，马背上的士兵在郑元培面前勒住马缰高声喊道：“郑大人，督标大人已经到京城了！”

郑元培说：“好啊，这么说，最迟今天晚上督标大人就能亲眼看到阵地了！”

“不，督标大人请您到京城去议事。”

郑元培一愣，莫非战事有变？他来不及多想，对马上的士兵说：“请禀报督标大人，我马上出发去京城！”

两个中年男人一前一后走出了鸿兴楼饭庄的大门。走在前面的是赵之谦，他身后就是张仰山。

鸿兴楼饭庄坐落在繁华的珠市口大街上，门面雕梁画栋，颇为气派。在当年的京城里，鸿兴楼是达官贵人、富家子弟宴请宾客经常光顾的去处之一，据说主厨曾经在宫里当过差，真正的御膳房手艺。不过这家饭庄价格也着实不菲，一桌像样的酒菜至少是二十两银子。

以赵之谦本人的财力，他是断不敢迈进鸿兴楼半步的。

赵之谦运气不佳，乡试中了举人之后，殿试便屡试屡败，彼时又一次赴京赶考，依然落第，正欲还乡。赵之谦和古今中外很多大师级人物一样，他的书法、篆刻虽说在当时已经颇有名气，但远不及死后名声显赫。在这点上，有些人老爱拿他与荷兰那个著名的印象派画家凡·高相提并论——都是死后才被发现是天才，他成为“晚清杰出的书法家、篆刻家”时已经是故去多年以后的事。

赵之谦的篆刻，别具一格、自成一派，人称“赵派”。据说，赵之谦有一天在松竹斋和张仰山切磋技艺，彼时天空突然阴云密布，张仰山忙着招呼伙计把堆在院子里的宣纸转移到安全地带。赵之谦自然不能袖手旁观，他也抱着一摞云母宣往库房里跑，顷刻间，倾盆的大雨就砸下来了，宣纸湿了一片。老赵观察着雨水在宣纸上慢慢晕开，忽有所感，于是在那个雨后的黄昏，终于悟出了治印的精髓，吟出了他这行里的千古绝唱：治印之妙，不在斑驳，而在于浑厚。此后他在“浑厚”二字上下足了功夫，又大胆吸取汉镜、钱币、权、诏、汉器铭文、砖瓦以及碑额等文字入印，丰富了金石的内涵，最终形成人称“赵派”的篆刻新风格，开一代风气之先。

张仰山是琉璃厂松竹斋的掌柜，他虽然是个生意人，但学养深厚，在篆刻技法上也颇有造诣，是赵之谦最要好的朋友。张仰山在篆刻上花费的心思要远远大于对铺子的经营，他对做生意没多大兴趣，也不想发大财，平生最大的愿望是当个有造诣的书法篆刻家。他崇拜赵之谦，视他为最要好的朋友，如今赵之谦就要回南方了，于是张仰山花重金在鸿兴楼为赵之谦送别。

赵之谦和张仰山在鸿兴楼门口难分难舍，告别的话是说了又说，张仰山执意塞给赵之谦一包银子作盘缠，赵之谦推托再三，禁不住涕泪涟涟。

这两位正待拱手作别，只见郑元培在他们面前飞身下马。郑元培把缰绳扔给身后的侍从，掸了掸衣服上的尘土，目不斜视，迈着大步向鸿兴楼走去。

赵之谦眼睛突然一亮，高声喊道："元培兄！"

郑元培听到喊声急忙转过身来，看到赵之谦，惊喜地迎上去："之谦兄！真没想到，京城遇故知！"

赵之谦给张仰山介绍："郑元培郑大人，我的同乡，直隶绿营提标。"又对郑元培说："这是我在京城的至交，琉璃厂松竹斋的掌柜张仰山先生。"

张仰山和郑元培就算认识了。

赵之谦告诉郑元培："我就要启程回乡了，还望元培兄……"

郑元培打断他的话："你要离开京城？之谦兄，万万不可，眼下大战在即，路上太危险，还是过些时日再说吧！"

此时，一个军官从鸿兴楼里匆匆走出来，见到郑元培，似乎松了口气："郑大人，您可来啦，督标魏大人都等急了！"

"魏大人已经到了？哎哟，那可失礼了。"郑元培对张仰山、赵之谦作揖，"张先生、之谦兄，今日一见，实乃有缘，但无奈元培公务在身，不敢多叙，还请二位多多担待，咱们后会有期。"说完，转身迈着大步走进了鸿兴楼。

张仰山看着郑元培的背影对赵之谦说："人不留人天留人，怎么样，之谦兄，这下你得改变行期吧？"

鸿兴楼内的一个雅间里，一桌酒席已经摆好，直隶绿营督标魏金寿坐在上座，五六个幕僚分坐在他的身旁。

郑元培走进来，幕僚们纷纷站起来向郑元培抱拳行礼，魏大人安坐不动，面无表情地问道："我们已经恭候多时了，郑大人姗姗来迟，该当何罪呀？"

郑元培的脸上沁出了汗水，幕僚方今平赶紧接过话来："罚酒三杯如何？"

郑元培抢上一步，给魏金寿行礼："标下郑元培来迟一步，还望魏大人恕罪。"

魏金寿的脸上这才露出了些许笑容："免罪，自罚三杯即可。"

"遵命！"郑元培接过方今平递过来的酒杯，连饮三杯。

众幕僚纷纷叫道："痛快！郑大人果然痛快！"

郑元培在魏金寿对面的空位子上坐下，迫不及待地发问："魏大人，战事有变吗？"

魏金寿慢条斯理地回答："怡亲王议和没有谈成，这仗打不打还两说呢。"

郑元培的表情显得很焦虑："魏大人，洋人已经在北塘登陆，天津也失守了，通州是京城的门户，张家湾乃洋人必经之要地，估计我们会在张家湾一带与洋人展开一场血战，您觉得有把握守住通州吗？"

魏金寿四处望望，小声说："这是咱自家兄弟说话，不可为外人道。朝廷虽说调集了蒙古骑兵和各省勤王的绿营兵，从张家湾到八里桥一带部署了三万多人马，但依我看，这恐怕顶不了什么事儿，这一仗胜负很难讲，凶多吉少啊。"

"魏大人，此话怎讲？"

"事情是明摆着的，蒙古骑兵虽剽悍，可长枪马刀对付不了洋枪洋炮；绿营兵军备废弛、久疏战阵、军纪涣散，使用的大炮还是前装式，炮弹也是球形实心弹，可人家的炮弹落地就炸，而且一炸就是一大片，几十号人非死即伤。唉，论兵器，我们比人家差远了，人多管什么用？"魏金寿的情绪有些消沉。

郑元培笑道："去年我们在大沽口开战，打得不是不错吗？击沉三艘英吉利兵船，洋人死伤四五百，连英吉利的海军头领、副头领也是一伤一死，他们到了也没能攻占大沽口炮台。"

魏金寿的脸上现出不悦，酒桌上的气氛紧张起来。

方今平拉了拉郑元培的衣襟，悄声地告诉他："这次洋人知道大沽口炮台不好惹，干脆从北塘上岸，然后就攻打了天津城。今天上午我还得到探报，说洋人用骡马拉着大炮，排着队从天津城里出来，看样子是奔北京来了……"

郑元培没等方今平说完，猛地放下酒杯，站起身来："洋人已经出天津了？那我们还敢在城里喝酒？应该上阵迎敌了！"

魏金寿皱了皱眉头："慌什么？离京师二百多里地，他们且到不了张家湾呢，时间再紧也得吃饭喝酒呀，总不能空着肚子上阵吧？"

郑元培颓然地坐下，他可是再也没心思吃喝了。憋了半晌，郑元培还是禁不住开了口："魏大人，标下有一事，不知当说不当说。"

"但说无妨。"

"我觉得我们的排兵布阵有不少破绽，您看……"郑元培摆动桌上的菜盘、酒杯示意部署，"僧亲王把督师军营设在通州与张家湾之间的郭家坟，统率马、步兵一万七千人，扼守通州至京师广渠门的大道。现在的阵形是这样，直隶提督成保率我们绿营兵四千人防守通州；副都统格绷额督带蒙古马队三千人，驻守在张家湾的东面和南面，准备迎击来自北塘和天津的进犯之敌；副都统伊勒东阿督带蒙古马队四千人防守八里桥；而张家湾却只驻兵一千人……"

魏金寿打断他的话："郑大人，我没看出这阵法有何不妥，你是什么意思？"

“张家湾是守卫京师的最前沿，夷兵欲夺取八里桥、通州必先夺取张家湾。我方应在张家湾部署重兵，大量构筑土垒和战壕，步队兵士应依垒据守，不出战壕一步，用大炮、抬枪和弓箭杀伤夷人步兵，挫其锐气；我满蒙骑兵应部署在两翼伺机而动，一旦出现战机，则应从两翼分进合击，将夷兵的队伍分割成数段加以围歼。”

方今平点头附和：“嗯，有道理，有道理啊。夷人之长是火器厉害，夷人之短是骑兵少，步兵、炮兵多。如果我们将满蒙骑兵埋伏在张家湾两翼，趁夷人步、炮兵攻击张家湾时突然出击，短兵相接展开肉搏，夷人的火器之长定难以发挥，将被迫与我铁骑纠缠在一起。”

另一位幕僚也兴奋起来：“论贴身肉搏夷兵不是我们的对手，况且我们在兵力上占有优势，一旦纠缠在一起，夷兵必败。”

魏金寿脸色骤变，他“砰”地将酒杯蹾在桌上，大声说道：“放肆！”

郑元培及众幕僚慌忙站起来，垂手肃立。

“此次御敌方略是僧亲王亲自制定，经圣上批奏而成，你们好大的胆子，竟敢议论圣上和僧亲王的御敌之策！”魏大人扫视着众人，“我看你们有几个脑袋？”

郑元培跨上一步：“魏大人，标下斗胆进一言，如果按照此部署，战端一开，我军必败无疑，标下个人性命事小，全军三万多弟兄的安危事大，护卫京师的安全、永葆吾皇江山社稷的事更大。”

“住嘴！大战一触即发，全军将士枕戈待旦，随时准备迎敌血战，而你却在扰乱军心，非议僧亲王的御敌方略，依本官的意思，杀你十次都不嫌多！”房间里鸦雀无声，魏金寿缓和了一下语调，“不过……此时正是用人之际，本官先搁置对你的处罚，到战场上去立功赎罪吧！”说完，魏金寿拂袖而去。

鸿兴楼的这顿酒席就这样不欢而散了。

张仰山的铺子松竹斋就在城南琉璃厂的西街上。这些日子通州吃紧，街上的行人明显少于往日，铺子里没什么客人，显得空空荡荡。

张仰山是个好静的人，生意上没有过多的追求，能守住这份儿祖业就行了。松竹斋将近二百年的基业，祖上的余荫也足以让他享受一份富裕美好的生活，所以，在这样萧条的日子里，他不像别的铺子的掌柜们那样心急火燎地想辙，而是独自享受这份难得的清静：专心致志地在一块乳白色的石头上刻印章。

小学徒林满江给张仰山端上新沏的茶来。林满江那年十六岁，通州张家湾人，家里托人举荐到京城谋个差着实不易，虽说是学徒，可干好了将来就能自个儿混个前程，比在家种地强。林满江深知这一点，因而干活不惜力气，加之他生性忠厚，来松竹斋学徒还不到两年，已深得张仰山的喜爱。

林满江把茶碗放到张仰山的身边："掌柜的，您歇会儿，喝口茶吧。"

张仰山低头"嗯"了一声，拿起茶碗喝了一口，继续刻印章。过了一会儿，他仿佛感觉到林满江还站在旁边，于是抬起头来问道："满江，有事儿吗？"

"今儿早上我去了趟库房，以咱们的货底儿，再过它十天半个月的肯定是没问题，就怕万一这次的货要是再运不上来，那可就不好办了。"林满江的语调中透着忧虑。

张仰山感到很诧异："哦？安徽那边什么时候发出来的？"

"上个月初二，已经一个多月了。"

"算日子是该到了。"张仰山想了想，"那就再等等吧，要是还不来，你就到崔掌柜那儿去打听打听。"

"昨儿夜里崔掌柜让人带了口信儿过来，说是货到了山东境内，正赶上长枪会配合洪秀全造反，专在运河上劫船，所以只能临时改走陆路了。"林满江叹了口气，"唉！这之前因为江南闹长毛，所以这回他们是特地等到了江北才走的水路，可谁承想，好容易避开了长毛，结果又出来个长枪！"

张仰山站起身安慰道："从山东过来，走得快也得三四天，现在送信儿的人既然都到了，我看咱们的货应该也就这两天了。"

"我是巴不得能如此啊，可不见到货车我就放不下这颗心。打过年咱一共订了四次货了，有两次可都没送上来，掌柜的，您说，咱这是不是就像书里讲的赶上'乱世'了？长毛、捻子、洋鬼子，还有长枪会，这一拨儿接一拨儿的，就跟赶场似的，什么时候算个完呢？"

张仰山还没来得及回答，一个骑着马的小太监在铺子门口停下了。小太监并没有下马，而是尖着嗓子高声喊道："松竹斋的张掌柜在吗？"

张仰山匆忙跑出来，先恭恭敬敬地给小太监行了个礼，这才开口："在下张仰山，请问公公有何吩咐？"

"内务府刘大人有令，松竹斋即刻筹备素白官折五千翎，分三、五、七日三批供应，不得有误！"

张仰山一听就急了，慌忙请求："公公容禀，小店货源均在江南，因今年长毛闹得厉害，所订货品已经连续数月无法抵达，库房如今已近空虚，恐怕一时难以凑够五千翎官折，能否请公公跟刘总管美言几句，再多给几日宽限？"

小太监有些不耐烦了："宽限你？那谁宽限我呀？如今准你分三批供应，就是刘大人开恩了。这批货是急着送热河的，我说张掌柜，你要想明白了，这档差事事关重大，交你承办可是你的福气！反正刘大人说了，要是办不好，你这松竹斋和我的脑袋就都没了！”

张仰山欲言又止，小太监“哼”了一声，打马而去。

这一切都被松竹斋斜对面的茂源斋南纸店的陈掌柜看在眼里。俗话说，同行是冤家，此时陈掌柜从门口走回来，得意地背着手在店里来回溜达，自言自语：“哼，给皇上当差，这回是要把自个儿给当黄喽！五千翎官折，我看你怎么把它变出来！茂源斋虽说吃不上皇粮，可也不会为短了几翎纸就没了脑袋……”

正在埋头扫地的小学徒庄虎臣，听了陈掌柜的这番话似懂非懂，他不由得直起身来，向陈掌柜投去了问询的目光。那一年庄虎臣十三岁，来茂源斋还不到一个月。

陈掌柜没有回答，他转身走到桌子前，拿起了盖碗：“虎臣，给我加水。”

咸丰十年八月初三，也就是公元1860年9月17日。

通州县城外，田野一无往日的宁静，炮兵在忙着运送大炮，步兵在挖堑壕，不时还有拖家带口的平民匆匆走过。

张仰山和林满江坐在行驶的马车上，看着眼前的景象，张仰山的表情愈加凝重起来。过了半晌，林满江打破了沉寂：“掌柜的，再往前走就到张家湾了。”

“哦？那你要不要先回家去看看？”

林满江想了想：“我还是先跟您去接货吧，反正要是运气好，两天就能回来了，货接到了我再回家，心里也踏实。”

“那就这么办了。”张仰山看着林满江，爱怜地拍拍他的肩膀，“到时候我放你半个月的假，歇够了再回去。”

林满江的脸上立刻洋溢起笑容：“谢谢掌柜的！”他举起手里的鞭子一挥，马儿跑得更快了。

天色渐晚，眼看着不能继续赶路了，张仰山和林满江就在路边找了家客栈住下了。

这一宿睡得还算踏实，可天刚蒙蒙亮，客栈外面就开始喧闹起来。觉是不能再睡了，张仰山索性爬起来，去看个究竟。

林满江起得更早，这时已经拎了满满一桶水走向马槽，准备饮马。

张仰山和林满江打了个招呼，就到外面溜达去了。

大路上步兵、马队川流不息，大军所经之处卷起了漫天的烟尘。前面不远处是个清军阵地，张仰山向阵地走去。

阵地上，兵勇们正在忙着挖掘战壕、设置障碍物，一排排前装式土炮被架设在阵地上，球状实心炮弹堆在一旁……张仰山正要找人打听战事，只见一个兵勇来到他的身边："军事要地，闲杂人等请速速离开！"

张仰山答应着往回走，突然，他看到了左前方不远处骑在马上的郑元培。

郑元培正在向这边观望，也发现了张仰山，于是策马向他走来。

张仰山也迎着郑元培走去。

郑元培下了马，他顾不得寒暄，关切地问道："张掌柜，你怎么到这儿来了？"

张仰山叹了口气："唉，一言难尽啊！有批货，内务府要得急，我怕万一有什么闪失担待不起，干脆自个儿跑一趟吧。"

"什么货这么急？"郑元培很是不解。

"昨天傍晚内务府来的人，一下子就点了五千翎素白官折，还马上就要，说是送热河，您说，一要就是五千，这得用多长时间啊！"

郑元培思忖着："五千翎官折送热河，还要得这么急……"

不远处传来马的嘶鸣声，郑元培浑身一震，赶紧收住话头："张掌柜，现在军情紧急，此处不是久留之地，我看你还是改走小路为好，那样安全一些，脚程和走官道也差不太多，我派人领你过去，如何？"

"那就听您的吧，唉，要不是内务府催得急，我也不会赶这个时候出来。"

郑元培回身示意两个兵勇过来："你们二人把张先生送到去码头的小道上，然后就速速返回。"又对张仰山说："恕在下不能远送了，路上一定多加小心！"

张仰山作揖："也请郑大人多多保重，咱们后会有期！"

"后会有期！"说罢，郑元培掉转马头，绝尘而去。

就在张仰山和林满江离开客栈不久，当天中午，英法联军的先遣部队就和布防在张家湾的清军交上火，战斗异常激烈。一个小时以后，张家湾失守，清军伤亡惨重，全线后撤至八里桥一线。

等到张仰山和林满江接到货匆匆返回的时候，一路上看到的景象已经惨不忍睹：不计其数的清兵、民勇战死，炮位旁、田地里、菜园中和道路上尸体遍布，远方还不时传来零星的枪炮声。林满江流着眼泪策马狂奔，赶到村外才发现，他的家所在的村子已经被战火夷为平地，亲人早已不知去向。两人未敢停留，赶紧避开大路，抄小道往回赶。

在张家湾附近的通惠河上，一条木帆船沿着河道慢慢行驶着，船的桅杆上高悬着浙江巡抚的大旗。

浙江巡抚衙门文官、巡抚特派密使陈永章站在帆船的甲板上向远处眺望，他身旁站着两个年轻的侍从周照光和谢思。眼瞧着离京城越来越近了，周照光的脸上现出了喜悦的表情："陈大人，快到通州了，等过了通州再有半天工夫就能到京城。"

陈永章可没有周照光这么乐观，他依旧谨慎地观望着："越是快到了越不能大意，这次给巡抚大人办差可不比以往，此行事关重大，万一没办好，巡抚大人的身家性命都难保。怡亲王虽说答应在皇上那儿疏通一下，可怡亲王的办事规矩谁都知道，不送足银子绝对不办事儿。"

周照光笑道："我听说光送银子可不成，怡亲王有的是银子，十万、二十万两从不放在眼里，他老人家喜欢古玩字画、金石玉器，前两年安徽徽宁太广道员李泰和让人奏了一本，皇上震怒，要办他，结果李泰和派人给怡亲王送去一幅米芾的《苕溪诗》，怡亲王连个愣儿都没打就把这事儿给摆平了。"

陈永章看了周照光一眼："一幅米芾的《苕溪诗》何足挂齿？咱们巡抚大人的出手岂是一个道员李泰和能比的？"

谢思央求着："陈大人，能不能也让我们开开眼？巡抚大人到底送了怡亲王什么礼物？"

陈永章倒背着双手在甲板上踱着方步，不紧不慢地问："怀素和尚的狂草，《西陵圣母帖》，听说过吗？"

周照光和谢思几乎同时惊呼："老天爷，这可是稀世之宝啊！"

陈永章笑道："怎么，这就吓着啦？还有呢，宋徽宗赵佶的《柳鸲图》，这幅画的价值你们能估计出来吗？"

周照光和谢思拼命摇头："无价！绝对无价！"

"有这两件宝贝在手，还怕怡亲王不给巡抚大人办事儿吗？"说到这儿，陈永章显得颇为得意。

谢思也喜形于色："这下可好了，我早就说过，咱巡抚大人根深叶茂，不是谁奏一本就能整倒的，往后有人再想到皇上那儿告御状得好好琢磨琢磨。"

张家湾失守后，英法联军的骑兵、步兵大队人马沿着通惠河边开过来，向八里桥一线推进。

英国远征军第五步兵团军官威尔逊上尉正在用单筒望远镜观察着河里的木帆船。

威尔逊看着船的桅杆上挂着的浙江巡抚的大旗，知道这是一条官船，于是命令炮兵架炮。

英军炮兵迅速架好了野战炮，炮弹被推入了炮膛。

威尔逊命令身旁的一个翻译："翻译我的话，要他们停船靠岸，接受检查，否则就击沉这艘船！"

翻译立刻喊道："船上的人听着，我们是大不列颠皇家陆军的远征军，现在我命令你们，立刻停船靠岸，接受检查，否则就击沉这艘船！"

木帆船上，陈永章感到很诧异：“他们在喊什么？”这些日子陈永章一直在船上日夜兼程，他对通州的战事一无所知。

周照光侧耳仔细听了听，脸色大变：“陈大人，洋人要我们停船靠岸，接受检查，怎么办？”

陈永章这时也看见了已经扬起了炮口的野战炮，急忙说：“不能停船，这些洋人来者不善，要是落到他们手里就无理可讲了，不要理他们，闯过去！”

水手奋力升起副帆，准备硬闯。

霎时，几颗炮弹落在帆船的周围，炸起了几个一丈多高的水柱。陈永章顿时吓得脸色惨白，赶紧下令停船。

水手挥斧砍断帆索，船帆“哗”地落下……

陈永章扑进船舱，将一个雕刻着精美图案的樟木盒子紧紧抱在怀里，心里只有一个念头，决不能让这两件宝贝落到洋人手里，不然他将来无颜向巡抚大人交代。

威尔逊上尉带着翻译及几个英军士兵跳上了木船，侍从、水手们在来复枪的威逼下举起了双手。

陈永章首先引起了威尔逊上尉的注意，他紧紧地抱住木盒躲在水手们的身后，这种奇怪的姿势反倒引起了英国军人的怀疑，一个英军士兵一把将樟木盒子从陈永章的怀里拽出来。

陈永章见状舍命向樟木盒扑过去，连声高喊：“放下，给我放下……”

他马上被英军士兵的枪托砸倒，陈永章哭喊着在甲板上爬向樟木盒：“该死的洋人，你们打死我吧，只要我还有一口气，就不能让你们把它抢走……”

威尔逊举起手枪大喊：“不许动！我要开枪了！”

周照光从甲板上抄起一把斧子向威尔逊扑过去：“陈大人，咱们拼了吧……”

威尔逊及士兵开枪了。

震耳的枪声过后，陈永章和周照光、谢思及水手们全部被打死在甲板上，鲜血流淌着汇成一条小溪流进通惠河，霎时河水被染红了一片。

威尔逊打开木盒，拿出画轴展开，问翻译：“这是什么画？”

翻译一看，惊讶地睁大了双眼：“天哪，是宋徽宗赵佶的手迹！”

距这场惨案发生地不远处，英法联军的主力分三路开始向八里桥发起进攻。在八里桥阵地上指挥的清军主帅僧格林沁亲王立即命令清军主力投入反攻，于是数千身披铠甲、手持弓箭长矛的蒙古骑兵呼啸着展开攻击队形向英法联军掩杀过去，这是蒙古科尔沁盟所有精锐骑兵，是战前被僧格林沁调来护卫京师的，也是大清国最剽悍的部队。

站在英法联军阵地上的法军主帅蒙托邦将军从望远镜里发现，这些蒙古骑兵的攻击队形极为壮观，色彩绚丽的各式军旗猎猎飘扬，数千匹战马狂奔着卷起漫天黄尘，急骤的马蹄声响彻天宇，骑兵们手中的冷兵器在阳光下发出耀眼的光芒……蒙托邦将军冷冷地笑了，这要是在一百年前，这样的骑兵阵形能把对手吓死，即使是在四十六年前的滑铁卢之战，这支剽悍的骑兵部队也会让对手胆战心惊。可是今天已经是1860年了，先进火器的出现使战争的性质发生了根本性的变化，在蒙托邦将军的眼里，这支还在使用中世纪骑兵战术的古老军队简直就是一堆碎肉，联军的来复枪和火炮可以把他们打得粉碎，只是可惜了这些优良的蒙古马。

在蒙托邦将军的命令下，英法联军的骑兵立即分成两翼护住主阵地上的轻步兵方阵。这些骑兵来自不同的地区，有法军中的北非骑兵，有英国女王的龙骑兵，还有英军招募的印度锡克兵，其军服装饰也十分庞杂。联军的轻步兵分为三排，前排卧姿，中排跪姿，后排站姿，前排先开枪，中、后排按序射击。

战斗刚刚开始蒙古骑兵就遭到重创，英法联军炮兵发射的第一轮炮火在蒙古骑兵的攻击路线上竖起一道死亡的火墙，英勇的骑兵们高举着马刀义无反顾地冲进火墙，但顷刻间被强大的冲击波和密如飞蝗的弹片撕得粉碎，英法联军的阵地前像开了屠宰场，到处是鲜血和人、马的尸体。蒙古骑兵们尽管遭受了重大伤亡，但仍前仆后继，继续攻击，一波未平，一波又起。一部分骑兵舍命冲过火墙继续向联军的主阵地进攻，锋锐竟丝毫不减。这时部署在阵地前沿的联军步兵开火了，在联军密集的火力下，骑兵们纷纷从马背上栽下来……

英法联军向清军阵地发射了数百枚火箭炮，清军战马未曾见过这种阵势，大多惊骇地往回乱跑，冲乱了后面的步兵。

此时，郑元培挥舞着战刀率领绿营士兵向联军的侧翼发起攻击，迎面遭遇的是英国龙骑兵。联军的注意力都集中在正面，一时竟被郑元培得了手，龙骑兵们使惯了火器，对冷兵器近身肉搏并不在行。这个兵种并不是真正的骑兵部队，而是骑着马的步兵。它最早出现要追溯到1552至1559年的意大利战争，当时法国人占领了皮特蒙德，为了对付随时可能在后背出现的西班牙人，当时的法军元帅命令他的火枪手跨上马背，于是就组建了世界上最早的机动步兵。至于“龙骑兵”这个词的来历，则有两种说法：较流行的一种认为，当时该兵种使用的队旗上画了一头火龙，这是从拜占庭时代就开始的传统，龙骑兵由此得名；另一种说法认为，当时龙骑兵们使用的短身管燧发枪被称为火龙，龙骑兵来自这个典故。不管怎么样，此时穿着漂亮红色军服的英国龙骑兵刚一交手就被绿营士兵用大刀砍倒了十几个，龙骑兵手中轻巧的马刀根本抵挡不住沉重的中国大刀。英国龙骑兵们阵形大乱，慌忙收缩兵力，联军的炮兵不失时机地将炮火倾泻在中国步兵的攻击队形中……一颗炮弹在郑元培的身旁爆炸，他在火光中翻身落马，一群士兵拼死抢下郑元培。郑元培用力推开士兵，摇摇晃晃地站起来，他战袍破碎，肩膀上的创口流着鲜血。郑元培用手指抠出嵌在创口中的弹片，举在眼前看看，然后奋力将弹片掷出，大声吼道："弟兄们，跟洋鬼子拼了……"

一批兵士被洋枪洋炮击中倒下，后面又补上一批士兵，不让寸步。

清军官兵铅弹火药俱尽，坚持以刀矛拼杀，激战异常惨烈。

此时的八里桥上，英法联军的炮弹倾泻而来，汉白玉桥栏大部分被炸得粉碎。

八里桥战役的统帅、僧格林沁亲王身穿盔甲战袍，骑着马站在桥中央。炮弹在僧格林沁身旁不断地爆炸，他身边的亲兵纷纷倒下，这位蒙古王爷仍神态自若，毫无惧色。

一个身材高大的蒙古旗手，挥舞着一面写有黑字"僧王"的大黄旗，把这面旗帜不时指向各个方向，所有清军士兵的眼睛都注视着这面旗帜，它正在向全体中国军队下达着作战命令……

根据一个英国随军翻译的记载："……此刻，全军精锐奋力保卫的那座桥已然堆满了尸体，然而这个鞑靼旗手尽管已孑然一身，却仍挺立在那里，传达着僧王的最后命令。子弹、炮弹在他的周围呼啸而过，而他依然镇静地挥舞着大旗，直到一枚霰弹把他击倒在地，大旗才缓缓向一旁倒去，随着旗杆而去的是一只紧紧抓住它的痉挛的手……"

这时，通惠河两岸已尸横遍野，河水也已被清军士兵的鲜血染红。

英法联军见八里桥久攻不克，于是全数沿通惠河南岸向西，改向广渠门进犯。

僧格林沁见此情景，放松防守，更有一些官员、将领畏惧动摇，致使军心涣散。英法联军乘机回犯，清军迎击不及，八里桥终于失守，英法联军向北京开进。

张仰山和林满江赶着马车在小路上疾驶。前面，一群清兵抬着一位受伤的将军从战场上撤下来，走过他们的身旁。

张仰山问道："是什么人受伤了？"

"提标郑大人，他伤很重，得马上找个郎中，不然就危险了。"一个清兵焦急地回答。

张仰山吃了一惊："是郑大人负伤了？快，快把郑大人放到车上来！"

士兵还没来得及把郑元培放在马车上，一队英军士兵就出现在眼前。

这是那个刚刚杀过人的威尔逊上尉，他率一小队士兵走下一个小山坡，迎面和护送郑元培的清兵猝然遭遇。英军士兵来不及开枪，双方展开短兵相接的肉搏战。

张仰山、林满江吓坏了，慌忙躲到马车下，一动也不敢动。

一个英军士兵被清兵砍倒，他背囊中滚出了一个物件，这物件一直滚到马车旁张仰山的脚下。张仰山和林满江躲在马车下，惊恐地望着混战中的士兵，根本没有注意到这个木盒子。

威尔逊用燧发式手枪打倒一个清军士兵，便没有机会再装填子弹了，清军士兵挥刀蜂拥而上，一心想把他砍成肉泥，威尔逊只好抽出佩剑抵挡。

这场肉搏战刺激了郑元培，他好斗的天性骤然迸发出来，一时忘了自己身上的伤，他推开护卫他的士兵，抽出腰刀扑向威尔逊，两人刀剑相交，纠缠在一起。

双方的士兵不断地倒下，最后只剩下郑元培和威尔逊。两人浑身是血，都已精疲力竭，威尔逊左肋中了一刀，郑元培腹部又添新伤，两人刀剑脱手后又厮打在一起，在地上滚动着，威尔逊从军靴里拔出匕首，用身子压住郑元培，匕首尖一点点接近郑元培的胸膛，郑元培用双手托住威尔逊的手腕，双方竭尽全力地坚持着……

郑元培看见马车下躲着的张仰山，急呼："张掌柜，帮帮我……"

张仰山从马车下爬出来，林满江一把拉住他："掌柜的，危险！"

张仰山推开林满江，随手从地上捡起樟木盒向威尔逊掷去。樟木盒在空中翻滚着画出一道抛物线，砸在威尔逊的后脑勺上。威尔逊一怔，被分了心，郑元培抓住时机，双手将威尔逊握刀的手反转，用力将匕首刺进他的胸膛，威尔逊终于两眼翻白，倒下死去……

郑元培大叫："好样儿的！"他终于支持不住，昏死过去了。

张仰山从马车下拉出林满江："快，把郑大人抬车上去！"

两人合力将郑元培抬上马车，林满江抄起鞭子："掌柜的，咱们快走！"

张仰山正要上车，脚下却被什么东西绊了一下，险些摔倒。他低头一看，是那个雕有精美图案的樟木盒子，张仰山随手捡起来跳上了马车。

马车卷起一股尘土迅速跑远了。

傍晚时分，他们来到了城东高碑店附近。远处来的方向上，隐约还有枪炮声。

车里传来郑元培虚弱的呻吟声，张仰山急忙俯身过去："郑大人，郑大人！"

郑元培昏迷不醒，脸色惨白，身上随着车子的震动不停地渗血。张仰山翻看着郑元培的伤口："这样流血可不行，咱们得找个大夫，好歹把这血先止了。"

前边终于出现了一个村庄，林满江连找了几户人家，都没有人。在天完全黑下来的时候，马车又在一户人家门口停下来。

林满江蹭了蹭额头上的汗，下了车去敲门。里面半晌无人应答，林满江一推，门开了，他探头进去看了看，回身沮丧地对张仰山说："还是个没人的！这什么世道啊？人有家都不敢回了！"

张仰山想了想："要不咱们就在这歇歇吧，我看郑大人的样子再走是不行了。"

林满江顺着张仰山的目光看去，郑元培已经气息奄奄了。

林满江和张仰山费力地把郑元培抬到屋里的土炕上，点上灯。

郑元培嘴唇干裂，浑身烧得滚烫。张仰山摸着郑元培的额头对林满江说："赶紧找盆凉水来，给郑大人降降温。"

林满江答应着出去了，很快端来了凉水。

张仰山慢慢地撕开郑元培已经破碎的战袍，小心翼翼地给郑元培清洗伤口。林满江不停地往郑元培的额头上敷着冷手巾，忧心忡忡地问："掌柜的，怎么办啊？"

张仰山瞅瞅郑元培，又瞅瞅林满江，一时也没了主意。

外面突然又响起了急促的枪炮声，两人慌忙吹灭了油灯。等没了动静，两人才松了一口气。张仰山再看郑元培，伤口还在一滴一滴地往外渗血，刚刚包好的伤口又被血水浸透了。

张仰山摇摇头："要是照这么个流法儿，郑大人肯定是挺不过去了。"

林满江急得是又搓手又跺脚："哎呀！真急死人了，这方圆十几里一个活人都见不着，哪儿找大夫去啊？"

张仰山坐在炕沿，半晌，忽然眼睛一亮："满江，快去咱们车上给我拿一锭胡开文的'苍佩室'来！"

林满江一愣，不明就里，但还是跑出去了。

张仰山起身去找了个碟子，这时林满江气喘吁吁地跑进来，拿了一个精致的盒子递给张仰山。张仰山接过盒子打开，取出了一块精美的古墨。张仰山看了看，一咬牙，从怀里拿出一把精致的银匕首，用力把墨敲碎了。

林满江惊叫着："掌柜的，您……"

张仰山快速地把砸下的碎墨放到盘子里，滴水研起来。

林满江嘟囔着："这可是胡开文的老墨，比金子还贵啊！"

张仰山看了林满江一眼："管它呢，救人要紧！"

"救人？救人也不用这个啊！"林满江琢磨着，掌柜的可能是急糊涂了吧，怎么胡来呀。

张仰山继续专心研墨，研好后，蘸在手上捻了捻，吩咐道："你再去拿一匹双加宣纸来，先取几张烧成灰，再一起拿进来。"

片刻，林满江端着一小盆还冒着青烟的纸灰进来，胳肢窝里夹着一大卷宣纸。

张仰山把纸灰倒进墨汁里调成糊状，让林满江把郑元培的战袍解开，露出了伤口。郑元培又呻吟了两声。张仰山把调好的糊状墨，涂抹在郑元培的伤口上，林满江很诧异地看着。

张仰山说："我记得在《本草纲目》上看到过，松烟墨能止血。"

林满江半信半疑："真的吗？"

"这不是没法子嘛，试试吧，但愿老天爷能助郑大人挨过这一关！"

林满江用力地点点头，张仰山继续把墨涂在伤口上。涂得差不多了，张仰山让林满江把剩下的宣纸全都浸上水。

这回林满江明白了张仰山的意图，他端来一盆水，把宣纸浸入，然后递给张仰山。张仰山把浸了水的宣纸敷在郑元培的伤处，宣纸立刻被吸住了，鲜红的血和黑色的墨渗出来，就如同大写意的中国画。

两人配合着把宣纸全糊在了郑元培的伤处。不一会儿，几十层浸了水的宣纸裹在郑元培的身上，就像打了一层石膏。

林满江凑过去好好看了半天，忽然兴奋地叫起来："掌柜的，这血还真止住了！"

张仰山松了一口气，如释重负："天助郑大人啊！"

两日后，张仰山带着郑元培回到家中。从太医院请来为郑元培疗伤的岳太医盛赞张仰山的止血招数儿，岳太医说："张掌柜啊，我查了《本草纲目》，那上面说'墨，气味辛，湿，无毒，主治吐血、流鼻血、妇女崩漏、小产后流血不止'。李时珍是万也想不到您拿墨治起了刀枪伤，您当时是怎么想出来的呢？"

"这也是没法子的法子，请不到郎中啊，要是当时有您岳太医在，不就没有这一出了吗？"张仰山说的是大实话。

"据我所知，早在三国时期，名家制墨就有加中药这么一说，韦诞在墨里加朱砂、珍珠、麝香，南唐的李延圭是加龙脑、藤黄、冰片和巴豆。张掌柜，我一直没闹明白，这加了中药的墨是写字儿用呢，还是当药用？"岳太医是个爱刨根问底的人。

张仰山回答："开始还是写字儿用，后来就有人研制出了专门当药用的墨，像胡开文的八宝五胆药墨，里面加犀角、牛黄、熊胆和蟾蜍，这都是名贵的中药，具有解毒止痛、消肿软坚和防腐收敛的作用。不过，只有松烟墨才能止血，油烟墨可不行，因为松烟实际上就是百草霜，它有收敛、止血的功能……得，岳太医，我班门弄斧了。"张仰山转了话题，"这两天郑大人一直迷糊着，叫也叫不醒，该不会……"

岳太医看出了张仰山的担心，宽慰他说："别着急，郑大人得睡几天呢。"

"得，您尽量用好药吧！"张仰山仗义，为朋友是绝不吝惜银子。

郑元培命大，他在受伤的第四天才苏醒过来。当他看见张仰山、赵之谦站在身旁时，很诧异地问："这是在哪儿？"

赵之谦笑道："这是松竹斋张兄家，元培兄，是张兄救了你一条命啊！"

郑元培想了想，回过神来，赶紧说道："感谢张掌柜的救命之恩！"

张仰山直到这时一颗悬着的心才算放下来，他轻声说："醒过来就好，郑大人，你安心在这儿养伤吧。"

郑元培可安不下心来，他急着问："战事如何了？"

赵之谦手里摇着他那把大蒲扇，不紧不慢地说："嗨！听说八里桥失守的第二天，皇上就带着皇后、妃子和王公大臣跑到热河去了。"

"跑了？皇上不是说要御驾亲征吗？"郑元培瞪大了眼睛。

赵之谦压低了声音："现如今，皇上的话还能信吗？此一时，彼一时吧！"

郑元培的脸上阴郁起来："洋人到底还是进了京城？"

张仰山叹了口气说："今儿早上伙计从海淀那边回来，说洋兵进了圆明园，把能抢的金银珠宝、古玩物件都抢了，带不走的就放火烧，这不，大火都烧了两天两夜了。唉，圆明园、万寿山、香山、玉泉山的宫殿，全毁了！"

郑元培"啪"的一掌拍在炕沿儿上："怎么会这样！"

张仰山急了："郑大人，您慢着点，别震裂了伤口，您先别想这么多，养好身子要紧！"

林满江端上来一碗鸡汤，张仰山接过来，递给郑元培："您先把这个喝了。"

郑元培凝视着张仰山："张掌柜的……不，仰山兄，我郑元培这次大难不死，全仰仗仰山兄出手相救，大恩不言谢，我郑元培这辈子若是报不了恩，我的子孙后代也要替我报恩！"

"郑大人客气了，我一个买卖人，手无缚鸡之力，哪里谈得上出手相救？说实话，我当时吓得魂儿都没了，只是随手抄起个木盒子砸过去……哎哟！对了，那个木盒子哪儿去了？满江啊，你把那木盒子放在哪儿啦？"

林满江在外间回答："我放在客厅里的条案上啦，您等着，我给您拿去。"

张仰山对郑元培说："这小子，胆儿比我还小，当时吓得差点儿尿了裤子，一把拉住我，不让我爬出来……"

林满江捧着樟木盒走进来："掌柜的，就是这个盒子，也不知里面装的是什么。"

张仰山打开木盒，拿出两个卷轴，分别打开，平铺在炕上仔细端详，他突然惊叫起来："老天爷啊，之谦兄，快来看，这是谁的手迹？"

赵之谦急忙凑过来，不看则已，这一看，不由得倒吸了一口凉气，颓然地坐在炕沿上："我不是做梦吧？宋徽宗和怀素的手迹？"

这一刹那，房间里的人都目瞪口呆。

·第二章·

张仰山的家在北京城南的椿树胡同，这是京城的一条老街了，始建于明代，乾隆时期的吏部尚书汪由敦和诗人赵翼、钱大昕等都在此居住过，张家由于松竹斋的名气，在椿树胡同也算有一号。

这一天是光绪二十年八月初九，也就是公元1894年9月10日，距张仰山救活郑元培已经过去了三十四年。张仰山的孙子张幼林急急忙忙地从宅子里跑出来，脚下没留神，跨过门槛时险些摔了一跤。张幼林这年十六岁。

街上，繁茂的椿树绿荫如盖，遮挡住了初秋如火的骄阳。张幼林低着头在树下赶路，迎面驶过来一辆华丽的马车，车厢里坐着华俄道胜银行的主管、俄国人伊万先生和秋月小姐。秋月十八岁，本是南京秦淮河的一个名歌伎，从外埠调入京师的一位高官刚替她赎了身。秋月生得美艳、高贵、典雅，一颦一笑之间透着灵秀、聪慧，还带着一缕几乎是与生俱来的淡淡的忧伤，虽然出自秦淮河，可她身上却见不出丝毫的风尘之气。

马车经过张幼林的身旁，后车轮溅起地上的泥水，溅到他的长衫上。张幼林转身紧走两步，拉住马的缰绳，没好气儿地冲车夫嚷嚷起来："嗨！你怎么赶的车？"

车夫没长着后眼，心里还挺纳闷，怎么了这位少爷？平白无故的怎么拦我的车呀？车夫上下打量着张幼林，回敬道："明明是你自个儿低头走路，差点儿撞到我的车上，怎么张嘴就埋怨别人？"

这下把张幼林惹火了："我乐意低头走路，你管得着吗？"

"干吗呀？吃枪药啦？明明怨你自个儿嘛，怎么一说话就横着出来？"

车夫也被激怒了，伸手推了张幼林一把："你有事儿没有？没事儿就让开，我还要赶路呢。"

张幼林大怒，一把将车夫从马车上揪下来："我看你是找揍！"

眼瞧着要打起来了，伊万下了马车，拉住张幼林："这位先生，你为什么打我的车夫？"伊万的汉语说得很流畅。

张幼林不屑地看了伊万一眼："你是谁？闪开！洋人少管我们中国人的事儿。"

"先生，我警告你，如果你还想打我的车夫，我就要到衙门里去告你，我劝你还是少找麻烦！”伊万不想在这儿耽误时间。

张幼林冷笑道：“别以为你是个洋人我就怕你，实话告诉你，惹急了大爷，我连你一块儿揍！”

“你敢！简直无法无天，我要喊人了。”伊万也被激怒了。

张幼林毫不示弱，一把揪住伊万的衣领：“我早看你们洋人不顺眼了，今天我……”

张幼林刚要动手，马车里突然传来一个女人的声音：“住手！”秋月掀开布帘走下马车。

张幼林抬头一看，顿时被秋月的美艳、高贵惊呆了。

秋月看见了张幼林长衫上的泥点，嫣然一笑，和风细雨地赔起了不是：“这位公子，真对不起，我们弄脏了你的衣服。你看这样好不好，你回府上把脏衣服换下来，我们拿去洗，洗好了给你送回去。”

“那……那倒不必，还是这位小姐明事理。”张幼林目不转睛地看着秋月。

秋月依然微笑着：“我们可以走了吗？”

半晌，张幼林回过神来，脸上的表情也变得柔和了：“哎，小姐，你叫什么名字？”

“我叫秋月，你呢？”

“我叫张幼林。”此刻，张幼林特别想和这位美艳绝伦的小姐多说几句，没话找话地问道，“以后……我还能见到你吗？”

“五百年修得同船渡，今日我们能够相遇，这就是缘分。”秋月回答得很痛快，“再会！张幼林。”

“再会！秋月姐。”

马车走了，张幼林怔怔地站在原地，注视着秋月美丽的身影渐渐地在远方消失，心中不禁涌起一种异样的感觉。这是一个少年第一次被异性所触动，随之而来的是一种前所未有的依恋和惆怅……张幼林没有想到，在未来的岁月中，自己的命运注定会和秋月发生某种关联。

伊万二十多岁，是位绅士，他出身于俄国贵族家庭，举止优雅。刚才虽然被败坏了兴致，但很快调整过来，他殷勤地问道：“秋月小姐，我们今天可以共进晚餐吗？”

秋月有些为难，她转过头去，透过马车的车窗眺望着远处：“伊万先生，真不好意思……”

“又是因为杨大人？”伊万看着秋月，话里带着明显的醋意。

“是，我稍后要去见他，所以晚餐恐怕要改日了。”

“那好吧，只能怪我们认识得太晚了！”伊万感叹着，“不过我不太明白，既然你跟杨大人是好朋友，为什么不光明正大地在一起呢？在俄国有很多人是这样的。”

秋月转过头来：“可在中国不行。杨大人刚刚调到刑部，如果传出去和一个像我这样的女子来往，弄不好是会丢官的。”

“所以你想让别人知道你是和我在一起的？”

秋月有些难为情，但还是诚实地点了点头。

伊万耸耸肩：“你们中国人，有时候真的很奇怪。不过，你是一个我欣赏的女人，能被你选中做挡箭牌，我还是感到很荣幸，中国有句话叫‘别人偷驴，你拔橛’，能用在这吗？”

“不能！”秋月的回答带着明显的不悦。

张幼林来到了琉璃厂，急匆匆地向自家铺子走去。

松竹斋里，已经是大伙计的林满江正愁眉苦脸地应酬来要账的潘家伙计，他这时已经五十多岁，头发都花白了。

潘家伙计也是一把的年纪，他近乎哀求了：“您可别为难我这个当伙计的，我们掌柜的说了，今天无论如何也要把上批货的银票带回去，我求您了！”潘家伙计就差给林满江跪下了。

林满江为难地说：“最近松竹斋的周转确实有点难，您回去跟潘掌柜再多美言几句，就说，冲着祖上两百年的交情，也要相信松竹斋绝不会赖你们的账。”话是这么说，可这笔银子到底啥时候能结给潘家，林满江着实心里没底。

这时张幼林走进了松竹斋。

“我叫您林爷爷了，看来我今儿是一个大子儿也拿不回去了，要是这样儿，下批翰林院用的货我可就不往您这儿送了。”潘家伙计的话里软中带硬。

“那你就直接送翰林院去吧，看那儿给不给你银子。”张幼林一副纨绔少爷的派头瞟了一眼潘家伙计，急着问林满江：“我叔呢？”

“他没来呀。”

“那他上哪儿了？”

“掌柜的要上哪儿，他不言语，我这当伙计的能问吗？”林满江的回答透着满腹牢骚。

“我妈让我找他回去。”

“呦，老爷子的病好点儿了吗？”林满江心里一直惦记着老掌柜张仰山。

张幼林还没顾上回答，张仰山的孙子，现任掌柜张山林的儿子张继林进来了，张继林比张幼林大一岁。

张幼林赶紧问："继林，你爸爸呢？"

"我爸爸，我爸爸……"张继林支支吾吾。

张幼林急了："快说啊！"张继林趴在张幼林的耳边小声嘀咕了几句。

"走，赶紧找他去！"林满江还要再问，张幼林拉着张继林已经匆忙跑出了大门。

潘家伙计见跟林满江实在是要不出银子，只好作罢，他低着头，沮丧地走出了松竹斋。潘家伙计心里窝囊，走着走着，抬起手来自个儿抽了自个儿一个嘴巴："我真他妈的没用！"

这一切被茂源斋的大伙计庄虎臣看在眼里，庄虎臣从茂源斋里出来，紧走两步追上潘家伙计："我说，这是怎么了？有什么不顺心的事儿啊，能把咱爷们儿难为成这样儿？"

"虎臣兄啊，真不好意思，让您瞧见我现眼了。"潘家伙计的眼泪都快流出来了。

"我瞧见您刚从松竹斋出来，能有多大的事儿呀？得，当哥哥的我请您喝酒去，给您顺顺气儿……"就这样，庄虎臣把潘家伙计拉走了。

张幼林在帅魁轩蛐蛐馆门口堵住了二叔张山林。张山林刚赌输了上午设的局，正琢磨着到哪家馆子好好吃一顿冲冲晦气，被张幼林不由分说地拉回了家。

老爷子张仰山半躺半靠在卧榻上，已经等得不耐烦了，一个劲儿地咳嗽。

张幼林的母亲张李氏关切地给老人捶着背："爸，我让幼林去叫山林、继林父子了，他们马上就到，您别着急。"

张仰山吐出一口痰，喘息了一会儿，瞧着儿媳，带着歉意说："幼林妈，张家可真是对不住你啊！"

"爸，这话您说哪儿去了？"

"唉，你就让我说吧，再不说，怕是就没机会了！梦林走得早，你年纪轻轻的拉扯幼林，伺候完了梦林妈又伺候我，我是想起来就心疼啊，唉，我真恨不得早点儿……"

"爸，您要是这么说，就是没把我当咱张家的人。"张李氏给张仰山端了杯水来，让老人漱了口，接着说，"侍候公婆是媳妇的本分，梦林他把我们娘儿俩撇下了，可咱这一大家子谁不照顾我们？这是多大的福气，儿媳可是知道的！爸，您要是真心疼我，就安心养病，只要您硬硬朗朗的，就比什么都好。"

"幼林妈，我如今还有一件事，得要你答应我。"张仰山恳切地望着张李氏。

"您说吧，爸，但凡能做到的，我都答应您。"张李氏的眼睛里涌上了泪水。

张仰山直视着儿媳，一字一顿地说出："好！我要你，等我过去之后，把这个家，还有松竹斋，接掌过去！”

张李氏一惊，赶紧跪下，眼泪夺眶而出：“爸，您说这话可要吓死儿媳了，您这病过两天就没事儿了，您肯定能长命百岁……”

“你的孝心我明白，可我这身子骨儿……我心里有数儿。”张仰山喘息着，“我想你是知道的，我最不放心的就是咱们松竹斋这块招牌，我不过才活了六十多年，它可是有两百年了，咱张家几代人的心血，最后就成了这块匾啦！要是梦林还在，我也就不操心了，可山林这样子……他的心思就不在这儿，继林和幼林又都没成人……唉，老张家这副担子，就只能托付给你啦！”张仰山说着给张李氏作了个揖。

张李氏泪如雨下：“爸，儿媳无德无能，但就算拼上一条性命，也一定不让松竹斋断送在晚辈们手里。继林、幼林都是懂事的孩子，二弟也会帮我，您就放心吧！”

“有你这话，我就踏实了。”张仰山欣慰地闭上眼睛休息。

张李氏悲伤不已，不停地用手帕擦着眼泪。

这时，张山林蹑手蹑脚地走进来。张山林进了门没看父亲，而是先去找嫂子的眼神。幼林、继林跟在他后面也进来了。

张李氏赶紧招呼：“二弟，快来，爸等着你呢！”

张山林这才探头看了看垂危的张仰山，有些不知所措，张李氏把他让到卧榻边。

张仰山睁开眼睛，看了看张山林，目光垂下，停在张山林的手上不动了。

张山林顺着父亲的目光往下一看，蛐蛐罐还在手里，心里不禁一阵慌乱。张李氏接过蛐蛐罐，嗔怪地看了张山林一眼，把罐放到一边，连忙打着圆场：“爸，您瞧把二弟给急的，手里拿着东西都忘了。”

张仰山无奈地叹了口气，半晌才开口：“幼林，扶我起来。”

张幼林赶紧上去，把爷爷扶起来靠在自己的身上。张仰山运了一口气，缓慢地说：“今天把你们都叫来，你们心里可能多少也有点儿数，我是要把家里的事儿交代了。”张仰山吩咐继林从卧榻下面的暗柜里取出了那个雕刻精美的樟木盒子，讲述了这两幅书画的来历。

大家听得目瞪口呆，只有张幼林提出了一个问题：“爷爷，这真是宋徽宗的手迹吗？”

“问得好！如今，恐怕只有宋徽宗赵佶再世，才能分得清哪些是他亲笔所作的‘宣和体’，哪些是翰林图画局代笔染写的‘院体’了。后来的人有个约定俗成的规矩：如果没有定论，就一概都算作是徽宗的宣和体。这幅《柳鸽图》就是如此，它和怀素和尚的《西陵圣母帖》，均为稀世之宝，是多少大家、皇族梦寐以求之物啊，你们能拿在手上，实在是三生有幸啊！”张仰山环顾众人，“刚才我跟你们讲了这两幅书画的来历，你们要记在心里，并传示于子孙。”

“那您后来就再没见过郑大人吗？”张幼林好奇地问。

“元培兄转战南北，一开始我写过几封信，但三十多年过去了，从未见到他回信，只是听说，他随僧王爷去了山东剿灭捻匪，后来僧王爷被俘被杀，他的部下因而七零八落，算是再没有这一支了。再后来，之谦兄从老家得来消息，说郑氏一族几乎惨遭灭门！只有个孙女，被奶妈偷着带走了……唉！元培兄一世英雄磊落，精忠报国，他万万不该落得如此下场啊！”张仰山叹息着，目光落在两幅字画上。

张山林看着父亲问道：“爸，您让我们看这两幅书画，有什么要嘱咐吗？”

“当年我和郑大人同时得到的这两件国宝，我曾请他任选一幅作为纪念，但郑大人坚辞不受，声称救命之恩已经难以为报，岂敢再打书画的主意？”

“爸，我会好好保管的，您放心吧。”

“我说让你保管了吗？你这个人整天提笼架鸟、斗鸡走狗，今后恐怕不会有什么大出息，把这两件宝物交到你手里我还真不大放心，指不定哪天就被你送进当铺换了银子。”张仰山语词严厉，他接着呼唤儿媳，“梦林媳妇……”

“爸，我在这儿。”张李氏走到卧榻边。

“跪下！”

张李氏连忙跪下。

张仰山抚摸着樟木盒子说：“从今以后，这两件宝物由你来保管。”

“爸，这可使不得，我一个妇道人家，担不起这种大事。”张李氏有些惊慌。

“梦林媳妇，我还没死呢，说话就不管用了？”张仰山口气严厉。

“爸，儿媳不敢，凡是您交代的事，儿媳豁出命来也要做到。”

张仰山把樟木盒交到张李氏手里：“张家的子孙听好，这两幅字画，其中一幅为张家替郑家保管，尔等当小心珍存，如郑家有后，当物归原主，不得有误；如郑家无人，则此物当留存张家；这两幅字画，不论何时何地，永不得变卖转让，如有违例者，逐出家门，永不为赦；松竹斋遇有大事不好决断，由梦林媳妇做主，你们都听清楚了吗？”

张山林和张幼林、张继林跪在地上齐声回答：“听清楚了！”

张仰山又问张山林：“山林，我都交代清楚了吧？”

张山林流着眼泪一个劲儿地磕头：“是，爸，您都交代清楚了，您老人家放心……”

张仰山如释重负，他仰天长啸：“元培兄、之谦兄，我来也！”张仰山一口鲜血喷出之后，颓然倒下……

张仰山的离去，把松竹斋的生机似乎也一并带走了。

这当口，松竹斋的冤家茂源斋可没闲着，人家瞧出这路数了，老掌柜的一没，松竹斋就大撒把了。这可是老天爷给的机会，在庄虎臣的倡议、安排下，茂源斋的陈掌柜花一千两银子买了怀素的一幅字——可不是真迹，是北宋时期的摹本，托恭王府的大管家王鹤年送给了恭王爷。

陈掌柜是个小肚鸡肠的人，怕万一那白花花的一千两银子鸡飞蛋打，要真是那样，可比剜了他的心还难受，所以字儿刚送上去没两天，心里就开始犯起了嘀咕。

陈掌柜瞧着茂源斋前厅的顶棚发愣。恭王府的大管家是何等身份的人？人家是王爷跟前的人，可你庄虎臣不过是茂源斋的大伙计，就凭你这身份，怎么能巴结上王鹤年呢？陈掌柜越想越不靠谱儿，于是敲打起庄虎臣，语气中透着不信任："虎臣啊，你真跟王鹤年是朋友？"

"这您就不知道了，他王鹤年也不是生下来就是大管家，我跟他认识的时候，他还是恭王府的一个小跟班呢。再说了，他王鹤年能混到今天的位子上，也是我帮他出谋划策，一级一级爬上去的。"庄虎臣是谁呀？那是琉璃厂出了名的人精子，他早就揣摩透了陈掌柜的心思，一边擦着砚台，一边不紧不慢地说。

陈掌柜悬着的心似乎放下了一些："虎臣啊，这件事儿要是成了，我得好好谢谢你，要不是你出了这么个高招儿，咱茂源斋想抢松竹斋的行？门也没有！松竹斋戳在琉璃厂有二百年了，别的甭说，就是专供科考用纸这一项，就等于是坐地收银子，琉璃厂几十家南纸店只有干瞪眼儿的份儿。"说到这儿，陈掌柜不由得气愤起来。

"所以说得想辙呀，要是咱茂源斋把这笔买卖抢过来，那就轮到别人干瞪眼儿喽！"庄虎臣胸有成竹地看了陈掌柜一眼。

陈掌柜心里还是不踏实，又问："你说，一幅怀素的书法，还不是真迹，这玩意儿能入王爷的眼吗？"

"应该说八九不离十，恭王爷一直热衷于收集名家书法，什么苏东坡的，什么欧阳询的、米芾的，听说唯独没有怀素和尚的。这么说吧，要是没有怀素的书法，您还好意思号称收藏大家吗？咱进贡的帖子虽说不是怀素的真迹，可好歹是北宋的摹本，应该说是拿得出手了。"

"话是这么说，可你还得多用点儿心，机会难得，咱们得让它万无一失才行！"

庄虎臣点了点头："掌柜的，我们断了他松竹斋的货源，这事儿就靠谱儿了吧？跟您说，我跟潘家的大伙计已经合计过了……"

事情果然按照庄虎臣的意图向前推进，恭亲王见着怀素的北宋摹本大喜，还放出话来，谁要是能找到怀素的真迹，他宁可用恭王府来换。大管家王鹤年不失时机地推荐了茂源斋，恭亲王日理万机，没工夫深究松竹斋和茂源斋到底谁家的纸好，那天正好遇见翰林院的人，顺便打了个招呼，就这样，松竹斋二百年来镇店的大买卖——供应朝廷科举考试的试卷用纸就易主到了茂源斋。这些，松竹斋的掌柜张山林还蒙在鼓里呢。

张山林是京城里出了名的玩家，这位爷成天提笼架鸟儿、养虫儿、斗蛐蛐儿，吃喝玩乐哪样儿也不耽误，唯独对做买卖是一窍不通，还挣一个花俩。琉璃厂的人背地里都说，松竹斋到了张山林手里算是做到头了，照这么下去，撑不了半年就得关张。不但是陈掌柜，其他嫉妒松竹斋的人也等着瞧热闹呢。

张山林穿着宝石蓝色的软夹袍，头戴一顶瓜皮小帽，他遛完了鸟，拐到都一处饭庄吃了顿烧卖，这才往家走。

张山林提着鸟笼子晃进自家院子的时候，儿子张继林坐在一边看书，侄子张幼林正在用冷水往一只太平鸟儿身上喷。这只太平鸟儿顺着羽毛向下滴水，冻得浑身直打哆嗦。张山林见状，顾不得放下手里的鸟笼子，冲上去就嚷嚷开了："嘿！嘿！干吗呢你？"

张幼林回头看看他："叔，我驯鸟儿啊。"

张山林急了："谁告诉你这么驯的？你这不是上刑吗？我说继林啊，你兄弟这么折腾我的鸟儿，你怎么也不管管？幸亏我回来得早，要不然，照幼林这折腾法儿，到不了晌午这鸟儿就得玩完啦！"

张继林抬头看了一眼："爸，您没见我正看书呢吗？昨儿个幼林背韩愈的《应科目时与人书》背了个颠三倒四，挨了先生的板子，我可不想挨板子。"

"幼林，你又挨板子啦？这是第几次了？"张山林有些恨铁不成钢。

张幼林放下手里的凉水瓶，无所谓地说："谁知道是第几次，我早记不清了，再说了，当先生的哪有不打人的？习惯了就没事了。"

"嘿，你小子怎么这么说话？你要是好好学，人家先生干吗要打你？幼林哪，你爸是不在了，他要是活着，看你小子这皮样儿，不定怎么收拾你呢。你爸小时候可不像你，那可是人见人夸的好孩子。"

"叔，我知道，我爸从小就用心读书，是人见人夸的好孩子。可我爸他弟弟就差多了，从小就不爱读书，又玩鸟儿又养虫儿的，听说十五岁了还背不下《三字经》。叔，有这事儿吗？"

这话说到了张山林的痛处，他不免有些尴尬："你小子跟叔斗咳嗽是不是？话里话外的挤对谁呢？你以为玩鸟儿养虫儿就容易？告诉你吧，这也是一门学问，不是谁都能玩的，干这个也得有灵气。"

"那是，听说朝廷把养鸟儿养虫儿也列入科举应试了，叔啊，您得再加把劲儿，保不齐能拿个鸟儿状元回来。"张幼林说得煞有介事，张继林听得哈哈大笑起来：

"爸，您得先从乡试考起，先闹个鸟儿秀才、鸟儿举人什么的……"

"你们俩又没大没小是不是？学会拿我打镲了？"张山林是急不得恼不得。

张幼林依旧煞有介事，还摇头晃脑地说："我估计殿试的科目就不是玩一般的鸟儿了，怎么着也得上个大家伙，皇上在那儿瞧着呢，保不齐就来个'熬鹰'。这下肯定热闹，皇上、考官、我叔，还有鹰，一块儿熬着，看谁先撑不住趴下……"

这时，一个伙计走进来，张山林立刻严肃起来："幼林，你小子可越说越出圈儿了啊，拿你叔打镲也就打了，怎么连皇上也绕进去啦？幸亏这儿没外人，要是传出去，非治你个'大不敬'罪。"张山林瞟了伙计一眼，爱搭不理地问："有事儿吗？"他随手从窗台上的一个罐子里抓了一把小麻籽，给笼子里的鸟儿添上食，徐徐诱鸟儿来吃。

"掌柜的，您知道，夏天库房漏雨，潘家那批纸叫水打湿了，一张都没卖出去。这不，潘家又来催了，说纸要是卖不出去就先拉回去。"伙计停了一会儿，见张山林没有反应，又小心翼翼地说，"可纸都给淋过雨了，还能让人家拉回去？"

张山林停止了喂鸟，沉默不语。

"掌柜的，您得拿个主意，潘家的人还在铺子里等着呢。"伙计眼巴巴地看着张山林。

"你瞧着办吧。"张山林也无可奈何。

张幼林不耐烦了，冲着伙计嚷嚷起来："没瞧见我叔正忙着吗？该怎么着就怎么着吧，大不了赔他几个钱！"张幼林用一把紫砂小茶壶把鸟儿的小水罐加满水，逗着鸟儿喝水，看鸟儿喝了几口，又饶了一句，"我说，往后别老拿这些破事儿烦我们成不成？"

伙计没趣儿地走了。

张幼林把太平鸟从笼子里提溜出来，甩了甩羽毛上的水珠问张山林："叔，这生鸟儿火性忒大，您说怎么调教？"

"这驯鸟儿可不能硬来，瞧着点儿。"张山林先把太平鸟的脖索去了，换了根粗绳，又捏起一粒小麻籽，上下摇动，吸引鸟儿的注意力。小鸟儿注视了一会儿，迅速将小麻籽啄去。

"有门！"张幼林兴奋起来。

"你小子，学着点儿吧，要论玩你还差着行市，你以为是个人就能养鸟儿？这里面学问大啦，你学个十年八年不准能学出来，得看你有没有天赋，你呀，也就是瞎玩。"

张幼林不服："瞧您说的，不就是玩鸟儿吗？有这么邪乎吗？"

"不服是不是？养个太平鸟儿刚哪儿到哪儿，真功夫还没给你露呢，回头真让你看看我怎么熬鹰。嗨，不是吹的，连着七八天不睡觉，不用换人，看谁扛得过谁，不把那鹰熬趴下，我给你当侄子。”

“别价，还是我给您当侄子吧。”

张继林看不过去了，他放下书：“幼林，你还玩哪？昨儿个挨打还没挨够是怎么着？先生说了，明天要考《系辞上传》，得从头到尾一字不差地背下来，我看你净顾玩了，哪有时间背书？明天考你怎么办？”

张幼林继续逗着鸟儿：“那着什么急呀？不就是《系辞上传》吗？背下来还不容易，我给你背几句，‘一阴一阳之谓道。继之者善也，成之者性也，仁者见之谓之仁，智者见之谓之智，百姓日用而不知，故君子之道鲜矣……’怎么样？”

“你会背？没见你下功夫呀？”张继林觉得挺奇怪，转念一想，又问，“那《应科目时与人书》呢，怎么背得一塌糊涂？”

“我成心的，压根儿就没打算好好背，谁让那老头子老训我。”张幼林一副满不在乎的样子。

林满江急匆匆地闯进来，高声喊着：“掌柜的……”

“嘘！小声点儿，留神吓着鸟儿。”张山林就怕这一惊一乍的。

“掌柜的，您还惦记鸟儿哪？出大事儿啦！”林满江急得都快哭了。

“天塌不下来，太平盛世的，能出什么大事儿？”在张山林看来，除了鸟，别的什么事儿都算不上大事儿。

林满江把茂源斋抢了科考用纸的事说了，张山林皱了皱眉头：“嗨，我还以为天塌了呢，没事儿，满江，承办官卷这事听着没什么，可那是什么人都能接的吗？要是那样，怎么这两百年都只给咱松竹斋呢？要是真不让咱办了，除非是他不考了，你说是不是？不定是哪儿来的风言风语呢，你还就真让人给吓着了？”

“哎哟，掌柜的，这么大的事儿，要不是确凿可靠，我能这么急着跑来找您吗？这回是真的麻烦啦！往年翰林院早就来人了，可今年都到现在了还什么信儿都没有呢！”

张山林继续逗着鸟儿：“哎，满江，我说是你心急吧？这没来人——咱就等着呗，反正早晚得来。再说了，他们不着急咱急什么呀？就算日后皇上要怪，那也得先怪他们翰林院，也到不了咱松竹斋这儿……”

“哎呀，掌柜的，要就是翰林院还没来人，那倒好了！往年他们晚来些日子也不是没有过，可这回，咱们这边儿没动静，有的人可有动静啦，这我还能不急吗？”

张山林似乎意识到了问题的严重性，停下逗鸟，看着林满江：“你这话怎么说？谁有动静啊？”

“我听说，茂源斋两个月前就派人去南边进货了，而且……去的是湖州潘老板那儿……”

张山林感到很诧异：“潘老板？他家的货不是只供松竹斋吗？茂源斋是不是糊涂了？”

“咱们太大意了吧！以为跟潘家好几辈子的交情，出不了问题。这事儿非同小可，官卷是咱们家的大头儿，说它是松竹斋的命根子也不为过。这些年兵荒马乱的，生意大不如前，要是再把这看家的买卖给丢了……那松竹斋还能不能保住可都不好说了！”林满江终于把心里话说出来了。

张山林半信半疑：“有这么严重？我看咱铺子里生意一直不错啊，怎么让你这么一说好像说垮就能垮了？”

“您那是只知其一不知其二。前些日子库房受潮，眼下老潘家的账还不知怎么给人结呢！”遇到这么一个掌柜的，林满江真是急不得恼不得。

“那现在有什么辙呀？”张山林眼巴巴地看着林满江。在生意上，张山林历来就是个没主意的人，关键时刻还得靠林满江。

林满江叹着气说：“事到如今，咱得先闹清楚是怎么回事儿。我已经托人去打听了，估计一半天就能有信儿了，然后咱再商量。”

“那就这么着吧，潘家那边应该问题不大吧？”张山林思忖着，“你跟他们说，再等几天，松竹斋是他家的老主顾了，就算真要欠账也欠不到他家呀！”

“我尽力吧，再多说说好话。唉，打老爷子一走，这倒霉事儿就没断过，就跟说好了似的，全赶一块儿了！”林满江感叹着，走出了张山林的家。

松竹斋的大门口，潘家的大伙计和他带来的几个人还在吵吵嚷嚷。潘家大伙计手指着松竹斋的匾不客气地说：“这哪像老字号的做派？我们潘家和你们松竹斋做生意也不是一年两年了，怎么越来越不守信用了？”

松竹斋的伙计一个劲地给潘家大伙计鞠躬：“您多包涵，您多包涵，还请回去跟潘爷说，再宽限几日，等松竹斋的银子周转过来，我给潘爷送到府上……”

看着眼前的这一幕，陈掌柜高兴得摇头晃脑哼起了小曲儿。

庄虎臣从后门进来，见掌柜的这副模样，正在猜测遇见什么喜事儿了，又听见街上闹哄哄的，于是就问正在摆弄笔筒的小伙计：“外面怎么了？”

“哦，是松竹斋，他们家让人要账要到门上来了，半天了，还没走呢。”小伙计伸着脖子又向外看了一眼。

陈掌柜“哼”了一声，踱到桌子前：“这就付不出账了？看来我还高估他们了，早知道这么不顶用，我根本就不用费那么多脑子。”

庄虎臣挺为松竹斋惋惜，他站在门口看了看，语调有些沉重地说：“他们家最近是真走背字儿，说是库房给泡了，存的货都完蛋了，这不，人家来要账了，可真够他们一呛的，看来松竹斋的气数要到头儿了！”

陈掌柜呷了一口茶，不屑地瞟了一眼庄虎臣：“你以为，松竹斋的库房是说漏就能漏吗？”

庄虎臣一惊：“掌柜的，您是说……”

“那当然！我早就说了，这是个千载难逢的机会，我得让它万无一失才行！哼，我要这一次就让他松竹斋关门滚蛋，再也别想翻身！”陈掌柜看了庄虎臣一眼，露出了笑意，“虎臣啊，你想出的那两招‘从上到下，再断其货源’虽说是够绝的，但还不够狠，所以我又给加了把料。其实也没什么，就是让人去他家房上借了几块瓦……”陈掌柜暗自得意着。

庄虎臣的心一沉：“掌柜的，这可……”庄虎臣看着陈掌柜，后边的话咽了回去。

“潘家那边谈得怎么样了？”

“终于谈成了，潘家答应把那批货给咱们，不过价格上还得抬点儿。”庄虎臣看了一眼街对面的松竹斋，“说实话，这也是沾了松竹斋不景气的光。潘家和松竹斋做了几辈子买卖，那交情不是一般人能拆台的，潘家的人一个劲儿地说，就这么把松竹斋给甩了，脸上真有点儿挂不住，几辈子的交情啊，要不是因为张山林不争气，潘家说什么也不会出此下策。”陈掌柜不阴不阳地瞧着庄虎臣：“虎臣啊，怕是没这么简单吧？进货的价儿抬点儿？抬多少？这涨出来的差额进了谁的腰包，恐怕是说不清楚吧？”

庄虎臣的脸涨红了：“掌柜的，听您这意思，是信不过我庄虎臣，怀疑我从中拿好处？”

“你别误会，我还能信不过你？我只是疑惑，光凭你这两片子嘴就能把松竹斋给顶了，把潘家拉过来？可别是松竹斋和潘家合起来做套儿让咱们钻啊。”

“陈掌柜，您这心眼儿可是够多的，对谁都防一手儿。要是这样，以后再赶上谈生意，恐怕还得您亲自出马，我可不想招这嫌疑。”庄虎臣的脸耷拉下来。

“虎臣，这你就多心了，我信不过谁还信不过你吗？”陈掌柜打起了圆场。

话虽这么说，可这里的弦外之音庄虎臣能听不出来吗？接下来好几天，庄虎臣心里都觉着别扭。

给秋月赎身的高官，就是刚从湖南调入京城、出任刑部左侍郎的杨宪基。杨宪基是个江南才子，一次出官差到南京，在秦淮河偶遇秋月，两人诗词唱和、美酒笙歌，不觉相见恨晚。同僚们以为杨大人不过是逢场作戏而已，哪知他是真动了感情，回到长沙后不久，又重返南京，花重金给秋月赎了身，这次到京城赴任，也把秋月带在了身边。不过，杨宪基心里也有苦衷。

离琉璃厂不远有个明远楼茶馆，茶馆二楼的雅间里，此时杨宪基正握着秋月的手，默默地注视着她。要说的话难于启齿，良久，杨宪基才开了口："秋月，你听我说，我……对不住你，你随我千里远到京城，我却不能把你接到家中，我……"

秋月打断了杨宪基的话："大人，别这么说，您为秋月赎了身，我能与大人同居京城，已经心满意足了。秋月别无奢望，不在意将来，也不在意什么名分，只要大人不嫌弃，秋月一生就在小院里随时等候大人。"说到这儿，秋月的眼睛里已经满含泪水了。

杨宪基叹了口气："唉！"他把秋月的手握得更紧了。

秋月十分地善解人意，适时改变了话题："大人，衙门里的事还顺利吧？"

说到衙门里的事，杨宪基的脸上有了点笑容："还好，我刚到，这几天光顾着应酬了，还见了几个过去的老同僚，聊了不少往事，真是光阴似箭啊！我从侧面打听了一下你父亲的案子，等过些日子安顿下来，我打算调来你父亲的案卷好好琢磨琢磨。"

"那就拜托大人了！"秋月十分感激。

"我说秋月，你怎么老这么客气？你我之间不必如此。"杨宪基突然想起了什么，掏出怀表看了看，"糟糕，差点儿忘了，我还有个饭局，这样吧，我先送你回去。"

杨宪基的轿夫见杨大人和秋月从茶馆里出来，立刻起轿迎了上去。

秋月看了看天色，对杨宪基说："大人，这儿离琉璃厂不远，我想去逛逛，您赴约吧。"杨宪基有些犹豫。

"我走不丢的，您放心去吧。"

杨宪基又追加了一句："早点回家！"这才起轿去赴约了。

张家小院的东屋里，张幼林大声地背诵着《应科目时与人书》："……然是物也，负其异于众也，且曰：烂死于泥沙，吾宁乐之……"

私塾先生闭着眼睛跟着张幼林背诵的节拍摇头晃脑，张继林在一旁临帖。

张幼林扭头从窗户缝里看见林满江从影壁后面走进来，一走神，背诵的声音就低下来了："……若俯首帖耳，摇尾而乞怜者，非我之志也……"

私塾先生睁开眼睛，见张幼林正往外面看，于是拿起桌子上的一块木板，"啪"地拍在桌子上，发出了震耳的响声。

张幼林吓得浑身一激灵。

"别东张西望的，我看你就是成心捣乱，这不是能背下来吗？给我好好背一遍，一会儿再背《系辞上传》。”私塾先生又闭上了眼睛。

张幼林背诵的速度又快起来：“是以有力者遇之，熟视之若无睹也。其死其生，固不可知也……”

张李氏站在北屋的窗下听着东屋里的响动，也看见张幼林的种种顽劣，不觉潸然泪下。顷刻，她赶紧擦干了眼泪，林满江也已经到了门口。

“大少奶奶，哦，夫人，您看我老改不了这口，您找我？”

“没事儿，林师傅，您怎么顺口就怎么叫吧，都这么多年了，您快请进来吧。”

张李氏把林满江让进屋里。

两人坐下，张李氏问道：“林师傅，您来松竹斋有三十多年了吧？”

“嗯，到下个月就三十七年了，我十四岁到松竹斋跟老掌柜学徒，这一晃已经五十岁的人啦！”

“那个时候，松竹斋兴盛吧？”

“那是！想当年，别说在琉璃厂，就是可着北京城，要说起南纸店，首屈一指就是咱松竹斋了。唉，那风光是不在啦！这眼下，就更甭说了，让人是一想就心疼啊！要是松竹斋真不行了，我怎么去见九泉之下的老掌柜啊！”林满江说着激动起来。

张李氏给他倒了杯茶端过来：“这阵子我晚上都睡不安生，林师傅，您说，松竹斋怎么就成这样了？”

林满江站起身来接过茶杯：“这是您问，我可就照实说了，要是有不对的地方，您可得多担待。”

“我就是要听您的实话，您尽管说吧。”张李氏投去了鼓励的目光。

“掌柜的就不是个买卖人儿，心思根本就不在这上面！这我不说您也知道，这儿还没挣来呢，他早早地就先花出去了，这么做买卖，能有个好儿吗？老掌柜在的时候，多少还是个震慑，现在可好，连幼林少爷也跟着……唉，我真没法说了！”林满江是越说越激动，茶水差点儿泼在地上。

张李氏叹息着：“都是公公和梦林去得太早了，可眼下，他叔贪玩，咱也不能眼瞅着这二百年的家业就败了啊！”

林满江也叹了口气：“唉，话是这么说啊，可……”

“林师傅，您是这家里的老人了，比我都来得早，眼下我就得指着您了，咱们得商量个法子，救救松竹斋。”张李氏诚恳地望着林满江。

林满江想了想，说：“当初大少爷过世的时候，孙少爷还小，松竹斋这才交到二少爷手里。我琢磨着，要是现在您再把铺子接回来，也不是不在理儿。”

“接回来？可如今账上都支应不开了，我就算把铺子接回来也还是不行啊，再说了，我一妇道人家，对柜上的事儿又不懂，怎么管啊？”

这显然不是个好办法，林满江一时也没了主意，只好接着唉声叹气。

“林师傅，我今天请您来，就是想求求您，说什么也得想出个法子。”张李氏哽咽起来，“他叔指不上，继林和幼林还小，就只有您能帮我了，松竹斋万万不能……”她说不下去了。

“夫人，您别着急，我这一辈子都在松竹斋，东家的事儿就是我的事！”

林满江嘴上安慰着张李氏，可他心里明白，松竹斋到了这份儿上，要想起死回生，难啦！

秋月在琉璃厂边走边辨认着沿街商家的字号，左爷带着心腹李三黑和柴河打这儿路过，左爷远远地瞧见秋月就开始挪不动步了。

这位左爷大号叫左金彪，是琉璃厂一带出了名的地痞恶霸，四十出头的年纪，生得满脸横肉，个头中等偏高，肤色黝黑。左爷色眯眯地盯着秋月看，还贪婪地咂巴着嘴自言自语：“嘿！这小娘儿们可真水灵，跟他妈画里的仙女儿似的，左爷我真是四十多年白活了，怎么就没见过这么漂亮的娘儿们？”

左爷身旁的李三黑，绰号黑三儿，三十来岁，他的背有点儿驼，黑三儿凑到左爷的耳边，低声问道：“左爷，我看出来了，您老人家瞧上这小娘儿们了，是不是？”

“瞧你说的，漂亮娘儿们谁不喜欢？”左爷毫不掩饰。

柴河笑道：“那您还等什么？喜欢就说一声，兄弟我把这小娘儿们叫过来就是了。”柴河有个二十来岁，绰号叫柴禾，还甭说，这绰号起得挺妙，柴河长得就像根细长的麻秆柴禾。柴禾刚要上前，被左爷一把拽住：“你懂什么？对付这种娘儿们可不能霸王硬上弓，在大街上玩愣的，非捅大娄子不可！”

“这好办，我把这娘儿们引到僻静处，剩下的事儿就看您老人家的啦。”黑三儿又凑近左爷的耳边耳语了几句，左爷大笑着给了他一拳：“你小子，真他妈的是个狗头军师！”

秋月全然不知自己已经被地痞盯上了，还在边走边看商家的字号，似乎在寻找着什么。

黑三儿举着一块手帕从后面追上来：“小姐，等一等！”

秋月转过身子：“你是喊我吗？”

“小姐，你掉了东西啦，瞧瞧，这手帕是你的吧？”

秋月嫣然一笑：“您追错人了，这手帕不是我的。”

“不是你的？不对吧，我明明看见是从你身上掉下来的。”黑三儿装得跟真事儿似的。

“真的不是，您可能看错人了，不过，我还是得谢谢您。”

黑三儿摸了摸脑袋："噢，我还真是认错人了，小姐，你别客气，我们一家子都是吃斋念佛之人，行善助人是我的本分嘛。你这是找人吗？"

"不，我在找一家叫松竹斋的铺子。"

"嗨！松竹斋啊，我知道，离我们家不远，我带你去！"

"那真谢谢您了。"秋月不明就里，跟着黑三儿就走了，还以为遇见了活菩萨。

张李氏向林满江讨主意这当口儿，张幼林已经溜到了隔壁他叔家。

张山林一见到侄子就乐了，手里捧着个葫芦迎上来："哟，幼林，还不到下课的时候吧？"

"今儿那老东西有事儿，走得早。"张幼林进了院子就奔鸟笼子去了，张山林把他截住，把葫芦捧到了他的眼前："你来得正好，瞧瞧我新淘换的蝈蝈，好家伙，就这么一蝈蝈，加上一葫芦，你猜多少银子？"

张幼林瞟了一眼："撑死了也就二两吧。"

"二两？这么着得了，我给您十两银子，您给我找这么一空葫芦就行，您要真能十两银子找来，我有多少要多少。告诉你，这蝈蝈加上葫芦，不多不少，四十两银子！"张幼林吃惊地瞪大了眼睛："这么贵？"

"那是，你得看看这是什么东西。瞅瞅，这蝈蝈的颜色，色碧而嫩，跟顶花儿的嫩黄瓜似的，这叫豆绿蝈蝈，再瞅瞅这身形，须长翅阔，瞧见那画上的美人儿没有？那小腰儿，那身条儿，走起路来一扭一扭的，这么说吧，这就是蝈蝈里的美人儿，真正的秋虫儿。"

"叔，什么是真正的秋虫儿？"张幼林故意做出一副不耻下问的样子。

"小子，你也有不知道的事儿？平日里不是挺能吗？"张山林显得颇为得意，"跟叔好好学学吧，告诉你，秋虫儿者，当秋虫盛鸣之际，搭火炕于空室，室必通风，炕上铺以豆枝草叶，炕下煨微火，每日淋水，任其枯腐，选蝈蝈雌雄俱健壮者，纵于枝叶间，任其自寻配偶，中秋节后可望交配甩子，逾两月即可成虫儿。大侄子，你听明白没有？"

"这么麻烦，我还以为秋天到草丛里逮一只就行了呢。"

张山林板起脸来："笑话，您那叫秋虫儿吗？那叫鸟儿食，喂鸟儿倒差不多。秋虫儿是什么？十冬腊月，西北风一刮，您怀里揣一葫芦，蝈蝈'得儿，得儿'一叫，那是什么劲头？给个神仙也不换！"

"好嘛，一只蝈蝈还这么多说道？我听着都晕。"

"你以为呢！这是学问，书本上可学不到，你查查四书五经去，那上面有吗？"

张幼林仔细地看着蝈蝈，张山林又滔滔不绝起来："再说我这葫芦吧，之所以名贵，是因为摘下生葫芦得晾干一年，等着它变硬，然后入油温炸，等到色变得微黄再取出晾干，用丝帛抛光。这时您再瞧瞧，这葫芦是光润剔透，再配上象牙盖儿，上面刻上‘五蝠捧寿’‘鱼跃龙门’什么的，这就齐活了，这葫芦，三十两纹银，少一两人家都不卖。”

“叔，不是我夸您，像您这么会玩的，京城里还真不多，要玩就玩出个派来，哪天您闹身好行头，左手拎鸟笼子，右胳膊上架只鹰，怀里再揣一蝈蝈葫芦，后面跟一大狼狗，迈着四方步往天桥那儿一溜达，嘿！这才是真正的爷。”张幼林真心恭维起他叔来。

张山林听着浑身舒坦，怜爱地看着侄子说：“幼林啊，你小子，就是和你叔对脾气，连玩都能玩到一块儿去。唉，你堂兄继林啊，没你有出息，除了会死读书，什么本事也没有！”

张幼林摸摸肚子，看着张山林说：“叔，我饿了，今晚上咱去哪儿吃饭啊？”

张山林掏出块金怀表看了一眼：“哟，净顾着说话了，还真到饭口了，这么着吧，咱们去泰华楼，我做东。”

“行啊，泰华楼的香酥鸭和水晶肘可是一绝啊，我可是有日子没去啦！”张幼林兴奋起来，拉着张山林直奔了泰华楼，至于这顿饭要花费多少两银子，这叔侄俩可就顾不了那么多了。

天色渐晚，黑三儿引着秋月走进了一条僻静的小街。

秋月疑惑起来，不安地看着黑三儿：“大哥，松竹斋怎么会在这里？咱们是不是走错了？”

“没错，我们家在这条街上住了有小一百年了，还能走错了？你甭着急，马上就到。”这时，左爷带着柴禾迎面走过来。

黑三儿突然挽住秋月的胳膊，把脸凑上去：“姑娘，让哥亲一个。”

秋月大惊失色：“你……你要干什么？”

黑三儿一把抱住秋月：“姑娘，你别怕，哥喜欢你。”

秋月挣扎着大声喊起来：“来人哪……”

左爷和柴禾蹿过来：“干什么？干什么？光天化日之下，你敢调戏良家妇女？”

黑三儿掏出了一把匕首朝左爷一晃：“你们少管闲事，都给我滚开！”

左爷义正词严地说：“把刀子给我放下！听见没有？”

“老子要是不放呢？”

左爷突然飞起一脚踢在黑三儿的小腹上，黑三儿惨叫一声扔掉了匕首，柴禾照着他又是一脚，黑三儿被踢出两米多远，摔倒在地上……

左爷双手叉着腰："起来！大爷我打起不打卧，省得别人说我欺负你。"

黑三儿爬起来，跌跌撞撞地逃走了。

左爷扶住惊魂未定的秋月，关切地问道："小姐，你没事儿吧？"

被吓得花容失色的秋月紧紧抓住左爷的胳膊，心有余悸："大叔，刚才那个人是坏人吗？太可怕了，我怎么会相信他，让他把我带到这儿来。"

"那小子当然是坏人，我要是晚到一步，不定出什么事呢。"左爷向柴禾递了个眼色，"柴禾，你到前边看看，给小姐叫辆车来。"

柴禾心领神会："行，你们等着！"说罢坏笑着走了。

"姑娘，我家离这儿不远，要不上我那儿歇歇再走？"

"不用了，我能走，谢谢大叔了。"

"姑娘，你可别叫我大叔，我有这么老吗？刚三十出头啊，我看你还是叫我大哥吧。"

秋月四处看看："大哥，这是哪儿啊，我连回去的路都找不到了。"

左爷大包大揽道："没关系，我送你，放心吧，有大哥在，就没人敢欺负你。"

柴禾赶着一辆带篷的马车过来，左爷催促着："姑娘，上车吧，我送你回去。"

秋月信以为真，她正要上车，突然，马车车厢的布帘猛地被掀开，黑三儿探出脑袋，一把抓住秋月的胳膊："上来吧！"说着便把秋月往马车上拖。

秋月这才醒过味来，拼命地挣扎，高喊："救命！"

左爷在一旁欣赏着，微闭着眼睛，陶醉其中。"喊吧，大声喊，左爷我喜欢听你叫唤，比百灵叫还好听啊！"左爷的心此时已然飞到了床上……

秋月的呼救声惊动了迎面过来的一顶绿呢官轿，官轿停住了，一位身穿官服的大人下了轿，他拦在路中央厉声喝道："住手！你们是何人？"

左爷一见官员便有些心虚，但还是故作镇静地解释说："大人，别误会，这……这是我内人，跟我吵了架跑出来，怎么劝也不回去。"

"大人救命，我不认识这些人！"秋月已经是满脸泪水了。

官员心里全明白了，他怒视着三个歹徒："好呀，你们好大胆子，光天化日之下霸抢民女，活得不耐烦了吧！放开她！"

黑三儿和柴禾无可奈何地松开手，秋月赶紧躲到了官员的身后。

左爷见势不妙，立即跳上马车，柴禾举鞭猛抽马屁股，马车转眼之间消失在街道的尽头。

官员转过身来问秋月："小姐，你住在哪儿？我送你回去！"就这样，秋月被这位解救危难的官员送回了住处。在回家的路上，秋月得知，这位官员就是刑部主事、后来青史留名的戊戌六君子之一刘光第。

·第三章·

那天接近晌午的时候，张山林家的客厅里，用人在给他斟茶，张山林手里拿着个装蝈蝈的葫芦正凑在耳旁津津有味地听着，林满江急匆匆地走进院子，还没迈进门槛，声音先到了：“掌柜的，事情总算是搞清楚了！”

“什么事儿？”张山林的耳朵没离开葫芦。

“考试用纸的事儿啊，咱不能稀里糊涂让人抢了行，还不知道是谁干的吧？”

张山林的心思还在蝈蝈上，有一搭无一搭地问：“谁干的？”

林满江看了看用人，上前走了一步，凑在张山林的耳边耳语，张山林挥挥手，让用人退下了。

“满江啊，茂源斋的掌柜的好像是姓陈吧？这庄虎臣是什么人？”张山林听着“庄虎臣”耳熟，可实在又想不起来他是干吗的。

“哎哟，我说掌柜的，在琉璃厂哪儿有不知道庄虎臣的？虽说他表面上只是茂源斋的大伙计，可实际上茂源斋的经营全靠他了。这么说吧，没有庄虎臣撑着，十个茂源斋也垮了，这个陈掌柜，也就是个摆设。”

张山林把葫芦放下了，他背着手在屋子里走来走去：“真邪了门啦，一幅书法帖子就把恭亲王给摆平了，你说是谁的字来着？”

“唐朝怀素的《自叙帖》，不过不是真迹，是宋代的摹本，怀素的真迹存世不多，所以能有个宋代的摹本就很珍贵了，听说王爷就好这个。恭王府里的人说，王爷还说过，若是有怀素的真迹，他宁可用整座恭王府去换。”张山林猛地停住脚步：“王爷真是这么说的？”

“我一个叔伯兄弟在恭王府当厨子，是他听见的，想来不会错。”林满江回答得很肯定。

张山林眉开眼笑：“老天有眼，老天有眼啊，怀素的真迹咱有啊！”

“真的？”林满江惊呆了，随即醒过味来，阴沉了好些日子的脸上头一回有了笑容，“那太好了，松竹斋有救啦！”

“你的意思是……”

“咱们不会也进进贡？只要王爷发句话，考试用纸的买卖还得是咱们独家经营。”

张山林笑了："我说满江啊，你这脑袋简直是榆木疙瘩，要是有座恭王府，那咱还要松竹斋干什么？"

林满江搔了搔头皮，看着张山林："这倒也是啊，不过……"

张山林可没工夫听下去了，他朝门外喊了句："给我备车！"就拿起葫芦向外走。

林满江跟了出去："掌柜的，您要出门？"

"没大事儿，我和幼林说好了，中午去鸿兴楼吃饭，这事儿就这么着吧。"张山林自顾自地坐上车，走了。

鸿兴楼的雅间"金丰阁"里，杨宪基和几个同僚正在用餐，刘光第坐在他的身旁。杨宪基和刘光第在四川曾经共过事，虽然在官位上杨宪基比刘光第高得多，但杨宪基欣赏刘光第为人耿直、光明磊落的个性，两人私交甚好，算是老朋友了。刘光第为官清廉，通常不参与这类吃酒应酬的事，这天是在杨宪基的盛邀之下才特意来的。他们正在叙旧，忽然听见对面的雅间里吵吵起来。

对面的雅间里，一位穿着镶金边长袍，油光满面的中年胖子把盘子一推，没好气地说："这哪儿是鸭汤煨出来的，纯粹是蒙事儿！"

鸿兴楼的掌柜在一旁忙不迭地赔着不是："鹏爷，您别着急，我这就让厨子给您重做，按您的口味，味儿浓着点儿！"说着，掌柜的弯下腰，凑到胖子的耳边说：

"您可真是行家，今儿个大厨重感冒，起不来炕，徒弟顶的，手艺不到家，您多担待，多担待……"

那位鹏爷仰起脸，略带得意地瞧着掌柜的："我说是蒙事儿吧？"

"鹏爷，您可别这么大声儿。"掌柜的小心地向外看了看。

"那这银子怎么算啊？"鹏爷在银子上从来都不含糊。

"您瞧着给，您瞧着给。"

有这话就齐了。鹏爷又抬头看了掌柜的一眼，慢条斯理地吩咐："赶明儿大厨好了，专门给我做一回，南豆腐得是你们鸿兴楼自制的，别拿豆腐店的南豆腐来瞎对付，鹏爷我可品得出来。"

"您放心，放心。"掌柜的心里说了，蒙谁我也不敢蒙您呀。

"鸭汤也得煨够了时辰，这么说吧，一两个时辰煨出来的汤那不叫汤，那叫什么你知道吗？那叫刷锅水。"

"是是是，那叫刷锅水。"掌柜的应酬着，又加了一句，"赶明儿我照着十个时辰煨。"心想，这下该满意了吧？

哪知鹏爷还没完，继续提着要求："南豆腐上要搁金华火腿末儿，刀功要精，切碎着点儿，别忘了放上好的香菇。”

“一定照办，大厨做好了我会提前给您通个信儿。”

“我不在家就直接送到衙门里。”

掌柜谄媚地笑笑：“保证这道菜，让您吃到嘴里还是热乎的……”

杨宪基看傻了，问刘光第：“这是什么人，怎么这么大派头啊？”

“咱刑部的人，您的下属，正是在您左侍郎的手下当差。”刘光第满脸的不屑。

另一位同僚接上话茬说：“他姓王，叫王金鹏，是个书吏。”

杨宪基大惑不解：“在座的至少都是五品以上的官员，他一个小小的书吏竟敢如此放肆，难道他没看到咱们吗？”

“他又没触犯刑律，我们奈何不得他。”刘光第无奈地摇摇头。

“这家伙怎么看着像个富商？与这书吏相比，我这刑部左侍郎倒真显得寒酸了。”

“杨兄可能还有所不知，”刘光第放下筷子，“这京城的小吏可非比寻常，有人不是说了嘛，‘京，朝官多贫至不能自存，而吏人则多积资巨亿，衣食享用，似于王者’，以至僭越违制之事时有发生。”

“可……衙门里的小小书吏，靠什么来聚敛钱财呢？”杨宪基看着刘光第，还是感到很诧异。

“书吏虽小，但手中握有实权。通常衙门里办案子，是堂官交给司官，司官交给书吏，由书吏检阅成案，回呈给司官，司官稍加润色再呈送给堂官，这时候，堂官如果不给驳回来，案子就算定了。”

杨宪基恍然大悟：“原来如此！他们靠熟悉例案公务，挟制堂官、司官，放手作奸索贿。”

“杨兄思维敏捷，不减当年啊！”刘光第赞许地点点头，“没错，六部衙门每天要办理大量的公务，案牍文书可是堆积如山啊。”

在座的又一位同僚接着说：“杨大人，大清律例多如牛毛，特别是刑部，不但有《大清律》，还要熟谙多种名目的‘例’文，像‘丢失东城门钥匙比照丢失印信处理’，这样的例文也有两千条，您说这么多谁全都能记住啊？那记不住不就得找这些吏官了吗？”

杨宪基感叹着：“所以书吏就执例以制官了，真是怪事！”

“唉！当今朝廷，岂止吏治腐败，我看啊，不变法不足以治其根本！”刘光第激动起来，一拳砸在了饭桌上。

张山林和张幼林走进了鸿兴楼，门口候着的堂倌带着他们径直走向了事先订好的座位上。

叔侄俩坐定，堂倌送上了菜单，张山林连看都没看一眼，随手就扔在了桌子上，他吩咐堂倌道：“清蒸鸭子、火腿煨冬笋、糟蒸鸭肝、红烧鲍脯，有这四个热菜足矣，冷荤你看着配几样就行。”张山林问侄子：“幼林啊，喝什么酒呀？”

“老规矩，还是‘莲花白’吧。”张幼林不假思索地回答，又追加了一句，“伙计，再给我来份水晶虾饼、两碗甜汤核桃酪，快点儿上啊。”

“您二位稍候，说话就上。”堂倌一溜烟似的小跑着离开了。

张山林夸起了张幼林：“嘿！幼林，你行啊，瞅你点菜这派头，有点儿爷的意思了，这就对了，什么是爷？会吃会玩儿才是爷。”

张幼林皱着眉头：“叔，要说论吃喝玩乐，侄子我还差得远呢。唉，没办法，兜儿里银子跟不上，我要是像您似的，柜上的银子随便支，我得把京城的名饭庄吃遍了！”

“哟嗬，我这侄子还有点儿远大抱负，想吃遍京城不难呀，可你不能什么都吃，你得把各个名饭庄的拿手菜挨个尝一遍。这么说吧，随便到了哪个饭庄，您得知道这儿做什么菜拿手，怎么个点法儿，总不能一开口就点个满汉全席，那不叫爷，那叫冤大头，花费银子事小，可面儿咱栽不起。”张山林往后拽了拽凳子，跷起了二郎腿。

“唉，叔，这里面学问大了，您抽工夫得教教我，别的甭说，就说这点菜吧，这里的水可深了去啦。”

张山林来了精神：“那是，没个二三十年工夫，您想在京城称爷？门也没有！说到点菜，那可不光为了吃，还有一层表示身份的意思，跑堂的一看，哟，这位爷可是吃过见过的主儿，蒙不得。比方说吧，到了正阳楼，您得点小笼蒸蟹、蟹肉酥和；到了致美斋，您得张嘴就是四作鱼，什么是四作鱼？红烧鱼头、糖醋瓦块、酱汁中段、糟熘鱼片……”

张幼林接过话来：“到了厚德福，您得点铁锅蛋、厚块鱼、核桃腰……”

“嘿！侄子，你行啊，正经是上道儿啦。”

“不行，不行，比起叔您来，我还差得远呢！”张幼林一副谦虚好学的样子。

堂倌上了菜，叔侄俩埋头吃了起来。在他们身后不远处，庄虎臣正在跟原松竹斋南纸店的长期合作者、供货商潘掌柜和另外几个客人吃饭呢。只见庄虎臣举着酒杯说：“潘掌柜，今儿个我心里太高兴了，您答应和茂源斋长期合作，实在是给小店脸呢，我代表我们陈掌柜，敬潘掌柜一杯，我先干啦！”庄虎臣一饮而尽。

“庄先生，不瞒您说，今天我心里……还真有点堵得慌……”潘掌柜手里攥着酒杯，却没喝。

庄虎臣显得很善解人意，他给潘掌柜一边布着菜一边说：“我知道，潘掌柜还在为松竹斋的事儿闹心呢。"

"是啊，我们潘家和松竹斋合作了几辈子，谁承想，今天到了分手的地步。这也是实在没办法，张山林这位爷人是不错，就是做不了买卖，一而再，再而三欠着货款不给，我不能总跟着赔呀。"潘掌柜道出了心里话。

"那是，交情是交情，买卖是买卖，这是两码事儿，潘掌柜看在老辈子的交情上已经够宽容的了，若是换个人，恐怕早几年就不干了，还等到现在？"庄虎臣说的是实情。

"唉，话是这么说，可哪天真遇见张山林，"潘掌柜摇了摇头，"我这脸……还真有点儿拉不下来。当年张仰山先生和我父亲可是无话不谈的朋友，谁知道我们这些后人走到今天这个份儿上！"

庄虎臣感叹道："潘掌柜是个重感情、讲义气的人，可生意场上的规矩是铁打的，谁也破不得，大家都无能为力啊……"

张山林无意间听到点什么，他回过头去，看到了庄虎臣和潘掌柜，立刻阴沉着脸放下了酒杯。

"怎么啦，叔？"张幼林好奇地问。

张山林气哼哼地答道："我说潘家最近怎么不对劲，原来和茂源斋穿上一条裤子了。行啊，有奶就是娘，看我们松竹斋最近走了背字，就改换门庭了。"

张幼林站起来："叔，咱俩过去，和潘掌柜说道说道，我看他好意思不好意思。"

"找他说道？大爷不给他这个脸！"只见张山林把侄子拉到边上，双手一使劲，将放满酒菜的桌子掀翻了，"哗啦啦！"碟碗粉碎，汤汁四溅，整个饭庄的注意力都被吸引过来。

潘掌柜和庄虎臣的脸上露出了惊讶的神色，掌柜的紧张地跑过来："哎哟，这是怎么话说的？是谁招咱张爷不高兴了？"

张山林站了起来，大辫子一甩，抖了抖马褂，斜眼盯着潘掌柜和庄虎臣大声说：

"没事儿，大爷我今儿个高兴，就是想听个响儿，抖落抖落晦气，让那些不仁不义的人瞧瞧，大爷我活得滋润着呢。伙计，这些碟碗瓢盆的算在我账上，不就是几个银子嘛。幼林，咱们走！"

叔侄俩在众目睽睽之下大摇大摆地向门口走去，走到门口，张幼林站住了，他往潘掌柜那桌一指："伙计，那桌客人是我们张家的世交，他们的饭钱记在我账上，这顿饭算我的！"张山林大笑起来："行啊，大侄子，没瞧出来，你小子还真是个爷啦！"

叔侄俩扬长而去，杨宪基站在"金丰阁"雅间的门口，以这样的方式见识了张幼林。

那是个阳春三月乍暖还寒的日子，阳光灿烂，伊万穿着一件中式长袍，戴着顶瓜皮小帽在琉璃厂闲逛。他喜爱这里的氛围，喜爱这里的店铺，甚至觉得琉璃厂简直就是古老的中国文化的一个缩影。

伊万对中国文化的启蒙得益于法国传教士莫里斯·比肖神父，这还得从伊万的父亲说起。他父亲本来是要继承公爵的爵位的，但在圣彼得堡大学读书的时候，受到巴枯宁、克鲁泡特金、巴甫洛夫等当时走红的民粹主义思想家的影响，加入了圣彼得堡大学著名的“柴可夫斯基小组”，成为“民粹派”的一员。“民粹派”的意思就是“为人民利益奋斗的人”，伊万的父亲和许多与他出身一样的青年贵族知识分子自觉放弃了优越的物质生活，主动到俄国广袤、落后的农村去帮助农民兄弟摆脱苦难。他们这种超出常态的行为触怒了沙皇，进而遭到了逮捕。出狱后，伊万的父亲参与了1881年3月1日在冬宫刺杀沙皇亚历山大二世的行动，侥幸摆脱了追捕，带着十一岁的伊万逃出了圣彼得堡。

伊万和父亲一起在欧洲度过了一段浪迹天涯又颠沛流离的生活之后，父亲染上重病，客死在法国西南部位于加龙河下游的一家小旅馆里。在这家小旅馆，伊万遇见了刚从遥远的中国传教归来的莫里斯·比肖神父，莫里斯神父是位热心肠的慈祥老人，他帮助伊万安葬了父亲，并收留了他，带他来到了波尔多的教区，也使伊万接触到了中国文化。又过了些日子，追捕的风头已经过去了，伊万的亲戚辗转找到他，通知他回圣彼得堡继承爵位和家产。这时伊万已经对中国文化产生了浓厚的兴趣，他回到阔别八年的祖国，接受完高等教育，料理了家事，便不远万里，只身来到中国。

此时伊万来到了松竹斋的大门外，他抬头仔细琢磨着门檐上高悬着的长方形黑底金字匾额，嘴里振振有词儿地念着：“松、竹、斋！”

松竹斋里，林满江正在整理货架子上的宣纸，他看见伊万，赶紧迎出来：“哟，伊万先生，今儿您怎么这么闲呀？”

“今儿我休息，瞧天儿不错，出来转悠转悠。”

“嘿！您的北京话越说越地道了，要是不看模样只听声音，还真不知道您是外国人，您里边请。”林满江让进了伊万。

伊万在铺子里逛了一圈儿，坐到椅子上，林满江给伊万倒上茶，两人聊上了。

伊万端起茶碗：“林大伙计，你们琉璃厂这些铺子的名字都挺有意思，什么‘翰文斋’‘来薰阁’‘博古斋’……”

“伊万先生，那叫字号。”林满江纠正着。

“字号？”伊万沉思了一下，掏出了随身带着的小本子和一支笔，“林先生，您给我讲讲，什么叫‘字号’。”

“得，您又来了，上回您拿这小本儿，我说一句您记一句，我足足给您讲了两个时辰，耽误了我多少事儿啊。您还真听出甜头儿来了，这回我可不能白讲了。”林满江摇着脑袋说。

“赶明儿我请您去同和居吃饭。”伊万诚恳地邀请。

林满江摆摆手：“这倒不用，您多带几位洋客人来就行了。”林满江端起茶碗喝了一口茶，给伊万讲上了，“琉璃厂的铺子，卖文房四宝、卖字画、卖古玩，净跟文人、有身份的人打交道，所以这字号就得起得雅，还要朗朗上口，您听，这松、竹、斋叫起来多响亮！”

“松、竹、斋……”伊万琢磨了一下，“可是……名不副实啊，这铺子既不卖松树，也不卖竹子。”

林满江放下茶碗：“嗨！这话可一句两句说不清楚。”

“林先生，我一直没弄明白，明明是卖文具的，不叫文具店，干吗偏要叫南纸店？”伊万似乎是带着无尽的问题来的，于是林满江就给他解释，因为宣纸、徽墨、湖笔、端砚等都产在南方，所以大伙儿习惯上就把经营这类文房用品的铺子叫南纸店，当然了，南纸店除了卖文房四宝也卖别的，像喜寿屏联、金石篆刻什么的。至于这铺子的字号为什么叫松竹斋，那是因为东家是南方人，喜欢南方的翠竹，来到京城以后，又对北方的松柏产生了兴趣，这么着一来二去，松竹斋就成了铺子的字号。

伊万和林满江在里面聊着，张幼林衣冠不整、打着哈欠来到了大门口。站在门口迎客的学徒得子上下打量着他：“幼林少爷，您这是刚起吧？”

“可不是嘛。”张幼林伸了个懒腰，“昨儿晚上赵家为老爷子做寿，办了个堂会，把京城最有名的戏班子都请来了，我叔带我和继林去听戏，得子，你猜猜昨儿个演的什么戏？”

“少爷，您可真问对人了，让我猜？跟您这么说吧，长这么大我就没听过戏，压根儿就不知道戏园子的大门朝哪边开。”得子向左右望望，随时准备招呼要进铺子的客人。

“连戏都没听过？那你活个什么劲啊？”张幼林惋惜地说道，“我告诉你，饭可以不吃，可戏却不能不听，我琢磨着，这世上要是没有京戏，怕是得有一大半人都活不下去了，活着还有什么劲？连戏都没的听了，不如一脑袋扎进护城河里淹死算啦。嘿！昨儿个谭鑫培、杨小楼合演的《连营寨》那叫地道，我叔叫好儿叫得嗓子都哑了，瞧见没有？今儿都起不来炕啦。”

“那您干吗来啦？”

“我练字的纸没了，来拿点儿纸。”说着，张幼林走进了铺子。

看见张幼林，林满江站起来，迎上去：“侄儿少爷，来啦，这是伊万先生，老熟人了，俄国银行管事儿的。”

张幼林认出了伊万：“哎哟，你怎么跑这儿来啦？”

“随便瞧瞧，闹了半天松竹斋是你家开的？”伊万也认出了张幼林。

“没错，是我家开的，你瞪这么大眼睛干吗？松竹斋又不是昨天才开张的，已经开了二百多年了。”

伊万被惊得蹦了起来：“什么，二百多年？”

“那是，康熙十一年开张，你算算，是不是有二百多年了？”张幼林心想，这洋人怎么这么没见过世面，二百多年就吓着啦？

伊万算了算，嘴里嘟囔着：“上帝啊，那会儿彼得大帝还没出生呢！”

林满江把元书纸递给张幼林：“侄儿少爷，您拿好了。”张幼林接过纸，转身刚要走，又似乎想起了什么：“伊万先生，我秋月姐……她还好吗？”

“秋月？对不起，我有很长时间没见到她了。”

张幼林有些失望：“她去哪儿了？”

伊万耸了耸肩：“这我可不知道，我只是个银行家，不是侦探。”

“银行家是干什么的？”张幼林进一步追问，林满江告诉他，是借给人钱的，银行就是借给人钱的买卖，比方说你想开个铺子没本钱，银行可以先借给你，等你赚了钱再连本带利还给人家。

张幼林乐了：“那太好了，伊万先生，您先借我二十两银子吧，我刚看上一对红子，一时银子不凑手……”伊万打断了他的话：“不是这个意思，银行贷款是有严格手续的，主要是用于大型投资，如果您只需要二十两银子，那么只能考虑向私人借，比如，向您母亲借。”

“我妈？拉倒吧，她不给我二十个耳刮子就不错了，还银子呢，想都甭想。得嘞，你们待着，我走啦。”张幼林走了，伊万望着他的背影，笑着说：“真有意思，他打算向银行借二十两银子。”

说者无心，听者有意，林满江突然茅塞顿开：是啊，我怎么把这茬儿给忘了！银行不就是借人银子的吗？

张家堂屋里，张李氏正在用布擦拭佛龛，把案子上的供品仔细摆放，张山林心里惦记着恭王府那座宅子，他坐在一边期待地望着张李氏：“嫂子，您可得想好了，这可是百年不遇的发财机会，过了这村就没这店儿啦。”

“我不用想，王爷的宅子再好我也不惦记，命里没这个福，我住进去也折寿，再说了，那两幅书画是咱爸托付给我保管的，是张家的传家之物，别说是一处宅子，就是给我一座金山也不能换。”张李氏说得很坚决。

张山林有点火了：“我说嫂子，您也忒死心眼儿了，那两幅书画是张家的传家之物，难道松竹斋就不是？二百多年了呀，如今眼瞅着就开不下去了，考试用纸是咱看家的买卖，以前琉璃厂一条街上哪家南纸店瞧着咱不眼红？可人家茂源斋只用了一幅书法帖子就抢了咱的买卖，您就眼瞧着张家二百多年的家业毁在咱们手里？”

“山林，松竹斋之所以走到今天，是因为我们经营得不好，是我们这辈人无能，怨不得别人，要是不从根子上想办法，就算我们拿回了考试用纸的生意，松竹斋垮不垮也难说。”张李氏白了张山林一眼，张山林气急败坏起来：“嫂子，我算明白了，就是我把嘴皮子都磨破了，您也是一句话，不行！要不这样得了，咱们现在商量一下，把家分了得了。”

张李氏浑身一震，眼泪唰地下来了：“你说什么？山林，你再说一遍！”

张山林也不示弱：“嫂子，既然咱们说不到一块儿去，那还不如分家，分了家以后，您走您的阳关道，我走我的独木桥，咱爸留下的两幅书画，我只要怀素和尚的字儿……”

“山林啊，你不能这样，这个家分不得，你哥他死得早，要不是这个家，要不是咱爸和你这当兄弟的，我一个人带着你侄子也活不到今天，好不容易……你侄子也大了，你倒想分家了，将来……我怎么有脸去见咱爸啊……”张李氏声泪俱下。事情到了这个份儿上，张山林只好退了一步：“不分家也行，要么您把《西陵圣母帖》拿出来；要么您就想个办法不让松竹斋垮掉，嫂子，这两条道儿，您选一条，我先回去了，十天之内，您给我个信儿。”张山林甩甩袖子，头也不回地走了，留下张李氏一个人继续在屋子里掩面哭泣。

这天晚上，张幼林和张继林坐着一条带篷的游船在积水潭的湖面上游玩，张继林站在船头欣赏湖面的夜景，张幼林从怀里掏出装蛐蛐儿的葫芦，把它凑在耳边欣赏蛐蛐儿的叫声。

“哥，你听听，我这蛐蛐儿可是苏州的名虫儿‘紫头金翅’。”张幼林把葫芦挪到张继林的耳边，“就这么一只蛐蛐儿，你猜猜，值多少银子？”张继林敷衍了一下：“用不了一两银子吧？”

张幼林差点儿蹦起来：“什么，一两银子？你可真敢开牙，一两银子顶多是让你看一眼，实话告诉你吧，这只蛐蛐儿是我花了二十两银子从邢老六手里匀来的。”

“就这么个破虫儿居然值二十两银子？真令人匪夷所思，幼林，我看你也够荒唐的。我问你，你哪儿来这么多银子？”张继林正色问道。

“我自己有十两，你爸又给了我十两，这才凑起来的。”

“你和我爸真是……玩到一块儿去了，要不怎么说是亲叔侄呢。”

张幼林听出来了，堂哥是话里有话，于是狡辩起来：“哥，这就是你的不对了，你可是个饱读圣贤书的人，古人云，君叫臣死，臣不死不忠；父叫子死，子不死不孝。你怎么这样谈论自己的父亲呢？这么说吧，你爸不过是玩个鸟儿养个虫儿，你就一肚子不满，还没叫你去死呢，我看你的圣贤书算是白读了。”

张继林知道这纯粹是歪理，可一时又找不出辩驳的话，只好沉默。

此时，远处湖面上传来一阵乐声，张幼林歪着脖子听了听，是古筝曲《春江花月夜》，弹筝人是个高手，这首曲子弹得简直出神入化，他在心里琢磨着，这会是谁呢？

张继林也赞叹起来：“不错，真乃‘嘈嘈切切错杂弹，大珠小珠落玉盘’。”张幼林笑了：“你就瞎扯吧，那是人家白居易形容琵琶的，这可是古筝。”

张幼林继续倾听着，随风传来一个女人清丽的歌声：“春江潮水连海平，海上明月共潮生。滟滟随波千万里，何处春江无月明……”

“唱得真好，意境、韵味都有了，不知是哪家的小姐……”张幼林突然浑身一震，仿佛遭到雷击，“这声音耳熟，我认识她，走，过去看看！”

张继林见天色已晚，要回家，小船先送他上了岸，然后循着歌声划去，停靠在一艘灯火辉煌的画舫边。

秋月素妆淡抹，她坐在船头边弹边唱：“……江畔何人初见月？江月何年初照人？人生代代无穷已，江月年年望相似。不知江月待何人，但见长江送流水。白云一片去悠悠，青枫浦上不胜愁……”

张幼林跳上画舫，站在一旁静静地听着。一曲罢了，秋月抬起头来，张幼林走上前：“秋月姐，好个《春江花月夜》，你唱得真好，你……还记得我吗？”秋月有些恍惚，张幼林又补上一句：“我叫张幼林，我们在……”秋月笑了：“记得。”两人聊了起来。

秋月眺望着湖面说道：“我在江南待久了，总想出来走一走，可真正离开了江南，却又怀念江南的日子，今晚游湖，忽然觉得风景依稀似江南，一时兴起，就唱了起来，让弟弟见笑了。”

“秋月姐从哪儿来，到哪儿去，家住何方，能告诉我吗？”

秋月想了想，她的回答让张幼林匪夷所思：“从来处来，到去处去，至于别的，你就不要问了，如果有缘，将来你自会知道。”张幼林也很知趣，他说：“好，那我就不问，我只要知道你是我秋月姐就行了，别的都不重要。再弹一曲吧，秋月姐，我只想听你弹琴、唱歌。”

秋月坐下，抚琴浅吟低唱起来：“一片春愁待酒浇，江上舟摇，楼上帘招……”

歌声在黑沉沉的湖面上回荡，张幼林听得痴了。

少年不知愁滋味，张幼林在积水潭尽情游玩的时候，他的母亲正在眼巴巴地等着林满江。

林满江处理完铺子里的事情，就匆匆来到了张家，他也有事得和东家商量。

张李氏把张山林要拿《西陵圣母帖》换恭王府，不然就分家的事儿说了，她问林满江：“你说，就算是我把《西陵圣母帖》给了恭亲王，松竹斋就能保住吗？”

林满江摇摇头：“我看未必，退一步说，就算恭亲王改了口，咱们不过是抢回了松竹斋以往的一项业务，可松竹斋的不景气……唉！”

张李氏看着他：“我知道，他叔不是个做买卖的人，眼下松竹斋到了这个份儿上，可就指着你帮我了。”张李氏的眼圈红了。

林满江安慰了几句，说出了想向银行借笔银子，先把松竹斋的日常开销支应下来的打算。明摆着，要是再没有银子周转，恐怕松竹斋下个月就得歇业了。

张李氏最怕的就是松竹斋关张歇业，也许这一趴下就再也爬不起来了。可借款的事儿她心里从来没想过，谁能在危难之中伸出援助之手呢？

林满江说出了俄国的华俄道胜银行和洋人伊万，他告诉张李氏，华俄道胜银行在大清国做的都是大买卖，什么向铁路、矿山投资，收存关税、盐税……跟这些个相比，松竹斋要借的这点银子就是这个——林满江伸出了小拇指比画了一下。

张李氏思忖着：“借了银子，要是到时候松竹斋还没有转机，这连本带利的数儿可就大了，让我好好想想。”

墙上的挂钟“嘀嗒、嘀嗒”地响着。

过了半晌，张李氏抬起头来：“就这么办吧！你这就去告诉山林，就说向银行借银子的事儿，我同意。还有，满江，我们也商议过了，从现在起，你就是松竹斋的掌柜的，他山林叔乐得把这摊子事儿推出来，以后，松竹斋就全靠你支应了。”张李氏期待地看着林满江，林满江也显得很激动：“夫人，谢谢您瞧得起我，我林满江为了松竹斋，豁出去了！”

借银子的事就这样决定下来，林满江很快和伊万达成了协议：松竹斋向华俄道胜银行借银一万两，借期是三年，年利息百分之十五，到期连本带利一笔还清，抵押物就是松竹斋这个铺子。如果到期无力偿还，松竹斋将收归银行所有。伊万对这笔贷款还是有把握的，以他对松竹斋财产的估价，就算松竹斋到期无力偿还，这家有着二百年历史的老店，连同它的货物拍卖个一万两银子应该不成问题。

银子是借到了，可到时候不还得还呢吗？林满江是不敢有丝毫的怠慢，他先紧着还上了各家的欠款，又处处精打细算，能省就省，这些日子没忙乎别的，从早到晚绞尽脑汁就跟算盘干上了。可省着省着窟窿等着，林满江就算累吐了血，松竹斋挣钱的速度无论如何也赶不上张山林这叔侄俩花钱的速度。

张幼林又来了，他进了铺子就奔林满江去了："林掌柜的，给我支点银子。"

林满江皱起了眉头："少爷，您不是前两天刚支过吗？"

"嘿，大栅栏那洋货铺新来了一个自鸣钟，你猜怎么着，看上去就是一鸟笼子，里面站着一只红子，跟真的一样，零件就藏在红子的肚子里，上上发条走起来，红子的眼睛一闪一闪的，夜里还有亮光呢。"张幼林显然已经爱上了这个宝贝。

"便宜不了吧？"

"不贵，才三十两银子。"

"才三十两银子？少爷，您怎么比开银行的气儿还粗，一个自鸣钟就三十两银子，还不贵？"

张幼林认为，那是正经英吉利国造的，英吉利国离咱有多远？把货运过来容易吗？要这么算，三十两银子还真不算贵。林满江不屑地说，洋货有什么好的？张幼林说洋货当然好，瞧人家洋人，知道咱大清国上自缙绅富户、下至顽童贫士都爱提笼架鸟，就琢磨了这么个玩意儿，买回家往厅堂门口一挂，金灿灿的，要多神气有多神气……张幼林说出大天去，林满江就是一句话：眼下没有富余银子。

张幼林恼了，嚷嚷起来："怎么没有？我说林掌柜，你怎么当了掌柜的更抠门了？不是向银行借了吗？支点儿我先使着！"

"少爷，那可是周转用的，到期连本带利还得还呢！"林满江也不示弱。

张山林一手拎一个鸟笼子进来，不耐烦地指着林满江："给他，给他，不就是点儿银子吗？瞎吵吵什么？我在外头都听见了，不嫌寒碜！"

林满江无奈地走到账柜，拿出张银票，张幼林一把抢过来，又对张山林挤挤眼睛："叔，瞧我弄件好东西来啊！"张幼林一溜烟似的跑了。

张山林坐下："满江啊，他的事儿完了还有我呢，我也不多要，先拿二百两吧。"

林满江瞪大了眼睛："掌柜的，您这是……"

"瞪什么眼睛？让你拿你就拿吧，哪儿那么多废话！"张山林透着不耐烦，林满江乖乖地去拿银票。等着银票这当口，张山林看见斜对面庄虎臣进了茂源斋，张山林一时心血来潮，他接过银票，站起脚来就奔茂源斋去了。

茂源斋的前厅里，陈掌柜拿着账本，庄虎臣正在跟他说着什么，张山林一手拎一个鸟笼子，双手不停地甩着，嘴里哼着戏文，晃晃悠悠地踱进来。

庄虎臣连忙迎过来：“哟，这不是张掌柜的吗？您怎么有时间上我这儿来了？快请坐，伙计，给张掌柜的上茶！”

陈掌柜朝张山林点点头：“您坐。”

张山林继续晃动鸟笼子，在厅里来回走动着，不阴不阳地问道：“庄掌柜的，最近买卖不错吧？”

“哎哟，张掌柜，您可别这么叫我，我就是茂源斋一伙计，这才是我们掌柜的。”

庄虎臣指了指陈掌柜。

张山林故意大惊小怪的：“什么，伙计？不对吧，庄先生这么能干，我看当个掌柜的都屈才，怎么能才是个伙计呢？”

“啪！”陈掌柜阴沉着脸把账本摔到桌上。

庄虎臣看了看陈掌柜，脸上的神态渐渐冷峻起来：“张掌柜，看来您今天是有话要说，好啊，庄某洗耳恭听，张掌柜的有何见教？”

“不敢，不敢，我哪敢有什么见教？我是来和庄掌柜的学本事的。”张山林放下鸟笼子，坐在了椅子上。

“且慢！我再说一遍，我不是掌柜的，我们掌柜的姓陈，您接着说！”

张山林瞟着庄虎臣：“你给茂源斋立了这么大的功，怎么还是个伙计？你们东家可真够可以的……得，咱不提这个，我就是想和庄掌柜……不，庄大伙计……也不妥，哦，庄先生，我想和庄先生学学挖墙脚的本事。”

庄虎臣冷静下来：“此话怎么讲？”

张山林摊开双手：“这不明摆着的吗？松竹斋和潘家做了几辈子的生意，那是百年的交情了，照理说这两家的关系就跟两口子似的，够铁的了，松竹斋好比丈夫，潘家好比老婆，这么说吧，两口子闹不痛快，老婆顶多是回娘家住几天，哪天丈夫给个好脸儿，颠颠儿的又回来了，可庄先生一出手，得，老婆的胆子一下子壮了起来，倒给丈夫来了一纸休书，我想请教庄先生，按道理，说服一个人背信弃义也不是件容易事儿，庄先生都用了什么手段才闹了这个结果？”

“说完啦？我来回答，好，首先，张掌柜把松竹斋比作丈夫，把潘家比作老婆，我觉得这种比法就有问题。谁都知道，做买卖要讲诚信，而诚信要建立在公平的关系上。您讲话了，两口子闹不痛快，老婆顶多是回娘家住几天，哪天丈夫给个好脸儿，颠颠儿的又回来了，我明白您的意思，您想说，就算两口子不想过下去了，也得由丈夫先递出休书，怎么能让老婆先提出来呢？”

张山林点头：“没错，要这样，丈夫的脸往哪儿搁？这不是反了她啦？”

庄虎臣觉得张山林的想法很可笑，他喝了口茶：“张掌柜，您把松竹斋和潘家的关系比成丈夫和老婆的关系，这本身就不妥。据我所知，张家和潘家的祖上是朋友，是兄弟，两家的关系是平等的，这才有的百年交情。我说了，做买卖首先要讲公平诚信，其次是互利，要是总一家赢利，一家亏本，那这买卖是没法做的。”

张山林站起来：“庄虎臣，你少来这套，我张山林也四十多岁的人了，什么不明白？用得着你给我当先生吗？麻烦你转告潘家，既然他不顾几辈子的交情，那就别怪我翻脸不认人，往后在琉璃厂是有他没我，有我没他，别让我逮着空子，逮着空子我就毁他。”

庄虎臣冷冷地回敬道：“张掌柜的，您可有点儿过分了，就算是两口子分手，也犯不上反目成仇，更何况在琉璃厂谁怕谁呀？”

张山林拎起鸟笼子：“嘿嘿！我说庄虎臣啊，那咱就骑驴看唱本儿——走着瞧吧！”张山林扭头走了。

庄虎臣高声说道：“张掌柜的，您慢走！改日过来喝茶。”

装作看账本的陈掌柜这才咳嗽了一声：“哼！什么玩意儿啊！”

张山林出了口恶气，喜滋滋地来到了嫂子家。

他接过张李氏削好的苹果，边吃边说：“嫂子，您还别说，今儿个我还真痛快，反正是什么解气说什么，一通连骂带卷的，给庄虎臣来个大窝脖儿，不爱听啊？嘿嘿！凑合着点儿吧，我就是不能让潘家痛快了。”

张李氏听着，简直是哭笑不得：“山林啊，不是我说你，这有用吗？你到茂源斋这么一骂，传出去多让人笑话？”

“我可管不了这么多，要是有人让我不痛快，我就让他这辈子都不痛快。”

“可你想过没有，潘家为什么不跟咱们做了？难道咱自己就没责任？别的不说，就是老拖欠人家的货款这一条，哪家能老迁就你？山林啊，咱不能总是埋怨别人，也得想想自己哪儿做得不对啊。”

张山林没觉着松竹斋哪儿对不起潘家，不也就是最近银子紧，拖欠了几次货款吗？这是做买卖常有的事儿啊，难道这百十年来，潘家就没欠过张家的银子？张山林正想着，张李氏打断了他的思路：“松竹斋到了今天的地步，不是庄虎臣和潘家造成的，责任在咱自己。”

张山林火了：“嫂子，您这么说我就不爱听了，松竹斋戳在那儿有二百多年了，不一直就是这么做下来的吗？张家还是张家，松竹斋还是松竹斋，什么都没变，变的是潘家。”

“不对，”张李氏也强硬起来，“张家也不是过去的张家了，这些年，你在鸟儿、虫儿身上花的工夫比在买卖上多得多，嫂子没说错吧？”

说起这事儿张山林的委屈还就来了：“嫂子，当这掌柜的有什么好？整天操心不说，还落埋怨……对了，我说嫂子,《西陵圣母帖》的事儿您想好了没有？我可一直等着您的信儿呢。”

张李氏的语调平缓下来：“山林啊，我反复想了几天，觉得还是不能把《西陵圣母帖》送人，一是我受了咱老爷子的临终嘱托，这两幅家传的字画无论什么时候都不能出手。俗话说，受人之托，忠人之事，更何况这是咱老爷子的临终嘱托，我当着全家人的面答应了老爷子，这是一辈子的事儿，想拿走这两幅字画，除非等我闭眼之后。”

“嗯，这是一，还有二呢？”张山林耐着性子问。

“二是我琢磨着，就算我们把《西陵圣母帖》送给恭亲王，拿回了考试用纸的经营权，也未必能一劳永逸地保证松竹斋不会垮掉，松竹斋之所以不景气，不仅仅是因为某一项业务，而是我们的经营有问题。”

张山林气急败坏起来：“嫂子，我不是说过了嘛,《西陵圣母帖》在您手里，您要是死活不拿出来我也没辙。我知道，在这个家里，我说话就从来不算数儿，我爸我哥在的时候，我听他们的，他们不在了，我得听嫂子的，我张山林都四十好几了，这种日子也不知道什么时候是个头儿。嫂子，今天我跟您交个底，要么拿《西陵圣母帖》来，要么今天咱就谈谈分家的事，既然我在张家说话不算数儿，那咱各过各的行不行？”

提到分家张李氏就没主意了，她低声下气地说道：“山林啊，咱张家本来人口就少，你是幼林唯一的亲叔叔，要是分了家，我和幼林就真成了孤儿寡母了，要真到了这一步，咱老爷子在九泉之下不会安生。山林啊，你就别逼我了行不行？”

“不行，嫂子，我这大半辈子都没做过自己的主，今天我想做一回自己的主，咱们还是分家吧。”

张李氏声泪俱下：“山林，不要分家，我求你了，看在咱老爷子和你死去的哥的分上，我求你了，我给你跪下……”张李氏“扑通”一声跪在张山林面前。

张山林惊慌失措起来：“嫂子，嫂子，您这是干什么呀？起来，快起来！”

“你要是不答应我，我今天就不起来了！”

张山林没辙了，口气只好软下来：“嫂子，有事好商量，您先起来成不成？”

“山林，你答应了，答应不分家了？”张李氏执拗地看着张山林，还是没有站起来。

“好吧，嫂子既然不愿意分家，那分家的事我就不再提了，这样吧，您不是已经让林满江当掌柜了吗，我不过是个挂名儿掌柜的，得了，我彻底退出，连名儿都甭挂，反正别少了我那份分红就行。”张山林说完了这番话就径自向外走去，张李氏站起来，冲着他的背影高声追问：“这可是你说的啊，是心里话吗？”

张山林站住，回过身来看着嫂子："没错儿，是我说的，大丈夫一言既出，驷马难追！"随即他跨出了门槛，身影消失在影壁后面。

张李氏叹了口气，心想这样也好，随他去吧。

茂源斋的前厅，小伙计走进来，他看看庄虎臣，又看看陈掌柜，犹豫了片刻，来到陈掌柜身边轻声说道："掌柜的，安徽泾县的赵掌柜来了，他带来一批宣纸，说是想请庄师傅过去验验货。"

"庄掌柜的，您能抽工夫去看看吗？"陈掌柜阴阳怪气地抬起头来看着庄虎臣。

"陈掌柜，您别这么说，我担待不起，茂源斋的掌柜永远是您，我庄虎臣就是一伙计。"庄虎臣显得颇为尴尬。

"不对吧？连张山林来茂源斋兴师问罪都得找庄掌柜的，我这掌柜的，人家都不拿眼瞅一下儿。瞧见没有？安徽的赵掌柜来了，也是指名道姓要您去验货，哪儿还有我什么事儿？"陈掌柜的心里很失落。

庄虎臣近乎是哀求了："掌柜的，我求您了，别老拿我打镲成不成？我在茂源斋也不是一年两年了，别人不了解我，您还不了解？"

"虎臣啊，这么多年了，我还能不了解你？你这个人能干，脑瓜子活泛，办事儿呢，也有里有面儿，别说是我，就是琉璃厂一带的铺子谁不知道你能干？可就是有一样儿，你呀，太精了，精得让人摸不着底儿。"

"掌柜的，您这是夸我呢，还是骂我呢？"

陈掌柜皮笑肉不笑地说："虎臣哪，这您得自己琢磨呀。"

庄虎臣甩下一句："我琢磨不出来，就是觉着浑身别扭。"

另一个小伙计捧着一张请帖走进前厅："庄师傅，刑部衙门的王金鹏王大人打发人给您送来一张请帖，说是明天在韩家潭有个堂会，请您过去聚聚。"

庄虎臣接过请帖："行，知道了。"

陈掌柜乜斜着眼睛："瞅见没有？您是手眼通天呀，连衙门里的官员都关照您，您在茂源斋待着，还真有点儿屈才呀。"

庄虎臣不再吭声，扭头走了。

·第四章·

从松竹斋向华俄道胜银行借款到现在，时间又过去了两年半，张继林和张幼林相继完成了私塾的学业，赋闲在家。张继林还是一如既往地看书练字，张幼林则给自己放了长假。这天上午，张幼林早早地来到了叔家的院子里，忙着给鸟儿喂水喂食，乐此不疲。

张继林站在石桌旁规规矩矩地临帖，他见堂弟根本就没有要读书的意思，于是抬起头教训起来："幼林，你有完没完？你呀，怎么说你好呢？别净跟我爸学，成天不是玩鸟儿就是养虫儿，那叫什么你知道吗？那叫玩物丧志！"

张幼林讥讽地回敬他："哎哟！还玩物丧志？我说哥，我们都丧了什么志了？"

张继林恨铁不成钢，他搬出了《礼记》，说："男子汉大丈夫总要有个志向吧？就像《礼记·大学》里说的，要正心、修身、齐家、治国、平天下。"张幼林一听这话就烦，跟堂哥戗戗起来："我活得好好的，干吗要治国平天下去？天下人要都去平天下，闹不好就得乱套了，几千年来无数读书人谁没这种抱负？可实际上呢？治国平天下轮得上你吗？从来是成功的机会少，失望的时候多，所以又出现了'穷则独善其身，达则兼济天下'的说法，不过是给自己找个台阶儿下。"

张继林明知道他在胡扯，可又一时语塞，张幼林于是继续阐发："就说咱俩吧，你好好读书，为的是将来'兼济天下'；我呢，玩个鸟儿养个虫儿什么的，为的是'独善其身'，咱们兄弟各有各的志向。"

张继林赌着气扔下手里的毛笔："算了，我不跟你说了，道不同不相与谋。"

张幼林拎起了鸟笼子："继林哥，您慢慢写着，千万别松劲，保不齐哪天张继林的大名就上了国子监的进士碑了，不是状元也得闹个榜眼什么的。"

"你干吗去？"张继林伸着脖子问。

"我溜达溜达，'独善其身'去。"张幼林转身走了。他烦透了张继林从私塾先生那儿趸来的这些陈词滥调，心想，有这么个堂兄真是要多没劲有多没劲。

张幼林拎着鸟笼子漫步在街头，他东瞧瞧，西看看，漫无目的地闲逛着。逛到南横街，被无赖王小二和铜六儿盯上了。这两位都是直隶人，和张幼林的年纪不相上下，在京城没有正当的职业，靠坑蒙拐骗混饭吃。铜六儿先是瞧上笼子里那对红子了，琢磨着没十两银子拿不下来，再看张幼林的打扮、做派，准是个有钱的少爷。王小二一马当先，他从怀里掏出一个瓷瓶就迎着张幼林走过去了。

王小二走到张幼林的身边，故意撞了他一下，手里的瓷瓶掉在地上摔碎了。

王小二一把揪住张幼林："嘿！这么宽的大街，怎么净往人身上撞？"

张幼林火了："明明是你撞的我，怎么反咬一口呀？"

"我还说是你撞的我呢，得嘞，我这瓷瓶怎么办吧？"

"怎么办？活该！"张幼林心想，想讹大爷我？门也没有。

看热闹的人围了上来，铜六儿混迹在其中。王小二给看热闹的人作着揖："各位老少爷们儿，你们来评评理，有这么欺负人的吗？今儿个我妈病了，没钱抓药，我一咬牙把祖传的宝物拿出来，想送到当铺当点儿银子，谁承想让这位爷把瓶子撞到地上摔碎了，我这可是北宋钧窑的'海棠红'，就这一瓶子没五百两银子拿不下来，这位爷，您看着办吧。"

张幼林冷笑着："哟嗬！还知道钧窑的'海棠红'？学问还真不浅，你还知道点儿什么？"

王小二装出委屈的样子："这位爷，您这是怎么说话呢？光天化日的摔碎了我的'海棠红'，还想赖账是怎么的？"

"我看你长得就跟海棠红似的，见过那玩意儿吗？别说是你，就是你爹、你爷爷，你家祖宗八代也不知道钧窑的窑口朝哪边儿开，去去去！一边儿凉快去！跑这儿蒙事儿来了？"张幼林要走，铜六儿凑上前挡住了路："你这人怎么这么不讲理啊？你把人家宝贝摔了还出口伤人，连我这路过的都看不过去了。"

王小二一把揪住张幼林："走！咱去衙门那儿讲理去！"铜六儿跟着煽风点火："对，告他个兔崽子！"

张幼林大怒，伸手给了铜六儿一个耳光："你敢骂人？"

铜六儿向张幼林扑过来，张幼林灵巧地闪开，铜六儿扑了个空，一头栽倒在路边的台阶石上，脑袋磕出了鲜血，不动了。

王小二大喊："不好啦，杀人啦，快来人呀……"

张幼林惊慌起来，不住地辩解："不是我打的，是他自己没站稳，大伙儿要给我做证啊……"

铜六儿满脸是血，躺在地上一动不动，起哄架秧子的好事者吐沫乱飞，在指手画脚地解说，张幼林的鸟笼子也摔坏了，笼子门大开着，鸟儿早不知飞到哪儿去了。

两个捕快很快赶到现场，他们拨开人群，掣着张幼林从人群里往外走，张幼林挣扎着嚷道："嗨，你们凭什么抓我？又不是我打的，是他自己磕的……"

“是不是你打的你说了不算，到刑部衙门自然会弄清楚，你老老实实跟我走。”年纪大些的捕快半安慰着。

张幼林执拗地挣扎着：“我不去！我还有事儿呢。”

年轻捕快一把拎住张幼林的领口：“嘿，这小子嘴还挺硬，我拿人拿了快二十年了，还头一次碰上这么嘴硬的小子，你走不走？还非叫我动手不成？”

张幼林照着年轻捕快的手上咬了一口，年轻捕快疼得大叫一声，松开了手，张幼林撒腿就跑，两个捕快急忙追上去。

张幼林蹿入了前面的集市，他跑过一个西瓜摊，用力将放西瓜的木案掀翻，西瓜滚了一地，两个捕快被滚动的西瓜绊倒……

一个用竹竿支起的凉棚，凉棚下的桌子旁有几个人在喝粥，张幼林跑过来，两个捕快已经快要追上他了，张幼林一把推倒竹竿，凉棚顿时垮了下来，茅草棚顶全蒙在两个捕快的头上……

张幼林在集市上奔跑着，他时而钻进摊位下，时而跳上摊主的木案，把集市闹了个鸡飞狗跳墙。

在一个卖清真牛羊肉的木案下，他刚钻出脑袋来，一只大手一下子把他拎了起来，年轻捕快已经等候在那里了，他气急败坏地看着张幼林：“小兔崽子，我看你还往哪儿跑！”众目睽睽之下，张幼林被捕快们带走了。

庄虎臣的家离琉璃厂不算远，走路大约半个时辰，可他平时因为铺子里事情多忙不过来，所以不常回去。昨天下午，陈掌柜因为点鸡毛蒜皮的事又跟庄虎臣较起真来，到了晚上庄虎臣还觉得心里憋闷，于是就赌气称病回家了。

早上，陈掌柜端着一个铜质水烟具，坐在太师椅上正准备跟账房先生对账，突然想起了什么，他四处看看，问忙着摆弄宣纸的小伙计：“怎么没见庄虎臣啊，他上哪儿去啦？”

“对了，庄师傅说，他有点儿不舒服，想歇一天，让我跟您打个招呼，刚才我这一忙，就给忘了。”

“不舒服？都是喝酒喝的，少喝点儿什么毛病都没了。”陈掌柜显然很不高兴。账房先生递过账本：“掌柜的，您瞧瞧这笔账，这儿。”

陈掌柜看了看：“怎么啦，不就是那批湖笔嘛，有什么不对吗？”

“我怎么觉得这批湖笔的进价有点儿高啊，您瞧，这是进价，这是卖价，这是赢利，我琢磨着，这里面……”账房先生意味深长地看着陈掌柜，把话收住了。

陈掌柜马上关注起来：“你的意思是……”

“我也是瞎琢磨啊，可没有挑事儿的意思，谁都知道，像这种成色的湖笔在琉璃厂各家铺子都有个约定俗成的价格，大伙都互相看着呢，你卖得贵，买主儿就不买你的，别的铺子里有便宜的，所以说，这种笔的卖价大家都差不多，没什么好琢磨的，值得琢磨的是进价，谁能抓到低进价是谁的本事，进价低利就大，可您瞧瞧庄虎臣的进价，高得有点儿离谱儿啊。”账房先生指着账本说。

陈掌柜接过账本仔细翻看着：“是呀，进货是个关键，一不留神就容易被人算计，要是庄虎臣和卖家串在一起做局，故意把进价抬起来，然后从卖家手里拿好处，这银子挣的，可是神不知鬼不觉啊。”

账房先生乘机又找补了几句：“掌柜的，我给您提个醒儿，防人之心不可无啊，以庄虎臣的本事，到琉璃厂哪家铺子都能混口饭吃，可他为什么在茂源斋一蹲就是几十年？从名分上说，也就是个大伙计，这里面……恐怕是有点儿名堂。”

陈掌柜点点头：“唔，你这一说，我还真得好好想想，他庄虎臣这么精明的人，不会在一棵树上吊死吧？得，这事儿以后再说，当务之急是得问问庄虎臣，这批货的进价是怎么谈的！伙计！”陈掌柜高声喊着，小伙计应声走过来，“你去叫一下庄虎臣，就说有笔账不太清楚，麻烦他来一趟。”小伙计犹豫着：“掌柜的，庄师傅在家呢，要不然……”陈掌柜瞪了他一眼：“让你叫你就去叫，哪儿那么多废话！”小伙计不敢言语了，赶紧转身走了。

天色已近晌午，庄虎臣还没起来，他躺在炕上还在想心事，门外传来小伙计的声音：“师娘，我师父在家吗？”

“炕上躺着呢，说是不舒服，你进去吧。”庄虎臣的妻子撩起门帘，让进小伙计。

庄虎臣很诧异，他直起身子问道：“你来干什么？”

“掌柜的叫您去一趟，说是有笔账不太清楚，麻烦您去说明白。”

庄虎臣烦躁地挥挥手：“我不是打招呼了吗？今天我不舒服，有什么话明儿再说！”小伙计凑到庄虎臣的耳边低声耳语了几句，庄虎臣听罢大怒，他抓起炕桌上的茶壶狠狠地摔在地上，“哗啦”一声，茶水四溅。“简直欺人太甚！庄某什么时候干过这种鸡鸣狗盗之事？！”

庄虎臣的妻子惊慌地跑进来，打量着庄虎臣：“当家的，怎么啦？”

“出去！给我滚出去！”“哗啦”一声，炕桌又被庄虎臣掀翻了……

张幼林被带到了刑部的大牢里，两个捕快把他推进了牢房，狱卒刘一鸣锁上了当作牢门的栅栏。刘一鸣三十出头，生得高大魁梧、肌肉发达，面带凶相，尤其是他那双眼睛，差不多有杏核那么大，眼珠向外凸鼓着，寒光四射。一般人基本上会被刘一鸣这副长相给镇住，不过，张幼林似乎并不觉得可怕。

年轻捕快指着张幼林的鼻子说道："小兔崽子，你不是能折腾吗？我给你找了个好地方，这儿住的都是京城里最能折腾的主儿，就看你的本事了，闹好了能混个牢头干干。"张幼林也不示弱："到哪儿也得讲理，人又不是我打死的，凭什么抓我？哼，我看你这当捕快的是没长眼睛，坏人一个抓不住，就有本事抓好人！"

"嘿！这小子到这儿了还嘴硬？我看你是不见棺材不落泪，老刘，你给我好好整整这小子，让他知道知道咱是什么人。"年纪稍长的捕快说。

"我知道你们是什么人。"张幼林看着他俩，"衙门里养的狗呗！"两个捕快大怒，年轻捕快蹿上一步："嘿！老刘，你把锁打开，我非把这小子嘴缝上不可！"

刘一鸣推开他："行啦，行啦，我说你们俩跟一个孩子较什么劲？赶紧走吧，这儿我说了算。"两个捕快骂骂咧咧地走了，刘一鸣看着张幼林："小子，你也给我老实点儿，这是刑部大牢，我不管你在外头是干什么的，进来就得守规矩，要是想闹事，留神我扒了你的皮！"

"大叔，什么时候让我出去啊？"张幼林天真地问。

刘一鸣冷笑了一声："哼，让你出去，想什么呢？你把人打死了，犯的是死罪，知道吗？"

"我也没怎么着啊，是他自己磕到台阶上，怎么能赖我呀？"张幼林显得特无辜，刘一鸣觉得这孩子有点傻："你问我啊？反正人是死了，这笔账得算在你头上。"

张幼林想了想："那，能不能让我先出去，有什么事儿出去再说？"

刘一鸣终于不耐烦了："我说你脑子有病还是怎么着？我再跟你说一遍，你小子把人打死了，出不去了！"说完，刘一鸣转身走了，留下张幼林愣愣地站在牢房门口，牢里的犯人们发出一阵哄笑。

张李氏坐在院子里的葡萄树下，时不时地向大门口张望着，心里犯起了嘀咕：这幼林干吗去了？怎么到这时候还不回来？她正琢磨着，张山林用力甩着两臂，抡晃着俩大鸟笼子进了院子。

他似乎是没看见嫂子，径直把鸟笼子放到了东屋的窗台上，把笼子上的罩子揭开，露出两只叽叽喳喳叫着的画眉。

张李氏站起来："山林，你来啦？知道幼林去哪儿了吗？"

"呦，嫂子，您在呢，不知道。"张山林的眼睛没离开鸟儿。

"正好，我跟你商量一下松竹斋的事，你不来我也要过去一趟，唉！这些日子愁得我都睡不着觉，你也出出主意。"

张山林没注意嫂子在说什么，对着鸟儿一个劲儿地数落："今儿个你们俩这是怎么了？净给我丢人，专拣最脏的口儿叫，学什么不好，非学夜猫子叫，我看你们俩是欠收拾了！”

张李氏有些愠怒了：“山林，我跟你说话呢，你怎么不理我，倒跟鸟儿说上了？”

“嫂子，我知道您发愁，可我也没辙呀，铺子里不是林满江招呼着呢吗？”

“凭良心说，满江是尽心尽力的，可……唉，就是没什么起色，眼瞧着借银行的钱就赔得差不多了，还款的期限也快到了，你说，往后该怎么办呀？”张李氏愁眉苦脸的。

“您甭跟我商量，说实在的，我天生就不会做买卖，和咱老爷子一样。老爷子喜欢金石书画，我喜欢提笼架鸟儿，反正都不是做生意的料。松竹斋走到这一步，我也发愁，可愁有什么用？就是打死我，我也没本事让松竹斋起死回生啊。”张山林的话说得很绝。

画眉又使劲地叫起来，张山林瞧着它们，一副幸灾乐祸的样子：“渴了吧？想喝水？门也没有！谁叫你们不听话来着。”

用人急急忙忙走进来，边走边嚷：“太太，老爷，可了不得喽，幼林少爷在街上跟人打起来，出了人命了！”

“什么？你说什么？”张李氏睁大了眼睛先是愣在那儿，接着一屁股坐在台阶上，眼泪唰地就下来了。这个消息对张李氏无异于一个晴天霹雳，她中午饭也没心思吃了，回到卧室，跪在丈夫的牌位前泪流不止，谁劝也劝不动，直到张山林找来了林满江，她才被用人扶起来。

“夫人，您也别太着急了。”林满江安慰着。

张李氏抹着眼角的泪水哽咽着说：“我能不急吗？幼林这孩子从小就让人操心，平时淘气惹祸也就罢了，谁知道又惹出了人命官司，他爸死得早，我就这么一个儿子，真要有个三长两短的，我怎么对得起他去世的父亲？”

“夫人，事到如今，您急也没用，咱平时不惹事儿，但有了事儿也不能怕事儿，您放心，我去打点，关键是让事主儿家里别再死咬，衙门里再使够了银子，兴许就能把这事儿给摆平了，眼下，只是这银子……”林满江没法儿往下说了。

“就是倾家荡产这银子也得花呀，总不能让幼林真给人抵命吧？”张山林也火急火燎的。

张李氏叹了口气：“唉，真是屋漏又遭连夜雨，事儿都赶到一块儿了，咱们借银行的银子怎么办？”她眼巴巴地看着林满江，林满江躲避着张李氏的目光，忐忑不安地小声低语着：“借钱时合同上明明白白写着，到期无力偿还贷款，用松竹斋的财产做抵押，如果我们反悔，那是要吃官司的。”

“这不是要我的命嘛！”张李氏的眼泪又止不住地流下来。

夜深了，犯人们一个挨一个地挤在铺着稻草的地铺上熟睡，连翻身的余地都没有。张幼林独自坐着，他心里窝囊，毫无困意。旁边就是粪桶，阵阵恶臭熏得他无处躲避，他突然大叫起来："放我出去！我不想待在这脏地方！"叫声清脆凄厉，惊醒了犯人，他们纷纷坐起来，咒骂着张幼林："嘿！你他妈号丧哪？还让不让爷爷睡觉。"

犯人赵和抬手给了张幼林两个耳光："我看这小子是欠揍！"

张幼林站起来，怒视着他："你凭什么打人？"

"爷爷打的就是你，让你知道知道号子里的规矩，怎么着，你还不服气？"赵和根本没把张幼林放在眼里。

"不服，你再动我一个试试？"

"小兔崽子，我动你又怎么样？"赵和一个耳光又扇过来，张幼林低头躲过，一头撞在他的肚子上，赵和猝不及防，被撞得仰天跌倒。张幼林跃起来骑在他身上，左右开弓还了他两个耳光。赵和大怒，一个翻身将张幼林压在身下，乱拳打下，张幼林人小不敌对手，被打得鼻子流出鲜血，但他一声不吭，任对方暴打。打了一会儿，赵和停下来："小子，你服不服？"

张幼林不吭声。

犯人老梁和着稀泥："行啦，他不吭声就是服了，让这小子靠着马桶睡觉，以后倒马桶的事就归他了。"

赵和松开了张幼林："小兔崽子，不打你一顿你就不知道马王爷有几只眼，以后给我老实点儿，听见没有？"

张幼林还是不吭声，他默默地爬到地铺上躺下了。

"老实啦，你他妈早干吗去啦？"赵和还在不依不饶。

老梁打了个哈欠："都睡吧，有什么事儿明天再说。"牢房里安静下来，不一会儿犯人们都睡着了。

张幼林悄悄爬起来，他的目光在牢房里巡视，最后落在马桶盖子上。张幼林没有犹豫，他抄起木质的马桶盖，跃身扑向赵和，手中的马桶盖狠狠地砸在他的脑门上，赵和被惊醒，没来得及反应，张幼林又是一下……

赵和大叫起来："来人哪，杀人啦！救命啊……"犯人们七手八脚地拉开两人，狱卒刘一鸣赶过来，瞪着眼睛问道："谁喊呢？谁呀？又活腻了吧？"

犯人们装作无事散开了，张幼林奋力将马桶盖扔出，砸在四处躲藏的赵和身上。

"住手！干什么呢你？"刘一鸣站在栅栏外瞪着张幼林。

"没干什么，就是想揍他。"张幼林满不在乎地回答。

赵和捂着脑袋告状："刘爷，这小子想杀了我，您管不管？"

刘一鸣觉得挺有意思："嗬，这小子还挺有种，小子，他比你高半头，你也敢揍他？"

张幼林走到栅栏边："大叔，这儿没事儿，您还是睡觉去吧。"

"小子，老实告诉我，你还想干什么？"刘一鸣饶有兴味地问道。

"一会儿您走了，我还要揍他，揍得他讨饶为止，我还要告诉这屋子里所有的人，谁敢再欺负我，我就跟他干到底。"

"嘿！他妈的，来了个生牛犊子！人儿不大，胆儿倒不小，我还不信就治不了你……"

"大叔，到哪儿也得讲理，是他先动的手，你为什么不管？"张幼林理直气壮地质问。

"别废话，我就看见你打人了，老子得管教管教你，还反了你啦？"刘一鸣边骂边用钥匙开牢门。

"大叔，你要是敢动我一下，我就一头撞死在这儿，不信你就试试！"

刘一鸣大惊，立刻停止了开门的动作："别价，你撞死了不要紧，我他妈就得丢饭碗，你给我好好待着。"

老梁插话了："刘爷，要不您给他换个地方吧，守着这小子，我们睡觉都不踏实。"

"对，大叔，还是给我换个地方吧。"张幼林巴不得离开这间臭烘烘的牢房，刘一鸣答应着："好好好，你先忍几天，老实给我待着，容我给你相个去处，小子，你也别叫我大叔，还是我叫你大爷吧，你是我大爷行不行？你可千万别拿脑袋去撞墙，听见了吗？"刘一鸣真怕这混不吝的小兔崽子闹出什么乱子再把他的饭碗砸了，随后几天，他没敢怠慢，挖空心思地给张幼林琢磨去处。

庄虎臣一连几天都待在家里，没有去茂源斋上班。庄虎臣和陈掌柜闹别扭的事很快在琉璃厂传开了，也传到了张李氏的耳朵里。她听了这个消息，不觉心中一亮，立即打点好贵重的礼品，和张山林打了个招呼，叫上林满江，坐着马车就奔庄家去了。

夫人要把庄虎臣请到松竹斋来，林满江怎么想怎么觉得这事儿不靠谱。在颠簸的马车上，他对张李氏说："夫人，您这是瞎费工夫，庄虎臣哪儿那么好就说动了？就算您磨破了嘴皮子，我怕他也不会来。"

张李氏显得胸有成竹："我看不一定，成败就看咱的诚意了。"她看着林满江，"庄虎臣要是来了，就只能委屈你了，毕竟……你是咱松竹斋的元老了，我这也是不得已而为之呀，还得请你……帮帮我，咱们共同渡过这个难关。"这番话，张李氏发自肺腑，说得也很真诚。

林满江被感动了，他想了想，坚定地表示："您的心思我都明白，我也把话撂这儿，只要庄虎臣愿意来，跟咱们一条心把松竹斋给保住了，我林满江没二话，保证一心一意给他当好大伙计！"

张李氏点点头："我替张家谢谢你了，满江！"

庄虎臣住的是个农家小院，房檐挂着干辣椒、老玉米，墙上靠着独轮车，猪在圈里哼哼着，看家狗"汪汪"了两声又懒洋洋地趴在地上，院子里还有几只在觅食的鸡。

对这两位不速之客，庄妻不敢怠慢，她赶紧迎进堂屋，端上茶，然后就小跑着去三叔家叫回了庄虎臣。

庄虎臣对张李氏和林满江的到来颇感意外，他从院子里紧走几步进了堂屋，张李氏和林满江从椅子上站起来，庄虎臣张罗着："哎哟，张夫人，满江兄弟，稀客呀，快请坐，快请坐。"

张李氏和林满江落座，林满江关切地问道："虎臣兄身体怎么样了？"

"凑合吧。"庄虎臣看了看八仙桌上堆着的礼物，目光转向了张李氏，"夫人您看让您破费了，茂源斋和松竹斋都在一条街上，这街里街坊的都不是外人，我庄虎臣可担待不起，待会儿……您还是拿回去吧。"

"庄先生，我们今儿个来是有求于您的。"张李氏单刀直入。

"夫人客气了，虎臣只不过是一伙计，一切都得听东家的，帮得上帮不上您可真不好说。"松竹斋的事庄虎臣大体上知道一些，他一时掂量不出这二位的来意。

"庄先生，我们不绕圈子，我今儿来，是想请庄先生出面，经营松竹斋。"张李氏说得十分恳切，庄虎臣顿时一愣。张李氏继续说道："松竹斋如今的状况您恐怕也清楚，眼看就撑不下去了，我是一妇道人家，见识少，也没别的办法，但公公临走前把松竹斋托付给我，我不能对不住张家的列祖列宗，不能让它就这么倒了。"

"夫人，您过虑了吧？松竹斋哪儿至于呀？"

"庄先生，我跟您说的都是实话，眼下，整个琉璃厂也只有您有本事使松竹斋起死回生了。"

"虎臣兄，你的本事在琉璃厂众人皆知，你来了，我给你当伙计！"林满江说得也十分诚恳。

张李氏拿出一个紫锦缎子面、做工精美的盒子，双手捧给庄虎臣："这是我留给您的，我等您！"庄虎臣一时愣在那儿，脑子里盘算着是该接还是不该接。庄妻看了看张李氏，又看了看庄虎臣，替当家的双手接过来。

张李氏站起身："我儿子还在大狱里呢，我还得想辙去，松竹斋就拜托您了！”张李氏深深地给庄虎臣鞠了一躬，然后和林满江一起离开了庄家。

紫锦缎盒子里装的是一张松竹斋掌柜的聘书，看着这张聘书，庄虎臣可犯起难了。他在屋子里来回踱着步子，眉头紧皱。庄虎臣心里明白，这个掌柜可不是好当的，自己一旦迈出这一步，后半生就要和张家荣辱与共了。这是一场以命运为筹码的赌博，庄虎臣一遍又一遍地问自己，我赌得起吗？

这天，庄虎臣屋里的油灯亮了一宿。

刘一鸣终于给张幼林找到了去处，他领着张幼林出了牢房，沿着长长的走廊向前走着，走廊两侧都是带木头栅栏的牢房，牢房里的犯人们大声取笑着张幼林：

“哟，小白脸儿，跟大爷我住一间吧，我会好好侍候你的！”

“这小子细皮嫩肉的像个娘儿们，就他还敢杀人？”

刘一鸣边走边呵斥着：“干吗呀？都他妈把嘴给我闭上……”两人来到走廊拐角处的一间牢房前，刘一鸣把牢门打开，看着张幼林：“我的大少爷，你不是想换间房吗？这事儿我给你办了，你要是再不满意我可没辙了。”

牢房里，只见一个四十来岁、一脸大胡子的汉子端坐在一堆稻草上，他面相凶狠，两眼却炯炯有神。此人是个西北侠士，也是马帮的头领，名叫霍震西。

霍震西本来独住一间牢房，见又关进一个人，不由大为光火，于是开口便骂：“哪儿蹦出这么个小兔崽子来？姓刘的，你要是不怕我把这小子剥皮生吃了，就关进来！”

“老霍，你要是真有这副好牙口，就把这小子生吃了，我怕什么？大不了你丢脑袋我丢饭碗，算起来我也不吃亏。”刘一鸣并不在乎老霍说什么。

张幼林一本正经地看着霍震西：“这位大叔，您在外边经常吃人吗？干吗不先把刘爷吃了，刘爷个儿大，长得又肥，可比我经吃！”

霍震西故意狞笑着：“小子，算你还有点儿眼力，告诉你，这姓刘的肉太老，不好吃，还臭烘烘的，老子还是吃你吧，等姓刘的一走，我先一把捏死你，然后再剥皮抽筋……”

张幼林笑起来：“大叔，您真好玩儿。”

“老霍，你他妈的嘴里干净点儿，惹怒了刘爷，我给你上个四十斤大镣，让你尝尝滋味。”刘一鸣呵斥道。

霍震西冷笑着：“你就不怕老子出去宰了你？”

“你怕是出不去啦，就你这案子，轻了来个充军发配，重了没准儿就是斩立决，你高兴什么？”刘一鸣有些幸灾乐祸，他锁上牢门，隔着栅栏对张幼林说，“小子，给你爹写个信，让他在外面多使点儿银子，四处打点一下，兴许能把你办出去。”

刘一鸣走了，张幼林转过身，好奇地看着霍震西，霍震西凶相毕露：“看什么？再看老子宰了你！”

张幼林并不害怕，他往霍震西身边凑了凑：“大叔，你知道刘爷为什么把我调到这个号子吗？”霍震西挪了挪身子，很不耐烦：“我管你怎么来的，惹烦了我就拿你出气，你要是怕了，就让那姓刘的给你再换个地方，这个号子老子一个人住挺好。”

张幼林严肃起来：“大叔，我看您脾气不好，我也不想惹您，可您也不能欺负我，要是您欺负我……”

“怎么样，老子欺负你了，你个小兔崽子能把我怎么样？”霍震西不屑地盯着张幼林。

“那我就趁您睡着了，把尿桶扣在您脸上，反正您不能不睡觉吧？”张幼林心平气和地说。

霍震西眼睛一瞪：“你敢？我看你是活腻了。”

“我说的是如果您欺负我，大叔，不信您去问问刘爷，我是怎么来的这儿。”霍震西坐起来，上下打量着张幼林，心想：咦？我还真走了眼了，这小子还真有一肚子坏水。

接下来，霍震西和张幼林两人井水不犯河水，谁都没再搭理对方。

庄虎臣想着心事，在琉璃厂街上匆匆走着，浙江湖州湖笔供货商蒋志文迎面过来，大老远地就打上了招呼：“哎哟，这不是庄掌柜吗？咱们可是好久没见啦。”

庄虎臣停住脚步：“蒋先生，您可千万别这么说，我在茂源斋就是一伙计，不是掌柜的。”

“我知道，我知道，你们掌柜的姓陈，可那不是摆设吗？谁不知道茂源斋实际拿事儿的是您庄先生啊。”

庄虎臣不想再解释，他转了话题：“蒋先生什么时候到的京城？”

“到了一个多月了，我住在江浙会馆，有工夫到我那儿喝酒去，我还得在京城住阵子呢。”

庄虎臣有些奇怪，试探着问：“蒋先生，平时您一到京城都要在琉璃厂各家铺子走一走，这次怎么不声不响呢？”

“怎么没去？琉璃厂我转了好几次，各家铺子都转到了呀！”

“去茂源斋了吗，我怎么不知道？”

蒋志文想了想，一拍脑门：“你看我这记性，想起来了，茂源斋我是没去，因为你们陈掌柜和账房先生去会馆找过我。”

“陈掌柜和账房先生找过您？我怎么都不知道啊？”庄虎臣很惊讶。

蒋志文四下看看，见没有熟人，凑近庄虎臣小声说道：“庄先生，您不提我还忘了，陈掌柜找我是核实一下上次我们成交的那批湖笔的进价，唉，陈掌柜这个人，心眼儿太多，他怀疑庄先生您从中得了好处……”

“天地良心，咱们谈价钱从来一是一、二是二，这方面您蒋先生最清楚啊。”庄虎臣显得很严肃。

蒋志文摊开双手：“说的是呀，我对陈掌柜说了，这批湖笔是大路货，靠的是薄利多销，我给谁的价格都是一样的，庄虎臣就是想从中拿好处也不可能。我说了，陈掌柜，这就是您外行了，庄虎臣如果想拿好处，他也不会在湖笔交易上做手脚，这么说吧，他倒腾几块古墨就行，这里面水就深了去啦，而且银子挣得神不知鬼不觉。”

“陈掌柜怎么说？”

蒋志文有些为难，他沉吟片刻，轻声说道：“庄先生，我说了您别生气，陈掌柜说，哦，原来如此，看来我得查查墨的进价了。”

庄虎臣脸上的肌肉猛地抽搐了几下，他一声不吭，扭头便走。蒋志文在后面喊着：“庄先生，庄先生，我可什么都没说啊，您别往心里去……”

陈掌柜正坐在茂源斋前厅的太师椅上吸水烟，庄虎臣气冲冲地走进来：“掌柜的，我有话要说。”

陈掌柜摆摆手：“有事儿一会儿再说，你先带伙计们到库房倒腾一下宣纸，这两天天气潮。”

“不行，我现在就得说，不然我心里堵得慌。”庄虎臣站着没动。

陈掌柜拉下脸来：“好好好，你说！”

“掌柜的，我在茂源斋干了几十年了，干得怎么样，您心里有数儿，我心里也有数儿，您要是信不过我也没关系，和我明说，我走！可您不能在背后坏我名声！”庄虎臣显得很激动。

陈掌柜一掂量，心里就明白了。他站起身，走到庄虎臣身边，语气也缓和了下来：“哦，虎臣啊，看样子你是见了蒋志文了，这里面……恐怕是有点儿误会，你别听他瞎捣鼓，我信不过别人还信不过你？”陈掌柜又耍起了老把戏。

“别价，咱还是把事儿搞清楚再说，湖笔的账您是核实了，下面就是进墨的账，您也就势一块儿查清楚，我呢，先回家歇着，随时等您的信儿。”说完，庄虎臣义无反顾地走出了茂源斋。陈掌柜追出来，说了些什么，庄虎臣一概没听见。

松竹斋里，林满江正在整理货架子，庄虎臣阴沉着脸走进来。林满江迎上去，试探着问：“虎臣兄，今儿个是怎么啦，跟谁生气呢？”

“满江兄，麻烦你转告一下张家，就说我想好了，愿意到松竹斋来，当个小伙计也行！”听到这话，林满江喜形于色：“虎臣兄，我就知道你会来！”林满江正要拉他到后面坐坐，庄虎臣却转过身，一声不吭地走了。

牢房里，霍震西懒得搭理这新来的小兔崽子；张幼林呢，也算知趣，尽量不惹这位动不动就想把他宰了的西北汉子，两人相安无事地度着日子。

那天下午，张幼林刚睡醒，他爬起来，正在舒坦地伸着懒腰，霍震西斜躺在稻草地铺上，百无聊赖地投过来目光，脸上满是嘲弄的表情：“喂！你小子胎毛还没褪干净，怎么也进来啦？”

“他们说我杀了人。”张幼林回答得满不在乎。

霍震西蹦了起来：“什么？杀人，就你还敢杀人？他妈的你不说实话我捏死你！”

霍震西恶狠狠地盯着张幼林，他最见不来那种满嘴里跑舌头的人。

“有个泼皮无赖找我的茬儿，朝我扑过来，我闪开了，他脑门磕在台阶上，就这么死了。”

“我说呢，就凭你，再给你几个胆子也没胆量杀人。”霍震西坐回地铺上，心想，原来也是个受冤屈的人。过了一会儿，他抬起头来再看张幼林的时候，目光和语调中都有了些许的柔和：“我说，看你穿戴像是个少爷，你爹是干什么的？”

“在琉璃厂开南纸店的。”

“你这点事儿好办，让你爹花点儿银子把死人家属的嘴堵上，再给衙门里的书吏使些好处就行了。”

“大叔，您是因为什么进来的？”张幼林好奇地看着霍震西，这是目前他最想知道的。

霍震西突然又露出一副凶相：“你管老子是因为什么进来的，就你话多是怎么着，给老子把嘴闭上。”

“您这个人真没意思，动不动就翻脸，我不跟您说话了。”张幼林也生气了，他索性转过身去，把后背留给了霍震西。

霍震西本是遭人陷害入狱的，一想起这事心里就窝火，不过，也犯不上跟一个孩子过不去。他挪了挪身子，语调有了明显的缓和：“谁让你没大没小的？那是你该问的吗？”

张幼林没吭声。

霍震西又问：“琉璃厂我经常去，你家那南纸店叫什么字号？”

张幼林仍然没吭声。

霍震西怒了："老子和你说话呢，耳朵里塞驴毛啦？说！"

"我不和您说话，您这人属狗脸的，说翻脸就翻脸，我懒得理您。"张幼林毫不掩饰对这位大叔的不满。

霍震西狠狠地举起了拳头："我看你小子又欠揍了，敢这么和我说话！"

张幼林转过身，静静看着他："大叔，您忘了我说过的话？"

"什么话？老子记不清了。"这小兔崽子曾经说过什么，霍震西早忘了。

张幼林一字一句地又重复了一遍："我说过，您要是欺负我，我就趁您闭眼睛睡觉的时候把马桶扣在您脸上，除非您不睡觉。"

霍震西举着拳头的手犹豫起来："你想把屎尿扣在我脸上？他妈的，你怎么能想出这种阴招儿来？谁教你的？"

"没人教，自己琢磨的，谁让我打不过您？要是我再大个七八岁，哼……"

"你能怎么样？"

张幼林瞪着霍震西："我把您的门牙打下来！"

霍震西自找台阶地放下了拳头："行，小子，你有种，老子不揍你，省得别人说欺负小孩儿。"

"您怕了？怕我用马桶扣您？"张幼林的话里颇有挑衅的味道。

"懒得和你小孩子计较，老子怕过什么？"霍震西闭上了眼睛，心想，这小兔崽子，还甭说，有那么点儿意思。

都一处饭庄内的一个雅间里，张李氏和张山林坐定，他们来早了，庄虎臣还没到，林满江在门口迎着。

张李氏叹了口气，自然又提起了儿子的事："山林呀，你说幼林这事儿可怎么办呢？我就这么一个儿子，虽说出息不大，可我还得指着他续香火，幼林要是有个三长两短的，我怎么对得起你大哥呀……"张李氏的眼泪又下来了。

"您别着急，这件事儿我琢磨好几天了，要说难也不难，就是得花银子打点，要是搁在以前手头儿宽裕的时候，那不算什么，可眼下咱家生意不景气，实在没有银子啊。"张山林说的是实情。

张李氏擦了擦眼泪："山林，咱家的情况我知道，照理说我房里的事不该让兄弟你操心，可老爷子留下过话，张家兄弟不得分家，是穷是富都得在一起过，所以这件事还是得由兄弟你来操持，眼下幼林在大牢里度日如年，咱总得想点儿办法不是？"

张山林试探着问："咱爸的那两张书画能不能先拿出来救救急？"

"你又来了，我告诉你，这绝对不行。我答应过咱爸，就是再难也不能卖，更何况这里面还有郑家的一半儿，我们根本没权利卖。”张李氏的语气很坚决。

“我不是说卖，咱能不能把书画送到当铺先押点儿银子？”

“那也不成。”

张山林气急败坏起来：“那我就没办法了，反正你儿子还在大牢里，过几天一开堂，闹不好就判个监候斩，你这当妈的要是看得下去，我倒也没什么。”张山林气哼哼地站起来，刚要往外走，林满江陪着庄虎臣进来了。

大家寒暄几句，堂倌上了菜，张李氏端起酒杯：“今儿个咱们是欢迎庄先生，大家要喝得尽兴，这杯先干了！”

四人碰杯后一饮而尽，林满江又一一满上。

庄虎臣端起酒杯对张山林说：“张先生，以前我在茂源斋时……做过一些对不起张先生、对不起松竹斋的事，想起这些，我很后悔，也希望张先生大人大量，不要计较我以前的过失，虎臣今天给您赔罪了！”

张山林也端起了酒杯：“庄先生，此一时彼一时嘛，过去的事儿不提了，今后咱们就是一家人，来，我先干了。”说罢张山林干了一杯。

“张先生能不计较过去的事，虎臣感激不尽，大伙不计前嫌，拿我当朋友，我庄虎臣今后一定尽心尽力！”庄虎臣也将杯中酒一饮而尽。

张李氏站起来：“来，咱们为了松竹斋，举杯！”

“且慢！”庄虎臣放下了杯子，他看了看各位，说出了一句让大家都意想不到的话，“松竹斋很快就不复存在了。”话一出口，张李氏、张山林和林满江顿时都愣在那儿了，半晌没人搭腔。

一溜儿山来噢哟哟两溜儿山，
脚户哥哥我出了嘉峪关，
大羊离开了羊群了，
满山里跑集的羊羔没吃的奶了，
脚踩上这大路哟，心里把你牵……

牢房里，霍震西背靠着东墙，坐在地铺上深情地唱着他故乡的民歌《花儿》。霍震西进来快三个月了，也不知道弟兄们和家里人都怎么样了，他惦记他们。

……每日里牵，夜夜的晚夕梦见，
指甲连肉离开了，我离开了你，
把鸳鸯活活地拆开了，

一溜儿山来噢哟哟两溜儿山，
脚户哥哥我出了嘉峪关……

霍震西的嗓门大得出奇，整个刑部大牢的走廊里到处回荡着他那气势豪放、感情炽烈又饱含着沧桑感的歌声，张幼林听得如醉如痴，他以前听过古筝、琵琶，听过京剧、鼓曲，还没听过西北民歌，没想到这随口唱来的民间小调，韵律竟然这样的凄婉、动人心弦。其他牢房里的犯人们也开始大声叫起好来：

“爷们儿，唱得好！再来一段儿！”

“兄弟，要天天有人来上一段儿，咱就不出去啦，这大牢住得挺舒坦……”

“霍兄，会唱京戏吗？给咱来一段儿，我听你这嗓子唱花脸儿挺合适……”

刘一鸣拎着鞭子急忙走过来：“嘿！嘿！老霍，干吗呢你，起哄闹事儿是不是？”

还没等霍震西回答，张幼林扬起脸来看着刘一鸣：“大叔，他唱得真挺好的，大伙儿都爱听。”刘一鸣挥了挥手：“一边儿待着去！小兔崽子，这儿轮不到你说话。”他瞪着霍震西：“老霍，把你这张嘴给我闭上，知道这是什么地方吗？敢在这儿起哄闹事儿，活得不耐烦了吧？”

霍震西冷笑着：“不就是刑部的大牢吗，怎么啦？就算判个‘斩立决’，在没砍脑袋之前也得让人唱歌啊。”

刘一鸣打开牢门走进来：“姓霍的，你别跟我扯淡，就算你霍震西在西北有一号，在这儿可是我说了算，别找不自在，听见没有？”

“姓刘的，你他妈的也就是条摇尾巴的狗，老子才不尿你，要是外边碰见你，老子一只手就掐死你！”霍震西根本没把刘一鸣放在眼里。

“哟嗬，叫板是不是？你觉着没人能治你了？姓霍的，你小子再说一句，谁是狗？”

“老子骂的就是你，你听好了，狱卒刘一鸣就是条狗，一条被阉过的癞皮狗。”

霍震西咄咄逼人，刘一鸣大怒，举起鞭子向霍震西抽去，霍震西灵巧地闪开，飞起一脚踢中刘一鸣的下巴，刘一鸣被踢出牢房，仰面跌倒在走廊上，引得旁边牢房里的犯人们大声哄笑起来。刘一鸣爬起来，气急败坏地高喊：“快来人哪，有人要越狱……”

几个狱卒拎着腰刀、短棍冲进来，他们按倒霍震西，拳脚交加。霍震西挣扎着高喊：“姓刘的，有种咱一对一地干，老子废了你这条阉狗……”

“把那套四十斤的脚镣给他戴上，我看谁硬得过谁！”刘一鸣恶狠狠地指着霍震西说。

张幼林在一旁看着狱卒给霍震西戴脚镣，心中愤愤不平。霍大叔不就是唱了儿句歌吗？干吗要这样？还有没有理可讲了……张幼林得出了一个结论，这儿不是个好地方，他有些想家了。我妈和叔怎么还不把我弄出去？他们在家都干吗呢……想着想着，张幼林的眼泪不知不觉流了下来。

天下哪儿有母亲不惦记儿子的？自打幼林进了刑部大牢，张李氏的心是一刻也没消停过。眼瞧着张山林是指望不上了，她又托起了庄虎臣。

在张家的客厅里，张李氏和庄虎臣相对而坐，她开口问道："虎臣哪，幼林的事你也知道了，我想和你商量一下，怎么办才好。"

"要说这事儿也不难办，刑部的王金鹏和我挺熟的，只要肯花银子，应该没问题。"庄虎臣蛮有把握地回答。

张李氏苦笑着："要是有银子，我还用作这么大难？"

庄虎臣站起来："东家，您说吧，要我做什么？"

张李氏起身从箱子里拿出一张房契递给庄虎臣："这是米市胡同的一处房产，是当年我出嫁时娘家给的嫁妆，你帮我卖了吧，幼林的事你还得多操心。"

庄虎臣收起房契："放心吧，东家，我会把这些事办好。"他走到了客厅门口，又停住脚步，"东家，我提的那件事……您想好了吗？"

张李氏有些为难，她沉默了片刻才开口："虎臣啊，你这主意倒是不错，可这么一来，咱们不是把银行坑了？张家经营松竹斋二百多年了，还没干过这损人的事。"

"东家，这件事我也是想了很久，想来想去，觉得只有这一招儿才能让松竹斋起死回生，除此之外没别的办法。"

"虎臣啊，你再想想，是不是还有替代的办法。"

"山林先生说……家里还有两幅值钱的书画……"庄虎臣问得小心翼翼。

张李氏立刻就愠怒了："他就会想这些歪摺儿，那两幅书画不全是张家的，老爷子留下话，将来郑家的子孙找上门来，由人家任选一幅，您想想，就算我想把属于张家的书画卖掉救急，也不知道该卖哪一幅啊，郑家的后人还没来呢。"

庄虎臣点点头："是啊，要这么说，还真不能动。"张李氏被庄虎臣的善解人意打动了，她望着庄虎臣，禁不住流下了眼泪："庄先生，真难啊，这个家里没有能做主的，你说，我该怎么办？"

庄虎臣想了想："看来这件事没别的路可走，咱还得考虑松竹斋破产的事。东家，您得这么想，银行是谁开的？是洋人，这洋人又是怎么来的？是咱请他来的吗？不是，是他们开着炮船打进来的，打进来不说，大清国还得割地赔款，别的甭说，光赔款这一项，您知道洋人弄走多少银子？要这么说，这些洋人非但不是好人，还得算是强盗，所以说，对付强盗咱就不能客气了，一句话，洋人的银子，不坑白不坑！”

话虽这么说，可张李氏还是觉得这里面有什么不对头的地方，她眉头紧锁：“虎臣啊，你容我再想想……”

庄虎臣很快托王金鹏打通了关节，第一步，先到大牢里探望张幼林。

那天早上，张山林、张继林跟着刘一鸣走进了牢房，刘一鸣过去扒拉醒了正在呼呼大睡的张幼林：“嗨，醒醒，你叔和你堂兄来看你了。”

张幼林睁开眼睛，一骨碌爬起来，喜笑颜开：“叔，继林哥，你们来啦！我妈怎么样了？”

张山林训斥道：“这会儿知道想你妈啦？早干吗去了？你妈养你容易嘛！没出息的东西！”

“爸，您就别再骂他了，幼林知道错了，以后会改的。”张继林嗔怪地看着父亲。

“改什么改？我根本就没错，那人本来就是个无赖，平白无故想坑我些钱财，还要动手打我，结果自己没站稳，磕到台阶上死了，这怎么能怨我？”张幼林为自己申辩着。

“反正是你惹的祸，你要不是没事拎个鸟笼子上街显摆，人家怎么会找你的茬儿？”

张幼林不高兴了：“叔，您要非说是我惹的祸，又不相信我，那就别来看我，您告诉我妈，只当她没养我这个儿子，我在牢里住得挺好。”

“嘿，这孩子还说不得啦？幼林，我是你叔，如今你爸不在了，我管教你名正言顺！”

张幼林也不示弱：“那也得看看您说得在不在理，要是没道理，我凭什么要听？”

“爸，您就别再说了。”张继林看看父亲，又看看堂弟，“幼林，你也把嘴闭上。”

这叔侄俩斗嘴的当口，刘一鸣背着手在牢房里走来走去，霍震西斜着眼睛，挑衅地看着他。霍震西的身体呈“大”字被铁链固定在地上，只有头部可以扭动，身体的其余部分被死死地锁住了。刘一鸣踢了霍震西一脚：“姓霍的，你不是震西北吗？有能耐你把刑部大牢给我震塌了，怎么哑巴啦？”

“去你妈的！姓刘的，有种你把我放开，我弄不死你就他妈的姓你的姓。”

刘一鸣大怒，用脚猛踢霍震西：“姓霍的，你还不服是不是？”

“老子就是不服，有种你把老子打死，你这条阉狗！”霍震西毫无惧色，刘一鸣气得火冒三丈，对霍震西拳打脚踢。

张幼林看着不忍，上前劝道：“刘爷，您别打啦，这位大叔被锁在地上，动都不能动，已经够遭罪的了，我替他向您赔不是，成吗？”

刘一鸣大感意外，他停下来，瞧着张幼林：“嗯？你小子才多大，就敢替人求情了，你有这个面子吗？”

“我虽然年纪小，可我懂道理，常言道，打起不打卧，人家被锁着，没有还手能力，您这会儿打他也算不得真本事，我觉得您要是条好汉，就应该把他放开，你们俩一对一过过招儿，谁把谁打倒那才是真本事。”张幼林语调平和，说得有板有眼。

霍震西大为诧异：“咦？这孩子还挺会说话，小小年纪能如此懂道理，小子，你叫什么来着？”

“张幼林。”

刘一鸣恼羞成怒，正要发作，被张山林拉住：“哟，刘兄，我这侄子不懂事儿，您别跟他一般见识，您忙您的去吧。”刘一鸣也见好就收，他狠狠地瞪了霍震西一眼，嘟囔着走了。

张继林打开食盒：“幼林，我给你带好吃的来啦，你看，这是都一处的烧卖，还有‘月盛斋’的酱牛肉。”

张幼林蹿过来，抓起烧卖、酱牛肉狼吞虎咽地吃起来。刚吃了两口，张幼林停住了，他转过身对霍震西说：“大叔，您也吃点儿吧，够吃的。”

霍震西露出了感激的神色：“幼林，我不饿，你吃吧，谢谢你啦！”

张山林拉了拉侄子的衣角，小声说道：“幼林，这是什么地方！你少管闲事。”

“这位大叔和我在同一间牢房里遭罪，有吃的该同享才是，我怎么能只顾自己呢？”张幼林不满地回敬他，干脆把食盒端到了霍震西身边，“大叔，您手不方便，我来喂您吃。”张幼林将酱牛肉放进了霍震西的嘴里，霍震西嚼着，感激得说不出话来。

“哟，我忘了蘸醋啦，对不起大叔，我给您蘸点儿醋。”张幼林做得一丝不苟，霍震西终于流下了眼泪：“孩子，你的心真好，大叔……忘不了你，我记住了，你叫张幼林……”

·第五章·

琉璃厂在元朝曾是皇家的官窑，元世祖忽必烈从1267年4月开始兴建元大都，当时设窑四座，琉璃厂窑便是其中之一。由于这一带本来就有河道，加上烧窑取土形成了许多窑坑，如此一来，水泊、河流、高阜、下洼都有了，春夏秋三季，鲜花盛开、绿树成荫，可谓别有一番郊野的景致。到了明代，一些官员在退任之后纷纷带着图书、文玩到此地来筑屋定居，赶考的举子们也常来聚会，形成了琉璃厂最初的文化氛围。

清初顺治年间颁布了“汉官及商民人等尽徙南城”的谕令，当时的汉族官员多数都住在琉璃厂附近，后来全国各地的会馆也相继在此修建，一些书商便应时之需集中在这里设摊、出售藏书。乾隆三十八年（1773年）开始编纂《四库全书》，共历时九年，琉璃厂更是聚集了全国各地的大批文人，前门、灯市口和西城的城隍庙书市也迁移过来，与文化相关，经营笔墨纸砚、古玩书画的铺子相继开张营业，琉璃厂逐渐成为京城的文化中心。

不过，到了清末，琉璃厂还有了另外的一个功能，那就是洗钱。那时，各色人等要想结交、疏通朝廷里某位有权有势的达官贵人，直接送银子是不行的，得拐个弯儿，先托人把话儿递过去，达官贵人于是心领神会，从家里挑件值钱的古董送到琉璃厂，换回银子；要送礼的人再从琉璃厂把这件古董买回来，当作送给达官贵人的见面礼。这不是脱了裤子放屁吗？可那时候就兴这么办。坐落在琉璃厂东头的宝韵阁，表面上是家古玩店，暗地里专门替人洗钱，铺子的掌柜周明仁靠从中赚取差价过活，日子过得挺滋润，朝廷里上上下下也认识不少的人，在琉璃厂算是个有头有脸的人物。

周明仁五十来岁，他红光满面，两眼炯炯有神，中等身材但已经开始微微发胖了。这天上午，周明仁正在独自赏玩一件影青色的莲花壶，庄虎臣肩上背着个蓝布包袱走进了宝韵阁。周明仁抬起头见是庄虎臣，热情地招招手：“虎臣啊，来来来，看看这件玩意儿。”

庄虎臣坐下，接过周明仁手里的莲花壶，反复赏玩着：“哟，大哥，年代我有点儿把不准，是……元朝的？”庄虎臣疑惑地看着周明仁。周明仁和庄虎臣沾点儿亲，算是庄虎臣的远房表哥。

周明仁摆摆手：“不，宋代，越窑。”

“这可是件好东西，您发财了。”庄虎臣把莲花壶小心翼翼地放在了桌子上。

“发什么财呀？这是醇王府里的东西，玩两天人家就拿走送回去啦。”周明仁给庄虎臣倒上茶，“哎，虎臣，这阵子你跟松竹斋的人捣鼓什么呢？”

“大哥的消息真灵通，这琉璃厂上的事儿，瞒得过谁也瞒不过您，大哥，我要帮朋友在琉璃厂新开一家铺子，您觉着，请谁的字儿合适？”

“请人题匾？”周明仁琢磨了一下，“要说请字儿，还得说当年何绍基何先生，瞧聚文堂那匾题的，有颜字结体的宽博而无疏阔之气，又掺入了北碑和欧阳询、欧阳通的险峻，用意苍莽，浑厚雄重，真乃神来之笔啊！”何绍基的书法当年被公推为“清代第一”，周明仁年轻的时候和他有过交往，对何先生的才情、人品佩服得五体投地，所以说到题匾，自然又想起了何绍基。

“可惜，何先生故去了，咱没那福分。”

周明仁沉吟片刻：“何先生之下，就数陆润庠了。”

庄虎臣想了想：“那个同治十三年的状元？”

“对，他的字儿是魏碑的功底，笔力劲峭，题匾也不错。”

“大哥，您得帮我请一位在官场上压得住的人！”说着，庄虎臣把蓝布包袱推到周明仁的面前，“这是我孝敬您的。”

周明仁推辞着：“虎臣，你这是干吗呀……”

张幼林在大牢里可有事干了。

通过几个微小的细节，霍震西感到张幼林是个可造就之才，又得知他从小失去了父亲，不觉生出几分怜惜，于是霍震西在被解除了镣铐之后就教起了张幼林习武。

这天下午，霍震西正背着手看张幼林练单腿站桩，没过多久，张幼林就开始左右摇摆起来，他看着霍震西，一副可怜巴巴的样子：“大叔，差不多了吧？我快站不住了。”

“那就歇会儿吧，唉，这刚到哪儿？你给我记住了，怕苦可学不了武。”

张幼林一屁股坐下来：“我本来也没想学武，是您逼我学的，我妈要是知道我学武，非气死不可。平日我和街坊家的孩子打架，别管有理没理，我妈都罚我。”

霍震西也坐下：“你妈这么管教只能管出个窝囊废来，孩子长大了也不会有出息。我教你学武是为了防身，学会了将来总有一天能用上。你可以不惹事，但有了事也决不能怕事。一个五尺高的汉子，光会讲理没用，也得学学动手，要是有人不会讲理，只会动手打人，那咱就出手把他打趴下。”

“以前我不会武术，打架也没吃过亏。”

霍震西指着张幼林的鼻子：“你那叫打架吗？还好意思说？男子汉大丈夫得光明磊落，要打就一对一地干，技不如人就老老实实承认，回去把本事练好了再去报仇，不能像你小子那样，趁人家睡觉搞偷袭，幸亏你不是江湖中人，不然还不让人笑掉大牙？”

“我又不去走江湖，我妈说，让我好好读书，将来去考科举做官，我们家世世代代都是买卖人，挣的钱再多也得受当官的管，我妈说，张家也该出个做官的人了。”

霍震西摆摆手：“别去当那屌官，如今这世道，不管多好的人，一当了那屌官就变坏了，见了洋人就像条摇尾巴的狗，见了老百姓又变成龇牙的狼。”

张幼林往霍震西身边凑了凑：“大叔，我听您的，其实我早看着那教书先生不顺眼，动不动就拿板子打我，这次我要是能出去，就不读书了，以后我跟您学武术，学会了武术就没人敢欺负我了。”

“胡说！书还是要读的，读书是为了明事理，不是为了做什么官。小子，你歇够了没有？给我起来接着练。”

“还练呀？我都快累死啦，我不练了。”张幼林就势躺在了地铺上。

霍震西站起来，挥起了拳头：“你找揍是不是？老子让你练你就练，怎么这么多废话？”

“光练站桩有什么用？就这么站着能把对手打败吗？”张幼林躺着没动，霍震西把他拉起来，好言相劝道：“这是基本功，把站桩练好了，下盘沉稳，坚如磐石，高手相搏，比的就是基本功和耐力。幼林，你在这儿待不长，不定哪天就出去了，以后要坚持练习站桩，练到什么程度要看你自己了，现在我教你几招擒拿术和散手……”

两人又在牢房里比画起来，张幼林的衣裳很快就被汗水湿透了。

伊万听到松竹斋倒闭的消息后，立刻派人查封了松竹斋。本来他是蛮有把握的，可清点完松竹斋的财产，伊万的心就凉了半截：怎么这样一家闻名京城、有着两百年历史的老店只清出了九百两银子？他不得不怀疑这里面另有隐情。正在此时，又传来了另外一个消息：就在距离倒闭的松竹斋不远处，又有一家新的南纸店就要开张了。伊万本能地觉出这两者之间可能会有什么瓜葛，于是，他派人密切监视着这家新南纸店的动向。

初夏的一天早晨，艳阳高照，就要开张的新铺子门口一派喜庆的气氛，高悬在门楣上的匾被一块红绸子遮盖着，庄虎臣、林满江和一个身穿长袍马褂的中年男人站在门口忙着应酬客人。

周明仁缓步走来，庄虎臣迎上去：“大哥，就等您了！”周明仁朝铺子里探头看了看：“都忙活得差不多了吧？”

“就等您来揭匾了！”林满江正要把揭匾的竹竿递到周明仁的手里，突然看见伊万带着几个满脸横肉的家伙从远处匆匆赶来，林满江的脸上有些不自然，他努努嘴，对庄虎臣耳语：“瞧见没有？来者不善哪。”

伊万气喘吁吁地紧走几步到了门口，他盯着林满江：“林先生，你搞的什么鬼！”

“伊万先生，您这是什么意思？”林满江装出一无所知的样子。

周明仁从后面拍拍伊万的肩膀：“伊万先生。”

伊万回过头来：“周掌柜？”周明仁笑眯眯地看着他：“今儿个您也给荣宝斋道喜来啦？”

“道喜，道什么喜？我这是来讨欠账的！”伊万气愤地说道。

周明仁大为不解：“怎么着？荣宝斋还没开张，就欠您钱啦？”伊万指着林满江：“林先生，你不要拿别人当傻子，你用松竹斋向银行借钱，然后又宣告破产，开了荣宝斋，你应该明白，这是在逃避债务，要受到惩罚的！”

“伊万先生，您这么说就不对了，松竹斋经营不善，倒闭了，铺面不是也抵给你们银行了吗？这荣宝斋和松竹斋可是两码事儿，您瞧，这位是东家李先生。”林满江指了指身边的中年男人。

中年男人客气地向伊万点点头：“在下李渊如，请多指教。”这位李渊如不是别人，他是张李氏的娘家哥哥，新南纸店的名义投资人。

林满江又指了指庄虎臣：“掌柜的是庄先生，我呢，是过来帮个忙儿的。”

“伊万先生，您有什么证据证明荣宝斋就是松竹斋呀？”庄虎臣的问话不软也不硬，但伊万却一时无言以对，憋得满脸涨红。

庄虎臣又软中带硬地说道：“要是没证据，可不能血口喷人。”

“揭匾了，揭匾了！”林满江把竹竿递到周明仁的手里，周明仁举起竹竿，匾上的红绸子徐徐落下，露出了“荣宝斋”三个金光灿灿的大字，众人纷纷鼓掌，鞭炮声四起。

庄虎臣对众人抱拳：“今儿个，荣宝斋为各位备下了流水的席，请大伙儿务必赏光，里边请，里边请！”众人簇拥着向里面走去。

“伊万先生，您也赏个光吧？”林满江做出了邀请的手势。

伊万恼怒地盯着他：“林先生，你别以为耍个花招就能躲过去，没那么便宜的事儿，我要请律师来调查你们，让你们吃官司！我就不信，大清国难道没有法律？”

周明仁赶紧过来打圆场："哎哟喂，伊万先生，瞧您说的，这哪儿跟哪儿啊，就扯上官司了？"他拉着伊万躲开门口，给众人腾开道儿，指着屋檐上高悬着的匾："您知道，这是谁题的字儿吗？"

"我看你们中国字，谁写的都差不多。"伊万很不耐烦，此时他哪儿有心思琢磨这个呀。

"这您就不对了。"周明仁凑近伊万的耳边，小声说道，"就这仨字儿，值银子扯了去了！"

伊万抬起头来，疑惑地看了看："谁写的？"

"翁——同——龢！"周明仁一字一顿地回答。

伊万冷静下来："翁同龢是谁？"

"连翁同龢您都不知道哇？"周明仁露出惊讶的神情，"那您在中国算是白待了。"

"我不知道的人多了，周掌柜，您就别卖关子了，快告诉我，这个翁同龢是谁？"

"皇上他师父。"

"皇上他师父？"伊万没弄明白这句话的意思，周明仁又解释了一遍："就是皇上的老师。"

"噢，皇上的老师给荣宝斋题字……"伊万想了想，"那他们是亲戚吗？"

周明仁眼珠子一转，意味深长地说道："是不是亲戚我不清楚，反正是关系深了去啦，要不然，荣宝斋怎么能请到他的字儿呢？"

"就是皇上本人题的字，这官司我也要打！"伊万气急败坏，带着他的人走了。

那天晚上，霍震西和张幼林都没有睡意，两人躺在地铺上聊天。

"幼林啊，我寻思着，你这两天就该出去了。"

"爱怎么着就怎么着吧，在这儿住着也挺好，咱俩做伴儿，日子过得也挺快。"张幼林显得很无所谓。

"呸！咋这么没出息，在这儿还住上瘾了？你才多大？该干的事还多着呢。"

张幼林爬起来："大叔，我走了，您怎么办？"

"听天由命吧，你不是问过我，为什么进来的吗，你想听吗？"

"当然想听，以前一问您就发火要打人，我干脆不问了。我不管大叔您是因为杀人还是因为放火，反正我喜欢您。您要是被充军发配，我就偷我妈的钱当盘缠去看您；您要是被判了死罪，我就给您烧纸钱，让大叔您在阴间也有钱花。"

霍震西又一次被感动了，他也坐起来："他妈的，你这孩子还真够意思，我霍震西没白交你这个朋友，有你这句话，我死了也不冤。好吧，我就跟你说说，我是怎么进来的。"霍震西刚一挪动身子，忽然呻吟起来，脸上现出了痛苦的表情，

“哎哟！我这腿……”

“怎么啦，大叔？”张幼林凑过去，扬起脸来看着他。

“老寒腿，号子里又阴又潮，老毛病又犯了。”

“我给您捶捶吧。”张幼林弯下腰，认真地给霍震西捶起腿来，霍震西向他敞开了心扉：“幼林啊，大叔我是个回族人，在西北一带还算是有些名声。我们赶马帮的人，比不得一般客商，人家做大买卖的有钱，可以请镖局的镖师来护镖，我们是小本儿生意，挣的就是辛苦钱，把钱都给了镖师，我们吃什么？所以说，我们赶马帮的人黑白两道都得有朋友，讲的是‘义气’二字，运货的路上遇到绿林中人，要先说好话，用江湖义气打动他们，态度要不卑不亢，恰到好处。话说得太软，人家会认为你好欺负，这样你的财物就悬了；要是话说得太硬也不行，这很容易使对方下不来台，一旦到了对方觉得丢了面子的地步，这场仗就非打不可了。”

“那就跟强盗们干一仗，总比被抢了好。”张幼林边捶边说。

霍震西摇摇头：“赶马帮的又不是官军，人家干的就是打仗的活儿，我们只有到了万不得已的时候才动手。先是用江湖切口和对方攀道，请人家让一条路，必要时也得花些小钱，算是‘买路钱’；若是对方油盐不进，非要抢货，那就要白刀子进红刀子出，以命相搏了。我年轻时仗着有些武艺，和绿林中人打过几次，未落下风，一来二去就和他们混熟了，以后凡是我的货，他们都给些面子，大家各走各的，相安无事。谁知上次我路过直隶清风店，正好赶上那一带的强盗首领赵四爷带着他的人马劫项文川的商队……小子，你歇会儿。”

“我不累。”张幼林抹了一把头上的汗，“后来呢？”

“赵四爷吩咐：把大车和货物留下，其余人都给我滚蛋！项文川不住地给赵四爷鞠躬，说这些货不是他的，是他客户的，他担待不起，赵四爷瞪起眼睛，说你哪儿那么多废话？你是要命呢还是要货？你挑一样儿。项文川绝望地哭起来，连声说他要命，又说，可这货……您要是给拿走了，兄弟我恐怕也活不了啦……赵四爷不耐烦了，说这是个舍命不舍财的主儿，好啊，我成全你，省得你回去没法交差，老六，给我做了他……”

“赵四爷把项文川杀了吗？”

“没有，我就在这个时候赶到了，替项文川说了几句好话。赵四爷给了我个面子，说这批货他不要了，不过，道儿上的规矩不能破，买路钱多少还是要给一些的，赵四爷提出来，留下一车货，双方走人，不然他以后在江湖上没法混，会被人耻笑，我同意了，这件事就这么了结啦。”

张幼林琢磨着：“这个项文川是什么人？您为什么这么护着他？”

“倒也没什么交情，不过是以前做过几年邻居，我总不能眼看着他被人杀掉。”霍震西回答得轻描淡写。

“那……是什么人把您抓到这儿来了？”

“是项文川使的坏，他损失了一车货，心疼得睡不着觉，怨我没能全部保住他的货，想让我补偿他的损失。我一怒之下揍了他，这小子到官府告了我，说我通匪。这下子我说不清楚了，赵四爷的确是土匪，我又的确认识他，项文川的手下都能为这件事做证，我就是长了一百张嘴也说不清了。”

“这个忘恩负义的王八蛋，明明是您救了他，他却以怨报德，早知这样，当初就该让强盗宰了他。”张幼林愤愤不平，他转念一想，“大叔，咱得想办法呀，总不能就在这儿关着。”

霍震西叹了口气：“我的钱都压在货上了，这回进京吃了官司，货又让官府给扣了，说是赃物。我在京城倒有几个熟人，可要疏通我的案子，恐怕得花不少银子，我朋友的情况我都知道，他们现在也遇到了难处，拿不出这么多银子来，看来老子只能在这儿待下去啦。”

“大叔，我要是能出去，我帮您想想办法。”张幼林说得很真诚，霍震西看着他，爱怜地拍了一下他的脑袋：“扯淡！你个小毛孩子，能有什么办法？行啦，大叔我心领了，你睡觉去吧。”霍震西侧身躺下，很快就打起了呼噜，可张幼林却很久都没有睡着，他睁着两只大眼睛出神地想着，这个世道也太不公平了，当好人怎么就要遭人陷害呢？霍大叔真冤啊……

山西按察使司衙门里，按察使额尔庆尼正坐在条案前批改公文。额尔庆尼三十出头，身高五尺，长得眉清目秀、一表人才，在官场上也算是少年得志。不过这位仁兄不是靠本事上来的，他能谋得这样一个官职，还得从他的发小贝子爷说起。

贝子爷比额尔庆尼大两岁，有纯正的皇族血统，姓爱新觉罗名溥偲，他的祖父是道光皇帝的亲弟弟，被封为多罗郡王，二十多岁就故去了，爵位传给了他的父亲。按照清制，子承父位要降袭一等，所以贝子爷的父亲承袭的是贝勒爵，到了他这儿，自然再降一等成为贝子。额尔庆尼的父亲就任云贵总督的时候，他正在给溥偲当伴读，两人一块儿学习四书五经、弓马骑射。溥偲只有姐妹没有兄弟，他拿额尔庆尼当亲弟弟看待，可谓关爱有加。额尔庆尼的父亲也不大愿意把儿子带到西南边陲，就做了个顺水人情让他留在了贝勒府。这样，额尔庆尼和溥偲一起度过了少年和青年时代的大部分时光。额尔庆尼的父亲过世以后，他出于对自己前程的考虑，决定涉足官场，帮忙的人自然就是兄长溥偲了。溥偲这时已经承袭了父亲的爵位，人称贝子爷。皇宫里上上下下都是贝子爷的亲戚，再加上他和老佛爷的关系不错，所以，没费多大力气就举荐额尔庆尼到山西补了按察使的缺。

这山西按察使为正三品，负责掌管一省的风纪，澄清吏治、审核刑狱，隶属于总督和巡抚，也是一省的重要官员之一。不过，额尔庆尼对政务和官场上的应酬都不是太有兴趣，经常心不在焉。远离京城之后，他愈加怀念起过去吃喝玩乐的日子，特别是每天早上遛完鸟之后，和一帮有同好的贵族、官宦子弟聚在泰丰楼黄鸟儿座的茶馆里，喝着明前的龙井，就着泰丰楼特制的宫廷小点心，天南地北地一通儿神侃，那份舒坦哟……孰料，太原府提笼架鸟之风远逊于京城，额尔庆尼来了好几个月居然就没有相中一个理想的去处，不免心灰意冷起来，直想脱下这身官服一走了之。倒是贝子爷写了一封长信劝他先忍着点，好歹混个一年半载的，他在京城里再帮着寻摸个合适的职位，额尔庆尼这才安顿下来。

平心而论，额尔庆尼的心眼儿不坏，就是脑子不大好使，处理起事情来往往瞻前不顾后，又好认个死理，再加上凡事漫不经心的性格，所以时不常地会发出一些显而易见脑子不够使的指令，让下属苦不堪言。

这时，额尔庆尼还坐在条案前批改公文，他的贴身侍从三郎风尘仆仆地走进来："禀报大人，我回来了。"三郎二十四五岁，一副精明强干的样子。

额尔庆尼抬起头来，端详了三郎好一会儿，才问了一句不关痛痒的话："刚到吧？"

三郎顿时警觉起来："刚到，我把令尊大人护送到京城，没敢耽搁，立刻就往回赶了，这一路上还算顺利。"

"顺利就好，这段日子不得踏实，家事、国事哪个也不能耽误，家事了了，操心的就剩下国事了！"额尔庆尼站起身走到窗前，看着院子里叽叽喳喳鸣叫的鸟儿显得忧心忡忡。

"这日子不是过得太太平平的吗？大人有什么国事可操心的？"三郎用白布小褂抹着头上的汗水。

额尔庆尼转过身来："你不懂，打从春天起，咱们的邻国朝鲜，农民闹什么'东学党'，这乱子朝鲜皇上镇压不下去，请咱大清国出兵，这原本也没什么大不了的，给邻居帮个忙嘛，可日本人愣是在里头插了一杠子，借着咱们往朝鲜派兵，他们也派了兵，居然还抢占了从仁川到汉城一带的要地。"

"这不明摆着跟咱大清国较劲吗？我看他们是没安好心！"三郎的火儿也被勾起来了。

额尔庆尼摆摆手："唉，不跟你说这些了，近来政务繁忙，要启禀圣上的事情很多，白折儿眼看要用完了，你赶紧再去趟京城，记住，到城南琉璃厂，买松竹斋的，快去快回。"

三郎立刻就蔫儿了："是大人，小的明日就启程。"从额大人的房间里出来，三郎就嘟囔起来："怎么不早说啊，这刚从京城回来，又他妈得折回去……"

这段时间，秋月回了趟浙江绍兴老家，把祖父母、父母还有奶妈的遗骨都带来了，在京城郊外给他们修了新坟，这样她就能在京城安心长住了。秋月原本打算等杨宪基在刑部重审当年父亲蒙冤的那件案子有了结果再去张家谢恩，谁知那是皇上亲自处理的案子，要想翻过来一时有相当的难度，于是秋月不想再等了，她直接去了琉璃厂。自从上次秋月被左爷纠缠以后，杨宪基给她选了个丫鬟小玉，小玉聪明伶俐、性情温和，随时陪伴在秋月的左右，也使杨宪基绷了好长一段时间的心多少有些放下了。

琉璃厂是条不长的街，秋月和小玉从东边走到西边，又从西边走到东边，就是没发现叫"松竹斋"的铺子。秋月向正在弯腰洒水的一个小伙计打听，小伙计直起身子："小姐，松竹斋关张了，铺面抵给银行了。"

秋月感到很意外："哟，怎么关张了？那松竹斋的东家呢？"

"这个嘛……"小伙计欲言又止。

"我和他家是亲戚，远道而来，麻烦你告诉我。"

小伙计指着不远处的荣宝斋："瞧见了吧？"

林满江站在荣宝斋的门口，看见小伙计朝这边指指点点在跟秋月说着什么，不觉心中一沉。他在湖广会馆的戏楼里见过秋月和伊万在一起听戏，这个女子这时候来这儿会是什么用意呢……

秋月谢过了小伙计，和小玉向荣宝斋走来，林满江迎上去："姑娘，要买东西就进来看看吧。"

秋月停住了脚步："先生，我是找人的，我想找松竹斋的东家。"

"姑娘，松竹斋在那边，这儿是荣宝斋，松竹斋和荣宝斋没有一点儿关系。"

林满江谨慎地回答。

"可我们听人说，松竹斋和荣宝斋是一回事，从前的松竹斋最近改了字号，叫荣宝斋了。"小玉显然不大相信林满江的话。

林满江摆摆手："没有的事儿，姑娘，我再说一遍，松竹斋和荣宝斋是两码事，以前松竹斋的东家姓张，现在荣宝斋的东家姓李。"

"哦，那可能是告诉我们的人弄错了，对不起了，先生。"秋月很是失望，带着小玉怅然地离开了。

林满江看着她们远去的背影，心情不觉沉重起来。当天晚上他就到张家把这件事通报给了张李氏，那几天庄虎臣正在天津接货，张李氏嘱咐林满江，庄虎臣回来之后，让他尽快摸清秋月的底细，以防不测。

牢房里，霍震西正在教张幼林摔跤，他做了个示范动作，一个背挎将张幼林摔到地铺上，张幼林就势躺在地铺上不肯起来了。霍震西一脚踢过去："起来！别跟老子耍赖，练摔跤就得先学会挨摔，你可真是个少爷胚子，连这点儿苦都受不得？"

张幼林努力爬起来，发着牢骚："大叔，当您徒弟算是倒了八辈子霉，这些日子我身上青一块紫一块，就没个好地方，我妈要是看见我这模样儿，非跟您拼命不可。"

"要不说你们大户人家的孩子没出息呢，除了会享福，屁本事没有，一动真格的就吓得尿裤子，男的不像个男的，比个娘儿们也强不到哪儿去……"霍震西还在尽情地教训，张幼林趁他不注意，猛的一个扫堂腿，霍震西猝不及防，一头栽倒在地铺上。

张幼林拍着巴掌大笑起来："大叔，到底谁像娘儿们？"

霍震西一跃而起，大声叫道："嘿！有门，你这扫堂腿使得好，幼林，咱们接着来，你来摔我。"爷俩儿正比画着，刘一鸣打开牢门进来："我说你们干吗呢，是要拆房子还是炸狱？"

霍震西鄙视地瞟了刘一鸣一眼："我在教这小子练功夫，将来当个刺客，出去以后第一个拿你练手。"

"哼！就他？"刘一鸣伸出右手的食指指着张幼林的鼻子说，"他能自个儿把鼻涕擦干净了就不错，还当刺客呢，他要能当刺客，我就能当九门提督了。小子，收拾东西。"

"干吗呀？"张幼林不解地看着刘一鸣。

"我说你小子在这儿住上瘾了是不是？告诉你，你的官司了啦，可以出去了。"

张幼林愣了一会儿，他转向霍震西："大叔，我要出去了……"眼泪不知不觉地流下来。霍震西拍拍他的肩膀："这是好事儿呀，这儿不是你待的地方，走吧，小子。"

张幼林哭出了声："大叔，我舍不得您，我想和您在一起……"

"傻小子，没有不散的宴席，你我相遇是缘分，将来如果有缘，我们还会见面。"

张幼林擦了擦眼泪，小声问道："有事需要我办吗？"霍震西踌躇了片刻，然后趴在张幼林的耳边："孩子，拜托你到西珠市口大街盛昌杂货铺，找一下马掌柜的，就说我霍震西遭人陷害，在刑部大牢里。"

张幼林点点头："放心吧大叔，我一定把话带到。"

霍震西怜爱地看着他："去吧，孩子，以后多读书，勤练武，做个有出息的人。"

张幼林"扑通"一声跪下，向霍震西磕了个头："大叔，这些日子您教我武艺，教我做人的道理，虽说没有正规拜师，可在我心里早把您当成了师父，今天，我正式叫您一声：师父，您多保重，幼林去了。"

霍震西扶起他："幼林啊，我认你这个徒弟，走吧，走吧，从此海阔天高，一帆风顺。"

刘一鸣等得不耐烦了："我说你们有完没完？怎么像个娘儿们似的，赶紧走！"

张幼林流着眼泪，一步一回头地走出了牢房。

张李氏正在堂屋里擦拭祖宗的牌位，用人李妈跌跌撞撞地跑进来："太太，少爷回来啦！"张李氏转过身："唔，知道了，让他到这儿来。"说完，张李氏在祖宗的牌位前点燃三炷香，然后坐到椅子上。

张幼林一见到母亲连忙跪下："妈，我回来了。"

张李氏面无表情地看着他："幼林，你知错吗？"

"妈，儿子不知错在哪里，请妈指教。"

张李氏一拍桌子站起来："你给家里带来这么大麻烦，竟然还不知错在哪里？"

"妈，您管教儿子也要讲道理，儿子虽说顽劣贪玩，不好好读书，但这次遭难与此无关。您说儿子不孝，儿子不敢狡辩，可该认账的儿子认账，不该认账的事，儿子坚决不认。儿子再说一遍，此次人命官司，儿子无错。"

张幼林的回答句句在理，张李氏的语调和缓下来："幼林呀，你往后能不能长点儿出息？你看看你堂兄继林，读书多用功，从来是规规矩矩做人，街坊四邻没有哪个不夸的。再看看你，隔三岔五地挨先生的板子，不好好读书倒也罢了，整日里跟你叔学提笼架鸟，还背着我到柜上支银子，不是我说你呀，照这么下去，这个家早晚要败在你的手里！"

"妈，常言说，出水才见两脚泥，我还没长大成人，您怎么就知道我将来会败家？若是这样，妈还不如现在就把儿子撵出门去，省得败坏张家的门风。"

张李氏流下了眼泪："幼林啊，你爸死得早，妈拉扯你不容易啊，妈没别的盼头，只盼着你能好好念书，将来能和你堂兄继林一起重振家业，光宗耀祖，你爷爷、你爸爸在九泉之下也能瞑目了，幼林啊，你答应妈！"

张幼林轻声答道："妈，我答应您。"

张李氏擦了擦眼泪："起来吧，去好好洗个澡，换身衣裳。"

张幼林站起来离开了堂屋，他心里盘算起霍大叔交代的事儿。

第二天早上，在西珠市口大街，张幼林没费什么力气就找到了盛昌杂货铺，见到了马掌柜。张幼林开口就问："马掌柜，您认识霍震西吗？"

马掌柜一听"霍震西"仨字儿，立刻浑身一震："霍震西？他在哪儿？"

"霍大叔被人陷害入狱，关在刑部大牢里，让我给您带个信儿。"

马掌柜感激地看着张幼林："这位小爷，太感谢你了，我们正到处找他，谁知霍爷竟然在大牢里，谢天谢地！知道下落就好办了。"马掌柜随即从账柜里取出一锭银子递过来，"这是点小意思，你先收下，赶明儿霍爷出来定有重谢。"

张幼林赶紧把双手背在身后："马掌柜，要是为了挣这点儿银子，我才懒得跑这么远，这银子我不要。"

马掌柜很诧异："这银子你拿去买点儿吃的玩的多好，干吗不要？"

"为了救人跑多远的路都值得，要是为了几个小钱，那不和贩夫走卒差不多吗？我才不挣这份儿钱。"

马掌柜夸赞起来："嘿！小小年纪还真有志气，霍爷没看错你。"

"赶快想想办法救人吧，霍大叔在里面可是度日如年啊。"

马掌柜沉思着："这件事的前因后果我还不清楚，得容我打听清楚再想办法。"

"这好办，这件事的前因后果我都清楚，我告诉您……"张幼林一五一十地跟马掌柜全说了，马掌柜恍然大悟："闹了半天是项文川这王八蛋害的，这笔账以后再算，当务之急是先把霍爷办出来，刑部那里咱倒能找到关系，只是……"马掌柜欲言又止，显得很为难。

"怎么啦，有什么难处吗？"张幼林关切地问。

"只是手头缺银子，不光是我，霍爷的这些兄弟最近恐怕都缺银子。"马掌柜叹了口气，"唉！"

"为什么？"张幼林觉得蹊跷，怎么霍大叔的朋友赶在一块儿都缺银子呢？

马掌柜摇摇头："这不方便和你说，咱们还是说霍爷的事吧。你知道，霍爷的罪名是'通匪'，还让项文川抓住了把柄，这种罪名闹不好就是死罪，当然，这种事可大可小，若是使足了银子，刑部的书吏大笔一挥，大事可以化小，小事可以化了，关键是银子，少了人家不稀罕，多了咱一时拿不出来。"

"马掌柜，您的意思是，只要有银子，霍大叔就有救？"

"是这意思，关系咱有，就是缺银子。"马掌柜回答得很肯定。

"需要多少？"

马掌柜想了想："少说得两千两，少了更麻烦，人家收了银子还不办事儿。"

"我去想想办法。"张幼林神情庄重。

马掌柜瞪大了眼睛："你？你一个没成年的孩子能想什么办法？"

“这是我的事。”张幼林像大人似的一抱拳，“马掌柜，告辞了。”出了盛昌杂货铺，张幼林满脑子转悠的都是上哪儿弄这两千两银子去，他咬咬牙，心想：两千两，我就是偷，也得把它偷来！

张幼林在盛昌杂货铺见马掌柜这当口，庄虎臣正在张家的客厅里跟张李氏谈秋月的事，庄虎臣说：“东家，我托人打听过了，打探松竹斋的那个女子名叫秋月，是南京秦淮河的名歌伎，只卖艺不卖身，据说秋月也是官宦人家出身，她父亲犯了事儿，这才流落风尘。”

“原来是这样……”张李氏沉吟着，虽说还不认识秋月，但秋月不幸的身世已经使她心生怜悯了。

“秋月人长得漂亮，会琴棋书画，歌唱得好，诗也写得不错，加上秋月住的地方得月楼的厨子炒得一手好菜，所以，往来的文人墨客、达官贵人，都在得月楼设宴欢歌，京城上下也尽是她的熟人。”

“她和华俄银行的伊万是什么关系？”张李氏切入了正题。

庄虎臣摇摇头：“还没打听清楚。”

“松竹斋……没走漏风声吧？”张李氏最关心的是这事儿。

“一切风平浪静。”庄虎臣胸有成竹地回答。

张李氏心里还是犯嘀咕：“你说，银行的人会找咱们打官司吗？”

“您放心，他们没证据，最近那个洋人伊万雇了几个闲人，总在荣宝斋附近转悠，让他忙乎吧，这叫狗咬刺猬——横竖下不了嘴。”

张李氏潸然落下泪来：“虎臣，你知道，我这心里……真的很难受，照理说咱……不该这么做，要不是为保住张家两百年的这点儿家业，我说什么也不会做这样的事，两百年来，松竹斋没做过坑人的事，这是我的罪过啊！”

庄虎臣安慰道：“东家，我知道您心里不好受，可咱不是没辙了吗？但凡有点儿办法，我也不会出此下策，再者说了，咱琉璃厂的店家有个不成文的规矩，玩古玩字画的，谁走眼谁自认倒霉，要怨只能怨你自己不识货。对付洋人也是这个理儿，他自己没算计好，可怨不得咱们，洋人的钱不蒙白不蒙，谁让他们老欺负咱中国人？”

张李氏擦着眼泪：“这倒也是。”

天色已晚，三郎骑着匹快马紧赶慢赶总算是到了京城，肚子早已饿得“咕咕”叫了。他在街边的一家饭铺门口拴好了马，急急忙忙走进去，还没落座就开口了：“店家，还有什么可吃的，快拿点儿来。”

三郎的问话惊动了旁边座位上正在喝酒的刘一鸣，他站起来："哎哟，这不是三郎吗？怎么在这儿遇见你了？"

三郎也露出了惊喜的神情："一鸣哥，真是巧了！上个月我回村，你爹还问我呢，说最近看见我们家一鸣了没有。"

"两年没回乡了，我爹娘还好吧？"刘一鸣关切地问。

"还好，身体都挺硬朗，你放心吧。"三郎在刘一鸣对面坐下。

刘一鸣对饭铺掌柜的招了招手："掌柜的，给我再添几个菜，一壶酒，我遇见老乡了，得好好喝几杯。"又问三郎："怎么着，又来京城出官差？"

"我家大人派我来买白折儿。"

刘一鸣琢磨着："买白折？那东西哪儿买不到，干吗还专程跑趟京城？"

三郎面带苦衷："这你就不知道了，额大人指着名儿要京城琉璃厂松竹斋的，他从小使的就是松竹斋的文房用品。"

"松竹斋？听这名儿怎么耳熟啊？"刘一鸣一拍大腿，"想起来了，刑部大牢里关过一位少爷，家里开的铺子就叫松竹斋，这小子在街上和人吵架，结果就拉扯起来，这也他娘的是个寸劲儿，那人脑袋磕台阶上磕死了，就这么吃了官司。"

"够冤的。"

刘一鸣举起酒杯："来三郎，喝着。"两人碰杯，一饮而尽。

"那这官司完了没有？"三郎渴望着听下文，刘一鸣嘴里嚼着腰花继续说道："他家里使了银子，上下打点了，也就把事儿了啦，本来也不是什么大事。刑部判案子的堂官也好，书吏也好，手头儿那支笔最活泛，想怎么写就怎么写，往左边写写，是那人没站稳自己磕死了，这少爷就无罪，往右边写写，这少爷就崴泥啦，闹不好是杀人罪，您瞧瞧，这支笔名堂大啦。"

"真他娘的！这叫什么事儿啊，一鸣哥，小弟我是专程来松竹斋买纸的，既然你与松竹斋有关系，那麻烦你明天带我去趟琉璃厂，给我引见一下掌柜的，反正我以后接长不短还要来买纸。"

刘一鸣大包大揽："没得说，明儿个没我的班，我带你去。前些日子，这松竹斋的东家张先生为他侄子的事，和我走得挺近乎，他怎么着也得给我个面子，按最便宜的价儿卖给你，来，吃着。"刘一鸣给三郎夹了个鸡脖子。

第二天一早，刘一鸣就带三郎去了琉璃厂，可一到那儿就傻了眼：松竹斋已经关张了。听到这个消息，三郎一屁股就坐在了马路牙子上，摊开双手："这可怎么是好？"

刘一鸣说："这好办，松竹斋关了，还有别的南纸店，咱们到别的铺子去买不就得了？"

三郎摇着脑袋："不行不行，额大人点名就要松竹斋的，要是我买了别的铺子的货，回去怕是交代不了。"

"可松竹斋关了，要不然你空手回去？"

"空手回去？这可不成，大人没的用了，怪罪下来，谁也兜不起，哪能空手回去！"三郎站起来。

"那你说怎么办？"刘一鸣也起急了。

"一鸣哥，咱们再想想……"两人继续向前走，刘一鸣远远地看见"济源昌南纸店"的招牌，他一拍三郎的肩膀："兄弟，咱到这儿问问。"

刘一鸣带着三郎快步走进了济源昌南纸店，伙计满脸堆笑着迎上来："哟，一鸣兄，什么风儿把您吹来啦？"

"老七，我给你拉买卖来了，这是我兄弟三郎。"

伙计老七转向了三郎："三先生，您想买点儿什么？"

三郎看着柜台里堆着的白折儿，犹豫着："我家大人说要松竹斋的白折儿……"

"松竹斋不是关了吗？你哭也哭不回来呀！"

伙计附和着："就是，一鸣兄说得对，这行儿里的人都知道，松竹斋是专卖字号，不过这两年也不行了，前些日子借了俄国银行的钱还不上，把铺子抵给了人家。"伙计说着拿起一张白折，"我这个白折儿比松竹斋的不差，价钱可是便宜不少。"

"看在咱们是老熟人的面子上，老七，给我兄弟拣好的拿，别让他回去交不了差。"

"没得说，您就放心吧！"伙计答应得很是痛快。

三郎看了看刘一鸣："也只好先这么着了。"三郎显得十分地无可奈何，这么办在额大人那儿是否交得了差，他心里可真是没谱儿。

秋月通过熟人打听到了张家的住处，前去拜访。

张李氏正在卧室里整理换季的衣服，用人李妈走进来："太太，门口有位小姐找您。"

张李氏一愣："是谁呀？"

"没见过，南方口音，说是要见松竹斋的东家。"

张李氏思忖了片刻："请她进来吧。"

李妈带着秋月进了院子，脚步声惊动了正在东屋临帖的张幼林。他隔着窗户看见了秋月，立刻就临不下去了，他搁下笔，目送着秋月进了客厅，心中打起了小算盘。

厨房里，李妈沏上茶正要送进去，张幼林进来了，他端起茶盘："我去吧。"

李妈拦住他："少爷，您这是干吗呀？"

"您歇会儿，我给送进去。"张幼林端着茶盘小跑着出去了。

李妈看着张幼林的背影嘀咕起来："嘿，今儿少爷是怎么了，太阳打西边出来了？"

客厅里，张李氏警觉地注视着秋月："小姐，你找松竹斋的东家，有什么事儿吗？"

"看来您就是了？"秋月试探着。

"松竹斋是张家的产业，关张之前是我的小叔子张山林当掌柜的。"

"那张仰山先生是您什么人？"

"张仰山是我的公公。"

秋月的眼泪唰地就下来了，她给张李氏跪下："我可找到你们了！"

张幼林端着茶盘推门进来，见到此番情景不觉愣住了。

张李氏赶紧搀起秋月："小姐快快请起，你这是怎么话儿说的？"

秋月擦着眼泪："我是来找张家报恩的，张仰山先生是我家的恩人。"

张李氏心中顿生疑窦："我公公已经过世了，你是……"

"张仰山先生救过我祖父郑元培的命，我叫郑秋月。"

听到这句话，张李氏几乎惊呆了，随即百感交集："哎呀！你是郑大人的孙女？快请坐，我们等你很多年了。"

张幼林把茶盘放在八仙桌上："秋月姐，请用茶。"

秋月在这里见到张幼林颇感意外："是你？"接着恍然大悟，"原来这是你家？怎么以前没和我说过？"

"以前……你也没问过我啊。"

"你们认识？秋月啊，这是我儿子。幼林呀，你爷爷给你讲过郑大人的事，秋月小姐是郑大人的孙女，按辈分，你该叫她姐姐。"

秋月笑了："婶婶，我们早以姐弟相称了。"又对张幼林说道："幼林弟弟，姐姐今天来得匆忙，没顾上给你带礼物，容姐姐后补吧。"

"姐姐客气了，请用茶。"张幼林礼貌地回答。

三人落座，张李氏拉着秋月的手说："我公公在世的时候，听他说过这件事儿，你祖父在八里桥打仗时受了伤，养伤在这儿住了一段时间，我公公跟郑大人挺谈得来，他们就成了朋友。"

秋月的脸上阴郁起来："后来的事……"张幼林赶紧接过话来："我们都知道了。"

"祖父对张掌柜感激不尽，他老人家交代过，只要郑家还有后人活着，无论如何要找到张家，替他向张家报恩……”

张李氏打断秋月的话：“看你说哪儿去了，什么报恩不报恩的，咱们应该像亲戚一样走动，不，比亲戚还亲，对了，你等等，你祖父还有东西放在这里，我去拿。”

张李氏起身出了客厅，不一会儿就拿着两个卷轴回来了。

张李氏给秋月展开卷轴：“这是宋徽宗的《柳鸽图》，这件是怀素和尚的《西陵圣母帖》。我公公临终前特意交代，如果有一天，郑家的后人找到张家，你们要记住，这其中一幅书画理应是郑家的。秋月，我们总算把你盼来了，请你任选一幅带走，我也算是完成了公公的临终嘱托，放下了一件心事。”

秋月仔细看着书画，激动地感叹着：“真是无价之宝，祖父提到过这两件宝贝。”

“请秋月小姐挑选吧。”张李氏催促着。

秋月收起卷轴，放在八仙桌上：“关于这两幅书画，祖父也交代过，他老人家的态度很坚决，他说张家的救命之恩已经难以为报，郑家岂能再打书画的主意？这两幅书画理应是张家的。”

张李氏着急了：“这怎么行？老人们之间的事我不了解，我只知道按照公公的遗言办事，你还是挑选吧。”

“对不起，我也要按照祖父的遗言办事，请婶婶谅解。”

张李氏一时没了主意：“这可怎么办？公公交办的事，总要有个结果……要不然，秋月，你再想想？”

秋月执着地摇摇头。

张幼林站起来：“妈，秋月姐执意不要，您也别为难她，你们看这样好不好？这两幅书画先放这里，张家代为保管，这件事以后再商量，秋月姐可以随时来拿其中的一幅。”听了张幼林这番话，秋月的脸上有了笑容：“还是弟弟想得周到，就这样吧，我们以后再说。”

他们三人叙谈了很长时间，秋月告辞的时候，张李氏、张幼林把她送出了大门外。目送着秋月乘坐的马车远去，张幼林仿佛觉得自己的心灵突然敞开了一扇窗，一缕阳光照射进来，他霎时明白了：长久以来，在灵魂深处，自己对秋月充满了温情和依恋……

山西按察使司衙门额尔庆尼的办公处，三郎抱着一个箱子，装出兴高采烈的样子走进来：“大人，您要的白折儿买回来了！”

额尔庆尼从椅子上站起来，端着茶杯溜达过去，他一眼瞧见了箱子上的封条，脸立刻就变了：“这是松竹斋的吗？”

三郎赶紧解释：“不是，额大人，您听我说，这松竹斋……”额尔庆尼哪里听得进去三郎的解释，他大怒，把手里的茶杯狠狠地摔在地上："你个没用的东西，居然拿我的话当儿戏？我点名道姓地让你到松竹斋去买，你却用这种烂货来糊弄我？"

三郎一脸的委屈："大人，您听我说，松竹斋已经关张了，听说是欠了人家的钱还不上……"

额尔庆尼打断他的话："这我管不着，松竹斋的铺子关了，总还有货底子吧？你这浑蛋为什么就不能想想办法？"

三郎跪下，低声下气地回答："大人，您别生气，我……我脑子笨，实在想不出办法！"

额尔庆尼在屋子里来回走着，越想越生气："你这混账东西，连这点事儿都办不好，我养你还不如养条狗，现在你就给我回京城去，想什么办法我不管，这件事要是办不成，你也就不要回来了。"

三郎站起来："大人息怒，大人息怒，小的马上动身，办不成这件事，小的就死在外边。"三郎从额尔庆尼的办公处退了出来，此时，他连上吊的心都有了。

在刑部衙门里，书吏王金鹏听完了伊万的陈述，什么也没说，他站起身来，倒背着双手从屋子的这头踱到那头，又从那头踱到这头。

伊万焦急地看着他，又补了一句："事情的经过就是这样，松竹斋明摆着是在赖账。"

王金鹏终于停下了脚步："伊万先生，咱们明说吧，办这事儿，您打算出多少银子？"

"出多少银子？您这是什么意思？"

"伊万先生，您中国话说得这么好，难道真不知道这里头的意思？"王金鹏显然不大相信。

伊万摇摇头："真不知道。"

"那您可算不上中国通，没学到家。"王金鹏想了想，"伊万先生，要让您明白，看来，我得给您讲个故事。"

"王大人，我是来告状的，不是来听故事的。"

"您先听听嘛。话说当年福郡王讨伐西藏回来，到户部报销军费开支，户部的一个书吏，凑到福大人的耳朵边上，悄没声儿地提醒福大人出点儿血。"

"出点儿血是什么意思？"伊万没听明白，用手比画了一下，"刺福大人一刀？"

"您瞧瞧，满拧！伊万先生，您可记好了，我可就教您这一回。"王金鹏清了清嗓子，"出点儿血就是拿出点儿银子来。"

伊万恍然大悟："我明白啦，福郡王在西藏打完仗回来，到户部报销军费开支，户部的一个书吏，也就是您的同行，向福大人索要银子。”

王金鹏点着头：“是这么回事。”

“这人胆子不小，敢向福大人索贿？”伊万觉得这故事挺离奇。

“是啊，福大人当时就怒了，指着书吏的鼻子说：你一个小小的书吏，竟敢向大帅我索贿，活腻歪了吧？”

“嗯，我看他也是活腻歪了。”伊万愤愤地说。

“可您猜怎么着？”王金鹏拿起茶碗喝了口茶，“书吏说了，福大人，我这都是为了您好，您要是不赏我点儿银子，报销的事儿，在我手上保不齐就给您拖个三年五载的，皇上怪罪下来，您可就得蹲大狱！”

“书吏有什么理由拖这么长时间？”

王金鹏翻了翻眼睛：“要想找辙，那辙可就多了。”

沉默了片刻，伊万追问：“后来呢？”

“后来就简单了，福大人是个明白人，赏了书吏大笔的银子，军费也就很快报销了。”

“福大人为什么不找书吏的上级讲理？”在伊万看来，这位福大人的脑子也忒不够使了。

“这您又不懂了吧？”王金鹏凑到伊万的身边，“咱打个比方，比方说来办事儿的人是客人，衙门是车，书吏是驾车的车夫，书吏的上级，堂官、司官就是那拉车的骡子，车夫，也就是我了，拿鞭子抽骡子，让它往哪儿走它就得往哪儿走，伊万先生，听明白了吧？”

“我明白了，你这是让我也出点儿血。”

王金鹏喜上心头：“您还真明白了，这年头干什么不得花银了啊？不然我凭什么为您办事儿？”

伊万愤怒起来：“我是原告，凭什么要我行贿？这办不到！”

王金鹏心里说，这洋生瓜蛋子怎么就这么不开窍呢？他坐回到椅子上：“那就只当您没见过我，我也没见过您，咱们还是公事公办吧。”

伊万站起身：“对，王大人，公事公办，我就不信打不赢这场官司！”伊万气愤地离开了刑部衙门。

·第六章·

张幼林在院子里东张西望了一番，无法判断母亲是否在家，于是他从东屋拿出本书来，嘴里振振有词装作背书，眼睛却在四处观察。用人李妈要出去买菜，张幼林立即叫住她："李妈，您看见我妈了吗？"

"太太早上就出去了，说是看个亲戚。"

"噢。"张幼林喜上心头，他等李妈出了院子，鬼鬼祟祟地溜进了母亲的卧室。

张幼林先是东翻西翻，想找到钥匙，结果没有找到，他又蹲在装书画的柜子前，仔细琢磨着怎样才能把铜锁打开，他使劲拽了拽，无济于事。张幼林拉开抽屉，在里面乱翻着，终于，他找到一根缝鞋用的粗针，把粗针插进锁孔里来回捅了好一会儿，还是没捅开。张幼林急了，他气急败坏地冲出了母亲的卧室，直奔厨房找了把斧子来，毫不犹豫地向铜锁砸去。"当、当、当"，铜锁终于被砸开了，张幼林拉开柜门，取出装书画的樟木盒子打开，他把两个卷轴打开铺在桌子上，比较了一下，他犹豫着先是拿起《西陵圣母帖》，想想又放下，然后下了决心，将《柳鸽图》卷起，用一块包袱皮裹好，把《西陵圣母帖》放回柜子里，提着包袱匆匆离去。

三郎带着白折沮丧地回到了京城，刘一鸣约了原在松竹斋学徒的得子，三人一起在酒馆里会面。

"哎，得子，松竹斋关了你去哪儿了？"刘一鸣给得子倒上酒。

"松竹斋关了，边儿上又开了一家新的南纸店，掌柜的瞧得起我，把我带过去了。"

"得子，松竹斋虽说关张了，总还有点儿货底子吧？"刘一鸣试探着问，三郎赶紧接上话："能不能想办法再进点儿松竹斋的纸？不然我回去没法交代！"

得子摇着头："这恐怕不好办，货底子都盘清了，松竹斋已经连店带货抵给华俄银行了。"

三郎的脑袋又耷拉下去了，刘一鸣央求着："我这兄弟为这事儿都急病了，带不回松竹斋的白折儿，他回去没法交代，得子，你得想个法子。"

得子一脸的无奈："我哪儿有什么好法子啊？"

"那你看这样行不行，咱们从济源昌那儿弄儿箱白折儿，你给验验货，再找些松竹斋的封条往箱子上这么一封，齐活！你是松竹斋出来的人，经你验过的货，他们家大人保管挑不出毛病来。"

得子犹豫着："可是……松竹斋都关张了。"

"我说你怎么这么死心眼啊？像你这么学徒，哪辈子才能当上掌柜的？"刘一鸣有点儿急了，得子还是无动于衷。刘一鸣一咬牙："得子，我兄弟出的是官差，他不会让你白干的，你琢磨琢磨，济源昌的纸什么价儿？松竹斋的纸什么价儿？这里的差价就是白花花的银子啊，就看你要不要了。"这番话还是颇具诱惑力的，得子立刻就来了精神："要！凭什么不要？"三人又商量了一下具体的细节，这件事就算搞定了。

张幼林来到了琉璃厂往南不远处的虎坊桥，走进了以典当古玩字画闻名的恒泰当铺。他踮起脚将包袱扔到高高的柜台上："给我当个满价儿！"当铺的二掌柜打开卷轴一看，先是哆嗦了一下，然后睁大眼睛从上到下仔仔细细看了一遍，还用放大镜照了照印章和题款，什么也没说，进到里面叫出了掌柜孙伯年。孙伯年五十开外，在典当行里混了三十多年，人称"独眼儿孙"——不是他只有一只眼睛，而是同行赞誉他眼光独到。孙伯年先端详了一番张幼林，又把《柳鸽图》仔细看了一遍，心里有了数，这才开口："敢问这位小爷，您是哪家的公子？"

张幼林早等得不耐烦了："你这个人好奇怪，我当东西你收货，两相情愿，做的是公平买卖，你打听我家干什么？"

孙伯年显出一副谦卑的样子："是是是，小爷您教训的是，我是不该多问，可您这幅画吓着我啦，好家伙，宋徽宗的手迹！"他迅速盘算了一下，"这要是真迹，当个一千两银子不成问题。"张幼林一下子蹦了起来："一千两？不成，我需要两千两，少一两不干。"

孙伯年心想，你一小毛孩子懂个屁？他把画搁一边了："您一进门就喊'当个满价儿'，满价儿是多少？您满世界打听一下，京城的当铺有规矩，撑死了也就是一千两。再者说了，这幅《柳鸽图》的真伪还不好说，玩字画的都知道，宋徽宗的手迹虽说传世不少，可他办的翰林图画局里有不少高人，经常为圣上代笔染写，这种'院体'作品和徽宗本人的'宣和体'混在一起，令后人真假难辨，即使是鉴赏大家也难免有走眼的时候，更何况我这个俗人。"

"掌柜的，我本来也没拿您当鉴赏大家，不过，您既然干这一行，至少也应该了解个大概，我问您，依您的经验看，这幅画是否可以确定为北宋时期的作品？"

孙伯年一听这话，知道眼前这孩子不好糊弄，于是点点头："可以确定，这点把握我还有。"

张幼林进一步说："书画行里有个说法，就宋徽宗的作品而言，无论是他亲笔染绘还是别人代御染写，都可以视同赵佶手迹，难道您没听说过？"

孙伯年不吭声了，又拿起放大镜仔细看起来。

"掌柜的，您痛快点儿，我当两千两，您干不干？"张幼林催促着。

孙伯年咬咬牙："小爷，我也豁出去了，这幅画不管真的假的，我认了，我给一千两。"

"我说过，我急等着用银子，需要两千两，少一两不行。"张幼林没有讨价还价的意思。孙伯年想了想："那这样吧，我让一步，一千一百两，如何？"

张幼林伸出手来："掌柜的，麻烦您把画给我，我再到别的当铺去转转，您慢慢候着，保不齐哪天您用十两银子把武则天的凤冠收来。"

眼瞧着这笔买卖要黄，孙伯年赶紧往回找："别价，小爷，咱不是正商量嘛，这么着，一千五百两。"

"您这人怎么这么黏糊呀？我不当了成不成？把画给我。"

"得嘞，两千两就两千两。"孙伯年把画卷起来，"您别急，我马上给您开银票。"

张幼林拿着银票就奔了盛昌杂货铺，他把银票往桌上一拍："马掌柜，银子我筹来了，下一步怎么办，您多帮忙，我只要霍大叔早点儿出来。"

马掌柜吃惊地看着银票："幼林少爷，你哪来的这么多银子？"

"这您放心，不是偷的也不是抢的，我……把家里的画给当了。"

"老天爷，什么画能当这么多银子？你家里知道吗？"马掌柜担起心来。

一提这个，张幼林心里也犯憷，他犹豫了一下说："我妈要是知道了，非扒了我的皮，所以您得快点儿把银票送出去，把生米做成熟饭，谁来了也没辙。"

"幼林少爷，这……你怎么跟你妈交代呀，这么贵重的东西……"马掌柜还在那儿嘀咕，张幼林已经扭头走了。

傍晚时分，张李氏疲惫地回到家中，她先去了客厅。李妈送上茶来，张李氏问："少爷呢？"

"少爷出去半天了。"

"没说去哪儿了吗？"

李妈摇摇头："没说。"

"从牢里出来刚消停几天，这又开始了，没出息的东西。"张李氏站起身，"李妈，我有点儿累了，先去躺一会儿，少爷回来了马上叫我。"张李氏走进卧室，坐在床边正要躺下，她突然发现了地上的斧头和被砸坏的铜锁，不觉惊叫："李妈，李妈……"

李妈小跑着进来："我在呢。"

"这斧子是怎么回事？是谁砸的锁？"

李妈慌张起来："太太，今天我还没进过这间屋子，这斧子……噢，好像是少爷向厨子老赵借的，谁……谁砸的锁，我可不知道。"

张李氏突然想起了什么，她扑到柜子前打开柜门，取出樟木盒打开一看，里面只剩下了一个卷轴，她像遭了雷击，一屁股坐在地上放声大哭："幼林哪，你这不孝的东西啊，你这是要了你妈的命啊……"

张幼林回来后，母亲让他跪在祖宗的牌位前供出画的下落，张幼林低着头不吭声，张李氏倒拿着鸡毛掸子，咬着牙往他背上抽："说！你把画拿到哪儿去啦？说！你说不说？"

张幼林忍住疼还是不吭声。

李妈在一旁劝阻："太太，您别生气，回头气坏了身子不值得……"

张李氏边抽边哭："列祖列宗啊，公公啊，我对不起你们，我养了个不孝的儿子……他才多大呀，就知道偷家里的东西啦……家贼难防啊，为了这书画，我谁都防着呀，什么都想到了……唯独没想到自己这不争气的儿子啊……"

张山林和张继林匆匆赶来，张李氏哭着对张山林说："他叔啊，你来管管你侄子吧，我是没辙啦，这日子没法过啦！"

"嫂子，您别着急，我来问问，就算他把这幅画给卖了，也总得有个去处吧？"

张山林走到侄子身旁："幼林，你说吧，你到底把画拿哪去了？"

张继林也拽拽他的衣裳："幼林，你这就不对了，怎么能偷家里的东西呢？事已至此，你不说话也不成啊。"

张幼林仍然不吭声，张山林又说："幼林啊，你应该知道，这两幅书画是张家的家宝，你爷爷留下过话，再穷也不许卖这两件宝贝，当时你也听见了。现在咱就不说你爷爷的遗嘱了，就说这两幅字画吧，这字画可是属于张家的，不光是属于你妈，所有张家的后人都有份儿，就算你把它卖了，也该把银子拿回来大家分啊，你这么干，不是吃独食吗？"

张幼林终于开口了："妈，叔，画是我拿了，我有急用，你们放心，我会把它拿回来，别的你们就别问了，就是打死我，我也不会告诉你们。"

"不行，你一定要说出来，到底把画拿到哪儿去了？"张李氏逼问着。

"是啊，你不说可不行，这画到底在哪儿？如果被你卖了，卖了多少银子？银子在哪儿？哪儿能一句话就糊弄过去？"张山林这一连串的问话使张幼林颇为恼怒，他抬起头来:“我说了,这不能告诉你们,你们就是再逼我也没用!”

张李氏气急了,指着他的鼻子:“好,你不说是不是?现在你就给我滚出这个家,我只当没养你这个儿子,你给我滚!”

张幼林的眼圈红了,他给母亲磕了个头:“妈,您多保重!我走了……”张幼林站起来,头也不回地走出了家门。张山林、张继林在后面大声喊着:“幼林,你站住……”

“别管他,让他走……”张李氏急火攻心,一口气没上来,她颓然倒下,张家立刻乱成了一团。

离天亮还有半个时辰,三郎赶着马车来到了荣宝斋的大门前。不一会儿,得子从荣宝斋的大门里探出脑袋来,往左右瞧了瞧,见街上除了三郎没有其他人,就搬出了几个封着松竹斋封条的箱子装上了马车。

“这下额大人可就没得挑了,得子,谢谢啦!”三郎面带笑容,压低了声音说。

“甭客气,赶紧走吧。”

这一切被躲在暗处监视的人看得一清二楚,得子刚一关上荣宝斋的大门,几个黑影立刻蹿出来,跟上了三郎的马车。

回去的路上,三郎的心情舒畅起来,嘴里哼起了小曲儿:“一朵春花开,一只红绣鞋,腊月白菜撇在当街,咿呼咳,动了心,我的干兄弟……”

突然,后边蹿上几个人来,用布口袋套住了三郎的脑袋……

黎明时分,伊万被敲门声惊醒,他穿着睡衣接待了来人顾老六。顾老六是华俄道胜银行负责安全警卫工作的小头目,他开口便说:“先生,您高!”

“我高?我高是什么意思?”伊万莫名其妙。

“就是您高明的意思,”顾老六谄媚地向伊万伸出了大拇指,“您让我带人盯着松竹斋的伙计,开始我还挺纳闷,盯他管什么用哇?果不其然,不出您之所料,这就让咱给抓住了!”

伊万听罢精神为之一振:“你仔细说说。”顾老六于是绘声绘色地描述了封着松竹斋封条的箱子如何从荣宝斋里抬出来偷偷往外运,三郎又如何被他抓了个正着……伊万听得是义愤填膺,过了半晌他才冷笑一声:“哼,这可是人、赃俱在,这回我看你松竹斋还能怎么抵赖!”伊万迅速换上了西装,打好领带,直接去了刑部衙门。

张幼林被母亲赶出家门的时候身上没带着钱,他在街头流浪了一天两夜,困了就在草堆里忍一觉，这还好办，可肚子里没食儿，先是眼冒金星，继而走起路来浑身打晃，到了第三天早上实在扛不住了。张幼林不管三七二十一，在街边的一个馄饨摊张口就要了两碗馄饨，先狼吞虎咽地吃完，还意犹未尽地把剩在碗底儿的香菜叶也搁进嘴里，这才盘算着怎么跟摊主交代。他带着一脸的尴尬主动走到摊主面前："大哥，我早上出门时走得匆忙，忘了带银子，您看，这馄饨账我能不能先欠着，到时候一块儿结？"

摊主一听这话立刻停止了包馄饨："对不住您哪，这位小爷，我这是小本儿生意，赊不起账，再者说了，您这一走，我到哪儿找您去？"

"琉璃厂的荣宝斋听说过吗？"张幼林停顿了片刻，"那是我们家开的，这么大个铺子搁在那儿，还怕我跑了不成？"言外之意，就这两碗馄饨的小钱，犯不上赖你的账。

哪知隔行如隔山，荣宝斋是家新开张的铺子，馄饨摊主不过是个做小买卖的，他还真没听说过什么荣宝斋，心想，吃馄饨给钱，跟我扯那玩意儿干吗？锅开了，摊主把馄饨下到锅里："对不住您哪，我没听说过，您还是先把账结了吧。"

张幼林央求着："我说了，我身上没带银子，要不……我把衣服脱给你？我这件衣服是新的，缎子面的，总能抵得上你这两碗馄饨吧？"

"小爷，您饶了我吧，我是卖馄饨的，不是打鼓的，我只收银子不收衣服。"

摊主的口气不容商量，张幼林怒了："那怎么办？我身上没银子，要不把我押在这儿？你看我值不值这两碗馄饨钱？"

摊主还是耐着性子说："您要这么说可就不讲理了，您兜里没银子怎么就敢先吃呢？噢，吃饱喝足了一抹嘴儿，说是没钱，这不是不讲理吗？"

"你爱怎么说就怎么说，反正我没钱，你看着办吧。"张幼林强硬起来，这下把摊主惹火了，他一把揪住张幼林："没钱？那就跟我去见官，我就不信你还无法无天了！"张幼林大怒："你给我松手，有话说话，敢跟我动手？"两人拉扯起来，旁边围了一群看热闹的人。

秋月坐在马车里从此处经过，听见外边的吵闹声，她掀起帘子，一眼就发现了张幼林。她赶紧下了车，分开围观的人群走到张幼林身旁："幼林，你怎么在这儿？"

哎哟，真丢人，怎么这会儿遇见她了？张幼林松开了手，不好意思地整整衣服："秋月姐，我……我跟他闹着玩呢。"

摊主正在气头上："谁跟你闹着玩？小姐，你给评评理，他吃了我的馄饨不给钱，你说，有这么不讲理的吗？"

"噢，是这样，那我来替他付钱，真对不起，我弟弟可能是忘了带钱，他肯定不是成心的。"秋月把钱递给摊主，人群渐渐散去。

张幼林感激地看着她："谢谢秋月姐，这钱……我以后一定还给你。"张幼林的脸上黑一道、白一道，衣服、头发上都沾着枯草叶，秋月感到这里有什么隐衷，于是问道："幼林，我不是你姐姐嘛，你怎么跟我客气起来了？告诉我，你遇到什么事了？为什么这个样子？"

"没事儿，我真的是忘了带钱……"张幼林还想掩饰，秋月严肃起来："幼林，你跟姐姐撒谎是不是？看看你自己，都脏成什么样了，还说没事。"

张幼林环顾左右而言他："秋月姐，你能借我点儿钱吗？"

"可以，但你一定要和姐姐说实话。"

张幼林低下了头："秋月姐，我……我从家里跑出来两天了，我妈……她不要我了……这两天，我就吃了两碗馄饨……秋月姐，我饿……"他的眼泪禁不住流了下来。秋月掏出手帕递给他，轻声说道："哦，我先带你吃饭去。"

他们就近找了一家小饭馆，要足了饭菜，张幼林狼吞虎咽地吃起来。秋月终于闹明白了他的处境，于是在一边怜爱地看着他："慢点儿吃，看把你饿成什么样子了？不过幼林啊，你也够让人操心的，怎么能做这种事呢？难怪你妈把你赶出来。"

张幼林嘴里嚼着馒头说："我知道自己不对，可……我不是没辙嘛。霍大叔还在大牢里，要是不早想办法，他很可能要判死罪，秋月姐，你说，我能不管吗？"

"这倒也是，朋友有难，当然应该帮助，可你不应该连招呼都不打就把画拿走当了，事后也不解释，你妈妈当然会生气的。"

"我妈那脾气我知道，我解释也没用，反正她认定我是个不忠不孝、没出息的孩子。"

秋月摇摇头："我倒不这么认为，通过这件事，我认为你是个有情有义、有担当的人，和你做朋友，心里应该很踏实，因为你靠得住，在任何情况下不会出卖朋友。说真的，幼林，我倒很喜欢你这个弟弟。"

这后一句话张幼林爱听，他抬起头来："秋月姐，我也喜欢你，从第一次见到你，我就喜欢，那天你在伊万的马车上一撩车帘，我被惊呆了，你知道，这不光因为你漂亮，还因为我第一次见到你，就有一种感觉，我们好像认识很久了。"

秋月笑了："有可能，我前世就是你姐姐。"张幼林呆呆地看着她："未必，也许前世我们是夫妻……"秋月打断他："闭嘴！不许胡说八道，我前世、今世，还有后世，永远是你姐姐。"

张幼林又回到正题上："秋月姐，其实我妈的担心有些多余，那幅《柳鸽图》我不过是把它当了，弄出笔银子先救霍大叔的命，等霍大叔出来，我们再想办法把画赎回来，这不是挺好吗？"

"两千两银子可不算少，万一当期到了，银子还凑不齐，那《柳鸽图》就别想再拿回来了。”秋月也发起愁来。

“不会的，只要霍大叔出来就好办，他本事大着呢。”这一点张幼林还是有把握的。

“那现在你打算怎么办？继续流浪，每天在草堆里睡觉？”

张幼林似乎早就想好了：“也只能这样了，只要能吃上饭，睡的地方差点儿没关系。”

“这哪成？我要是没遇见你也罢了，可这不是遇到了吗？我怎么能再让你去睡草堆？”秋月想了想，“要不这样吧，你到我那里住几天，我再找个机会和你妈打个招呼，不然她会着急的。”

“秋月姐，这……合适吗？”秋月的邀请出乎张幼林的意料。

“有什么不合适的？你是我弟弟，在姐姐家住几天怕什么？再说了，姐姐我是从秦淮河风月场里出来的，还怕什么闲话？”秋月的态度很坚决，就这样，张幼林结束了短暂的流浪生活，住到了秋月家。

王金鹏接到伊万的报案后，把状子呈给了杨宪基，同时也给庄虎臣递过话儿去了，所以，在公堂审理之前，庄虎臣对伊万所掌握的证据已经知道了大概。他把得子痛骂了一顿，又和林满江仔细商量了对策，忙乎完这一切，庄虎臣感到身心疲惫，他正要坐在椅子上闭会儿眼睛，张幼林来了。

张幼林开门见山：“庄掌柜，得子在店里学徒是个什么待遇？”

庄虎臣和张幼林虽然只见过一面，但对这位少东家的所作所为还是有所耳闻，他谨慎地回答：“学徒期间管吃住，每月两吊零用钱，三年出师就是正式伙计，工钱另谈。”

“庄掌柜，我也想在店里学徒，待遇和得子一样就行。”张幼林觉得在秋月家借宿毕竟不是长久之计，这是他为自己想出的新主意。

庄虎臣听罢大惊失色：“幼林少爷，您怎么……想起这么一出？”

张幼林也不掩饰：“您不是也听说了吗？我妈把我撵出来了，我琢磨着，总得找个干活的地方养活自己，与其到别的铺子里学徒，不如在荣宝斋干。”

“幼林少爷，您的事我听说了。”庄虎臣给张幼林倒了碗茶，借这个工夫在心里琢磨了一下措辞，他说，“您也别太把它当真，东家那是在气头上，天下哪有当妈的真不要儿子的？那不是话赶话顶在那儿了吗？少爷，您听我的，回家给你妈认个错，这事儿就过去了，您的身份是荣宝斋的少东家，真要是来当学徒，那不让人笑掉大牙？”

“庄掌柜，算我求您了，我给您跪下。”张幼林还真跪下了。

庄虎臣慌忙去扶："哎哟，别价，少爷，这我可担当不起。"

张幼林扬起脸看着他："那您答应我，不然我就跪在这儿不起来！"

"行行行！我答应你，你先起来，咱好商量……"

张幼林站起："庄掌柜，我知道，您怕管不了我，心里有顾虑，是不是？那我给您起个誓，从今往后，您就是我师父，得子就是我师哥，在荣宝斋，我就是辈分最低的小伙计，在我眼睛里，只认师博，不认东家，师父和师哥说东我不敢往西，如果我犯了错，任师父打骂管教，绝无怨言，此誓一诺千金，如有违反，天打五雷轰！"

庄虎臣踌躇良久才下了决心："幼林啊，什么都甭说了，以后我就叫你幼林了，成吗？"

张幼林给庄虎臣深深地鞠了一躬："成，我叫您师父！"

庄虎臣把得子唤进来，指着张幼林："得子，这是你师弟张幼林，幼林啊，拜见一下师兄。"张幼林给得子鞠躬："师兄，往后请多关照！"

得子挨过骂还没缓过劲儿来，又见少东家要给自己当师弟，一时慌了手脚，一个劲儿地给张幼林鞠躬："少东家，这是怎么话儿说的？"

庄虎臣摆摆手："成啦，这事儿就这么定下来了，幼林，你今天晚上是不是就搬过来？"

张幼林想了想："师父，我刚到秋月姐那里，要搬恐怕也得过些日子，还有，请师父答应我，这件事先不要告诉我妈和我叔。"

庄虎臣满口答应："行，反正他们也很少过来，我先不说。"

"谢谢师父！谢谢师兄！"张幼林兴奋地跑出了荣宝斋。

衙门公堂里，杨宪基坐在主审官的位子上，三郎跪在他面前一把鼻涕一把泪，林满江和伊万唇枪舌剑。

林满江说："大人，事情已经清楚了，得子曾在松竹斋当过伙计，他手里存有松竹斋的封条本不足为奇，况且使用松竹斋的封条并没有触犯大清刑律，伊万先生的指控没有任何根据，这件事与荣宝斋毫无关系。"

伊万轻蔑地看了林满江一眼："大人，我有充足的理由认为，松竹斋的主人为了逃避债务，事先将资产转移，然后宣告破产，可以这样说，现在的荣宝斋就是过去的松竹斋，准确地说，这是典型的商业欺诈行为。"

"伊万先生，就算照您说的，荣宝斋就是过去的松竹斋，您有证据来证明吗？如果没有证据，可不能瞎说，这是公堂！"林满江义正词严，此刻，他完全融入了此情此景当中，全身心地扮演着庄虎臣给他安排的角色。

杨宪基问道："是啊，伊万先生，你根据什么说荣宝斋就是过去的松竹斋呢？"

"贴着松竹斋封条的货品，还有这个叫得子的店员，他是松竹斋的店员。"伊万也理直气壮。

杨宪基问林满江："你有什么要解释的？"

林满江向前跨出一步："大人，我和得子以前都是松竹斋的店员，这没错，可松竹斋不是垮了吗？华俄银行也按照约定扣押了松竹斋的铺子和货物，这件事就算是了啦，至于我和得子，不是总要有个吃饭的地方吗？人家荣宝斋愿意雇用我们，我们当然要去，这和华俄银行没有关系。"

杨宪基点点头："嗯，林满江说得有道理，得子以前是松竹斋的伙计，这个身份随着松竹斋的倒闭而不复存在了，当然，他使用松竹斋的封条是不对的，但这毕竟是他个人的行为，与荣宝斋无关。"

"杨大人真是明察秋毫，秉公办事。"林满江暗暗松了一口气。

伊万穷追不舍："大人，关键是被我们抓获的这几箱白折儿，如果是松竹斋的存货，那么就可以证明，松竹斋的主人在宣告倒闭之前就转移了资产，这同样也是欺诈行为。"

杨宪基转向了得子："你说实话，这几箱白折儿是哪儿来的？"

"回大人，是三郎带来的，不知是哪个店的货。"得子实话实说，应答流畅。来前庄虎臣是千叮咛、万嘱咐，只要实话实说，就没你的事儿了。

杨宪基又问三郎："你说，这几箱白折儿是谁的？"

"是我在琉璃厂济源昌南纸店买的。"

"济源昌的人能给你做证吗？把证人找来。"

三郎一想，这不好办，万一人家一推六二五呢？于是答道："济源昌南纸店的人总不能记得每个顾客的长相吧？要是人家说记不清了，那我也没辙。"

杨宪基逼问："还有别的证人吗？"

"证人……"三郎低下了头。

"你那故事编得倒是不错，可证人在哪儿？谁能证明你刚才讲的是实话？"伊万的口吻中带着明显的嘲弄。

三郎渴望地看着站在衙役当中的刘一鸣，刘一鸣目不斜视，显得无动于衷，三郎的眼泪泉水般地涌出："大人，我说的全是实话……"

"可你得有证人啊。"杨宪基的语调缓和下来，他凭经验判断，这个三郎很可能是受冤枉的。

伊万认为三郎一直在说假话，终于到了理屈词穷的地步，不觉得意起来："怎么样，没辙了吧？"

突然，三郎大喊一声："爹、娘，我对不住你们了！"说着就往柱子上撞去，幸好旁边的衙役一个箭步冲上去将他拽住。

杨宪基站起来："三郎，你这是干什么？本官一贯秉公办案，是你的事你赖不掉，不是你的事也不会硬栽在你头上，现在这个案子已经很清楚了，只要你能证明这几箱白折儿是从济源昌南纸店买的，那么本官就可以判定这件事是出于误会，而不是欺诈。你再仔细想想，还有谁能为你做证？"

事已至此，证人是个关键，要不然保不齐就得出人命了，刘一鸣权衡了一下，毅然出列，跪在杨宪基面前："小的能为他做证。"

杨宪基颇感意外："你认识他？"

"三郎是我的同乡，这主意还是我给他出的，三郎去济源昌南纸店买白折儿时我就在他身边，我能证明这白折儿不是松竹斋的。"

伊万哪里肯相信，他耸耸肩："真有意思，又出来个证人，恐怕是串通好了吧？"

"伊万先生，要查明这个很容易。"杨宪基说着走到三郎面前，指着刘一鸣："你认识他吗？"

三郎点点头："认识。"

"他叫什么名字？"

"刘一鸣，是头年到衙门里当差的，平日在大狱里看管犯人，这几天临时借出来帮着捕快缉拿凶犯……"

杨宪基打断三郎："够了。"他转向伊万："这可就不是编的了，刘一鸣在我手下当差，我就能为他做证。伊万先生，这个案子可以了结了，对于贵银行受到的损失，本官深表遗憾，但爱莫能助。"

伊万气急败坏，甩手而去。

三郎连连给杨宪基磕头："多谢大人救命之恩，多谢大人救命之恩……"

"走吧，你们家大人不还等着白折儿吗？东边战事吃紧，别误了事儿。"杨宪基又转过身对林满江说："你这个得子，回去要多加管教！"

伊万对松竹斋的追诉到此结束，他的金融生涯也告一段落，回到银行后，伊万引咎辞职。

黑三儿和柴禾从烟铺子里出来，远远地看见秋月坐着敞篷马车从街上走过，黑三儿站住了："咦？那不是左爷瞧上的那小娘儿们吗？"

柴禾顺着黑三儿手指的方向望过去："没错，就是她，你瞧那小脸儿长得……我就纳闷了，人家是怎么长的？世上竟有这种标致的娘儿们，甭说别的，咱瞧上一眼骨头就酥了半边儿，要是……"柴禾正要张开想象的翅膀，黑三儿打断他："嘿！她拐进那条小巷了，柴禾，我记性不好，你记着点儿，那小娘儿们住在那条小巷里。"

柴禾睁大了眼睛："你放心吧，兄弟我别的事记不住，唯独记娘儿们的事儿，过目不忘！"

黑三儿心里琢磨着，这不是无巧不成书吗？左爷撒开大网可着北京城地兜，都没寻着这小娘儿们的下落，今儿个愣是给碰上了，这回又能拿到赏钱了……

秋月进了家门，拿出顺路买来的豆角放在桌子上，张幼林和她一起择豆角，心思却没在豆角上。他看着秋月："秋月姐，有句话……我不知该不该问。"

"我知道你要问什么，我怎么会跑到秦淮河那种地方去，是不是？"秋月一点都不回避，张幼林心想，秋月姐真聪明，总能猜出我在想什么。他斟酌着词句："我是想……姐姐也是大户人家的小姐，金枝玉叶的身份，若不是家里遭了难，断不会流落到秦淮河那种烟花之地去。"

秋月把择好的豆角放进一个瓷碗里："这不奇怪，自古以来，官宦人家就是这样，得意时良田美妾、锦衣玉食，一旦有个风吹草动，也许就是家破人亡。皇恩浩荡你懂吗？成也是它，败也是它，都在皇上一句话。"

"令尊大人也是当大官的吗？"

秋月点点头："家父的官职比祖父高，生前是河东河道总督，掌管大清国东部河流的疏浚、堤防事务，是正二品。他为人正直，最恨贪污，平时得罪了不少想借朝廷疏浚河道之机自己发财的下属。那年长江发大水，洪峰超出了堤坝的防御能力，损失惨重，恨他的人乘机上奏皇上弹劾我父亲，诬陷他贪污了筑堤款，皇上震怒，下旨满门抄斩，我被奶妈偷着带出来，算是捡了一条命。奶妈不久就过世了，我被人卖到了秦淮河。"往事并没有激起秋月心中的波澜，对这如梦般的世事变迁，秋月仿佛已经看得很淡，很淡。

张幼林叹息着："唉，伴君如伴虎，官场如沙场，做官好没意思，那后来呢？"

"后来我认识了杨大人，我们很谈得来，他倾其所有为我赎了身，我才到了京师。"秋月看了看张幼林，"后来又认了你这个弟弟。"

"那杨大人为什么不娶你？"

这句问话使秋月的心灵被触动了，她不禁黯然神伤："他有他的难处，他的夫人很厉害，不允许他纳妾，否则就寻死觅活的，而杨大人也不愿意委屈我，他说他那个家就像个大泥塘，无论谁进去都会弄得浑身污泥。其实，我倒是觉得现在也挺好，至少不用受别人的气。"

"那个洋人伊万好像也很喜欢你，他愿意娶你吗？"

“愿意，伊万在俄国有妻子，他说可以离婚，但我不同意。”一缕阳光照射在秋月的脸上，明暗变化之中，美艳的秋月更加显得风情万种。张幼林凝视着她，嘴唇嚅动着，欲言又止。

秋月有些奇怪：“幼林，你要说什么？”

“秋月姐……你不要答应别人了……以后……以后我娶你……”张幼林终于把压抑在心底的话吐露出来。秋月愣了一下，马上哈哈大笑：“幼林啊，你人小鬼主意可不少，居然想娶姐姐？”

张幼林红着脸：“我说的是真的……”

秋月严肃起来：“不行，你太小，别胡思乱想。”秋月转了话题：“幼林，我觉得你该回家去看看，你妈不知道你的下落还不急死？”

张幼林连连摇头：“万万不可，除非带上《柳鸽图》。”可是，霍大叔的事还在进行中，到哪儿去找赎当的银子呢？张幼林转念一想，即便霍大叔出来，恐怕也帮不上忙，他的货都被官府扣了，一时半会儿拿不出银子来。再说了，也不能告诉霍大叔《柳鸽图》的事儿呀。他知道了心里会很不舒服，觉得欠了我的人情，我可不想让他心里别扭，到底怎么办呢……张幼林伤神地想着，终于长叹一声：“唉！”他站起身，扔下豆角走了出去。

伊万虽说不再追究了，可得子的去留成了问题。林满江左想右想，觉得怎么说都有道理，于是就问庄虎臣：“掌柜的，你说，这得子干的是好事儿呢，还是坏事儿？”

“这得分怎么说。”

林满江试探着：“那咱还用他吗？”

庄虎臣想了想：“农村孩子出来学徒不容易，再看看吧。”就这样，得子被荣宝斋继续留用了。在庄虎臣看来，得子的去留是小问题，铺子开张半年来，账上老是勉勉强强持平，这才是大问题。他的内心其实很烦躁，又不便跟林满江讲得太多，于是庄虎臣又去了宝韵阁。

宝韵阁里，周明仁正坐在太师椅上听伙计报账，见庄虎臣进来，他站起身：“哟，虎臣，这是哪阵风儿把你吹来啦？”

“大哥，小弟这阵子净顾着忙乎铺子里的事儿了，没得空儿来看看您。”

周明仁请庄虎臣坐下，倒上茶：“忙好啊，不忙哪儿来的银子啊？”

“唉，能像大哥您，忙乎出银子来也算没白忙，可我这一天到晚，唉，都是瞎忙。”庄虎臣愁眉不展，端起的茶碗又放下。

“你这么想就不对了，新开张的铺子，不赔些日子就想赚啊？”周明仁说着宽慰的话。

“这不都快半年了，还没什么起色。”庄虎臣指指自己嘴角边上的溃疡，“我这都急出疱来了！”

“虎臣，你这性子不能太急，心急吃不了热饽饽。”

“大哥，话是这么说，可不急也得行啊，荣宝斋要是弄不出点彩儿来，那不让人家看笑话儿吗？”

周明仁一脸的不屑：“你说的是那茂源斋的陈掌柜吧？甭搭理他，听说你走了以后，茂源斋的生意一落千丈，陈掌柜天天坐在铺子里骂街，这管什么用？有能耐你干，自己没能耐，你怨谁？”

“我琢磨，得想个什么主意，这荣宝斋得有自己的独家买卖，只此一家，别无分号，客人想要这东西，只能到荣宝斋来。”

周明仁思忖着：“只此一家，别无分号？想法儿倒是不赖，不过，可得瞄准了做什么，琉璃厂的铺子可是一家挨着一家，要说这南纸店嘛，开得也不算少，你得琢磨透了，做那别人想不到的。”

“我这些日子想来想去，就是琢磨不透。”庄虎臣苦着脸，甭提多沮丧了。

·第七章·

庄虎臣得到意外的启示，是由于总理衙门章京王雨轩落在荣宝斋的一本过了时的缙绅。

那天上午，王雨轩来铺子里买文房用品，临走的时候把带来的一本册子忘在了柜台上。庄虎臣发现后，立即差得子去追赶，得子气喘吁吁地追上了，王雨轩却歉意地对他笑了笑，说这是本过了时的缙绅，他不打算要了，麻烦得子给处理掉。得子觉得这册子扔了可惜了，还可以当草纸用，于是就拿了回来。

庄虎臣见得子拿着册子又回来了，疑惑地问："没追上？"

"追是追上了，可王大人说这册子过时了，他不要了。"

"什么册子，还有过时这一说？"庄虎臣从得子手里拿过来，饶有兴味地翻看起来。

天色渐晚，铺子里已经没有了客人，庄虎臣还在一门心思地琢磨那本册子。

得子凑过来："掌柜的，您都看了够二十遍了吧？这有啥可看的呢？"

庄虎臣抬起头："有啥可看的？告诉你，这里面名堂大啦！"

得子嘟囔着："人家王大人都不要了，还有啥名堂？"

"王大人不要是因为它对王大人没用了，可对咱们就不一样了，这么跟你说吧，弄好了，荣宝斋的转机，就在这本缙绅上了。"庄虎臣说得意味深长，得子听着将信将疑："就这本旧不啦叽的册子？"

"这叫缙绅。"庄虎臣加重了语气，"缙绅，懂吗？"

得子摇摇头："掌柜的，不懂，这印得也不怎么地呀。"

"甭管印得怎么样，这书里的东西对做官的人简直太重要了。"庄虎臣如数家珍，"这上面有朝廷各府院、六部衙门七品以上的大小官吏名录，从官职、姓名到原籍都记得一清二楚，还有官员的官阶品级、顶服俸禄、钦定会典相见礼、加级记录……东西多着呢！"

"可咱拿它有什么用啊？"

"平头百姓是拿它没用，可做官的却需要这个，你好好想想。"庄虎臣启发着得子，得子想了想，眨巴着眼睛："掌柜的，我还是不明白。"庄虎臣不耐烦了：

“你可真是个榆木脑袋，那就明儿再说吧。”说完，他站起身，拿着缙绅走了。

红彤彤的太阳刚从东方冉冉升起，得子就带着张幼林忙乎上了，卸窗板、扫地、收拾柜台、摆放文房用品……不一会儿张幼林就满身大汗了。得子怕把少东家累出个好歹，就说：“师弟，你歇会儿，掌柜的马上要过来了，我到后面提壶开水，先把茶沏上。”

“师哥，我去吧！”张幼林抹了一把脸上的汗，得子连连摆手：“行了行了，这一早晨就够瞧的了，你毕竟是少爷嘛。”

张幼林板起脸来：“师哥，你又来了，咱不是说好了吗？你就是我师哥，我就是你师弟，这儿只有伙计，没有少东家。”

“好好好，听你的，反正我总有点儿别扭。”得子正往后门走，张幼林无意之中向外看了一眼，突然浑身一震：“不好了，我叔来啦，师哥，我到后面躲会儿，你把他支走。”说完，一个箭步蹿出了后门。

片刻，张山林拎着两个鸟笼子走进来，得子迎上去：“东家，您来啦！”

张山林四处看了看：“得子，庄掌柜呢？”

“还没过来呢，您有事儿吗？”

张山林坐下：“也没什么事儿，我是路过这儿，锦云轩茶馆现在成了黄鸟儿座儿了，好家伙，四九城养黄鸟儿的主儿都去了，昨儿个有位爷弄了只脏了口儿的百灵跑那儿起哄，结果让古月斋李掌柜一怒之下给摔死了。”

“这就不对了，李掌柜凭什么摔人家鸟儿？得，这下子那位爷还不跟他急了？”得子拿起抹布擦了擦桌子上的灰尘。

“他敢？那是黄鸟儿座儿，你带只百灵本来就坏了规矩，况且还是只脏了口儿的百灵，那不是找不自在么？摔了他的鸟儿那是轻的，惹怒了大伙儿，连他鸟笼子一块儿砸……”张山林越说越上瘾，看样子没有要走的意思，得子就提醒他：“东家，您不是去茶馆吗？怎么跑这儿来啦？”

“嗨！我不是来打个招呼嘛，你给我看着点儿时辰，一会儿黄鸟儿座儿散了，我过来接着喝茶，你估摸着我快过来了，就先把茶沏上。”

得子很是诧异：“东家，您去的不就是茶馆么，到那儿还不喝够了，怎么回来还喝？”

“这刚哪儿到哪儿啊？跟你这么说吧，喝茶跟浇花儿一样，你不把水浇透了，花儿就得蔫儿，喝茶也是如此，这茶没喝透，一天都没精神。”张山林掏出怀表看了看，“记住！两个时辰以后沏茶，明前的碧螺春还有吧？就沏它。”张山林提起鸟笼子走了，得子站在那儿却犯起愣来。

张幼林探头探脑地回到前厅："师哥，我叔走啦？"

"走啦，不过他说了，一会儿还回来喝茶。"

张幼林一阵起急："还回来，他还没完啦？"

"你叔讲话，喝茶跟浇花一样，得喝透了。"得子思忖着，"我说师弟，你叔拿这儿当茶馆了，这两天你得躲躲。"

张幼林叹了口气："唉，这不是没影儿的事儿吗？师哥，你跟师父说说，让他想个法子把我叔支走，不然我老得躲着。"

张幼林沮丧地回到了秋月家，没过多久杨宪基也来了。这是张幼林第一次见到杨宪基，他彬彬有礼地鞠了一躬："杨大人，我早就想见您了，能和您单独谈谈吗？"

秋月颇为意外："幼林，你要和杨大人谈什么？怎么没跟我提过？"

"那是我们男人之间的事，我当然不会和你提。"张幼林神情庄重，杨宪基觉得有些可笑，他上下打量着张幼林："你有十六七岁了吧？算个男人了，好吧，咱们谈谈。"

两人向客厅走去，秋月站在原地："幼林，你人小主意不小，你要和杨大人谈话，居然不让我在一边听？你心里还有我这个姐姐吗？"张幼林停下脚步："当然有，我不是说了吗？这是我们男人之间的事，你听不合适。"进了客厅，两人相对而坐，张幼林单刀直入："杨大人，您为什么不娶我秋月姐？"

杨宪基一愣："小兄弟，这是你该问的吗？"

"当然，我家和秋月家是世交，秋月是我姐姐，她的父母都不在了，又没有别的兄弟，所以，我姐姐有什么不好说的话，理应由我这个当弟弟的来代劳，您就把我当成秋月的娘家人吧。"张幼林说得一本正经，杨宪基不禁哑然失笑："好，就算你是秋月的娘家人，我呢，姑且算想当你家女婿的人，你问我答。"

张幼林清了清嗓子："我知道您为我秋月姐赎了身，但好事应当做到底，您既然把她带到京师就该娶她，孔子曰：'名不正则言不顺，言不顺则事不成，必也正名乎。'我秋月姐住在这里名不正言不顺，您应该对此负责。"

这番话说得杨宪基尴尬起来，他面露难色："幼林，我并没有说不娶她呀，总要容我安排嘛，有些事是急不得的。"

"杨大人的话恐怕是托词，依我看，归根结底是夫人作梗，而杨大人又有些惧内，我说得对吗？"张幼林毫不理会杨宪基的尴尬，直接把这层窗户纸捅破了，杨宪基一时语塞："这个……我总要和夫人商量嘛，毕竟……不是件小事儿。"

"要是夫人不同意呢？我秋月姐就这么名不正言不顺地过一辈子？"张幼林直视着杨宪基，"杨大人是读过圣贤书的，孔子云：'己所不欲，勿施于人。'这是谁都明白的道理。我认为，‘己所不欲，勿施于人’为恕，‘己所不欲，无施于人’是仁。恕者乃人道，而仁者是天道。人经过努力可以达到恕，但不能达到仁，因为人能做到不故意把己所不欲的施于人，但也可能在无意中把己所不欲的施于人。杨大人如能像七十岁的孔子那样‘随心所欲不逾矩’，才能做到不论有意无意都不把己所不欲的施于人，关键是‘不逾矩’，凡事都有规矩，杨大人应遵守规矩。请问杨大人，我秋月姐此时之境地，是杨大人有意为之，还是无意为之？”

显然张幼林是有备而来，杨宪基苦笑着摇了摇头：“幼林啊，你的嘴很厉害，我还真辩不过你，不过，我是真心倾慕秋月的，不然我也不会花掉大部分家产为她赎身。小兄弟，你说得有道理，我可能在无意中伤害了秋月，现在你告诉我，怎样做才能符合你所说的‘规矩’？”

“这很简单，我秋月姐也是出身大户人家，按身份该明媒正娶才是，养外室可不是正人君子所为呀。”说完，张幼林的目光转向了窗外，院子里，秋月忐忑不安地站在海棠树下，不断地向这边张望。

“你倒真像是秋月的娘家人。”杨宪基站起身，倒背着双手在客厅里踱起步来，“幼林，这件事对你很重要吗？”

“当然重要，我在郑重其事地和您商量。”

杨宪基停下脚步：“如果我不同意呢？”张幼林也站起身来：“那太好了，如果您不想娶秋月姐，那我告诉您，我娶！杨大人，我的话是算数的。”杨宪基一时愣住了，他还没有回过神来，张幼林已经迈着大步离开了客厅。

院子里，秋月迎着张幼林走过去：“幼林，你和杨大人谈了些什么？”张幼林装出满不在乎的样子：“没什么，我和杨大人谈论圣贤书来着，姐，我出去走走。”

秋月择下了沾在张幼林衣服上的一个线头：“也好，只是别走远了，待会儿回来吃饭。”

“姐，你别管我了，我不想在这里待……有杨大人在，我就成了多余的人，你们聊吧。”

“那你去哪儿？”秋月追问着。

此刻，张幼林也不知道自己要去哪儿，他只是想尽快离开这里，便头也不回地走了。

第二天早上，得子从林满江的住处出来，远远地看见张山林走过来，他撒丫子就往铺子跑，在门口差点儿和庄虎臣撞了个满怀。得子顾不上给庄虎臣道歉，冲着里面就喊上了：“师弟，快躲起来，你叔这就到了！”

“他倒真够准时的。”张幼林匆忙把宣纸塞进柜台，站起身正要开溜，庄虎臣沉下脸来："躲什么躲，那叫学徒吗？幼林啊，要学就踏踏实实学，别瞻前顾后，你学徒的事你妈早晚会知道，不如主动先说。"庄虎臣又问得子："二掌柜怎么样了？"

"我瞧着不大好，脸色儿蜡黄，从昨儿晌午到现在吃什么吐什么，连炕都起不来了。"

"请大夫了吗？"

得子摇了摇头："没有，林二掌柜的说，先挺挺，要是能挺过去，请大夫的银子就省了。"

"这哪儿成？"庄虎臣皱起了眉头，"你盯着铺子，我过去瞧瞧。"张山林摇晃着俩鸟笼子走过来："虎臣，你要去哪儿呀？"

"满江病了，我过去瞧瞧。"

"正好儿，我也没什么事儿，我跟你一块儿去吧。"张山林跟着庄虎臣走了。

铺子收拾妥当，还不到上人的时候，张幼林靠在柜台上喘口气，秋月和小玉进来了。看到张幼林在铺子里，秋月提着的一颗心放下了。小玉不满地说："幼林少爷，你也真够可以的，晚上不回来也不打个招呼，害得小姐一夜都没合眼，就为等你回来。"

秋月用眼色制止了小玉，然后疲惫地看着张幼林："不睡觉是小事，你要是有个三长两短，我怎么向你妈交代啊？"张幼林有些不好意思："姐，我住在铺子里了，我又不是小孩子了，能出什么事？"

"幼林，你要答应我一件事，以后无论去哪儿都要和我打个招呼，别让我为你担心，好吗？"

"那你也要答应我一件事……"

秋月打断了他："你先回答我的要求。"

张幼林固执地摇摇头："不行，我先说我的要求。"他把秋月拉到一个角落，"我要你答应我，如果杨大人不能明媒正娶地把你接到家里，那我来娶你。"秋月笑了，她摸摸张幼林的脑袋："幼林，你才多大？脑子里怎么这么多稀奇古怪的念头？这我可不能答应你，我是你姐姐，姐姐怎么能嫁给弟弟呢？"

"那怎么不能？穷人家养童养媳，哪个不是女的比男的大，我怎么就不能娶姐姐？"

秋月嗔怒了："胡说！我是童养媳吗？真是越说越没边儿了，反正我告诉你，只要你在我这儿住一天，就得听我的，到哪儿去都要和我打招呼，你不是叫我姐姐吗？那姐姐管你你就得听，不然你就别叫我姐姐。"秋月转身向外走，张幼林赶紧追上去："姐，你别生气嘛，我答应你还不成……"

得子端着沏好的茶从后门进来："嘿，怎么走了？"

从林满江的住处出来，张山林直接奔了嫂子家。

卧室里，张李氏半躺在床上，枕边放着张幼林小时候玩过的一个玩具"响葫芦"，这是用琉璃烧制出来的，做工精美，形状像个葫芦，衔在嘴里可以吹奏出各种声音。张李氏的额头上敷着湿毛巾，李妈在一旁递过一碗草药，听见院子里的响动，张李氏把药碗放下。

"嫂子，您好点儿了吗？"张山林进屋就问。

"还是头晕，吃不下饭，老毛病了，没事儿。"

张山林在张李氏对面坐下："幼林有消息了吗？"

"你别提他，他爱上哪儿上哪儿，反正我没这个儿子。"张李氏把脸扭到了墙角。

张山林拿过张李氏枕边的"响葫芦"看了看，记起这还是当年他在厂甸庙会上给侄子买的，叹了口气，又放下："嫂子，您这是何苦呢？幼林就是有天大的错，他也是张家的孩子嘛，哪儿能说不要就不要了？您先消消气，好好养病，明天我再派人去找找。"

李妈赶紧给张山林使了个眼色，示意他别再提这事了，可是已经晚了，张李氏的眼泪又止不住地流下来："山林啊，你甭劝我，这两天我躺在床上想啊想，越想越觉得对不起咱们老爷子，老爷子临终前托付给我的事，我没做到呀，将来我怎么有脸去见老爷子？唉，这事儿怨我呀，是我养出这么个不孝的东西来，我愧对列祖列宗啊。"她嘴上虽然这么说，可哪儿有当妈的不惦记儿子的呢？自打幼林离开家以后，张李氏就没睡过一宿安稳觉，她把儿子小时候玩过的玩具放在枕边，摸着它，不知掉了多少眼泪。

张山林只好站起身："嫂子，您安心养病，我先走了。"张李氏擦了擦眼泪："山林，你是不是有事儿？有事儿就说吧。"

"嫂子，林满江病了，刚才庄虎臣请了太医院的名医李德立来诊病，李太医号过脉，就实话实说了，林满江得的是不治之症，日子不多了。"

张李氏猛地坐起来："天哪，怎么会这样？"她的眼泪又涌了出来。沉默了半晌，张李氏平静下来："林满江跟着咱们四十多年了，对张家是一片忠心，如今他得了病，咱们得好好待人家。"

张山林皱着眉头："我正要跟您商量，林满江自己要求回他通州张家湾的老家，希望咱们能同意。我想，林满江在咱家干了一辈子，如今要走了，总不能让人家空着手走吧？可眼下荣宝斋的生意还没有转机，我手头又……不宽裕，嫂子您看……"

“就是砸锅卖铁也不能让人家空着手走，这银子由我出。”

张山林叹了口气：“唉，嫂子，我知道，为了幼林的官司，您把陪嫁的房产都卖了，您手头也不宽裕呀。”

“这你就别管了，我来想办法，不管怎么样，咱们张家不能让别人戳脊梁骨，说咱们对老伙计不仁不义。”张李氏扯下额头上的毛巾，“李妈，把我的首饰盒拿来……”

在当时荣宝斋还没有转机的情况下，张李氏变卖了自己的首饰给林满江凑足了一笔银子，按照他的心愿，由得子护送他回了通州老家。最后告别的时候，林满江挣扎着从马车上坐起来给张李氏作揖，他老泪纵横，竟然一时什么话也说不出来。

张李氏握住他的手，两人的眼泪交织着滴落在紧握的双手上，良久才分开。“满江兄，好好养病吧！”庄虎臣扶着林满江躺下，为他掖好了被角。

马车渐渐远去了，张李氏和庄虎臣目送着，直到它在东方的地平线上消失。在松竹斋乃至荣宝斋的历史上，林满江都是一个不能忘却的人，他这一走，就再也没有回来。

回去的路上，张李氏强打起精神：“虎臣啊，满江这一走，荣宝斋可就全靠你了！”张李氏的话里透着信任，也带有某种忧虑。

“只要您信得过，事情就好办。”庄虎臣仿佛胸有成竹。

“虎臣，你这话怎么讲？”

“我想了个主意，能让荣宝斋立住脚，就是……得花银子。”庄虎臣把自己的想法详细地跟张李氏说了，张李氏沉思了一会儿：“虎臣，想好了就去做吧，我信得过你。”

庄虎臣没想到张李氏这么痛快就答应了，他显得有些激动：“谢谢东家，我这就找人帮忙联系。”

和张李氏分手以后，庄虎臣直接去了宝韵阁。周明仁抽着烟听完了庄虎臣的话，他问道：“这事儿你跟东家商量过吗？”

“荣宝斋的东家李先生是挂名的，真正的东家还是张家，我跟张家商量过。”庄虎臣实话实说了。

“我说呢，怪不得伊万这小子穷追猛打的，衙门里还差点儿闹出人命来。”

“要不这么偷梁换柱，张家的这份祖业也得保得住啊。”庄虎臣一脸的无可奈何，周明仁磕了磕烟袋锅子：“行啊，虎臣，大哥没看错你！”

庄虎臣站起身，要给周明仁装烟丝，周明仁摆摆手：“先不抽了，你接着说。”

庄虎臣又坐下：“张李氏答应这事儿了。”

“张家是她主事儿？”周明仁的眼睛一亮，庄虎臣点点头：“嗯，多亏了她主事儿，要不然，恐怕什么事儿也干不成。”

周明仁伸出大拇指：“张李氏是这个呀，别看是一个女流之辈，”周明仁指了指庄虎臣，又指了指自己，“在琉璃厂这条街上，比你我不差啊！”

“是呀，要不然，怎么她一出马请我，我就同意了呢？”

周明仁赞叹着：“老弟呀，这步棋走得不赖！”

庄虎臣满怀希望地看着周明仁：“下一步就全靠大哥您了。”

“别急，容我跟宫里的张太监拉咕拉咕。”

庄虎臣“扑通”一声给周明仁跪下：“大哥，我替我的东家，替荣宝斋给您磕头了，有朝一日荣宝斋发起来，兄弟我永远忘不了您的大恩大德……”

周明仁连忙过去搀扶：“兄弟，你这是干什么？你的事就是我的事，你说这些可就见外了……”

盛昌杂货铺里，马掌柜正在柜台后面打算盘，张幼林走了进来，马掌柜赶紧起身迎上去：“哟，幼林少爷，您坐，您坐，伙计，上茶！”

张幼林摆摆手：“您别忙乎，我待不住，马上就走，我就是想问问，霍大叔的案子怎么样了？”

马掌柜滔滔不绝：“嗨，亏得您送了银子来，不然霍爷这次麻烦大啦，闹不好就判个监候斩，通匪的罪过可不小，不死也得扒层皮啊。您放心，银子我已经送到管事儿的人手里，刑部衙门也开了堂，主审的堂官拿了咱的银子，当然得替霍爷说话，再加上项文川请的几个证人说得前言不搭后语，主审堂官当场认定这案子证据不足，要重新审理。”

“既然知道证据不足，那为什么不把霍大叔给放了？”

“哪儿这么容易？这又不是一个人说了算的，得上上下下把银子都使到了才行。”

“那霍大叔得什么时候才能出来？”眼瞧着离赎当的日子越来越近了，张幼林心里开始着急了。

马掌柜想了想：“这可不好说，要是快，也许就这两天；要是慢，再有两三个月也是它，幼林少爷，这事儿可是急不得。”

“好吧，我先回去了。”张幼林转身向外走，马掌柜跟着送出去：“您放心，霍爷一有消息，我马上派人到府上通知您。”张幼林立刻停住了脚步：“马掌柜，千万别到我家找我，我最近……没住在家里，要是有什么事儿，到廊坊二条三号找我。”

马掌柜一愣：“幼林少爷，您……府上出什么事儿了吗？怎么搬出去住了？”

“没事儿，您就别问了。”张幼林头也不回地走了。

没过多少日子，周明仁约到了宫中的总管太监张公公，和庄虎臣一起在鸿兴楼请张公公吃饭。

张公公已经六十开外了，满脸褶子，身体臃肿，一副老态龙钟的样子，可脑子还十分清楚。张公公坐下来，看着一桌子饭菜，感叹地说：“这鸿兴楼，我可是老没来了，这阵子，得不着空子出来。”

周明仁关心地问：“张公公，您都忙乎什么呢？”

“嗨，甭提了，李鸿章李大人在日本，不是在那《马关条约》上签字儿了吗？”

周明仁假装不知：“是啊？”庄虎臣插上一句：“听说是皇上让签的。”

张公公瞧了一眼庄虎臣：“皇上要是不发话，他李大人也得敢呢！”

周明仁忙点点头：“这不结了。”

张公公抬起眼皮：“结什么结了？又给割地，又赔银子的，皇上心里难受哇，跟他那师父翁大人，两人在皇上屋里头，是嗡儿嗡儿地哭啊。”张公公显出伤心的样子。

“那是，两万万两银子，搁谁谁不心疼啊？”周明仁给张公公倒上酒，张公公沉浸其中：“我劝皇上啊，咱这大清国，地方有的是，银子呢，也不缺这点儿，他日本人没皮没脸地追着咱们屁股后头要，就赏他点儿，为这点事儿，皇上要是哭坏了龙体，你说多不值当的！”

“就是，是得劝皇上想开着点儿，赏谁不是赏？”周明仁附和着。

庄虎臣殷勤地挑了一块大肥肉放到张公公的碗里：“您别净顾了聊天儿，今儿个得空儿出来，得多吃点。”

“得嘞，还是我自个儿来吧。”张公公拿起筷子把那块肥肉夹进嘴里，细细地嚼着，瞧了一眼庄虎臣，用怀疑的口吻问周明仁：“这是你弟弟？”

“亲弟弟，最小的弟弟。”周明仁回答得跟真的似的，庄虎臣把头扭向一旁偷着乐。

张公公的牙缝里塞了一块碎肉，庄虎臣赶紧递过去牙签：“您慢着点儿，别剔破了。”

张公公接过牙签：“我这是老喽，吃块肉，都塞牙。”

“不怪您牙不好，是他们炖得不烂糊。”庄虎臣招呼堂倌，堂倌应声而到。

庄虎臣嘱咐：“跟厨子说一声，后边的菜都炖烂着点儿，张公公牙口不好。”

“好嘞，炖烂着点儿，到嘴就化。”堂倌转身刚要走，被张公公叫住：“别价，太烂就咂摸不出味儿来了。”

庄虎臣揣摩着："您老的意思，适中就行？"张公公点点头，随口夸了两句："瞧你这弟弟，还挺能知道人心思的。"

周明仁乘机说道："那是，我这弟弟，脑袋瓜子可好使了，要不怎么求您帮忙儿，捐个官儿，平时也能到宫里走动走动，这儿您也瞧见了，我这小弟弟这么会来事儿，万一哪天遇见皇上开恩，委以大任，这保不齐往后还是您的帮手呢。"

张公公专心地品着菜肴，对周明仁的话不以为然。庄虎臣有些沉不住气了，周明仁不动声色，他从大褂里掏出一对玉鸟，放在张公公面前。这对玉鸟通身雪白，晶莹剔透，煞是可爱。张公公的注意力立马儿转移到这对玉鸟身上了，他半张着嘴，看得眼睛发直。

张公公看了半天才开口："我怎么好像在宫里头见过似的，周掌柜的，老实说，从哪儿弄来的？"

周明仁滔滔不绝起来："您大概是在宫里好东西见多了，所以就记串了，这对玉鸟儿倒是宫中之物，可它不是大清国的，您瞧瞧，这玉的成色，正经的和田羊脂白玉，再看看这工匠的雕工，绝对是高手啊，告诉您吧，这对玉鸟儿是大明万历皇帝的心爱之物，后来让崇祯皇帝赏给了宁远总兵祖大寿……"

张公公打断了周明仁的话："祖大寿我知道，这人后来不是归顺大清国了吗？"

"没错，您老好学问啊，祖大寿在松锦大战中被俘，归顺了先帝皇太极，得以善终，这对玉鸟儿是在祖大寿死后，他的后人手里一时缺银子，把它送到当铺救急，后来又没有能力赎当，这才流传到民间。"周明仁把玉鸟往张公公面前推了推："这是孝敬您的。"

张公公拿起玉鸟来在手里把玩着："好东西啊，难得你的一片孝心。"

周明仁指了指庄虎臣："张公公，这对玉鸟儿不是我的，是他孝敬您的。"

张公公仔细瞧了瞧庄虎臣："想不到，你还有这份儿孝心呢？"庄虎臣赶紧接过话来："这还不是应当的？往后，见着什么好玩意儿，只要您老喜欢，说一声儿就行。"

"得喽，有你这话儿就成。"张公公把玉鸟收起来了，周明仁盯了一句："张公公，那事儿……"

"我试着办办，你听信儿吧，要是办不成，你们也别怨我。"

庄虎臣又给张公公夹起一块黄金肉："哪儿能呀，办成办不成的，我们一样领情，来，张公公，您吃着……"

吃好了之后，周明仁和庄虎臣把张公公送到了鸿兴楼的大门外，张公公上了轿子，又从轿子里探出头来对周明仁说："往后带人来，别再说是你弟弟了，这故事我都听腻了。"

周明仁尴尬地笑了笑："好嘞，我听您的，往后咱只说办什么事儿，不提人。"

轿子走远了，周明仁兴奋地照着庄虎臣的肩膀给了一拳："虎臣，有门！"

见过了张公公，庄虎臣的心不但没有轻松下来，反而沉重了。他琢磨了两天，又去找了张李氏。

在张家客厅里，庄虎臣欲言又止，张李氏看出了他有难言之隐，于是递过碗茶来："虎臣，有什么话，你就直说吧。"庄虎臣接过茶碗，放到了一边："东家，我大哥带着我和张太监见了面儿，可有一样儿，就是贵了点儿，捐个七品官儿，差不多得花五百两。"

"这么多？"张李氏惊讶得睁大了眼睛。

"我也没想到，捐官的规矩是这样，先得花个百十两银子买个'捐纳监照'，这是国子监颁发的，也是持照人步入仕途的敲门砖。不过，有了'捐纳监照'，只是取得了做官的资格，要做官，还必须有户部颁发的'户部执照'。这'户部执照'拿下来，要花二百两，然后还得孝敬张公公二百两，所以，差不多要五百两。"庄虎臣一一道来，说完之后，张李氏沉默了。

过了半晌，庄虎臣又接着说："我知道您也不易，荣宝斋开张的时候，松竹斋的货底子只倒腾出五百两，您东凑西凑，加上自己的私房钱，又拿出了一千两，这一千五百两银子支撑起一个新铺子，不易啊！"

"唉，家里的事儿我也不瞒你，现在确实是手头紧。"张李氏眉头紧锁。

"新铺子开张才半年，收支基本持平，还没怎么赚，前些日子，满江生病，请太医，连给满江家里头，也没少花银子，我知道，您这儿也难啊！东家，我翻来覆去想过，这大主意，还得您拿。"庄虎臣站起了身。

张李氏示意他坐下："虎臣，容我考虑考虑。"

张李氏低头沉思着，墙上的挂钟"嘀嗒、嘀嗒"地响，四周一片寂静。良久，张李氏抬起头来："虎臣，我想好了，你就去干吧！"张李氏站起身，从抽屉里拿出一张房契交给了庄虎臣。

庄虎臣接过房契，吃了一惊："要卖房子？"

"我出嫁时娘家给了两处房产做陪嫁，前些日子为幼林打官司卖了一处，这是最后一处了，你找找周掌柜，请他帮着换银子吧。"张李氏的语调很平静，庄虎臣不觉犹豫起来："这……最后一处房产了，您……舍得？"

"虎臣，只要你把事儿做起来，这些个东西，早晚都能回来。"张李氏充满希望地注视着庄虎臣，庄虎臣的眼睛湿润了，他给张李氏深深地鞠了一躬："东家，您放心，这件事我就是豁出命来也要把它干好，绝不会让您失望。"

"虎臣，我信得过你。"张李氏的眼睛也湿润了。

秋月家的院子里，东南角的一棵槐树上吊着个沙袋，张幼林正在练习用脚踢沙袋。只见他一个高扫腿踢中沙袋，沙袋悠过来，张幼林灵巧地闪开，随即一个转身后摆腿，狠狠地踢中沙袋，沙袋在他的打击下剧烈地悠荡起来，张幼林灵活地躲开……

秋月端着一套精美的紫砂茶具走过来："幼林，歇会儿，喝茶吧。"秋月把茶具放在了石桌上："幼林，《柳鹆图》的当期还有多长时间？"

一听这话，张幼林便沉重地坐在了石凳上，品茶的心思立刻就没了："我也为这事发愁呢，今天早晨我还看了看当票，离最后期限还有三天，可现在……赎当的银子还没着落。"

"也就是说，三天之内我们如果不去赎当，《柳鹆图》就归当铺所有了？"秋月用开水烫着茶壶、茶碗和闻香杯。

张幼林点点头："是啊，我看那当铺掌柜的正巴不得我们没钱赎当呢，两千两银子就把《柳鹆图》搞到手，太值了。"

"幼林啊，我们得想想办法，要是《柳鹆图》从此拿不回来，你妈可活不下去了，她把这两幅字画当成性命一样重要。"秋月停止了摆弄茶具。

张幼林长叹了一声："唉！该想的办法我都想尽了，想得我脑袋疼，两千两银子不是小数儿，谁会帮我？"

"幼林，别着急，容我想想……"

张幼林把铁观音倒进了紫砂壶，洗茶之后冲进了开水："秋月姐，别想了，你能有什么办法？杨大人为了给你赎身差点儿倾家荡产，况且他那个原配夫人也不是好惹的女人，所以，杨大人怕是也没什么办法。"

秋月沉思着："是啊，就算杨大人有银子我也开不了这个口，已经够难为他的了，这件事不如不让他知道。"

"实在不行也只好算了，大不了我这辈子不回家了。"

"那怎么行？你妈可就你这一个儿子，她心里知道，儿子远比一幅画重要。"秋月站起身，"幼林啊，这件事我来想办法，你不要再想了，好吗？"

张幼林疑惑地望着秋月，点点头。

秋月亲昵地用手指点点张幼林的额头："你这个大男人呀，还口口声声说要娶我呢，这一件事就把你难成这样？没出息的家伙……"

京城东交民巷的西口有家"圣彼得堡"咖啡厅，老板是个俄国人，这家咖啡厅的服务对象是各国驻华使馆的外交人员和在华的商人。咖啡厅里，烛光点点，彬彬有礼的侍者举着托盘悄无声息地穿行在各个桌子之间，一个俄国小提琴手正在深情地演奏柴可夫斯基的《忧郁小夜曲》。

身穿晚礼服的伊万和打扮得光彩照人的秋月坐在靠窗的一张桌子旁，伊万含情脉脉地注视着秋月："秋月小姐，今天真是个不同寻常的日子，您主动约我见面，真使我受宠若惊。"

秋月嫣然一笑："伊万先生，您太客气了，我们本来就是朋友嘛，我还清楚地记得我们第一次见面的情景，那是一个月明星稀的夜晚，在秦淮河上的一座画舫里……"秋月仿佛沉入了回忆中，伊万接过话来："那天秋月小姐用琵琶弹奏了一首古老的中国乐曲，叫……对了，叫《汉宫秋月》，是吧？说实话，当时真把我听呆了，很长时间都不能从乐曲的意境中解脱出来，秋月小姐的美貌、人品和学问都是第一流的，我倒很想拜您为师，好好学学中国文化。"

秋月脸上的笑容没有了："伊万先生，请不要言过其实，我不过是个从良的秦淮歌伎罢了，哪儿来的什么人品和学问？"

伊万赶紧转了话题："秋月小姐，咱们说正事吧，今天您来找我，为什么？"

"伊万先生不愧是个银行家，谈话总是以一种直截了当的方式进行。"秋月随口夸了两句。

伊万清了清嗓子："更正一下，我已经辞去在华俄道胜银行的职位，现在的身份是俄国大使馆的外交官，原因是鄙国外交部认为我在华多年，熟悉中国的文化和风土人情，因此把我招募进外交部。好了，不说这些，秋月小姐还是说说来意吧。"

"好，那我就直言了，伊万先生，我现在急需一笔钱，您能帮我吗？"秋月的目光直视着伊万。伊万没有躲闪："需要多少？还有，要用多长时间？用途是什么？"

"两千两，大约两个月时间，至于用途您就不必问了，您只需告诉我，借，还是不借。"秋月的话很干脆。伊万有些惊讶："两千两？数目不小啊，当然，这不是问题，关键在于秋月小姐是否有抵押物品。"

秋月指了指自己："有，抵押物品就是我自己。"

伊万一时没有反应过来："此话怎么讲？"

"难道您不明白？也就是说，一旦我还不上这笔钱，我这个人就是您的了，现在我需要您对我进行一下估价，我究竟值不值两千两银子？"

伊万笑了："这我马上可以告诉您，您的身价远远不止两千两银子。"

"哦，那我把自己的价格开得低了。伊万先生，我们可以成交了吗？"

"可以，今天签字画押，一个星期后您就可以拿到银票。"伊万答应得很痛快。

"七天以后？"秋月摇摇头，"不行，太晚了，两天，我必须在两天之内拿到银票，否则这场交易便没有任何意义了。"

伊万耸了耸肩膀："天哪，您大概把我当成了上帝，两千两银子，两天之内就要拿到？对不起，我恐怕……"

秋月站了起来："好吧，那就算咱们什么也没谈，再见吧，伊万先生。"

"等等……那好吧，我来试试。"

秋月又坐下："不是试试，是必须做到，我说过，否则这场交易便没有任何意义了。"

拿到银票之后，秋月和张幼林直接去了恒泰当铺。刚一迈进当铺的大门，站在高柜台后面的掌柜孙伯年一眼就认出了张幼林，他装作不认识："两位来啦，今天当点儿什么？"

张幼林走近高柜台："掌柜的，您不认识我了？"

孙伯年装傻："对不住，这位小爷，我上了岁数，记性不太好，况且铺子里每天人来人往的，我哪能都记得？"

"记不住人没关系，这当票总还记得吧？我是来赎当的，银票我带来了。"张幼林把当票拍在了柜台上。

孙伯年拿起当票仔细地看着，张幼林等得不耐烦："快点儿，这张当票是您亲笔写的，总不能也不认识了吧？"

孙伯年把当票推了出来："对不住您哪，这张当票过期了，您来晚了。"

"什么意思？过期了？今天是五月初五，是我赎当的最后一天，当票上写得明明白白。"张幼林把赎当的日期指给孙伯年看，孙伯年瞥了张幼林一眼："没错，今天是五月初五，可您再仔细看看这当票，这是两个月前，也就是三月初五那天中午11点开的当票，看见没有？这儿写着钟点呢，您再瞅瞅，现在是几点了？都快1点了，也就是说，赎当期已经过去两个钟点了，您的典当物现在归鄙典当行所有了。"

张幼林的脸立刻就涨红了："不对，当时你并没有向我讲明，必须是11点之前赎当。"

"这位小爷，我怎么会没说呢？这是我们这行的规矩啊，嘴上说清楚还不算，当票上也要白纸黑字写清楚，这么说吧，该说的我说了，该写的我也写了，您若是再有什么不满意，那咱只好到衙门里去说理了。"

孙伯年的这番话激怒了张幼林，他大吼起来："你是个骗子，我看你就是想吞了我的《柳鸲图》，今天你老老实实把画给我拿出来，咱们万事皆休，不然的话，我砸了你这狗屁当铺！"

孙伯年的脸色骤变："你要这么说可就是不讲理了，要砸铺子你随便，我去报官就是了，跟你这么说吧，有这白纸黑字的当票，这场官司打到哪儿我都奉陪到底。”

秋月赶紧走上前来：“掌柜的，您消消气，我弟弟年轻不懂事，我替他向您赔不是，您别跟他一般见识。”

“还是这位小姐明事理，有话可以好好说嘛，该讲理咱讲理，可你不能张嘴就骂人呀，我这铺子开了也有几十年了，咱生意人讲究的是诚信二字，街坊四邻也是有口皆碑的，好嘛，这位小爷张嘴就说我是骗子，有这么说话的么？”孙伯年避开了正题。

秋月看出来了，孙伯年是不打算拿出《柳鸽图》了，她想再试一试，就诚恳地说：“掌柜的，这幅《柳鸽图》是我们家的传家之物，对我们很重要，要是从我们手里流出，真是上对不起祖宗，下对不起子孙，您看，这件事咱们是不是再商量一下？”

“小姐，不是我驳您的面子，这事儿，真的没商量，这是行里的规矩，我就是想帮您也没辙。”孙伯年做出爱莫能助的样子。

张幼林气急了，他回身抄起一把太师椅，高高举起朝柜台冲过去：“我砸了你这蒙人的当铺……”

秋月一把抱住他：“幼林，你别……”张幼林猛地一甩将秋月摔了出去，他举着椅子正要砸柜台，秋月在地上挣扎着撑起身子：“幼林，我的腿……快来扶我……”

张幼林猛然醒悟，他扔掉椅子，俯身扶起秋月：“秋月姐，你的腿怎么啦？”

秋月的脸上显出痛苦的表情：“很疼，可能是扭伤了。”

“秋月姐，对不起，我不是故意的。”

“幼林，扶着我，咱们走！”秋月忍着痛站起来，张幼林犹豫着：“可是……《柳鸽图》还没有要回来……”

“先回去，再从长计议，你这样闹解决不了问题。”

张幼林回过身来指着孙伯年：“你等着，这件事儿没完！”说完，他搀扶着秋月一瘸一拐地走出了当铺。

·第八章·

左爷和他手下的一帮喽啰正在鸿兴楼大吃大喝，黑三儿夹了一大块肘子放进左爷的碗里，一个劲儿地张罗："左爷，您吃，您吃！"

鸿兴楼的掌柜毕恭毕敬地站在边上，哈着腰问："左爷，您觉着还成吗？"

左爷眯缝着眼睛，爱搭不理的："凑合吧。"

"您慢慢吃，回头再给您加几个菜。"鸿兴楼的掌柜显得特别殷勤，柴禾不耐烦了："别啰唆了，赶紧把好菜都上来吧！"

"是，您请稍候。"鸿兴楼的掌柜退下了。

柴禾凑近了左爷："左爷，这些日子我们哥俩就没闲着，已经把事儿打听得一清二楚了。那小娘儿们叫秋月，从南边儿来的，听说以前是歌伎，被一个当官的赎了身，搬到了京城。这当官的惧内，不敢把秋月往家里娶，只好弄个外宅，也不能常来，这件事他在官场上不敢声张，我琢磨着，您要是插一杠子，事情恐怕闹不大。"

"这当官的是个什么人？"左爷问道。

"听说是刑部的一个什么左侍郎，叫杨宪基。"

黑三儿也凑过来："这咱就得问问了，杨大人，秋月是您什么人呀？是您的原配夫人，还是后纳的妾？明媒正娶了没有？要都不是，那就对不起了，我们左爷想娶这娘儿们，这不犯法吧？"

"就是，秋月又没婆家，左爷您想娶她，这谁管得着？我们左爷想娶哪个娘儿们，那是给她脸呢……"柴禾和黑三儿侃得正热闹，左爷摆摆手："打住，刑部的官儿咱别惹，回头要真是较起真来怪不值当的，别为了一小娘儿们坏了咱弟兄们的正事儿。"说着，左爷扫视了一下在座的各位："弟兄们，收银子的事儿都怎么着了？小五啊，上个月你是怎么收的？"

那个叫小五的喽啰站起来："左爷，琉璃厂有几家新开张的铺子，他们一是不知道左爷您的名号，二是说铺子刚开张，还没赚到银子，所以我……"

左爷瞪起了眼睛："怎么人家说什么你就信什么？你去琉璃厂走一圈儿，没有哪家铺子不说自己有难处，这些生意人，哪个有实话？再者说了，他赚没赚到银子关我个屁事，总不能让咱弟兄们去喝西北风吧？”

黑三儿附和着：“就是，这些买卖人我知道，一问都说是生意不景气，赔了本儿，可你得这么想，既然赔本儿你干吗不把铺子关了？你有毛病是怎么着？”

“这话说得没错，他铺子既然开在那儿，就肯定只赚不赔，不然早关张了。弟兄们，对付这样的店家可不能手软，你可怜他，咱们吃什么？小五啊，这儿家新开张的铺子都是些什么字号？”

“锦云楼茶馆、积翠轩古玩店，还有荣宝斋南纸店。”

“行啦。”左爷示意小五坐下，“弟兄们，吃饱喝足了，待会儿跟我走一趟。”

霍震西带着两个随从在盛昌杂货铺门口下了马车，马掌柜兴奋地迎了出来：“霍爷，我们是盼星星盼月亮，总算是把您盼回来啦，里面请！里面请！”

霍震西拍拍马掌柜的肩膀：“老马，这次多亏了你上下打点，不然我老霍的脑袋怕是要搬家啦，我真得好好谢谢你。”

马掌柜摇着头：“霍爷，这我可不敢当，跟您这么说吧，这次要不是有人帮了大忙，光凭我的能耐，恐怕救不出您来。”

霍震西颇感意外：“怎么着，还有人帮忙？是哪位呀？”

马掌柜：“一言难尽，进屋慢慢说。”

两人进了盛昌杂货铺，霍震西急着问：“老马，你就别卖关子了，说吧，是谁帮了我？”

马掌柜给霍震西沏上茶：“霍爷，我还以为您能猜出来呢，是您自己的路子呀，张幼林不是您在牢里交下的朋友吗？”

“是他？”霍震西一怔，转念一想，不对呀，张幼林不过是个孩子，他哪儿来的那么多银子？于是又问：“老马，这次为我的事儿花了多少银子？”

“两千两，都是张少爷垫付的……”

听到这话，霍震西一屁股坐在了椅子上：“这么多？霍某这个人情可是欠大啦。”

“事儿不是都凑巧赶到这儿了嘛，张少爷告诉我您在牢里时，别说是我手头没银子，就是甘肃、宁夏那几位回族首领，手头儿都很紧，一时谁也拿不出这么多银子。”

霍震西疑惑地看了看马掌柜：“不对呀，照理说两千两他们还是能拿出来的，总不至于怕我出来还不上吧？”

马掌柜凑过来轻声说道：“两千两银子当然不算什么，可那几位首领不是倾家荡产把银子都拿出来买军械了吗？我粗算了一下，只要到时候义旗一举，至少三十万人参加举事，咱们手头现有的兵器远远不够。”

霍震西点点头：“哦，明白啦，我坐牢这几个月大伙都没闲着，已经干成这么多事了。”

“所以说，幸亏张少爷拿出两千两银子，不然我就是有天大的本事也没辙，不过，现在好了，你那批货前几天总算让我给出手了。”马掌柜从大褂里掏出银票递给霍震西，“这个您拿好，我估计您出来以后使银子的地方多，怕赶不上您用，所以我没跟买家讨价还价，多了少了的，霍爷您多包涵就是。”

“老马，你这是说到哪儿去了？这件事儿办得好啊，我得赶紧把银子还给张幼林。”霍震西叹了口气，“唉，为了凑这笔银子，这孩子不知作了多大的难啊！”

“对了，张少爷说，不要去他家找他。”马掌柜到账柜里拿出张纸条给霍震西，“他现在在廊坊二条住，这是住址。”

霍震西接过纸条站起来：“我这就去找他。”

庄虎臣送走了两位买毛笔的客人后，荣宝斋里清静下来，庄虎臣拿出刚刚领到的官服，在柜台上展开，他摸摸前襟上的绣花鹌鹑图案，又抻抻领口，怎么看也看不够。

得子在一旁鼓动着：“掌柜的，您穿上试试。”

“在这儿试？”庄虎臣摆摆手，“不行，不行。”

“就在这儿试，怎么了？咱也让琉璃厂一条街的人瞧瞧，咱荣宝斋也有做官的，我还明着告诉他们，荣宝斋掌柜的可不是平头百姓，那是朝廷命官。”

庄虎臣犹豫着：“这儿人来人往的，让人瞧见，怪不合适的。”

“这有什么不合适的？以后，您穿着这身官服，还别出门啦？来，我帮您换上。”

说着，得子就把官服拿起来，提溜着领子，等着庄虎臣的胳膊伸进两只袖筒。庄虎臣的胳膊伸进了袖筒儿，得子又赶紧把带着翎子的顶戴扣到了庄虎臣的脑袋上。

一个熟人从门口经过，见庄虎臣穿着一身朝服，就停住脚：“哟，庄掌柜的，您这是……”

庄虎臣走到门口：“嗨，托人捐了个官儿，这不办事儿方便嘛。”

熟人瞧了瞧期服前襟上的“补子”：“文飞禽，武走兽，您这‘补子’上是，七品文官，庄掌柜的，您行啊！”

“小官儿，不好意思。”

熟人走了，庄虎臣回到了前厅里，他得意地甩了甩马袖，踱起了四方步，体会着大清国的京城朝官走路的派头儿。

“够派！掌柜的，真够派！”得子赞叹着，他转念一想，“掌柜的，您这要是进了宫，被皇上瞧上了怎么办？皇上一发话，得嘞，您哪儿也别去了，就留宫里做官儿吧！这不崴泥啦？到时候咱这铺子谁管呀？”

庄虎臣停住脚步：“告诉你，没有的事儿，我到宫里，不是为了见皇上。”

“不见皇上，您到宫里干吗呀？”得子疑惑不解，这时，茂源斋的陈掌柜从门口经过，不屑地向里面瞟了一眼。

庄虎臣收住了话头儿：“赶明儿你就知道了。”他转身向后院走去。

到了秋月家门口，张幼林搀扶着秋月从马车上下来，他突然看见霍震西端端正正地盘腿坐在台阶上，正在闭目养神。张幼林兴奋地扑上去：“霍大叔，您出来啦？”

霍震西睁开眼睛，冷冷地看着他：“幼林啊，告诉我，这两千两银子是从哪里搞到的？”

“大叔，您就别问了，这是我自己的事，重要的是这些银子派上了用场，您出来了。”

霍震西站起身：“不行，你得跟我说清楚，这笔银子到底是从哪儿来的？我和你说过，做人要有规矩，不管有多大难处，伤天害理的事也不能干。”

张幼林拉着霍震西的胳膊：“大叔，您放心，一会儿我跟您详细说。”霍震西看了秋月一眼：“这位小姐是……”

“这是我秋月姐，我们两家是世交，现在我暂住在秋月姐这儿。”

秋月向霍震西行礼：“霍大叔，常听我幼林弟弟提起您，谢谢您在牢里照顾他。”

“哪里是我照顾他，明明是他照顾我呀，如果不是幼林帮忙，我怕是到现在还在牢里呢。”

“大叔，咱们进屋说吧！”张幼林搀扶着秋月，三人走进了院子。

在庄虎臣到后院收起朝服这阵工夫，左爷和黑三儿他们就到了。这几个家伙闯进荣宝斋的前厅，摸摸这儿，又碰碰那儿，得子一看来者不善，赶紧去叫庄虎臣。

庄虎臣从后门进来，他先是一愣，紧接着强堆起笑脸迎上去：“几位爷，需要点什么？”

左爷手里揉着一对“哐啷”作响的铁球，他斜着眼睛一翻，话是横着蹦出来的：“怎么着？不要什么，还不许看看啦？”旁边站着的黑三儿伸出大拇指，手向左爷一撇：“掌柜的，知道这位爷是谁么？我给你引见一下，这是我们左爷。”

庄虎臣在琉璃厂混了大半辈子，怎么会不知道左爷？他点头哈腰的："哟，左爷，我早该去拜访您，倒让您先来了，快请坐，请坐。"说着又吩咐得子："快去，把那明前的龙井拿出来，给这几位爷上茶。"得子惊恐地看了左爷一眼，低下头出去沏茶了。

左爷大大咧咧地坐下，把手里的铁球"当"的一声扣到桌子上，几个家伙开始不安分地翻弄货架子上的文房用品，铺子里的气氛立刻紧张起来。几位客人要进来买东西，一瞧这阵势，赶紧缩身走了。

左爷摆弄着右手食指上戴着的翡翠扳指，并不理睬庄虎臣，庄虎臣没话儿找话儿："左爷这大扳指，可是真够气派的。"

左爷从鼻子里"哼"了一声，没接庄虎臣的话茬儿。

得子端着茶盘进来，他心里害怕，颤巍巍的脚底下拌蒜，一个趔趄差点把茶盘摔出去，庄虎臣一把拽住他，接过茶盘，满脸堆笑着把茶敬给左爷："左爷您请，您请。"

左爷摆弄够了扳指，斜着眼睛瞧了瞧庄虎臣，皮笑肉不笑地说道："庄掌柜的，你这买卖开得不错啊。"

"这不刚开张嘛，得，借左爷的吉言，往后我这儿要是发了，头一个得孝敬您左爷……"

左爷眼睛一瞪，话从牙缝里挤出来："庄掌柜的，你不跟左爷说实话吧？"庄虎臣连忙站起来："不敢，不敢，就算我庄虎臣长着十个脑袋，也不敢跟左爷不说实话啊。"

左爷点点头："那就好。"柴禾接上话来："你这铺子开得这么踏实，全仗着左爷给你撑着地盘儿呢，你打算怎么孝敬左爷啊？"

庄虎臣心领神会："左爷您先歇会儿，我去去就来。"说着向后门走去。

庄虎臣进了院子，得子从东屋里迎出来，低声说："掌柜的，那几位爷可是来者不善哪，我看咱还是去报官吧？"

庄虎臣摆摆手："万万不可，官府要是管，左爷也不敢这样儿，你去办你的事儿，这儿有我呢。"

得子走到后院的大门口，又停下脚步："掌柜的，您可千万要小心！"

"你放心，忙你的去吧。"庄虎臣进了北屋。

在秋月家的小院里，三人坐在葡萄架下，听完了张幼林的叙述，霍震西"啪"的一掌拍在石桌上："他奶奶的，简直欺人太甚，这家当铺在哪儿？现在就带老子找他去，奶奶的，我就不信了，他敢打《柳鸽图》的主意，老子就要他的命！"

秋月向霍震西递过一张银票：“我替弟弟谢谢大叔了，这是赎当的银子，请您收好。”

霍震西没接：“这是干什么？银子我有，银票就带在身上，你们能替我做这么多事，霍某已经感激不尽了。说实在的，我这次坐牢坐得值啊，我认识了幼林，就冲这个，这牢就没有白坐，幼林别看岁数小，可人仗义，将来准是条敢作敢为、有担当的汉子。”

“大叔，我带着斧子去，他要是耍赖不给，咱就砸了他的当铺。”张幼林站起身要去找斧子，被霍震西拽住：“傻小子，你砸他铺子他难道不会报官？一报了官，倒霉的还是你，这件事不能硬干，得想点办法。”

秋月沉思了片刻：“大叔，您刚从牢里出来，可千万别为了这件事再惹出什么麻烦，若是这样，我和幼林宁可不要这幅画了。”

一股暖流涌上霍震西的心头，他站起来：“你放心吧，秋月小姐，我自有办法。”

离开秋月的家，霍震西和张幼林直奔恒泰当铺。快到了的时候，霍震西嘱咐张幼林：“到了那儿你不用说话，我来跟他讲理……”

得子在马路对面看见他们，急忙跑过来：“哎哟，师……不，是幼林少爷。”

张幼林站住：“师哥，你不在铺子里盯着，跑这儿来干什么？”

“庄掌柜的打发我上街买点东西。”得子把张幼林拉到一旁，“少东家，我有事儿跟你说。”

“我没工夫，你没瞧我正忙着吗？”张幼林急赤白脸的，得子凑到他耳边小声说：“少东家，铺子里出事儿啦……”

左爷对茶还是在行的，庄虎臣奉上的明前狮峰山龙井并不是在哪儿都能喝得到，况且又刚在鸿兴楼大鱼大肉地吃完，肚子里正在叫渴，所以他就一碗接一碗地喝起来。

庄虎臣估摸着左爷喝得差不多了，就掏出从北屋里取来的银票，恭恭敬敬地递到左爷面前：“左爷，也不知道您平时都喜欢点儿什么，您就自个儿看着买吧，改日，我专程去拜访您。”

左爷打开银票一看，脸立刻就变了：“打发要饭的是怎么着？”说着就把银票摔在了地上。庄虎臣弯腰捡起银票，赔着笑脸：“左爷，您瞧，这铺子开张日子不长，还欠着人家的账呢，您得多包涵……”

“哗啦”一声，左爷又将茶杯狠狠地摔在地上：“妈的，给脸不要脸，庄虎臣，今天你要是不拿出这个数来，”左爷伸出了三个指头，“我就砸了你的铺子！”

庄虎臣的脑子立刻快速转动起来：给还是不给？不给，眼下这场面怎么应付？可要是给了，这往后还有完吗……庄虎臣还没拿定主意，左爷已经不耐烦了，他使了个眼色，黑三儿猛地将一个条案掀翻，上面的文房用具撒了一地：“妈的，敬酒不吃吃罚酒，大爷我今天……”黑三儿嘴里叨咕着，还要再接着把货架子推倒，突然柴禾伸手拉住了他，只见霍震西和张幼林出现在大门口，霍震西铁塔似的身子将大门堵了个严严实实。

霍震西扫了一眼铺子里的几个人，冷笑了一声：“谁这么大脾气啊？把东西给我捡起来！”

左爷坐着没动，他用眼角的余光打量着霍震西，慢条斯理地问道：“你是谁呀？”

“是你爷爷！”

霍震西的回答把黑三儿激怒了，他嚷嚷着走近霍震西：“干什么？干什么？找不自在是怎么着？睁开你的狗眼看清楚了，这是我们左爷！”

“什么狗屁左爷？老子不认识，不过你这小子嘴是有点儿欠，老子要教教你怎么做人。”说着，霍震西把手掌放在黑三儿的头顶按了一下，黑三儿惨叫一声，捂着脑袋倒在地上，疼得打起滚来。

柴禾和小五拉开架势向霍震西逼近，霍震西觉得十分可笑，他看了一眼张幼林：“幼林啊，让师父看看你的腿功练得怎么样了。”话音未落，张幼林突然出腿，一个高摆腿踢中了小五的下巴，小五被踢出七八尺远，狠狠地摔倒在地上，张幼林身形一变，又是一个转身后摆腿，将柴禾踢倒。

左爷和其他喽啰们都被震慑住，霍震西大笑道：“幼林啊，练得不错，就是力道还差点儿，练武之人，最要紧的是拳脚上的功力，没有功力，就等于给人家挠痒痒，有了功力，一脚上去，就让他筋断骨折……”

“是大叔，我记住了。”张幼林恭恭敬敬地回答着，庄虎臣战战兢兢地走过来：“幼林啊，算啦，咱买卖人讲的是和气生财，这位左爷……”

张幼林打断庄虎臣的话：“师父，这种人只能靠拳脚侍候，要打就打断他的狗腿，省得他以后再找麻烦。”

左爷镇定下来，他向霍震西拱了拱手：“这位爷怎么称呼？”

“你也配知道我的名字？告诉你，爷爷我是无名之辈，专打你这种不长眼的东西。”霍震西傲慢地回敬着。

“既然是这样，兄弟我也只好奉陪到底了，改日我发帖子，咱们摆个场子，兄弟我要领教一下老兄的功夫，今天，恕不奉陪了……”左爷说罢想溜走，霍震西挡住了他的去路：“想走？门也没有，赶明儿我走了，你们接着来祸害？还是今天做个了断，省得我以后费事儿。”

左爷勃然变色："今天你要怎么样？"

霍震西手里突然出现一把锋利的短刀，这把短刀瞬间就稳稳地架在了左爷的脖子上："你敢动，动就要了你的命！"

"你要杀了我？"左爷强作镇静。

霍震西冷笑着："有这个意思，老子这辈子杀的人多了，不在乎再添你一个，说吧，你是想死还是想活？"霍震西的短刀慢慢地切进左爷的皮肉，一缕鲜血像小溪似的流淌下来。

左爷终于吃不住劲了，他哀求着："大爷，您是我大爷，我……我想活。"

"想活可以，可今天的事儿不能就这么完了，你说吧，怎么办？"

"这位大爷，改日我在鸿兴楼摆几桌，给您赔不是。"

"谁稀罕吃你一顿饭？那点儿银子你还是自己留着吧，听着，今天你替老子办件事，我就饶你一命。"

左爷斜着眼睛看了看架在脖子上的短刀，连声答应："您说，您说……"

霍震西收起短刀："幼林啊，在后院摆两把椅子，我要和左爷单独谈谈，叫其余的人都出去。"

张家客厅的北墙供着一尊铜佛像，佛像前香烟缭绕，张李氏正跪在佛像前双手合十，嘴里不出声地诵念着《金刚经》。

张山林拎着两个鸟笼子闯进来："嫂子，嫂子……"张李氏继续念经，没有回应，张山林自觉地住了口，坐在椅子上等候。

张李氏诵完了经，站起来："山林啊，有事儿吗？"

"嫂子，幼林有消息了。"

"什么？他在哪儿？"张李氏激动起来，张山林却沉着脸答道："刚才庄虎臣派伙计来，说幼林带着一个大汉到了铺子里，正好赶上左爷在铺子里敲诈，幼林他们把左爷打了，然后带着左爷走了。"

"天哪，幼林带人把左爷打了？"张李氏大惊失色，"他吃了豹子胆啦？山林啊，这个左爷是不是琉璃厂的一霸呀？"

张山林点点头："就是，这个人手下养着一群打手，琉璃厂的店家每月都要给他送银子，不然做不成生意，闹不好还要把人家铺子给砸了。此人在琉璃厂混了二十多年了，以前松竹斋也没少给他送银子。"张李氏急得哭了起来："幼林这孩子真是疯了，他怎么敢去惹左爷？这种人是好惹的吗？山林哪，咱们怎么办啊？"

"怎么办？我知道怎么办？"张山林也无可奈何，他想了想，"先等等看吧，要是以后左爷再来找麻烦，大不了再花银子赔礼呗。”

“不行，我得去找幼林，我要让他回家……”张李氏说着就要往外走，张山林拦住她：“您哪儿找他去？伙计说，幼林他们把左爷带走了，也不知道去哪儿了。”

张李氏泪如泉涌：“他叔啊，你就费费心，帮我找找幼林，让他回家来吧，我一个妇道人家，一遇到大事儿就不知该怎么办了，你是幼林唯一的叔叔，幼林的事儿你得管啊。”

“嫂子，我哪儿能不管啊？”张山林有些为难，“只是……孩子是您给轰出门的，我见了他该怎么说啊？”

“你就说，幼林啊，只要你能回家，那幅画咱不提了，以后咱好好念书，好好过日子……”听到张李氏这话，张山林不干了，他连忙打断了她：“别价，《柳鸽图》可不能不提，那是咱爸留给张家子孙的，大家都有份儿，幼林就算是给卖了，也得把银子拿回来分分，不能私吞了吧？”这是张山林的心里话，裉节儿上可不能不说，但张李氏仿佛没听见，仍旧自顾自地叨唠着：“对了，你跟他说，就说你妈想你，自打你离家以后，你妈就没睡过一个安生觉……”

张山林奇了怪了，他诧异地看着张李氏：“嫂子，您今儿个怎么啦？这可不像是您呀，在我眼里，您向来是个说一不二的女中豪杰，别的不说，就说那天把幼林轰出家门那个狠劲，我都不信那是您亲生儿子，谁都劝不了。”

“我那不是硬撑着嘛，儿子是我身上掉下来的肉，谁还会比我更心疼？幼林从小就没了爹，我不管教谁管教？”张李氏擦着眼泪，张山林提起鸟笼子：“嫂子您放心，我马上打发人去找幼林，就是绑，我也得给这小子绑回来。”说完，张山林就离开了。

张幼林带着霍震西和左爷来到恒泰当铺，三人在当铺门口下了马车，霍震西把当票拍在左爷手里：“该说什么都记住啦？”

左爷一脸的谄媚：“霍爷您放心，这对我来说是件小事，咱就是干这个的，别说咱有当票，赎当是名正言顺，就算是没当票，咱想要什么他也不敢不给，您就瞧好吧。”

霍震西又嘱咐张幼林：“幼林，进去后咱们别说话，让左爷开口，他不是号称琉璃厂一霸么？要连这点儿事儿都办不好，咱还留着他干什么？干脆一刀宰了他。”

“霍爷，您可千万别提什么琉璃厂一霸，这不，碰上您这西北刀客，兄弟我是一点儿辙也没有，乖乖地听您调遣。”左爷满是讨好的意思。

霍震西不耐烦了：“别他妈废话了，给老子进去！”

左爷在前，霍震西、张幼林在后走进了恒泰当铺。高柜台的后面，孙伯年一眼就发现了左爷，他赶紧迎出来："哎哟，这不是左爷吗？您老可是有日子没来了，您请坐，您请坐，伙计，给左爷儿位上茶！"

左爷从袖子里掏出当票拍在柜台上："哪儿这么多废话？赶紧给我办正事，大爷我要赎当，仔细看看，这是不是你开的票。"

孙伯年拿起当票仔细看看，讨好地说："左爷，这没错，是我开的，可……"

左爷瞪起眼睛打断他："是你开的票就赶紧办，大爷我没工夫和你扯淡。"

"左爷，您别生气，您听我说，这当票……已经过期了，所以呢，按照规矩，这张当票不能赎当了。"

左爷二话不说，左右开弓扇了孙伯年两个耳光："妈的，我看你是活腻了，左爷的当票难道还有过期这一说？别说这还在当天，就是过个十年，只要左爷想赎当，你也得给左爷办。"

孙伯年虽说挨了打，可还是点头哈腰地："左爷，您别生气，您教训得对。照理说，这当票要是您的，就是过一百年再来赎当，我也不敢说半个不字，琉璃厂的规矩是您订的，您自然不在规矩之列，可这当票……不是您的，对别人，恐怕也得按规矩走……"

"你别管这当票上写的是谁的名字，我拿着来赎当，它就是我的。孙伯年，你说句痛快话儿，办还是不办？"左爷一只脚踏在了太师椅上。

"左爷，不是我驳您面子，这事儿……还真不好办。"孙伯年死扛着。

左爷飞起一脚，将桌子踢翻，茶壶茶碗都被摔得粉碎，左爷又抄起了椅子……

这下孙伯年改口了："别别别……左爷，您是我亲大爷，咱有事儿好商量，您千万别动气……"

左爷高举着椅子："别废话！我问你，这当铺还想不想开了？你给句痛快话儿。"

孙伯年苦着脸："左爷，左爷，您别砸了，我照您说的办还不成？"

左爷放下椅子，回头看看霍震西和张幼林，两人正若无其事地坐在另一张桌子旁喝茶，随即恶狠狠地催促着："那就快点儿，你小子，就是敬酒不吃吃罚酒。"

孙伯年麻利地从后面取出了《柳鸽图》，轻轻打开，请左爷、霍震西等人过目："儿位爷，当票我收起来了，画在这儿，请看好，我可是把它完好地交给你们了，诸位一走出我这铺子的门，再有什么问题，我是概不负责。"

张幼林仔细地检查着《柳鸽图》，左爷贪婪地伸过脑袋来："好家伙，就这么一幅画，愣值两千两银子？"

"那是，您也不看看这是谁的画。宋徽宗的手迹，那是闹着玩的吗？"孙伯年的话里有一种酸溜溜的味道。

"没问题。"张幼林抬起头来，霍震西拍着他的肩膀："行啦，咱们走。"

三个人从当铺里出来，左爷问道："霍爷，没我事儿了吧？"霍震西想了想："今天的事儿算是过去了，可以后……说不定我还得找你。"

"看您说的，有事儿您就开口，远了不敢说，琉璃厂这一带，咱说句话还管用。"

左爷套着近乎，霍震西眼睛一瞪："姓左的，你别跟我打马虎眼，这么说吧，你最好别让我再找你，我们西北刀客练嘴练不过你们京城人，咱就喜欢玩刀子，你听着，从今往后，你哪儿都去得，就是不许去荣宝斋，我要是听说了你踏进荣宝斋半步，老子就扒了你的皮，听见没有？"

左爷赶紧答应着："得嘞，有霍爷这句话，荣宝斋咱是再也不去了。"霍震西不耐烦地挥挥手："滚吧！"

左爷终于可以脱身了，他仿佛不经意地瞄了霍震西一眼，然后仓皇离去。

傍晚，天色已经暗下来，张山林走了差不多有一个时辰了，还没有消息，张李氏在卧室里坐立不安。用人李妈轻轻地走进来："太太，有客人来了。"

"是谁呀？"张李氏心不在焉，她这时候哪儿有心思见客人呀。李妈摇摇头："没见过，姓霍，他说有要紧的事儿要见太太。"

一听说"要紧的事儿"，张李氏差点晕过去，李妈赶紧上前扶住了她。张李氏缓了口气，吩咐李妈："请他到客厅里等一下，我这就到。"

张李氏刚一迈进客厅的门槛，霍震西立刻迎上去："大嫂，您是张幼林的母亲？"

张李氏打量着霍震西："张幼林是我儿子，请问您是……"

霍震西跪下身子纳头便拜："大嫂在上，请受小弟一拜！"

张李氏大惊："快快请起，我一个妇道人家，担不起您的大礼，您请坐，有话慢慢说。"

霍震西站起身来："感谢您生了个好儿子，张幼林是我的救命恩人。"

张李氏越听越离谱儿："我说兄弟，您还没告诉我您是谁呢。"

"恕我冒昧，我叫霍震西，西北人。按岁数，我该称张幼林的父亲为大哥，称您为大嫂。前些日子，我受人诬陷入狱，在大牢里认识了您的儿子张幼林，我们结成忘年交，幼林他救了我的命。"

看着眼前这个铁塔一般的陌生汉子，张李氏对他的话可以说是基本上不相信，她反问道："幼林一个孩子，能救您的命？"

"嗨！一言难尽，大嫂啊，容我慢慢跟您说……"

就在霍震西跟张李氏详谈细说的时候，张幼林手里拿着《柳鹆图》在自家的大门外忐忑不安地徘徊着，他不时地向院子里探头张望。

李妈端着一杯茶从院子里走出来："少爷，您先喝口茶，您那位朋友正和太太说话呢。"

"李妈，我离家以后，我妈没事儿吧？"张幼林关切地问道。这一问算是把李妈的话匣子打开了，她絮絮叨叨："你还不知道她？太太一辈子好强，心里就是有天大的事儿，表面上也装得没事儿人儿似的，其实我看得出来，太太一直惦记着你，一到了晚上就睡不着觉，长吁短叹的，可也是啊，太太就你这么一个儿子，自个儿身上掉下来的肉，就是再生气，儿子还是儿子……"

"哥他还好吧？"张幼林打断了她。

"继林少爷昨儿个还来了呢，找太太商量，说是要报考新式学堂，少爷，啥叫新式学堂？"

还没等张幼林回答李妈的问题，霍震西从院子里走出来："幼林，你妈让你进去呢。"

张幼林一步蹿上去："大叔，您和我妈谈得怎么样？她还生我气吗？"

霍震西拍着他的肩膀："幼林啊，你不了解你妈呀，她可是个极明事理的人，我把你的事儿一说，你妈的眼泪就下来了，说错怪了自己的儿子。"

李妈眉开眼笑："这可太好了，幼林少爷，快进去见你妈吧，你可不知道，这些日子她是怎么过来的……"

张幼林跟在霍震西身后走进了客厅，他先把《柳鸽图》放在桌子上，接着就给母亲跪下了，低声说道："妈，儿子回来了。"

张李氏端坐在椅子上，语调平和："嗯，回来了就好，你起来吧。"

张幼林坚持跪着："妈，儿子不孝，惹您生气了，您该打就打，该罚就罚。"

"为什么要罚？你做错了吗？"

"妈，我错了……"张幼林低下了头。

"幼林啊，我看你一会儿明白，一会儿糊涂，好坏不分了，这件事你没有做错，佛家常说，'救人一命，胜造七级浮屠'，你明明是在做善事，怎么能说自己错了呢？"

"不管是什么原因，我让您生气了，这就是不孝，就是错了。"这话说到张李氏的心坎上了，她的脸上不禁有了笑容："嗯，就这句话说到点子上了，你要救朋友的命，这是好事儿，可你为什么不和妈说？妈是信佛之人，还能拦着你做善事吗？这分明是信不过你妈呀，你错就错在这儿，懂吗？"

张幼林点点头："妈，儿子记住了。"

"起来吧！待会儿把《柳鸽图》放回柜子里去，记住，这是咱家的传家宝，以后就是有天大的事儿……”张李氏还没说完，张幼林就接上话了：“妈，您别生气，这我可能做不到。”

张李氏很惊讶：“为什么？”

“您说过，‘救人一命，胜造七级浮屠’，比起人命关天的大事儿，一幅画又何足挂齿？以后若是再赶上这种事儿，儿子不敢保证不打这幅画的主意。”张幼林说得一本正经，张李氏一时语塞，过了片刻才反应过来：“嘿！这小子，拿我说过的话堵我？”

“幼林，怎么跟你妈说话呢？以后再有什么事儿，也得先和你妈商量，岂能自作主张？”霍震西呵斥道。对霍震西，张幼林是言听计从，他赶紧回答：“是！”说完站起身来，垂手退到一边。

张李氏也站起来，她望着张幼林轻声说：“儿子，你过来……”

张幼林上前几步：“妈！”

张李氏突然热泪纵横，猛地抱住儿子放声大哭：“儿子啊，你不在的日子……想死妈了……”

张幼林也动情地抱着母亲：“妈，儿子不是回来了嘛。”他的眼睛里没有眼泪，只依稀流露出在这个年纪的少年里少有的一种平静……

· 第九章 ·

这些日子，庄虎臣隔三岔五地就往紫禁城跑，不过，他可不是热心去打理大清国的朝政，而是另有所图。

那天，依旧是天还没亮，庄虎臣就穿着官服神采奕奕地来到紫禁城外，和众官员一起鱼贯而入进了皇宫。来到乾清门外的广场上，众官员开始苦等着皇上上朝，庄虎臣却直奔西北角的公告栏。四周还是黑洞洞的，庄虎臣费劲地看了看，公告栏上的字迹模糊不清，于是转身向东边的休息室走去。

进了休息室，庄虎臣从朝服内取出笔墨纸砚放在桌子上，这时正赶上差役过来送水："庄大人，您早，今儿个您又是来抄榜啊？"

"是啊，有新的贴出来吗？"庄虎臣关心地问。

"有，昨儿个下午刚贴上去的。"

一听这话，庄虎臣的脸上露出了喜色，心里说：今儿又没白来。他打开砚台："得，劳驾，您给我这砚台里搁点水。"

差役走了，庄虎臣闭上眼睛睡了一小觉，醒来天已大亮，他赶紧起身又奔了公告栏。

新公布的官员任免名录贴在公告栏上，这回全看清了，庄虎臣一边看，嘴里一边念叨着："果林哈，任察哈尔将军；魏汝林，任成都知府；免除：梁春河，山西布政使；吴玉洲，广东按察使……"

皇上还没来，广场上，众官员仨一群、俩一伙地议论政事，还有人在活动着身子。

庄虎臣把公告栏上的内容全记下了，便匆匆穿过广场，回到休息室。

休息室里，几位官员在喝水、聊天儿，庄虎臣向他们点头致意，然后在桌子上展开宣纸，根据刚才的记忆，把公告栏上的官员任免名录誊写下来。

接近晌午，庄虎臣的轿子在荣宝斋的门口停下，穿着一身官服的庄虎臣从轿子里下来，跟另一顶轿子里的人打着招呼："陈大人，您慢走。"

陈大人从轿子里探出头来："庄大人，回见。"

得子瞧着挺新鲜，他迎上去，恭恭敬敬地哈着腰："庄大人，您回来啦。"

庄虎臣脚下没停："叫庄掌柜的。"

得子跟在庄虎臣的屁股后面："您现在是官儿了，穿着这身官服，我叫您庄掌柜的，多不合适啊！"

庄虎臣站住："回到荣宝斋，我就是掌柜的，我喜欢听这称呼，说实话，我自个儿都没拿自个儿当个官儿。"说完，他径直去了后院。

得子站在前厅琢磨着："怎么不是官儿啊，正经七品呢，那是闹着玩儿的吗？"

庄虎臣换上了便服，手里拿着一个纸卷又进来了，得子又凑过去："掌柜的，今儿个见着皇上了吗？"

庄虎臣"嗯"了一声，坐下。

得子沏上茶："皇上离您有多远？"

"还远着呢。"

"您没往近了凑凑？"得子兴趣盎然，庄虎臣不耐烦了："得了得了，别扯闲篇儿了，该干吗干吗去吧。"

得子不高兴地端起脸盆到门口撩水去了，庄虎臣坐在椅子上，展开手里的纸卷认真地琢磨起来。这个纸卷，就是他在紫禁城的公告栏上抄来的大清国最新的官员任免名录。

得子放下脸盆走过来："掌柜的，刚才有位印书的师傅找过您。"

庄虎臣抬起头来："人呢？"

"我让他直接到井院胡同二号去了，您不是说在那儿成立荣宝斋帖套作吗？"

庄虎臣站起身："是啊，要想做出精品，不能指着印制作坊，还得自个儿来。得子，你盯着铺子，我过去一趟。"庄虎臣拿着那卷纸走了。

这些日子，张幼林比较收敛，没又捅出什么娄子来，铺子里的事也按部就班，张李氏难得心情放松，脸色也红润了许多。她正在客厅里和李妈闲说话，张幼林走进来："妈，我得和您商量件事儿。"

张李氏笑眯眯地看着他："说嘛，儿子，只要不是坏事儿，妈都答应。"

张幼林坐下："我瞒着您和庄掌柜的说好了，我想在荣宝斋学徒。"

张李氏脸上的笑容立刻就消失了："学徒？咱们这种人家，哪儿有让孩子去铺子里学徒的？你这不是瞎闹吗？幼林，听话，你给我老老实实读书，将来……"

"妈，实话跟您说吧，被您赶出去那阵儿……嗨，本来我就是想混碗饭吃，因为我不想让秋月姐养活我，后来，我发现铺子里还真有不少可学的，平时我没拿笔墨纸砚当回事儿，等在铺子里干了一段时间才发现，这行的学问还挺深。"

张李氏犹豫着："可是……你不去学徒，也能学这些知识啊。什么时候想学了，就把庄掌柜的请来问嘛。"

"妈，这样吧，我读书之余去铺子里帮忙，这总可以吧？"张幼林退了一步，张李氏心里掂量了一下，她知道，儿子想好了要去做的事，拦是拦不住的，只好叹了口气："唉，你要实在想去，就去吧，只是别耽误了读书。"

"行，还有件事儿，我想去报考新式学堂。"

"新式学堂和私塾先生授课有什么不同吗？"张李氏问道。说起新式学堂和私塾先生授课的区别，张幼林的话就多了："新式学堂教的东西，比私塾先生讲得有意思多了，您瞧，都什么年月了，这私塾先生还是老一套经史子集的，多少年都没有变化。听说，人家新式学堂教各国史略、数理启蒙、翻译公文，还有天文测算、万国公法、地理金石……"

张李氏点点头："那倒是好事儿啊，难怪继林也跟我商量，要去报考新式学堂呢，儿子啊，你去吧，妈同意。"她痛快地答应了。

总理各国事务衙门简称"总理衙门"，是大清国为办理洋务及外交事务而特设的中央机构，于1861年1月20日由咸丰皇帝批准成立。总理衙门位于京城的东堂子胡同49号院内，这里原是文华殿大学士、首席军机大臣赛尚阿的宅邸，经过改建，东半部成为京师同文馆——也就是张幼林向往的那所新式学堂的校址，西半部开辟为各部院大臣与各国使节进行外交活动的场所，也是官员们的办公处。

那天下午，总理衙门章京王雨轩正在埋首撰写给法国公使的一篇公文，衙役轻轻地走进来，呈给他一个装潢精美的册子："大人，这是琉璃厂荣宝斋的人送来的。"

王雨轩抬起头来，显得很诧异："我没跟荣宝斋订什么呀……"他接过了册子，瞟了一眼，就随手扔到了一边，继续撰写公文。

天色渐晚，衙役进来掌灯，王雨轩放下毛笔，攥了攥发麻的手，站起身来，伸了个懒腰，收拾了一下东西，回家了。庄虎臣差人送来的册子，静静地躺在王雨轩的桌子上，被其他的文件盖住了一半儿。

几天以后，杨宪基因为一件公事来找王雨轩，他坐在王雨轩的对面："王大人，这个案子涉及洋人，我们刑部不好独断，特意来跟您商量。"

王雨轩的手下意识地轻轻敲着桌子，面有难色："这涉及洋人的事儿，不好办啊！杨大人，容我想想。"说罢，王雨轩装了一袋烟，用火石点着，他深深地吸了一口，没有再理会杨宪基。

杨宪基等得无聊，顺手拿起王雨轩桌子上被文件盖住一半儿的册子翻看起来。

杨宪基看得津津有味，王雨轩有些好奇："杨大人，您看什么呢？"杨宪基没抬头，挥了挥手里的册子："你案子上的缙绅。"

"缙绅？我哪儿来的缙绅呀？"王雨轩莫名其妙，杨宪基只顾着低头看手里的缙绅，没有应答。王雨轩站起身来走过去，杨宪基把缙绅递给了他。缙绅的封面是黄底红字，印刷精美，右下角刻着一行小字：荣宝斋制。

"这是哪儿来的呀？"王雨轩思忖着，片刻，他一拍脑袋，"噢，想起来了，荣宝斋的人前天送来的。"

"能不能借我看两天？"

"行啊，"王雨轩把缙绅还给了杨宪基，"这上面有什么新鲜玩意儿吗？"

"缙绅能有什么新鲜玩意儿，不过，这上面的官员名录可都是最新的。"杨宪基翻到其中一页，"您看，赵维刚，赵大人被免职；周武言，周大人顶替。这可都是乾清门外，五六天以前才张榜公布的呀。"

王雨轩凑上去："嘿，还真是最新的。"

这时，一个笔贴式走进来："王大人……"笔贴式看看杨宪基，欲言又止。杨宪基赶紧站起身来："王大人，您忙着，要不然，这案子您先琢磨琢磨，我回去了，改日再来，这缙绅……"

"您先瞧去吧，别忘了，下回给我带过来。"

"一定！"

送走了杨宪基，王雨轩坐回到椅子上，自言自语："一本过了时的缙绅，到了荣宝斋，可就旧貌换新颜了……"

杨宪基这些日子公务繁忙，脑子里的事情装得太多就不免丢三落四，他从王雨轩那儿借来的缙绅就不知放在了何处，衙门、家里都没有，明天还得还给人家呢，他想了想，又急匆匆地赶往了秋月的住处。

进到小院里来，杨宪基没说什么就开始翻箱倒柜，一副心急火燎的样子。秋月挺纳闷："杨大人，您找什么？"

"看见我那本缙绅了吗？我记不清是否带回来了。"

秋月摇摇头："没见到，您放在衙门里了吧？是不是有人拿错了？"

"拿错了倒好，就怕是拿走了不还回来，我可怎么向王大人交代呀！"杨宪基发起愁来。

"别着急。"秋月也帮着找，两人边找边聊。

"要说拿它当宝贝，也就是我们这些个做官的，别人要它，还真没多大用处。"

"当官的为什么拿它当宝贝呢？"

"这缙绅的用处妙不可言，就拿我来说，调到京城的时间不长，除了以前的故旧，别的人，上上下下都不大熟悉，不熟悉就不好办事儿啊，这官场上，你不知道谁跟谁是什么关系，哪句话说不对付，就把人得罪了。”

“那，缙绅能告诉您话该怎么说吗？”秋月觉得挺荒谬。

“缙绅虽不能告诉我话该怎么说，可是从荣宝斋出的那本缙绅上，谁和谁是老乡，谁做过谁的上级，谁在这个位子上没待多长时间就调任了，还有，某个职位，最新任命的是谁……总之，有关现任官员的各种详细材料，上面可是应有尽有，你想，这做官儿的，不但想着官儿要继续做下去，还得想方设法寻找升迁的机会，手里有这样一本缙绅，多方便啊。”

秋月停止了翻找：“您肯定没带回来，恐怕是在衙门里丢的。”

“唉！”杨宪基垂头丧气，长叹一声，秋月捂住嘴笑出声来：“大人这点事就难住啦？您刚才说是荣宝斋出的，再到荣宝斋买一本不就得了？”杨宪基听罢，眼睛一亮，他一拍大腿：“秋月啊，我怎么就没想到呢？”

荣宝斋里人来人往，显得比以前兴旺了许多，一进门的显著位置还竖起了一块牌子，上面用工整的隶书写着：本店隆重推出——最新缙绅。

几位官员进了铺子，直奔卖缙绅的柜台，张幼林恭恭敬敬地给每位官员都递上一本。

杨宪基踱进大门，一眼就看见了牌子，他没急着过去，先在铺子里转了转，等张幼林应酬完了，这才走过去。

“杨大人，您也买缙绅？”张幼林见着杨宪基挺亲热。

“幼林啊，你还在当伙计？听秋月说，你已经回家了嘛。”

“跟我妈说好了，我一边读书一边学徒，早着呢，还有三年才能出师呢。”

这时，又有几位穿着官服的官员走进来，杨宪基和他们点头打招呼：“哟，您几位都来啦？”

其中一位徐大人问道：“杨大人，您也消息灵通啊，是来买缙绅的？”

杨宪基随口附和着：“真是好东西啊，管大事儿了。”

魏大人有些不以为然：“这玩意儿不是什么新鲜东西，以前别的铺子里也有，荣宝斋的缙绅一出来就不一样了，先是卖价儿不一样，好嘛，价儿高得离谱儿，比别的铺子里的缙绅贵好几倍……”

“嫌贵你可以不买嘛，或者到别的铺子里去买便宜的。”徐大人半开着玩笑。

杨宪基却认真地说：“贵是贵了些，可这东西管用啊，你们看看，这都是最新消息，要这么比，我看琉璃厂哪家铺子也比不上荣宝斋，人家还真是消息灵通。”

张幼林递给杨宪基一本，杨宪基马上翻看起来，刚看了两页就欣喜地抬起头来：“嘿！又变啦？”

"您这是最新的了！各位放心，我们荣宝斋的缙绅随时会更换，永远是最新的。"

张幼林看着杨宪基，灵机一动："打个比方，要是今天下午杨大人接到升职的任书，您瞧着，明天早晨，新的缙绅就出来了，杨大人的新官职是什么，哪位官员顶了杨大人的缺，谁又继任了这位官员的原职，那上面都写得清清楚楚……"

对张幼林嘴上的功夫，杨宪基那次就领教过了，虽说张幼林把他逼得无言应对，但杨宪基还是打心眼儿里喜欢秋月这个聪明、率真的弟弟，他笑眯眯地看着张幼林："嗬，幼林啊，你可越来越像个商人了，这主意是你想的吗？"

"是我们庄掌柜的主意。"

杨宪基点点头："不错，我再来一本。"张幼林又拿出一本递给了杨宪基，杨宪基和那几位官员点点头，付了银子，心满意足地走了。

庄虎臣从紫禁城回来，在荣宝斋后院的北屋把身上的官服脱下来，换上一身便装就去了前厅。

几位官员还在卖缙绅的柜台前流连，庄虎臣走到他们面前："各位大人，还满意吗？"

徐大人连连点头："满意，满意！这别的铺子里的缙绅靠不住，怕都是道听途说来的，您这个是正经真东西。"另一位大人也附和着："庄大人在乾清门外亲手抄来的，能有假吗？"

庄虎臣喜笑颜开："各位大人满意就好，满意就好！"

"庄大人，以后，我们可就经常光顾您这荣宝斋了。"徐大人套着近乎。庄虎臣求之不得："欢迎常来，我这缙绅，随时更新，保证不耽误各位大人使。"

几位官员要走了，庄虎臣、张幼林把他们送到大门口，庄虎臣抱拳："各位还需要什么，我随时让伙计送到府上。"

徐大人羡慕地指着庄虎臣："瞧您，多方便，到了铺子里就把官服换了。"

"要不然，您也到后院儿……"

"那敢情好，今儿个就不必了，没带着可换的衣裳。"徐大人和官员们上了各自的轿子。

目送着几顶轿子远去，庄虎臣问张幼林："幼林啊，听见那位大人的话了吗？你有什么想法？"

"师父，咱们得给这些官员布置个歇脚喝茶的地方。"

"为什么呀？"

张幼林微微一笑："师父，您心里怕是早有打算了，这是故意考我，那我就说了，这些官员从衙门里办完公事，想顺便逛逛琉璃厂，可穿着官服不太方便，回家换完便装再来又不值当，荣宝斋给他们提供个既能换便装又能歇脚喝茶的地方，以后三六部衙门的官员会越来越多。”

庄虎臣不动声色：“咱们搭着时间陪他们，搭着银子为他们提供歇脚喝茶的地方，又不收费用，这不是赔本儿赚吆喝吗？”

“这就是人气，这种聚拢人气的机会可不是每个店家都有的，有了人气还怕没有生意？况且这都是些什么人？大清国的骨头架子呀！”张幼林忽闪着一双灵气四射的眼睛侃侃而谈。

庄虎臣欣慰地笑了，他爱怜地摸摸张幼林的脑袋：“幼林啊，你小子算上道儿喽！”

荣宝斋后院的东屋很快就腾了出来，布置停当。墙上新糊了干净的白色墙纸，安好了一排挂衣裳的钩子，屏风放在了墙角，桌椅板凳贴着墙边码放整齐，窗户也换上了新的高丽纸。

荣宝斋来来往往的客人比以前更多了，铺子里人手不够，庄虎臣又新招了两个学徒——张喜儿和宋栓，生意日渐红火。

两位官员在门口下了轿子，得子赶紧迎出去：“赵大人、李大人，二位来啦？里面请。”得子直接把他们送到了后院。

赵大人和李大人在东屋里将官服脱下，换好随身携带的便装，说笑着走出来，进了荣宝斋的前厅。庄虎臣刚送走一拨客人，转过身来还没来得及打招呼，赵大人迎上去，拱拱手：“庄掌柜的，您想得就是周到，这有个换衣裳的地方儿，下了朝，逛琉璃厂可就方便多了。”

庄虎臣笑盈盈地还着礼：“别着急，您二位慢慢逛。”

赵大人和李大人没在荣宝斋停留，直接出了铺子。得子有些失望：“白在这儿换衣裳啊？敢情到别的铺子买东西去了。”

庄虎臣笑道：“得子，你怎么这么不明白啊，他们把朝服搁在了咱这儿，不是还得回来嘛！”

得子恍然大悟：“噢，掌柜的，原来是这么回事儿……”

来年招生的时候，张幼林和张继林双双考取了京师同文馆。作为中国新式教育的开端，京师同文馆是大清国在洋务运动中，为学习和传播西方科学而创办的一所具有深远影响的学校，于1861年初由咸丰皇帝批准，与总理衙门同时设立。同文馆开馆之初，只是一所纯粹的语言学校，后来逐渐发展成为一个多学科的综合性高等学府，为朝廷培养了众多的外交人才，1902年并入京师大学堂，与京师大学堂一起成为北京大学的前身。

那天下午，在东堂子胡同49号同文馆的一间教室里，外国教习正在给学生们上课，他用有些生硬的中文讲道："无线电报，是意大利人马可尼在前年的夏天，研究成功的，它的原理是电磁感应，电流越浓，感应越远。"

学生们的年龄大小不一，但都在专心致志地听着，张幼林左手托着腮帮子，右手随时做着记录。

外国教习看着大家："谁能告诉我，从法国到英国，直线距离有多长？"

张继林举手回答："多佛尔海峡最窄处只有三十多公里，合成我们的华里，有六七十里。"

外国教习赞许地点点头："对，从法国到英国只有三十多公里，这三十多公里不用架电线，就可以通电报……"这时，下课的钟声响了，外国教习收起讲义："今天的课就上到这里，下课！"

学生们起立，等外国教习走出了教室，才纷纷离去。

张幼林和张继林漫步在校园里，此时正是春暖花开的时节，桃红、鹅黄、淡紫、嫩绿……五彩缤纷的花朵把校园装点得美不胜收，张继林尽情地欣赏着，目不暇接，张幼林却仿佛无动于衷，默默地想着心事。张继林捅捅他："幼林，想什么呢？"

张幼林幽幽地眺望着远方："霍大叔有日子没消息了，也不知道他怎么样了……"

又是一个上朝的日子，进了紫禁城，庄虎臣照例是直奔公告栏。庄虎臣一边看，嘴里一边念叨着："刘步云，任代州左参将；何世文，任保定副总兵；额尔庆尼，任内务府御用品监管……"念到这儿，庄虎臣突然停住了。"御用品监管？"他正琢磨着，一位官员踱过来，喜滋滋地看着官员任免名录，嘴里哼着京戏："我正在城楼观山景，忽听得人马乱纷纷……"

来人不是别人，正是额尔庆尼。经过贝子爷的斡旋，额尔庆尼终于调回了京城，而且还得到了一份甜差：内务府御用品监管。这是总管内务府衙门的最高官员之一，与内务府总管等职，正二品，还高升了，额尔庆尼自然是喜不自禁。

庄虎臣记下了公告栏上的官员任免名录，回到休息室内，誊写在宣纸上。额尔庆尼也踱进了休息室，他经过庄虎臣的身边时，随便看了一眼："官员任免名录，您抄这个干吗呀？"

庄虎臣抬起头来："出缙绅。"

"什么缙绅？"额尔庆尼一时没有反应过来。

“您是刚到京城上任的吧？”

“京城是早就到了，就是还没上任呢，这不，皇上赏的职位，圣旨昨儿个才到。”

额尔庆尼一脸的喜兴，庄虎臣指了指外面的公告栏：“那上头儿有您？”

“有啊！”

庄虎臣来了精神：“那您是哪一位啊？”

“名单上的第三位——额尔庆尼，任内务府御用品监管！”额尔庆尼摇晃着脑袋，那股得意劲儿就甭提了，庄虎臣一听，立刻站起来，点头哈腰地说道：“哟，瞧瞧，额大人，我这可真是有眼不识泰山了，您多担待，多担待！”

“您这缙绅上，能有我的名儿吗？”额尔庆尼似乎不大相信。

“这缙绅上要是没有您的名儿，那还能叫缙绅吗……”庄虎臣还要说什么，这时休息室外有人喊：“额大人，额大人……”

“哎！”额尔庆尼答应着向外走去，庄虎臣追上去：“额大人，等缙绅印得了我给您送到府上，您记好了，我叫庄虎臣，是荣宝斋的掌柜……”

“那我可就等着了啊！”额尔庆尼留下这句话，转身就在门口消失了。

那天下了课以后，张幼林依旧直接来到了荣宝斋。铺子里没什么客人，他就坐下来看书。过了一会儿，总理衙门章京，也是后来著名的戊戌六君子之一杨锐走进来，张幼林放下书，迎上去：“杨大人，今儿您得空儿出来转转？”

“哦，张先生。”杨锐沉吟了一下，“不知该称你张先生呢，还是张掌柜？”

“您是荣宝斋的常客了，应该知道啊，我们掌柜的是庄先生，我嘛，是荣宝斋的伙计。”

“这我知道，我说的是你的身份，荣宝斋的伙计，又是荣宝斋的少东家，还是京师同文馆的学生，所以我说你是掌柜的也没什么错，因为荣宝斋的事，你也能做主。”杨锐在铺子里四处看着，张幼林跟在他身后：“杨大人，有什么需要的，您就吩咐一声。”

杨锐站住了：“你这铺子里有上好的洮砚吗？”

“您是自个儿使，还是送人？”

“送人，价钱贵点儿没关系。”

“您请稍等。”张幼林给杨锐倒上茶，“我到后头给您拿去。”

片刻，张幼林捧着两个砚台从后门进来：“杨大人，您瞧瞧，这两个怎么样？”他把砚台放在桌子上，杨锐看看这个，又瞧瞧那个，没看出所以然来，索性直言：“张先生，前几天有为先生为我写了个对子，我心里很不过意，听人说康先生喜欢收集名砚，特别是对洮砚情有独钟，我想买个洮砚作为回礼，只是不大懂，你给讲讲？”

“杨大人，您客气，那我就献丑了。”张幼林略一沉思，“这洮砚是四大名砚之一，出在甘肃省的南部洮河一带，所以叫洮砚。洮砚石质细密、温润。”张幼林指着其中一个，“特别是这绿洮，有个说法儿，叫‘绿如蓝，润如玉，发墨不减端溪下岩’。”

杨锐拿起绿洮仔细地看着，张幼林指着砚台上的条状纹理：“您瞧，这像不像绿水当中泛起的涟漪？”

“像，有点儿意思。”杨锐点着头。

“这叫‘绿漪石’。”张幼林又指着另一个，“这块砚的纹理当中净是黑色的小细点儿，像是黑芝麻嵌在石头里，这叫‘湔墨点’。”

“这俩哪个更好？”

“要说哪个更好，还得看石膘，按行家的说法儿，端砚贵有眼，洮砚是贵有膘，就是这个。”张幼林指着“绿漪石”上像鱼鳞片似的一小片，“这叫‘鱼鳞膘’。”又指着“湔墨点”上像松树皮似的一小片，“这叫‘松皮膘’。”

杨锐左看、右看，半晌才又问道：“这俩石膘的颜色不一样，‘鱼鳞膘’泛红，‘松皮膘’发黄，我看着没什么大碍，我想请教的是，要是从鉴赏的角度来说，哪个更好？”张幼林指着“湔墨点”：“当然是‘湔墨点’了，行里有这种说法：‘洮砚贵如何，黄膘带绿波’。”

“那‘绿漪石’送康先生，这‘湔墨点’我也要了。”

张幼林有些犹豫，他试探着说：“这两个洮砚可贵呀，是我这铺子里最值钱的宝贝，要不……”杨锐截住了张幼林的话：“贵不要紧，只要它是洮砚中的上品就行。”

张幼林转念一想：“杨大人，刚才您说了，‘绿漪石’送康先生，康先生如今是推行变法的领军人物，这块‘绿漪石’送给康先生也算是宝剑赠英雄，物尽其用了，可这‘湔墨点’更贵重，您若是送人，打算送给谁呀？”

“我的师父。”杨锐的眼睛里泛起了光芒。“您的师父？”张幼林思索片刻，随即恍然大悟：“噢，是湖广总督张之洞张大人！”

杨锐点头：“正是。”

张幼林连声说道：“值得，值得，张大人是我最佩服的前辈之一，若不是他积极办洋务，我还上不了新式学堂呢，‘湔墨点’能到张大人手里，也算是荣宝斋的荣耀了。这样吧，这两块洮砚，我五折出售，以表达我对张大人和康先生的景仰之意。”

杨锐赶紧摆手：“不不不，这不合适……”

“张喜儿，把杨大人的洮砚包好，五折结账！”张幼林吩咐着。这是他在荣宝斋学徒以来，给客人购买的贵重物品打下的最低的折扣，张幼林的心中涌动着一种激越的情感……

新的缙绅印出来之后，庄虎臣拿着它就直奔了额尔庆尼府，谁知在大门口先被用人挡了驾。

庄虎臣敲开了朱漆大门，谦卑地笑了笑："请问，额大人在家吗？"

"额大人出去了，还没回来呢。"用人面无表情，庄虎臣接着又问："那额大人什么时候能回来呀？"

用人上下打量着庄虎臣："额大人的事儿，这哪儿说得准啊。"

庄虎臣眼珠子一转，从兜里掏出几个碎银子递给用人："我是荣宝斋的掌柜，叫庄虎臣，麻烦您了，我下回再来。"用人接过碎银子，在手里掂了掂，板着的脸松弛下来："后天上午吧，盯个10点来钟。"

"麻烦您先给额大人通报一声儿。"说着，庄虎臣又递过去几个碎银子，这下用人几乎是喜笑颜开了："后天您就来吧。"

额尔庆尼此时正在府内深处的一个房间里和新来的丫鬟调情，丫鬟手里拿着一串珠子爱不释手，额尔庆尼问她："喜欢吗？"

"喜欢！"丫鬟高兴地回答。

"喜欢就给你了！"额尔庆尼说着把珠子套在了丫鬟的脖子上，顺势把她拉到跟前，欲解衣服。

丫鬟赶忙躲开："额大人，您急什么呀。"额尔庆尼追上去："我都等了半天了……"

用人送走了庄虎臣，穿过几重院落来到门外，先清了清嗓子，然后才喊道："大人，有人找您。"

额尔庆尼的注意力全在丫鬟身上，没听见，丫鬟提醒他："有人在外头喊您呢。"

额尔庆尼很是不悦，他抬起头来，隔着窗户缝看见是个用人，气就不打一处来："有话说，喊什么呀？"

用人往窗户跟前凑了凑："荣宝斋的掌柜找您，他说他叫庄虎臣。"

额尔庆尼想了想："庄虎臣？我怎么没听说过？不见！"

"我知道您现在没工夫，已经打发走了，明天您不是去见皇上吗？我让他后天上午再来。"用人谄媚地说着，额尔庆尼依旧是满肚子的不高兴："再说吧！"

三郎在山西按察使司给额尔庆尼料理完了最后一件公事回到京城，已经是额尔庆尼上任之后了。三郎惦记着上回那场官司，得着工夫就奔了琉璃厂。

已经是傍晚时分，三郎站在荣宝斋的门口，正在抬头辨认房檐上面挂着的匾，得子跟着庄虎臣从铺子里出来，他见到三郎很是惊讶：“哟，这不是三郎吗，你怎么来啦？”

“得子，我是专门来找你的！”三郎显得很亲热，接着又说，“我们家额大人调到京城来了，这不，我也跟着来了。老兄，上次的事儿，兄弟我给你找了麻烦，这次……”

得子赶紧摆手：“得，别提这次了，三郎，跟你这么说吧，这次你就是找我亲爹说情，我也不敢管你的事儿了，上次差点儿把我饭碗给砸了。”得子指了指庄虎臣，“要不是我们庄掌柜的开恩，我早卷铺盖了。”

庄虎臣对三郎提到的“我们家额大人调到京城来了”颇感兴趣，他饶有兴味地问道：“是额尔庆尼额大人吗？”

三郎点点头：“您也认识？”

“认识！得子，请这位兄弟进去坐会儿，我就不奉陪了，你们聊着。”庄虎臣走了。得子可没有请三郎进去的意思，他瞧着庄虎臣走远了，爱搭不理地问：“你有什么事儿呀？”

“老兄，我哪儿敢再提让你帮忙啊，上次你老兄为我受了牵连，我心里一直过意不去，这回好了，往后我也能住在京城了，咱们交个朋友，也算互相有个照应，这么着，哪天晚上你有空儿，我请你喝酒，就算我给你赔不是了。”

得子心里犯嘀咕，他打量着三郎：“就是喝酒，没别的事儿？”

“真的没事儿，咱哥俩儿好好喝一顿。”三郎很是诚恳，得子只好勉强答应了。

庄虎臣如约又来到了额尔庆尼府，用人这回是笑脸相迎，把他带进了客厅。额尔庆尼显然已经把庄虎臣给忘了：“您是……”

“额大人不记得我啦？”

额尔庆尼想了想，没想起来：“瞧我这记性，这些日子见的人太多，记不住喽！”

“宫里头，乾清门外，张榜公布您新任内务府御用品监管……”庄虎臣提醒着，额尔庆尼一拍脑袋：“噢，想起来了，您坐，您坐，别站着。”

庄虎臣坐下，从随身带着的蓝布包袱当中取出缙绅，翻到其中一页，递给额尔庆尼：“请您过目，您的大名儿、官阶品级、籍贯、出生年月日全在这上头了，还有什么不周到的地方，只要您提出来，随时给您改。”额尔庆尼接过缙绅，把有关自己的那一段儿仔仔细细地看了一遍，很是兴奋：“庄大人，您真行，那天我还以为您就这么一说呢。”

“哪能啊！”

用人送上茶来，庄虎臣端起茶碗喝了一口：“自打您的前任调走了以后，这个位子空了好些日子了，额大人刚上任，忙坏了吧？”额尔庆尼频频点头：“忙坏了，忙坏了，从早到晚，事儿逼着你，干不完呀！”

又一个用人进来通报：“大人，顺兴居的掌柜的求见。”额尔庆尼摆摆手：“不见，没看我正忙着嘛！”

用人退下了，庄虎臣赶紧进入正题：“额大人，我这上朝之外，主要是在琉璃厂那儿的荣宝斋当掌柜的，这缙绅，就是我那铺子出的。”

额尔庆尼的眼珠子滴溜溜地转着，明知故问：“是吗？”他低下头摆弄起指甲，显然不想谈关于庄虎臣那铺子的事儿。

眼瞧着说不下去了，庄虎臣赶紧变了话题：“额大人，今年皇上按正日子开笔书福吗？”说到开笔书福，额尔庆尼又来了兴致：“正日子？恐怕今年得晚了！”

“为什么呀？”

“事先没做准备呀，您瞧，这位子空缺了这么长时间，我刚上任，要置办哪些东西，还两眼儿一抹黑，顾不过来呢。”

“额大人，这可耽误不得，这是康熙爷定下的规矩，耽误了麻烦就大啦！”庄虎臣一副推心置腹的样子。

额尔庆尼反问道：“怎么个意思？庄大人，我刚上任，这里面的道道儿还不大明白，有些人哪，成心不告诉我，就等着看我的笑话。”

“那是，您要是不出点儿错，这位子不就坐稳了？别忘了，想顶您缺的人多着呢。”庄虎臣这话说到点儿上了，额尔庆尼伸过脑袋来：“庄大人，您得跟我说说皇上书福的由来，我心里好有个谱儿啊。”

“噢，这件事儿的由来其实也挺简单，康熙爷的时候，有位诗人叫查慎行，是学苏东坡、陆放翁这一派的，他是继康熙朝王士祯、朱彝尊两大家之后最有影响力的人之一，后来当了内廷侍从大臣。”

“查慎行……”额尔庆尼想了想，“我好像听说过这人，怎么着，皇上喜欢他？”

“是呀，康熙爷特别欣赏他的诗，最喜欢的是这么两句：‘笠檐蓑袂平生梦，臣本烟波一钓徒。’康熙爷还写了个大大的‘福’字赏给他，从那时起就成了规矩，每年的嘉平朔日，就是十二月初一，由皇上开笔书福，赏给在京的王公大臣和内廷侍从。”

“嘿，就这两句诗，多少人也跟着沾光啊！”额尔庆尼很是艳羡，庄虎臣又接着说：“到了雍正爷的时候，除了赏‘福’字儿给在京的王公大臣以外，还推而广之，也赏给各省的总督、将军、巡抚之类的大员，以示赐福苍生，天下为公啊。”

正聊着，一个七八岁的小男孩拿着一册字帖跑来：“阿玛，这个字念什么？”这是额尔庆尼的小儿子，额尔庆尼拿过字帖看了看："这念'揸'。"庄虎臣给孩子解释："'揸'就是把手指张开的意思，还有，有一种毛笔叫揸笔，笔管儿短，又粗又肥，写字儿的时候，要抓在靠近笔头儿的地方，所以叫揸笔。"

"庄大人，说起揸笔我倒想起来了，皇上书'福'得用揸笔吧？"这回额尔庆尼终于上套了，庄虎臣抑制住心中的喜悦，不动声色地回答："当然，这么大的字儿不用揸笔哪儿行？跟您这么说吧，皇上不光要用不同款的揸笔，还有个习惯，写一幅字儿换一支笔，所以，宫里每年为这事儿得进一批上好的笔墨纸砚，都是提前半年预订的。"

"哟，多亏了您提醒，我还真得提前准备准备，不然到时候非抓瞎不可。"额尔庆尼转念一想，"庄大人，您怎么知道得那么清楚啊？"

"我刚才不是告诉您了吗？我除了上朝之外，主要是在琉璃厂的荣宝斋当掌柜的。"

"琉璃厂我知道，可这荣宝斋……"额尔庆尼摇摇头，"没听说过。"

"荣宝斋是家南纸店，开张没几年，专卖文房四宝。"

"怪不得庄大人——噢，不，庄掌柜的，知道得那么清楚呢，敢情您是干这个的。"此刻，额尔庆尼的戒心又提了起来，对庄虎臣也不像刚才那么近乎了。庄虎臣并不理会，依旧像是对老朋友似的说道："赶明儿我让伙计给您送一套上好的文房用具来，让您瞧瞧荣宝斋的东西，您若是使着好，往后宫里购物您也就别费事儿了，跟我打个招呼就行了。"

"哟，这事儿可得好好琢磨琢磨，毕竟是给皇上当差，要有点儿闪失，我可担不起责任。"额尔庆尼立马儿就缩回去了。

"额大人，您放心，我庄虎臣懂规矩，咱一切按规矩来。"庄虎臣的话意味深长，额尔庆尼的手下意识地敲起了桌子："懂规矩就好啊！"

·第十章·

霍震西在荣宝斋的大门前下了马，正在掸着身上的灰尘，张幼林一眼就看见了，他兴奋地从里面冲出来："大叔，您来啦？"霍震西拍拍张幼林的肩膀，喜爱之情溢于言表："我刚从西北来，置办完货物马上就得回去，幼林啊，你还好吧？"

张幼林接过霍震西手中的缰绳，拴在旁边的柱子上："好什么呀？该上课就去上课，不上课时就在铺子里守着，这日子过得真没意思。"

"哦，依你的想法，过什么样的日子才算有意思啊？"

"我要是有时间，就加入您的马帮，走南闯北，那也算没白活一世。"

"好啊，等你从学堂毕了业，我带你走几趟……"爷俩说着话走进了铺子。

张幼林请霍震西坐下，奉上茶来，霍震西掏出一张单子交给张幼林："这是订货单，你按照单子上写的把货备齐，我离开京城之前来取货。"张幼林接过单子仔细地看着："大叔，怎么订这么多货？光端砚就是二百个，胡开文的墨三百块，还有一百块'超顶漆烟墨'……"

"说实话，这文房用品我也不懂，以前我们马帮从来不走这种货，可我不是认识你了嘛，等我再回西北时，就留心这类货的销路，这一留心不要紧，我还真认识了一些专做文房用品的商人，这些都是他们订的货，幼林啊，这笔生意你做不做？"

"当然做，这可是我们荣宝斋的大买主，求都求不来的，谢谢大叔想着我！"张幼林很是兴奋，霍震西放下茶碗："什么话！我当然想着你，就是不大懂行，有位商人问我那超……什么的墨，是不是胡开文的，我哪儿答得上来？幼林啊，这是个什么玩意儿？"

"'超顶漆烟墨'是一种以生漆为主要原料，加上猪油、桐油、麝香、冰片、金箔、公丁香、猪胆等原料制成的书画墨，据说，这种墨写千幅纸不耗三分，色泽可分为焦、重、浓、淡、清五个层次，墨色历千年而不褪，是墨中的精品。"张幼林滔滔不绝，霍震西却听得皱起了眉头："好家伙，一块墨能有这么多说道？你们这些文人啊，净扯淡！这样吧，给你五天时间，把货备齐，没什么问题吧？"

"没问题，不过……大叔啊，您可是老马帮了，怎么这么外行啊？这单子上只有货物名称和数量，怎么就是没有人家可以接受的价格呢？"霍震西不耐烦了：

“你个小兔崽子，怎么这么多事儿？你荣宝斋卖别人多少，卖我就多少，这还用说吗？”

听到这话，张幼林把单子还给了霍震西：“大叔，这笔生意我不做了。”

霍震西瞪起眼睛：“为什么？老子费了半天劲帮你联系客户，你小子说不做就不做了？你跟我说清楚，不然我揍你！”

“大叔，我知道您想帮我，可是没您这么个帮法的，您不问人家的收购价，万一人家嫌贵呢？您是不是想用自己的银子补上差价？有这么做生意的吗？”

张幼林把霍震西问住了，霍震西含糊其词地说：“这是我的事，关你个屁事？”

张幼林给霍震西添上茶：“大叔，我谢谢您了，您这是陷我于不义呀，要不这样得了，您不是银子多得没地方打发吗？先给我支五千两花着，何必这么麻烦，又是端砚又是墨的。”这下霍震西被逗乐了：“小兔崽子，什么事都瞒不过你，好吧，你说怎么办？”

张幼林沉思了片刻，然后说道：“我在进价上加三分利给您，您加多少是您的。总之，做生意的规矩是双方都有利可图，否则那不叫生意。”

“那叫什么？”

“那叫救济，可我凭什么要您救济？您要真有那份善心还不如开粥厂去，闹不好还能得个‘霍大善人’的美称……”

霍震西站起来，一把揪住张幼林的耳朵：“小子，我看你是皮肉痒痒了……”

送走了霍震西，张幼林径直来到了荣宝斋后院的北屋。庄虎臣正在边打算盘边看账本，张幼林笑嘻嘻地凑上去：“师父，对账呢，这个月买卖还不错吧？”

庄虎臣阴着脸“啪”地将账本摔在桌上：“你甭叫我师父！”

张幼林吓了一跳：“怎么啦？师父，我是不是又哪儿做错了？”

庄虎臣指了指账本：“这就得问你了，瞧见没有？这个月买卖是不错，可就赢利不多，你知道是怎么回事儿吗？”

张幼林摇摇头：“不知道。”

“那我告诉你，全是你‘造’的，有你这么做买卖的吗？恨不得挣一个花俩，叫花子从门口过，你说给儿吊就是儿吊，客人来买东西，你就按咱定好的价卖吧，不行，还非上赶着给人打折，一打就是五折，你知道不知道，五折往外卖，就等于咱丝毫不赚只落个赔本赚吆喝，我告诉你说，这么做下去，你非把荣宝斋做倒了不行！”庄虎臣越说越生气。

张幼林赔着笑脸：“师父，跟您说实话吧，自打跟您学了徒，我都变得抠抠搜搜的了，昨儿个我喂鸟儿的活虫儿没了，要照过去，我递个话儿，给点儿银子，人家就给送家来了，可现在咱会过了，舍不得花银子，愣是自己跑陶然亭逮虫儿去了……”

庄虎臣打断他：“你少跟我胡扯，你说你，学徒也好几年了，怎么这少爷脾气就是改不了呢？有点工夫就提笼架鸟儿斗蛐蛐儿，花起银子像流水，这哪儿像个买卖人？”

“师父您别生气，我以后改还不行？别的都听您的，可有一样儿，我跟您的想法不太一样，我说了您可别骂我，您呢，就像个卖酸枣面儿的，琢磨的全是蝇头小利，仨瓜俩枣的也算计，师父，不是我说您，这么做生意可做不大……”

“嗯，我是卖酸枣面儿的，仨瓜俩枣的也算计。”庄虎臣冷笑道，“那你呢？挣一个花俩就能做成大生意？”

张幼林在庄虎臣的对面坐下：“打个比方，您看我叔吧，别看没什么大本事，可人家吃过玩过见过，往那儿一站，甭说话，谁都得承认这是位爷。咱做买卖也得拿出点儿爷的派头，该大方咱得大方，要是成天算小账，大生意就不会找上门来，您说，是不是这个理儿？”

“我的大少爷，这我就得问问了，您倒是成天仗义疏财，可也没见您做成什么大买卖呀？您能不能露一手给师父瞧瞧，让师父也见识见识，什么叫大买卖？”

张幼林就等这句话呢，他不慌不忙地从袖子里拿出霍震西的订货单放在桌子上：“师父，您瞧瞧这单子，还算说得过去吧？”

庄虎臣拿起来仔细看了看，一下子坐直了：“我的天，大单啊！顶咱铺子里半年的销量，这是哪儿订的货？”

张幼林微笑着答道：“西北，是我霍大叔帮着操办的。”

庄虎臣兴奋地站起身：“这可是笔长线的买卖，荣宝斋总算是有立得住的生意了！”

庄虎臣在屋里来回走动着，抑制不住激动的心情。

张幼林看着他：“师父，我觉得做生意和做人差不多，以宽厚之心待人，以公平之心行事，不刻意追求结果，无为而无不为，其结果也许就是柳暗花明。做人也罢，做生意也罢，到了这个份儿上，就该是一种新的境界了。”

庄虎臣站住：“好啊幼林，给你师父讲上课啦？”

张幼林赶紧摇头：“不敢，不敢，您永远是我师父……”

夜晚，同文馆内的一个大厅里灯火辉煌，这里正在举办舞会，乐队演奏的曲目是小约翰·施特劳斯的《春之声圆舞曲》，几对洋人随着那优美、动人的旋律正在翩翩起舞，张幼林、张继林和同学们穿着新式制服站在舞池旁边观看着。

伊万和秋月走进来，秋月一身洋式盛装，光彩照人，立刻吸引了在场所有人的目光，张幼林看呆了，嘴里喃喃地：“秋月姐……”

伊万挽着秋月穿过大厅，来到洋人聚集的角落，他用法语、俄语和熟人打着招呼，秋月向大家点头致意。

“秋月是今天舞会上最漂亮的女人！”张继林嘴里赞叹着用目光追随着她，而张幼林的神情却有些黯淡：“怎么又是这个伊万？”

音乐再次响起，伊万和秋月加入到跳舞的人群当中。这次乐队演奏的是巴赫的G大调小步舞曲，这首曲子开始的第一主题轻快活泼、典雅华丽，其后是建立在这一主题上的几个变奏形式，全曲结构简单，节奏平稳，给人一种清新、愉悦的感觉。伊万和秋月陶醉在美妙的音乐中，舞姿优美、流畅。

一曲终了，秋月和伊万正好跳到张幼林和张继林站着的地方，张幼林颇为绅士地躬了躬身子：“秋月姐真漂亮。”

秋月在会上意外地遇见他们显得很惊喜：“你们兄弟俩也来了，怎么不跳舞呢？”

“我们还不会跳呢。”张继林有些不好意思。秋月笑了笑：“没关系，一会儿我教你们。”

伊万向张幼林伸出了手：“张先生，好久不见了，你好吗？”张幼林和伊万握手：“伊万先生不是俄国大使馆的外交官吗，怎么改行了？”

“什么意思？”伊万没听明白，张幼林微笑着又说：“我秋月姐是不是雇你当保镖了，怎么她走到哪儿你就跟到哪儿？”

“这不是保镖，在我们欧洲，这叫骑士，漂亮的女人身边怎么能没有骑士呢？”

伊万似乎并不在意。

“幼林，你最近怎么不去找我了，把姐姐忘了吧？”秋月看着张幼林，张幼林躲闪着她的目光：“功课实在太紧，没时间。”

这时，音乐声再起，一个洋人彬彬有礼地邀请秋月跳舞，秋月跟着洋人进了舞池，她回过头对张幼林说：“待会儿我教你！”

侍者端着托盘经过他们的身旁，张幼林和伊万取下酒杯，喝着红酒，张继林的目光则一直追随着秋月。

沉默了片刻，伊万问张幼林：“张先生，我在你的目光中看出了一些东西，你好像不大喜欢我。”张幼林肯定地回答：“没错，我是不大喜欢你，因为你对我秋月姐有些不太好的打算。”

“哦，我在追求秋月小姐，这有什么不对吗？”伊万兴致盎然，张幼林显得有些冷淡：“我听说你有妻子，而秋月姐也有男人，这么一来，事情就有些荒唐了。”

"是的，我是有妻子，但如果秋月小姐接受了我，我可以马上离婚，至于那位杨宪基大人，既然他爱秋月，为什么不娶她呢？你们中国人不是可以纳妾吗？"

张幼林哼了一声："你这个洋人倒是什么都懂，我问你，秋月爱你吗？"伊万耸了耸肩："不知道，但她至少不讨厌我，况且我有足够的耐心等待，到目前为止，我和那位杨宪基大人是平等的，只要秋月小姐没有出嫁，我就有权利追求她。"

"那好，也算我一个，说起来我比你们都有资格。"

"为什么？"伊万诧异地问道。

此时一曲终了，秋月从舞池里走出来，张幼林和伊万都没有注意到。

"你和杨大人都有妻子，可我没有，所以说，在咱们三个人里，我最有资格。"

张幼林正说着，秋月从后面伸出手，揪住了张幼林的耳朵："幼林，你胡说八道些什么？背后说姐姐的坏话，你拿姐姐当什么人了？"

"那伊万先生……"

"伊万先生是我的朋友，你秋月姐只有一个男人，那就是杨大人，你记住了吗？"

"记住了。"张幼林嘟囔着，低下头要走，伊万叫住了他："张先生请留步。"伊万向前凑了凑，贴近张幼林的耳边耳语："据我所知，你们同文馆有不少维新派人士，你是吗？"

张幼林摇摇头："说不上，但我同意他们的主张。"

"据我们的情报，最近朝廷里可能要有大动作，情况对维新派很不利，也许会发生流血事件，张先生，请好自为之。"

张幼林感到很震惊："你说的是真的？"

伊万耸了耸肩："我什么也没说。"他转向了秋月："秋月小姐，我能邀请您跳华尔兹吗？"

伊万和秋月随着节奏明快的舞曲步入了舞池，张幼林却呆呆地站在了那里。

俄国人的情报的确很准，舞会后的第三天，京城大乱。在此之前的一百天，也就是1898年6月11日，光绪皇帝曾颁布"明定国是"诏书，宣布变法，目的在于学习西方文化、科学技术和经营管理制度，发展资本主义，建立君主立宪政体，使国家富强。维新派的变法触动了守旧派的利益，引起了激烈的争斗，到了9月双方达到白热化的程度，慈禧太后突然从她居住的颐和园赶回紫禁城，9月21日发动了戊戌政变，再次临朝"训政"，百日维新遂告失败。慈禧太后将光绪皇帝囚禁在中南海的瀛台，随即关闭了北京的各个城门，封锁了京津铁路交通，数千名禁军大街小巷四处搜捕维新派人士，一时京城内笼罩着恐怖的气氛。

一队清军骑兵风驰电掣地从街上飞驰而过，荷枪实弹的清军步兵列队跑过街道，脚步声震天响。

庄虎臣从荣宝斋里走出来，站在门口观望着，心中惆怅。

过了半晌，一顶官轿在门前停下，庄虎臣快步迎上去，从轿子里下来的是杨宪基。庄虎臣向杨宪基抱拳行礼："杨大人，您里面请。"他是戊戌政变以来荣宝斋迎来的第一位客人。

杨宪基还礼："庄掌柜的，这两天生意不大好吧？"

"是啊，除了您，大人们都没来。"庄虎臣叹息着。

"也难怪，朝廷里出了这么大的事儿，谁不胆战心惊的？公事儿完了赶紧回家，省得招惹麻烦。"

"那您这是……"

杨宪基抻了抻衣袖："这两天要写的东西太多，我的笺纸用完了，来买一些笺纸。"

"嗨！这点儿小事儿您打发个人来就行了，何必还亲自跑一趟？"

杨宪基认真地说："庄掌柜的，您有所不知，我有个习惯，作文写诗时对笺纸的要求很高，不管多忙，一般是要亲自去挑选的，由别人代劳我还不大放心呢……"两人说着话走进了铺子。

张喜儿把笺纸都抱了出来，摆在柜台上任杨宪基挑选。杨宪基正在挑着，张幼林走进来："哟，杨大人来啦。"

杨宪基抬起头："幼林啊，你这学徒是不是也该出师啦？"

"我已经出师了，上个月正式拿工钱了，嘿嘿！就是少点儿。"张幼林笑着看了庄虎臣一眼，"我师父手紧着呢，多一点儿都不给。"

"在荣宝斋当伙计就是这个工钱，嫌少您就另谋高就。"庄虎臣又找出一沓笺纸递给杨宪基，"当然了，您要是当股东就又当别论了，算起来你这个伙计比我这个掌柜的还富裕，又是玩鸟儿又是养虫儿的，每月得花多少银子？"

杨宪基接过来："是呀，你在琉璃厂这条街上打听一下，少东家当伙计的有几个？"

张幼林凑上去："杨大人，这两天可是够热闹的，街上又是步军又是马队的，到现在都没消停。"

"我今天早晨得到消息，谭嗣同、刘光第、杨锐他们都被捕了，听说康有为和梁启超跑了。"杨宪基神色黯然，张幼林惊讶地睁大了眼睛："谭大人、刘大人他们被抓起来啦？"他转念一想，"杨大人，您不是刑部的吗？这案子最终还得由您审吧？您抬抬手让他们过去不就行啦？"

杨宪基向外张望了一下，小声说道："哪这么容易？他们的案子怕是到不了刑部，是老佛爷钦点的，别说是谭嗣同、刘光第他们，听说……连皇上都被软禁了。”

“唉，朝廷里的事儿，咱草民管不了，反正知道了也没用，还不如不听，甭管出了什么事儿，咱老百姓的日子还得过不是？怎么着，杨大人，这笺纸您选着中意的了吗？”庄虎臣问道。

杨宪基摇了摇头：“没什么中意的，如今这年月，怕是没什么好笺纸喽。”

“杨大人，您的意思是，过去还是有好笺纸的，不过现在造不出来了，是这样吗？”张幼林揣摩着。

“那是，越是好东西越容易失传啊。”

庄虎臣笑了：“杨大人说的是谈笺吧？这我们荣宝斋可没地方找去，要是能有几张谈笺，恐怕谁也舍不得卖，早列入收藏了，杨大人见多识广，是否见过谈笺？”

“谈笺自问世至今不过二百多年，虽说此笺的制作已失传，但毕竟还有存世之物，我是见过的。”

张幼林有些好奇：“什么是谈笺？我怎么没听说过？”

庄虎臣拍拍他的肩膀：“要不你得学徒呢，你要是什么都懂，我这个掌柜的往哪儿摆？说实话，我在琉璃厂混了这么多年，真正的谈笺我都没见过。”

杨宪基告诉张幼林，谈笺是明代一个叫谈仲和的人制造的一种笺纸，由于数量少，制作工艺复杂，在当时就其贵过绫，人称谈笺。

“杨大人，我到哪儿能看到这种笺纸呢？”张幼林对谈笺产生了兴趣，杨宪基想了想：“这恐怕需要缘分，若是有缘，你早晚会见到……”

“张喜儿，原来放这儿的那一摞笺纸呢？”庄虎臣在柜台里面问道，张喜儿伸过头来看了看：“卖完了，这些日子就这种笺纸走得好，新货过两天就能上来了。”

庄虎臣从柜台里走出来：“杨大人，您要买谈笺我没地儿找去，可精致一点儿的笺纸还是有的，过两天等新货上来，我让人给您送到府上，您看看满意不满意。”

“行，那就劳您驾了。”

送走了杨宪基，张幼林缠住了庄虎臣：“师父，您给我讲讲谈笺吧。”此时，庄虎臣的心境并不好，眼前时局动荡、买卖萧条，还不知到哪天算一站，心里没着没落的，可又没办法。他叹了口气，坐下：“听我师父说，谈笺椿染有秘法，大而联榜，小而尺牍，色样不一，或屑金花描成山水、人物、鸟兽之形，或染花草，极其精美。这种笺纸现在已经失传了。”

“您师父见过谈笺吗？”

庄虎臣摇摇头：“他也没见过，他家里的老辈人用过，据说谈笺有好多种，这当中最好的要数玉版、银光、罗纹、朱砂、镜面儿和官笺。谈笺用的是荆川的连纸，在这荆川的连纸上褙厚研光，做出各种各样儿的花鸟图案，再打上蜡，才能出成品。据说，谈笺‘坚滑可类宋纸’，当年董其昌对谈笺也是赞许有加呀。”

张幼林思忖着：“董其昌跨万历、天启、崇祯三朝，与谈仲和差不多是同时代的人，如果说董其昌使用过谈笺，也应该是晚年的事儿了。师父，这么好的东西，怎么后来就绝版了呢？”

庄虎臣喝了口茶：“嗨，说来话长，谈仲和做的谈笺，是用了一个秘传的方法，据说，这个秘传的方法，最早是他的祖上彝斋公从内府里得到的，后来，彝斋公的孙子梧亭把秘法传给了谈仲和，谈仲和试验了几次，居然就成了。”

“就这么容易？”张幼林有些疑惑，但转念一想，“我看这恐怕是天意了。”

“谈仲和做出了极品笺纸的消息不胫而走，一时间，远近各处，慕名前来索要的人是越来越多，谈家雇了二十多个家童昼夜赶造，还是供不应求。”

张幼林不假思索：“那就再多雇点人吧。”

“若是换个想发财的人，也许就这么办了。”庄虎臣停顿了片刻，“可他谈先生是个散淡之人，对名利毫无兴趣，一烦就撂挑子了。”

“撂挑子了？”

“是啊，有一天，来要笺纸的人是一拨儿跟着一拨儿，你想，这谈笺是在荆川的连纸上褙厚研光，再上蜡，一时半会儿哪弄得出来呀，买家一个劲儿地催，谈先生终于烦了，一怒之下把来要纸的人都轰出去了，下令童仆停工，把剩下的制笺用料，点了一把火……全烧了！”

张幼林目瞪口呆：“啊？”

庄虎臣站起身，在铺子里踱着步：“谈先生还留下一句话，‘大丈夫岂暇与浣花女子同涉人齿牙’，这意思是，男子汉大丈夫，哪儿能像浣花女子似的被人嚼舌头根子。留下这句话，谈先生袖子一甩，扬长而去，谈笺，从此绝版矣！”

“这谈先生怎么这么想不开呀！”张幼林惋惜着，一直在旁边听着的张喜儿突然插进话来：“掌柜的，不对呀，我见过谈笺，这琉璃厂的南纸铺，好儿家都摆着谈笺呀？”庄虎臣“哼”了一声：“那是赝品，赝品！要真是谈笺，谁还舍得卖？那可值了银子啦。”

张喜儿心生疑窦：“看着也不错啊。”

“那是在纸上涂了色和膏粉做成的，当时看着好，时间一长，粉就掉了，那个寒碜！唉，是仿造不得其法呀！”

“师父，您说，这谈仲和多好的买卖，没人争没人抢的，他怎么说毁就给毁了呢？”张幼林百思不得其解，庄虎臣又坐回到椅子上：“这人间事儿，可不是你我能够揣度清楚的。”

张幼林凑上去："师父，我琢磨着，这谈笺恐怕还有实物传世，谈仲和既然卖出过不少，也许还有人保存下来吧？"

"那就等着吧，如果真正的谈笺还在，就早晚有现世的那一天，杨大人不是说了吗？谁能得到它，要看缘分了。"

这几天时局动荡，加之霍震西订的货也已经备齐了，张幼林心里惦记，就来到了盛昌杂货铺。刚一迈进门槛，马掌柜就快步迎上去："哟，这不是幼林少爷吗？可有日子没见了。"

"马掌柜，我霍叔在不在？"

"真不巧，他不在。"马掌柜环顾左右，然后压低了声音，"不瞒您说，我这儿也正找他呢，霍爷不知赶上啥事儿了，已经好几天没露面了，我都快急死了。"

张幼林一惊："霍叔会不会出什么事？"

"谁知道呢，唉，官军在城里大搜捕，我这心里是七上八下的，但愿别出事。"

马掌柜显得忧心忡忡。

从盛昌杂货铺里出来，张幼林心里就琢磨上了：霍大叔能去哪儿呢？正想着，忽然听见有人喊他，回头一看，张继林穿着一件旧式长袍从后面追上来。张幼林有些诧异："哥，你怎么这身打扮，你平常不是总穿制服吗？"

张继林紧张地四处看了看："幼林，你还不知道吧？咱们同文馆停课了，有几个教习也被抓了，说是新党，衙门里的人说了，京师同文馆是新党的老窝，抓走的这几位是明的，还有暗的没抓呢，同学们吓得都不敢穿制服了，生怕被当成新党。"

"教习们没说什么时候开课吗？"

"都什么时候了，还惦记开课呢？被抓的人还不知是死是活呢！"

张幼林叹了口气："唉，眼看都快毕业了，谁知道就赶上这事儿了。"

"幼林，你没事别在街上晃悠，兵荒马乱的，还是在家待得踏实。"张继林嘱咐着。

"我回铺子里去，你先回家吧。"

张继林刚走，手里拎着鸟笼子的张山林就从街角拐过来，他一见张幼林就兴奋地喊起来："幼林，幼林！你干什么去？"

张幼林停下脚步："叔，我是路过这儿，怎么啦？"

张山林凑上去："你不知道吧？老嚷嚷变法的那帮人这回可全褶子啦。"

"哦，我知道。"

张山林压低了声音："听说老佛爷翻脸啦，把闹变法的人都抓起来，二话不说就开刀问斩啊，瞅见没有？这满街的人都奔菜市口那儿赶呢，这回有热闹儿看了。"

张幼林这才发现，街上的人流都在朝一个方向涌动，他惊讶地问道："连审都不审，上来就开刀问斩？"

"那是，审多费事儿啊，一刀下去，万事皆休，走，咱们也去看看……"

张山林走了几步又站住了，张幼林拽了拽他："叔，怎么不走了？"

"我这黄鸟儿该喂了，算啦，我不去啦，咱不能光图看热闹就把鸟儿饿着呀，幼林，你自己去吧。"

张幼林跺着脚："哎哟，我的叔哎，都什么时候了，您还惦记着鸟儿？"

在菜市口刑场，男女老少已经把行刑台围得水泄不通，戊戌六君子谭嗣同、刘光第、杨锐、林旭、杨深秀、康广仁被五花大绑着，依次押下刑车。

监斩官、军机大臣刚毅坐在太师椅上，面无表情地注视着死刑犯们。刘光第愤怒地问道："刚大人，凭什么不加审讯就问斩？"

刚毅并不理睬他，而是拖着长腔："跪下，听旨……"刘光第坚持不跪："按大清刑律，即使是十恶不赦的犯人，如果临刑喊冤，都要复审，就算是我辈不足惜，你这么做也有悖于大清刑律，此举何以服人？"

刚毅避开了刘光第的目光，沉默不语。

"你倒是说话呀！"刘光第急躁地催促着，刚毅清了清嗓子："我只是奉命监斩，余下的……"随即抬手给了刽子手一个示意，刽子手朝刘光第的后膝窝一踹，强迫刘光第跪下，刘光第倔强地又挣扎着站起来。

见此情景，杨锐大声喊道："光第兄，跪就跪吧，遵旨而已！"刘光第这才愤然跪下。杨锐也很是激愤，但他强压住胸中的怒火，向前跨出两步，用平缓的语调对刚毅说："我希望向圣上表明心迹……"

"圣上有旨，不准说！"刚毅蛮横地打断他，杨锐终于爆发出来，他愤然斥责："都是你这军机大臣搞的鬼，祸国殃民的罪人……"

人群中，几个身材魁梧的精壮汉子悄然向行刑台靠近着，走在最前面的是谭嗣同的好友、京都侠士大刀王五，紧跟在他身后的就是霍震西。他们都把手插在衣襟里，仿佛一声令下就可以刀剑出鞘。

站在不远处的张幼林猛地发现了霍震西，他刚要叫喊，瞬间醒悟过来，连忙捂住了自己的嘴。

大刀王五机警的目光扫视着刑场，但见清兵戒备森严，王五无奈地望着霍震西，霍震西微微地摇了摇头。两行泪水从王五的面颊上滚过，他转向了谭嗣同。

谭嗣同微笑着同王五点头，大声作别："有心杀贼，无力回天，死得其所，快哉快哉！"

刚毅见法场人群中已有异动，深恐有变，于是大喊："遵旨……"随即"唰"的一声抛出亡命牌。玄衣红带的刽子手朝六君子抡起鬼头刀，血雾在半空中飞舞，霎时六君子人头落地，法场顿时大乱。

人群中，只听见"扑通"一声，张幼林倒在地上晕了过去。旁边的一个看客大叫起来："这儿又倒下一个……"霍震西早就注意到了张幼林，此刻他拨开人群，朝张幼林倒下的地方挤过去……

霍震西背着张幼林快步来到张家的时候，张山林和张李氏正在客厅里闲说话。

用人引着路，霍震西进了东屋，把张幼林放到了炕上。张山林和张李氏都跟了过去，张山林嚷嚷着："刚才在街上还好好的呢，这一会儿工夫怎么就让人背回来了？"张李氏则焦急地望着霍震西："他大叔，幼林这是怎么啦？"

霍震西擦了一把头上的汗："这小子，在菜市口看砍头的，一见血就晕过去了。"

张幼林慢慢地睁开了眼睛，他声音微弱："大叔……我都看见了，杨大人、刘大人、谭大人……我都认识……怎么一下子就……"张幼林哭了，眼泪像溪水般流淌着，霍震西有些不耐烦，他呵斥道："见了血就晕，就你这熊样儿还练武？不许哭！"

张李氏递上了一块手帕，张幼林臊眉耷眼地擦了擦眼泪，霍震西看着他，语调和缓下来："好点儿了吗？"

"没事儿了。"

"那就给我起来，跟我出去走走。"

张李氏要制止："他大叔……"

"嫂子，您放心，幼林没事儿。"

霍震西带着张幼林漫步在一片僻静的小树林里，霍震西教训着："看你这点儿出息！哼！要不怎么说百无一用是书生呢。"

张幼林不服气："书生怎么啦？那几个搞变法的人哪个不是书生？人家才真正是忧国忧民呢。"

"你还不服气？给你打个比方吧，你走夜路碰上个劫道的，人家让你把银子留下滚蛋，要不就宰了你，可你小子呢，硬是要和强盗讲理，告诉强盗这么做不对，还劝他去投案自首，你说说，强盗会怎么办？"

张幼林不假思索："杀了我呗。"

"对了，非宰了你不可，因为人家的理和你的理不一样，两家讲不到一块儿去，你们读书人就容易犯这个毛病，总以为自己的理就是天下的理，逮谁和谁讲理，闹不好就把脑袋给讲丢了。"

张幼林想了想："大叔，您的意思是，这变法的六君子就是跟强盗讲理，所以才被杀了？”

霍震西点点头：“没错，这个狗屁朝廷就是强盗，对付强盗的办法只有两个：要么跑，惹不起就躲；要么下手宰了他，没别的办法。康有为、梁启超都是聪明人，人家跑了，不像这几位，还眼巴巴指着皇上撑腰呢，结果丢了脑袋。”

“大叔，人家六君子不是要推翻朝廷，是要改良，您呢，是要推翻朝廷，你们两家想的也不一样，到底哪个更好……”张幼林叹了口气，“唉，我也闹不明白。”

“幼林，你听说过同治年间西北回民大暴动吗？”

“听说过，那场暴动持续了十几年，波及陕、甘、宁地区，后来是被左宗棠平定的。”张幼林看着霍震西，霍震西拍拍他的脑袋：“嗯，你小子知道的事儿还不少，我年轻时参加了那次暴动，跟着白彦虎大帅一直打出了阳关，后来白大帅率部进入俄国，我才回到甘肃。这么说吧，对这个朝廷，我是从来不抱什么希望的，我们回族人不喜欢这个朝廷，只要有机会就要反抗，打不过失败了也没关系，我们从头再来，一代人干不成就世世代代跟它干，至少要让它知道，我们回族人不是好欺负的。”

张幼林站住了：“大叔，你们还要干吗？”

“当然，我们正在做准备，时机一旦成熟就举起义旗反他娘的，所以说，对付这个狗屁朝廷就不是什么改良的事，得拿起家伙跟它真刀真枪地干，今天刑场上死的那几位，实在是死得太窝囊。”

“大叔，今天您去刑场干什么？您身边好像还有一些人，那个高个子大汉是谁？”

“那是大刀王五，一身的好功夫，也是个回族人，在京都一带很有名，我和他是老朋友了，今天我们去菜市口是打算劫法场救谭嗣同的，可到刑场一看，清兵戒备森严，实在找不到机会下手，就这么眼睁睁地看着他们被杀，心里真是憋气啊！”

张幼林睁大了眼睛：“您认识谭嗣同？”

霍震西摇摇头：“不认识，王五和他是朋友，我是帮王五的忙。谭嗣同这个人犟得很，那天我们得知衙门里要来人抓他，我和王五还专门去了他家一趟，劝他躲一躲。我们把嘴皮子都说破了，我说谭爷，您要没地儿去，就躲我们西北去，那边天高皇帝远，是我们回族人的天下，朝廷那帮鹰犬，再借他几个胆儿也不敢到那儿去抓您。话都说到这个份儿上了，谭爷还是死活不走，我和王五没辙啦，知道这人是劝不动了，谭爷自个儿不想活了，我们也没办法。就这么着，我们前脚走，谭爷后脚就让衙门拿进大牢啦，唉，谭爷还真是条汉子。”

“谭嗣同先生真是英雄啊！”张幼林赞叹着。

“英雄倒是英雄，就是死得不值，还是我那句话，你别指望这个狗屁朝廷能改良什么，就得拿起刀枪打垮它。”霍震西做了个手势。

"大叔，照您说的，打垮它，可是打垮以后呢？"

"那……我就不知道了。"霍震西似乎没太想过这个问题。

爷俩说着话走出了小树林，他们路过莲花寺，看到这里已然布置成了六君子的灵堂，挽联飞舞、挽幛低垂，京城朝官、在京的举人及各界人士已经陆续来吊唁了。

王雨轩和杨宪基正在向里面走去，王雨轩擦着眼泪："杨兄……这叫什么事儿啊！"

杨宪基摇头叹着气："唉！咱们也只能是送送啦……"

张幼林目睹着这一切，心灵受到了巨大的撞击。

庄虎臣再次来到额尔庆尼府的时候，额尔庆尼正在院子里兴致勃勃地逗鸟儿。用人把庄虎臣让到了石桌旁坐下，额尔庆尼的心思显然还在鸟儿上，对庄虎臣点了个头："庄掌柜的，您真守信用啊。"

"买卖人嘛，不守信用，那还成？这是揸笔的样品，您验验货。"庄虎臣把随身带来的一个檀木匣子打开，递给额尔庆尼，额尔庆尼接过来看了看，没说什么，又放下了。

庄虎臣又把随身带来的另一个檀木匣子打开，双手奉上："这是当年乾隆爷用过的。"

听到"乾隆爷"仨字儿，额尔庆尼似乎有了些兴致，他把鸟笼子挂起来，洗净了双手，恭恭敬敬地从檀木匣子里取出揸笔，仔细地看着。揸笔的笔管上涂着黑漆，上面刻着"赐福苍生"四个金灿灿的大字。额尔庆尼看了半晌，疑惑地问道："是乾隆爷用过的吗？"

"没错儿，您看这'赐福苍生'四个金字儿，除了皇上，平常人谁担当得起呀？"

额尔庆尼翻了翻眼皮："庄掌柜的，你那个荣宝斋才开了几年呀？能有乾隆爷使过的东西？您蒙我呢吧？"

庄虎臣赶紧解释："荣宝斋开了是没几年，可松竹斋您听说过吗？"

"松竹斋，当然听说过，打小儿我使的文房用具都是从那儿买的。"

"那是一家老字号了吧？"

额尔庆尼点点头："没错，是老字号。"

"松竹斋原来那掌柜的是我兄弟，松竹斋倒闭的时候，我兄弟就把他那货底子都盘给我了。"

额尔庆尼还是半信半疑："货底子里有这揸笔？"

"对喽，额大人，有年头儿的！"庄虎臣凑近额尔庆尼的耳边小声说道，"这笔是当年乾隆爷让人在松竹斋订制的，乾隆爷使过一次就赏给了一个姓王的太监。这王公公是松竹斋的常客，有时候手头儿缺银子了，就把皇上赏的东西作价卖给松竹斋，反正他手里有的是好东西。这么说吧，这揸笔是松竹斋制作的，本来不值钱，可乾隆爷用它写过字儿，这就不一般了，到现在没个几百两银子拿不下来。”

额尔庆尼很是惊讶：“值几百两银子？”

“那是，乾隆爷是什么身份？别说是他老人家使过的笔了，就是乾隆爷使过的夜壶怎么样？它就不是夜壶了，到了凡人手里，闹不好就供在祠堂里当传家宝了，也值老了银子啦。”

额尔庆尼这下高兴起来，他试探着：“那我这看完了……再给您送回去？”

庄虎臣摆摆手：“哪儿能啊，额大人，这是专门孝敬您的！”

“孝敬我的？哎哟，这是怎么话儿说的？要是这样……那我可就不客气了！”额尔庆尼喜上眉梢，庄虎臣又递上了一包文房用品：“这些都是荣宝斋监制的东西，您先使着，使完了就差人告诉我，再给您送过来。”额尔庆尼打开包裹瞄了一眼：“庄掌柜的，您真是太客气了，谢谢，谢谢！”

“额大人，听说这两天朝廷里出了大事儿，您没什么不方便吧？”庄虎臣压低了声音问，额尔庆尼端起茶碗喝了口茶：“托老佛爷的福，我挺好，其实也没什么大事，不过是杀了几个新党。要让我看，早该杀他们，大清国立在这儿二百多年了，规矩是早定下的，岂能是几个新党想改就改的？不杀他们，还有王法吗？”

“那是，那是，我不过是个买卖人，江山社稷的大事儿我是不懂啊，只要额大人好好的，我心里就踏实，往后，宫里有什么需要的，您也想着点儿荣宝斋。”

额尔庆尼点点头：“这我心里有数儿。”

从额尔庆尼府里出来，庄虎臣脚步轻快，心生欢喜，他没有回荣宝斋，而是到宝韵阁请周明仁喝酒去了。

·第十一章·

琉璃厂街上依旧是行人稀少，各家铺子的幌子在秋风里有一搭、无一搭地飘着，显得分外萧条。

荣宝斋的大门前停着一辆送货的马车，上面是堆成小山似的宣纸，庄虎臣一边验货，一边指挥着张喜儿、宋栓往里搬。他看见王雨轩从东边走过来，赶紧停下手里的活儿迎上去："呦，王大人，您可是老没来了。"

王雨轩叹了口气："唉，朝廷里出了这么大的事儿，哪儿还有工夫出来闲聊啊。"

"甭管出了什么事儿，咱不是还得过日子吗？您每天办完公事，回家也是待着，不如在荣宝斋喝喝茶，聊聊天，再不济逛逛琉璃厂，也比在家待着强，您说是不是这个理儿？"庄虎臣陪着王雨轩进了铺子，直接让到了后院东屋。

"刑部杨大人还没到吗？"王雨轩进了东屋有些意外，他琢磨着，"按说不会呀，他早该到了。"

"嗨，保不齐杨大人被什么事儿缠上了，得，您请坐，喝碗茶，慢慢等着。"庄虎臣安顿好王雨轩，又到外面验货去了。

他刚跨出门槛，就看见左爷带着黑三儿、柴禾等喽啰从对面的铺子里晃出来，向荣宝斋张望着。庄虎臣心里一紧，他犹豫了片刻，还是满脸堆笑着迎了上去："哎哟，这不是左爷吗？怎么着，到我们铺子里坐坐？"

左爷瞟了他一眼："庄掌柜的挺会做人啊，后面有人撑腰还这么客气？免了吧，省得那位霍爷又找我麻烦。"

"这是哪儿的话？我跟霍爷不认识，天地良心，我可没有要得罪左爷的意思。"

左爷摆摆手："这你不用解释，霍爷不是你招来的，是你们那位少东家招来的。庄掌柜的，有句话我不知当说不当说？"

庄虎臣点头哈腰："您说，您说。"

"霍爷身上长着腿儿，今儿个住在京城，明儿个没准儿就是西北了，可荣宝斋……好像没长着腿儿吧？"

"左爷说得没错儿，荣宝斋是没长腿儿，还得戳在琉璃厂，还得指望您左爷照应，这点我心里明白着呢。"

“明白就好，庄掌柜的，你还真是聪明人啊。”左爷的话意味深长，庄虎臣心里明镜似的，他赶紧接过话来：“左爷，您客气了，常言道，水大漫不过桥去，我庄虎臣知道好歹。”黑三儿不耐烦了：“姓庄的，你他妈别猫哭耗子假慈悲，你嘴上谁也不得罪，其实心里巴不得我们左爷倒霉，不就是那个姓霍的给荣宝斋戳着吗？行啊，咱走着瞧，有能耐你就给荣宝斋安上轮子，让姓霍的推着走。”

这时，身穿官服的杨宪基从远处走来，左爷这几个人引起了他的注意。

庄虎臣没看见杨宪基，他依旧点头哈腰地说：“这位兄弟可是言重了，庄某担待不起啊，就算我得罪了左爷和弟兄们，你们也得给我指条明道儿，庄某该怎么做，这事儿才算完？”

“哎哟，庄掌柜的，你甭看我，我可什么都没说，刚才我兄弟说什么了？我什么也没听见啊。”左爷装傻充愣，柴禾见状向前跨了一步，以息事宁人的口吻说道：“怎么才算完？这你该明白呀，按老规矩走不就完了，不就是点儿银子的事儿吗？”

“得，左爷，您稍候，我给您开银票去……”庄虎臣转身刚要走，杨宪基走过来：“等等，庄掌柜的，这几位是谁呀？”

“哟，是杨大人来啦？您里面请，王大人在里面等您呢。”庄虎臣应承着，又看了看左爷，“这几位也不是外人，都是附近的朋友……”

杨宪基背着手审视着他们：“朋友？我看不像，倒像是街头的泼皮无赖，怎么着，他们想敲诈你？”

庄虎臣慌忙否认：“没有，没有……”

“这样吧，你们几个，一会儿跟我到刑部衙门走一趟，是不是敲诈，咱们总能搞清楚。”杨宪基不怒自威，左爷和喽啰们都被吓住了。

左爷急忙解释：“大人您误……误会了，我和庄掌柜的，的确是……是朋友……”

杨宪基眼睛一瞪：“哼！我太知道你们都是什么朋友了，光天化日的在京师之地、天子脚下敲诈勒索，想造反是不是？”

“不敢，不敢，大人息怒，小的不敢……”左爷低下头来，杨宪基挥挥手：“那就都给我滚！”

左爷带着喽啰们仓皇离去，庄虎臣一个劲儿地给杨宪基作揖：“多谢杨大人，多谢杨大人出手相助……”

杨宪基自嘲地抖了抖官服：“如今这身官服也只能吓唬吓唬地痞无赖啦。庄掌柜的，您就等着改缙绅吧！”说完，径直走进了铺子。

来到后院东屋，杨宪基和王雨轩寒暄过后，庄虎臣一边倒茶，一边试探着问：“杨大人，您是要调任？”

杨宪基用鼻子哼了一声："调任？要是调任还好呢，唉，贬啦！"

庄虎臣瞬间愣住了，王雨轩睁大了眼睛："贬啦？凭什么贬你啊？"

"你说，这六君子脑袋都掉了，凭的又是什么呀？"说到这儿，杨宪基反倒平静了。庄虎臣不便再待下去，就借故离开了。

"刘光第的案子牵连上我啦，老佛爷算是开恩，没把我拿进大牢问罪，只是贬了官，已经算是皇恩浩荡了。"杨宪基端起茶碗喝了口茶。

王雨轩急着问："怎么回事？"

"刘光第入狱后，我利用职务上的便利偷偷去看过他，他在大狱里写了一首诗，托我在适当的时候呈给皇上，我答应了，可后来被狱卒告发了，老佛爷震怒，本想重办我，后来又念及我多年为官清廉，来了个从轻发落，只是削职为民了事。"

王雨轩感叹着："杨兄啊，伴君如伴虎，这是从我们打算入仕那天起就明白的道理，大家心里都有数儿，官场如同赌场，一宝押下去，是福是祸就看你的造化了，您虽说被贬了官，可命还在，保不齐哪天又东山再起呢，您还是得想开点儿。"王雨轩站起身，在屋里踱着步，"唉，变法呀变法，难啊！不变法吧，大清国积重难返，净受洋人欺负；变法吧，闹不好又把脑袋给变没了，这可如何是好呀！"

杨宪基也站起身："得，我该回去了，不瞒您说，我被贬官的事，家里人还不知道呢，我得回去料理一下。王兄，宪基这就告辞了，多保重！"

王雨轩给杨宪基作揖："杨兄保重！"

已经是傍晚时分，斜阳西下，秋月坐在院子里一丛迎风摇曳的南竹前埋首抚琴，外面传来了敲门声，小玉从厨房里跑出去开门。

来人是杨宪基，他迈进门槛，院子里传来的是舒缓、缥缈的琴声，如行云流水，悠然、散淡，杨宪基停住脚步，凝神细听，半晌，不禁脱口而出："好境界！"

秋月站起身迎上去："大人，今天怎么晚了？"

杨宪基苦笑着："忙着办些公文移交的事，耽误的时间长了，好在从此就不用去衙门里办公了。"秋月皱起眉头："怎么了？"

杨宪基长长地舒了口气："老佛爷有旨，宪基被削职为民了！"

听到这意外的消息，秋月好一会儿才回过神来："为什么？"

杨宪基无可奈何地指着自己："说我跟维新变法的人搅在一块儿！"

"您为自己申辩啊？"

"眼下，维新变法是跳进黄河也洗不清的事儿，谁听你申辩啊？"杨宪基在石桌旁坐下，无奈地说，"过几天，我就要到芳林苑去种地啦！"

"大人，芳林苑在哪儿？"

"远啦，嗨，不提这烦心事儿了！"杨宪基摇摇头，随口吟出了下面的诗句：

世味年来薄似纱，谁令骑马客京华。
小楼一夜听春雨，深巷明朝卖杏花。

秋月稍加思索："陆放翁的诗……"随即她来到琴案前，略一定神，轻舒秀腕，吟唱出诗的后半阕：

矮纸斜行闲作草，晴窗细乳戏分茶。
素衣莫起风尘叹，犹及清明可到家。

杨宪基沉浸在诗境当中，站起身在小院中漫步："陆放翁闲居六年，他回想一生当中，力主抗金，希图改革时政，却屡屡遭到贬谪，深感世味淡薄如纱……"

秋月在琴声的余韵中缓缓站起："夜来的春雨声，晨起深巷里传来的卖花声，给陆放翁的生活平添了一层幽静，倒也悠然自得。"

杨宪基驻足，苦笑着："悠然自得？恐怕是难排寂寞吧！"

"芳林苑，名字怪好听的，我也搬去，与您同住。"秋月来到杨宪基的身边。

杨宪基凝视着她，怜惜地抚摸着她的秀发："舍去秦淮河的莺歌燕舞，随我隐名到这京城是非之地，已经够委屈你的了！"他轻轻地把秋月揽在怀里，"蹉跎人间事，难全两情缘！此行路途遥远，我先去看看再说吧。"

秋月伏在杨宪基的肩头，不禁黯然泪下。

片刻，秋月抬起头来，心想，不能再给他添烦恼了，于是擦了擦眼泪，坐回到琴案前，在香炉里又燃上几炷香，微调琴弦，目露秋波地一瞥杨宪基，额头略微一点，再次轻舒秀腕，一曲《卿盼君归兮》舒缓、温润，又不失妩媚地从秋月的指尖流溢出来。杨宪基开始还随着琴声凝息静听，慢慢地，曲调由慢转快，逐渐清脆、激越，杨宪基的精神亦随之一振，他大声喊道："小玉，拿我洞箫来！"

小玉将洞箫递给杨宪基，他和着琴韵吹奏起来，此时琴声渐缓，箫声渐起，琴箫合奏，婉转回旋……

已经接近午夜了，皓月当空，琉璃厂一条街上静悄悄的，只有荣宝斋里烛光摇曳、人影晃动，还是一派忙碌的景象。

柜台上放着已经挑选出来的毛笔，张喜儿嘴里念叨着："羊毫、狼毫、点花、兰竹、十八描……掌柜的，核对完了，没错儿。"

“那你到后院把玉版宣都找出来，数个数儿，看看有多少。”庄虎臣吩咐着，张喜儿去了后院，宋栓手里一边捆着墨，一边困得直打瞌睡。庄虎臣走过去捅捅他：“嘿，你干吗呢？”宋栓睁开眼睛，一激灵。庄虎臣不禁心生怜惜：“要不然，你先趴着睡会儿？”

“掌柜的，我不困了。”宋栓站起来，在原地蹦了几下，又坐下继续捆墨。

庄虎臣看着四周堆集的文房用品，感叹着：“铺子买卖好，咱们就得多受累！”

得子赶紧回答：“我们不怕受累，掌柜的，您不是也在这儿吗？”他一边裁着纸，一边兴致盎然地问：“掌柜的，我裁的这纸，到时候都是给皇上用的？”

庄虎臣点着头：“应该是皇上用，在康熙爷、雍正爷、乾隆爷、嘉庆爷这四朝，每年都是皇上亲自开笔书福，往后，皇上就不亲自动笔了，让南书房的那些翰林帮着写。”

“那也算是皇上写的？”

“当然了，都算是皇上写的。”庄虎臣目测了一下得子裁出的六吉纸的数目，摇摇头：“还不够。”

得子睁大了眼睛：“还不够？”

“那是，你算算，这王公大臣、内廷侍从，再加上全国各省的总督、将军、巡抚大员，人可扯了去了。”

得子想了想：“那这点纸可不够写的。”

“你那个是一半儿，等张喜儿倒腾过来，你接着裁玉版宣。”

张幼林从荣宝斋的门口路过，好奇地走进来，不禁吃了一惊：“师父，这是怎么回事儿？”

庄虎臣喜形于色：“幼林，大喜事儿，宫里跟咱荣宝斋订货啦！”

“真的？”张幼林恍惚了片刻，立即反应过来，“您的意思是，从此咱荣宝斋就……”庄虎臣接过话来：“就走上坦途了，我说伙计们，一会儿完了事，咱得弄点儿酒庆祝庆祝。”众人欢呼起来，张幼林也脱掉长衫，和大家一起忙活。

在荣宝斋的历史上，这批来自宫中的订货显得格外重要，这意味着一个不起眼的南纸店，从此有了雄厚的依托背景和不断增长的知名度，正如庄虎臣所言：从此，荣宝斋走上坦途，成了享誉中外的名店。

在承德北部的木兰围场，贝子爷身穿杏黄色的猎装，带领着额尔庆尼等一队皇亲贵胄正在纵马驰骋，追赶一只豹子。只见贝子爷稳稳地坐在飞驰的枣红马上，气定神闲，张弓一箭就射中了豹子的左后腿，围猎的人们发出一片欢呼声，并迅速追赶上去，把这只受了伤的豹子驱赶到一片林间的空地上，团团围住。

“你再狡猾也逃不出我的手心儿。”贝子爷看着还在挣扎的豹子，心满意足地说道，他环顾左右，“这儿就交给你们了。”随即转身策马离去，额尔庆尼跟了上去。

贝子爷在一片茂盛的草甸子上下了马，松开缰绳，任马儿尽情地吃着草，他解下随身带着的水囊喝了几口水，而后递给了额尔庆尼。额尔庆尼接过水囊并没有急于喝水，而是笑吟吟地看着贝子爷：“阿哥，我瞧出来了，你今儿可是玩痛快了。”

“那是，维新变法闹腾了这么些日子，终于有了了结，我这心也踏实下来了。”

贝子爷盘腿坐下，额尔庆尼也凑到他身边：“大清国祖宗定下的章法，哪能说变就变啊。”

“该变也得变，不过，怎么个变法儿，这里头的学问可就大啦！”

额尔庆尼附和着：“你说的是，这回跟着吃瓜落儿的可就倒霉了，听说，刑部左侍郎杨宪基也跟着卷铺盖了。”

“杨宪基？”贝子爷思忖了片刻，摇摇头，“没听说过。”

“你怎么忘啦，就是从秦淮河赎出秋月姑娘的那个杨宪基啊。”

经额尔庆尼这一提醒，贝子爷的眼睛突然一亮，露出了艳羡的神色：“那姑娘可是美貌倾国倾城啊，诗词歌赋也样样在行，杨宪基没那艳福。”贝子爷转念一想，“哎，他卷铺盖了，秋月姑娘怎么着了？”

“这就不知道了，听说惦记她的人不少。”

“嗯？这倒有点儿意思了，这么好的姑娘居然没主儿啦。”贝子爷似乎是陷入了沉思，差不多就是从那一刻起，他也开始打起了秋月的主意。

春节将至，京城的大街小巷、各家各户的大门已经贴上了崭新的吉祥对联。馄饨挑、卖烫面饺儿、卖甑儿糕的和各类贩夫走卒串街走巷，小贩们沿街吆喝着：卖新历书、月份牌儿，卖新年画……好一派过年的景象。

张家的堂屋里，张李氏、张山林、张幼林和庄虎臣围坐在一张八仙桌旁说笑着，用人端上来从京城最有名的糕点铺、位于前门外煤市街的“正明斋”订购的内府玫瑰火饼、奶油萨其马、杏仁干粮、鸡油饼和蜂蜜蛋糕。

张李氏夹了一块萨其马放在庄虎臣面前的盘子里：“这些年，虎臣你真没少受累啊。”

庄虎臣谢过，诚恳地说道：“东家信得过，裉节儿上能放手让我大胆去做，没有您的鼎力支持，光凭我庄虎臣，能干成什么呀？”

“虎臣啊，你做事精明，有远见，荣宝斋这个台子已经给你搭起来了，往后，生、旦、净、末、丑，随你怎么演，只要铺子里的买卖能够蒸蒸日上，我们都会支持你！”张李氏面露笑容，庄虎臣也心情舒畅：“一门心思干事儿，身子后头没人给你穿小鞋儿，就不愁干不好。”

“这点你尽管放心，我们既然请你来当掌柜的，对你就是一百个信任。”张李氏停顿了一下，接着说，“我和山林商量了，以往按琉璃厂的老规矩，年终分红，是东六伙四，咱荣宝斋从今年开始，破掉这老规矩，年终分红，东家和伙计各占一半！”

庄虎臣一时愣住了，张李氏又重复了一遍：“从今年开始，荣宝斋年终分红，东家和伙计各占一半！”说着，张李氏递过来一个沉甸甸的大红包，庄虎臣接过红包，激动得一时没说出话来。

张幼林嗑着瓜子：“从我爷爷那辈开始，我们张家就没有一个会做生意的，多亏了我师父，我看分红按东四伙六也应该，有本事的人就该多分红。”

庄虎臣呵斥道：“幼林，怎么胡说八道？这是你该说的吗？”

张山林拍拍庄虎臣的肩膀：“你为我们张家的买卖尽心尽力，我们张家是不会亏待你的！”

庄虎臣站起身，激动地给张李氏深深地鞠了一躬：“感谢东家的知遇之恩，我庄虎臣有九分力，绝不使八分，只要咱们大家能拧成一股绳儿，荣宝斋的好日子还在后头呢！”

从张家出来，张幼林和庄虎臣并排走在椿树胡同宽敞的大道上。道路两旁，椿树茂密的枝杈昂首伸向蔚蓝色的天空，寒风袭来，发出“沙沙”的响声。庄虎臣站住：“幼林，天儿冷，回去吧，别送了。”

“再走走，师父，过几天我要去清苑的北洋师范读书了。”

“清苑？”庄虎臣想了想，“不近哪，都过定州了，你不是在同文馆吗？干吗要跑到那儿去？”

“嗨，还不是因为变法的事儿，”张幼林神色黯然，“同文馆的不少教习和学生都是维新派人士，朝廷正在收拾这些人，被抓的被抓，逃跑的逃跑，我们这些没事儿的也没心思继续读书了，不如干脆换个学堂，我就和几个同学转到北洋师范去了。”

“那继林少爷呢？”庄虎臣关切地问，张幼林眺望着远方：“他还在同文馆，我这位堂兄是个天塌下来也不管的主儿，他只会一心一意读他的书，不关心什么变法不变法的。”

“你这一走……我还真有点儿舍不得。”庄虎臣的手搭在了张幼林的肩膀上。

“我也舍不得您，师父，往后铺子里的事儿就全靠您支应了……”师徒俩聊着，身影消失在南来北往的人流中。

自从杨宪基离开京城后，秋月便想出各种办法试图搭救他。这天中午，秋月又把伊万约到了“圣彼得堡”咖啡厅。一架白色的钢琴摆在大厅的中央，印度籍的侍应往来送着咖啡、甜点，伊万和秋月相对而坐，桌子上是两杯冒着热气的咖啡。伊万仔细地赏玩着手里的一只白色的玉手镯，秋月轻声说道：“这是我家祖上在朝廷里做官的时候，乾隆爷赏的……”

听到“乾隆爷”三个字，伊万抬起头来，语调也有些兴奋：“要说你们大清国的皇帝当中，论书画、玉器、文物赏玩样样在行的，可就数乾隆爷了，他当皇帝的这几十年里是遍收民间的精品……”

秋月愁容满面，显得心不在焉，伊万知道她心情不好，也就收住了话头。沉默了片刻，伊万喝了一口咖啡，又闲聊起来：“哎，秋月小姐，你们中国的历史上，有那么几位皇帝雅好收藏，只是可惜……除了乾隆皇帝的，其他都没留下来。”

“哦，你说说，都有哪几位皇帝呀？”秋月应承着。

“隋炀帝和宋徽宗都是喜欢收藏的皇帝，就说隋炀帝吧，他收集的书画，在运输的过程中，船翻了，都沉到了河里；宋徽宗的藏品，被金人抢走了，不知所终。”伊万摇头叹息。

“宋徽宗的书画堪称一流，可他做皇帝很糟糕，如果他只是怡情翰墨，没准儿能愉快地过一辈子，还能给后辈子孙多留下点儿书画遗产。”秋月似乎对话题有了些兴趣，伊万就更来精神了，他把手镯放在了桌子上：“宋徽宗这种皇帝固然不是好皇帝，但光绪皇帝又怎么样呢？他倒是想为江山社稷励精图治，振兴大清国，只可惜，他没这个能力，光有宏图大志，不具备实现目的的手段，其结果必然很悲惨，维新变法没玩好，这不就被软禁啦？”

秋月不大同意伊万的观点，她争辩道：“光绪还是个好皇上，如果他没有宏图大志，不广招天下英才变法维新，他满可以活得很舒服，何至于被囚禁？”

“我看，变法维新不是嚷嚷出来的，得有实力，说白了，光绪皇帝的实力不够，用你们的话说，叫胳膊拧不过大腿，只好做了人家的阶下囚。问题是，他还不是输得最惨的，那些追随他参与变法的人结局最悲惨，他们连脑袋都输掉了。”

秋月紧张地环顾四周：“您小声点……”

此时，琴声响起，一位穿着燕尾服的洋人神情悠然，他在演奏俄罗斯作曲家穆索尔斯基的钢琴组曲《图画展览会》的片段。弹琴者是位高手，技巧上的难度被他处理得轻松自如，加之音乐本身丰富的色彩与奇特的想象，立刻就把秋月吸引住了，她不禁沉浸其中。

一曲终了，秋月回过神来，伊万拿起了玉镯：“这副玉镯的成色不错，是和田玉。

当年乾隆皇帝平定了准噶尔部的叛乱，打通了新疆到京城的通道，和田玉就源源不断地进贡到紫禁城来了，据我所知，最多的时候，一年能有一万多斤。”

秋月觉得不可思议：“伊万先生，您好像什么都知道。”

“当然，我是中国通嘛，不然俄国大使馆凭什么聘我做雇员？”伊万的脸上浮现出得意的神情，继续说道，“秋月小姐，我很欣赏贵国的乾隆皇帝，此人既有文韬又有武略，是个很有作为的皇帝。”

秋月睁大了眼睛：“天哪，你很欣赏……皇帝？你该知道，在我们国家用这种口吻谈论皇上可是要被杀头的，这叫大不敬。”伊万微笑着：“对不起，我不是大清国的臣民，贵国的皇帝即使不喜欢我，也没有权力杀我的头。更何况，我是在夸奖乾隆皇帝，我认为他是个很有眼光的人，当时扬州有个官员，进贡了一把精心雕刻的镂空玉壶，满心想得到皇帝的夸奖，可没想到，乾隆皇帝大发脾气，说：拿这没用的东西干什么来！”

秋月不置可否：“怎么是没用的东西？难道玩还要有用吗？”伊万点点头：“这就是乾隆皇帝的高明之处了。秋月小姐，您想想，这壶是做什么用的？”

“装水呀，盛酒也行。”

“对呀，装水的壶，要是都镂空了，那水还不都漏出去啦？”

秋月思索片刻：“乾隆爷的意思是，赏玩也要实用？”

“秋月小姐真是冰雪聪明！”伊万由衷地赞叹着，而后继续说道，“乾隆皇帝具有很强的操作性，他这样的人适合管理国家。咱们还拿赏玉来说吧，乾隆皇帝刹住了江南掀起的一股奢靡之风，提倡厚重、仿古的器物，从艺术的角度来看，乾隆皇帝也称得上是鉴赏大家了。”

“乾隆爷驾崩以后，他收藏的字画、玉器都怎么样了？”

“驾崩？驾崩是什么意思？”伊万没听明白，秋月有些嗔怪：“您这个中国通怎么连这都不懂？驾崩就是死了。”

伊万恍然大悟：“噢，驾崩就是死了，您等一等……”伊万从西装的口袋里掏出了那个小本子，把新学到的词记上。合上本子，伊万接着说道：“乾隆皇帝死了以后，他的儿子嘉庆皇帝，显然对父亲的珍宝没什么兴趣，就把它们在宫里封存了。至于这副玉镯，当年要不是乾隆皇帝把它赏给了您的祖上，也许今天还躺在紫禁城的某座宫殿里睡大觉呢。”

话题越扯越远，秋月拉回到眼前，她认真地问：“伊万先生，您觉得这玉镯怎么样？”

“上好的和田玉，洁白无瑕，温润无比。秋月小姐，这是件好东西，您应该好好留着。”

秋月试探着："您想要吗？"

伊万感到意外："为什么要把它卖掉呢？"

"我需要银子。"秋月直言不讳。伊万很惊讶："您能告诉我理由吗？"

秋月目光暗淡："杨大人被贬了，我得想办法帮他。"

伊万思忖着："杨大人是朝廷高官，他应该很有钱呀？"

"他从秦淮河赎我出来的时候，花了一万两银子，这回贬官，又被抄了家，现在可一贫如洗了。"

"哦，是这样，那好吧，这玉镯我要了，请您开价，我绝不还价。"

秋月的眼睛里霎时涌出了泪水："伊万先生，谢谢您！"

左爷和黑三儿、柴禾走进了琉璃厂东头的明远楼茶馆，茶馆的伙计迎上来，点头哈腰的："哎哟，这不是左爷吗？您老可是有日子没来了，您坐，您坐，我这就给您泡茶去。"

左爷在靠窗子的一张桌子旁坐下，傲慢地吩咐着："给我来壶碧螺春，记住！要明前的茶，你别想拿次茶来糊弄我，左爷我一品就能品出来。"

伙计赔着笑脸："哪儿能呢？左爷您是什么身份，我哪儿敢用次茶糊弄您？您稍候！"伙计转身刚要离开，被黑三儿叫住："等等，老规矩还记得吗？"

伙计眼珠子一转："哟，这您可得提个醒儿，老规矩是……"

"云片糕、瓜条儿、葵花子儿、葡萄干儿各一碟，你小子是什么记性？"柴禾明显地不耐烦，伙计的脸上又堆起了笑容："想起来了，想起来了，我马上去拿，对不住您哪，左爷不是有日子没来了嘛，我把这老规矩给忘了，几位爷多包涵！"

黑三儿瞟着伙计的背影："左爷，瞧见没有？这小子在装傻充愣，这要搁在以前，咱就是借他几个胆子，也不敢忘了左爷的规矩，现在……唉！"

柴禾也接上话来："左爷，昨儿个我派了两个弟兄下去收银子，您猜怎么着？琉璃厂这一条街的店铺，只收上往常一半儿的银子，有些店铺一见了我的人就哭穷，说是生意不好，绕来绕去的，就是不交银子，这是来软的，还有的店铺干脆来硬的，说左爷您已经罩不住琉璃厂了，还好意思收保护费？慧远阁的王掌柜说话更难听……"

柴禾顿住了。

左爷一拍桌子："说！大爷我听着呢！"

柴禾的声音低下来："他说……左爷让人拿刀架在脖子上，连个屁都没敢放，从此算是栽了，别说是罩着琉璃厂、收保护费，他能不能保护自个儿都难说……"

左爷脸上的肌肉猛地抽动起来，但他马上克制住自己，装出若无其事的样子：

“人嘴两张皮，想说什么由他去，咱还能把人家嘴堵上？”

“您说的是，您说的是。”黑三儿赶紧打圆场。

伙计端上茶来，左爷悠闲地品着，漫不经心地问道：“霍震西最近怎么样啊？我还挺想他的。”

黑三儿凑到他的耳边，轻声说道：“您放心吧，我早派人盯上他了，听我的人说，霍震西最近正在置办货物，准备回西北。”

左爷一下子直起身子：“消息可靠吗？”

“应该是八九不离十，从他置办的那些货就能看出来，有茶叶、绸缎和布匹，还有文房用具，要不是回西北，他买那些东西干什么？”

左爷仰天狂笑：“老天有眼啊，机会来啦，姓霍的，你的大限到了！”柴禾给左爷添上茶：“我明白了，对这姓霍的，左爷您早有打算？”

左爷拿起一粒葡萄干放进嘴里：“小子，这么说吧，左爷可不是能随便得罪的，谁得罪了左爷，不死也得让他脱层皮，一会儿你预备几样礼品，拿着我的帖子到京东东皇庄找一下老康，就说我想见他，有要事相商。”

“左爷，这个老康是什么人？”

左爷朝左右望望，小声答道：“这儿没外人，对你们两个我也不相瞒，听说过‘草上飞康小八’吗？”

柴禾吃了一惊：“康小八？老天爷啊，那是个职业刺客、江洋大盗，江湖上的名声如雷贯耳。”

“老康就是大名鼎鼎的‘草上飞’？”黑三儿摇着脑袋，“真没想到……”

左爷凶狠地盯着他俩：“都给我把嘴闭严了，这件事要给我烂在肚子里，打死也不能说出去，我可把丑话说在前头，往后谁把‘草上飞’的字号露出去，可别怪我翻脸不认人。”

“是！左爷，谁要走漏了消息，天打五雷轰！”黑三儿抢先表了态，柴禾也不甘示弱：“左爷，帮里不是有规矩吗？谁要坏了规矩，该怎么办就怎么办……”

贝子爷和额尔庆尼并排坐在行驶的马车里，额尔庆尼显得忧心忡忡：“阿哥，你说，义和团会不会也闹到京城来？”此时，马车路过“圣彼得堡”咖啡厅，贝子爷还没顾上答话，他透过车窗看见秋月和伊万从里面走出来，立即让车夫停下，小声嘀咕着：“秋月姑娘和洋人还搅和到一块儿去了？”

“秋月姑娘？在哪儿呢？”额尔庆尼也凑到了窗户前。

马路的对面，伊万彬彬有礼地问道：“我送送您吧？”

秋月摇摇头：“谢谢，伊万先生，我想一个人走走。”

伊万也不勉强，他上了马车："有什么事需要帮忙，就来找我。"

秋月挥手作别："谢谢，再见！"

伊万坐的马车远去了，秋月漫步在使馆区安静的街道上想着心事。

贝子爷的目光跟着秋月移动着，他吩咐车夫："掉头，跟上那位姑娘。"

秋月走了不多远，只见张幼林背着书包从前面一处宅院的侧门里出来，她一愣，喊了一声："幼林！"

张幼林转过身，见是秋月，立即眉开眼笑地跑过来："秋月姐！"

秋月满脸狐疑："你怎么回来了？"

"洋教习过洋节，我们也跟着放假，我还没回家呢，先过来把洋教习托我带的东西交给人家，没想到就碰见你了。秋月姐，咱俩真有缘……"秋月的脸上也有了笑模样，两人在街上亲热地一边聊着，一边向前走。

马车里的贝子爷感到挺纳闷："这位小爷又是谁呀？怎么秋月姑娘一见到他就高兴了呢？"

额尔庆尼摇摇头："没见过。"

"你差人打听打听。"

秋月和张幼林在街的拐角处消失了，贝子爷这才依依不舍地吩咐车夫原道返回。

按照庄虎臣的安排，得子接长不短地就跟三郎小聚一次，为的是从他口中打听额大人的动向，把牢荣宝斋与宫中的买卖。那天晚上，在珠市口的一家小饭铺里，得子和三郎已经吃完了饭，正在喝茶聊天儿，三郎煞有介事地问："得子，你听说了吗？前些日子，在温泉的煤洞里挖出了刘伯温的预言碑。"

得子摇摇头："没听说，那碑上写着什么呀？"

三郎一边想一边说着："最恨和约、误国殃民、上行下效、民冤不伸……还有，我记得不大准了，好像是说官府羽翼洋人、趋炎附势、肆虐同群……"

得子半信半疑："这碑是真的吗？要是有人做局，事先在地下埋好了呢？"

"那可就不知道了。"

得子朝四周看了看："得，祸从口出，咱不说这个了。三郎，这些日子，谁常到府上走动？"

三郎白了他一眼："我说得子，你查户口是怎么着？"

得子赶紧摆摆手："没，没有，我随便问问，你们家大人和我们荣宝斋，不是有买卖上的事儿嘛。"

"还别说，这些日子，琉璃厂那茂源斋，还有慧远阁的掌柜的，老围着我们家大人转。"

“你们家大人搭理他们吗？”得子关心的就是这个，三郎也直言不讳：“我们家那大人，有奶就是娘，谁给的好处多，买卖就跟谁做。”

得子的心一沉：“那你以后多留点神，要是听见你们家大人说起宫里需要文房用品什么的，给我递个信儿，我们掌柜的亏待不了你。”

三郎点点头，得子话里的含意，他听明白了。

昨天晚上，庄虎臣回家给三叔祝寿，喝多了点儿，早上起晚了，他吃完早饭就匆匆往铺子里赶。路过一家铁铺子，铁匠们正在忙着打制大刀、长矛，庄虎臣想着心事没注意，差点儿撞在从铁炉子里伸出来的刀片上。

“嘿，爷们儿，瞧着点儿！”一位上了年纪的铁匠高声喊着。

庄虎臣停下脚步，他看着地上堆积如山的大刀、长矛，诧异地问道：“大哥，我记得您这铺子是做农具的，怎么改做兵器了，是要打仗吗？”

老铁匠得意扬扬地回答：“打洋人！”

“打洋人？”庄虎臣下意识地看了看左右，赶紧离开了。

来到铺子里，得子把和三郎在饭桌上聊的原原本本地告诉了庄虎臣，出乎得子的意料，庄虎臣对刘伯温的预言碑表现出了更大的兴趣。

近来京城里到处都在风传义和团的事儿，买卖人最怕的就是政局有变，影响了生意，特别是荣宝斋，费尽心机好不容易走上了正轨，别再因为点儿不沾边的事儿给砸趴下。庄虎臣越琢磨越起急，如热锅上的蚂蚁，坐卧不宁。他干脆站到了荣宝斋的大门口，观察起过往的人流，借以排遣内心的忧虑。突然，人流里出现了王雨轩，庄虎臣定了定神，快步迎上去：“哟，王大人，可老没见了啊，听说您去了趟山东？”

王雨轩环顾左右，压低了声音：“嗨，别提了，山东那个乱啊……”

“来来来，您进来聊会儿。”庄虎臣不由分说，拉着王雨轩直接就来到了后院的东屋休息室。

庄虎臣给王雨轩倒上茶：“听说，山东那边闹义和团啦？”王雨轩眉头紧皱：“庄掌柜的，您这消息不够灵通啊，岂止是山东，我告诉您，眼下义和团已经在清苑成了势啦！他们以清苑为中心，向北到了新城、定兴、涞水一带，向东到了任丘、文安、霸县。”

庄虎臣大吃一惊：“这眼瞧着就到家门口儿啦？”

王雨轩点点头：“可不是嘛。”

沉默了片刻，庄虎臣又问：“参加义和团的都是些什么人啊？”

王雨轩喝了口茶：“嗨，什么人都有，凑到一块儿，主要是砸教堂，也顺带着聚众抗官，那势法儿可大了，传单一出，就聚起上千号人，手里都带着兵器，好家伙，谁惹得起？”

“这是干吗呀？义和团不是恨洋人吗，跟洋人干不就得了，干吗还跟官府过不去呢？”庄虎臣转不过这个弯来，王雨轩叹了口气：“唉，庄掌柜的，您可真是买卖人，一天到晚的就琢磨着怎么发财了，这么说吧，洋人这么横，都是因为朝廷太软！人家是试着来，先是要地、要银子，看你没怎么着就都给了，这不，得寸进尺了，教会的势力做大，教民和老百姓时有冲突，官府惹不起教会就偏袒教民，这么一来，老百姓的火儿就大啦。”

“官府没压压义和团？”

“告诉您吧，根本压不住！”

庄虎臣瞪大了眼睛：“压不住？那他们要是到了京城会怎么样？”

王雨轩摆摆手：“不好说，照这么闹，义和团进京城是早晚的事儿。”

庄虎臣的心一沉，脸上立刻愁云密布。

西山卧佛寺的门前有不少摆摊的，卖供香、卖蜡烛、卖水果、卖山货，还有算卦的、相面的，吆喝声此起彼伏，香客们络绎不绝地走进寺门，人来人往很是热闹。

左爷带着黑三儿、柴禾从马车上下来，左爷东张西望着：“咱们来早了？怎么没见老康的人影儿？”

“我也没见到八爷……”“八爷”俩字儿一出口，柴禾赶紧摇头否认，“不是，不是，是老康，我在东皇庄也没见到老康，只是有个自称是他侄子的人接见的我，他收下您的帖子，答应把您的口信儿传给老康。”

“这倒也不奇怪，但凡是江湖上成名的人物，都是神龙见首不见尾。得，我先溜达溜达，你们俩也随便走走。”左爷和黑三儿、柴禾分开了，他在商贩的摊位间闲逛着。左爷走过一个算卦摊，算卦先生叫住了他：“先生请留步。”

左爷站住了：“干吗呀，想给我算一卦？可以，不过我可丑话搁在前头，算得不准大爷我不给钱。”

算卦先生是个中年汉子，个头不高，长着一脸浓密的胡须，他似乎并不介意：“这位先生，您误会了，我不想给您算卦，只是想告诉您，今年在您身上恐怕要有些大事发生，您若是不信，就只当我什么也没说。”

左爷笑道：“算卦的我见得多了，都是来这套，上来先唬一把，不是近来有血光之灾就是最近要发大财，反正是算来算去，把别人的银子算计到自己腰包里才算完，我说得没错吧？”

算卦先生也是微微一笑："先生倒是快人快语，那好，我来说一说，您看准不准：先生最近心里有事儿，可能是有个本事在先生之上的人挡了先生的路，于是乎，先生心里动了……"说到这儿，算卦先生闭了嘴。

"动了什么，怎么不说了？"

算卦先生把嘴凑到左爷的耳边，小声说道："动了杀机！"

左爷浑身一震："你……你是什么人？"

算卦先生神态自若："算卦的，正如您说的，把别人的银子算计到自己腰包里。"

"我看你不是算卦的，你究竟是什么人？快说！"左爷凶相毕露，算卦先生哈哈大笑起来，只见他伸手抹了一把脸，扯下假胡须："左兄，看看我是谁？"

左爷愣住了："你是草上……哦，你是八爷……"

不错，此人正是活动于京津唐地区的著名杀手、江洋大盗康天心，人称"康小八"，绰号"草上飞"。康小八轻声说道："左兄，我如约来了，把你的手下人支远点儿，不要让他们见到我。"

左爷四处看看："八爷，咱们借一步说话。"

两人来到了附近的一片树林里，左爷拱拱手："八爷，这事儿只有仰仗八爷您了，您若是不出手，他霍震西就没人治得了啦。"康小八靠在了一棵树干上："左爷，你的意思，是出钱买霍震西的项上人头？"

"是这个意思。"左爷点点头。

"左爷能出个什么价儿？"

"一千两，如何？"

"先付一千两，事成之后再付一千两。"康小八的口气不容置疑。

"两千两？"左爷沉默了片刻，"多了点儿吧？您高抬霍震西了，他的脑袋恐怕值不了两千两银子。"

"那就算咱们什么也没说，您待着，我告辞了！"康小八转身要走，左爷上前拉住了他："别价，别价，八爷，您性子也忒急了，我不是和您商量吗？"

"左爷，江湖上的事儿您该门清啊，仨瓜俩枣的买不来刺客，更何况姓霍的也是武功过人，要不是如此，您也犯不上来找我，是不是这个理儿？"康小八的眼里不揉沙子，左爷还想再砍砍价，于是说道："是这个理儿，可两千两……实在是多了点儿，八爷，您能不能再让点儿？你我好歹是共过事儿的兄弟。"

康小八摇头："恐怕不行，亲兄弟还得明算账呢，您说是不是？"

"八爷，姓霍的虽说有些功夫，可八爷您恐怕不会和他比试拳脚，您不是还有两把'喷子'吗？您二拇哥一动，甭管是什么武林高手，都得趴下，所以说嘛，这件事对您来说，不过是举手之劳。"

“左爷，你这句话才算说到点子上，明说吧，我的价儿是高了点儿，可高就高在这两把‘喷子’上，你到江湖上打听打听，除了我康八爷，谁还有‘喷子’？”

“得嘞，我说不过您，两千两银子，我认了，明儿个我打发人先给您送一千两，余下的事成之后付，可有一样……”左爷停住了，他正在琢磨着下面的话怎么说出口，康小八替他说出来了：“以霍震西的项上人头为凭。”

左爷点点头：“没错，我订的货就是姓霍的脑袋，我得验完货再付那一半儿银子。”

康小八瞟了左爷一眼：“左爷，这我也得事先说清楚，我只要姓霍的性命，对他的脑袋没兴趣，你总不能让我拎颗血淋淋的人头招摇过市吧？这不明摆着自己往捕快的刀口上撞吗？”

“那也总得有个凭证啊，要不然我凭什么相信您？”

“嘿嘿！”康小八干笑两声，“凭康八爷的江湖名声，你就得相信，不然我们各走各的，这事儿就算了。”

左爷见价钱砍不下来，嘴上就服了软：“到底是鼎鼎大名的康八爷，连谈生意都这么横，霸王硬上弓，说一不二啊，好吧，咱们就算谈定了，干掉姓霍的，您给我捎个信儿，我把余下的银子给您送来，姓霍的是死是活，全凭您八爷一句话。”

“一言为定，咱们可以成交了。”说完，康小八对左爷拱拱手，转身消失在树林的深处。

·第十二章·

一大早，张山林提着鸟笼子就过来了，他站在院子里，大着嗓门："我大侄儿呢？"

张李氏正在院子里梳头，赶紧把一根手指头竖在嘴边，示意他别出声。张山林没理会嫂子的意思，自顾自地嚷嚷开了："幼林怎么那么懒啊，这都什么时候了，还不起来啊。幼林，幼林！"说着把鸟笼子放在窗台上，就要进屋。

张李氏赶紧拦住，压低了声音："哎哟，他叔，你轻着点儿，幼林还睡着呢。"

张山林大大咧咧，依旧是大着嗓门："嫂子，这都是您给惯的，在洋学堂里，他敢这样儿吗？"

张幼林系着上衣的扣子，打着哈欠从东屋里出来："叔，什么事儿啊？"

张山林凑过去："大侄儿，我又淘换两只鸟儿来，你瞜瞜？"

张幼林"嗯"了一声，伸了个懒腰，又回去了。张山林提起鸟笼子跟了进去："这两只鸟儿，嘿，甭提了……"

赵妈站在门口问："少爷，晌午您想吃点儿什么？"

张山林抢着回答："还是老三样儿，酱汁儿中段儿瓦块儿鱼、瓤冬瓜卤香鸡、真四眼井的麻豆腐。"他略微想了一下，又补充道："外加一碟儿拍小萝卜儿，可别忘了放蒜泥。"

张幼林从横竿上取下手巾："叔，您接得倒快，到底咱俩谁想吃啊？"

张山林满面笑容："大侄儿，你这好不容易回来一趟，我陪着你吃，咱还说我那俩鸟儿……"张幼林打断了他："叔，我一时半会儿回不去了，义和团把北洋师范给占了，教习都躲到京城里来了。"

张山林听罢，愣了一下，继而又喜上眉梢："那好啊，这样我就能见天儿来找你了……"

张幼林洗漱完毕，吃完早点，张李氏就催着他念昨儿晚上李妈在大门口捡到的一张义和团的揭帖。

张幼林先一目十行地扫了一遍，然后一字一顿地念道："今拳下令，军民得知，拳来京也，到了二四共一五，天下红灯照，大火烧得苦……"

“等等，‘大火烧得苦’是什么意思？”张李氏警觉起来，张山林放下茶碗：“嫂子，您别打岔，让幼林接着念。”

张幼林又念下去：“东南有真神，降下兵八百万，能扫去洋人，死了教匪，上能保国，下能安民，每家大门前，贴符一道，红布一尺，俱贴上坎，避火灾也……”

“符一道，布一尺，就能避火灾啦？”张李氏显然不大相信，张幼林指指手中的揭帖：“妈，还有呢，‘红布上别小花针三个，以免刀枪之祸……’”

听到这儿，张李氏的心不觉一沉：还要有刀枪之祸？她的脑子迅速地转动起来：那铺子怎么办？要是被抢了呢？幼林该不会卷进去吧？还有秋月，唉！这个秋月呀……张李氏思绪万千，后面儿子又念了些什么她几乎都没听进去。过了良久，张李氏才定下神来，铺子好歹有庄虎臣照应着，着急也是白搭；幼林呢，这回说什么也得把他看住了，只是秋月……

张李氏抬起头来：“幼林啊，你再去看看秋月，还是劝她搬过来住吧，唉，这市面上乱糟糟的，秋月孤零零的一个人，我不放心啊！”

“也是，幼林，你再好好劝劝她。”张山林也附和着。

“我待会儿就去。”张幼林答应得十分痛快。

来到秋月家，姐弟俩坐在了院子里的石桌旁，小玉栽种的茉莉已经开花了，微风中传来阵阵醉人的清香。秋月虽然比以前憔悴了，但依旧美艳，她顺手摘下几朵白色的小花，放进了张幼林的茶碗里。张幼林很喜欢和秋月在一起的这种温暖的感觉，在内心深处，他渴望这种温暖能够陪伴终生……

“幼林，想什么呢？”

“噢，没想什么。”张幼林把母亲的意思又重申了一遍，秋月还是一口回绝了：“你们的好意姐姐心领了，这是我自己的事，不能给你们添麻烦。”秋月瞩望着远方，目光散淡。

这也在意料之中，因为张幼林太了解秋月了，她是个内心极刚强的女人，除了她的美貌、善良和才华，这一点也很打动他。张幼林沉默了半晌，鼓足勇气说道：“秋月姐，我……”张幼林停住了，回头看了一眼小玉，小玉知趣地退下了。

“秋月姐，我要娶你！”张幼林站起身，注视着秋月，目光中闪烁着某种异样的光彩，秋月一时愣住了。

“我说的是真话，只要你答应，我就不去北洋师范念书了。”

片刻，秋月回过神来：“幼林，姐姐知道你的心思，我替杨大人谢谢你！”

张幼林满脸通红：“我，我真的想娶你！”

"姐姐心里只有杨大人，别人谁都不嫁。"秋月说着，眼泪不由自主地流了下来，张幼林只得作罢。

墙上的挂钟"当、当"地敲起来，已经是晚上10点了，贝子爷站起身："得，我该走了。"

额尔庆尼把贝子爷送到了大门口，贝子爷欲言又止："那个……我托你打听的事……"

额尔庆尼一拍脑袋："瞧我这记性，差点儿忘了，那天跟秋月姑娘从咖啡厅里出来的那个洋人，是俄国大使馆的外交官，后来遇见的那位小爷，您猜是谁？"

"谁呀？"贝子爷显得兴致盎然，额尔庆尼神神秘秘，还凑近了他的耳朵："就是和咱们一块儿玩鸟儿的那个张爷的侄子！"

"这就好办了，赶明儿让徐管家打听打听，你回去吧。"贝子爷心满意足地上了轿子，打道回府了。

贝子府的徐管家大号徐连春，三十来岁，个头不高，但人很精明。徐连春从小就在府里，他父亲是伺候老贝勒爷的，徐连春长大以后就接了父亲的班。他对花鸟虫鱼都有喜好，也下过功夫钻研，加之从小长在府里，见多识广，也算是京城有名的玩家，和张山林是老熟人了。

这天早上出去遛鸟的时候，徐连春故意拐了个弯儿，还在张山林家附近溜达了一小会儿，看见张山林提着鸟笼子从大门里出来了，这才装作是偶然碰上的样子打起了招呼："张爷，您早啊。"

"徐管家？可老没见了，这阵子你净忙乎什么呢？"

两人并排走在街上，寒暄了几句，徐连春就切入了正题，问起了张幼林。

"说起我那侄子，嗨，甭提了！聪明是真聪明，可就是……"张山林停顿了一下，语调低下来，"有点儿不走正道儿，还贼大胆儿，净出幺蛾子，他妈为了他，整天提心吊胆的。"

"听说，您那侄子和从秦淮河出来的秋月姑娘，关系可不一般哪。"徐连春偷偷地用眼睛的余光打量着张山林，张山林并不避讳："是不一般啊，秋月的爷爷和我父亲是至交，他们俩以姐弟相称，我那侄子干了坏事儿不敢回家，还躲到秋月那儿藏起来，秋月还真护着他！"

"敢情是这么档子事儿。"徐连春放心了，他往张山林身边凑了凑："我说张爷，您可得帮我个忙儿。"徐连春详细地说明了贝子爷的意思，张山林觉得这是件好事儿，人家贝子爷好歹是皇亲国戚，比杨宪基可不差，他甚至为秋月能有这样一个归宿而高兴，于是就拍着胸脯，大包大揽地应下来。

芳林苑离京城有二百多里，在一个山脚下，四周荒无人烟，杨宪基就栖身在一处早已废弃、残破不堪的道观里。此时皓月当空，地上洒满了银色的月光，杨宪基在北屋内就着油灯微弱的亮光写字。屋里的陈设可谓寒酸，只有一张桌子、两把破椅子、一只木箱和一个用门板临时搭起来的单人铺，铺上散乱地堆放着杨宪基写的书法条幅。

杨宪基的爱犬大黄懒洋洋地趴在地上打着瞌睡，突然，大黄一激灵，前腿站起，后腿一蹬蹿出了屋子，对着大门狂吠起来。杨宪基抬起头，外面传来了敲门声。

来人居然是伊万，杨宪基十分诧异："你怎么来了？"

伊万身旁还站着一个矮个子年轻人，他叫贾二，生得贼眉鼠眼，是距芳林苑十里之外贾村的村民。贾二看着伊万："洋大人，我可给您送到了。"伊万递上银子："谢谢你。"贾二接过银子一看，不觉心中一阵狂喜，转身就走。没走多远他又停下，悄悄地潜回去，隔着门缝向里面窥视了一番，这才快步离开。

杨宪基让进伊万，给他端来一碗水，伊万接过碗一饮而尽，样子像是渴坏了。杨宪基关切地问道："都这个时候了，你怎么还敢离开京城啊？"

伊万耸耸肩，摊开手："没办法，我要办公事。我离开京城的时候局势还没有恶化，等我办完了事却回不去了，你们的军队和义和团居然结成了联盟，把东交民巷的使馆区封锁了，真是太不像话了，这是违反国际公法的行为。"停顿了片刻，伊万继续说道："局势还在继续恶化，英、法、德、俄、美、日、意、奥八国政府已经向中国派出了远征军，目前正在途中，八国联合军队一旦登陆，京津地区少不了要有场恶战，结局如何，殊难预料啊。"

"那北京城里怎么样了？"

"北京已经陷入一片混乱之中，义和团成了这座城市的主宰，它有很多被称为'坛'的基层组织，但坛与坛之间的关系是平等的，谁也指挥不了谁，无论是哪个政府想与它谈判都是不可能的，因为这个庞大的民间组织竟然没有一个统一的首领，更奇怪的是，义和团竟然提出要杀'一龙二虎'，'一龙'就是皇帝，'二虎'是总理衙门大臣庆亲王奕劻和洋务派首领李鸿章，上帝啊，简直不可思议！"伊万一个劲儿地摇头。

杨宪基思忖片刻："伊万先生，你是怎么想起到我这儿来的？"

"秋月小姐花银子买通了路卡，托人送我来躲一躲，她说你这里远离京城，应该是安全的。"

杨宪基背着手在屋里踱了几步，又停下："刚才送你来的人可靠吗？"

“应该可靠吧，我可没少花银子。”伊万掏出身上的银子和秋月的一封信递给杨宪基，“这是秋月让我带给你的。”

杨宪基接过银子放在了桌上，秋月的信却攥在了手里，没有立即打开。秋月的信是用一块粉红色的绢精心包裹着的，看着它，杨宪基陷入了沉思。伊万见此情景，站起身走到铺的旁边，欣赏杨宪基的书法。

杨宪基沉思了良久，把银子和信又退给伊万：“伊万先生，我这一遭贬，什么时候能翻身就不好说了……秋月还年轻，不能就这么空等着。”

伊万没有接：“秋月在京城到处托人，想让你尽快官复原职。”

杨宪基摇摇头：“恐怕很难，我们这批人的案子都是老佛爷钦定的。”

“我也找人查过你的案卷，唉……这案子短时间内翻过来，是不太容易。”

杨宪基注视着伊万，诚恳地说道：“秋月，就托付给你了！”

伊万大为惊诧：“为什么？”

“这些年，你对她一直很有感情，现在，总算能圆你的梦了！”

“你还活着，这是不可能的，秋月她也不会同意……”伊万使劲地摇着头。

伊万一路颠簸，杨宪基没有像样的东西招待他，只做了一碗萝卜汤，伊万就着窝头喝下，还连声说“好喝”。

杨宪基苦笑着看着他：“有件事儿我一直没想明白，你是个洋人，自从在秦淮河认识秋月，就对她一往情深，这是为什么呢？”

伊万陷入了沉思：“这是个很长的故事。我少年的时候，在我的恩人莫里斯神父那里看到过一幅中国的《仕女图》，画上的女子仪态万方、美艳绝伦，她成了我梦中的情人。就是为了寻找她，我来到了大清国，我走过很多地方，当我第一次在秦淮河见到秋月的时候，我吓了一大跳！”

“怎么啦？”杨宪基觉得蹊跷。

“秋月就是《仕女图》上画的那个女子，那种神态，那种感觉，太像了！我好像突然找到了很多年前失去的某种心爱之物，那一瞬间，真是永世难忘！那时候，我特别希望把秋月带回俄国……”伊万的目光中流露出淡淡的忧伤，“可秋月的心里，只有你杨宪基一个人！”

贾二是个混混，从小父母双亡，只有一个比他大五岁的哥哥相依为命。由于他平日里游手好闲，时不时地还干些偷鸡摸狗的勾当，嫂子进门后没多久就把他轰了出去。

贾二平时穷得叮当响，刚才伊万付给了他五两银子，这对贾二来说算是笔巨款了，长这么大他也没见过，就算是天天喝酒吃肉也能过上它一两个月的。贾二把银子紧紧地攥在手里，到了村里没有直接回他的破窝棚，而是叫开了哥哥贾大的家门。

哥俩站在院子里，贾二抑制不住内心的兴奋："大哥，有个发财的事儿！"

"啥？"贾大刚从睡梦中惊醒，还没回过神来。

贾二凑近了贾大的耳边低声说道："有个洋人，刚才让我给领到芳林苑去了，估摸着，他身上带着不少银子！"贾二的目光里流露出了贪婪。

"就一个人？"贾大清醒了，贾二点点头："就一个。"

沉默了一会儿，贾大开口了，他有些犹豫："真要是干了，就是出人命的事儿，他还是个洋人……"

"大哥，你怎么这么想不开呀，眼下，杀的不就是洋人吗？"

贾大和贾二不同，对杀人还是有些畏惧，贾二急了："发财的事儿，你干还是不干？"

"发财"二字刺激了贾大，他一咬牙："那就干吧！"

贾二喜上眉梢："大哥，这就对了，不过光咱俩不行，那洋人人高马大的，得再招呼几个兄弟，旧道观里那只看家护院的大黄狗，也得先想好了怎么对付……"

两人商议了一阵，又叫来两个村民，提着短刀和斧头匆匆向芳林苑赶去。

杨宪基和伊万还在聊着，突然，大黄警觉起来，它冲到院子里，对着东墙外狂吠。杨宪基跟出来看了看，没发现什么，拍了拍大黄，又回到屋里。

"这日子过得可不太平啊！"杨宪基在伊万的对面坐下，话里充满着忧虑。

"你这里孤零零的，离村子那么远，安全吗？"

杨宪基看了看伊万，自嘲地回答："我一个被扫地出门的人，家徒四壁，还有什么安全不安全的？"

大黄在院子里拼命地叫着，杨宪基一怔："大半夜的，准是有事儿！"说着他站起身，走到铺边上蹲下，伸进半个身子，使劲推了推，下面的机关"啪"地发出一声响动，接着一块石板被推开了，露出了一个洞口。

伊万目睹这一切感到十分诧异，杨宪基站起身来："大黄叫得不对头儿，你是洋人，我心里不踏实，这是个暗道，你出去以后沿着河边走就能到县城。"

"这里怎么会有暗道？"伊万很是疑惑。

"以前这儿是一个道观，曾经很富有，遭土匪抢过，道长就修了这么个暗道，以防不测。"

大黄在院子里兜着圈子，冲墙外拼命地叫着，一个纸包从院墙外扔进来，大黄跳起来，扑了上去。

杨宪基催促着："你还是先下去躲躲，要是没什么事儿，我再叫你出来。"杨宪基把油灯递给伊万，又补上一句："秋月就托付给你了！"

伊万小心地钻进了暗道，杨宪基把石板推上，又把床铺上的书法条幅挪到了石板上，做好伪装，这时，院子里传来大黄异样的叫声。

杨宪基来到门口，只见大黄无力地瘫在院子的中央，七窍出血。杨宪基快步上前，惊叫着："大黄，你怎么了？"

大黄瞪着可怜的双眼，伸了伸爪子，无助地看着杨宪基。这时，贾大和贾二翻墙跳进了院子，杨宪基大喝一声："干什么的？"

暗道内，伊万听出外面不对头，他拼命地推石板，但石板已经被机关牢牢地锁住，他竭尽全力，但石板还是纹丝未动。伊万摇摇头，只好沿着暗道迅速离开。

院子里，贾二手握短刀逼住杨宪基，他踢了踢已经奄奄一息的大黄："嘿，这见血封喉夺命散还真他妈灵验！"

贾大跑到大门处拉开了门闩，另外两个村民也进了院子。

"那洋人呢？"贾二恶狠狠地问道，杨宪基此时已经平静下来："你们来晚了，那人已经走了。"

贾二满脸狐疑："不可能！"说着，给贾大打了个手势，贾大和一个村民看住杨宪基，他自己带着另一个村民小心地摸向了北屋。

北屋里空空如也，贾二嘟囔着："还真跑了？"就着月光，突然，贾二发现了桌子上的一包银子和秋月的信，他立刻扑了上去。

贾二拿着银子和秋月的信从北屋里出来："弟兄们，没白来，银子在这儿哪！"

杨宪基被村民用刀逼住，动弹不得，他喊道："银子你们拿走，信给我留下！"

贾大从贾二手里抓过信，刚要扔给杨宪基，被贾二拦住了："慢！"贾二把银子塞给贾大，又从贾大手里抓回信来，打开绢包，翻过来、掉过去地仔细看起来。

贾大不耐烦了："你他妈又看不懂，他要就给他吧。"

"不行，万一藏着银票呢？"

贾二的心思还在信上，从北屋里出来的那个村民凑近贾大耳语："大哥，这人怎么办？"贾大捅了捅贾二，贾二使了个眼色，示意杀掉杨宪基。贾大犹豫着，没动手。

贾二断定秋月的信不是银票，就把包信的粉绢又抖了抖，对杨宪基说道："这个，就不给你了。"说着，把粉绢揣进了怀里。

用刀逼住杨宪基的村民退到了一边，贾二走近杨宪基，脸上露出了阴笑，他左手把秋月的信递向杨宪基，紧跟着，右手握着的短刀却后发先至，"噗"的一声捅进了杨宪基的右胸。

杨宪基正伸出右手要接秋月的信，猛然被刺，他惨叫一声，鲜血立刻涌流出来。

即便如此，他还在挣扎着去夺贾二手里的那封秋月的信。贾二一把推倒了杨宪基，狞笑着："事情已经干了，就不能留活口，这是规矩……"

贾大和另两个村民一时都被吓得呆若木鸡。

天色已然渐渐发白，贾二推了推他们，三人醒过味来，随着贾二仓皇离去。

杨宪基躺在院子里，鲜血染红了身下的一片土地，秋月的信散落在他的身旁，慢慢地，也被鲜血染红。杨宪基已经陷入了昏迷状态，恍惚之中，秋月的倩影在他眼前晃动着，飘然而来，又飘然而去……

冤家路窄，那天庄虎臣把额尔庆尼送到荣宝斋的大门口，看着额尔庆尼上了轿子："额大人，您放心，这两天我把货备齐了就打发伙计给宫里送过去。"

张山林提着鸟笼子走过来："庄掌柜的！"庄虎臣一转身："东家，遛鸟儿去啦？"

听到"东家"二字，额尔庆尼从轿子里探出头来，这一看不要紧，他不禁愣住了："敢情荣宝斋是张爷家开的？"

庄虎臣搭讪着："额大人，您也认识张爷？"额尔庆尼的脑袋又缩了回去："京城里玩鸟儿的，谁不认识张爷。"

张山林紧走两步："哟，额大人，您这就走啊？"额尔庆尼在轿子里隔着小窗户招招手："张爷，回见！"这可是个好消息，额尔庆尼心想，张爷是荣宝斋的东家，这就好办了！

当然，这一切张山林还都蒙在鼓里。几天之后的一个早上，张山林提着鸟笼子走在护城河边一条宽敞的大道上，前后甩着两只胳膊正遛在兴头上，突然看见徐管家迎面从马车上下来，他稍一愣神，接着转身就往人群里钻。天地良心，徐管家托办的事张山林不是不帮忙，只是刚跟嫂子开口就被回绝了。据嫂子说，秋月姑娘还在给杨宪基四处活动，她有话，除了杨大人谁也不嫁。末了，嫂子还劝他少管这种闲事。张山林无颜再见徐管家，只好躲了。

徐管家就是冲着他来的，能叫他躲了吗？在下一个街口，张山林刚拐出来，徐管家就站在一家店铺的台阶上叫住他："张爷，您躲什么呀？"

张山林满脸尴尬，只好硬着头皮走过去："没……没躲呀。"

"托您办的事儿，怎么样了？"

张山林佯装不知："什么事儿啊？"

徐管家不阴不阳的，口气和上次大不相同："您这是装傻吧？我可听额大人说了，您是荣宝斋的东家，额大人是谁呀？那是贝子爷的兄弟！荣宝斋大笔的买卖可都攥在额大人手里呢，您掂量着吧。”徐管家把张山林晒在一边，自顾自地遛鸟儿去了。

张山林愣了片刻，赶紧追上去：“嗨！徐管家，敢情你说的是那事儿啊，这可不能急，正托着人呢！”他只好撒了个谎。徐管家脚下没停，依旧是不阴不阳地说：“秋月姑娘不是你们张家的世交吗，还用得着托人？我看您是不想办吧？”

“不敢不敢。”张山林脑袋摇得像拨浪鼓，“贝子爷哪儿得罪得起呀，你再容我几天，容我几天……”张山林心想，今儿个真是倒霉透了。

一大早，康小八就盘腿坐在炕上拨弄他那两支“喷子”，他估摸着这两天该有信儿了。康小八的“喷子”是两支左轮手枪，那还是三年前，他从一个叫威尔逊的英国商人手里买到的，口径0.4英寸，弹容6发，有效射程100米，是英国建在印度加尔各答的达姆兵工厂的产品。在1900年的中国民间，拥有这种武器的职业杀手，无疑是令人生畏的。

只见康小八将手枪拆卸开，仔细地用软布擦拭着每个零件。一个喽啰急急忙忙走进来：“八爷，那姓霍的有动静了。”

康小八不动声色地继续擦着：“说！”

“这些日子我一直在盛昌杂货铺附近盯着，那姓霍的这几天又是备货又是买马，看样子肯定是要出远门了，后来我碰见盛昌杂货铺的一个小伙计，听那小伙计说，霍爷打算明天早晨出发，走南口、居庸关、怀来，第一天晚上在怀来鸡鸣驿歇脚。”

康小八拨动左轮枪上的弹巢，将子弹一颗颗装入弹巢：“知道了，你去吧。”

康小八举起手枪做瞄准状，冷冷地笑了，他的脸上布满了杀机。

第二天，康小八来到了昌平阳坊一带，他瞄上了路边的一家剃头棚子，就进去佯装刮脸。

剃头匠边给康小八刮脸边和一位等候的顾客闲谈：“我说兄弟，你听说没有？前两天德胜门外关厢出了人命案子，一个姓张的财主，一家五口全让人杀了，家里的金银细软也都被抢了。”

“衙门里去人了吗？”顾客问。

“去啦，捕快们一到先验尸，您猜怎么着？五口人全是让枪打死的……”

“明白了，肯定是康小八干的。”

剃头匠有些兴奋：“嘿！您怎么知道？”

“康小八作案一贯如此，为了几两银子就能杀人，不留活口儿，除了他，哪个强盗有‘喷子’？”顾客分析得在理，剃头匠点点头：“这倒也是，我看也是他干的，这小子是真他妈的伤天害理啊，你有能耐拿枪跟洋人干呀，怎么就会祸害老百姓？”

顾客接着说道：“嗨，这些日子京城里乱透了，义和团先是烧教堂、杀教民，后来杀红了眼，连朝廷命官也一块儿招呼，还说要杀皇上呢，康小八趁这个乱劲作案，就是趁火打劫啊。”

“总有一天逮住这伤天害理的东西，把他千刀万剐喂了狗……”

听到这儿，康小八冷冷地笑了，他微微侧了一下头：“我说剃头的，我这头剃完了没有？”

剃头匠解开围布：“好了，好了……”

康小八站了起来，似乎是漫不经心地问道：“我说二位爷，你们认识康小八吗？”

顾客坐到了刚才康小八坐过的凳子上：“谁认识这种混账东西。”剃头匠给他围围布：“是啊，我要是看见他，马上报告衙门里，让捕快拿他，这种人，哼！死一个少一个。”

康小八“嘿嘿”冷笑两声：“今天康八爷就叫你们俩当个明白鬼……”他闪电般掀起衣襟，两支手枪变戏法似的出现在手里，轻声叫道：“大爷我就是康小八！”

“啪！啪！”两声枪响过后，剃头匠和顾客中弹栽倒，康小八解下剃头匠的围裙系在腰上，弯腰拖走了尸体。

庄虎臣送一个客户到广安门，只见这里热闹非凡，一队义和团众，有三百来人，头上缠着红布，腰上扎着红带子，鞋上都镶着红边儿，手拿大刀、肩扛长矛，举着写有“替天行道、扶清灭洋”的旗子浩浩荡荡向京城开进，守城的清兵恭敬地站立在城门两侧，不住地对看热闹的百姓吆喝着：“给义和团让道儿，让道儿！都往边儿上靠靠……”

庄虎臣凑到跟前问一个清兵：“兵爷，今儿又来了多少啦？”

“少说也有好几千了。”

庄虎臣被眼前的阵势弄迷糊了，这到底算怎么档子事儿呢？他送走了客户，回铺子照了一眼，就到离琉璃厂不远的虎坊桥看义和团的揭帖去了。他在一张揭帖前站住，只见上面红纸黑字写着：“还我江山还我权，刀山火海爷敢钻。哪怕皇上服了软，不杀洋人誓不完！”

庄虎臣又往前走了走，墙上贴的是：“杀尽一龙二虎三百羊！”他问边上的一位看客：“劳驾，您知道这‘三百羊’指的是谁吗？”

看客压低了嗓音："'三百羊'是指一般的京官，义和团说，京官当中只有十八个人可以赦免，其他的人，都该这个。"看客做了一个砍头的动作。

庄虎臣被吓着了，忙环顾左右，见没有其他的人，这才对看客点点头："您慢慢瞧着。"说完赶紧抽身走了。

琉璃厂街上，几个义和团众从远处走过来，他们边走边看，在荣宝斋的门前停住了，其中一人念着门楣上的匾："荣——宝——斋。"

另一人凑上去："这就是荣宝斋呀？听说，这铺子在京城里可是挺有名儿的。"

大师兄挥挥手："咱们要的是写揭帖用的纸，管它有名儿没名儿呢，进去。"

义和团众进了铺子，他们东摸摸、西看看，觉得挺新鲜，大师兄态度和蔼："小兄弟，我要写揭帖用的纸。"

宋栓赶紧从柜台里拿出一沓："您看，这么多行吗？"

"不够，多来点儿。"

宋栓从后院又抱出了一大摞："这些，够吗？"

"这回够啦。"大师兄招呼团众："都过来，把这些纸抱走。"团众过来，每人抱了一摞。

宋栓赔着笑脸："您这账，是现在就付清，还是……"话还没说完，左爷和他的喽啰们一身义和团的打扮，大摇大摆地进了铺子。

左爷和大师兄相互拱手致意，宋栓又问了一遍："先生，您这账是现在就付清，还是……怎么个结法儿？"大师兄还没来得及答话，柴禾抢上前："你他妈这是活腻歪了吧？"说着，他把手里的大刀片子在宋栓面前晃了晃："老子是义和团，豁出命来打洋人，用你点儿破纸，是看得起你，还想要银子？"

宋栓惊恐地看着他，不敢吭声了。

张喜儿见势不妙，悄悄地溜了出去，刚一出铺子，他就朝虎坊桥方向飞跑。半路上遇见庄虎臣，张喜儿喘着粗气："掌……掌柜的，不好了，左……左爷和义和团都……都在咱铺子里呢。"

"啊？"庄虎臣大吃一惊，他急忙往回赶。快到门口了，庄虎臣停下脚步，定了定神，这才向里面走去。

进了铺子，庄虎臣双手抱拳："各位爷，伙计照顾不周，请多包涵，多包涵！"

左爷乜斜着眼睛："庄掌柜的，你那伙计，要收义和团的纸钱。"

庄虎臣赔着笑脸儿："哪儿能够啊……"说着，又转身向义和团大师兄点头哈腰的："这位'总爷'，伙计不懂事儿，您多担待！"

大师兄被恭称为"总爷"，心里很是受用，绷着的脸也松开了："掌柜的，还是您会办事儿，我们也没说不给银子，只是这银子……”

庄虎臣摆摆手：“嗨，什么银子不银子的，不提，不提了！”

庄虎臣送神似的把他们送出去，抹了一把头上的汗，又赶紧折回来伺候左爷。

庄虎臣给左爷续上茶，左爷翻了翻眼皮：“庄掌柜的，还是你办事儿地道，你也坐下吧。”

庄虎臣斜着身子坐下，没话找话：“左爷，您也参加义和团啦？”

左爷端起茶碗：“庄掌柜的，您参加不参加呀？”

庄虎臣赔着笑：“我这不是，得照顾买卖嘛。”

左爷来回扫视着铺子：“噢，照顾买卖……庄掌柜的，从外头儿来了这么多义和团的兄弟，我不说，您也知道，这吃饭嘛，是个问题。”

庄虎臣小心翼翼：“听说，从外头儿来的，都自个儿带着棒子面儿呢……”庄虎臣正跟左爷兜着圈子，门口又聚集了几个义和团的散众，吆喝着要进来。

左爷给黑三儿递了个眼色，黑三儿迎上去，把他们拦在了外面。

“是啊，虽说都带着棒子面儿，那也有个吃完的时候啊？”左爷停顿片刻，一只手在桌面上哆嗦着乱敲：“这洋人，什么时候能给打跑喽，可还没日子呢。”

庄虎臣面有难色：“左爷，这几天铺子里没什么进项，现银不多，您容我几天，给您备点儿成不成？”

柴禾提着大刀片子凑过来：“我说庄掌柜的，你这是敬酒不吃吃罚酒啊，打算怎么着？”

庄虎臣赶紧解释：“兄弟，您误会了！”

左爷站起来，一条腿搁在椅子上，威胁着：“三十年河东，三十年河西，庄掌柜的，你是明白人，如今老子入了义和团……”

柴禾挥了挥手里的大刀片子，气势汹汹地：“你要是想糊弄左爷，我手里的家伙儿可不认得你是谁！”

庄虎臣满脸堆笑：“左爷，您放心，您就放心吧！”

在荣宝斋的大门外，左爷带着喽啰们扬长而去，宋栓冲着他们的背影气得直跺脚：“这不是生吃吗？”

庄虎臣万分无奈地摇着头：“唉，谁让咱是坐地刨坑儿、开铺子做买卖的呢。”

宋栓不服气：“咱本本分分做买卖，就该挨他们欺负？”

庄虎臣没接他的话，而是注意起过往的行人。街上，只见义和团的散众和各色闲杂人等混迹在人流中，庄虎臣很是不安，他吩咐宋栓：“今儿个市面儿不大干净，咱早点儿上板儿吧，别再让人敲了竹杠。”正说着，远远地看见得子的媳妇怀里抱着孩子，身后跟着背着大包小包的几个义和团团众从东边走过来，庄虎臣皱了皱眉头："栓子，去，接一把。"

宋栓迎上去，领着众人一边走一边逗孩子。得子的儿子两岁多了，脑袋顶上留着一撮毛儿，后面梳着一根细细的长命辫，认生，宋栓一逗他，赶紧趴在妈妈的肩膀上了。

得子媳妇到了荣宝斋门口，先给庄虎臣行了个礼，庄虎臣问道："你来，事先没告诉得子吧？"

得子媳妇有些腼腆："没来得及。"庄虎臣指着众人："他们……"

"这些都是俺哥在义和团的兄弟，俺哥吩咐他们送俺过来。"众人冲庄虎臣抱拳，庄虎臣回礼："各位受累，里边儿歇会儿。"

众人把身上的包袱放在门口，为首的一人答道："不啦，人送到了，我们就告辞了。"

得子正在西厢房里倒腾砚台，宋栓进了后院就大喊："大伙计，出来看看，谁来啦！"

得子出来一看，先是一怔，接着是既高兴，又起急："我说姑奶奶，您怎么这个时候来啦？"

"俺……俺是跟着哥来的，俺怕你想孩子……"得子媳妇怯生生的，得子见着儿子很是兴奋，赶紧抱过来亲了两口，孩子认生，被得子弄得"哇"的一声大哭起来，挣扎着找妈妈。得子媳妇边哄孩子边说："你要是忙，俺们就不多待。"得子乐得合不拢嘴："来都来了，还什么多待少待的……"

"就让他们先安顿在东屋吧。"庄虎臣吩咐着，得子眉开眼笑："谢谢掌柜的！"

驼铃响处，霍震西一行人骑在马上沿大路而来，他们的身后是长长一队驮着货物的骆驼和马匹。与霍震西并肩而行的是一个身材高大、虎虎有生气的年轻人，他叫马文龙，是个回族武师，也是霍震西的助手。霍震西看了看天色："文龙啊，你告诉一下前面，走得快一些，不然天黑之前到不了鸡鸣驿。"

"我马上去催促他们，不过……"马文龙回头看了看，"再怎么赶恐怕也快不了多少，驮子里有一半是生铁，实在是太沉了。"

霍震西叹了口气："唉，心里急啊，靠驼队运生铁，再用生铁打造出刀剑，我们的起事得拖到猴年马月？这样太慢了。"

"是啊，昨天我在南河沿碰见一队董福祥的武卫军，有几百人，大概是去支援东交民巷的，我注意到他们的武器，都是清一色的来复枪，如今官军的火器越来越强，照此下去，我们靠刀剑取胜的可能性越来越小。"马文龙的话里透着忧虑。

"那也得干到底，准备了这么多年，不能因为手里家伙不如人就不干了。"霍震西态度坚决，马文龙看着他："大哥，我来京师之前，受了首领的委托，要我负责你的安全，希望大哥能配合我。"

"没事，"霍震西满不在乎，"京城里这么乱都没事，现在离开京城了，还能出什么事？"

"那也马虎不得，我只求大哥一件事，路上无论遇到什么，都由我来对付，大哥不要主动介入，除非我死了。"

"文龙，别说这些不吉利的话。"霍震西眺望着前方，马文龙很固执："不，大哥，你得答应我！"

霍震西收回了目光："好吧，听你安排，这总行了吧？"

"谢大哥啦！大哥的位置就在队伍中间，没有我同意，不要走到队伍的前面。"

"我听你的，兄弟！"

"我到前面关照一下。"马文龙策马向前奔去。

昌平阳坊的大路边，装扮成剃头匠的康小八正在端着烟袋抽烟，他已等得有些心急，突然，远处响起了驼铃声，康小八立刻站起来，把烟袋在鞋底上磕了磕，用一块黑色的蒙面布蒙住脸，然后走出了剃头棚。他站到了大路中央，双臂抱在胸前，冷冷地望着走近的驼队。

走在最前边的马文龙也发现了康小八，他的眼睛里闪过一道机警的亮光，右手迅速从镖囊里掣出了两支梅花镖夹在了指缝中。

双方的距离越来越近，康小八做了个停下的手势："哪位是霍震西啊？"

驼队停下来，马文龙抢先回答："在下便是，有事吗？"

康小八阴冷地笑了笑："小事一桩，想跟老兄借样东西……"

"我看出来了，大概是想借我的脑袋用一用，我没说错吧？"

"到底是老江湖了，眼里不揉沙子嘛。"

马文龙笑道："好说，好说，既然是借头一用，也该报个名号，不然到阎王爷那儿我怎么找你？"

此时，在队伍中间的霍震西刚要喊话，一个回族武师轻轻"嘘"了一声，霍震西把话咽了回去，马文龙的两个剽悍的部下紧紧地将霍震西夹在中间。

康小八"嘿嘿"笑了："说也无妨，你听说过京东康八爷吗？"

马文龙一听是康小八，心中十分地不屑："哦，你就是康小八？名气不小嘛，不过听说你总干些鸡鸣狗盗之事，大事倒是干不来，怎么着，怀里的喷子怎么不亮出来？"

康小八似乎并不在意："说得没错，收人钱财，替人消灾，八爷我干的就是这营生，你要怨也别怨我，谁让霍震西的项上人头值两千两银子呢？"

马文龙毫无惧色："哟嗬，真没想到，我脑袋还这么值钱？那你还等什么？出手吧！"

两人都不说话了，只是彼此凝视着对方的眼睛，突然，两人同时出手，康小八闪电般拔出双枪，"啪！啪！"两声枪响，马文龙在中弹的同时奋力甩出飞镖，两支梅花镖正中康小八的肩膀……

死一般的寂静过后，"啪"的一声，康小八的一支手枪脱手掉在地上，马文龙的胸前出现两个弹孔，他慢慢地从马背上滑落下来……

霍震西猛地拔出双钩大吼："弟兄们，宰了他！"

康小八捂住伤口跌跌撞撞向剃头棚跑去，众人纷纷举起兵器向康小八扑过去，康小八回身又是两枪，冲在最前边的两个武师中弹倒下，追赶的众人略有迟疑，放慢了脚步，康小八却趁此机会解开拴在棚柱上的马，跃身蹿上了马背。

霍震西怒骂着奋力向康小八掷出了双钩，双钩在空中翻滚着掠过康小八的脑袋，康小八顾不得开枪，他低头缩起身子，策马夺路而逃。

康小八霎时就逃远了，霍震西绝望地跪倒在马文龙的身旁，号啕大哭："文龙啊，我的兄弟……"

众人在附近找到了一家清真寺，按照回族的礼仪安葬了马文龙。

霍震西久久地跪在坟前，不住地喃喃自语："文龙兄弟，你走得太仓促，大哥我对不起你，只好给你留在这儿，委屈兄弟啦……"

一个随从过来催促："霍爷，走吧，不然今晚到不了驿站。"霍震西站起来："文龙兄弟，你放心！冤有头债有主，你的仇大哥我帮你报，我就是追到天涯海角，也要把仇人的脑袋砍下来，送到你的坟前，兄弟，你放心去吧！"

另一个随从递过康小八遗落的手枪："霍爷，这是康小八的喷子，您收好。"

霍震西接过手枪仔细端详着，目露凶光："康小八呀康小八，不杀了你，我誓不为人……"

张山林在嫂子家吃过晚饭，还没有走的意思，他追着张李氏又进了堂屋："嫂子，您再琢磨琢磨？"

张李氏白了张山林一眼："贝子爷打秋月的主意，他干吗不自个儿去说？"

张山林苦着脸："这不是秋月的脾气大嘛，贝子爷早先嘬过瘪子，这回怕说不对付，一下儿就黄了，徐管家的意思是，先托人把秋月说动了，贝子爷再出面。其实，要我说，杨宪基那儿是完了，贝子爷好歹也是皇亲国戚，秋月要是能跟了贝子爷，也算是她的造化。"张山林心里盘算着，先别跟嫂子提额大人的事儿，要是这么着就能把事情圆满解决，不是省得添堵吗？

“那也得看她自个儿乐意不乐意！”张李氏毫无松口的意思，张山林只好央求：“我的好嫂子哎，这就看您那三寸不烂之舌了……”

正说着，用人把庄虎臣领了进来。见到庄虎臣，张山林估摸着这回是纸里包不住火了，他站起身：“嫂子，您可好好掂量掂量，这都是为了秋月着想。”说完就离开了。

庄虎臣正是来商量这件事的，额尔庆尼已经托人带过话儿来了，张家要是不帮他大哥这个忙，那荣宝斋的生意他也就不打算照顾了。庄虎臣愁眉苦脸：“唉，东家，额大人那儿咱可是得罪不起啊！”

张李氏这才恍然大悟：“怪不得他叔跟我这儿软磨硬泡的，原来这里头有事儿啊。”张李氏思忖良久，叹了口气：“唉！既然是这样，我就过去问问秋月，不过大主意还得她自个儿拿，张家虽说和秋月有这层关系，可要是秋月不愿意，我也不强迫她。”

“是，是不能强迫，唉！要是秋月姑娘能答应这门亲事，一切就都好办了。”话虽这么说，可庄虎臣心里明白，这事儿没那么容易。

一大早，张幼林正在院子里踢沙袋，张李氏提着礼物从堂屋里出来：“幼林，跟我上趟秋月家。”

张幼林脚下没停：“什么事儿，还用劳您的大驾？我过去一趟就行了。”

张李氏摇摇头：“这事儿你办不了。”

他们来到秋月家，却扑了空。在门口等了半晌，张李氏提议到大栅栏的瑞蚨祥绸缎庄给秋月扯几段衣料，张幼林觉得有些荒唐：“人家秋月姐才不缺您那衣料呢。”

“谁说她缺了？咱们送的，那是咱们的一片心！唉，杨大人出了事儿，她一个人无依无靠，也真是够可怜的！”张李氏是打心眼儿里心疼秋月。

他们往瑞蚨祥去的时候，得子一家已经在这儿了。铺子这天没开门，得子抓工夫带着媳妇四处逛逛。他们来到了大栅栏，这是京城有名的商业街，各家店铺都雕红刻翠、锦窗绣户，往来人群熙熙攘攘、川流不息。得子媳妇好奇地东瞧瞧，西看看，得子把儿子扛在肩膀上美滋滋地跟在后面。

一队义和团众急匆匆地走过来，得子抢上两步拉住媳妇让开路，目送着义和团走过去，他心里直纳闷：“他们到这儿来干什么呢？”

只见义和团众在老德记西药房门前停下，其中一人高声喊道：“就是这家铺子还在卖洋药！”义和团的大师兄站到了台阶上：“弟兄们，现在，反对洋教、抵制洋货众人皆知，这里的不法商人光天化日之下居然还敢贩卖洋货，你们说，该怎么办？”

有人高喊：“点火烧了它！”众人附和着：“对，烧了它，烧了它……”

大师兄挥挥手："说得好！为了教训这些不法商人，杀一儆百，今天，就把它烧了！"话音刚落，义和团众就蜂拥而入。

不远处一个卖小孩玩具的小摊儿前，得子媳妇停下脚步，拿起一个拨浪鼓摇晃着，得子的儿子伸出小手："我要，我要……"得子把儿子交给媳妇，问摊主："这个怎么卖呀？"

摊主忙着照应一桩大买卖，扭过头："给点儿就得。"

"'给点儿'是多少啊？您说个准数儿。"

摊主还没来得及回答，只见街上大乱，人群潮水般地从后面涌来。

得子一回头："不好，着火了！"他拉起媳妇就跑。

摊主叫唤着："嗨，还没给钱呢……"人群继续涌过来，小摊儿霎时被挤翻了。

大火从老德记西药房的房顶上蹿出来，迅速向附近蔓延。

张李氏和张幼林从瑞蚨祥里出来，张幼林惊呼："妈，快跑！"他搀扶着母亲向街口跑去。

他们终于来到了安全地带，张李氏已经气喘吁吁了："谢天谢地，终于出来了！"

张幼林回头张望，突然，他发现了得子一家，脸色大变："妈，我师哥也在里面呢！"

"在哪儿呢？"

张幼林指给张李氏看："那边儿，我师哥的儿子还穿着您送的小衣裳。"

只见得子肩上扛着孩子，和媳妇艰难地随着人流向外跑，孩子的外衣已经不见了，小红肚兜在阳光的照耀下分外夺目。张李氏想起来了，那是今年春节过后，得子回去探家的时候她送给孩子的。

张幼林把张李氏扶到一个台阶上："妈，您千万别动，我去接他们。"说着，他转身逆向挤进人流。

"幼林，你留神！"张李氏大声提醒着。

由于药房中存有酒精等易燃物品，大火燃起之后，火势极为猛烈，烈焰飞腾，四处蔓延，街两边的店铺很快就烧着了。

张幼林挤不进去，他爬到一个窗台上，远远地冲得子挥手大喊："师哥，往这儿跑……"

得子听见了，他也冲张幼林挥手。

突然，一栋着火的店铺连同它那三丈多高的招牌轰然倒塌，得子一家和周围的人都被埋在了火海里……

目睹这瞬间的变故，张幼林惊恐地睁大了眼睛，半晌，他才发出了撕心裂肺的喊声："师哥……"

·第十三章·

大火足足烧了一天一夜，不但繁华的大栅栏商业街变成了一片废墟，还蔓延到了灯市街，观音寺，杨梅竹斜街，廊坊头条、二条、三条胡同，西河沿东西荷包巷以及正阳门城楼，殃及四千多家店铺和无数民居，北京的金融中心东珠宝市也在其中，一时京城内外大小钱庄票号汇划不灵，商业大受影响。

庄虎臣一下子苍老了很多，他倒背着手，颓然地穿行在一片废墟当中。周明仁哭丧着脸迎面走过来："虎臣，宝韵阁盘出去还不到俩月，我在大栅栏的新铺子又烧了，唉，我大半辈子的积蓄全在里面，这下彻底完了！"

庄虎臣的眼泪流下来："大哥……"

"得子一家子都没了，我听说了。"

"这都是谁造的孽啊？"庄虎臣抹了一把眼泪，周明仁摇着头："唉！谁说得清呢？这年月，好像谁都有理，朝廷有朝廷的理，洋人有洋人的理，义和团也有义和团的理，就咱老百姓没理，也没地方说理去。"

"大哥，钱上需要我帮忙，您给个话儿就行！"庄虎臣十分诚恳，周明仁摆摆手："不用了，荣宝斋的银钱往来也在东珠宝市，你的日子也好过不到哪儿去，等大哥没饭吃的时候，要到你家门口，你给口吃的就行啦。"

"瞧您说的！"

庄虎臣告别了周明仁，就直奔了鸿兴楼，他和王雨轩还有个约会。

鸿兴楼依旧是买卖兴隆，有钱人吃兴不减，厅堂、雅间一律客满，要不是庄虎臣预订了座位，伙计还真没地方安顿他。

王雨轩一身便装，晚到了约莫半个时辰，见到庄虎臣先作揖："路上不好走，让您久等，对不住了！"

桌子上早已摆好了四小碟凉菜，热菜也很快就上来了，庄虎臣张罗着："王大人，您请，这是鸿兴楼新添的江米鸭子。"

王雨轩尝了一口："味道不错，庄掌柜的，让您破费了。"

"这是哪儿的话儿呀？"庄虎臣给王雨轩又夹了一块鸭子，压低了声音，"眼下这时局……"庄虎臣下意识地往左右看了看，"到哪儿算一站呢？"

王雨轩也压低了声音："昨天早晨，庄亲王载勋、端郡王载漪，还有贝勒载濂、载滢带着六十多个义和团，以搜拿教民为名闯进了内宫，明目张胆地骂皇上是'一毛子'，大有弑君之意啊！"

"那老佛爷是什么意思？"

王雨轩还没来得及回答，同样是身着便装的户部赵大人走过来："王大人！"

王雨轩站起身："赵大人，我这几天都回不了家，一会儿吃完饭就回衙门，您那事儿……咱们回衙门再说吧。"

"好，那就不打搅了。"赵大人又压低了声音，"王大人，这几天街上乱得很，您出来进去可当心啊！"

"得，谢谢您了！"

赵大人离开了，庄虎臣谨慎地问道："义和团要'杀尽一龙二虎三百羊'，您听说了吗？"

"听他们胡吵吵呢，'一龙二虎三百羊'是谁想动就能动的吗？"

"这就好。"庄虎臣点点头，心里踏实了一些，王雨轩神秘地凑过来："据可靠消息，洋人已经派兵来了，这会儿正在路上呢。"

"来了多少？"庄虎臣睁大了眼睛。

"八国联军，听说得有上万人。"

庄虎臣泄了气："这不是杯水车薪吗？眼下满大街都是义和团，上万个洋兵顶个屁用！"

"现在还不好说，时局还在变化。"王雨轩在总理衙门供职多年，他深知洋人的厉害。

片刻，庄虎臣又问道："东交民巷那边怎么样了？老听见响炮，武卫军和义和团攻打洋人使馆可有日子了，拿下来没有？"

王雨轩摇摇头："没呢，董福祥的武卫后军连大炮都用上了，还是攻不进去，死伤的人海了去啦。"

"您在总理衙门消息灵通，得着什么信儿，麻烦您差人递个话儿，我好有个准备。唉，买卖人最怕的就是时局动荡啊！"庄虎臣说着拿出一包文房用品，"估摸着这些日子您也没工夫到荣宝斋去，我给您带过来了，先用着，缺什么再给您送过去。"王雨轩接过来，感叹着："还是您想得周到啊，咱们都盼着赶紧过上安生日子吧。"

吃完饭，庄虎臣送王雨轩上了轿子，两人挥手告别，庄虎臣万万没有想到，居然这就是他和王雨轩的永别。

左爷让马车停在了大路边，只带着顺子一人钻进了路旁的树林里。顺子今年只有十七岁，人不大却很会来事儿，一张小嘴儿总能说出些左爷爱听的话，加之聪明、机警，深得左爷的喜爱，左爷有意栽培这孩子，今儿个带出来是让他见见世面。

约莫走了一袋烟的工夫，他们在一棵古松边停下，左爷向东指了指："你到那儿望着风，我不叫你不许进来。"

"是！左爷。"顺子向东走了，左爷轻轻拍了三下巴掌："八爷，我来了，请现身吧！"这时，话音从他的头顶上传来："我说左爷啊，你可迟到啦。"左爷猛地抬头，发现康小八正坐在自己头顶的一根粗大的树杈上。

左爷拱拱手："八爷，路上不好走，兄弟我来晚了，您多担待！"

"左爷，咱们长话短说，你托我的事，我办完了。"康小八一纵身从树上跳下来，左爷很是惊喜："姓霍的死啦？"

"这会儿正在黄泉路上呢，还有两个陪同。"

"八爷，您肯定霍震西已经死了？"左爷又追问了一句，康小八显出不满的神情："看样子你信不过我？"

"哪儿的话？就冲康八爷的名号，我也该把心放在肚子里呀。"左爷赶紧往回找补，停顿了片刻，他接着说道，"不过……兄弟我还真有点儿好奇，照理说姓霍的身手不弱，怎么就这么轻而易举地让八爷您给收拾了？"

"此人是个高手，若不是我带着喷子，恐怕还真不是他对手。"康小八解开了上衣，"瞧见没有？临死还用飞镖伤了我，这小子在镖上使了毒，幸亏我带着解药，不然这会儿也上阎王爷那儿报到去了。"

左爷的脸上露出了笑容："您受累啦，得，我也就不说什么了，按咱们事先说好的，今天我是带着银票来的，待会儿我把银票给了您，咱们这档子生意就算结束了。"

"没错，我就是来拿那剩下的一半银子的。"

左爷打了个口哨，顺子走了过来："左爷，您叫我？"左爷指着康小八："小子，认识这位爷吗？这是康八爷，快把银票交给八爷。"

顺子鞠了个躬，谄媚地递过银票："哎哟，您就是大名鼎鼎的康八爷？小的给您请安了，这是一千两的银票，请八爷过目。"

康小八接过银票看了看，放进怀里："没错！我收下了。左爷，你这位小兄弟倒是伶牙俐齿的，看着也挺机灵。"

"这种小崽儿全靠调教，八爷若是喜欢，我送你了，让他好好伺候您。"左爷这话说得言不由衷。

康小八盯着顺子："别价，别价，君子不夺人之爱。"

顺子很是乖巧，乘机说道："早就听说过八爷的大名，外面传说八爷是个黑脸大汉，今日小的一见，满不是那么回事儿，不是我夸您，八爷天庭饱满，骨骼清奇，真是一表人才，以后八爷您闹不好要坐龙庭，到时候还指着八爷想着点儿小的。"

康小八心中不免警觉起来："哦，天庭饱满，骨骼清奇？你小子可真长着张好嘴儿，我问你，要是有一天我混在人群里，你能把我认出来吗？"

"我就是忘了我爹什么模样儿，也忘不了八爷您。"

左爷哈哈大笑："八爷，你看这小崽儿多会说话？"

"小兄弟，我和左爷还有话说，你先到外面等一会儿。"康小八和颜悦色。

"唉！"顺子响亮地答应着，转身向外面走去。

看着顺子的背影，康小八的脸上突然布满杀机，他手一动，"啪！啪！"两声枪响，顺子中弹栽倒……

左爷大惊失色："八爷，您这是……"

康小八吹吹枪口："左爷，对不住了，你不该让他见我，这孩子太机灵，我不想在他身上翻船。"

"你不想让人知道你的真实模样儿？"

"没错儿。"

"那我呢，你打算把我也干掉？"左爷脸上的冷汗一下子就冒出来了，康小八笑了笑："那倒用不着，你左爷身上的案子恐怕也不比我少，卖了我你也捞不着好……"

左爷惊恐地盯着康小八手中晃动的手枪，没敢再吭声。

近来张山林心里起急，贝子爷托的事，秋月不同意，额大人就有点不高兴了，张山林心里跟明镜似的，铺子里的买卖能是闹着玩的吗？张山林干脆亲自出马来劝说秋月。在大栅栏那场大火中，秋月的家被焚毁了，张李氏帮忙在宣武门借了娘家一处空着的宅子，秋月算是暂时安顿下来。

张山林坐在堂屋里，语重心长道："当年我爸爸救你爷爷的时候，那可是迎着洋人的枪子儿上去的，他老人家连句磕巴儿都没打。眼下，荣宝斋遇到了这么大的麻烦，你也知道，贝子爷、额大人咱都得罪不起，要救荣宝斋，只有靠秋月姑娘你了！"

秋月沉默不语，眼泪扑簌簌地滚落下来。

张山林不耐烦了："嗨，别哭啊，你倒是答应还是不答应，给句痛快话儿！"

秋月站起身，冲进旁边的耳房，"砰"的一声把门关上了。

"秋月，秋月……"张山林喊了半天，秋月没应声，他只好起身告辞。

张山林从堂屋里出来，朝大门口边走边叹气："唉，挺好的事儿，秋月她怎么就想不开呢？"

小玉提起窗台上的鸟笼子追上去："您的鸟笼子。"

张山林接过鸟笼子："都是这糟心的事儿搅的，连小宝贝儿都差点儿忘了。小玉啊，秋月要是答应了，你就赶紧给我送个信儿。"

小玉噘着嘴："小姐要是不答应呢？"

"她不答应也得答应！"张山林气急败坏地甩出这么一句。小玉立马就急了："凭什么呀？杨大人出了事儿，您不来帮衬一把也就算了，还乘人之危算计小姐，这算什么世交啊？"

张山林站住："嗨，秋月姑娘还没说什么呢，你一丫头倒逮着理了，这儿有你说话的份儿吗？"

小玉刚要还嘴，秋月的声音从耳房里传出来："小玉！"

"来啦！"小玉瞪了张山林一眼，转身走了。

张山林提着鸟笼子走到大门口，正好遇见张幼林，张幼林很意外："叔，您怎么来了？"

张山林白了他一眼："许你来就不许我来呀？"说完便匆匆离去。

张幼林看着张山林的背影，迷惑不解。

秋月还在哭泣，张幼林进了院子，站在门外隐隐约约地听见了，他没敢贸然打搅，就来到厨房问小玉："我姐姐怎么了？"

小玉正在低头切菜，见是张幼林，她把菜刀往案板上一摔，没好气地："还好意思问我？都是你们张家干的好事儿！口口声声说是小姐家的世交，小姐拿你们当亲人看待，你们可倒好，暗地里算计小姐，我告诉你，虽说杨大人不在了，可官府里别的大人我们家小姐认识的多了，要想欺负她，门也没有！"小玉的嗓门越说越大，秋月擦着眼泪走进来，嗔怪地制止她："小玉！"

"秋月姐，到底出什么事了？"张幼林更加迷惑。

庄虎臣没敢怠慢，凑足了五十两银子亲自送到了左爷家。开门的是个用人，把银子收下了，让他过去跟左爷打个招呼。用人伸出胳膊指着东面的一片空场："左爷在那边呢。"庄虎臣顺着用人所指的方向望去，那是个义和团的拳坛，只见左爷和喽啰们都是义和团的装束，左爷坐在太师椅上，喽啰们侍立左右，不远处，三个穿着朝服的京官被五花大绑着押过来，走在后面的就是总理衙门章京王雨轩。

庄虎臣一愣，没敢往前去，抽身躲到了旁边的一棵大树后面。

三个京官被押到左爷面前，跪下。左爷傲慢地扫视着他们："想不到吧，你们也有今天，这叫风水轮流转，你们往常得罪我左爷的地方，我都记着呢，不是不报，时候没到。”左爷站起身，踱起了方步，“现如今是义和团的天下，你们落到我手里，一切就按义和团的规矩办，你们是死是活，就看天意了。”他挥挥手，“兄弟们，招呼吧。”

三个京官被押着向拳坛磕头，磕完头，为首的那位被带到一堆燃着的煤火前，向火里投进了一张黄纸，左爷站在边上，仔细地观察着纸灰的变化，片刻，高声说道：“这个，放了！”

那官员被松了绑，他没有立即逃走，却跪在地上一个劲给左爷磕头：“谢谢大人，谢谢大人……”

黑三儿上前踢了他一脚：“还不快滚！”似乎这时他才反应过来，颤巍巍地站起身，惊魂未定：“是，我滚，我滚……”说着，倒退着往外走，脚下还被绊了个趔趄，差点摔倒。他刚一离开人群，转身撒腿就跑了。第二个被带到火堆前面的官员被刚才的场面吓晕了，瘫在地上像散了架似的，两名义和团众架着他向火堆里扔进了一张黄纸，黄纸很快烧成了一团，左爷一挥手：“这个，斩了！”

两名义和团众将浑身瘫软的官员往外拖了拖，刽子手挥起砍刀，只见明晃晃的太阳下，砍刀落下的瞬间，鲜血喷涌而出，人头落在地上，滚出一丈多远……左爷拍手叫好：“兄弟，好手艺，干得漂亮！”

大树后面，庄虎臣吓得瞪大了眼睛，冷汗顺着脑门不住地向下流。

王雨轩被拉到火堆前，一个劲儿地冲左爷磕头，嘴里喊着：“左爷饶命，左爷饶命啊……”柴禾塞给王雨轩一张黄纸，王雨轩哆哆嗦嗦地把黄纸扔进了火堆里。黄纸被火舌吞噬着，左爷狞笑着欣赏黄纸的燃烧，王雨轩跪在地上，浑身不住地颤抖。

时间仿佛被拉长了，四周寂静无声，一阵风吹过来，纸灰跳跃着飞舞到半空中，散落到王雨轩的身上，左爷欣赏够了，右手一挥：“拉过去，斩了！”

王雨轩猛然醒悟，他的哀求变成了痛哭：“左爷海涵啊，当初我有眼不识泰山，看在我上有七十老母、下有未成年儿女的分上，您就饶了我吧……”

两个义和团众把王雨轩拖出圈外，刽子手愤愤地说道：“死到临头，废话还挺多，早干吗去了？”说着挥刀要砍。

“慢！”黑三儿提着砍刀从人群里走出来，王雨轩似乎发现了救命稻草，眼巴巴地看着黑三儿走过来。

黑三儿对刽子手说：“兄弟，这活儿我来做。”听到这话，王雨轩惊叫着向后退缩，黑三儿挥刀砍向王雨轩的脑袋，血雾霎时飞溅出来……

大树后面，庄虎臣呆住了，眼前的场景变得缥缈、虚幻，王雨轩的哀号在耳畔不住地升腾、回荡，他眼前一黑，一头栽倒在地上……

秋月靠在堂屋的门框上，望着天上的一轮明月若有所思。小玉过来给她披了件外衣：“小姐，都站了一晚上了，星星、月亮的也该看得差不多了，进屋睡觉吧。”

秋月沉默不语，过了半晌才缓缓说道：“明天是我父母的忌日，陪我去上坟。”

第二天一大早，小玉就雇来了马车，和秋月一起向城外赶路。新住处离城门不远，小玉这些天出来进去和守城门的几个义和团都混得挺熟，老远就打上了招呼：“赵大哥，又是您当班啊？”小玉招呼的这位大哥是个高个子年轻人，叫赵禄，家在顺义，离小玉的老家有二十多里，也算是老乡了。

“是啊，这大早晨的，你干吗去呀？”

“今天是小姐父母的忌日，我们去上坟。”

马车停下，赵禄撩开帘子向里面察看，立刻被秋月的美貌惊呆了，秋月礼貌地向他微笑致意，赵禄半晌才回过神来：“姑娘，听说洋兵快开过来了，路上留神哪。”

“谢谢这位大哥，我们上完坟就回来。”

马车走了，赵禄呆呆地看着马车的背影，他的同伴好奇地凑上去：“瞧见什么了？”

赵禄摇摇头：“嗨，说了你也不信。”

坟地上，秋月在父母的坟前跪下，不禁失声痛哭：“父亲、母亲，你们好狠心，扔下女儿走了，女儿孤身一人活在世上，好苦啊……”小玉正在烧纸钱，她抹了一把眼泪，过去劝慰道：“小姐，别哭坏了身子！”

不远处，一支送殡的队伍抬着棺材吹吹打打走过来。棺材被放下，领头的小玉认得，是位姓赵的中年汉子，他对众人拱拱手说道：“各位受累了，都先回去吧。”

一个吹唢呐的诧异地问：“不入土啊？”

“家属还没到呢，唉，客死他乡也够惨的，我一个人等着就行了，你们回吧。”

待众人走远，老赵打开了棺材盖，出人意料，伊万从棺材里坐起来。小玉正在向这边张望，她吓得尖叫一声：“妈呀，有鬼！”秋月回过头去，也是惊讶万分：“伊万先生？”

伊万向秋月招招手，跳出棺材，四处张望了一下，问赵大爷：“还能再往前走吗？一会儿我想去东交民巷。”

老赵摇摇头：“伊万先生，只能给您送到这儿了，再往前，就是棺材义和团也要开棺验尸，怎么进城您得自个儿想辙了。”伊万沉默了片刻，递过银子：“那好，谢谢您了，这是咱们说好的银子。”

老赵推辞：“用不了这么多。”

伊万坚持塞给他："您冒着掉脑袋的风险救我，这个价值不是钱所能计算的。"

伊万说得十分诚恳，老赵长叹一声："唉！伊万先生，您和义和团要杀的那些洋人不一样，这我心里有数儿，那回，要不是您带着洋大夫及时赶过来，我那小儿子就没命了，我们中国人讲究知恩图报啊……唉，祝您好运吧！"

老赵叹息着走了，伊万向秋月她们走去。

秋月惊异地看着伊万，小玉惊魂未定，浑身哆嗦："小……小姐，伊万先生是人还是鬼？"

伊万在路旁摘了一束野花，敬献在秋月亲人的坟前，鞠躬致意。

"伊万先生，您……"秋月探询地看着他，伊万疲惫地坐下："我一路上用各种办法躲避追杀赶到这里，我记得今天是您家人的忌日，我猜想一定会在这里遇到您。"

秋月的眼睛一亮："见到杨大人了吗？"

伊万低下头，沉默不语。那天深夜从暗道里出来，伊万就迷了路，待到天亮之后他费尽心思又摸回旧道观时，只见院子里有一大摊血迹，却未见杨宪基的人影，伊万的心不觉一沉，他从血迹判断，杨宪基凶多吉少。离开旧道观，伊万没敢再到村子里去，他询问了路边一个干农活的老人，老人告诉他，早上看见两位僧人抬着一个浑身是血的人朝坟地那边去了，伊万这才怅然离去。

吃过早饭，张幼林来到母亲的卧室，叙说了昨天的事，张幼林十分不满："我叔他怎么能这样啊？这不是明摆着为难秋月姐吗？"

"唉！"张李氏叹了口气，"他这个人，除了养虫儿、玩鸟儿一门灵，别的就都甭提了！你去告诉秋月，嫁与不嫁看她自个儿的意思，这跟张家和郑家上辈人的事儿没关系，跟荣宝斋的买卖更没关系，荣宝斋就是关门歇业，也不能让秋月嫁给她看不上的人！"

张幼林点点头："我也是这个意思。"

张李氏思忖着："除了杨大人，秋月还有别的人吗？"

"有个叫伊万的俄国人对她不错。"

"伊万？这名字听着耳熟啊，还是个俄国人……"张李氏紧张起来，"呦，是不是在银行里当差呀？"

张幼林摇摇头："不是，在俄国使馆，他们在南京的时候就认识，伊万一直对秋月姐情有独钟，可秋月姐看上了杨大人。"

"不在银行里当差就好。"张李氏这下放心了，张幼林感到诧异："妈，这跟银行有什么关系吗？"

“唉，你不懂，就别打听了。幼林哪，杨大人一时半会儿也回不来，伊万要是追得紧，秋月会不会动心呢？”

“这就难说了，可我觉得秋月姐会一直等着杨大人。”

“贝子爷那边要是纠缠不放呢？”

“秋月姐要是不愿意，他贝子爷总不能愣抢人吧？妈，没什么好怕的。”

张李氏忧心忡忡：“唉，秋月也是红颜薄命啊，她这份儿漂亮是福也是祸，老这么悬着不定会闹出什么事儿来，你再跟我过去一趟。”

张幼林站起身：“妈，街上这么乱，您就别动弹了，我去就行，我把您的意思跟她再念叨念叨。”

“也好，还是劝劝她，搬过来住吧。”

张幼林已经走到了门口，张李氏又叮嘱一句：“你路上留神，直来直去。”

“知道了。”张幼林答应着迈出了门槛。

返回的路上，又到了城门口，赵禄挥手示意停车，小玉歪着脑袋问：“赵大哥，刚才不是查过了吗？”

“洋人什么招儿都使得出来，我们这是防备万一。”

藏在车厢里的伊万紧张起来，犹豫着是否要出去，秋月示意他别动，轻轻地撩开帘子，探出头来对把守城门的几个人嫣然一笑：“大哥辛苦了，洋兵什么时候过来呀？”

赵禄的同伴们呆呆地看着秋月，其中一人回答得结结巴巴：“说……说不准。”

“那我们快快赶路了？”

“赶路，赶路……”赵禄拉开同伴让开了大路，马车不紧不慢地进了城。

几个人目送着马车，不知谁冒出一句：“嘿！这娘儿们真他妈漂亮，皇上的娘娘也不过如此吧……”

张幼林在秋月家门口百无聊赖地徘徊着，一队义和团从门前经过，三郎从队伍里走出来：“张少爷！”

张幼林打量着三郎这身装束：“你也入义和团啦？”

“嗨，我们家大人让我去的，自打街上一开始杀人，我们家大人就吓得不敢出门了，天天晚上听我给他讲外面的事儿，我也乐得跟义和团一块儿围教堂、打洋人，嘿，我们在天主教北堂挖地道、埋地雷，还用‘大力穿屋’烧这帮孙子，甭提多过瘾了，比在府里窝着强多了！”

“‘大力穿屋’是什么玩意？”张幼林好奇地问。

三郎连说带比画："是一种火箭，前面是根杆儿，尾巴上带着火种，用炮射出去，落到哪儿，就把哪儿点着了……"

"三郎！"队伍里有人招呼他，"得，张少爷，回见。"三郎跑去追赶队伍了。

又过了约有一顿饭的工夫，秋月的马车终于回来了。小玉跳下马车，并没有理会张幼林，而是先匆忙打开了大门。"我秋月姐呢？"张幼林跟在小玉身后，小玉没顾上回答，谨慎地往左右看了看。

"问你话呢。"张幼林催着。小玉一甩头，不耐烦地："等会儿！"

一个挎着篮子的老太太从门前经过，老太太走远了，小玉才对着车厢轻声招呼着："伊万先生，快点儿！"

伊万从马车上下来，快步跑进了院子。

张幼林惊讶地看着，秋月下了车，拉起张幼林："进去说。"

三个人坐在堂屋里，伊万叙述了那天夜里的经过，秋月呆坐在椅子上，泪流满面，过了许久，才哽咽着问道："你为什么不去救他？"

"暗道上面是个机关，从外面扣上以后在里面推不开，我试了很久。"

张幼林在屋子里徘徊着："您肯定杨大人被害死了吗？"

伊万点点头："从外面传来的声音和后来见到的血迹判断，我基本上肯定。"他深情地注视着秋月，"秋月小姐，你住在这里很不安全，和我一起到使馆去吧。"

"不行，现在城里乱得很，到处在搜捕洋人，就您这长相，到不了使馆就得掉脑袋。"张幼林立即否决了。

伊万很固执："这么远的路我都躲过来了，快到家门口了，一定能想出办法来。"

秋月擦着眼泪："不，还是听幼林的吧。"

"您现在去东交民巷等于自投罗网，义和团和官军正在攻打使馆。"张幼林把手里的茶碗放在桌子上。

"攻打使馆？简直荒唐，中国还是一个国家吗？这个国家到底谁说了算？居然在自己的首都明目张胆攻击他国使馆，如此践踏国际公法，这种行为会产生严重后果！"伊万愤怒地在屋里来回走动着。

张幼林白了他一眼："伊万先生，这件事怕是各说各的理，洋人的传教士也是良莠不齐，打着上帝的名义干坏事的人横行乡里，置大清国的法度于不顾，怎能不激起民变？他们的所作所为，难道就符合国际公法？"

伊万站住："张先生，你也是受过西方教育的人，竟然如此是非不分，和愚昧的暴民持相同看法……"张幼林打断他："别扯淡了，从道光二十年的鸦片战争开始，西方列强什么时候跟中国讲过国际公法？还不是靠坚船利炮，想打就打？一次次的割地赔款，早把民众的心头之火点燃了，这次不爆发出来，也是早晚的事儿。"

“可这么干对中国更加不利，这种毫无理性的行为，只会给中国带来更严重的灾难，八国联合军队马上就会兵临城下，联军一到，怕是又要生灵涂炭了。”

“那没办法，大清国无处可退，只好再打一仗了，就算打败了，也比任人宰割强。”

“张先生，我无法说服你，但我可以给你一个忠告：只要联军一到，北京城很快会变成一座地狱，你还是提前想办法躲一躲吧。”

“谢谢伊万先生，身为中国人，我无处可躲，国家有难，匹夫有责，张某虽是一介书生，也不能袖手旁观，大不了玉石俱焚矣。”

秋月皱起了眉头：“哎呀，伊万，幼林，都什么时候了，你们还在吵架。国家之间的事，恐怕一时半会儿讲不清，我们还是想想，现在怎么办。”

“轰、轰”，不远处传来几声巨响，震得桌子上的茶碗乱跳了几下，张幼林待不住了：“我出去看看。”

“别走远了。”秋月嘱咐着。

张幼林走到了门口，又转过身叮嘱伊万：“在我回来之前，您千万别离开这儿。”

离开秋月家不久，枪炮声骤然猛烈起来，八国联军的先头部队已经和京城的守军接上火了，张幼林快步向东交民巷方向走去。一队义和团在前面不远处停下，围观一张新贴出来的告示，这张告示是由被洋人收买的中国人偷偷贴上去的。义和团众人围着告示指指点点，不知上面写的是什么。为首的大师兄看看路人：“我说，谁认字儿啊？给大伙念念，洋人都说些什么？”

张幼林走过去念道：“‘往来居民，切勿过境，如有不遵，枪毙尔命。’这也太不像话了！”

大师兄上前气愤地一把将告示扯下：“在我大清国的地界里，竟敢如此放肆，真是活腻歪了！”一个义和团众挥动着手里的鬼头刀：“千刀万剐的洋毛子，看爷们儿怎么收拾你们！”

“叭、叭——”不知从何处飞来两声冷枪，大师兄高喊：“趴下！”随手把张幼林按倒在地上。子弹从刚才张幼林站着的地方穿过，打在墙上冒出一片火星。

有人叫骂着：“妈的，是从意大利使馆里打出来的，这些洋鬼子，等老子打进去，非扒了他们的皮。”

另一颗子弹打中了刚才挥动鬼头刀的义和团众的腹部，鲜血飞溅出来，众人围拢过去，扶住他。大师兄招呼大家：“赶快离开这儿！”众人背起伤员，迅速撤进了旁边的胡同里。

张幼林感激地望着大师兄：“大哥，你救了我！”大师兄摆摆手：“别说这个了，附近有大夫吗？”张幼林环顾左右：“我带你们去。”张幼林带着义和团一行人急速地穿行在胡同里，前面传来了密集的炮声，几个老百姓慌慌张张地跑过来，张幼林急切地问："大叔，前面怎么了？"

"洋兵已经到了，正用大炮轰城墙呢。"

大师兄招呼众人："弟兄们，打洋兵去！"又嘱咐张幼林："麻烦你把这位受伤的兄弟送到大夫那儿。"

大师兄带领众人向前面奔去，张幼林犹豫了片刻，给背着伤员的人指了路，也向炮响的方向跑去。

此时的八国联军已经打到了城门外，义和团和官军依托着城墙和洋兵展开了激战。城墙上，一挺12.7毫米口径的"格林快炮"吐着火舌猛烈地向攻城的洋兵扫射着，这是清军最早装备使用的自动枪械，也叫加特林机枪，由美国柯尔特武器公司制造。这种机枪的火力很猛，是由10根枪管并列安装在一个能旋转的圆筒上，手柄每转动一圈，各枪管依次装弹、射击、退壳，发射速度可达每分钟350发，颇具杀伤力，洋兵一时不敢靠近。

这时张幼林也顺着马道跑上城墙，他从地上捡起一支来复枪，趴到了枪眼下朝着城下就扣动了扳机，出乎他意料的是，这枪竟然没有打响。

张幼林正在摆弄手里的枪，突然听见洋兵阵地上的大炮响了，此时就像平地起了飓风，几十颗炮弹在城楼和城墙上爆炸了，猛烈的冲击波将守军士兵破碎的肢体抛向空中，木质的城楼燃起了冲天大火，一颗炮弹准确地落在"格林快炮"旁边，爆炸之后，"格林快炮"和正在射击的士兵都消失得无影无踪了……

顺源祥米店东家的二小姐何佳碧，站在自家四合院第三进东屋的房顶上，手里举着单筒望远镜向城墙方向兴致勃勃地观看着，还不时地发出大呼小叫声，丫鬟环儿在下面急得直跺脚："小姐，快下来吧，万一洋炮打过来就麻烦了！"

"离这儿远着呢。"何佳碧把望远镜换了一只眼睛，张幼林出现在她的视野里，"哟，这个人不像是义和团呀……"

"那就是官军了，这会儿去打仗的还能有谁？"

"也不像是官军，倒像是哪家的少爷……"何佳碧突然大笑起来，"这家伙连捡了好几支枪，都是没打响又扔了，他会不会使枪呀？"

"哎呀！小姐，你还管人家会不会使枪？赶紧下来吧！"

"哟，他居然捡起石头往外扔，洋人还怕你的石头？你旁边不是有个大炮吗，你开炮呀？这个笨蛋！"何佳碧真替他着急。

家丁匆匆走进院子，仰起头喊道："二小姐，老爷让您赶紧下来收拾东西，到乡下躲几天。"

"知道啦！"何佳碧答应着，举着望远镜却没动。一颗炮弹在不远处爆炸，碎片飞溅过来，环儿不顾一切地爬上房顶，拉着何佳碧向下走。

何佳碧不情愿地跟着她，没走两步，又停下来，转过身举起望远镜寻找刚才那位少爷。

城墙上，张幼林将手里的鹅卵石狠狠地扔出掩体。一阵密集的枪声响过，离他一丈多远的大师兄身中数弹，仰面倒下，身上霎时血流如注。

张幼林大怒，他抄起地上的一支来复枪朝城墙下扣动扳机，但枪还是没有打响。他急得大叫："这枪怎么都打不响？谁来教教我？"

一个负重伤的士兵斜靠在城墙上向张幼林伸出手："兄弟，给我枪！"

张幼林递过枪，士兵艰难地拉动枪栓，将子弹顶上膛，又还给张幼林，声音微弱地说道："不会用枪没关系，见着洋人就搂火，别伤着自己人就行。"

"大哥，谢谢啦！"

"不客气，瞄……瞄准了打……"士兵的头耷拉下来。

一个叫花子扛着一箱弹药上来了，他打量着张幼林："呦，这不是张少爷吗？怎么跑这儿来啦，这是玩命的地儿，您跟着掺和什么，还不快下去！"

这个叫花子平时常在张家附近乞讨，和张幼林挺熟。张幼林看了他一眼："别瞎咋呼，赶快抄家伙，洋兵上来啦。"

张幼林朝着对方的散兵线终于打响了一枪，来复枪的后坐力很大，他肩膀被枪托狠狠撞了一下，城下一个洋兵被击中栽倒了……

守军士兵欢呼起来："兄弟，好样儿的！"

张幼林得意忘形，他站起来放声大笑："哈哈！洋鬼子，我还以为你不是肉长的……"突然，一颗炮弹在附近爆炸，张幼林被强大的冲击波抛到了半空中……

这一切被何佳碧在望远镜里看得一清二楚，只见何佳碧的表情倏地就变了，大叫一声："糟了！"

"小姐，快点儿吧！"环儿已经站到了院子里，何佳碧还在房顶上没动，这时，她从望远镜里看到叫花子从一个角落里冲出来，背起张幼林就往外跑，何佳碧急忙从房顶上下来，高声喊着："环儿，快备车！"

左爷和一群喽啰正围着桌子在自家院子里喝酒，他们已经脱下了义和团的那身装束，换上了往日的便装。柴禾急急忙忙跑进院子："左爷，洋兵已经打到前面那条街了，义和团的大师兄催咱们上呢，他们快顶不住了。"

左爷看了他一眼，扬脖喝了一杯酒："嘿嘿！大师兄发令了，这就有意思了，弟兄们，谁是大师兄啊？"

黑三儿摇着脑袋："不认识，没听说过这个人。"

小五夹进嘴里一粒花生米："凭什么让咱们上？没看见咱弟兄们正忙着呢吗？哪儿有时间去打仗啊。"

柴禾这时也回过味儿来："就是，打仗关咱们什么事儿？京城的大门敞着，谁他妈爱来谁来。"

左爷挥挥手："你去告诉那个叫什么大师兄的，老佛爷和皇上都跑了，他还起什么哄啊，自己要不想活了也好办，护城河又没盖儿，跳护城河去呀，干吗非拉着我们弟兄去垫背？你告诉他，弟兄们正喝酒呢，没工夫！"

柴禾坐下："算啦，左爷，我也甭去了，兴许我还没到那儿，那个大师兄就让枪子儿打死了，我不是白跑冤枉路吗？"柴禾拿起一杯酒："还是他妈喝酒痛快……"

黑三儿凑到左爷的耳边："左爷，如今洋人忙着攻城，官军和义和团忙着守城，老佛爷和皇上忙着逃跑，咱们也别闲着呀，总得找点事儿干不是？"

"你的意思是……"

"趁乱发点儿小财嘛，您想啊，皇上都跑了，现在的京城可是没人管喽。"

左爷一拍脑门："嘿哟！我怎么把这个茬儿给忘啦？你小子脑子是好使，等会儿老子得赏你两吊，起来，起来，都抄家伙，跟我出去转转……"

"等等。"柴禾放下酒杯，"我说左爷，咱还得穿上义和团的衣服。"

"怎么个意思？"左爷问。

"冤有主，债有头，有账也该找义和团算去，是不是这个理儿？"

"嘿！柴禾，你小子想得可真周到，一会儿赏你五吊。"左爷大笑。

这伙人换上义和团的衣服，手里拿着大刀、长矛窜出了大门。

他们刚拐到大街上，迎面看见叫花子背着浑身是血、已经昏迷的张幼林气喘吁吁地走过来，黑三儿认出了张幼林，悄声说道："左爷，是荣宝斋那小兔崽子，看样子伤得不轻，这会儿也没人给他撑腰了，这可是咱下手的好机会。"

左爷阴冷地盯着张幼林："让他再活些日子，我还得用他做笔大买卖！"

这时，一辆装饰华丽的马车在叫花子面前停住，何佳碧跳下来："快把少爷放车上！"叫花子早已汗流浃背，不住地连声道谢。马车掉头向前面的一家药铺疾驶而去。

秋月在院子里听着一阵紧似一阵的枪炮声，坐立不安："幼林怎么还不回来！"

"很可能被挡在路上了，您不要着急，我出去看看。"伊万转身要走，秋月拦住他："外面情况不明，您不能随便出去。"

"这样的日子我真是过够了，到什么时候才能结束呢？"伊万十分无奈。

"快了，义和团和洋兵一交上火，离结束的日子就不远了。"

伊万抱住秋月："答应我，跟我一起回俄国吧，我已经离婚了。"

秋月沉默不语，伊万深情地注视着她："要不是发生这场变故，我上个月就该离任了，如果你答应和我一起走，只要回到使馆，我立刻提出申请，我向上帝发誓，让我照顾你，这也是杨大人的意思。"

提到杨大人，秋月的眼睛里瞬间充满了泪水。

参加抵抗的义和团和清军终因实力悬殊而战败，1900年8月14日，八国联军进入北京城区，北京城即将面临一场劫难。

第二天清晨，在伊万的一再请求下，秋月挥泪离开了暂时的栖身之所。

8月中旬正是北京最热的时节，马车封闭的车厢四面都被卸掉了，只留下了顶棚遮挡太阳。秋月和伊万并排坐在行驶的马车上去东交民巷，被刚出贝子府的徐管家看见了，徐管家不觉愣住了，半晌才醒过味来。

徐管家匆忙赶到了额尔庆尼家，额尔庆尼正在院子里喂鸟，要把徐管家往客厅里让，徐管家摆摆手："就在这儿说吧，唉，义和团闹了这么些日子，眼下洋兵打进来了，您说，京城能有好儿吗？贝子爷让您也赶紧躲躲，甭管上哪儿，先离开京城。"

额尔庆尼听罢感慨万分："到了关键时刻，还得说是自家人想着自家人啊，回去替我好好谢谢贝子爷！"

"那我就告辞了。"徐管家要走，被额尔庆尼拦下了："您等等。"额尔庆尼转身进了北屋，徐管家闲着没事，逗起鸟儿来。鸟笼子里，只见两只蓝靛颏儿欢天喜地，正"伏天儿，伏天儿"地叫着。

额尔庆尼手里拿着个精致的长方形盒子出来，徐管家看着他："您这蓝靛颏儿珍贵呀，能叫'伏天儿'。"

"岂止能叫'伏天儿'啊，您再听听，是能叫'起落板伏天儿'。"

徐管家仔细听着，鸟发出了类似"吱吱、嘟噜儿"的一种声音，他点点头："是有起落板。"

"我刚弄到手的，蓝靛颏儿的绝品，唉，不是时候啊！"额尔庆尼把手里的盒子递给徐管家，"这是上好的灵芝，给贝子爷带过去。"

徐管家接过盒子："看着您这鸟儿我还想起来了，张爷家的那个世交秋月姑娘，您猜怎么着？"

额尔庆尼琢磨了一下："自个儿找上门来啦？"

"没有，跟着洋人走了，我来的时候亲眼瞧见的。"

额尔庆尼眉头一皱："哎哟，那就别招她了，如今洋人是爷，咱惹不起！"

送走了徐管家，额尔庆尼就忙着招呼家里的用人收拾东西，他自己则回到床上小睡了一觉，醒来坐在了太师椅上闭目养神。三郎提着鸟笼子走进屋来："大人，这对蓝靛颏儿带不带？”

额尔庆尼摆摆手：“不带，这是去逃难，哪有闲工夫伺候它呀。”三郎看着鸟儿：“可惜了的。”

“可惜了的东西多了。”额尔庆尼转念一想，“也别糟践了，让人把它送给张爷，做个顺水人情儿。”

“是。”三郎退下了。

北京劫难来临了，八国联军进城的这几日，联军统帅、德军元帅瓦德西特许士兵公开抢劫三天，然而，何止这三天，直到八国联军撤离，抢劫就没有真正停止过。皇宫、颐和园里珍藏的宝物被抢掠，大量珍贵的文物流失，八国联军还抢走了北京各衙署的存款约六千万两白银，其中日军劫掠户部库存白银三百万两后，放火焚毁衙署，掩盖罪证。同治皇后的父亲、户部尚书崇绮的妻女被拘押到天坛，遭到联军数十人轮奸，归来后自尽，崇绮也服毒自杀了。位于西四北太平仓胡同的庄亲王府被联军放火焚烧，当场就烧死了一千七百多人。法国军队路遇了一群中国人，怀疑是义和团，竟然用机枪连续扫射长达十五分钟，全部打死……

据当时的一位目击者记述：“各国洋兵，俱以捕拏义和团、搜查枪械为名，在各街巷挨户踹门而入，卧房密室，无处不至，翻箱倒柜，无处不搜。凡银钱钟表细软值钱之物，劫掳一空，稍有拦阻，即被残害。”

街上冷冷清清，几乎见不到行人，整座城市处于瘫痪状态，然而也有天不怕、地不怕的，那就是张山林这位爷。大清早，张山林就七绕八绕地来到了额尔庆尼家。

蓝靛颏儿在鸟笼子里已经无精打采了，张山林见了心疼万分，赶紧加水、喂食，边忙乎边抱怨：“瞧瞧，怎么都成这样了？”

用人在边上看着：“没人会伺候啊，额大人走之前留下话了，让把这对鸟儿送给您，可这几天街上乱哄哄的，谁敢给您送过去啊。”

“今儿早晨我听说了，没耽误，到家搁下鸟笼子，躲着洋兵的枪子儿就来了，我就知道你们不会伺候，要是再晚来两天，这鸟儿可就玩完了……”

外面吵吵嚷嚷，接着就是重物砸门的声音。用人脸色大变：“不好，洋兵来了，您先躲躲。”张山林提着鸟笼子被用人让进了东屋。

用人打开了大门，一群洋兵蜂拥而入。这些洋兵有的带着铲子、锄头，有的拿着斧子、背着包袱，还有的提着上了刺刀的洋枪。

用人满脸惊恐：“我家大人带着银子早跑了，家里没留下值钱的东西……”洋兵们根本不听用人讲话，一把将他推开，径直进了院子。

几个洋兵先是叽里呱啦地商量了片刻，然后在院子里开始用锄头撅地，其余的在各进院子里窜来窜去洗劫物品。

张山林在东屋里捅破了窗户纸，紧张地向外张望。

北屋里，一个身材高大的洋兵用斧子使劲地劈着樟木箱子上的铜锁，用人上前阻拦："洋大人，你们可不能这样，要是我们家大人回来，我可没法儿……"话还没说完，就被边上站着的另一个洋兵推倒在地，用人爬起来又上前阻拦，洋兵恼怒起来，回手就是一斧子，这斧子不偏不斜，正好砍在用人左侧的颈动脉上，鲜血立刻蹿出了老高。用人悄无声息地倒在了地上。

箱子打开了，洋兵大叫："发现宝贝了！"在院子里掘地的洋兵听到叫声，扔下锄头跑进了北屋。

张山林趁机提着鸟笼子从东屋跑出来，蹿向大门。北屋的洋兵发现了他，跳到门口向他举枪射击，张山林跑得飞快，已然消失在影壁后面……

张山林逃出了胡同，见洋兵并没有追出来，这才松了口气。看看笼子里的鸟儿，虽说受了点惊吓，但还好好的，不觉心中大喜。他盘算着，今儿个是老天爷保佑，大难不死，白捡了一对极品蓝靛颏儿，值了！张山林又加快了脚步，他要给侄子显摆去。

张幼林的左小腿被弹片击穿，在药铺止血、包扎之后就被何佳碧和叫花子送回了家。

庄虎臣请来太医，太医看了看，说问题不大，没伤着骨头，不会落下残疾，大家这才放了心。

这几日洋兵到处抢东西，铺子关门歇业，庄虎臣心里惦记张幼林，抽空又过来看看。他拐进了胡同，猛然看见秋月和一个洋人正站在张家的大门口敲门，仔细一看那洋人，庄虎臣不禁大惊失色，赶紧闪身躲进了旁边一户人家的门洞里。

张山林提着鸟笼子走过来："庄掌柜的，您在门洞里干吗呢，怎么不进去呀？"

"秋月姑娘和一个洋人刚进去，我来得不是时候。"

"洋人？"张山林一愣。庄虎臣凑到他的耳旁悄声说道："您还记得松竹斋倒闭之前跟银行借银子那事儿吧？就是那个洋人经手办的，松竹斋改成荣宝斋都好些年了，是不是他发现了什么，趁着眼下的乱劲儿又来找后账？"庄虎臣往张家门口看了看："他来就来吧，还扯上了秋月姑娘，这事儿就复杂了。"

"等等，您说什么，秋月和洋人在一块儿？"张山林一下子恍然大悟，"明白了！额大人的消息可真够灵通的呀，怪不得他要送鸟儿给我呢，真是此一时、彼一时啊！"

庄虎臣听得莫名其妙，张山林拍拍他的肩膀："我说庄掌柜的，什么松竹斋改成荣宝斋的，您趁早儿把它忘了吧，如今是八国联军打进了北京城，洋兵正四处抢东西呢。”张山林压低了声音：“咱们那铺子可得有点准备。”

庄虎臣也压低了声音：“值钱的东西都埋起来了。”

张山林摆摆手：“瞎掰！我刚在额大人家看见的，洋兵掘地三尺找宝贝，你埋哪儿也得让他们挖出来。”

“您别把话扯远了，先说眼前的，您说，这秋月姑娘……”

“好事儿啊，现在什么人最横？洋人哪，随便抢东西、杀人，连老佛爷都惹不起跑啦，就甭说贝子爷、额大人了。”张山林摇晃着脑袋，“秋月姑娘，行啊，勾搭上洋人，贝子爷就不敢惦记了，他额大人还能拿荣宝斋怎么着啊？”

庄虎臣点点头：“您说得有道理。得，您进去吧，我改日再来。”张山林进了院子径直就去了侄子的卧室，他在床边的椅子上坐下：“幼林，我可差点儿就见不着你了！”

张幼林斜靠在被子上，诧异地看着他：“叔，街上这么乱您还出门？”张山林举起鸟笼子：“你瞧瞧，这鸟儿你见过吗？告诉你吧，极品蓝靛颏儿，全北京城就这一对儿，赔上命也值，哪像你啊，不明不白地挨了一炮……”

这时，张李氏陪着秋月、伊万走进来，张山林站起身，有些尴尬：“呦，秋月姑娘来啦，你们聊，你们聊……”他提起鸟笼子赶紧溜了。

用人抱进一摞书，放在了张幼林的枕边，秋月看了看张幼林的伤腿，怜惜地问道：“还疼吗？”

“没事儿，我能忍着。”

“我给你选了些书，反正你也下不了地，慢慢看吧。”

张李氏笑望着秋月：“也就是你还能说说他，我的话，他是一句也听不进去……”她们坐在床边闲聊，张幼林注视着伊万：“伊万先生，您不会带秋月姐去俄国吧？”刚才一进门，张幼林就发现伊万有些异样。

“这可说不好，我的任期已经满了，卸任后我会考虑回圣彼得堡，秋月答应跟我走。”伊万的脸上洋溢出一种发自内心深处的幸福和喜悦。

张幼林一下子失望到了极点，他又转向秋月：“秋月姐，这是真的？”

秋月默默地点点头。

“秋月姐，你回答我！”张幼林显得很固执，秋月犹豫了片刻，轻声说道：“是真的，幼林，我已经答应伊万了。”

听到秋月这样确切的回答，张幼林觉得自己支撑不住了，数年来魂系梦牵、不断憧憬的一个美丽的梦想瞬间就被击碎了，他感到了一种撕心裂肺的痛，身体不由自主地滑落下来……

·第十四章·

庚子事变，以朝廷和十一个国家签订丧权辱国的《辛丑条约》宣告结束，八国联军撤出了北京城，庄虎臣那颗悬着的心也终于放下了。在联军占领期间，北京城内，地安门以东、东安门以北，房屋被焚毁十分之七八，前门以北、东四以南，几乎全部被毁，遭到破坏的其余各处不计其数，然而琉璃厂竟然平安地度过了这场劫难，没有遭到抢劫，这真是不幸中的万幸！不过，这事儿实在是有些蹊跷，它成了庄虎臣和很多人心中的一个谜团。

那天上午，一位儒雅的年轻人慕名来荣宝斋买端砚，寒暄过后，庄虎臣得知他是新近到《京早报》供职的记者，叫赵翰博。那时，京城刚有报纸出现，还是稀罕之物，庄虎臣心里琢磨，记者？那可是消息灵通人士，往后打听个事儿什么的用得着，别怠慢了，于是就热情款待，吩咐宋栓到后院把埋起来的那几方名砚取出来，供赵先生挑选。

赵翰博听罢很是诧异："庄掌柜，您的好东西都藏起来啦？"

"不是怕洋兵抢铺子嘛，"庄虎臣给赵翰博沏上茶，"嘿，赵先生，也邪了门了，按说洋人都知道琉璃厂，可洋兵怎么就没到这儿来抢呢？"

"这个嘛……"赵翰博沉吟了片刻，表情神秘，"跟赛金花有关。"

"您说的是在陕西巷开窑子的那个赛金花？她能有这本事儿？"庄虎臣也听到了一些传闻，不过他基本上不信。

"您可问到点儿上了，不瞒您说，报上登的正是出自在下之手。"

庄虎臣立刻就来了兴致："那您给说说？"

"行啊！"赵翰博是个口若悬河的人，就此打开了话匣子，"赛金花可是有些来历的，当年洪状元在苏州的烟花巷里遇见她，立马被迷倒，不惜花重金给她赎身。后来洪状元做了朝廷的钦差大臣，就带上赛金花去周游列国。其实，赛金花长得算不上特别漂亮，但是聪明过人，在德国，特别受到腓特烈皇后的喜爱，时不时地就召见她，赛金花的周围还围着一群青年贵族军官，其中就有后来成为八国联军总司令的瓦德西。"

"呦，那后来赛金花怎么又开上窑子了？"庄虎臣一脸的惊奇。

"命不好啊，享不了这个福，洪状元做完了钦差大臣回到北京，没多少日子就一命呜呼了，洪状元死后，赛金花自然是被大太太赶出了家门，她衣食无着，只好重操旧业。"

庄虎臣给赵翰博倒上茶，赵翰博接过茶碗喝了一口，继续说道："八国联军打进北京，赛金花和老相好瓦德西重逢，赛金花说，老瓦，别抢了，给北京的老少爷们儿留条活路吧！瓦德西说，行啊，看你面子了，两人说着话儿就上了老佛爷的龙床……可那一晚上也没睡踏实，半夜里厨房着火，眼瞧着大火往这边蹿过来，赛金花和瓦德西赶紧起身，衣裳都顾不上穿，只好光着腚在紫禁城里逃命……"

"还好，深更半夜的，又是在宫里，没什么人瞧见。"庄虎臣为他们庆幸，他转念一想，"我说，照您的说法儿，琉璃厂的铺子没遭抢，都是赛金花的功劳啦？"

庄虎臣把赵翰博当贵客招待，沏的是上好的铁观音，赵翰博被铁观音的香气迷住了，心思全在茶上，漫不经心地回答："庄掌柜的，我虽说是报社的记者，可不瞒您说，有关赛金花的这段儿也是道听途说的，登在报上给大伙儿解个闷儿，您可千万别当真。"

"啊？闹了半天都不是真的？"庄虎臣吃惊不小，赵翰博看着他不禁哑然失笑："您以为报上登的就是真的？"

"不是真的，登它干吗呀？"庄虎臣是个诚信之人，这点超出了他的想象。赵翰博放下茶碗："那我可告诉您，只要不是您自己亲眼看见的，就别实打实地全信。"

"噢。"庄虎臣明白了，"那合着，您这差使是蒙人的？"

"混饭吃，混饭吃呗。"赵翰博敷衍着。

宋栓抱过来几方砚台放在桌子上："庄掌柜的，咱们看砚台。"赵翰博拿起一方带有冰纹冻的名品端砚把玩起来，只见砚石上的洁白处略泛出青色细丝花纹，纹中有晕，似线非线，似水非水，意蕴无穷。

庄虎臣凑过去："我这砚台可都是真的，您那差事能蒙事，蒙完了还有饭吃，我可蒙不了，蒙了就得砸饭碗。"

赵翰博抬起头来，坦然地笑了："这叫猫有猫道，狗有狗道，人活一世，各行其道。"

赵翰博选中了这方，付了银票，心满意足地走了。

张幼林在北洋师范的英文教习查理先生是位狂热的足球爱好者，课余时间组织了一支球队，张幼林报名参加了，在一次训练的时候由于运动量过大，旧伤复发，他只好从北洋师范休学一年，回家养伤。

在家闲着没事，张幼林钻研起了《武经总要》。这是北宋仁宗时期中国第一部由官方主持编修的兵书，详尽记述和介绍了北宋时期军队使用的各种冷兵器、火器、战船等器械，并附有兵器和营阵方面的大量图像，张幼林已经看到了第十三卷《器图》，他正比画着揣摩书里一种叫“铁链夹棒”的兵器的用法，张李氏抱着一摞书推门进来，见儿子正在用功，脸上绽开了笑容。她把书放到了床上：“我从你舅舅那儿借来的，儿子，慢慢看着，虽说私塾不读了，可这些书不能不看，咱家的铺子净跟文人墨客打交道，铺子早晚都是你的，学问到什么时候都不嫌多……”

张幼林瞟了一眼，最上面的是手抄本的《八琼室金石补正》，他的眉头马上就皱了起来：“妈，您又来了，烦不烦啊？这些破书，我才不看呢。”

“不看这些看什么呀？”

“看我想看的。”

张李氏凑过去，脸上的笑容立刻就消失了：“你想看的都是些乱七八糟的东西，没正经的。”

“我就爱看乱七八糟的，人活着不就是找乐儿吗？干吗弄那么累呀……”

母子俩戗戗起来，张山林手里拿着蛐蛐罐迈进了门槛：“大侄儿，说得好！”

“叔，又改玩蛐蛐儿啦？”张幼林把手里的《武经总要》放下，露出了惊讶的表情。

张山林径直坐到了床沿上：“变着花样儿玩呗，幼林啊，不是我说你，你小子怎么玩什么都没常性？花这么多银子买鸟儿，玩了没几年，得，没兴趣了，连鸟儿带笼子，连个愣儿都没打就送人了，你可真大方啊，好家伙，谁是真正的爷啊？张家二少爷张幼林才是真正的爷。”

“叔，真不好意思，把您比下去了，在我之前，您可是京城远近闻名的爷。”

张山林一挑眉毛：“嘿！你当我夸你呢？你那叫冤大头，知道吗？我可跟你把话说在前头，你那些蛐蛐儿、金钟儿、蝈蝈儿什么的，要是哪天不想要了，你可不能给别人，咱肥水不流外人田，听见没有？”

“没问题，不过，咱亲叔侄明算账，我顶多是八折跟您结账……”

“嘿！你小子跟我还算钱，反了你啦？都是跟庄虎臣学的，一点儿没学出好来，居然跟你叔算起账来了。”

张李氏叹息着：“唉，养儿随叔、养女随姑，瞧瞧你这当叔叔的，也就知道幼林的将来啦。”

张山林转过身来：“嫂子，幼林要是真能像我还不错呢，可着北京城玩鸟儿的人里您打听打听，谁不知道有个张爷？”

张李氏不想再听这没正经的叔侄俩的闲扯，站起身往外走，张山林追了出去：“嫂子别走，我这儿有正事儿……”

张李氏在门外站住，张山林告诉她何家二小姐从乡下回来了。

“是吗，得找一天登门谢谢人家。”张李氏一直惦记着要还人家搭救儿子的这个情。

“这事儿就交给我吧，您一妇道人家，抛头露面的不方便。”

张李氏点点头：“也好，那就抓紧办了。”

徐管家一阵风儿似的来到了荣宝斋的大门口，却没进去，站在那儿派头儿十足地喊上了：“庄掌柜的，庄掌柜的！”

张喜儿正在低头算账，听到喊声，他放下账簿赶紧迎出来：“呦，徐管家，您请进。”

徐管家一看迎出来的是个伙计，脸立刻就拉下来了：“庄虎臣，他人呢？”

张喜儿赔着笑脸：“刚出去。”

徐管家很是不满：“出去了？那这铺子他是管还是不管呢？”

张喜儿心想，您这不是不讲理吗？又没事先约好，掌柜的凭什么得候着您？不过，他可不敢发作，依旧是满脸堆笑着：“您先进来坐会儿，掌柜的一会儿就回来。”

徐管家走进铺子坐下，张喜儿沏上茶双手奉上：“您请。”

徐管家端起茶碗，用碗盖撇了撇沫子，喝了一口，紧跟着吐出一个茶梗，皱起了眉头：“这茶不行啊。”

“对不住，不知道今儿您来，要不然就提前给您预备好茶了。”张喜儿说得谦卑，其实他是故意的，他打心眼儿里讨厌这种人。

徐管家不满地把茶碗放下。

张喜儿试探着问：“您找掌柜的……有事儿？”

徐管家拉长了音调，居高临下地瞟着张喜儿：“我们家贝子爷要来琉璃厂逛逛，贝子爷点了名儿，要来瞧瞧你们荣宝斋。”

“那敢情好，贝子爷什么时候来啊？”

“明儿个上午，让庄掌柜的准备准备。”

张喜儿点点头：“成，您就放心吧。”

第二天清早，贝子爷坐着轿子前呼后拥地就过来了，离着还老远，徐管家就急急忙忙地小跑着到了荣宝斋的门口，高声喊着：“庄掌柜的，贝子爷这就到了啊！”

庄虎臣整了整大褂儿，快步迎出去。

两人扶着贝子爷下了轿子，庄虎臣刚要迎上去，只见贝子爷一阵儿地连咳带喘，后边捧着痰盂的侍者赶紧跑过去给贝子爷接了一口痰，另一个侍者递上一杯清水，贝子爷漱了漱口，这才直起身子。

庄虎臣点头儿哈腰的：“贝子爷，您慢着点儿。”

贝子爷打量了一下庄虎臣："你是干什么的呀？"

"我是这铺子的掌柜的。"

"噢，掌柜的。"贝子爷微微点了点头。

"听说您要来，早就在这儿候着您了。"

"我这是来闲逛，你该忙什么就忙什么去，别耽误了做买卖。"贝子爷倒是挺客气。

庄虎臣更加恭敬："哪儿能够啊，您大驾光临是我们的福分，您请！"

这当口，秋月和伊万也在琉璃厂。由于联军入城，使馆的事务陡然增多，伊万离任的申请被拖延了一段时间，刚获批准，不久就可以启程了，他们要选些带走的物品。伊万在清秘阁的门口停下："咱们进去看看？"

秋月犹豫了一下："我想到荣宝斋选些文房用品。"

伊万的脸上闪过一丝不快："那我就不陪你了，你选好了到这里来找我。"

两人分手，秋月进了荣宝斋。

贝子爷正在铺子里走马观花地看着，猛然见到秋月款款走进，眼睛不觉一亮，立刻满面笑容地迎上去："秋月小姐，少见啊！"

秋月回避已经来不及了，只好硬着头皮给贝子爷道万福："贝子爷，您吉祥。"

"免礼了，有人说，杨宪基被贬了官以后，你跟了洋人了，是真的吗？今儿个我得问问清楚。"贝子爷说话倒是不绕弯子，可秋月的脸上挂不住了，她冷冷地回敬道："贝子爷，这是我自己的事儿，好像没碍着别人吧？"

"这倒也是，这是你自个儿的事儿，想跟谁可不就跟谁嘛。"

秋月抽身来到柜台边："伙计，给我选这种诗笺，还有装裱好的素白中堂、条屏，常用的文房用品，赶紧包好了，我等着走呢。"

庄虎臣走过去："秋月小姐，比平时的量多吗？"

"庄掌柜，我要和伊万先生去俄国了，得多带一些。"

贝子爷也跟过来，搭讪着："秋月小姐，好不容易碰上了，干吗急着走呀，你点个地方，晌午我做东。"

"谢贝子爷了，下次吧。"秋月干脆地拒绝了，贝子爷并不在意，又往秋月身边凑了凑："你都要跟洋人去外国了，还上哪儿找下次啊，就今儿个，成不成？"

秋月扭过脸去，贝子爷转到她面前继续纠缠："去翠喜楼怎么样？"

伊万从清秘阁出来，看到了荣宝斋里的这一幕，紧走两步进来，秋月仿佛见到了救星，赶紧走到伊万的身边，伊万搂住了她，彬彬有礼地打招呼："贝子爷，您也来逛琉璃厂了？"

"哟，伊万先生，你可捡着大便宜啦！"贝子爷酸溜溜地说。

伊万没听明白："我捡着什么大便宜啦？"

贝子爷跷起拇指："秋月小姐可是举世无双啊！怎么着，要带着美人儿回俄国了？"

伊万的脸上不禁洋溢出幸福的笑容："不好意思，用你们的话说，叫衣锦还乡吧。"

宋栓递上包好的文房用品，秋月付过银子，望着伊万："咱们走吧。"伊万点点头，又转过身："贝子爷，我们告辞了。"

贝子爷惋惜地看着秋月："不多待会儿啦？"伊万凑到贝子爷的耳边，神秘地说道："贝子爷，我惧内！"

贝子爷哈哈大笑起来："你这洋人还真有点儿意思！到了俄国，你可得好好地待秋月小姐，她要是在你们那洋地方待不惯，可得原样儿把她送回来。"

"什么叫原样儿送回来呀？"

贝子爷踱着方步："大清国到俄国，那么远的道儿，秋月小姐身子骨儿娇嫩，可别磕着、碰着的啊，秋月小姐要是有个三长两短的……"贝子爷站住，"我可不饶你！"

"这您就不用操心了。"伊万皱起了眉头，"您怎么对秋月小姐这么上心啊？"

"秋月小姐是我们大清国的一朵花儿啊，这大清国是谁的？是我们爱新觉罗家的，这您就明白了吧？咱自个儿家花园里的花儿……"贝子爷看着秋月，"我不上心，谁上心啊？"

庄虎臣笑道："要这么说，倒也是这个理儿。"

"好了，贝子爷、庄掌柜的，我们走了。"伊万向二位作揖，"咱们后会有期。"

伊万搂着秋月亲热地离开了，贝子爷无限惋惜："唉，糟践了！"

"什么糟践了？"庄虎臣奉上茶来。

"这么漂亮的女人落到了洋人手里，还不是糟践了？我要是早知道杨宪基被贬，能让那洋人抢了先儿吗？"

"我听说，秋月小姐在秦淮河的时候，伊万先生就惦记上了，不过，那个时候，秋月小姐没看上他。"庄虎臣给贝子爷宽着心。

"得啦，眼不见心不烦，咱不说她了。"贝子爷来到刚才秋月买诗笺的地方问宋栓："伙计，刚才秋月小姐买的是哪种诗笺啊？"

宋栓从框台里拿出来："贝子爷，是这种。"贝子爷接过，称赞起来："嘿！高雅，秋月小姐好品位。"

庄虎臣吩咐宋栓："给贝子爷包几沓儿。"贝子爷的眼睛没有离开诗笺，摆摆手："不必客气，庄掌柜的，这诗笺精巧华美、别具一格，您是在哪儿印的呀？"

“我们有荣宝斋帖套作，自个儿印的。”

“自个儿印的？能不能也给我印点儿？我出画稿。”

“您……”庄虎臣有些犹豫，“是打算用还是案头清供？”

“两种都要。”

庄虎臣面露难色：“贝子爷，如果不是成批的印可就贵了，您瞧瞧，正经的饾版拱花，工艺复杂着呢。”贝子爷满不在乎：“不就是多花点儿银子吗？有什么了不起的。”

听罢，庄虎臣转念一想，不觉心生欢喜：“只要您不在乎银子，荣宝斋就能给您印出全北京最好的诗笺！”贝子爷在皇亲国戚中的号召力庄虎臣还是略知一二的，要是这条路子走通了，帖套作将来就又有了生财之道。

“庄掌柜的，您没蒙我吧？”贝子爷对庄虎臣的话半信半疑。

“您可以先差人打听打听荣宝斋的帖套作，然后再做决定。”

“要真像你说的那样儿，往后我可就长期在你这儿印诗笺啦。”贝子爷是个爽快人。

“行啊！”庄虎臣满口答应。

离启程的日子越来越近了，秋月显得心神不定，客厅的地上放着几只大箱子，她抱着一摞衣服从里屋出来，放进一只装了一半书的箱子里。伊万正在从书架上搬书，见状过来帮忙把衣服放进了另一只箱子里。秋月抬起头，眼泪汪汪地看着伊万，伊万把她搂进怀里：“亲爱的，圣彼得堡是个美丽的城市，你一定会喜欢的。”

秋月的眼泪夺眶而出，伊万掏出手帕，边为她擦眼泪边说：“我们还可以到欧洲去旅行。”

“我们去了圣彼得堡，还能再回来吗？”

“如果你愿意，我们随时可以回来。”伊万看看座钟，“我们该去张家告别了。”伊万对张家的感情是复杂的，但为了秋月，他也就不计较了。

在张家的客厅里，张李氏热情地接待了他们，一再嘱咐秋月：“往后有空儿就回来，这儿就是你娘家。”秋月含着眼泪频频点头道谢。张李氏又叮嘱伊万：“秋月到了俄国，人生地不熟的，你得多护着她，可别让她受委屈了。”

伊万满口答应：“您放心吧，我一定会让她完璧归赵。”

“什么叫完璧归赵呀？伊万先生，您这个成语用得不对。”张幼林的伤腿平放在椅子上，不满地看着伊万。

秋月叹了口气：“唉，他呀，驴唇不对马嘴的地方多了，幼林，姐姐求你件事儿，在方便的时候，拜托你去趟芳林苑，找找杨大人的坟，代我尽份儿心意。”

“好吧，我答应你。妈，伊万先生，我想和秋月姐单独谈谈，你们不介意吧？”

“没问题，我到外边等一会儿，你们谈吧。”伊万转身出去了，张李氏欲言又止，也走出了房间。

张幼林凝视着秋月，两行热泪顺着面颊滴落在胸前。

“幼林，你别说了，姐姐知道你要说什么……”

张幼林哽咽着：“姐，能不走吗？”秋月缓缓地摇摇头：“恐怕不能……对不起，幼林……”

“姐，你走了，我怎么办？”

秋月沉默了片刻答道：“你是个男子汉，理应比我坚强，别想那么多，先把伤养好。”

张幼林心急如焚：“秋月姐，你从来不考虑我的感受，难道我在你眼里永远是个不懂事的弟弟？”

“不，幼林，你很好，真的很好，可是……在我们的一生中，因缘往往是一瞬间就铸成了，错过的永远不会回来，铸成的也再难改变，幼林，你明白我的意思吗？”

“我不信命，我要改变命运，一切都是可以重新开始的，关键在我们自己，我……”

秋月打断了他：“别说了，我会给你写信的。”

“我再问你，你必须回答我，”张幼林看着秋月的眼睛，“你……爱伊万吗？”

秋月环顾左右而言他：“幼林，我看过一本书，叫《石头记》，那书上有一句话，让我永远忘不了：叹人间，美中不足今方信，纵然是举案齐眉，到底意难平。”

张幼林浑身一震：“姐，你还忘不了杨大人？可他已经不在了。”

良久，秋月凄婉地说道：“我的心也跟他一起走了，留下的，不过是一副躯壳罢了。圣彼得堡很遥远，这一去不知什么时候才能回来，说实话，我也舍不得离开你。”秋月吟起了柳永《雨霖铃》中的几句词：“……此去经年，应是良辰好景虚设。便纵有千种风情，更与何人说？”秋月深情地看着他：“幼林，我们姐弟俩在此别过，你多保重！”说罢含泪而去。

张幼林呆呆地望着秋月的背影，眼泪泉水般地涌流出来……

黑暗之中，一行七人快马向京城方向驶来，为首的是霍震西，他心急如焚地用鞭子抽马：“快！快呀！这马怎么跑得这么慢？”

霍震西身旁的一个年轻人也在拼命催马：“霍爷，您别着急，项文川走的是官道，咱们走的是小路，我算计，照咱们这么追，差不多能在他到京城之前赶上他。”

年轻人叫马宝山，浓眉大眼，身材高大魁梧，是霍震西的手下。

“此事十万火急，一定要截住项文川，干掉他，要是他向朝廷告了密，我们举事的计划就全完了，多少人头就要落地呀……”

马宝山安慰着："霍爷，您放心！姓项的他跑不了，有我们几个就够了，您不必亲自追赶。"

"不行，事关重大，我也一定要亲眼看见他死了才放心，就算是姓项的已经进了九门提督的大门，咱们也要杀进去干掉他。"

几匹快马所到之处，卷起漫天黄尘，马儿顷刻间消失在远方……

黑三儿已经喝得醉醺醺的了，他拎着酒葫芦，哼着小曲儿从小路上摇摇晃晃地走过来，突然，远处传来急骤的马蹄声，黑三儿一惊，隐身在一棵大树后面，向小路上张望。

只见一个回族打扮的中年人骑马狂奔，他不时惊恐地回头张望，此人正是项文川，霍震西和几个随从手持马刀在后面策马狂追，距离越来越近了，马宝山晃动着绳索，将索套猛地甩出，索套准确地套住项文川，把他从马背上拽下来，结结实实地摔在地上……

霍震西下了马，一步一步逼近项文川，他一把抓住项文川的脖领子，将短刀顶在他的胸口："项文川，这回看你还往哪儿跑，你这个败类！"

项文川满脸冷汗，一个劲地讨饶："霍爷饶命，霍爷饶命……"

霍震西目露凶光："姓项的，上次你以怨报德，诬陷我下了大牢，我可以不计较，那毕竟是你我的私人恩怨，可这回，就不是你我之间的事了，我只问你一句话，为什么要向官府告密？"

"霍爷，以前的事是我对不起您，可这回……我劝过首领，就凭咱们这些人和手里的家伙，跟朝廷作对是死路一条啊，我们没有一点儿成功的希望，可是……没人听我劝啊。"

"姓项的，在你死之前，我把话和你说清楚。照理说，人各有志，我们不该勉强你参与这件事，我知道，想造朝廷的反，没点儿胆量是不行的，你若想不干，完全可以向首领讲清楚，弟兄们绝不会为难你，可你竟然想去告密，用弟兄们的性命去换赏钱，这我就不能饶你了。"

马宝山也说道："姓项的，你知道官府里有我们的人，怕走漏消息，所以特地到京城来告密，想多敛点儿赏钱，是不是？"

项文川哭了："霍爷，弟兄们，你们饶我一次，下回我再也不敢了……"

"小子，没下回了……"说着，霍震西一刀捅进了项文川的心窝，项文川尖叫一声，倒在了地上。

藏在树后的黑三儿吓得一激灵，赶紧闪身躲进了树林。

霍震西听到响动，警惕地朝黑三儿藏身处看了一眼："弟兄们，此地不可久留，撤！"霍震西和手下的人翻身上马，迅速消失在夜幕中。

黑三儿从树林里出来，酒也醒了，他擦着脖子上的冷汗，自言自语："我的天，原来霍震西没死！不行，我得赶紧告诉左爷一声……"黑三儿加快了脚步。

张山林办事儿拖拖拉拉，自个儿张罗着要到何家道谢，可一拖半个月就过去了，他还没动窝呢，何佳碧倒先上门了。

那天下午，张山林和张幼林约好了去买蛐蛐，可张幼林的腿不给劲，还没走到胡同口伤口就开始往外渗血，只好又折回来。对玩的事儿张山林是向来不含糊，这不，明摆着蛐蛐是买不成了，他起急冒火，看着张幼林在床上痛得龇牙咧嘴，他是又心疼又生气："得嘞，咱张家到底出了个大英雄，洋人一进城，连老佛爷和皇上都撒丫子了，就咱们家张大少爷抄着杆枪迎上去，打没打着洋人不好说，反正张大少爷的腿是伤了，也不知道是自个儿打的还是洋人打的。"

张李氏听不下去了，白了张山林一眼："他叔，你就别挤对幼林了，有你这么当叔的吗？"

张山林不认账："我挤对他了吗？我那是夸他呢，咱们幼林可不像他那没出息的叔，人家是先天下之忧而忧，后天下之乐而乐……"

张幼林反唇相讥："这没办法，我们家长辈就是英雄，好嘛，好几个洋兵拿枪追着打，我叔在前面拎着鸟笼子腾挪闪展，枪子儿嗖嗖的，愣是挨不着我叔的身，到家一看，您猜怎么着？笼子里那两只蓝靛颏儿还没睡醒呢。"

"你还别损我，你可着京城打听打听，当时那阵势谁敢拎着鸟笼子上街？也就是你叔我有这个胆儿跟洋兵逗闷子，换个人早尿裤子了。"在张山林看来，这是件一辈子都值得夸耀的事儿，人活一世，这种惊险的场面又能赶上几回呢？他很快就把刚才的不快忘了，掀开蛐蛐罐的盖儿看了看，凑到床边："幼林啊，你瞧咱这'蟹壳青'，多凶啊，根本用不着鼠须探子，只要一打开盖儿，它老人家就开牙了，爱谁是谁，上去就是一口，上次差点儿把我手指头给咬了。"

"这么凶？我瞧瞧，"张幼林也伸过脑袋，"哎哟，还真开牙了，叔，这'蟹壳青'的产地在哪儿呀？"

"上次不是跟你说过吗？在昌平十三陵，当年咸丰皇帝还派太监去十三陵一带收购'蟹壳青'呢，后来就成了规矩，历任的昌平县令都把'蟹壳青'当作贡品送到宫里……"

张山林正说到兴头上，用人带着何佳碧和环儿走到房门口："太太，何二小姐来了。"

张李氏愣了一下神，赶紧迎出去："何二小姐，听说你从乡下回来了，正要到府上道谢呢，倒劳你先登门了，快进屋坐吧。"

何佳碧进来，彬彬有礼地给长辈鞠躬："张叔，伯母，我路过这里，顺便看看张少爷。"她又向张幼林点头致意，张幼林也点头还礼："何小姐请坐。"

何佳碧看到张幼林身前的蛐蛐罐，便笑道："张少爷还有养蛐蛐儿的雅兴？"

"嗨，瞎玩呗。"张幼林没心思和她多说，又和张山林聊起来："我说叔啊，上次您拿来的那只'白头青背'，产地是哪儿呀？"

"扬州，那可是有名的'浙虫儿'，也是上好的贡品。"

张幼林拿过蛐蛐罐低头看着："叔，这只'蟹壳青'让给我吧？"

"你想得美，我这只'蟹壳青'是花了五两银子淘换来的，你想要，就便宜点儿给你，七两银子怎么样？"

张幼林抬起头："怎么着，您还要赚点儿？"

"那当然了，要不然我吃饱了撑的？"张山林毫不含糊，"你要不是我侄子，我至少卖十两，不信你就瞧着，买主儿要不打出活人脑子来，我给你当侄子。"

何佳碧听着好笑，刚要笑出声，又怕有失体统，连忙用手捂住了嘴。张李氏摇摇头："你听听这爷俩儿，越说越不像话，当叔的没点儿长辈的样儿，当侄子的更是没大没小。"

何佳碧站起身来，将环儿手里的纸包递给张李氏："伯母，这是我请一位老大夫配的药，熬出来给少爷外敷上，听说很有效，您试试吧。"张李氏接过药包："谢谢你了！"

"那我就告辞了。"

张李氏把何佳碧送到了大门外，何佳碧笑吟吟地上了马车："伯母您请回吧，我改日再来拜访。"

"一定来啊！"

那天何佳碧送回张幼林的时候，张李氏吓坏了，忙着照顾儿子，没在意这姑娘，今儿个一细看，她长得眉清目秀，知书达理，张李氏不觉喜欢上了她，马车都没影了，张李氏还站在台阶上眺望，心中冒出了一个念头：这姑娘给幼林做媳妇倒是不错……

何佳碧坐进马车里就问："环儿，听说咱家那个养马的老王是个逮蛐蛐儿的高手？"

"好像是，他不光是自己养，还卖呢，上次我看见他在什刹海那儿摆摊儿，摊儿上摆着一溜儿蛐蛐罐儿。"

"你回去告诉他，我要买他几只蛐蛐儿，只要是极品，价钱贵点儿没关系。"

环儿睁大了眼睛："小姐，你也想养蛐蛐儿？"

何佳碧摇摇头："我可没这个兴趣，不是张少爷喜欢吗？他喜欢我就给他买。"

环儿噘起了嘴："你可真宠着他，他喜欢什么你就给他什么，要是他喜欢大象，你也给他买？”

“那当然，只要他喜欢，我就是宠他。”何佳碧毫不回避。环儿笑了：“小姐，你可有点儿走火入魔了。”

何佳碧厉声说道：“闭嘴！”

庄虎臣正在荣宝斋后院的北屋里对账，宋栓领进来一个应聘做雕刻师傅的中年男人：“这是我们庄掌柜的。”

中年男人操着安徽口音：“庄掌柜的，这里很不好找啊。”

庄虎臣站起身：“请坐，听口音，您是徽州人？贵姓？”中年男人坐下：“免贵姓黄，在下徽州歙县虬村黄氏家族的后裔。”

庄虎臣一听，面露喜色：“那黄先生是名门之后了？”

黄先生欠欠身，脸上显出骄傲的神情：“沾点祖上的余荫。”

“黄氏家族，了不起，那可是徽派雕刻的领军人物啊，从明朝正统年间到现在，四百多年里人才辈出……”庄虎臣扳着手指头数，“黄应祖雕刻的《环翠堂园景图》、黄应光的《徐文长评北西厢记》，还有黄光宇的《万壑清音》，这都是雕刻史上不可多得的经典之作，荣宝斋有黄氏家族的后人加盟，是我们的荣幸。”庄虎臣亲自给黄先生倒上了茶。

哪知，这位黄先生的牛吹大发了，他是不是黄氏家族的后裔单说，就他那两下子，顶多也就算得上中等，正赶上帖套作手艺最好的王师傅给父亲奔丧，一时半会儿回不来，答应贝子爷的诗笺才刻了几张，又不能给耽误，庄虎臣求才心切，凭着对黄氏家族的信任，没顾上摸摸他的底儿，就把余下的贝子爷的活儿交给了他，结果自然是可想而知。

庄虎臣忐忑不安地来到了贝子府，徐管家领着他进了书房。贝子爷正在聚精会神地临摹一幅画，抬头看了一眼庄虎臣：“你稍等会儿，我把这两笔画完了。”

徐管家请庄虎臣坐下，庄虎臣摆摆手，凑到贝子爷身边，不禁暗暗吃了一惊：“哟，南唐董源的《山水图》，难得，难得。”

贝子爷笑了笑：“这是乾隆爷的藏画，我从宫里借出来的。”

庄虎臣仔细看着：“您临摹得很有功力，要是把纸做旧，基本上可以乱真了。”

“雕虫小技而已，我爱新觉罗本是马背上的家族，弯弓骑射才是看家的本事，游戏翰墨不过是一种消遣，让你见笑了。”

“消遣尚且如此，要是您专心致志，恐怕又要出现一位大画家了。”庄虎臣说的并不全是恭维。

“你过奖了。”贝子爷把毛笔放在笔架上，拿起画挂在墙上，后退了几步，眼睛并没有离开画，“先皇康熙之子允禧、乾隆之子永瑢和现在惇王府的载瀛贝勒，那是在绘画上真正有造诣的。”贝子爷把画取下，又补了两笔，“庄掌柜的，你不是来跟我谈画的吧？”

庄虎臣拿出一沓印好的诗笺：“贝子爷，请您过目。”

贝子爷接过来翻了几页，扔案子上了。

“您……觉得怎么样？”庄虎臣明知故问，贝子爷指着诗笺：“线条僵硬、死板，毫无生气可言，和我的原作差远了，庄掌柜的，这就是你说的荣宝斋印出的全北京最好的诗笺吗？”

“贝子爷，您再往后看看。”庄虎臣从案子上又拿起诗笺，翻到了王师傅刻的那几张双手奉上，道出了原委。

“这个嘛……还差不多。”贝子爷点着头，庄虎臣赶紧接上话：“我今儿来是想跟您商量，您要是不急着要，就容我些日子，等王师傅回来给您重新做，您看行不行？”

“行啊。”贝子爷把诗笺还给了庄虎臣，他走到书架前，取出一本精美的图册递给庄虎臣，庄虎臣接过一看，又是一惊：“《十竹斋笺谱》？”

这《十竹斋笺谱》是明末胡正言所做，胡正言曾官至武英殿中书舍人，擅长篆刻、绘画、制墨等多种工艺，明亡后他弃官隐居，在南京的鸡笼山侧筑楼，窗前植竹十余竿，名其斋为“十竹斋”。据说，胡正言“屏居一楼，足不履地者三十年”，潜心编辑刻印成《十竹斋书画谱》和《十竹斋笺谱》，世人称为“十竹斋双绝”，代表了明末饾版拱花技术的最高成就，直到现在二百多年过去了，还无人能出其右。

《十竹斋笺谱》庄虎臣是早有耳闻，只是无缘相见，他如获至宝，忘情地翻看着，只见里面汇古今之名迹，集艺苑之大成，化旧翻新，穷工极变，拳石小景、乡野藩篱、楼阁古刹足显构图之精妙，造像商鼎周彝、编简耒耜尽呈先哲皇皇之业绩，图九象龙钟、古陶汉玉直追中国文化之渊源；其着笔有法，色彩纷呈，幅幅画面气韵生动，神采跃然纸上……“精彩，太精彩了！”庄虎臣赞不绝口，他的双手微微颤抖着，眼中竟然放射出一种异样的光彩。

贝子爷是个性情中人，见到庄虎臣这副样子，知道遇见了知音，拉着庄虎臣在身边坐下：“《十竹斋笺谱》之所以成为‘饾版拱花’印制的精品杰作，与胡正言手下刻工的雕版技艺是分不开的，虽说印的是诗笺，但方寸之间传达出来的笔墨气韵不可小看，你那荣宝斋帖套作得朝着这个路子去。”

庄虎臣不由得竖起了大拇指：“贝子爷，您真是行家！”他犹豫了片刻，试探着问：“我……能借回去好好瞧瞧吗？”

“没问题！”

《十竹斋笺谱》历经二百多年，少有传世，是件稀罕的宝贝，庄虎臣没想到贝子爷答应得如此痛快，不住地连声道谢。就这样，一来二去，庄虎臣和贝子爷成了朋友，贝子爷还同意，荣宝斋可以无偿使用他的画稿。

霍震西快马从远处飞奔而来，在张家大门口拉住马缰绳，左右张望，见无人尾随，这才下马，快步走上台阶敲门。

张幼林还在熟睡中，用人领着霍震西进来，轻轻推了推他："少爷，醒醒，看看谁来了。"张幼林翻了个身，拉上被子盖住了头："我还没睡够呢，待会儿再说。"

"小子，你够舒坦的，大叔我两宿都没睡了，起来！"霍震西一把掀开了被子，张幼林一激灵，翻身坐起来，他揉着眼睛，惊喜万分："霍大叔，我不是在做梦吧？"

"你小子这些日子净做梦了吧？来，先让我看看你的腿。"霍震西在床边坐下，张幼林伸出腿来："本来早好了，就是前两天我练功的时候没留神，又伤着了。"

霍震西仔细看了看："问题不大，别着急，彻底养好了再练，你的腿功还能恢复。孩子，我都听说了，你这白面书生居然敢拿枪和洋人干？你小子有种，是条汉子！"

张幼林注意到霍震西的袍子，睁大了眼睛："大叔，您身上有血！"

霍震西看了看："别怕，这是坏人的血，你大叔从来不杀好人。"霍震西站起身："幼林，大叔还有事儿，就不多待了，你好好养着，抽空我再来看你。"

"我送送您。"张幼林要下地，被霍震西拦住："别动了。"

"您一定来啊！"张幼林恋恋不舍地目送着霍震西离去。

霍震西从张家出来，翻身上马，迎面马宝山正骑马飞奔而来，他在霍震西面前停住："大哥，项文川的事了啦，还有一件大事没办。"

霍震西神色严峻："我记着呢，忘不了。"

马宝山凑近他，悄声说道："我已经和弟兄们交代了，只等您一句话，现在请您下令！"

霍震西沉吟了片刻，毅然下令："干吧！通知我们的人，全力追杀康小八，为马文龙报仇！"

"您放心！康小八就是躲进耗子洞，我也得把他揪出来宰了。"马宝山眼睛里露出杀气。

霍震西加重了语气："记住！康小八是个重案在身的人，朝廷也到处在画影图形捉拿他，我们得抓紧时间，赶在捕快们抓到他之前干掉他。"

"是！"

二人旋即策马离去。

·第十五章·

霍震西走后，张幼林起了床，吃过早饭，正闲得没事儿干，张山林拿着新买的蛐蛐儿显摆来了，于是爷俩在院子里的葡萄架下摆开了战局。

张山林新买的蛐蛐儿外号大将军，身形硕大，样子挺凶猛，张幼林拿出了自己的“秘密武器”红麻头跟大将军开战。斗盆里，两只蛐蛐儿都虎视眈眈地盯着对方，谁也没先冲上去。爷俩趴在石桌边全神贯注，过了一会儿，张山林耐不住了，开始指手画脚：“大将军，快上去，咬它后脖颈子呀！”

张幼林饶有兴趣地看着，一言不发。

两只蛐蛐儿依旧是瞪着眼睛，你瞧着我、我瞧着你，张幼林拿起猫须探子逗了逗，只见红麻头动如脱兔，猛地冲上去，大将军也不甘示弱，昂头迎战，两只蛐蛐儿顷刻间蹴抱籕滚，猛烈地打斗起来。出人意料，大将军是空有一副唬人的架子，没战几个回合就完蛋了，令张幼林十分扫兴。他从斗盆里捡出大将军残缺不全的尸首扔到墙角：“叔，您这大将军不行啊，风大雨点儿小，还没怎么着呢，就完了。”

“上当了，上当了，让卖蛐蛐儿的给蒙了！”张山林愤愤然。张幼林不大相信：“您一老玩家了，还能让人给蒙了？”

“论玩鸟儿，咱是老大，蛐蛐儿可就不敢说了。”张山林扬起脖子喝了半碗酸梅汤，“大侄儿，我告诉你吧，花鸟虫鱼，别看是玩儿，这里面的学问可大了去了，哎，你这红麻头是哪儿淘换来的？”

张幼林诡秘地摇摇头：“不告诉您。”

“嘿，跟你叔卖起关子来啦，今儿你要是不告诉我……”张山林过去胳肢张幼林，张幼林“哎哟、哎哟”地叫唤起来，张李氏拿着绣花绷子从堂屋走出来：“瞧你们这爷儿俩，没大没小的，那是何家二小姐给幼林送来的。”

“是吗？”张山林松了手，旋即琢磨过味儿来了，“幼林，这又送药又送蛐蛐儿的，何家二小姐八成儿是看上你了，怎么着，要不要叔找人给你提提亲？”

张幼林可没当回事儿，随口说道：“那丫头事儿事儿的，还挺招我妈喜欢，要不这样得了，这事儿我做主了，何二小姐说给我继林哥吧，他俩才是一对儿呢，都那么一本正经的。”

张李氏板起脸来：“幼林，你叔和你说正事儿，你这是怎么说话呢？”

“幼林啊，你也老大不小的了，顺源祥和荣宝斋也算得上门当户对，人家何二小姐上赶着，我看这事儿不错。”

张幼林白了张山林一眼：“您看着好？那我让给您了。”话音刚落，张山林伸手给了他一巴掌：“你这小兔崽子，别净拿你叔打镲。”

“他叔，我也觉得挺好，何二小姐知书达理，也会心疼人，你好好劝劝他。”

张李氏说完转身进屋了。

张幼林见母亲走了，趴在张山林的耳边悄声说道：“叔，娶媳妇的事儿以后再说，咱刚才不是说蛐蛐儿吗？告诉您吧，这只红麻头是在积水潭逮的。”

“何二小姐在积水潭逮的？”张山林满脸疑惑。

“您小点声儿，就何二小姐还逮蛐蛐儿？别让蛐蛐儿把她逮了去就不错了，是他们家的马夫老王逮的。”

“积水潭那儿居然有这么好的蛐蛐儿？哎哟，我怎么就没想到呢。”

张幼林看了看北屋：“叔，咱再去逮几只？逮个十只八只的，咱就在荣宝斋开卖了。”

“简直是胡说八道，你倒真想得出来，在荣宝斋卖蛐蛐儿，庄虎臣不跟你玩命才怪。”

“您去不去吧？”

张山林看看他的腿：“你行吗？”

“行，我早就在家待腻歪了。”

张山林犹豫了一下：“那跟你妈说一声儿。”

张幼林赶紧摆手：“别，跟她说就去不成了。”他拉起张山林，一瘸一拐地溜出了院子。

张山林叫来了马车，爷俩有说有笑地奔了积水潭。马车到了旧鼓楼大街，何佳碧和环儿坐的马车迎面过来，张幼林装没看见，扭过头使劲往旁边看，张山林也跟着扭过头去：“幼林，你看什么呢？”

何佳碧的马车擦肩而过，张幼林扭过头来：“什么也没看。”

张山林很诧异：“什么也没看你扭头干吗呀？”

张幼林一脸的坏笑。

何佳碧的马车走出没几步，她吩咐车夫：“掉头，跟上前面那辆车。”车夫掉过头，跟在了张幼林他们后面。环儿挺纳闷：“小姐，你又不急着回去啦？”何佳碧思忖着：“张少爷的伤还没养好，跟他叔出来干什么来了？”

“小姐，你管得也太多了吧？张少爷是你什么人哪，怎么对他的事儿这么上心啊？我看是……”

“不许你多嘴。”何佳碧打断了她。

积水潭地处京城的西北部，这里清幽、雅致，四周杨柳掩映、芦苇丛生，潭中荷花疏而不密，偶有鱼儿跃出水面，闪过一道银光，又悄然消失在潭水中。张山林被周围的景色打动了，他感叹着：“这地方我可是有日子没来啦！”

马车向僻静处驶去，路过一片散乱地堆着石块的草地，张幼林环顾左右：“就这儿吧。”马车停下，爷俩下了车，车夫把马车赶到了前面。

张幼林在草地坐下，嘴里振振有词：“《促织经》上说：‘虫生草土者，身软；砖石者，体刚；浅草瘠土者，性和；砖石深坑及地阳向者，性劣。’叔，今儿就看咱俩的运气了。”他的两只眼睛开始在石头缝里搜索起来。

张山林也坐下，心思却没在蛐蛐儿上，他眺望着四周：“景致不错，就是缺点儿小吃。”张幼林的眼睛没离开石头缝：“要吃小吃，您到这来干吗呀？”

“我说幼林啊，叔是陪你出来逛逛，你还当真啦？那蛐蛐儿多贼呀，是你能逮得着的吗？”

张幼林把指头竖在嘴边：“嘘，您小声点儿，别把蛐蛐儿吓跑了。”

何佳碧和环儿在远处下了马车，环儿好生奇怪：“小姐，你说他们干什么呢？”

“不知道，像是找什么东西吧。”何佳碧猜测着。

“这荒郊野外的，有什么可找的？”

“再往前走走。”

“小心，别掉水里。”环儿提醒着，何佳碧似乎没听见，她只顾观望张幼林，已经走到了潭边上。

这边，张幼林聚精会神地盯着石头缝，张山林顺着张幼林的目光望去，只见一只硕大的蛐蛐儿正从石头缝里爬出来。

蛐蛐儿爬了几步，突然站住不动了。

张幼林兴奋地盯着它，张山林悄悄地绕到了蛐蛐儿后面，手臂悬在空中，正要朝蛐蛐儿扣下，突然，不远处传来“扑通”一声，接着是环儿的惊叫：“救命啊，小姐掉水里啦，救命啊……”

蛐蛐儿迅速逃跑了。

张幼林闻声站起来，一瘸一拐地奔过去，纵身跃入水中……

张幼林把何佳碧托出水面，环儿和张山林帮着拽上岸来，张幼林自己爬上来。

何佳碧不顾自己浑身水淋淋的，一把扶住张幼林，着急地问：“张少爷，你的腿怎么样了？”

“没事儿。”张幼林满不在乎。“我看看！”说着，何佳碧蹲下撩张幼林的裤腿，张幼林赶忙躲开：“何小姐，别价，别价，男女授受不亲，您可别碰我，到时候咱说不清楚。”

何佳碧站起身，脸一下子就红了，眼泪开始在眼眶里打转。

张幼林疑惑地看着她：“何二小姐，你到这儿干吗来了？”

“还说呢，都是你闹的，小姐怕你伤没好出危险，就跟来了，这不，自己倒掉水里了。”环儿没好气地说着。

张幼林遗憾地望着石头缝：“哎，何小姐，你这不是添乱吗？多好的一红麻头，愣让你们给搅了，好嘛，还怕我出危险，您能把自己照顾好了就不错了，这么大一积水潭您愣是瞅不见，抬脚就往里去，不知道的还以为您不想活了呢，得嘞，以后我得给积水潭安个盖儿，省得您又掉进去……”

何佳碧的眼泪终于流了下来，她扬手给了张幼林一个耳光，转身拉起环儿：“咱们走吧，我再也不想见到这没良心的东西了！”

何佳碧的举动大大出乎这爷俩的意料，张幼林落汤鸡似的浑身滴着水，摸着被打疼了的脸一时愣在那里，张山林看着她的背影气急败坏：“嘿！这丫头怎么出手就是一嘴巴呀，她还想不想嫁咱们张少爷啦？”

吃过晚饭，左爷正在自家北屋的躺椅上眯缝着眼睛琢磨心事，黑三儿提着两瓶酒进来了，他把酒放到了桌子上：“左爷，这是我孝敬您的。”

左爷看了他一眼：“回来啦，老爷子挺好的？”

“挺好的，就是嘴馋，把我带回去的那点儿银子全买肉吃了。”

左爷从躺椅上起来，在屋里踱着步：“唉，现如今是今非昔比啦，老爷子也跟着受委屈！这要是搁在从前，弟兄们手里哪儿至于就这么紧。”黑三儿站在一边，他的眼睛追随着左爷：“您的恩德弟兄们都记在心里了，大伙儿都盼着有朝一日能东山再起。”

“东山再起？哪儿那么容易啊，打下琉璃厂这片江山，我用了将近二十年，没想到栽在他妈的荣宝斋手里，这口气我咽不下去呀！”

“左爷，有件事儿我得跟您说，您猜我在路上碰见谁了？霍震西，这个人没死……”

左爷一屁股坐在椅子上，目瞪口呆：“霍震西，他没死？那康小八……”

“不是康小八骗您，就是杀错人了。”

“那我的两千两银子就打了水漂儿啦？不行，我得找康小八说道说道去。”左爷站起身就要往外走，黑三儿赶忙把他拦住：“万万不可，左爷，康小八心毒手狠，身上背了十几条人命了，如果他真有心骗您，您就是找到他又能怎么样？闹不好银子没要回来，再让他灭了口，您琢磨琢磨，是不是这个理儿？”

左爷立刻泄了气：“这倒也是，康小八仗着手里有喷子，谁也不放在眼里，翻脸就杀人，他妈的，这下可褶子啦。”

“左爷，您别着急，我琢磨着，霍震西不知道是咱们买通康小八要他命的。”黑三儿安慰着，左爷抬起眼皮：“你怎么知道？”

“您想啊，要是霍震西知道是左爷您下的套儿，您还能踏踏实实坐在家里？凭他的性子，恐怕早找上门来啦，跟您这么说吧，霍震西已经到京城了，我在路上看见他杀人了。”

左爷警觉起来：“杀的是谁？”

黑三儿摇摇头：“不认识，好像也是个西北人，老天爷，霍震西不愧是个有名的刀客，出手那叫利索，一刀就要了那人的命。”

“他妈的，我还以为霍震西死了，没人罩着荣宝斋啦，前些日子还收了庄虎臣的银子，这下不是麻烦了吗？姓霍的要是知道了，恐怕还得找我算账。”

“是啊，荣宝斋不就是仗着背后有霍震西撑腰吗？要不然，光凭他庄虎臣，在左爷您面前连个屁也不敢放。”

沉默了半晌，左爷计上心来，他吩咐黑三儿：“你到西珠市口大街的盛昌杂货铺门口蹲两天，那是霍震西在京城落脚的地方，看看他的动静，记住！要是他问起康小八的事，打死也不能承认，听见没有？”

“放心吧，您还信不过我？”

左爷又眯缝起眼睛：“对付霍震西可不能硬干，咱得玩儿暗的……”他对黑三儿做了详细的交代，黑三儿听罢满脸欢喜：“是，就按您说的办！”

张幼林正坐在堂屋里读书，用人李妈进来，递过厚厚的一封信：“少爷，您的信。”他接过一看，不觉眼睛一亮，是秋月的信！转眼之间，秋月离开京城已经好几个月了，张幼林终于盼来了她的第一封信，他迫不及待地拆开，秋月那娟秀的蝇头小楷立刻映入眼帘：

幼林：

你好吗？非常想念你！我已经适应了这里的生活，的确如伊万所说，圣彼得堡是一座充满魅力的城市，名胜古迹随处可见。伊万告诉我，俄国也有像我们的李白、杜甫、白居易那样的大诗人，他们的名字叫普希金、莱蒙托夫……他们在这里留下了广为传颂的诗篇；欧洲和俄罗斯的音乐艺术在这里结合，诞生了伟大的作曲家格林卡、柴可夫斯基……幼林弟弟，我非常爱圣彼得堡，有一天日落时分，我和伊万沿着铺满了金黄落叶的小径在冬宫附近散步，周围安静极了，突然，不远处传来喀山大教堂悠扬的钟声，我蓦然回首，教堂的十字架高悬在橙色的天幕上，在这一瞬间，我觉得自己仿佛进入了天堂，久久地沉浸其中，我真的希望那一刻能够成为永恒！带着这样的喜悦告诉你：再过几个月，我就要做妈妈了……

读到这里，张幼林放下了信，他怅然若失，心中最后的那一丝幻想终于彻底破灭了。

不知过了多久，张李氏气哼哼地走进来："幼林，你给我站起来！"

"妈，我腿上伤还没好呢，您让我站起来干吗？"张幼林不满地看着母亲。

"伤没好你怎么知道去积水潭逮蛐蛐儿？你说呀，先给我站好！"

张幼林不情愿地站起来，嘟囔着："哼！一猜就是我叔说的，这个人现在越来越不像话，明明说好了的事儿，一转眼儿就把我给卖了……"

张李氏冷笑道："你叔要有这两下子倒好了，我还能省点儿心，告诉你，你们去积水潭的事儿不是他说的，你们叔侄俩倒真是同党，我听何小姐说完，还找你叔去问，这位是梗着脖子不认账，还一个劲儿装傻充愣。"

"这还差不多，要是他卖的我，这叔我就不认了。"

"幼林，你说，人家何小姐哪儿对不起你？你受伤的时候人家救了你，送医送药的不算，知道你喜欢蛐蛐儿，还花银子给你买蛐蛐儿送来，那天看见你们去积水潭，何小姐怕你伤没好出危险，特地跟在后面，想照顾你……"

"妈，结果是我照顾她了，我还得拖着伤腿跳进水里去救她，这不是添乱是什么？"张幼林的嗓门越说越高。

"你住嘴！你就不知道人家的一片心？人家一个姑娘能做到这个份上，够不易的了，你怎么能这样对待人家？张家世世代代都没出过你这种不懂规矩的东西，幼林啊，你气死我了！"张李氏一屁股坐在椅子上，脸色煞白，张幼林见状，语气缓和下来："妈，您别生气，我不就是随口说了她两句吗？结果这位大小姐比我脾气还大，抬手就给了我一嘴巴，这她没跟您说吧？"

张李氏愣了一下神："这她倒没说，不过，要我说，抽你也活该，谁让你嘴欠？"

"妈，现在我可以坐下了吧？我这条腿有点儿吃不住劲，哎哟，快站不住了。"

张幼林咧着嘴煞有介事，张李氏马上忘了生气，赶紧站起身走过来："快坐下，快坐下，儿子，疼得厉害吗？"

张幼林大模大样地坐下："当然疼得厉害，本来都快好了，得，您一来就急赤白脸地让我站着，这下麻烦了，我怎么觉得腿快断了似的。”

张李氏发觉上了当，拧了儿子耳朵一下：“你少跟我装蒜，你说你，长这么大了，除了气我，你还有什么能耐？反正我跟你说了，何小姐那儿你自己看着办，把人家气成这样，你总要赔个不是吧？”

“好好好，我明天就去她家，向她道歉，这总成了吧？”

“这还差不多，你给我记住！我们张家是懂规矩的人家，向来是……”

“妈，我记住啦，劳驾您了，能不能帮我把蛐蛐罐儿拿来？”张幼林最烦母亲的这些陈词滥调，赶紧把话岔开。

这一天，张幼林表面上还是嘻嘻哈哈，但内心的伤痛却一直折磨着他，直到午夜过后才在泪水的陪伴中蒙眬睡去。

用人进来通报的时候，何佳碧的父亲、顺源祥米店的东家何启瑞正在书房里对着账簿打算盘。何启瑞五十来岁，身穿黑缎子面的长衫，头戴一顶瓜皮小帽，面庞清癯，不过，气质倒很儒雅，一望便知此人饱读诗书，与其说像个米店东家，不如说更像个教书先生，属于张幼林不喜欢的那类人。

“荣宝斋的张少爷来访？”何启瑞思忖着，“我们和荣宝斋素无往来啊。”

用人给何启瑞续上茶：“张少爷说，他是来拜访二小姐的。”

何启瑞马上警觉起来：“哦，那我倒要见见了，请他到客厅等一会儿，我马上就到。”收拾账簿的当口，何启瑞想起了一些关于这位张少爷的传闻，不由得眉头紧皱。

客厅里，张幼林见何启瑞进来，连忙站起身，规规矩矩地给他鞠躬：“伯父好，晚辈张幼林冒昧打扰了。”

“张少爷不要客气，你请坐，”何启瑞在张幼林对面坐下，“荣宝斋可是四九城闻名啊。”

“我还在北洋师范读书，目前没有正式参与店里的经营。”

何启瑞审视着张幼林：“我们两家，一个卖文房四宝，一个卖米，入的行不一样啊，张少爷今天来，不知有何见教？”

张幼林微微一笑：“伯父，我是来找二小姐的，她在家吗？”

“张少爷找我家二小姐有什么事吗？”何启瑞的表情严肃起来。

见何启瑞这副样子，张幼林有些语塞，他避开了何启瑞的目光：“也没……没什么事儿，不过是随便聊聊罢了。”

沉默片刻，何启瑞的语气缓和了一些：“张少爷刚才说，您在北洋师范读书？”

张幼林点头：“是。”

“难怪呢，北洋师范是新式学堂，张少爷受的是洋派教育，可我们何家却是个老派人家，一切都要合乎‘礼’，比方说，何家的小姐在出阁之前，绝对不能和男子有何交往，如有必要，也是在父母的监护之下进行，这一点还请张少爷谅解。”

“哦，您的意思是，如果我想见何小姐，您这个当父亲的必须在一旁看着？”

“是这样，这是我们何家的规矩。”

张幼林站起身：“那就算了，虽然我和何小姐之间没有什么秘密，但一想到旁边总有个人看着，我就浑身别扭。”

何启瑞也站起来：“张少爷不再坐会儿了？如果有什么话告诉二小姐，我可以转达。”

“没有，没有，”张幼林使劲摇头，“何小姐有这么好的家教，恐怕也不用我再告诉她什么了，伯父，您不用告诉她我来过，只当这件事没有发生，晚辈告辞了。”张幼林给何启瑞又鞠了一躬，转身离去。

何佳碧一听说张幼林来了，心就乱了，她在闺房里坐卧不安，一会儿拿起书来看两眼，一会儿又走到窗前向外张望。

环儿推门进来，何佳碧马上放下书迎上去：“怎么样了？”

“张少爷已经走了，老爷也回书房了。”

“走了？”何佳碧大失所望，“环儿，他怎么就走了？他还没见到我嘛。”

环儿向外瞥了一眼：“谁知道老爷跟他说了些什么，可能又是什么‘非礼勿视，非礼勿听，非礼勿言，非礼勿为’之类的话。”

何佳碧的眼泪不由自主地流下来：“张少爷最听不得这些，他这一走可能再也不会来了，怎么办呢？环儿，快帮我想个主意！”

环儿递过手帕：“别急呀小姐，反正老爷也回书房了，我让老王赶快备车，咱们追张少爷去。”

何佳碧犹豫着：“这……合适吗？张少爷会不会觉得我轻浮……”

“他要这么想，那可真是不识抬举了，这种人还要他干什么？”

何佳碧转念一想：“这倒也是，环儿，咱们追张少爷去，我豁出去啦！”

京城护城河边有不少遛鸟儿的人，从何家出来，张幼林没事干，就在这一带闲逛。一个老人拎着画眉笼子走过来，张幼林盯着笼中的画眉脱口称赞：“好鸟儿啊！”

老人站住：“小伙子，你也懂鸟儿？”

张幼林笑了：“瞎玩过几天，我说您这画眉好可不是瞎捧您，选画眉应先相其顶，后相其喙，头顶要平，嘴要前尖后壮，讲究是‘头似削竹嘴似钉’，然后再看眉眼，上品画眉讲究‘眉似粉画眼有凌’，您瞧这只画眉，白眉明润，目含水纹，有这种品相的鸟儿，十有八九都是上品。”

张幼林说得头头是道，老人听罢很是惊讶：“行啊，小伙子，你是行家呀，怎么着，闹只画眉玩玩？”

“老人家，您这鸟儿是卖的？”

“嗨！我儿子要去扬州赴任，全家都跟着过去，路上带着鸟儿不方便，我得找个懂鸟儿的才能出手。”

“那您开个价吧。”

老人思忖片刻：“我这画眉是十两银子买的，就因为你懂鸟儿，转让给你，我只收五两银子。”

“行，我要了。”张幼林答应着去掏钱，突然，他伸进衣兜的手停住了，“老人家，真对不住，我身上没带银子，要不您等会儿，我回去……”

“不用回去了，我有银子！”何佳碧从张幼林身后闪出来，笑吟吟地递上一锭银子。

“何小姐，你怎么在这儿？”张幼林很惊奇。

何佳碧笑道：“我来买鸟儿啊，没想到碰上一个想买鸟儿又没钱的人，我的银子只好先紧着他用了，环儿，把鸟笼接过来。”

老人把笼子递给环儿，接过银子转身走了，何佳碧默默地注视着张幼林。

张幼林有些尴尬：“何小姐，其实……我现在已经不养鸟儿了，这鸟儿是给我叔买的，对了，你的银子我回去就……”

“张幼林，除了银子，你就不会说点儿别的？”何佳碧打断了他。

张幼林恢复了常态，开始嬉皮笑脸：“何小姐，那天在积水潭……真对不起……”

“那你说说，怎么对不起我了？”何佳碧正儿八经，一脸严肃。

“主要是……”张幼林眼珠子一转，“我的脸把何小姐的手打疼了，真对不起。”

何佳碧忍不住哈哈大笑起来：“张幼林，你这是道歉吗？你是在提醒我，是何小姐打了张少爷，该道歉的是何小姐，对不对？”

张幼林频频点头：“还是何小姐聪明，我脑子笨，怎么琢磨也闹不明白，咱俩到底是谁打了谁。现在事情总算是搞清楚了，原来挨打的是我。好吧，既然何小姐赔了我一只画眉，那我就算接受何小姐的道歉了。”

“呸！想得美，谁向你道歉了？谁赔你画眉了？那银子是我借你的，以后想着还啊。”

张幼林摆摆手：“得啦，小丫头片子，别跟我斗嘴了，我警告你啊，以后你要是敢再扇我嘴巴，我可真揍你了，对你这种黄毛丫头，非得好好管教不可。”

“谁让你气我呢？人家关心你，怕你的伤没好出危险，你呢？一下子把人撅到南墙上，张幼林，你好没良心。”何佳碧像受了多大委屈似的，低下了头。

张幼林换了一种语气：“我说何小姐，你爸那人好像有点儿毛病，你明明在家，他愣不让见，还跟我大讲礼义廉耻，真招人烦。”

何佳碧小声说道：“别这么说我爸，他也是为我好嘛……”

“何小姐，有件事咱们得商量一下，以后我要是找你，还用先到你爸那儿报到吗？”张幼林问得挺认真，何佳碧的眼睛不觉一亮：“张幼林，你记住，我爸虽说是个守旧之人，可他做不了我的主，我想做什么，谁也挡不住……”

两人一边说一边向前漫步，环儿提着鸟笼子隔开一丈跟在后面，脸上露出了诡秘的笑容。

杨宪基大难不死，那天黎明，两个结伴云游的僧人路过旧道观，发现他倒在血泊中一息尚存，于是出手相救。年长的那位僧人就是清末、民国时期佛教界公认的禅门龙象、一代宗师虚云老和尚。此生能够和虚云老和尚相遇，既是杨宪基前世的因缘，也是他不幸中的万幸。虚云老和尚是位得道高僧，于咸丰八年在福州鼓山涌泉寺出家，已修行了四十多年，他身怀绝技，法力无边，那是常人不可揣度，也不可想象的，否则，以杨宪基的伤势，断没有起死回生的可能。只见虚云老和尚凝神静坐，深入禅境，运化宇宙精华给杨宪基止血、补气，稍事处理过后，未敢耽搁，将他抬到门板上，离开了旧道观。

伊万询问的农人见杨宪基浑身是血、面如土色以为他死了，僧人是去坟地掩埋，殊不知，虚云老和尚抬着他去了距芳林苑三十里外的清音寺，在那里继续为他疗伤达半年之久，直到杨宪基能够下地活动了，虚云老和尚才在一个月明星稀的夜晚不辞而别。

当时，杨宪基并不知晓搭救他的乃当今的一位高僧大德，老人终日沉默寡言，除了上山砍柴、帮助寺里的僧人烧火做饭外，其余的时间都在诵经、礼佛，夜晚经常是禅坐通宵达旦。老人身无分文，却终日生活在禅悦之中，神闲气定、慈悲安详，只要接近他，翻江倒海般的思绪就会平息，被老人身上散发出来的辽远、深邃的宁静所融化。这样的感受是杨宪基在世俗之中从未领略过的，他被深深地吸引住了。

杨宪基伤愈之后没有再回芳林苑，他背起行囊，踏上了寻找救命恩人的漫漫长路。他下定决心，余生要追随这位老僧，去体验荣华富贵之外的生命的另一番境界。

这一天，已是傍晚时分，杨宪基来到了直隶赵县境内的枫林寺，进了大门，杨宪基双手合十问看门的僧人："阿弥陀佛，请问这里可以借宿吗？"

僧人还礼："阿弥陀佛，施主远道而来吧？一路上辛苦了，请随我来。"

杨宪基跟着他穿过长长的一排寮房，在寮房的尽头止步，里面竟然是一座幽静的小院，古木参天、流水潺潺，三间瓦房坐北朝南，正屋的房檐上高悬着一块匾，上面是遒劲的四个朱漆大字：红尘不到。

"好地方！"杨宪基赞叹着。

僧人微微一笑："施主，请您就在这里歇息吧。"说完，转身离去。

杨宪基进到院子里，四周寂静无声，他正在犹豫该敲哪间屋子的房门，只见一位青年居士从外面走进来，笑吟吟地接过杨宪基的行李："先生，我已经恭候您多时了。"

杨宪基一愣："你怎么知道我要来？"

居士笑了："师父说，三日之内，必有人来与我为伴。"

"师父是谁？"杨宪基更纳闷了。

"虚云老和尚。"

"虚云老和尚？"杨宪基是个博闻强记的人，他迅速地回想着，这位高僧的名字如雷贯耳，但实在想不起来在哪儿见过。疑惑中，居士已经带着他进了东屋，晚饭过后，杨宪基找到了虚云老和尚的寮房，只见房门虚掩，里面油灯如豆、半明半暗，老和尚正在蒲团上闭目打坐。

杨宪基犹豫了片刻，正要离去，里面却传出了一个熟悉的声音："杨施主，请吧。"

杨宪基推门而入，大喜，他双膝跪下，双手合十："感谢师父的救命之恩！"

虚云老和尚下坐，扶起杨宪基："杨施主前缘已定，虽遭劫难，但命不该绝。你远道而来，身体还吃得消吗？"

"胸口疼的时候，常遵师命，以念诵佛号对之。"

虚云老和尚双手合十："阿弥陀佛，善哉，善哉。"

"师父，弟子想请您剃度。"杨宪基投来渴望的目光。

虚云老和尚笑而未答，转身取出一部经书递给他："杨施主，佛法不拘形式，关键是明心见性、了知本来，若无自悟，就算是出家为僧，佛门的青灯黄卷，却也不能把你度出烦恼尘劳。"

杨宪基恭恭敬敬地接过经书："谢谢师父开示。"

离开虚云老和尚的寮房，杨宪基漫步在枫林寺内，心情久久不能平静。宦海沉浮，从朝廷的高官到一介草民，费尽半生心血追逐功名利禄，到头来还是一场空。

这世间已没有什么可以再留恋的，唯一放不下的就是秋月。他抬起头，仰望着夜空中若隐若现的浮云浅月，往日的情景不觉又浮现在眼前。

在京城，也是这样一个夜晚，秋月在树影婆娑的小院中弹琴、唱歌：

雨暗苍江晚未晴，梧桐翻动叶秋声。

楼头夜半风吹断，月在浮云浅处明。

歌声、琴声穿越时空，在杨宪基灵魂最隐秘的深处回荡，绵延不绝，他不禁悠然神往……

不知过了多久，天将破晓，寺里的晨钟响起："当！当……"钟声低沉、浑厚，慑人心弦，杨宪基猛然醒悟，他快步回到房中，挑亮青灯，端坐在桌前，展开了虚云老和尚结缘的经书。这是一部《金刚经》，里面好像夹着什么，杨宪基翻到中间那页，竟然是秋月的那封被血浸过的信！杨宪基顿时惊呆了，旋即泪如雨下……

天色已然大亮，杨宪基擦干了眼泪，起身打开随身带来的包袱，里面露出了一个古旧的木匣。杨宪基抱起木匣，轻轻抚摸着。过了半晌，他放下木匣，振作起精神，回到桌前奋笔疾书。写完，将信笺装进信封，在封面上写道：荣宝斋张幼林先生缄。

杨宪基把秋月的信又重读了一遍，然后毅然投入炭火盆内，目睹着它在火中燃烧，化为灰烬。

三天之后，在枫林寺的大雄宝殿内，杨宪基由虚云老和尚为他剃度出家，法号明岸。他余生与青灯古佛为伴，潜心修行，终成一代高僧。

张幼林刚迈进荣宝斋的大门，张喜儿就迎上来："少东家……"

张幼林眼睛一瞪："叫我什么呢？说多少次了？怎么就是不长记性？"

"是！大伙计。"张喜儿指着桌子，"刚才有人给您送了一封信和一个木匣子。"

"送信的人呢？"

"放下东西就走了，他说是受人之托，银子已经有人给了。"

张幼林奇怪地坐在桌前，拆开了信。

幼林先生台鉴：

余命途多蹇，却大难未死。往昔事，恍如昨，余一味追逐功名利禄，欲海沉浮，不谙因果，不知命运皆前定，悔之晚矣！幸遇虚云大和尚点化，幡然省悟，惊回首，浮生已过半世，方知红尘俗物皆如粪土……余已万缘放下，皈依佛门，忆及与足下曾论“谈笺”，足下闻之失传引以为憾，今余将家传“谈笺”赠予足下，聊表芹献，尚祈哂纳。顺祝颐安！

愚杨宪基鞠启

张幼林打开木匣，几张传说中的“谈笺”赫然在目，他百感交集，向桌上猛击一掌，仰天长叹：“秋月姐，杨大人还活着啊……”

庄虎臣闻讯匆匆赶回了铺子，张幼林迎上去：“师父，您回来了？”

庄虎臣劈头就问：“‘谈笺’在哪儿？快领我看看……”

两人来到了荣宝斋后院的北屋，装“谈笺”的木匣放在靠东墙的一个花梨木的条案上，庄虎臣快步走上前，用颤抖的双手打开木匣，仔细观赏着“谈笺”，嘴里不住地喃喃自语：“果然是笺之极品，在古人所造的‘玉香’‘冰翼’两笺之上，真是名不虚传啊！”

张幼林笑道：“听说谈仲和少年时曾落拓江湖，从事孙吴兵略，后以战功官至游击将军，因其短小精悍，胆力双绝，在军中有‘谈短’的诨号。一介武人能有如此成就，真是难得。”

庄虎臣坐下：“幼林啊，你听说过‘宣德三绝’吗？”

张幼林摇头：“师父，我只听说过明代的‘宣德炉’。”

“‘宣德炉’是其中之一，还有宣德年间创制的‘宣德笺’和‘宣德瓷’，这三者齐名，被称为‘宣德三绝’。”

“‘宣德笺’和‘谈笺’有关系吗？”

“当然有。”庄虎臣放下木匣，侃侃而谈，“宣德笺包括金花五色笺、磁青笺、羊脑笺、素馨笺等，多供内府御用。其中磁青笺是桑皮纸用靛蓝染成深青色，再经研光制成，颜色就像青瓷，光如缎玉；羊脑笺是对磁青笺的进一步加工，表面呈黑色缎纹，黑如漆，明如镜，可防虫蛀，在当时就非常名贵。宣德宫笺秘法后经谈彝从内府传出，到了谈仲和手里才在仿制的基础上又有了创新，制成了名重一时的‘松江谈笺’。”

张幼林思忖了片刻，问道：“当年的‘磁青笺’和‘羊脑笺’还有传世吗？”

庄虎臣叹了口气：“唉，都失传了，和‘谈笺’一样，坊间所见全是赝品，后人只得其名，不得其法，反正也没人见过，吹牛又不上税，于是都称自己手里的是真品，不瞒你说，我见过一位爷更能吹，他愣说自己手里有东汉蔡伦亲手制作的纸品，这不是吹破天了吗？”

张幼林回忆着：“师父，当年您和杨大人说起‘谈笺’，我很好奇，曾经问杨大人，我到哪儿能见到‘谈笺’，杨大人说，这需要缘分，若是有缘，你早晚会见到。唉，杨大人是个有心人，他记得我说过的话。”

“如今在杨大人眼里，这些珍品已经都是红尘俗物了。”庄虎臣叹息着。

张幼林站起身：“我得赶紧给秋月姐写信，至少要让她知道，杨大人还活着。”

“杨大人是活着，不过已经遁入空门，你就是告诉秋月又如何呢？”庄虎臣注视着他。

良久，张幼林沉默无语。

晌午过后，左爷孤身一人骑着马匆匆赶到了京郊的一片树林里，他警觉地观望了一下四周，确认无人尾随，这才下了马，把马拴在一棵碗口粗的树上，走向密林深处。

周围静悄悄的，左爷用手掌拍了三下：“八爷，我来啦，请现身吧！”

康小八从一棵大树后闪出来：“左爷，我恭候多时了，怎么着，这回只有你一个人？”

“我还敢带别人来吗？你康八爷杀个人就像捻臭虫一样。”左爷讪讪地说道，想起顺子，他到现在还有些心疼。

“小心点儿没坏处，不然我也活不到今天，刑部的那些官儿做梦都想把我千刀万剐了。”康小八审视着左爷，“你约我来是不是有要事？请讲！”

“八爷，霍震西，他没死！”左爷一字一顿。

康小八大感意外：“哦？这倒有意思了，我杀错人啦？怎么着左爷，你的打算是什么？”

左爷赶紧哈哈腰：“八爷，您别误会，我可不是来向您讨要银子的，据我所知，霍震西和他手下的人正在全力追杀您，八爷可要小心。”

“谢左爷提醒，不过，你我之间的账还是要算清，照理说，霍震西没死，那两千两银子我该还给你，可我现在银子不凑手，一时拿不出这么多，请左爷明示，还有什么更好的办法。”

“八爷既然这么说，那我就不客气了。”左爷往康小八身边凑了凑，压低了声音，“八爷还得再帮我一个忙，若是办成了，你我的账也就两清了。”

康小八阴冷地盯着他：“那也得看看是什么事儿，左爷要是让我把皇上的御玺弄来，我恐怕没这本事！”

左爷大笑：“您客气了，我早听说您有句名言，‘要劫劫皇纲，要玩玩娘娘’，八爷，有这话吧？”

“我是这么说过，怎么，连你都听说了？”

“到底是威震江湖的康八爷，说句话都这么有气魄，兄弟我佩服，佩服！我要办的事儿不大，您不过是举手之劳罢了，明说吧，我想借八爷的大名儿用用。”

“打出我的名号，为什么？”康小八颇为警觉。

左爷看着他，不紧不慢地说道：“康小八这个名字如今谁不知道？朝廷画影图形捉拿您也不是一年两年了，您琢磨琢磨，您杀一个人和杀一百个有什么区别？反正让朝廷抓住，结果都一样。可我比不了您，我还得在京城里混，换句话说，在明面儿上，我的手上不能沾血。”

“明白了，杀人越货的事儿要干，表面上还得装得像个良民，左爷，你行啊！这次你又惦记上什么了？”

“还不至于去劫皇纲，不过是一幅古画而已。”

“事成之后，怎么分账？”

“把您欠我的银子也算上，古画出手之后，咱们五五分账，八爷，如何呀？”

康小八思忖了片刻，点点头。接着，他们又商议了一些具体的作案细节，接近傍晚时分，左爷心满意足地告别了康小八，快马加鞭返回了京城。

转眼之间，得子一家在大火中遇难已经一周年了，那天晚上，张李氏坐在自家院子里，敲着木鱼，闭目默默地为他们念诵佛经。

张幼林把最后一沓纸钱扔进火里，站起来要回卧室，张李氏听见响动睁开眼睛：“站住，堂屋里等着我。”

张幼林无可奈何地看了母亲一眼，打着哈欠进了堂屋。

张李氏诵完经文，她站起身，双手合十默念着：“愿佛祖保佑得子一家早日出离轮回苦海，往生西方极乐世界。”念罢也进了堂屋。

张幼林靠在太师椅上一副昏昏欲睡的样子，张李氏在他对面坐下，神情严肃：“幼林，我问你，找过何小姐了吗？”

“找过，不就是道歉吗？这事儿我办了。”

“何小姐怎么说？”

“何小姐说……”张幼林提起了点精神，“她说，张幼林，是我对不起你呀，你怎么向我道歉呀？我说，这不是没办法么，我妈那人不太讲理，她逼着我来，我有什么办法？”

“你少跟我胡扯，我告诉你，这闺女我看上了。”

“您看上了……”张幼林想了想，“那就认她当干闺女吧，我没什么意见。”

“我让你发表意见了吗？这事儿你就别操心了，我打算让何小姐当我的儿媳妇。”张李氏的口气不容置疑。

张幼林一下子从椅子上蹦起来：“什么，我别操心了？是谁娶媳妇啊？您也不问问，何小姐同意吗？我同意吗？”

“我是你妈，你的终身大事由我做主，这是老规矩，懂吗？”

张幼林哭丧着脸：“哎哟，苦命的张幼林啊……”

张李氏没容儿子往下说就数落上了：“人家何小姐是心疼你才撩开裤腿儿看，你可倒好，张嘴就‘男女授受不亲’，一下子就把人家撅到南墙上，你把人家从河里抱上来，就不‘男女授受不亲’啦？”

“那不是救命吗？”张幼林辩解着。

“何小姐说了，她的身子都被你抱过了，这辈子非你不嫁，你呀，就看着办吧。”

张幼林大吃一惊：“啊？这不是讹上我了吗？妈，我还没想好呢，您着什么急呀？”

“多好的姑娘，能看上你，算你的造化，你还倒摆起谱儿来了，东挑西拣的。”张李氏站起身，“幼林，今儿个我算是正式告诉你，我已经托你叔请媒人提亲了，到时候选个良辰吉日，给你跟何小姐成亲！”

张幼林这时已困意顿消，他跌坐在太师椅上，可怜兮兮地望着母亲：“妈，您就这么把我给打发啦？”

张李氏没理他这茬儿，转身径直离开了堂屋。

·第十六章·

马掌柜的端坐在盛昌杂货铺后院的北屋里，边打算盘边给霍震西报账："这批货已经运进了库房，昨天付的银票，共计两万八千四百二十两，货物的种类是生铁、硫黄、硝土……"

霍震西的心思并没在这上面，他打断了马掌柜："我让你找的那个德国商人找到了吗？"

马掌柜放下账簿："霍爷，我正想跟您说这事儿呢。我已经和这洋人见过三次面了，他同意卖给我两百支来复枪，克虏伯的产品，交货地点在西安，就是有一样儿，价格太高，我谈不下来，那洋人说，这是朝廷禁运的货物，一旦被查获恐怕得掉脑袋，既然风险大，价格肯定要高。"

"价儿高也得买，枪是好东西，如今官军都是清一色的火器了，我们总不能老是抡大刀吧？"

"我尽量谈成吧。"马掌柜往霍震西跟前凑了凑，压低了声音，"霍爷，还有件事儿，咱们的人已经查出了康小八经常落脚的地方。"

霍震西听罢，兴奋地一拍桌子："好啊，这浑蛋终于又露头了，老马，传我的话，盯住了，千万别惊动他！"

"康小八手里可有枪……"马掌柜提醒着。

霍震西冷笑一声："知道，只剩下一支左轮枪，能装六发子弹，他充其量就这点儿能耐，如今我们也有枪了，我看他康小八还有什么新鲜的。"

"霍爷，您打算怎么处置康小八？"

霍震西站起身："找几个高手，干掉他，给马文龙报仇！"

吃过早饭，张幼林正要外出，张山林从影壁后面匆匆走进院子："幼林，你妈呢？"

"我妈出去了，您有事儿就跟我说吧。"

张山林上下打量着他："跟你说？算啦，我还是等等你妈吧。"

"哟，叔，瞧您，还神秘兮兮的，您是不是路上捡着银子啦？"张幼林嬉皮笑脸的。

张山林神情严肃："去去去，别净没正经的，你呀，该干吗干吗去，我在这儿等会儿你妈。"

"嘿，太阳真是从西边儿出来了，您今儿怎么这么一本正经的？难道我爷爷的二少爷他改邪归正了？"

张山林指着他的鼻子："幼林，你就跟我贫吧，再这么贫下去，什么好事儿都耽误了。"

张幼林给张山林倒了碗茶递过去："能被耽误的事儿肯定算不上好事儿，得，叔，我就不陪着您了，您慢慢儿等吧。"说着，张幼林往院子外面走去。

"你干吗去呀？"

张幼林站住："您有事儿都不告诉我，我凭什么要跟您说呀？"

张山林冲着张幼林的背影气急败坏："哼，还臭美呢，等着吧你！"

等来了张李氏，二人在堂屋里坐定，张山林皱着眉头："嫂子，我说了，您可别生气，给幼林提亲的事儿……让何家给驳回来了。"

张李氏一惊："怎么驳回来了？"

"何老爷差人打听了，说咱们幼林不是正经人，进过监狱，还和秦淮河出来的妓女不明不白的，他们何家的二小姐不能下嫁这样的人。"

张李氏腾地站起来，浑身的血都往脑门上涌："我跟何老爷说说去，不愿意就说不愿意，也不能这么糟蹋我们幼林啊！"

"嫂子，您坐下，何老爷说的也没错啊，幼林是进过监狱吧？和秋月姑娘一起招摇过市也是真的吧？"

听到这话，张李氏坐下，不吭声了。

张山林叹了口气："唉，何二小姐上赶着，可何老爷不同意也是白搭，我看，这门亲事就吹了吧。"

张李氏的眼泪不由自主地流了下来："幼林冤哪，亲事没成，还让人把屎盆子扣在了脑袋上，这到哪儿说理去啊……"

何佳碧可不是那种逆来顺受的女子，她打定主意，要跟父亲抗争到底。她采取了绝食的方式，横下一条心来，已经连续两天了，硬挺着水米未进，把何启瑞急得就像热锅上的蚂蚁。

何启瑞中年丧妻，膝下两个女儿，长女艳碧已经出阁，小女佳碧虽说从小就比较任性，但聪明伶俐、善解人意，一直是他的掌上明珠，只是不知为什么，在这件事上钻进了牛角尖，怎么劝都没用。何启瑞心疼闺女，他亲自到边上的全聚德端来了京城新近流行起来的挂炉烤鸭，还精心挑选了几样鸭菜匆匆赶回，目送着环儿把食盒送进了女儿的闺房，他自己则站在窗下侧耳细听着里面的动静。

环儿把食盒打开，烤鸭摆在了桌子上，香喷喷的味道立刻在闺房里弥漫开来。

何佳碧头朝里躺在床上正不住地流眼泪，小脸儿蜡黄，显然并没有被香味所打动。

环儿走到床边，轻声说道："小姐，老爷让你起来吃烤鸭。"

何佳碧扭过头："你告诉我爸，不答应我和张少爷的亲事，我就不吃！"

"小姐，你这是何苦呢，老爷都是为了你好，你也不能太由着性子来。"环儿好言相劝。

何佳碧的眼睛一瞪："这儿没你说话的份儿，出去！"

环儿噘着嘴出去了，何佳碧继续头朝里躺在床上流眼泪。

"唉！"何启瑞长叹一声离开了窗子，心想，这样僵持总不是个办法，要是真闹出点乱子可划不来。思来想去，他只好差人连夜请回了长女何艳碧。

何启瑞见到何艳碧是又急又气，不过，他还想再扛一道，希望大女儿能够说服何佳碧。何启瑞掩饰住内心的焦灼，装出满不在乎的样子："一哭、二闹、三上吊，女人的这套把戏我从你妈那儿早就领教过了，没什么新鲜的，不就是不吃饭吗？饿两顿就饿两顿吧，说破大天，张家的这门婚事我也不答应！"

话一出口，何艳碧的火就被拱上来了："爸，佳碧的脾气您也不是不知道，真要是闹出个好歹，九泉之下的我妈可不饶您！"

"唉，谁说不是呢？我是没辙了。"何启瑞可怜巴巴地看着大女儿，"你去好好劝劝她，这都是为了她好，我这当爹的能把女儿往火坑里送吗？艳碧，你也难得回来一趟，就多住些日子，我看佳碧是着了魔了，把她哄好了再走，这事儿就交给你了。"

何艳碧没敢耽搁，转身就去了妹妹的闺房。她轻轻地推门进来，何佳碧头朝里躺在床上，听到响动，有气无力地吐出两个字："出去！"

"你要是让我出去，我可真走了啊。"

"姐姐？"何佳碧惊讶地翻身坐起来。

何艳碧坐到床边，何佳碧一头扎到姐姐的怀里痛哭起来。

何艳碧也跟着流下了眼泪："佳碧，我都听说了，嫁人可是件终身大事，使不得小性子，咱们得从长计议。"

"我就是喜欢张少爷，除了张少爷，我这辈子谁也不嫁！"何佳碧哽咽着。

"张少爷使我小妹如此动情，看来定有过人之处。"

这话可说到何佳碧的心坎上去了，她停止了哭泣："当然了，还是姐姐通情达理。"

“不过，爸爸差人打听到的那些事儿也是真的，佳碧，你看这样好不好，你和环儿先到我那儿住些日子，散散心，姐姐再帮你寻个好人家儿。”

何佳碧又哭了：“不嘛，张少爷的那些事儿我都知道，我说来给你听……”

康小八的秘密落脚点就在海淀的六郎庄，那天午夜过后，霍震西带着手下的几个人悄悄接近了村口的一座小院，几条黑影忽地分散开，有的蹿上房顶，有的翻过院墙，一切井井有条。

躺在炕上的康小八听到了轻微的响动，他警觉地坐了起来，随手从枕下抽出手枪。他从侧面接近窗户，用手指蘸口水将窗户纸捅开一个洞，康小八凑近小洞向外一看，月光下，只见几个黑影已摸到门前，正在拨动门闩。康小八迅速扣动扳机，照着窗外“啪！啪”就是两枪，窗外的人反应也很快，黑影倏地不见了。康小八还没来得及变换位置，“啪！啪”两发子弹回敬过来，险些打中了他。

康小八大感意外，心想，这回碰上硬茬子啦，出手挺利索嘛。他抬起头注视着顶棚，这时，房顶上传来重重的脚步声，康小八不动声色地等待着。

突然，房顶被人用重物砸开一个窟窿，碎砖瓦“哗”地倾泻下来，康小八照着房顶抬手就是三枪。枪响过后，房顶上的人突然停止了动作，没有一点儿声息了。

康小八开了口：“喂！外面的朋友，你们是哪条道上的？能不能报个名号？就是要我死，也要让我死个明白吧？”

房顶上传来霍震西的声音：“康小八，我是霍震西，你听见了吗？”

“哦，霍爷，久仰，久仰！您说，我听着呢。”

“康小八，我问你，你我无冤无仇，为什么要杀我？”

康小八一笑：“霍爷，这您还猜不出来？为了银子呗，明说吧，有人要买您的人头，我是受人钱财，替人消灾，要怨您也别怨我。”

霍震西略一思忖：“谁要买我的人头？让我猜猜看，是左爷吧？”

“您自己琢磨吧，干我们这行的有规矩，不能把客户的底儿露出去，霍爷您得多包涵。”

“那好，我也不问了，说说咱俩的事儿吧，康小八，你欠我一条人命，今天我是来讨债的！”

“好啊，那您就进来讨吧，多来几个人也没关系。”康小八满不在乎。

“如果我没记错的话，你那支左轮枪里还有一发子弹，康小八，你死到临头了，我不会给你装子弹的机会。”霍震西边说边做出了各种手势，他手下的人迅速靠近了房门和窗户，准备强攻。

康小八那里却没了动静。

“康小八，你跑不了啦，识相点儿就自己走出来……”

康小八的房子里仍然没有声音。

霍震西猛然察觉到了什么，他喊了一声：“坏啦！他要跑……”

外面的人猛地踢开房门，扑进屋里，只见靠在北墙上的一个木头柜子敞着门，柜子里的板壁上有一个黑森森的洞口，康小八已然从暗道里逃走了。

左爷正靠在躺椅上盘算着和康小八的勾当，柴禾匆匆走进来，擦着脸上的汗：“左爷，张家少爷和何家小姐的事儿我总算搞清楚了。”

左爷半合着眼，不动声色：“说！”

柴禾凑近左爷的耳边：“张家托人到何家说媒，结果碰了一鼻子灰，何家老爷子不同意，把这门亲事给推了，可是何家二小姐却是认准了张家少爷，还放出话来，这辈子非张幼林不嫁，这事儿就这么僵在这儿了。”

左爷点点头：“张幼林每天都干什么？”

“这位少爷好像没什么正经差事，每天就这么在自家店里晃悠着，余下的不是玩就是练武，看来他家不缺银子。”

“他到哪儿去练武呀？”

“我跟了他三天了，这小子挺会挑地方，他练武的地儿在法源寺旁边的小树林里，听说他给法源寺捐过银子，和寺里的和尚关系不错，那小树林是法源寺的庙产。”

左爷冷笑一声：“幸亏不是少林寺，不然我还真不敢动他。”

“您还别说，这小子还真有点儿功夫，玩起连环腿来，看得我一愣二愣的。”

“功夫好管个屁用！”左爷站起来，看了看墙上的挂钟，转身离开了家。

左爷在约定的地点上了康小八的马车，坐在马车里听完了康小八的叙述，左爷不由得伸出了大拇指：“八爷，兄弟我真佩服您，昨儿个夜里要是换了别人，十条命也没了，也就是八爷您，连根汗毛都没伤着，这回该霍震西睡不着觉了。”

康小八半合着眼，面无表情：“霍震西还真有些道行，他居然能摸到六郎庄去。不瞒你说，我那个落脚点已经好几年了，还没被人发现过。”

左爷叹了口气：“唉，八爷，要说您也真不容易，衙门里画影图形拿您不算，江湖上的仇家还不断追杀，我看，这笔买卖做完，您我把银子一分，还是找个僻静地方过日子去吧。”

“前些日子，我碰见一个算卦的老头儿，这老家伙给我看了看却没吭声儿，我说老头儿，有话你就说，老子我连脑袋都不在乎，还怕这凶卦？你说吧，都看见什么了？那老家伙说，那我就得罪了，我看见您被绑在一个柱子上，旁边有两个穿红衣裳的人……”

左爷不由得打了个寒战：“刽子手？”

康小八笑道：“没错，是刽子手，老头儿说，这两个穿红衣裳的人，手里拿的不是砍头用的鬼头刀，而是小刀子，左爷，你猜猜，这是怎么回事儿？”

左爷恐惧地盯着康小八：“我的天，是凌迟……”

康小八放声大笑：“对，是凌迟，据老头儿说，八爷我升天的那一日，京师万人空巷，能如此风光，八爷我也算没白活一世啊。”

过了半晌，左爷低声说道：“八爷，算卦人的话当不得真，咱不说这不吉利的话。”

康小八满不在乎：“我这个人信命，命该如此，你逃不了，得，不提了，咱说点儿别的，我说左爷，张家那幅什么画，真这么值钱？”

左爷点点头：“我见过一次，是宋徽宗的《柳鸽图》，要是卖给洋人，能卖个大价钱，八爷，这笔买卖干成之后，您我都可以颐养天年了。”

康小八略带讥讽地瞟了他一眼：“还是左爷能算计，案子还没做呢，顶缸的人已经有了，就是捅了天大的娄子，左爷您还在琉璃厂当您的地头蛇，反正这案子是康小八干的。”

“您得这么想，这案子要是左爷干的，张家会拿《柳鸽图》来赎吗？可要是康小八绑的票，情况就不一样了，谁不知道康小八手里有十几条人命？惹恼了康八爷，还不是说撕票就撕票？”

康小八思忖了片刻：“左爷，咱们说好了，一旦人绑到手，剩下的事就是你的了，我只管等着分银子。”

“您放心，到时候我亲自把银票给您送去，不过……”左爷思量着，“八爷，我到哪儿去找您？”

康小八想了想：“东皇庄，左爷，此事天知地知、你知我知，若是走漏了风声，可别怪八爷我不仗义。”

“八爷，咱俩上的可是一条船，要沉咱们一块儿沉，您还信不过我？”

马车继续向前驶去，他们商定了具体的劫持方案。

法源寺是京城内历史最悠久的古刹，坐落在宣武门外教子胡同南端的东侧，离琉璃厂不算远，是贞观十九年（公元645年）唐太宗李世民为哀悼北征辽东的阵亡将士而诏令修建的，初名悯忠寺，雍正十二年（1734年）更名为法源寺，乾隆皇帝曾御书“法海真源”匾额赐寺，此匾至今还悬挂在那里的大雄宝殿上。

张李氏信佛，每逢初一、十五必到寺中礼佛，张家每年也都捐银供养寺里的僧众，张幼林从小就对这一带很熟。法源寺后身的一片小树林可谓曲径通幽，少有人迹，张幼林这些日子腿伤已经痊愈，他每天到铺子里逛一圈，要是没什么事就来这里练功，他希望能够尽快恢复到以前的状态。

张幼林正在拼命地踢打沙袋，不远处，一辆马车停在了树林外，环儿从马车上下来，径直来到他身边。张幼林停下手，看了一眼环儿："你怎么找到这儿来了？"

"听你堂兄说的，张少爷，我们家二小姐病了。"

"噢。"张幼林似乎是漫不经心，"那就让她好好养着吧，请大夫了吗？"

环儿有些不高兴了，噘起了小嘴儿："张少爷，你好像一点儿也不关心我们小姐。"

张幼林笑道："我妈倒是挺关心你们家小姐的，还上赶着张罗人去何家说媒，结果碰了一鼻子灰，我就别再添乱啦。"

"你这个人好没良心啊，我们家老爷得罪了你，小姐可没得罪你，你干吗这么阴阳怪气的？"

张幼林不耐烦了："嗨！黄毛丫头，你还有事儿没有？没事儿赶紧走，我还练武呢。"

环儿气哼哼地递过一张纸条："给你！我们小姐真是中了邪，看上你这么个无情无义的男人。"

张幼林没接："何小姐说什么？"

"你自己不会看？"环儿把纸条塞给张幼林，气鼓鼓地走了。

"嘿！何家老爷、小姐脾气大，怎么连丫鬟脾气也这么大？"张幼林对着环儿的背影嘟囔着，他打开纸条看了看，揉成一团扔在地上，继续打沙袋。

黑三儿和柴禾躲在不远处的一块大石头后面盯着张幼林，黑三儿咂巴着嘴："啧啧，连何家的丫鬟都这么水灵，张幼林这小子还真他妈走了桃花运。"

柴禾皱着眉头扬起脖子看了看太阳："都什么时辰了，左爷怎么还没到？"

"对付这小子还用左爷亲自出马？咱俩就把他收拾了。"黑三儿显得胸有成竹，"兄弟，你把麻袋预备好。"

"怎么着，不等左爷了？"柴禾有些犹豫，"咱俩成吗？"

"这么着，你拿麻袋套在他脑袋上，我一棍子把他打昏，剩下的事儿就好办了，眼一蒙，嘴一堵，往麻袋里一装就齐活儿了，咱也得让左爷看看，咱哥们不是吃干饭的。"

柴禾点点头，两人拿出短棍和麻袋，悄悄地摸了上去。

张幼林仍在踢打沙袋，柴禾拿着麻袋从后面缓缓接近，黑三儿手持短棍紧随其后。张幼林用眼睛的余光已经发现了阳光下的一条黑影在向他接近，但他装作没看见，依然若无其事地击打沙袋。

柴禾将麻袋展开，猛地向张幼林的头上套去，只见张幼林敏捷地闪开，回身一个高扫腿将柴禾踢出一丈多远，黑三儿举着短棍扑过来，张幼林又一脚踢中他的小腹，黑三儿哀号一声，扔掉短棍，双手捂住小腹扑倒在地……

张幼林从树枝上拿下长衫抖了抖，穿在身上，他看了看在地上滚动哀号的黑三儿、柴禾转身要走，突然，他的身子僵住了，一支左轮枪的枪口顶在了他脑门上。

"别动，动就打死你！"康小八用黑布蒙着面，厉声喝道。

张幼林内心有些慌乱，但迅速镇定下来："你是谁？报个名号。"

"听说过康小八吗？在下便是。"

张幼林微笑道："康小八，你名气不小嘛，可我不明白，鼎鼎大名的康小八怎么会对我这个无名之辈感兴趣？康八爷不会是吃错了药吧？"

"张少爷，你的嘴不太好，话也多，留神惹恼了我，一枪崩了你。"

"你不会，崩了我你恐怕什么也得不到，说吧，你想怎么样？"

张幼林嘴上说着，心里也在盘算着，他要选择一个时机，一个合适的角度，趁康小八不备一脚踢飞他的左轮枪。可康小八是个老江湖了，他不打算给张幼林这个机会，没等张幼林想明白，他的后脑勺就挨了一闷棍，这是因康小八使了个眼色，黑三儿在他身后偷袭的。

张幼林的身子晃了晃就颓然倒下。

康小八收起手枪，转身走了，黑三儿、柴禾把张幼林扔上马车，黑三儿突然发现了地上何佳碧的字条，他捡起字条装进兜里，转身上了马车。

片刻，马车消失在了无人的小路上。

天色已晚，何佳碧在明远楼茶馆的一个雅间里等得心急，她不停地透过门帘向门口张望。

"哼，张少爷也真是的，还在洋学堂里读书呢，一点儿也不守信用。"环儿嗑着瓜子，明显地表示出对张幼林的不满。

"你把纸条交给张少爷的时候，他没说不来吧？"

环儿摇摇头："没有。"

话音未落，左爷带着几个喽啰撩开门帘进来了，他大摇大摆地坐在了何佳碧的对面。

何佳碧打量着左爷，冷冷地说道，"先生，对不起，这儿已经有人了。"

左爷端起眼前的盖碗茶喝了一口，色眯眯地看着她："顺源祥米店的何二小姐，我就是你今儿要等的人。"

何佳碧一时愣住了。

左爷把茶水一饮而尽，茶碗放在桌子上："何小姐，你不要误会，我是受人之托来见你，有人托我给张家带个话儿，说是张幼林张少爷让人绑票了。"

何佳碧浑身一震："是谁，谁绑了张少爷？"

左爷往前凑了凑："听说过康小八吗？"

何佳碧下意识地向后躲闪着："听说过，康小八是个有名的强盗，他怎么会找到你当说客？难道……你们是一伙的？"

左爷装出一副无辜的样子："我的大小姐，这你可冤枉死我啦，康小八绑了票，总得找个人传话要赎金啊，这位爷找上我了，我干也得干，不干也得干，康小八的枪口就顶在我脑门上，我敢不来吗？"

"张少爷现在怎么样？康小八打算要多少赎金？"何佳碧此时已经心急如焚了。

"张少爷现在好好的，康小八对张少爷的命没兴趣，明说了吧，他惦记的是张家的《柳鸽图》。"

何佳碧稍微松了口气："什么是《柳鸽图》？"

"何小姐还不知道吧？那可是张家的传家宝贝，只要拿出《柳鸽图》来，康小八立马儿放人。"

她想了想："张家要是不给呢？"

左爷站起身："给不给的，不是你说了算，你给张家带个话儿就行了。"

何佳碧也站起来："我要是报官呢？"

"何小姐，张少爷的命可在人家手里攥着呢，要死要活一句话的事儿，你可得想好了。"左爷说完，又瞥了何佳碧一眼，就带着喽啰扬长而去了。

何佳碧匆忙赶到张家，张李氏听罢如五雷轰顶，赶紧差人请来了庄虎臣和张山林。四人已经在堂屋里坐了好一阵子了，张李氏不住地流眼泪："唉，怎么什么倒霉的事儿都让幼林摊上了……何小姐，真对不住，让你跟着担惊受怕了。"

何佳碧把一条毛巾递过去："伯母，看您说哪儿去了，绑票的这些人也太坏了，我看……咱们还是报官吧！"

庄虎臣赶紧摆手："使不得，弄不好，万一撕票可就麻烦了。"

张山林看着张李氏："都是《柳鸽图》惹的祸，要是早听我的，把它卖了换银子花也就没这事儿了吧？"

张李氏白了他一眼，对庄虎臣说道："你去找左爷给康小八带个话儿，问给银子成不成。"

"好，我快去快回。"庄虎臣起身走了出去。

三人默默相对，谁也没再言语，屋里一时静悄悄的，只有墙上的挂钟"嘀嗒、嘀嗒”有节奏地响着。过了半晌，用人轻轻推门进来：“太太，霍先生求见，您看……”

张李氏一下子有了精神：“他霍叔来了？太好了，请他在客厅稍候，我马上就到。”

张幼林居然被绑了票，这是霍震西万万没想到的，他阴沉着脸，背着手在客厅里来回踱步。

张李氏期待地望着他：“他霍叔，您看这事儿该怎么办？”

“嫂子，左爷和康小八肯定是一伙的，如果能抓住左爷，康小八就跑不了，关键是，幼林被关在哪里。”

“是啊，咱们就算知道左爷和康小八是一伙的也不敢轻举妄动，不然幼林随时会有危险。”

霍震西思忖着：“康小八刚被我掏了老窝儿，此人一贯行踪诡秘，猜疑心重，更何况面临朝廷和江湖仇家的双重追杀，就像是惊弓之鸟，他当务之急是需要一个能秘密藏身的地方，依我看，幼林不可能在康小八手里，十有八九是在左爷手里。”

“他霍叔，这事儿我一个妇道人家出不了什么主意，还是由您做主，您说了算，反正无论结局是好是坏，我都认命！”张李氏又流下了眼泪。

霍震西站住：“嫂子，有您这话我心里就踏实多了，现在我需要一个人带着《柳鸽图》去见左爷，他必须是左爷放心的人，否则我们无法探得幼林被关在哪儿。”

“我去，行吗？”张李氏急切地问。

霍震西摆摆手：“不妥。左爷和康小八都知道您是荣宝斋的东家，从绑票的角度考虑，嫂子您自己送上门去，有可能会使他们狮子大开口，因为绑票的手里又多了一个人质……”

“大叔，我去！”何佳碧推门进来。

“他霍叔，这是何小姐。”张李氏给霍震西介绍着。

“大叔，刚才我都听到了，我去最合适。”

霍震西打量着她：“姑娘，这可有危险，万一……”

何佳碧流出了眼泪：“大叔、伯母，为了幼林，我……我什么都愿意做，哪怕是死……”

“姑娘，别哭，别哭，我再想想。”

霍震西还没想出个所以然来，庄虎臣满头大汗地回来了，张李氏急切地问：“虎臣，怎么样？”

庄虎臣喘着粗气：“东家，左爷说，康小八不要银子，只要《柳鸽图》！”

“我的天，这不是要我的命吗？！”张李氏一下子跌坐在椅子上。

何佳碧擦了擦眼泪："大叔，别再犹豫了，还是我去吧，我刚才就想好了，用猪尿泡灌上红颜色，然后用针扎漏，挂在马车的车轴中间，这样每走十几步就会留下一滴红颜色，不留意根本不会有人注意，您可以带人顺着红颜色走。"

霍震西大喜："姑娘，你可真聪明，这招儿连大叔这老江湖也不得不佩服，姑娘啊，大叔我看出来了，你喜欢幼林，是不是？"

"大叔，我……"何佳碧羞涩地低下了头。

霍震西大包大揽地："等救出了幼林，我让这小子娶你当老婆，他要是敢不听，我扒了他的皮，嫂子，您没意见吧？多好的姑娘。"

张李氏赶紧应答："没意见，幼林的终身大事您能做主。"

送走了霍震西和何佳碧，张李氏取出了《柳鸲图》，她抱着《柳鸲图》跪在了张仰山的牌位前，一边流着眼泪，一边絮絮叨叨："公公，不是儿媳不孝，梦林就留下这么一根独苗儿，眼下要是不拿出《柳鸲图》，幼林就没命了，这是用画救人哪……公公，您可别怪我，我这心里也不好受呀……"

张李氏的眼泪像断了线的珠子，没完没了，庄虎臣在院子里等得着急，他走进来，轻声说道："东家，您别着急，咱不拿真迹去。"

张李氏一听，赶紧回过头来："虎臣，你说什么？"

"我已经找好了人，花点钱仿一张。"

张李氏如释重负，她站起身把《柳鸲图》交给庄虎臣："虎臣，那就拜托你了，赶紧的吧！"

庄虎臣接过《柳鸲图》，匆匆离开了张家。

张幼林的四肢被捆得结结实实关在了城外的一个破庙里，四周漆黑一片。他试着挣脱绳索，刚发出轻微的响动，看守的人马上就进来了。张幼林见逃脱无望，干脆既来之则安之，他倒在稻草堆上，找了个还算凑合的姿势，没过多久就进入了梦乡。

第二天，已经日上三竿了，张幼林还在呼呼大睡，黑三儿用块黑布蒙住了面，端着个破碗进来，踢了他一脚："嗨！小子，醒醒，你倒睡得挺踏实，也不问问自个儿在哪儿呢。"

张幼林懒洋洋地睁开了眼睛："问有什么用？爱怎么着就怎么着吧，再说了，你无非是个送饭跑腿的碎催，问你也是白搭。"

"嘿！你还挺各，都到这份儿上了，嘴还这么硬，你就不怕把大爷我惹恼了，弄死你？"

"就你？"张幼林打量着他，"算了吧，不是我看不起你，你要有这个胆儿早就自立山头了，犯得上给人家当碎催吗？”

“得，您是爷，我没工夫和您斗嘴，给我张嘴！”黑三儿蹲下给张幼林喂窝头。

张幼林吃了一口，“呸”地吐出来，皱起了眉头：“拿走，拿走，难道你家主子就吃这个，拿自己当牲口啊？”

“小子，你凑合吃吧，没要你的命就不错了，还想吃好的？”

“想要我的命还用费这么大劲？在小树林不就解决了？既然把大爷我请到这儿来，就是有别的打算，你就该好吃好喝地伺候我。”

黑三儿站起来：“小子，哪儿这么多废话，你到底吃不吃？”

张幼林十分强硬：“大爷我不吃！”

“那我还不伺候了！”黑三儿转身走了。

张幼林看着黑三儿的背影大叫：“你告诉康小八，让他来见我……”

仿《柳鸽图》需要些时日，这边庄虎臣跟左爷周旋着，左爷也没闲着，他派柴禾密切监视霍震西的动向。

柴禾装扮成乞丐在盛昌杂货铺的门口晃悠，他一出现立刻就引起了马掌柜的警觉。第四天早上，柴禾依旧是缩在马路对面的一个门洞里向路人乞讨，眼睛却不时地瞟着盛昌杂货铺的大门。

没过多久，大门打开，霍震西带着五六个武师，披挂着武器骑马走出来，柴禾的眼睛一亮，站起来要走，旁边两个乞丐蹿上几步挡住了他的去路。

“兄弟，你是干什么的？”高个子乞丐问道。

柴禾赔着笑脸：“我也是要饭的。”

高个子乞丐打量着他：“要饭的？我怎么没见过你？”

柴禾点头哈腰：“刚来的，您多关照。”

“想入帮？这好办，跟我去见见帮主吧，还有些规矩要讲清楚。”

柴禾推托着：“大哥，明天吧，明天我去见帮主，今儿个我得回家安排一下。”

柴禾说罢要走，高个子乞丐一把抓住他的胳膊：“别走啊，咱还有件事儿没办呢。”

“什么事儿？”

还没等柴禾反应过来，另一个乞丐在他身后举起打狗棍兜头就是一棍，这一棍子打下去，柴禾立刻双眼翻白栽倒在地。

乞丐扔下打狗棍去解柴禾的衣服：“兄弟，等睡够了再去报信儿。”他招呼同伴：“嗨！帮帮忙，把这小子衣裳扒下来，挺好的衣裳，别糟蹋了……”

高个子乞丐站着没动：“我得赶紧去告诉霍爷一声，帮主说，霍爷很少开口求人，这次要不是遇到难处，也不会求咱帮主帮忙。”

“也是，那你就快去吧。”

高个子乞丐快速穿过马路，跑进了盛昌杂货铺。

张幼林蓬头垢面，早已超出了忍耐的限度，他坐在地上不停地大声喊叫：“嗨！那小子，你主子怎么还不来？好几天了，这儿连个会喘气儿的人都没有……”

“嘿！怎么说话呢，我不是人吗？”黑三儿蒙着面进来，不耐烦地在张幼林面前站住。

张幼林十分不屑：“你算什么人？充其量是条狗，大爷我懒得搭理你，去去去！赶快把你家主子叫来。”

黑三儿抄起根棍子要打张幼林，棍子已经举到了半空中，他想了想，无奈地又放下：“你吵什么吵，找打哪？告诉你吧，只要你们家拿出《柳鸽图》来，你立马儿滚蛋。”

张幼林恍然大悟：“哦，闹了半天是惦记上《柳鸽图》了？做梦吧你，想要《柳鸽图》？门也没有！”

黑三儿扔下棍子：“张少爷，我得提醒你一句，你知道自个儿是什么吗？告诉你，你现在的身份不是什么阔少爷，是肉票儿，懂吗？要是想活命，就拿画来换；要是你妈舍不得把画拿出来，那你就等死吧，这叫撕票儿！”

黑三儿说完转身离去，张幼林继续大喊大叫：“小子，你别走，康小八怎么不敢露面儿？他康小八不就仗着把破枪吗？有能耐把我解开，咱们一对一地过过招儿，谁绑了谁的票儿还不好说呢……”

这当口，庄虎臣和何佳碧坐在马车上已经走过了一半的路程。挂在马车车轴中间的猪尿泡摇晃着，隔几步远就流出一滴红颜色，忠实地留下标记。

何佳碧的怀里抱着装画的楠木盒子，神情紧张，她看着庄虎臣：“庄掌柜的，我有点儿……心慌，到了那儿我该怎么说？”

庄虎臣很镇定：“何小姐，沉住气，没事儿，到了那儿，你得先提出来，先见人，后给画，剩下的你就别管了。”

“要是左爷看出《柳鸽图》是临摹的怎么办？”何佳碧最担心的就是这个。

“你就放心吧，就凭左爷，他可没那本事。”

“这就好。”她下意识地回头张望了一下，又赶紧扭过头来。

在他们身后三里开外，霍震西带着五六个武师骑着马缓缓地跟随着，他们浑身披挂着武器，有短刀、短枪、来复枪和长弯刀，霍震西的腰上还插着康小八那把左轮手枪。

土路中间每隔几步远就有一滴红颜色，骑马走在最前面的武师边走边仔细辨认着地上的痕迹。

左爷进了破庙的前殿，喽啰们围上去，小五开口问道："大哥，怎么样了？"

左爷得意地扫视了一眼众人："弟兄们再坚持一会儿，送画的人马上就到了。"

"大哥，这事儿……把牢吗？张家不会把衙门里的捕快招来吧？"小五皱着眉头。

左爷哈哈一笑："我防着这手儿呢，早派人盯上张家了，张家有一点儿动静也别想瞒过我的眼，这两天除了霍震西去过张家以外，张家没接触过官府的人。"

"霍震西可是个老江湖了，他会不会摸到这儿来？"

左爷拍了拍小五的肩膀："放心吧，盛昌杂货铺那儿也有咱们的人，他只要一出门，我就会得到信儿。"左爷坐下："弟兄们，等把画卖出银子来，大伙儿一分就各走各的，琉璃厂这摊事儿我早烦了，左爷我还不干啦。"

不大一会儿，一个喽啰进来报告："左爷，张家送画的人到了。"

左爷站起身："让他们进来！"

片刻，喽啰带着何佳碧、庄虎臣走进来，左爷一眼就盯上了何佳碧手里的楠木盒子，急不可耐地问道："何小姐，你手里拿的是《柳鸽图》吧？"

"是啊，我们把《柳鸽图》带来了，可我们的人呢？"

庄虎臣跨上一步："左爷，按规矩是，一手交货，一手放人，现在画您也看见了，我们张少爷呢？"

左爷没有理睬，他伸出手来："何小姐，把《柳鸽图》递过来，我先验验真假，听说庄掌柜的玩假画是行家，我可不想上当。"

"姓左的，你的狐狸尾巴终于露出来了，你果然是和康小八一伙的！"何佳碧厉声说道，她没有把画交给左爷，此时她已毫无惧色。

"左爷，您和朝廷通缉的要犯康小八合伙绑票，就不怕我们报官？"庄虎臣的话里也是软中带硬。

左爷似乎并不在意，眼瞧着值钱的玩意儿送来了，他的心情很是愉悦："嘿嘿！这我早想到了，庄掌柜的，咱们明说吧，《柳鸽图》一到手，你们就再也找不到我啦，这你们应该高兴才是，琉璃厂从此太平了。"

"左爷，我们要见张少爷，见不到人，你别想拿到画。"庄虎臣的口气不容置疑。

左爷的脸立刻就变了："哼，画已经在这儿了，还怕我拿不到？"

"左爷，江湖上讲究的是盗亦有道，可你连当强盗都不够格，说话还不如放屁……"

左爷没等庄虎臣说完就凶相毕露，他一把薅住庄虎臣的脖领子："姓庄的，你敢骂我？我看你真是长行市了，你就不怕我今天一块儿把你做了？"

庄虎臣毫不畏惧："长这么大我是头一次骂人，没办法，是你逼的，姓左的，你不是知道吗？我庄虎臣在琉璃厂混了大半辈子，古玩字画的真假一般是瞒不过我的眼睛，今天我把这画给你，就看你有没有本事分辨真假，何小姐，把画给他。"

何佳碧递过木盒："拿去吧。"

左爷松手，他接过木盒，取出画轴贪婪地看着："这你可难不倒我，我是不懂画，可懂画的人马上就到，是真是假一会儿就清楚了……"

左爷还没说完，门突然被推开了，黑三儿出现在门口，他目光呆滞地望着左爷。

"嘿，不好好看着那小子，你来这儿干什么？"左爷心里挺纳闷。

黑三儿并没有回左爷的话，只见他颓然地倒下了，众人这才看清，他的后背上居然插着一把短刀，鲜血已经把灰白色的小褂染红了一片。

左爷再一抬头，猛然发现霍震西铁塔般的身子已经堵在了门口，他惊慌失措起来："霍……霍爷，你……"

霍震西进到殿里，轻蔑地看着他："别担心你那几个喽啰，我都把他们打发了，姓左的，你最近玩得可有点儿大发啦。"

左爷定了定神："霍爷，这里面恐怕有点儿误会，您听我说……"

"你别和我扯淡，说吧，康小八躲在哪儿？"霍震西单刀直入。

左爷眼珠子一转："他躲在哪儿我怎么知道？"

霍震西拔出了匕首按在左爷的脖子上，怒目而视："两条道儿你选一条，要么告诉我康小八的藏身地点，要么我现在就宰了你！"

左爷的冷汗霎时就流了下来："霍爷，我说，我说，康小八现在藏在东皇庄……"

霍震西收起匕首，吩咐同来的武师："把他捆起来！"

收拾完左爷，庄虎臣、何佳碧赶到后院，两人正忙着给张幼林解绑索，霍震西走进来，他用鼻子哼了一声，训斥道："瞧你那点儿出息，好歹也练过几天拳脚，怎么就让人家给制住啦？"

张幼林的声音沙哑："大叔，要不是康小八有支枪……"

"人家有枪就不敢动啦？得动脑子，找机会夺枪，哪儿能人家一亮家伙就不敢动了？"

"是，大叔，给您添麻烦了。"张幼林低下了头。

何佳碧看不下去了，在旁边插了嘴："霍叔，有您这样的师父吗？我看幼林够勇敢的了，换个人早吓瘫了，您还教训他？"

庄虎臣凑过来："霍爷，我有句话不知当说不当说。"

"您说！"

“您打算如何处置康小八？”

霍震西不假思索：“这还不简单，今天我就带人抄他的老窝，这不光是为我兄弟报仇，也是为民除害啊。”

“康小八作恶多端，是朝廷通缉的要犯，依我之见，霍爷不如让官家去抓捕他，康小八犯了多大的罪、该受什么样的处罚，大清律上自有说法，您犯不上弄脏自己的手，落个使用私刑、触犯律法，这件事儿还请霍爷斟酌。”

霍震西点头：“嗯，您说得有道理，这个狗屁朝廷虽说也没干什么好事儿，可话又说回来了，像收拾康小八这种恶人，还就应该是它的事儿。”

“我看，霍爷您还是回避一下，左爷由我们送到官府，康小八的事也由我去报官，您看如何？”

霍震西思忖了片刻：“好吧，就按您的意思办，只是有一样，像康小八、左爷这种恶人，官家若是不杀，那还得我自己来干。”

众人收拾停当，返回了京城。

儿子平安归来，张李氏是欢天喜地。危难之中见真情啊，何小姐对儿子的这番情意她心里最清楚，张李氏盘算着，还有一个来月幼林就得回北洋师范复学了，不如抓点儿紧在他走之前把婚事给办了。

何启瑞这回答应得挺痛快，他也瞧出这路数了，这个女儿，管是管不了了，与其别别扭扭，不如趁早儿嫁出去倒省心，反正是她跟张少爷过一辈子，是好是赖自个儿兜着。

得到了何老爷子的允诺，张李氏一大早就起来和李妈去购置结婚用品。马车行驶到前门附近，只见街上人声鼎沸，一队士兵押着一辆囚车从远处走来。

马车停下，李妈问身旁的路人：“哟，这是谁呀？”

路人显得颇为神秘：“谁？说出来吓死您，这就是大名鼎鼎的康小八！”

“这是干吗去？”

“送菜市口问斩呀，这小子手上光人命就十几条，犯下的案子数都数不清，听说老佛爷发话了，不能轻饶了这小子，得，刑部一听哪儿敢怠慢，判了个凌迟。”

李妈可知道这个康小八，他和那个左爷一起绑了少爷的票，太太着了多大急呀！

李妈解着恨说道：“活该！这叫恶有恶报，要是判个斩首就太便宜他了，还是凌迟解气。”

囚车过来了，康小八站在木栅里，他满不在乎地望着街道两侧围观的人群，高喊起来：“京城的老少爷们儿，回头见啦您哪，康八爷就此上路，二十年后咱又是一条好汉……”

回到家，张李氏来到儿子的房里打探：“康小八判了凌迟，那个左爷呢？”

张幼林正在复习英文，他把书放下：“左爷本来没有太大的事儿，主要是欺行霸市，可他手下的几个喽啰经不住事儿，一进了刑部大堂，还没等用刑就吓瘫了，居然又撂出左爷参与的几件绑票案，这下可好，被判了个笞杖一百，充军流徙两千里。”

张李氏点点头：“行啦，恶人都遭了报应，你也该收收心，准备一下娶亲的事儿了。”

张幼林一听，不觉愣住了：“妈，这着什么急啊？”

张李氏语重心长：“幼林，你拍胸脯想想，何小姐对你怎么样？”

“她对我很好，我欠她的情。”

“这不结了？我们做人要凭良心，懂吗？”

“可是……她父亲不同意这门亲事，这我就没办法了。”

张李氏笑眯眯地看着儿子：“这个不用你操心，实话告诉你，她父亲已经同意了，这是何小姐自己争来的，她父亲最后不得不同意，你瞧瞧，人家何小姐对你是一片真心吧？”

张幼林还是觉得有些突然，他没这个心理准备。沉默了半晌，张幼林站起身：“好吧，我答应娶何小姐，妈，这您满意了吗？”

这话不大中听，张李氏脸上的笑容立刻就消失了：“怎么叫我满意了，是谁娶亲啊？”

……

新房被安置在张家四合院的第三进，张李氏选了个良辰吉日把何佳碧娶进了家门，吹吹打打热闹一番过后不久，张幼林就返回了北洋师范继续完成学业。

·第十七章·

日子像流水一般地过去，张继林从同文馆毕业后进了总理衙门，张幼林则揣着北洋师范的毕业文凭，拒绝了好几家新式学堂的盛情邀请，他晃来晃去，最终也没有参加任何公职。张幼林有自己的想法：人生短暂，与其一天到晚忙忙碌碌，他宁愿选择过一种无拘无束、轻松自在的生活。

可是，真有这样的好日子等着他吗？

转眼之间已经到了辛亥革命的前夜，孙中山先生在日本东京领导的中国同盟会以及中华各路仁人志士在南方为推翻朝廷而进行的流血斗争，张幼林都在密切地关注着。然而，他并没有想到，革命之火很快就会燃烧到京城，不仅波及荣宝斋，连他自己也被卷入其中了。

此时，张幼林正在去往西便门的途中，他将要见到一位来自美国的同门师妹潘文雅小姐。这还得从当年张幼林在北洋师范的英文教习查理先生说起。尽管在“庚子事变”中查理先生和张幼林所属的阵营不同，但这并不妨碍查理先生钦佩自己这个与众不同的学生。对一个白面书生而言，在国家面临危难之际敢于挺身而出，以自己的血肉之躯抵御迎面而来的猛烈炮火，无论如何是需要勇气和胆识的，就凭这一点，张幼林就是个值得称道的英雄。这样的想法深深地根植在了查理先生的心中，并且在他以后的生活中不时闪现出激越的火花。

张幼林毕业后不久，查理先生也返回了自己的祖国美国，进入了位于新泽西州的普林斯顿大学伊芙琳附属女子学院继续从事教职。

普林斯顿大学是个不同凡响的高等学府，除了教学一流外，校内的主楼纳索堂曾在美国独立战争期间做过大陆会议的会址，当时，纳索堂也曾一度被英军占领，华盛顿将军为从敌人手中将其夺回，下令加农炮手向纳索堂开炮，而饱受蹂躏的纳索堂居然在猛烈的轰击下奇迹般地没有坍塌，成为历史的见证。纳索堂的残壁在1802年和1855年的两次大火中焚毁，后来的建筑是由著名的建筑师约瑟夫·亨利·拉特罗布等人重新修建的。

那天下午，查理先生带着新生来到纳索堂的大门外，慷慨激昂地讲述过这段历史之后，离下课的时间还有一会儿，他扯到了张幼林。他告诉大家，同样在炮火之中傲然耸立的除了纳索堂之外，还有他的中国学生张幼林。查理先生对张幼林的赞美之辞溢于言表，不但再次感动了他自己，也感动了在场的华裔新生潘文雅。

那时潘文雅十八岁，正是充满诗意幻想的年龄，就是从那一刻起，张幼林成为她心中的白马王子，她还萌发了要回国见他的念头。三年之后，潘文雅终于如愿以偿，不远万里踏上了大清国的土地。

他们见面的地点选在西便门外的跑马场，这里曾经是皇室王公的驯马基地，“庚子事变”之后辟成了跑马场，供洋人和京城内的官宦、富家子弟在此赛马、娱乐。

潘文雅身穿骑马装，和几个洋人在马道上纵马飞驰一番过后，来到场外，早已等候的张幼林迎上去，用英语打着招呼：“潘小姐，你好。”

潘文雅的眼睛一亮：“张先生！”

他们就这样相识了，这很符合潘文雅的想象：在茫茫的人海中，彼此一眼就认出了对方。不过，对张幼林而言，认出潘文雅太简单了，因为在这个跑马场上，他还没见过第二个纵马飞驰的女性。

张幼林接过潘文雅手中的缰绳，赞赏地说道：“潘小姐，你的胆子真大，这样的烈马也敢骑？”

潘文雅笑了：“小意思，我父亲在美国西部经营一家牧场，我从小就和各种各样的马打交道，知道它们的脾气。张先生，我能说句实话吗？”

“请讲。”

“你的英文可不怎么样。”

“不好意思，查理先生回国有十年了吧？我记得那是‘庚子事变’最紧张的时候，后来我就再也没有遇上像查理那样的好教习，让潘小姐见笑了。”

潘文雅改用汉语：“没关系，以后有机会，我教你！”

“原来潘小姐能讲汉语？这可太好了……”张幼林还没来得及多说，一个贵族青年骑着一匹栗色的烈马做了一个惊险的动作在他们面前飞驰而过，引得周围人大声喝彩。

他们驻足观看，潘文雅问道：“这位先生是谁？”

“恭亲王奕䜣的孙子，溥心畬。”

“是在咸丰、同治、光绪三朝，多次出任领班军机大臣的那个恭亲王吗？”

张幼林点点头：“正是，大清国二百多年，其间多有宗室亲王参政辅佐皇上，而参政诸王以身前之功获得身后之谥，其中得谥‘忠’者，只有睿亲王多尔衮和恭亲王奕䜣。”

潘文雅漫不经心地说道：“可惜恭亲王死得早，要是他活到现在，肯定也是个风云人物。两年前皇上和西太后先后驾崩，我听到一种说法，西太后在将死之前，派人下毒害死了皇帝，你觉得有没有这种可能性？”

张幼林下意识地四处看了看：“这可不能乱说。”

潘文雅笑道：“张先生不必紧张，中国同盟会听说过吧？他们的目的就是要推翻朝廷，这在海外是众所周知的事。”

“潘小姐，你别忘了这是在中国，说错了话就有可能掉脑袋。”

潘文雅满不在乎：“张先生，你感到恐怖了？你的表情向我证实了这一点，这进一步证明，这种令人恐怖的政府实在没有存在下去的必要，它就应该垮台。”

“好家伙！以前我总听别人说有革命党，就是没见过，今天总算是见识了，还是个美国革命党。”张幼林半调侃着。

潘文雅则唇枪舌剑：“张先生的胆量似乎不大，查理先生总和我说，他在中国有个叫张幼林的学生，他是个真正的绅士，也是天下最勇敢的人，现在的问题是，是查理先生说错了，还是我的判断有问题？”

张幼林环顾左右而言他：“当年查理先生告诉我，他来自一个自由的国度，他有权在任何情境下表达自己的真实思想。可是……他却被‘庚子事变’吓破了胆，因为在中国没有人可以真实地表达思想，所以查理先生走了以后就再也没敢回来。”

潘文雅沉默了，过了半晌她才感叹道：“张先生，你不愧是个生意人，说出话来滴水不漏。”

庄虎臣终于等来了赵翰博，带着他直接来到了后院休息室。新来的学徒云生给他们端上沏好的茶，云生刚要倒茶，庄虎臣示意他退下。庄虎臣边倒茶边急着问：“听说小皇帝在太和殿登基的时候，在龙椅上是大哭大闹，喊着要回家，有这事儿吗？”

赵翰博疑惑地看着他：“您是朝廷的七品官，这事儿还用问我？”

“我那七品官是蒙事儿的，没资格参加皇上的登基大典，不问您问谁呀？”庄虎臣奉上茶来。

“有这事儿，当时小皇上在龙座上这么一哭闹，在场的王公大臣都很恐慌，登基大典也就草草地结束了。”

“当皇上是个多好的差使，他怎么哭上了？”庄虎臣很是不解，他转念一想，脸上不觉阴郁起来，“这可不是好兆头儿，您知道，买卖人最怕的就是天下大乱，一旦天下真乱了，买卖怕是也没得做了。”

赵翰博端起茶碗抿了一口：“您还真说对啦！一个小皇上怕是压不住阵脚，闹不好还真可能出乱子，这阵子，革命党在南边儿闹得厉害！”

“革命党？”庄虎臣瞪大了眼睛，他隐隐觉得这不是什么好词儿。

赵翰博显得很神秘：“嗨，一帮留学日本的学生，成立了中国同盟会，嚷嚷着要推翻朝廷。”

“推翻朝廷？”庄虎臣吃惊不小，“那些留学生，不都是朝廷出银子送出去的吗，怎么到了外国就反起朝廷来啦？”

赵翰博下意识地四处张望了一下，低声说道：“这些留学生到了外国，眼界大开，见了世面，就觉出咱们的朝廷不行了。”

“那些个嘴上没毛的学生，他们说不行，就不行啦？”庄虎臣很不以为然。

“庄掌柜的，您还甭瞧不起那些学生，他们可是豁出命来干。”

“怎么个干法儿呢？”庄虎臣担心地问。

“搞暗杀，在南边儿搞武装起义。”

这些庄虎臣前些日子听张幼林念叨过，他没怎么当回事，“您那报上说，不是都失败了吗？”

“失败是失败了，可革命党没死心，我临出门的时候接到一篇急稿。”赵翰博凑近了庄虎臣，“革命党要筹划新的行动，而且已经到了京城。”

“啊？”庄虎臣不禁大惊失色。

俗话说，怕什么就来什么。几天之后，中国同盟会的发起人之一、近代中国叱咤风云的重量级人物汪兆铭和他的战友黄复生就出现在了琉璃厂，而且，他们租下了荣宝斋隔壁新倒闭的那家铺子，和荣宝斋成了邻居。

汪兆铭、黄复生都剪了辫子，身着洋装，在琉璃厂显得分外扎眼。他们租下铺子后就紧锣密鼓，加紧布置，仿佛要在这里大干一番、一展宏图似的。

庄虎臣从他们门口经过，停住脚搭话：“这铺面你们租下了？”

汪兆铭走到门口：“我们租下了，您是……”

庄虎臣指了指荣宝斋：“你们隔壁，荣宝斋的掌柜。”

汪兆铭伸出手：“幸会，幸会！”

庄虎臣先是一愣，随即醒过味儿来，也伸出手去：“您这是洋派，怎么辫子也不留了？”

“我们刚从日本回来，那里不讲究留辫子。”

“日本？”庄虎臣心里掂量了一下，“那地方好像是专出革命党。”

汪兆铭笑了：“您的消息很灵通啊，不过，我们不是革命党，是老实的生意人，您贵姓？”

“老实就好，我姓庄，庄稼的庄。”

“庄掌柜，咱们是邻居了，以后还请您多多关照。”说着，汪兆铭又来了一个日本式的鞠躬。

庄虎臣不习惯在国人之间来这个，他慌忙拱拱手：“您甭客气，您贵姓？”

“免贵姓汪，您就叫我汪先生好了。”

“汪先生，您这铺子打算卖什么呀？”这是庄虎臣最关心的。

“不卖东西，开照相馆。”

“照相馆？这可是好买卖，你们刚开头儿，有什么需要我帮忙的就说一声儿。”

照相馆跟荣宝斋的生意风马牛不相及，这下庄虎臣就放心了。

守真照相馆隆重开业，鞭炮声响罢，张幼林正好从门口经过，他好奇地打量着照相馆的招牌和橱窗里摆放的照片，照相馆内，潘文雅和汪兆铭正在热烈地交谈，她看见张幼林，向他招手：“张先生！”

张幼林见潘文雅在里面，就走了进去。潘文雅热情地介绍：“这位是我的朋友，留日归来的汪兆铭先生。这位就是我跟你说过的同门师哥、荣宝斋的少东家张幼林先生，我的老师查理先生在十年前也是他的老师。”

张幼林露出惊喜的神色：“新来的邻居原来是潘小姐的朋友？太巧了。”

汪兆铭和张幼林握手：“早就听潘小姐提到过你，张先生冒死抗击八国联军，令人钦佩！”

“这都是过去的事儿了。”张幼林轻描淡写。

潘文雅看着他：“没来中国之前，我还以为张先生是个剽悍粗犷的西部牛仔，见了面才发现，不过是个白面书生，和我想象的差得太远了！”

张幼林有些尴尬，汪兆铭连忙说道：“潘小姐从小在美国长大，性情奔放、口无遮拦，张先生不必介意。哎，你是京城的世家子弟，我们刚到这里，人生地不熟，还请老兄多多关照。”

“不必客气，有需要我帮忙的地方，请汪先生尽管直言。”张幼林很是诚恳，他们就这样认识了。

在清末，照相是件时髦的新事物，守真照相馆的生意很快就兴隆起来。不过，汪兆铭可不是来做买卖的，他要在京城干出惊天动地的大事。他的恋人、马来亚华侨巨富陈耕基之女陈璧君小姐也来到了京城，他们经过周密的策划，决定在前门火车站刺杀摄政王载沣派到欧洲访问归来的特使——摄政王的弟弟载涛贝勒和载洵贝子。

一大早，汪兆铭、黄复生和陈璧君就坐上马车，向前门火车站出发了。马车一路上颠簸着，陈璧君担心地看着装有炸弹的皮箱，用日语悄声问黄复生：“这里面的炸弹不会颠炸了吧？”

黄复生用日语回答：“这种震动，不会。”

马车继续向前行驶着，汪兆铭吩咐：“璧君，到了车站，你在车上等着接应，我们两个过去。”

陈璧君点点头：“好，你们注意安全！”

他们等待的那列火车不久就进站了，出站的人流开始向外涌动，汪兆铭和黄复生装作接站的人站在一旁，皮箱的皮带已经解开，随手就能取出炸弹。他们的目光在人群中搜索着，重点放在了戴红顶子官帽的人身上。他们反复多次看过载涛和载洵的照片，只要这两个人出现，他们立刻就会寻找时机引爆炸弹。

那时，摄政王载沣代替自己的儿子、年幼的宣统皇帝行使国家领导权，他派出的特使是代表大清国的，但出乎意料，载沣对自己这两个年轻的弟弟要求异常严格，这次出使不但没有安排隆重的送、迎仪式，甚至连随从、侍卫也没有派，他是有意要锻炼他们，同时由于每年大量的赔款等，朝廷的国库早已空虚，载沣要从自己的亲属做起，给世人做个榜样，以此来推行他的缩减开支、整顿朝纲的远大抱负。

载涛和载洵身着便装，自己拎着皮箱随着普通人一前一后下了火车，载涛回过头招呼弟弟：“你快点儿！”

载洵紧走几步跟上来：“来了！这箱子太沉了，我得叫个人拎箱子。”

“不是早说好了吗？这次出门轻车简从，凡事都自己来，眼瞧着就到家了，怎么最后这点儿苦倒吃不了？”载涛不满地看着他。

载洵赶紧认错：“哥哥教训的是，我以后改，其实这事儿怨我，我在巴黎从一个摆地摊儿的艺术家手里买了座雅典娜女神的青铜雕像，这东西好是好，就是太重了。”

“你呀，就是喜欢这些洋玩意儿，这叫玩物丧志，懂不懂？”

“人家洋人的玩意儿咱也得学学，在有些方面，咱就是不如人家。”载洵辩解着。

“什么时候都别忘了‘中学为体，西学为用’，最终还是老祖宗的东西可靠，洋人的玩意儿嘛，不过是用用，不可走火入魔……”

载涛和载洵夹在人流中向外走，这边，黄复生等得心急：“他们应该有人护送，怎么还没出来？”

“别急，也许还在后面，我们的消息绝对可靠。”汪兆铭悄声安慰着。

终于见到前门楼子了，载涛长叹一声：“总算到家了！说了半天还是家里好，那洋人的鬼地方没什么意思，我可是再也不去了。”

载洵仿佛还没过够瘾："去过的地方就算了，没去过的，大哥再有安排，我还去。"

"那往后，你替我得了……"

他们二人从汪兆铭、黄复生面前擦肩而过，革命党精心策划、准备的一次刺杀行动就这样因为摄政王的廉洁而流产了。

这当口，张幼林带着母亲、妻子，还有他们刚满一岁的儿子小璐来到守真照相馆照"全家福"，只见铺面上着板儿，大门紧锁，张李氏皱起了眉头："今儿个是什么日子，怎么没开门呀？"

"妈，别着急，洋学生都起得晚，没准儿还睡懒觉呢，咱们得等会儿。"张幼林安慰着。

庄虎臣从荣宝斋里出来，看见他们，紧走几步迎上去："老东家，您怎么在这儿站着呀？"

张李氏看了看照相馆："我们来照相，可都这时候了，还不开门。"

庄虎臣摇着头："唉，这些留过洋的，没法儿说，夜里挺老晚的不睡，早晨不起，要不是他们照相的技术好，我看这买卖早该关张了，要不，您铺子里等吧？"

"师父，不用了，他们来了。"张幼林指着远处。

马车停下，汪兆铭、黄复生和陈璧君先后从车上下来，张幼林迎上去："汪先生，你们出门啦？"

汪兆铭阴沉着脸："嗯。"

张幼林觉出气氛不大对头，小心地问："你们这铺子，今儿还开门吗？"

"开门，请稍等。"黄复生说着把皮箱放在地上，掏出钥匙打开了大门。

陈璧君招呼着："老人家，请进吧。"

张李氏抱着小璐端坐在前排，张幼林、何佳碧站在他们身后，摄影师黄复生给他们纠正姿势："张先生，头向右歪一点儿，再来点儿，好，行了！大家都别动，小朋友，看这里。"黄复生手里摇着一个拨浪鼓，吸引孩子的注意力。

"啪"，闪光灯一亮，相机快门按下，一张"全家福"拍完了。

"相片什么时候取？"张幼林问。

黄复生略有犹豫："这两天我手里有点事情，您要是不着急，过几天怎么样？"

"没问题，相片洗出来，你放到荣宝斋就行，省得万一你们有事出去，我白来一趟。"

"好！"黄复生把张幼林全家送走后，挂出了"暂停营业"的牌子，关上了大门。

三个人围坐在桌子旁，沉默了良久之后，黄复生才感叹地说道："真没想到，这两位王公贵族还挺廉洁，居然没有随从前呼后拥的，自己就出来了。”

“是啊，要从他们的身份、地位来说，不应该随着一般的平民百姓出站。”陈璧君附和着。

汪兆铭坚定地挥挥拳头：“这次行动没有成功，我们再谋划下一次！”

数日之后，张李氏惦记着全家福，催儿子去取，张幼林在路上买了份《帝国日报》，进了荣宝斋后就坐在椅子上津津有味地看起来。

新来的伙计王仁山恭恭敬敬地奉上茶来：“东家，您喝茶。”

张幼林应了一声，漫不经心地问：“隔壁他们把相片送来了吗？”

王仁山摇摇头：“没听说，我给您去问问掌柜的。”

不一会儿，庄虎臣从铺子后门进来：“幼林，相片还没送来。”他在张幼林身边坐下，压低了声音：“不知你听说了没有，这些日子，革命党……”

庄虎臣才开了个头，汪兆铭手里拿着“全家福”走进来：“张先生，你的照片洗好了。”

庄虎臣站起身迎上去，接过“全家福”，赞叹着：“照得真不错！”说着递给张幼林：“你瞧瞧。”

张幼林依旧埋头看着报纸，接过“全家福”瞟了一眼，随口支应着：“是不错。”

汪兆铭凑过去：“张先生，你看什么呢？”

“《帝国日报》。”

“哦，这是同盟会的白逾桓白先生他们办的报。”汪兆铭显然对这份报纸很了解。

张幼林用手指弹着报纸：“这上面讲得太好了！”

“是啊，中国要自强自立，就得实现孙中山先生倡导的‘驱除鞑虏，恢复中华，建立民国，平均地权’。”

“要是建立民国，那眼下的大清国怎么办？是改制，还是另起炉灶？”

“当然得另起炉灶！”汪兆铭有些激动，“不推翻封建专制统治，中国就不可能有真正的民主和自由，自强、自立也是空谈！”

庄虎臣听着不对劲儿，见铺子里没有别人，这才没制止他们。

张幼林注视着汪兆铭：“汪先生，你这一番高论，很有点儿革命党的味道。”

“就是。”庄虎臣附和着。

汪兆铭笑笑，没有答话。

沉默了片刻，张幼林又问：“听说，革命党在南方前前后后搞了六次武装起义，不是都败了吗？这条道儿，恐怕是行不通吧？”

“革命嘛，哪能没有流血牺牲呀。”

张幼林思忖着："可这流血牺牲，换来的是什么呢？"

"民众的觉醒啊。"汪兆铭不假思索。

庄虎臣不以为然："汪掌柜的，我瞧着，民众还是该干吗就干吗，离您说的那个'觉醒'还远着呢。"

"那就是流血牺牲得还不够。"汪兆铭又挥起了拳头。

张幼林站起身："六次武装起义都失败了，多少是个够呢？"

"我给你作个比喻，烧熟米饭，需要两个条件，一要有柴火，二要有做饭的锅。柴火燃烧自己、化为灰烬，把热量传给米，才使生米变成了熟饭；锅呢，是默默地忍受水煎火烤。革命党人的奋斗，一是作为柴火，奉献自己，甘心把自己化为灰烬；二是作为锅，以坚忍不拔的耐力，煎熬自己，煮成革命之饭，中国需要多久，革命党人就会奉献多久，直到推翻封建统治的那一天！"

汪兆铭慷慨激昂，张幼林听得津津有味，庄虎臣皱起了眉头。

汪兆铭注意到庄虎臣的表情，于是住了口："张先生，你对这些有兴趣，欢迎过去坐坐，咱们还可以进行更深入的探讨。"

"汪先生学识不凡，改日我一定登门拜访！"张幼林把汪兆铭送到门口，掏出怀表看了看，"师父，我还有事，麻烦您让伙计把全家福给我妈送过去。"

庄虎臣点点头："你去吧。"

张幼林办完事就约见了潘文雅，他们沿着护城河边散步，张幼林开门见山："潘小姐，汪先生到底是什么人？"

潘文雅对这个问题感到诧异："守真照相馆的掌柜啊。"

"你要是不说实话，就是没真拿我张幼林当朋友。"张幼林的口气严肃，不像是开玩笑。

潘文雅也认真起来："看你说的，我和陈璧君很熟，对汪兆铭应该说也不太了解，只知道汪兆铭十八岁参加科举考试，以广州府第一名的成绩考取了秀才，后来又考取官费到日本留学。汪兆铭是个才子，在东京的时候是《民报》的主笔，我读过他写的文章，非常有感染力。陈璧君在马来亚认识了汪兆铭，从马来亚追随他到了日本，又来到北京。"

张幼林思忖着："《民报》是同盟会的报纸，那汪兆铭就是革命党了？"

潘文雅不置可否。

其实，用不着她再说什么，张幼林已经证实了自己的判断。凉风袭来，水面荡起阵阵涟漪，张幼林愈加清醒了，他轻声说道："我觉得汪先生不是个一般的留学生，他身上有一种很特殊的东西，具体是什么我还说不清楚，总之，我觉得他是一个可以干大事的人，一个小小的守真照相馆可是搁不下他的。"

话题有些沉重，两人一时都没了话。过了半晌，张幼林转了话题："潘小姐，有件事我还忘了问，你明明是个中国人，怎么跑到美国去了？"

潘文雅又兴奋起来："我家祖籍是福建，我曾祖父那辈就漂洋过海去了南洋，在那边开橡胶园，做生意，到了我祖父那辈又去了美国，一直到现在。我家虽说几代人都生活在国外，可我曾祖父留下过话，潘家子孙世世代代要学习中国文化，在家族内使用汉语，而且鼓励孩子们多回中国看看。"

"哦，在海外已经三代以上了，还没忘了中国，真不容易啊。"

"我爸爸说过，文雅，将来你嫁人也要嫁个中国读书人，少搭理那些洋人，浑身的狐臭，我们潘家又不是黄鼠狼窝，洋人一律不许进我们潘家的门。"

张幼林大笑："你爸爸说话真有意思，怎么样？潘小姐，出嫁的问题要我帮忙吗？"

潘文雅望着张幼林："谁帮忙都行，唯独你不行。"

"为什么？我们不是朋友吗？"张幼林有些疑惑。

潘文雅扭过头去："不告诉你！"

张幼林好言相劝："你告诉我并不吃亏，我还可以帮你把把关。在中国一切都得按照老规矩来，这叫'父母之命，媒妁之言'，结婚之前你根本见不到未婚夫，等拜完天地，丈夫掀了红盖头，你才能知道丈夫长得什么样，是个英俊小生还是个大麻子可就全凭你的造化了。"

潘文雅听得目瞪口呆："怎么是这样？我爸爸没和我说过这些。那……张先生，要是新娘真赶上个大麻子怎么办？"

"那就只好认了呗，所以你得有个兄弟一类的人，婚前就帮你看好了。"

潘文雅站住："呸！我才不认呢，我凭什么要嫁给大麻子？我将来要是嫁人，一定会嫁个我喜欢的人。"

张幼林继续向前走："万一你喜欢的那个人就是个麻子呢？这可保不齐。"

潘文雅冲上去用拳头在张幼林的胸前乱捣："幼林，你怎么这么坏……"

庄虎臣思量再三，觉得还是应该自己亲自跑一趟，于是他没敢耽搁，交代完铺子里的事就急匆匆地来到了张家。

在张家的客厅里，张李氏拿着全家福看了又看，舍不得放下："虎臣，这么点事儿还麻烦你跑一趟，让我怪不落忍的，其实，你差个伙计送来就行了。"

庄虎臣端着茶碗："东家，我这心里头犯嘀咕，老觉着守真照相馆里那个汪掌柜的，还有跟他一块儿的那几个人，不像正经买卖人。"

张李氏还在琢磨全家福，漫不经心地应着："噢。"

“他们那照相馆开张没多少日子，按说还亏着本儿呢，可陈小姐那身穿戴，还有那花钱的派头儿，可是太不一般了。”

张李氏放下全家福，警觉起来。

庄虎臣继续说道：“汪掌柜的上午跟少爷在铺子里说的那番话，我听着简直就是革命党，什么武装起义啦、流血牺牲啦，又是柴火又是锅的，这哪是买卖人关心的事儿啊，幼林跟他谈得还挺热乎。”

“幼林也关心这些？”

庄虎臣放下茶碗：“那汪掌柜的能煽乎着呢，我怕幼林一不留神卷进去，这不，过来跟您说说，您可千万嘱咐他，别跟那伙子人套拉拢。”

“虎臣，那可真得谢谢你了，回头我嘱咐他。”张李氏思忖着，“要是咱们铺子的隔壁住着这样的人，你也得留神。”

庄虎臣苦着脸：“唉，不瞒您说，我正为这事儿发愁呢。”

其实，为这事发愁的不光是庄虎臣，张幼林的心里也不轻松。证实了自己的判断之后，张幼林从潘文雅那儿借来了汪兆铭的几篇文章，仔细琢磨了一番，然后就去找了庄虎臣。

庄虎臣一听说隔壁那几位真是革命党，不由得眉头紧锁：“要真是这样，我的意思，干脆就报官，让衙门把他们抓起来得了，省得生事儿。”张幼林连连摆手：“师父，万万不可，我读了汪兆铭写的文章《革命之趋势》《革命之决心》和《告别同志书》，汪先生是位仁人志士，他干的是惊天动地的大事儿，可钦可佩呀。”

“你净佩服他了，万一他们折腾出个好歹来，这只是一墙之隔，咱可别引火烧身。”庄虎臣的想法很实际。

“一般情况下，革命党不会伤害平民百姓。”这一点张幼林是相信的。

庄虎臣还是忧心忡忡：“可保不齐会出现什么意想不到的事儿，他们可是连命都不在乎的主儿。”

“从长计议，师父，您可千万别轻举妄动……”

张幼林晓之以利弊，千叮咛、万嘱咐，庄虎臣这才勉强答应不去报官。不过，从这天起，庄虎臣几乎就没再睡过一个安稳觉。

革命党确实也没闲着，已经接近午夜，守真照相馆内的灯还亮着，汪兆铭、黄复生、陈璧君三人相对而坐，他们正在策划新的刺杀行动。

黄复生说道：“路线我勘查清楚了，摄政王载沣每天早晨8点出王府，经过鼓楼大街，从景山后门进宫。”

“我们是否可以从鼓楼大街的矮墙后面投炸弹？”陈璧君征询着他俩的意见。

汪兆铭站起来，在铺子里踱步：“不知你们注意到了没有，鼓楼大街正在修路，那一带的闲杂人员太多，不好下手，我们的目标是摄政王载沣，尽可能不伤及无辜。”

陈璧君看着他：“那什么地方合适呢？”

“什刹海和后海的分界处有一座小桥，叫银锭桥，那个地方很僻静，是载沣的必经之路。”

黄复生思忖着：“你的意思是，我们把炸弹埋在银锭桥下，等载沣过桥的时候引爆炸弹？”

汪兆铭点头：“对，到时候我去引爆，与载沣同归于尽。”

“不，你是同盟会当中举足轻重的人物，你的文才、口才和号召力都是无人可以取代的，万一……对革命损失太大。”黄复生立刻就否决了。

汪兆铭断然说道：“梁启超骂革命党人是‘远距离革命家’，章炳麟等人又背叛了孙先生和同盟会，现在已经到了非口实所可弥缝，非手段所可挽回的地步，我们必须拿出具体的行动来证明自己革命的决心，击破梁启超之流的不实之词，促使同盟会内部团结，挽回民众对革命的信心。”他慷慨激昂：“我在《革命之决心》这篇文章当中说过，革命党人要为革命做釜做薪，现在正是需要我做革命之薪的时候，吝惜柴薪，怎么做成革命之饭呢？我去，你就不要争了。”

黄复生刚要开口，“当、当、当”，门外突然传来了敲门声，三人都是一怔。

汪兆铭过去打开门，只见庄虎臣站在门外，他一脸的歉意：“汪掌柜的，对不住，这么晚来打搅您，我有个熟人他们家老爷子刚过去，要洗相片，摆在灵堂里供着，您给放大着点儿，这是底版。明儿早上他们过来取，我那熟人说，南城的照相馆就数您这儿的技术好，您瞧，都这时候了，真给您添麻烦。”

汪兆铭接过纸袋：“没关系，我们加个班，明天过来取就行了。”

“得，汪掌柜的，谢谢您啦，这银子……”庄虎臣说着从大褂里往外掏。

“取的时候再说吧。”

送走了庄虎臣，汪兆铭把纸袋递给了黄复生，黄复生抽出底版，借着煤油灯的光亮看着：“兆铭，咱们这照相馆还真做出名声来啦，说实话，若不是因为革命，我还真想把这个照相馆正式经营下去。”

汪兆铭笑道：“算了吧，你这种挣一个花两个的人，不出半年就得把照相馆做垮了。”

黄复生放下底版：“还说我呢，你比我也强不到哪儿去，我听邻居说，守真照相馆的那个汪掌柜的，哪儿像个买卖人，分明就是个甩手掌柜的，成天晃悠，没见他干什么正经事。”

陈璧君皱起了眉头：“兆铭，这可不是件好事，你们这两位男士头上没辫子，一口的南方口音，本来就引人注目，再让人看出来做生意也是外行的话，那朝廷的鹰犬该上门了。”

汪兆铭摇摇头：“没这么严重，不等他们找上门来，我已经把事干完了。复生啊，我看今天夜里借着洗相片，咱们就把炸弹组装起来如何？”

“没问题，喻培伦明天就到了，现在就干吧。”黄复生站起身，向暗室走去。

汪兆铭沉吟着：“培伦来了就好了，他可是炸弹专家，咱们有了他就会如虎添翼。”

那天夜里，守真照相馆内的灯几乎是亮了通宵。

张幼林半靠在床上翻报纸，何佳碧把小璐哄着了，轻轻地把他放进了小床里。

小璐不是他们的亲生儿子，何佳碧婚后多年没有生育，在张李氏的提议下，他们过继了堂哥张继林的儿子，何佳碧对他非常疼爱，视如己出，但作为一个女人，不能生育，这始终是她的一块心病。

何佳碧给小璐盖好了被子，忧心忡忡地说道：“幼林，继林哥病了，这些日子一直吃不下东西。”

张幼林抬起头：“请大夫看了吗？”

“嫂子说，吃了一阵子汤药，不大管用，你抽工夫过去看看。”

“他从同文馆毕业以后进了总理衙门，这些年朝廷的对外事务也没什么大起大落，按说是个享福的地方，他怎么倒病了呢？”张幼林皱起了眉头。

何佳碧上了床：“人吃五谷杂粮，身子骨儿难免出毛病，跟当什么差好像没多大关系。你看人家继林哥，人虽死性，可有个正经差事干着，你好歹也是洋学堂里出来的，整天就这么晃来晃去的，铺子里的事儿也不真上心，实在没办法才跟着张罗张罗，唉！”

张幼林放下报纸：“又来了，我不是早就说过吗？人各有志，我喜欢一种自由自在的生活，人这一辈子很快就过去，劳神费力的地方多了，发愁的事儿也有的是，你看着我整天晃晃悠悠，可我心里想什么你都知道吗？”

何佳碧避开了他的目光，酸溜溜地说道：“哼！你当我不知道？你在想着潘小姐。”

“佳碧，你无缘无故瞎吃哪门子醋啊？潘小姐是查理先生的学生，论起来我算她同门师兄，你怎么想到那上头去了？”

“那天请她吃饭的时候我就看出来了，潘小姐喜欢你。”

张幼林有些火了：“你凭什么这样说？”

“凭我是个女人，我能感觉到，她的心里有一团火，这把火早晚会烧起来。”

张幼林克制住自己："佳碧，别胡思乱想。"

"我知道，你喜欢洋派的女人，你和潘小姐谈得来。"何佳碧的眼圈红了。

"谈得来就一定要有事吗？佳碧，你现在怎么越来越……"

何佳碧打断了他："我说吧，你看，你已经开始嫌弃我了，我怎么了？越来越讨厌了，是不是？"

"我可没这个意思，是你自己在没事儿找事儿。"

"幼林，我知道，在你眼里我已经是个黄脸婆了，更何况……这么多年我也没能为你生个孩子，如果你愿意的话，就把潘小姐娶过来，我不会阻拦的，只要你高兴，我怎么都行。"何佳碧的眼泪默默地流了下来。

张幼林的火终于被逼出来了，他大声吼道："越说越没边儿了，何佳碧，你给我闭嘴！"

何佳碧先是愣住了，随即伏在床上大哭起来。张幼林摇着头，疲惫地闭上了眼睛。

已经过了晌午，额尔庆尼独自在琉璃厂街上走着，庄虎臣从后面赶上来："额大人，今儿个您怎么没坐车呀？"

"心里烦，走道儿散散心。"额尔庆尼显得愁眉苦脸。

庄虎臣小心翼翼地问："您遇着什么烦心事儿了？要不然，跟我到铺子里坐坐？"

"行啊。"

额尔庆尼跟着庄虎臣来到了荣宝斋后院的休息室，刚一坐定，他就长叹一声：

"唉！庄掌柜的，我跟您也算是老交情了，不怕您见笑，我这辈子有两样儿东西最割舍不下，一个是美食，另一个就是女人。我新娶的那六姨太，大把的银子刚给她花出去，给他们家置了房子置了地，您猜怎么着？她翻脸就不认人，几句话说不对付，拔腿就走，这还了得啦？"

庄虎臣奉上茶来："是得好好管管，找回来没有啊？"

"正找呢，我在家里待着憋闷，出来走走，气死我了！"

庄虎臣安慰着："您呢，也别真生气，六姨太岁数小，您多让着她。额大人，最近宫里头有什么要置办的吗？"

额尔庆尼一拍脑袋："嗨，您不提我还忘了，上书房的文房用品该进了，翰林们前天就嚷嚷没的用了，唉，都是这小狐狸精闹的。"

庄虎臣站起身："您坐着，我这就让伙计送过去。"

额尔庆尼在荣宝斋一直坐到了日头偏西，庄虎臣请他到鸿兴楼用过晚餐，这才悻悻地返回家中。他满以为这时候六姨太已经找回来了，正在家里等着给他认错，可没承想，进到新房里一看，里面还是空空如也，额尔庆尼立刻大吼起来："人呢？"

三郎赶紧跑着进来："大人，该去的地方都去过了，可是……"

"你们这些饭桶，怎么连这点儿事儿都办不好？"额尔庆尼咆哮着，面色铁青。

三郎耷拉下脑袋，没敢言语。

额尔庆尼拍着桌子："滚！找不到六姨太，就不要回来见我！"

"是。"三郎退下了。

遣走了三郎，额尔庆尼像热锅上的蚂蚁，坐立不安。他在屋里转了半天磨，心里这口气怎么也消不下去，干脆又出去溜达了。额尔庆尼来到了大门口，此时已经是大半夜了，用人劝阻着："大人，这大冷的天儿，您还是回屋去吧。"

额尔庆尼摇着脑袋："我心里憋闷，待不住。"用人打开大门，额尔庆尼漫无目的地向外走去。

这当口，革命党的炸弹已经准备妥当，汪兆铭决定就在今夜去安装，明天一早引爆。守真照相馆内，中国同盟会会员喻培伦和汪兆铭握手告别："兆铭兄，我们先走一步。"黄复生提着皮箱站在他身后。

"培伦、复生，你们千万小心！"汪兆铭叮嘱着。

送走了他俩，陈璧君关上大门，拉着汪兆铭来到了卧室："兆铭，明天……"她说不下去了，眼泪扑簌簌地流了下来。

汪兆铭把她拥入怀中，轻声说道："此行无论事成与否，都没有生还的希望，这是我自己的选择，我就是要用行动击破各种对革命党领袖的不实之词，使同志们重新振作起来，把推翻朝廷的斗争进行到底。璧君，你记住，我虽将流血于银锭桥下或菜市街头，然犹张目以望革命军之入都门也！"汪兆铭激动起来。

陈璧君泪眼婆娑地望着他："兆铭，今天是我们最后一个晚上了……我愿意把自己献给你。"

汪兆铭一时性起，急忙去解陈璧君的旗袍，但片刻之后，他停住了手："不，璧君，我不能因为一时的冲动毁了你一生的幸福……"

"兆铭，我是自愿的，我爱你！我不在乎形式，只要你愿意，我们现在就举办婚礼。"

汪兆铭镇定下来："璧君，革命家生活无着落，生命无保证，结婚必然陷妻子于不幸之中，让自己所爱之人一生不幸，这是天大的罪过。我发过誓，革命不成功就不结婚！"他丢下陈璧君，独自走出了房间。

就在陈璧君落泪悲伤的时候，额尔庆尼转悠到了银锭桥附近，他远远地看见有两个人跳下了银锭桥，这一奇怪的举动引起了他的注意，额尔庆尼站住了，自言自语：“嘿！大半夜的，到桥底下干吗去？”额尔庆尼转念一想：会不会是那小狐狸精和她相好的看见我躲起来了？不行，我得过去瞧瞧。就这样，额尔庆尼怀着一颗愤怒的心悄悄地接近了银锭桥。

这是一个月色朦胧的夜晚，银锭桥下，两人正在紧张地忙碌着，喻培伦埋炸弹，黄复生在他身后拉着电线。

额尔庆尼躲在暗处看了半天，缓缓松了口气，心想，还好，不是那小狐狸精。

额尔庆尼转身刚要离开，又一琢磨：不对呀，怎么拉上电线了？这黑灯瞎火的，他们要干吗呢？该不是……得，赶紧的！额尔庆尼慌慌张张地跑了，黑暗中脚下被石头绊着了，踉跄了一下，差点儿摔倒。额尔庆尼没敢耽搁，立刻到巡警部报了警。

额尔庆尼发出的响动引起了黄复生的注意，他低声对喻培伦说道：“不好，我们被人发现了。”

喻培伦听罢站起身来，借着朦胧的月色，他仔细辨认着额尔庆尼远去的背影：“会是什么人呢？”

两人商议，先退到安全地带观察一下再说。没过多久，一队巡警向银锭桥包抄过来，他们只好快速撤离了。

第二天，这件事就在京城里传得沸沸扬扬。潘文雅早就约好这天请黄复生为她拍照，然后由张幼林陪同游览京城的一些名胜古迹。当她如约来到守真照相馆的时候，张幼林已经提前在那里等候了。潘文雅带来好几套华丽的服饰，她不停地变换装束，摆出各种优美的姿势，黄复生抓住美妙的瞬间及时按下快门，两人配合得相当默契，张幼林坐在沙发上欣赏着。快拍完的时候，汪兆铭从后门进来，两人攀谈起来。

“兆铭兄，你听说了没有？昨儿个夜里，警察在什刹海银锭桥下搜出炸弹来，好家伙，这些革命党可真够有胆儿的。”张幼林表面上说得轻松，其实心里还在犯嘀咕，他拿不准这是否就是眼前的这几个人所为。

汪兆铭佯装不知：“哦，我还不知道，你是听谁说的？”

“报上都登了，说是冲着摄政王来的，是朝廷内部的派系斗争。”

“何以见得呢？”汪兆铭饶有兴味。

“报上说，包炸药的报纸是洋文的，上面有伦敦的字样儿，涛贝勒和洵贝子刚从伦敦回来，有人怀疑是他们指使人干的，也有人怀疑是庆亲王想篡权……”

张幼林还没说完，喻培伦手里拿着报纸兴冲冲地从外面进来：“报上的最新消息，凶手已经抓到了！”

“是什么人？”张幼林问。

喻培伦摇头："没细说。"

潘文雅照完了，汪兆铭把他们送到铺子门口："你们走好，张先生，欢迎你随时坐坐。"

送走了潘文雅和张幼林，趁着铺子里没有顾客，几个人又凑在了一起。黄复生低着头，声音低沉，还在重复已经说过好几遍的那些话："这件事的责任在我，我应该趁巡警没到时将炸弹和电线转移……"

喻培伦打断了他："事情已经发生了，好在有惊无险，没什么事了，大不了就是损失一些炸药和电线，你就别自责了。"

"是啊，看来朝廷得出了错误判断，还抓到了什么凶手，等到他们搞清楚了，我们早安全撤走了！"汪兆铭显得颇为兴奋，停顿了片刻，他坚定地说道，"现在我决定，这个计划重新进行，不达目的决不罢休！培伦，你马上准备去东京买炸药。"

喻培伦站起身："是！我明天就走。"

"璧君已经去买车票了，她明天也动身，到南洋去筹款，我和复生留在这里，筹划下一次行动……"

由于刺杀摄政王未遂事件，银锭桥一时成为人们关注的焦点，这里本来也是京城的一处著名景观，于是张幼林临时改变计划，带潘文雅去了什刹海。

什刹海的前海与后海就像一个颀长的葫芦，在其蜂腰部有一座汉白玉的小石拱桥，因它形似元宝，故取名银锭桥。银锭桥始建于明代，别看桥体不大，却是什刹海景区的点睛之笔，站在桥上远眺西山更是堪称一绝。那时，人们站在京城内的任何一块平地上都看不到郊外的西山，唯独站在与地面等高的银锭桥上引颈西望，才可以领略到西山浮烟晴翠的绰约丰姿。这是因为，宽阔颀长的后海构成了一个扇面形的视角，加上新街口一带没有高大的建筑，西山便呈现在人们的视野里，一览无余。

潘文雅扶着银锭桥的栏杆极目远眺，张幼林介绍道："银锭观山是燕京十六景之一，明代的史籍里就有明确的记载，乾隆皇帝还专门写过一首诗来赞颂：'银屏重叠湛虚明，朗朗峰头对帝京，万壑精光迎晓日，千林琼屑映朝晴。"

眼下正是初春时节，树木还是光秃秃的，潘文雅有些遗憾："这里到了夏天一定更好看。"

"说对了，每到夏天，特别是雨过天晴的时候，碧空如洗，那时的西山郁郁葱葱、层峦叠嶂，别有一种韵味。"

微风夹杂着烤肉的香味飘然而至，潘文雅嗅了嗅鼻子，马上表示她肚子饿了，张幼林一笑，带着她信步走下银锭桥，进了距银锭桥仅数十步之隔的烤肉季饭庄。

两人在靠窗子的桌旁坐定，潘文雅惊讶地问："京城也兴吃烤肉？"

张幼林给她斟上茶："当然，烤肉最早是由蒙古人带入京城的，开始是在露天烧烤，野味十足，在炙条下燃着松木，炙条上翻烤着鲜嫩的羊肉，松烟的香味与羊肉的香味混在一起，四处飘散，让人食欲大增。"张幼林颇为神往："那时的人们一手执壶抿酒，一手啖肉，夏秋之间还可以观赏银锭桥畔的荷花，大有'炙味香飘清清烟'的美韵和意境……后来这种烤肉的吃法就移到了店内，这家饭庄也算是京城的名店了，从咸丰年间开始经营，烤肉的原料特别讲究，要先经过加味腌煨，这样烤熟后才含浆滑美、香醇味厚，而且不腻不膻，肯定让你大饱口福……"

堂倌端上烤肉和芫爆散丹、扒肉条、它似蜜、红烧牛尾等几样清真菜品，潘文雅对肉类美食一直情有独钟，她一一品尝，赞不绝口。席间，潘文雅问道："摄政王的家就在这附近吗？"

张幼林指了指西边的一座府邸："就是那儿，摄政王的家醇王府，在康熙爷的时候是大学士纳兰明珠的相府。"

潘文雅思索了片刻："这么说，纳兰性德就出生在那里了？"

张幼林点头："不错，那里不但出了纳兰性德这么一个大词家，纳兰明珠之后，还成了乾隆爷的第十一个儿子成亲王的王府。"

"成亲王是谁？没听说过。"

"成亲王永瑆是当时的一代书法名家。"

潘文雅有些遗憾："可惜，我对书法不太了解。"

游玩了一番过后，张幼林送潘文雅回到了她的住所。张幼林把用荣宝斋的包装纸精心包裹的汪兆铭的文章还给潘文雅："汪先生的文章我拜读了，他在做一件很了不起的大事，令人钦佩啊。"

"你干吗拍照的时候不给我？"潘文雅颇感意外。

"这是绝密的东西，照相馆里人太杂，你千万收好。"

"晚上我就还给璧君。"潘文雅把文章放进了随身携带的手包里。

"谋刺摄政王的凶手抓到了，我心里的一块石头也终于落了地，要不然，我还真以为是汪先生他们干的。"

张幼林和潘文雅道过别，他已经走到了房门口，又转过身："汪先生在同盟会里是个重要人物，朝廷出十万两银子悬赏他的人头，他在日本不是更安全吗？跑到朝廷眼皮底下干什么来了？"

潘文雅摇摇头："这我就不清楚了。"

这事不光张幼林感到蹊跷，很快，巡警厅也注意起了琉璃厂守真照相馆的这位汪掌柜。

·第十八章·

张幼林一大早又来到了堂哥家，张继林躺在床上，见他进来，挣扎着想坐起来，张幼林赶紧快走几步扶住他："哥，你好点了吗？"

张继林脸色蜡黄，气若游丝，眼巴巴地看着他："幼林，我这病好不了了吧？"

"别这么想，病来如山倒，病去如抽丝，你得多养些日子。"张幼林安慰着。

"我到底得的是什么病？你们谁也不告诉我，你嫂子背着我净流眼泪，你也三天两头地过来，我呢，心里猜个八九不离十……"

张继林还没说完，张山林进来了："幼林来啦，你说继林这算怎么回事儿？药也没少吃，就是不见好，人还一天比一天瘦，要不然你托人给找找，咱换个大夫，继林可不能砸在庸医手里。"

"爸，这不是换大夫的事儿。"张继林嗔怪着。

张幼林站起身："叔，您别急，我再打听打听。"

"他病成这样儿，我能不急吗？"张山林叹着气，"唉！我这心里跟揣着兔子似的，没着儿没落儿的。"

眼瞧着堂哥一天不如一天，张幼林心急如焚。离开堂哥家，他急急忙忙来到荣宝斋，刚一进门，庄虎臣就问："你哥的病怎么样了？"

张幼林满面愁容："还是不见好，听说太医院里的范太医有一手治我哥那病的绝活儿，您有办法请到范太医吗？"

庄虎臣想了想："我得找找人。"

"您尽快，我怕我哥……撑不住。"张幼林神色黯然。

"好吧，只要范太医在京城，咱花多少银子也得把他请来，铺子你先照应着，我这就去。"

庄虎臣还没离开，一名巡警走进来："谁是庄虎臣？"

庄虎臣赶紧迎上去："我是，怎么着？"

"跟我走一趟。"巡警面无表情。

庄虎臣和张幼林都是一愣，片刻，庄虎臣说道："幼林，我去去就来。"

巡警带着庄虎臣走了，望着他们的背影，张幼林忧心忡忡，心想，巡警找上门来，这可不是什么好事儿。

巡警带着庄虎臣直接来到南城巡警厅王警长的办公室，只见王警长面前的办公桌上放着汪兆铭的文章，旁边是荣宝斋的包装纸。王警长倒是挺客气：“庄掌柜的，请坐吧。”

庄虎臣忐忑不安地坐下。

“您不用紧张，请您过来是问点儿小事儿。”王警长拿起桌子上的包装纸，“这个是荣宝斋的吧？”

庄虎臣点头：“是。”

王警长又拿起汪兆铭的文章：“那这个呢？”

站在一旁的巡警把文章递给庄虎臣，庄虎臣仔细看了看：“没见过，这不是荣宝斋印的。”说着，站起身把文章还给了王警长。

王警长用他那双鹰一般的眼睛注视着庄虎臣：“没见过？可用的是荣宝斋的包装纸。”

庄虎臣回答得十分坦然：“荣宝斋的包装纸还不好找？您这巡警厅使的文房用品就是从我们荣宝斋进的，万一有人把包装纸留下，包上炸弹放到您桌子上，您能说是荣宝斋要害您吗？”

王警长缓和了语气：“您别误会，我不是这个意思，庄掌柜的，您跟守真照相馆那几个人熟吗？”

庄虎臣赶紧摆手：“没来往，人家是留洋回来的，干的又不是一档子买卖，顶多见面儿打个招呼。”

“噢，是这样。”王警长沉默了片刻，继续说道，“今天请您过来，是想告诉您，荣宝斋是琉璃厂的老铺子了，庄掌柜也是奉公守法之人，现在革命党活动猖獗，您要是在身边儿发现了什么不对头的地方，可要及时报告给我们。”

“一定，一定！”庄虎臣如释重负。

从巡警厅里出来，庄虎臣的脚步也变得轻快了，几天前的那一幕不禁又浮现在眼前。

那是陈小姐回南洋的前一天，庄虎臣正在铺子里给云生讲胡开文的墨，汪兆铭走进来：“庄掌柜，我给您退银子来了。”

“什么银子？”庄虎臣迷惑不解。

“刚才，陈小姐从您这里买的文房用品，您多找了十两。”

“是我经手的事儿，不可能。”庄虎臣的脑袋摇得像拨浪鼓。在琉璃厂这几十年，他还真没在钱上出过差错。

汪兆铭把银票放在柜台上：“您再算算。”

庄虎臣翻开账簿又算了一遍，不禁神色大变："汪掌柜的，真谢谢您了，我……看花了眼。"

"不必客气，您的银子理应还给您。"汪兆铭又掏出一张单子，"陈小姐还想再带些荣宝斋的诗笺、毛笔送朋友，拜托您给准备出来，我一个小时以后来取。"

"您就别跑了，备好了我让伙计给您送过去。"庄虎臣把汪兆铭送到门口，再次道了谢。

"汪掌柜的可真是好人啊！"云生感叹着。

庄虎臣心里有数，十两银子够他们全家过上一个月的，他嘴里念叨着："后怕呀，这要是落到别人手里，十两银子可就打水漂了。"

"和这样的人做街坊，晚上睡觉都踏实。"

"踏实吗？"庄虎臣看了云生一眼，没再言语。

前面就是太医馆了，庄虎臣打定主意，只要汪掌柜他们没干什么出格儿的事，他就睁一只眼、闭一只眼。

额尔庆尼是个闲不住的人，刚把六姨太休了，马上就要再娶一个，请庄虎臣喝喜酒的喜帖已经送到了荣宝斋。庄虎臣心想，他倒麻利，也真不嫌麻烦。庄虎臣这些日子忙得很，但额大人的事是不能怠慢的，为了中午这顿酒席，他特意起了个大早，打算先把手里的事情料理完了，再踏踏实实地赴宴。

庄虎臣打开荣宝斋后院的侧门进来，闻到一股煳味儿，抬头一看，只见从隔壁守真照相馆的院子里冒出烟来。"不好，着火了！"庄虎臣大叫起来，"着火了，快来救火呀……"

听到喊声，伙计们慌慌张张地从铺子后门冲出来，庄虎臣赶紧让他们拿着救火的家伙到隔壁去叫门，众人七手八脚，把燃着的物品扑灭了。

汪兆铭感激地握着庄虎臣的手："庄掌柜，太谢谢您了，要不是您发现得早，损失就大了。"

"嗨，街里街坊的，干吗这么客气呀，不过，往后你们这些年轻人千万得小心，烟头儿是再也不能随便扔了。"

汪兆铭点头："我知道，您那边全是易燃物品，我们一定多加注意！"

众人散去，黄复生心有余悸，他擦着脸上滚落的汗滴说道："幸亏没有炸药，否则后果不堪设想。"

"复生，这火烧得有些怪呀。"汪兆铭皱着眉头。

"也可能是我不注意，出去小解的时候把烟头扔在了易燃物旁，我以后注意就是了。"黄复生没有在意。

由于失了火，用于拍照的布景被烧坏了一角，临时凑合又不像样子，汪兆铭只好雇人重新整修内部，也顺便装点一下门面。他万万没有想到，这是朝廷的圈套，巡警局的密探借此机会混入守真照相馆内，找到了证据，几天之后，在一个月明星稀的夜晚，神不知鬼不觉地把汪兆铭和黄复生逮捕了。

庄虎臣昨儿晚上回了趟家，今儿早上刚一拐进琉璃厂，就听见卖报小男孩的沿街叫卖声："看报了，看报了，在守真照相馆抓到了革命党，看报了，刺杀摄政王的革命党，在守真照相馆被抓到了……"庄虎臣一愣，快步走上前买了一份，站在街边就看上了，额头上沁出了豆大的汗珠。

守真照相馆的大门已经被贴上了封条，周围挤得水泄不通。"劳驾，让我过去，您劳驾……"庄虎臣费力地穿过人群，迈上荣宝斋的台阶。到了门口，他站住了，侧着头向守真照相馆张望，嘴里不禁发出一声长叹："唉！汪掌柜的，你这是何苦啊？"

庄虎臣进到铺子里，张喜儿、王仁山、云生正凑在一块儿议论隔壁的事，张喜儿问道："掌柜的，您都知道了吗？"

庄虎臣挥了挥手里的报纸："这上头都登出来了。"

张喜儿摇着头："瞧着汪掌柜他们文绉绉的，哪儿像刺客呀。"

"人不可貌相。"庄虎臣坐下。

云生奉上茶来："掌柜的，他们是怎么被巡警发现的？"

庄虎臣端起茶碗喝了一口："报上说，汪掌柜的是中了朝廷的计了，巡警在银锭桥下发现炸弹以后，立马儿就明白是革命党干的，朝廷怕革命党跑了，有意向报社放出风儿来，说这是朝廷内部争权夺利，还说凶手已经逮着了。"

"巡警怎么就查到汪掌柜他们就是行刺的革命党呢？"王仁山皱着眉头问。

庄虎臣赞赏地看着他："这话问到点儿上了，巡警是干什么的？从银锭桥底下取出炸弹，懂行的一瞧就瞧出来了，炸弹里的炸药是外国造，可有几颗铁钉是咱们这儿的，就这么着，顺藤摸瓜，可着北京城的铜铁铺子查了个够，骡马市儿大街的鸿太永铁铺认出那几颗铁钉是他们做的，订货人就是守真照相馆的掌柜汪兆铭。"

"巡警可真够能个儿的！"云生感叹着。

庄虎臣继续说道："巡警找到了线索，可也没轻举妄动，你们还记得，前些日子守真照相馆着了火以后装点门面吧？雇的人里头就混进了巡警厅的密探。"

王仁山恍然大悟："怪不得，我看见那人了，还心说：这工匠干活儿怎么心不在焉的？闹了半天敢情是密探。掌柜的，他都查着什么了？"

"搞暗杀的机密文件呀，证据确凿了，巡警厅这才把汪掌柜他们抓走。"

"原来革命党就在咱们隔壁，这回可真开了眼了！"云生还沉浸在其中，庄虎臣站起身："得了，就说到这儿吧，你们该干吗干吗去。"

伙计们散去，开始各忙各的，庄虎臣也来到后院北屋，他定了定神，这些日子悬到嗓子眼儿的一颗心终于放下了。

上午，何佳碧正在卧室里整理衣物，用人进来，小心翼翼地问："太太，老爷呢？"

"刚出去。"

用人犹豫着："出去了……"

"有事儿吗？"何佳碧抬起头。

"有人找老爷。"

何佳碧没在意，继续整理衣物："谁呀？"

"不认识，是个洋派儿的小姐，打扮得跟花蝴蝶儿似的。"

何佳碧立刻停了手，脸上露出了不悦："你让她进来啦？"

"客厅里等着呢，我没敢告诉老太太，要不然……您去见见？"

何佳碧走进客厅，只见潘文雅泪流满面，她迷惑不解："潘小姐这是怎么了？"

"何大姐，汪兆铭、黄复生他们被巡警抓起来了。"潘文雅站起来，哽咽着回答。

这时，张幼林手里拿着报纸迈进门槛："我知道了。"

潘文雅转过身，泪眼蒙眬地望着他："张先生，求你帮忙救他们，据我所知，他们京城里没有别的熟人了。"

"先别急，慢慢想办法。"张幼林安慰着。

"潘小姐你坐。"何佳碧又招呼用人，"沏壶好茶来。"

三人一起商议了很久，何佳碧留潘文雅吃过晚饭，才把她送走。

这一晚上，张幼林一直眉头紧锁，直到将近午夜，躺在床上还在沉思。何佳碧给他掖了掖被角，忧心忡忡地说道："这可不好办，刺杀摄政王可不是银子能摆平的事儿。"

"是啊，朝廷已经宣布准备立宪，据说法部将按照文明国家的办法开庭审理这个案子，所以不会像戊戌六君子那样匆匆就斩首结案，这就有时间想办法。"

何佳碧看着他："幼林，我说句话，也许你不爱听，这弄不好就是掉脑袋的事儿，忙儿没帮上不说，连你也搭进去，你跟汪兆铭非亲非故的，值当的吗？"

张幼林坐起来："这事儿我仔细想过，值当！汪兆铭他们是在用个人的流血牺牲换来整个社会的进步和大多数人的幸福，这里面也包括你、我。虽然我没有他们那样的勇气，但是，我钦佩他们那种献身精神。佳碧，你放心，我会权衡利弊，在可能的情况下尽量帮助他们。"

谋刺摄政王的案子很快就开庭审理了，由于此案非同小可，民政部尚书、肃亲王善耆亲自担任了主审官，张幼林、潘文雅、赵翰博等关注此案的各界人士都早早地坐在旁听席上等待旁听，巡警厅还特别加强了警力，以防发生意外。

狱卒把汪兆铭和黄复生带上来，善耆问汪兆铭："姓名？"

"汪兆铭，别号精卫。"汪兆铭神色坦然。

"对你的犯罪事实有异议吗？"

汪兆铭高昂着头，大声说道："对我的行为没有异议，但是，我不承认它是犯罪。"

"啪"的一声，善耆把惊堂木拍在桌子上："放肆！谋刺摄政王，不是犯罪是什么？"

汪兆铭慷慨激昂："在东京的时候我是《民报》的主笔，生平宗旨都刊登在《民报》上了，这里恕不多言。孙中山先生起事兵败以后，我自愿来到北京，为的是寻找机会刺杀朝廷的高官，以振奋天下革命党之人心，鼓励同志们为推翻腐败的朝廷而继续奋斗！我就没有打算活着离开这里，该怎么处置，请便吧。"

审判庭里鸦雀无声，沉默了片刻，善耆又问："你的同党是谁？"

汪兆铭断然答道："我没有同党。"

"你们俩谁是主谋？"善耆机警的目光在汪兆铭和黄复生的脸上来回扫视着。

黄复生抢着回答："我是！"

汪兆铭赶紧否认："不，主审官大人，我是主谋。"

黄复生使了个眼色："兆铭，你就别争了。"

"主审官大人，请不要相信他的话，行刺摄政王，我是主谋……"汪兆铭还要再说下去，善耆站起身，大吼一声："大胆！"随即拂袖而去。

法庭宣布休庭，潘文雅感到很意外，回去的路上，她问张幼林："怎么不接着审了呢？"

"我不知道你注意了没有，主审官好像很欣赏汪兆铭。"

潘文雅摇头："没注意，这个主审官是谁呀？"

"现任的民政部尚书、肃亲王善耆。善耆的祖上是大清国的开国元勋、八大铁帽子王之一的豪格，由于是世袭罔替，所以，传到善耆这一代还是亲王，谋刺摄政王是件大案，由他亲自审理。"张幼林思忖着，"善耆拂袖而去我看是件好事儿，说明他不想立刻就把汪兆铭他们斩了，这就有回旋的余地。"

"你有办法了？"潘文雅惊喜地看着他。

"还没有，不过，谋事在人，成事在天，尽力而为吧。"其实，张幼林此时已经有了营救汪兆铭、黄复生的思路。

几天之后，张幼林在鸿兴楼的一个雅间里请肃亲王的手下、民政部的右参议陈光启吃饭。陈光启经常光顾荣宝斋，和张幼林也算是熟人了。席间，张幼林问道：

“陈大人，我听说肃亲王同情汪兆铭他们，这是真的吗？”

陈光启放下筷子：“是真的，肃亲王读了汪兆铭发表在《民报》上的文章和在守真照相馆里搜出来的其他手稿，激动不已，非常佩服他的人品和远见卓识。”陈光启凑近了张幼林的耳边，压低了声音，“其实，肃亲王对朝廷的腐败也早就深恶痛绝了，他甚至私下里说出这样的话：如果我不是出生在皇族，也早就加入革命党反叛朝廷了……”

张幼林听罢，心中大喜过望，不过，表面上还是不动声色。

“要说咱们这个朝廷啊，唉，让人窝心的地方太多了！”陈光启感叹着。

“肃亲王同情汪兆铭，这对判决有什么好处呢？”

陈光启摇头：“现在还不明朗。”

张幼林给陈光启布菜：“陈大人，您在肃亲王身边多年，肃亲王都有什么爱好？”

“要说爱好，肃亲王喜欢书法，他的字写得很不错。”陈光启注视着张幼林，“老弟，守真照相馆就开在荣宝斋边儿上，我知道你跟汪兆铭他们关系不错，你是有什么打算吧？”

“我有什么打算也得通过陈大人您哪，来，喝酒！”张幼林举起了手中的酒杯。

从鸿兴楼回到家中，李妈和何佳碧正在卧室里哄着小璐，见张幼林回来了，李妈站起身，把小璐从何佳碧手里接过去：“走喽，小宝贝儿，今儿个让你妈睡个踏实觉。”

“来，让爸爸亲一口。”张幼林凑到儿子红扑扑的小脸蛋上亲吻了一下。

“您可给他盖严实了，这小东西夜里老踹被子。”何佳碧叮嘱着。

“少奶奶，交给我您就放心吧。”李妈抱着小璐出去了。

张幼林关上门：“佳碧，你得给我帮个忙儿，我打算用《西陵圣母帖》救汪兆铭他们。”

何佳碧听罢，沉默了半晌才开口：“有把握吗？”

“不好说，但我想试一试，《西陵圣母帖》是咱妈的宝贝，要把她老人家说动了，就全靠你了！”张幼林注视着自己的妻子，目光中充满了期待。

在这个世界上，何佳碧是最了解张幼林的人，别看他平时一天到晚吃喝玩乐，表面上看着没什么心思，但内心却如明镜一般，尤其在大事上，泾渭分明，从不含糊，他要是想好了做什么事，一定有他这样做的理由。尽管何佳碧对拿出《西陵圣母帖》来救人心里犯嘀咕，但她还是依了丈夫：“我怎么跟妈说呢？”

这一点张幼林已经想好了，他如此如此，这般这般……详尽地教给了何佳碧。

第二天吃过早饭，张幼林借故离开了家，何佳碧把小璐交给了用人，自己捧着张报纸聚精会神地读起来。

“佳碧，瞧什么呢？我看你都入迷了。”张李氏觉得儿媳今天有些怪，连孩子都不看了。

何佳碧的眼睛没有离开报纸：“报上说的都是汪兆铭他们的事儿。”

“汪掌柜的和那个照相先生被砍头了吗？”张李氏也挺关心这事儿。

“没有，开庭审了一次，现在休庭了。”

“朝廷也学新派儿了，谋刺摄政王这么大的事儿，要是搁在从前，皇上一句话，早斩了。”张李氏看了看墙上挂着的全家福，叹了口气，“唉，汪掌柜的一表人才，照相先生也文绉绉的，要是真斩了，怪可惜了的。”

“妈，这上面有汪兆铭写的诗，还真有文才。”何佳碧赞叹着。

“你给我念念。”

何佳碧挑了一首《被逮口占》念给婆婆听：

衔石成痴绝，沧波万里愁；
孤飞终不倦，羞逐海鸥浮。
姹紫嫣红色，从知渲染难；
他时好花发，认取血痕斑。
慷慨歌燕市，从容作楚囚；
引刀成一快，不负少年头。
留得心魂在，残躯付劫灰；
青磷光不灭，夜夜照燕台。

“写得好哇！”张李氏频频点头，“看来，汪掌柜的不是一般人。”

“这首诗在京城都传遍了，眼下，各路人等正在想办法救他们呢，连这个案子的主审官肃亲王都动了心，肃亲王对汪兆铭是钦佩有加，幼林也在跟着一块儿忙乎呢。”何佳碧把事先准备好的话说出来。

张李氏很惊讶：“幼林也跟着忙乎？”

“无罪释放是不可能的，但只要肃亲王下决心免除他们的死罪，先留下性命，别的以后再说。”

张李氏思忖着：“肃亲王不是佩服汪掌柜的吗？他又是这个案子的主审官，他发话不斩他们不就得了？”

何佳碧摇头："没这么简单，谋刺摄政王毕竟是个大案，得从各方面促使肃亲王下决心，据幼林打听，肃亲王喜欢书法，幼林想把咱家的《西陵圣母帖》拿出来送给他，促一促这件事儿。"

何佳碧说得轻描淡写，张李氏却一下子就火了："等等……你说什么？幼林打《西陵圣母帖》的主意？他倒是真敢想，你告诉他，门也没有！想打《西陵圣母帖》的主意，先把我这条老命拿走。"

何佳碧给婆婆的茶碗里续上茶："妈，您先别着急，我们不是正想和您商量吗？这当然得您同意才行。妈，您了解自己的儿子，幼林是个心高气傲的人，他难得佩服什么人，可我看得出来，幼林是真正佩服那些革命党，佩服汪兆铭先生。"

"佩服？"张李氏反问着。

"妈，他们是一群值得尊敬的人，他们所做的事并不是为了自己，而是为了救国救民。我听说，他们都是些世家子弟，如果不参加革命党，他们本可以享受荣华富贵，可他们就这么抛家舍业，甚至把性命搭上也无怨无悔，就凭这点，我和幼林就佩服。"何佳碧娓娓道来。

张李氏本就是个极明事理的老人，听儿媳这么一说，火儿也消去了一大半："佳碧啊，你说得有道理，照你这么说，革命党都是些好人，可话又说回来了，世界上好人有的是，可咱张家只有一幅《西陵圣母帖》，要说救人，世上该救的人多了，我们哪儿救得过来呀？"

"照我说，《柳鸲图》《西陵圣母帖》是张家的宝贝，就算在您手里完好无损，可您百年之后会怎么样就难说了，就算幼林把它保护得好好的，可等幼林百年之后呢？万一落到不肖子孙手里，与其仨瓜俩枣儿地抵出去换银子，不如我们现在就用它做点儿正事儿。妈，这也是幼林的意思，他说您是信佛之人，不是有这种说法吗？'救人一命，胜造七级浮屠'，对这些革命党人，我们无论如何不能见死不救啊。"何佳碧句句话都说到了裉节儿上。

张李氏站起身："别忙，佳碧，你和幼林也别逼我，我说不过你们，这不是件小事儿，容我好好想想。"老太太眼睛里含着泪水离开了。

何佳碧劝说母亲的当口，张幼林本来想到铺子里转转，可刚拐进琉璃厂，远远地看见陈璧君在被封了门的守真照相馆前徘徊，张幼林赶紧跑过去，悄声问道："陈小姐，你怎么还敢在这儿？"

陈璧君抬起头来，泪流满面。

对面有一个空的洋车过来，张幼林伸手拦住，吩咐车夫："送这位小姐到明远楼茶馆。"

陈璧君刚在茶馆的一个角落里坐定，张幼林随后就赶到了，他擦着头上的汗："陈小姐，守真照相馆你千万不能再去了，朝廷的密探经常在门口出没，太危险了。"

陈璧君哽咽着："张先生，您是京城的世家子弟，关系多，人脉广，能否帮我托托人？我想见汪兆铭。"

张幼林吃了一惊："汪先生是朝廷的重犯，恐怕……没那么容易吧。"

陈璧君站起身来，给张幼林跪下："我在京城人地生疏，请你帮这个忙，花多少银子都不在乎，只要能让我见他一面……"陈璧君说不下去了。

张幼林连忙把她扶起："陈小姐，汪先生是我的朋友，你们的事我岂能不管？"

送走了陈璧君，张幼林回到荣宝斋，他左思右想之后，差人到帖套作去找宋栓。眼下，庄虎臣已经把帖套作交给了宋栓来打理，他平时很少到这边来。

宋栓听到召唤赶紧赶过来，张幼林把他带到后院的僻静处，悄声问道："得子师哥在的时候，和刑部大牢里一个看守挺熟，那人我也认识，叫什么来着？"

"他叫刘一鸣，是额大人的跟班三郎的老乡……"

宋栓还要往下说，张幼林打断了他："对，是叫刘一鸣，你和他熟吗？"

"挺熟的，他和三郎是老乡，每次我请三郎吃饭都叫上他，这人也挺爽快的。"

"等等，你经常请三郎吃饭？为什么？"张幼林有些诧异。

"额大人不是管着宫里文房用品的采购吗？掌柜的早就交代了，让我们经常请三郎吃个饭什么的，三郎虽说是个跑腿儿的，可额大人那儿有个风吹草动的，三郎就传过信儿来。"

"哦，师父的心可真细。"张幼林暗暗称道。片刻，他又问："刘一鸣还在法部大牢吗？"

宋栓点头："在呢，岁数也不小了，怕是也干不了多久了，早先得子师哥在的时候，由他和三郎、刘一鸣他们联系，得子师哥走了以后，掌柜的让我接的班儿，上个月我还请他们在便宜坊吃过烤鸭呢，那天刘一鸣也来了。"

张幼林大喜过望："那太好了，栓子，你马上去找刘一鸣，我有要事相托。"

"行，我马上去，见了他我该怎么说？"

"你就说，有人要进牢里看汪兆铭，请刘一鸣通融一下，需要多少银子打点，他说个数儿就行，总之，这件事一定要办成。"张幼林轻描淡写。

宋栓听罢不禁大惊失色："妈呀，去看汪掌柜的？那可是朝廷要犯，他刘一鸣有这个胆子吗？"

"宋栓，你要是没这个胆子，就明说，我再找别人。"张幼林冷冷地注视着他。

宋栓可不是孬种，他赶紧表白："师哥，您太小瞧我啦，我宋栓怕过什么？行了，您踏踏实实在家听信儿吧，这事儿包在我身上。"

张幼林又问他一句："真有这个胆子？不是吹牛吧？"

"谁吹牛谁是孙子，您就瞧好吧。"说完，宋栓速速离开去找刘一鸣了。

晚上，张幼林回到家中，母亲房里的灯还亮着，他换好衣服正准备过去，张李氏拿着《西陵圣母帖》过来了，她把卷轴交给儿子："幼林，我想通了，《西陵圣母帖》你拿去吧，你说得对，救人一命，胜造七级浮屠，我信了一辈子佛，总不能还不如你们明事理。"

张幼林十分感激："妈，谢谢您了！"

"谢什么呀，我还能活多少日子？把着来把着去，到头来还得落到你手里，我也看出来了，什么好东西到了你手里，早晚也是散出去，不过，只要你是在做善事，妈就不心疼，这事儿就这么着吧。"她走到门口，又转过身来，"听说继林这两天不错，他的病会不会慢慢就好了？"

张幼林摇摇头："范太医说，他的药最多管两年。"

"唉！"张李氏长叹一声，"继林还不到四十岁，黄泉路上无老少啊。"母亲走后，张幼林紧紧地拥抱了何佳碧，他再一次为妻子的聪慧、善解人意而激动不已。

四周黑洞洞的，法部大狱的一间单人牢房里，汪兆铭正在酣睡。一盏微弱的油灯缓缓向这里靠近，刘一鸣带着陈璧君轻手轻脚地走过来。

历尽千辛万苦，终于又见到了日思夜梦的爱人，陈璧君霎时泪如雨下，她隔着铁窗轻声呼唤："兆铭，兆铭……"

陈璧君那仿佛来自天际的熟悉而又温暖的声音撞击着汪兆铭的耳鼓，他翻身坐起，揉了揉眼睛，待到看清铁窗外站着的真是陈璧君时，立即奔过去，握住陈璧君的手，声音颤抖着："璧君，这不是做梦吧？"

刘一鸣打开了牢门，陈璧君走进了牢房。

"陈小姐，小声点儿，咱们只有十分钟时间，在换班的来之前必须结束，不然你我都得倒大霉，您听清楚了吗？"刘一鸣叮嘱着。

"谢谢，谢谢您！大叔，我给您跪下磕头了……"

刘一鸣连忙扶起陈璧君："小姐，使不得，使不得，这是荣宝斋张先生托我办的事，就是掉脑袋咱也得办，我们是老交情了，小姐，您抓紧时间。"

刘一鸣走了，陈璧君拉着汪兆铭的手："你受苦了。"

汪兆铭突然反应过来："你怎么还在北京？这里太危险了！"

"我早就把生死置之度外了。"陈璧君语调平静。

"那也不能做无谓的牺牲。"

陈璧君望着他的眼睛："我来，是要你答应我一件事。"

汪兆铭苦笑着："我已身陷囹圄，还能答应你什么？"

陈璧君郑重地说道："咱们结婚！"

汪兆铭听罢，一时愣住了。

"我们两人，虽然被牢狱的高墙阻挡，但我们的心却能穿越厚厚的高墙，一刻也不分离。"

汪兆铭摇摇头："璧君，我何尝不想和你白头到老？可现在，我是一个等待砍头的囚徒，根本没有出狱的希望。"

"我不在乎，兆铭，我们不能举行形式上的婚礼，但你我从现在起，在心中宣誓结为夫妻，你说好吗？"

汪兆铭心潮澎湃，他热泪盈眶，两人紧紧拥抱在一起……

见过了汪兆铭，陈璧君了却了自己的心愿，在汪兆铭的再三请求下，她答应尽快离开京城。车票已经买好了，潘文雅来为她送行，陈璧君拿出汪兆铭写给她的《金缕曲》给潘文雅看，潘文雅轻声朗读起来：

别后平安否？便相逢、凄凉万事，不堪回首。
国破家亡无穷恨，禁得此生消受，又添了离愁万斗。
眼底心头如昨日，诉心期夜夜常携手。一腔血，为君剖。
泪痕料渍云笺透，倚寒衾、循环细读，残灯如豆。
留此余生成底事，空令故人僝僽，愧戴却头颅如旧。
跋涉山河知不易，愿孤魂缭护车前后。肠已断，歌难又。

潘文雅不觉流出了眼泪，她擦了擦，连声称赞："汪兆铭这首词写得太好了，难怪中山先生称他为大才子，果然是才华横溢，璧君，我真羡慕你！"

陈璧君整理着手提箱里的物品："文雅，你不用瞒我，我看得出来，你喜欢张幼林先生，是不是？"

潘文雅连忙掩饰："你瞎说什么呀？张幼林是我的同门师兄，他是我的兄长，也是我的朋友。"

陈璧君站起身："你不用掩饰，喜欢就是喜欢，有什么不敢承认的？你以前可不是这样，那年我在得克萨斯州的牧场上认识你的时候，你穿着高筒马靴，一身牛仔装束，腰上还挎着左轮枪，骑着一匹枣红马，那时你敢爱敢恨，谁要是惹了你，你敢拔出枪和人决斗，那时的潘文雅，简直是个女侠。"

潘文雅睁大了眼睛："璧君，难道我现在变了？我怎么不觉得呢？"

"这还用说吗？你的变化简直太大了！在张幼林面前你就像个淑女，有时你看他的眼神……"

"哟，我的眼神怎么啦？"

"那里面太复杂了，什么都有，就像个情窦未开的少女猛地遇见了白马王子，崇拜、爱慕，甚至还有嫉妒……"

潘文雅连忙伸手堵陈璧君的嘴："璧君，你再说，我就撕你的嘴！"

陈璧君笑着躲闪："那就是说到你的痛处了，有什么不敢承认的。"

潘文雅叹了口气："张幼林和汪兆铭一样，也是个道学先生，我们这些在海外长大的中国女人，怕是已经适应不了他们了，他们是读四书五经长大的。璧君，我这次来北京，算是了了少女时代的一个梦，以后再也不用想了！"

陈璧君安慰着："还是再好好谈谈吧，张幼林是有妻子的人，不过，按照中国法律，他可以同时拥有若干个妻子，如果是这样，你介意吗？"

潘文雅不假思索："我当然介意。这不可能，在我看来，这简直是野蛮人的法律，和文明社会的精神背道而驰，就凭这一点，我就崇拜汪兆铭他们，他们不顾自己的身家性命去革命，去流血牺牲，为的是建立一个文明、自由的社会。"

陈璧君看了一眼墙上的挂钟："文雅，我要去车站了，你什么时候回美国？"

"两天以后启程。"

话音刚落，张幼林敲门进来："陈小姐，我来送送你。"

"谢谢张先生！"陈璧君拿出一张早就准备好的巨额银票递给他，"我走了以后，还请张先生经常给汪兆铭、黄复生送些吃的东西，这银票你拿着。"

张幼林拒绝了："这个不必，陈小姐放心，我会托人尽可能照顾他们。"

在前门火车站的站台上，陈璧君和潘文雅相拥而别，张幼林把手提箱递给陈璧君："陈小姐，一路平安。"

"呜——"一声长鸣，火车缓缓开出了站台。京城一别，不知何时才能再次相见，潘文雅不禁泪流满面。张幼林递上手帕，潘文雅擦着眼泪："我理解璧君为什么冒着生命危险来见汪兆铭了，在她看来，没有比两颗心的结合更能体现爱情的意义了。"

"陈小姐离开京城就安全了。"张幼林此时考虑的是另外的问题。

回去的路上，张幼林告诉潘文雅，明天晚上他就能见到肃亲王了，希望在饭桌上能打听出对汪兆铭、黄复生的判决结果。

"张先生，我已经订好了去美国的船票，后天就要出发了。"

张幼林有些意外:“哦,这么急?不过……也好,这次你回国赶上不少事,也没有好好走一走,你看,我也是忙得很,为汪先生的事,不管有用没用,总要去跑一跑,所以也就顾不上潘小姐了,真对不起!”

“别客气,你为朋友做的已经很多了。我这一走,不知何年何月才能回来,张先生就不想和我说点儿什么?”

张幼林思索了片刻说道:“你多保重,祝你幸福!”

潘文雅面对着张幼林站住了,凝视着他:“张先生……不,我还是叫你幼林吧,幼林,你知道,我想听的不是这些……快分手了,有句话我一直藏在心里,不敢说出来……”

“如果不好说,就不要说。”张幼林避开了她的目光。

“不,我要说,不然以后就没机会了,幼林,你听好,我想说的是,我喜欢你,你明白吗?”

“明白,潘小姐这是看得起我,可我已经娶妻了,好像不该再惦记别的女人,你说是不是,潘小姐?”

潘文雅笑了:“我当然知道你有妻子,可……这并不妨碍我喜欢你呀?张,你是受过西式教育的人,你应该明白,爱情……没有任何理由,只会听凭心灵的召唤。”

两人继续向前走,张幼林答道:“潘小姐,我现在的问题是,我对我妻子有过承诺,这辈子不纳妾,只忠于她一个人,所以,我不会改变自己当初的承诺,对不起!”

“男人的誓言……就这么可靠?据我所知,每一个结了婚的男人大都有过类似的誓言,结果呢?世上的婚姻并不因为双方的誓言而变得美好。”

“别的人我管不了,但我的承诺永远有效。”张幼林语气坚定。

“你的承诺是永不纳妾,但并不包括离婚,幼林,我想告诉你,我希望你能和她离婚,我了解过,按中国法律,夫妻离婚没有什么复杂的手续,只需丈夫给妻子写一纸休书即可生效……”

“然后呢?”

“你和我结婚,幼林,真的,这不是我自私,她真的不适合你,像你这种受过西式教育的人,不应该找一个旧式女人做妻子,你们之间恐怕没有共同语言……”

潘文雅还在尽情地说着,张幼林打断了她:“文雅,看到你,没有哪个男人会不动心,我也一样,可我是个重承诺的人,既然承诺了,就要做到,请你谅解!况且我和佳碧也不是没有共同语言,我们之间有很深的感情基础。”

潘文雅沉默了,过了一会儿,她问道:“就这些,没有别的话了吗?”

张幼林摇头："没有了……"

潘文雅黯然神伤，她改用英语："我明白了，张，这件事我以后不会再提了，对不起！"

"没什么，我们永远是朋友。"张幼林也用了英语。

"那我走了！"潘文雅头也不回地走了，张幼林望着她的背影，久久地伫立在那里……

傍晚时分，陈光启带着张幼林来到了民政部餐厅的雅间，肃亲王平时就在这里招待客人。张幼林环顾四周，雪白的墙壁上除了挂着两幅书法外，房间里几乎没有其他的装饰，他不禁感叹道："没想到这么简朴！"

两人坐定，张幼林问："陈大人，您把《西陵圣母帖》交给肃亲王，他没说什么吗？"

"肃亲王打开看了看，赞叹不已，说真是一件难得的宝贝，我就趁机把你的意思说了，希望肃亲王手下留情，对汪兆铭、黄复生从轻发落。"

"肃亲王的态度呢？"这是张幼林最关心的。

"他没表态，只是说要见见送《西陵圣母帖》的人……"

陈光启的话还没说完，肃亲王善耆手里拿着一个卷轴推门进来，两人赶紧站起身。善耆把卷轴放在旁边的桌子上："张先生，请坐，你是荣宝斋的东家，排场惯了，我这儿是清水衙门，对不住啦。"

"您客气。"

三人落座，善耆端详着张幼林："你跟汪兆铭是什么关系？"

"萍水相逢，他的照相馆和荣宝斋仅一墙之隔，我们就算是邻居吧。"

"我听说，《西陵圣母帖》是你的家传之宝，为什么不惜拿出如此贵重之物，救一个萍水相逢的人？"

"和您一样，钦佩他的人品、人格。"张幼林不假思索。

听到这话，善耆神色大变："谁说我钦佩他了？"

旁边的陈光启一见善耆变了脸，头上的冷汗马上就冒出来了，张幼林却不动声色："我是在您主审汪兆铭的法庭上看出来的。大人，我知道您做过崇文门的税务监督，那是老佛爷特意给您的肥差，负责进京物品的税收，大家都不言自明，税务监督除了向国库缴纳一定数额的税款以外，剩下的就可以据为己有，老佛爷本来是想让您发一笔财，可您却向国库缴纳了超过定额的税款，并由此引起王公贵族的不满，受到弹劾。我还知道，您在九门提督和民政部尚书的任上在北京修铁路、通邮、办自来水厂……"

“够了。”善耆打断了张幼林。

“所以，我认为您是个深明大义、以江山社稷为重的好官，因此我敢为汪兆铭、黄复生求情。”

沉默了片刻，善耆问道：“照你这么说，汪兆铭谋刺摄政王也是为了江山社稷了？”

“请恕我直言，正是，只是与您的方式不同而已。”张幼林直抒胸臆。

善耆一拍桌子：“大胆！你拿《西陵圣母帖》贿赂我，就不怕我把你当成汪兆铭的同党抓起来？”

张幼林依然是不动声色，他十分冷静：“如果您非要把我当成汪兆铭的同党，我也只好认了，这在我决定做这件事儿之前就已经想好了，只是有一点，大丈夫一人做事一人担，不要牵连我的家人和朋友。”

话音刚落，善耆突然哈哈大笑起来：“张先生果然胆识过人，你倒真像个革命党，来，我敬你一杯！”

张幼林与善耆碰杯，二人一饮而尽。

善耆说道：“我到法部大狱看过汪兆铭，和他有过一番辩论。汪兆铭是个难得的人才，就是太激进了，其实在某些方面，朝廷和汪兆铭的观点还是比较一致的，双方完全可以坐下来谈一谈嘛，可是汪兆铭认为革命党和朝廷之间没有谈判的必要，革命党唯一要做的，就是用武力推翻朝廷，这就太过分了。”

“大人，革命党我不大了解，可汪兆铭先生我还是比较了解的，不管汪先生的行为如何，至少有一点我是相信的，他所做的一切都不是出于个人私利，而是为着整个国家，仅凭这一点，我就佩服他，希望您能高抬贵手，放汪先生一马，至少要保全他和黄复生的性命……”

“张先生，我实话告诉你，这个案子很快就要结了，最后定的罪名是误解朝廷，对汪兆铭、黄复生从轻发落，判处终身监禁。”

张幼林神情激动：“谢谢！谢谢大人！这都是您的功劳。”

善耆摆摆手：“也不全是，摄政王也是个识大体的人，汪兆铭、黄复生在法庭上的表现你还看不出来吗？他们根本不怕死，革命党搞暗杀，就是要玉石俱焚，他们巴不得杀身成仁、留名青史，朝廷杀了汪兆铭、黄复生，不仅吓不倒那些革命党，还会激起民众对朝廷的不满，所以，还是不杀为好。”

善耆起身拿起《西陵圣母帖》，郑重地递给张幼林：“张先生，你的心意我领了，君子不夺人之爱，况且我善耆做了一辈子官，还没收过任何不义之财，张先生，你收好，千万不要陷我于不义，我还有事，先走一步，告辞了。”

善耆走出了餐厅，张幼林愣在那里，随即泪水从眼眶里涌出来……

·第十九章·

1911年10月10日是中国历史上一个具有划时代意义的日子，这一天的晚上，湖北武昌城内的清军新式陆军士兵哗变，攻占了楚望台的军械库，经过一夜的激战，第二天起义军占领了武昌城，宣布成立湖北军政府。武昌起义的成功，极大地震撼了全国，湖南、陕西等地的革命党人纷纷响应，各地形势风起云涌。

10月13日，张幼林从外边回到家中，他刚一进院子，用人就迎上去："老爷，霍先生来了，在客厅里等您呢。"

"霍大叔来了？太好了，我正想他呢！"张幼林喜形于色。"霍大叔……"他大叫着冲向客厅。

霍震西苍老了许多，鬓发已经斑白，他正在客厅里喝茶，听到喊声站起来，张幼林冲进来一把抱住他："霍叔啊，我可想死您啦！"

"幼林啊，这些年我虽然没来京城，可你的事我全听说了，好样的，我当年还真没看错你。"霍震西微笑着，目光中充满了赞许。

"您都听到什么了？"

"你为那些革命党奔走的事我都听说了，行啊，小子，你还真有些胆量，赶上这种事，一般人躲还躲不及呢。"

爷俩相对而坐，张幼林给霍震西续上茶："大叔，我佩服那些革命党，他们都是些热血男儿，为了他们的革命理想，不惜身家性命啊。"

霍震西表示赞同："我听说过汪兆铭，他的名气很大，一直追随中山先生，他们的口号是'驱除鞑虏，恢复中华'，还举行过很多次暴动，虽说都没成功，可屡败屡战的勇气令人钦佩。"

张幼林四下看看，小声问道："您那边准备得怎么样了？"

"幼林，你还不知道吧？就在昨天，驻扎在武昌的新军首举义旗暴动了，他们连夜攻占了湖广总督署，到今天早晨，武汉三镇已全在革命军掌握之中了。"

张幼林十分惊讶："天哪，这些革命党要干什么？占领武汉以后会怎么办？"

"这还用说吗？既然竖起了义旗，就要干到底了，我看，这次起义，革命党是想一鼓作气推翻朝廷，改朝换代！"霍震西挥舞着手臂，神情激动。

“大叔，那你们甘肃的那些回族兄弟怎么办？你们准备起义已经不是一年两年了。”

“你算说对了，武昌那边干起来了，我们甘肃肯定不会闲着，不瞒你说，这次武昌起义发生得实在太突然了，我从兰州动身的时候还毫无迹象，谁知刚到京城，就听到武昌起义的消息，你说，我还能在京城待住吗？”

“您是想回甘肃参加起义？”

“是啊，我们准备了这么多年，不就是为了这一天吗？我当然要回去，无论如何，我要和弟兄们在一起，我今天来就是为了和你告别的。”张幼林思忖着：“大叔，您能不能在京城等一等？我估计武昌义旗一举，全国恐怕有不少省份都会响应，可能转眼就会成燎原之势，到那时，您是去是留，再做决定不迟。”

“幼林啊，你是想让我在京城观望，看看形势再做决定？”霍震西摇着头，“这不可能，这个狗屁朝廷早该垮了，我们已经盼了多少年了？现在终于等到了机会，我怎么能在一边看着呢？”

眼瞧着留不住霍震西，张幼林又问：“您打算什么时候走？”

霍震西站起身：“现在，我现在就走，幼林，我这一去，不知将来什么时候才能再见面，要是在战场上不走运……”

张幼林赶忙制止：“大叔，您什么事儿也没有，我等您革命成功以后回来，大叔，我等着您！”张幼林的眼睛湿润了，他是上过战场的人，深知枪炮无情。

张幼林一直把霍震西送到广安门外的驿道上，爷俩互道珍重，抱拳而别后，霍震西翻身上马，率领众武师顺着大路奔驰而去。霍震西回到甘肃后，参加了策应武昌的起义——推翻清王朝的武装暴动，成为辛亥革命的元勋。

张幼林站在驿道上，望着远处的烟尘，久久不肯离去……

武昌起义成功后，在短短一个多月中，全国有14个省先后宣告“光复”和独立，革命风暴席卷神州大地。1911年11月6日，朝廷宣布释放汪兆铭和黄复生，北京各界一千余人前往法部大狱门前隆重欢迎这两位谋刺摄政王的义士。

汪兆铭出狱后的第三天，张幼林身着便装正在书房里读书，云生满头大汗地跟着用人进来：“东家，庄掌柜的请您过去呢。”

“什么事儿啊？”张幼林放下手里的书。

“原来咱们那邻居，守真照相馆汪掌柜的在铺子里等您呢！”云生神情激动。

张幼林的眼睛一亮：“汪兆铭？太好了！”

他换好衣裳，急急忙忙赶到了荣宝斋。汪兆铭见张幼林进来，快步迎上去，紧紧握住他的手：“张先生对我的帮助，永世不忘！”

"别客气，你请坐，陈小姐呢？"

二人相对而坐，汪兆铭答道："她在上海等我，我们要举行一个盛大的婚礼，到时候还要请你参加哦。"

"一定！你是大英雄了，在未来的新政府里任什么职？"

汪兆铭微笑着："我曾有过诺言，革命成功以后，一不做官，二不做议员，功成身退，我和璧君去法国留学。"

张幼林摇头叹息："汪先生这样的国之栋梁不做官，可惜了。"

汪兆铭从皮包里拿出一个包装精美的盒子："张先生，送给你，留作纪念。"

张幼林双手接过盒子："谢谢！"

这时，门外一个年轻人进来催促："汪先生，您该启程了。"

张幼林把汪兆铭送到了大门外，两人握手告别，汪兆铭真诚地说道："张先生，将来有事可以到南京来找我，也可以写信，托胡汉民先生转交给我。"

张幼林神色淡然："君子之交淡如水，汪先生是干大事儿的人，不要为我等俗人分心，今后如果到北京，汪先生别忘了来荣宝斋坐坐，喝杯茶就行了。"

"一定的，张先生，再见！"汪兆铭登上了马车。

"再见，一路平安！"

马蹄踏在石板路上发出清脆的响声，马车渐渐远去了，庄虎臣从铺子里走出来："幼林，你的胆子可真够大的，汪掌柜这样的人不是咱来往的，弄不好，连铺子带家可就全玩完了。"

张幼林若有所思："汪兆铭这样的人，有缘得见一位，此生足矣……"

回到荣宝斋后院的北屋，张幼林把汪兆铭送的盒子打开，里面是一块兽面铺首形的古墨，他仔细看了看，不觉大吃一惊："'狻猊'墨？师父，这可是价值连城啊！"

"你说什么？让我看看。"庄虎臣接过古墨仔细辨认了一番，不觉激动起来，声音颤抖着，"幼林，真是潘谷的'狻猊'墨！"庄虎臣把墨送到张幼林的鼻子前让他嗅了嗅："闻到香味儿了吧？书上说，这墨研开了以后，香彻肌骨，磨研至尽而香味儿不衰。"

张幼林感叹着："汪先生真是太客气了！师父，那咱们就拿它作镇店之宝吧。"

"好啊！荣宝斋有了镇店的'狻猊'墨，琉璃厂的南纸店就更没法儿跟咱比了。"庄虎臣喜形于色。

王仁山进来送账簿，他也凑上去："呦，掌柜的，什么人能做出这么好的墨来？"

庄虎臣侃侃而谈："制墨的人叫潘谷，是宋朝的制墨名家，人称'墨仙'，这狻猊是传说中的一种猛兽，据说龙生九子，狻猊是龙的第五个儿子，造型与狮子类似，潘谷所制的‘狻猊’墨历来被誉为墨中神品。苏轼给潘谷写过一首诗，其中有这么两句：‘布衫漆墨手如龟，未害冰壶贮秋月。’潘先生好喝酒，有一天喝高了，掉到荒郊野外的枯井里摔死了。‘狻猊’墨以前只是听说过，我也是头一回见着。”

“东家，您真有眼光，交了汪掌柜这样的朋友。”王仁山赞叹着。

张幼林淡淡一笑，站起身走了。

庄虎臣请人为“狻猊”墨配上了红色锦缎的底座和精巧的玻璃罩子，在荣宝斋前厅正中间的货架子上专门辟出了一格供放。庄虎臣每次从它面前走过，都禁不住要喜滋滋地看上两眼。

就在庄虎臣还沉浸在喜得镇店之宝的这些日子里，大清国摇摇晃晃，终于走到了它的尽头。1912年2月12日，隆裕太后在紫禁城养心殿颁布了宣统皇帝溥仪的退位诏书，至此，统治了中国二百六十八年的清王朝正式灭亡。

那一天天色阴沉，北风呼啸，街上行人稀少。肃亲王善耆泪流满面地从紫禁城里出来，他坐在马车上漫无目的地在街上行走着，不知过了多久，马车拐进了琉璃厂，在荣宝斋的门前停下。善耆从车上下来，他在寒风中站立了片刻，定了定神，这才迈上荣宝斋的台阶。

这样的天气铺子里没什么客人，张幼林正在指挥伙计们调整货位，突然，棉门帘被轻轻地撩开，进来的居然是朝廷的重臣肃亲王。虽然肃亲王今天只穿了一身便装，但张幼林还是马上就认出来了，他赶紧迎上去：“大人，今天怎么有工夫出来逛逛？”

“张先生，我们又见面了，你的气色不错嘛，你不用忙，我是路过这儿，顺便买些文房用品。”善耆又恢复了往日的平易、和蔼。

“大人，您都需要点儿什么？”王仁山恭恭敬敬地问。

善耆随手在柜台上写了一张单子递给他，王仁山去准备了。

张幼林请善耆坐下：“大人，看您这身穿戴，您是要微服私访吧？”

“嗨，张先生，我就不瞒你了，我刚在养心殿开完了最后一次御前会议，隆裕太后颁布了皇上的退位诏书，大清国，完啦！”

“啊？”张幼林大吃一惊，“那您……”

“袁世凯是个阴险毒辣之人，北京很快就会成为是非之地，我要先离开这儿，别的只好以后再说了。”善耆环顾四周，“我在北京住了几十年了，真有点儿舍不得，以后还能不能再回来……”善耆摇了摇头，眼泪顺着面颊又滚落下来。

王仁山送过包好的文房用品，善耆站起身，把银子留在桌子上：“这也算是临走之前的一点儿纪念吧，我告辞了。”

张幼林把善耆送出大门，一阵狂风吹来，卷起漫天的黄尘。张幼林作揖："王爷，您是好人，我张幼林这辈子……忘不了您，世事多变，望您多多保重！"

善耆神色黯然地上了车："张先生，再见！"

送走了善耆，张幼林急忙来到荣宝斋后院的北屋，推开门便开口说道："师父，皇上退位了。"

庄虎臣正打着算盘，听罢不觉一愣："消息可靠吗？"

"可靠，肃亲王刚走。"张幼林在庄虎臣的对面坐下。

沉默了半晌，庄虎臣才缓过劲来："还真让你说中了，这对咱们可不是件好事儿。缙绅和额大人那儿都不行了，中华民国是另起炉灶啊，早先苦心经营起来的老关系不知还能用多少，唉，劳神的时候来了！"庄虎臣垂头丧气。

"您也别着急，我想了很长时间了，改朝换代是势在必行，变动当中会有损失，这是免不了的，但是应该也有新的机会。"

"你有主意了？"庄虎臣急切地看着他。

张幼林摇头："现在还没有。"

这当口，贝子爷把自己反锁在书房里，坐在椅子上捶胸顿足，大哭不止："大清国，祖宗二百六十多年的江山啊，说完就完啦……"

哭声传到了院子里，管家徐连春和用人站在一起，徐连春皱起了眉头："贝子爷怎么了？这可是从来没有过的。"他吩咐用人："你到窗根儿底下听听去。"

用人弯着腰跑到了书房的窗根儿底下。

书房里，贝子爷是越哭越伤心："大清国的江山没了，我还活什么劲儿啊？不如死了心里干净！"他说着站起身，到靠东墙的柜子里翻东西。

徐连春也凑到书房窗根儿底下，用人悄声告诉他："贝子爷说，大清国的江山没了，他还活什么劲儿。"

徐连春一怔："大清国的江山没了？"说着，他用手蘸了蘸吐沫，捅破了窗户纸，向里面张望。只见贝子爷从柜子里找出了一段白绫子，双手抻了抻，走到书房的中央，琢磨着往哪儿拴。徐连春没瞧明白贝子爷是什么意思，他躲开捅破了的窗户眼儿，嘴里嘀咕着："大清国的江山易了主，贝子爷往后就不是皇亲国戚了，随手白来的那些好处都跟着没了，一夜之间成了平头儿百姓，唉，搁在谁身上能受得了啊！"

用人凑近窗户眼儿看了看，不禁大惊失色："徐管家，不好，贝子爷要上吊！"

徐连春突然反应过来："快救贝子爷！"说着，他跑到书房门口大叫着砸门："贝子爷，贝子爷，您开门，开门哪……"

叫了半天里面没动静，徐连春赶紧吩咐用人：“使点儿劲，把门撞开！”

用人往后退了退，使足了劲，一脚把门踹开了。

他们冲进了书房，用人扶着贝子爷从椅子上下来，徐连春用袖子胡噜了一把被贝子爷踩脏了的椅子，这才扶贝子爷坐下。

贝子爷手里拿着白绫子，脸上挂着泪珠，徐连春指着白绫子，惊恐万分：“贝……贝子爷，这是……皇……皇上赏的？”

贝子爷把白绫子狠狠地摔在地上：“是我自个儿不想活了！”

徐连春这才松了口气：“那您这是为什么呀？”

贝子爷的眼泪又下来了：“大清国，祖宗的江山啊……”

徐连春示意用人把白绫子拿走，用人捡起白绫子出去了，他这才劝道：“贝子爷，虽说大清国的江山没了，可您也不能上吊啊，您要真有个好歹，不是让那些把大清国鼓捣没了的人称愿啦？”

这话说到点儿上了，贝子爷点点头：“你说得有道理。”

徐连春取来手巾递给贝子爷：“这就对了，往后怎么着，再想辙吧。”

这些日子，庄虎臣总是眉头紧锁。快到晌午了，他从后院过来，又站在荣宝斋门口观察起过往的行人，行人已经剪掉辫子的显然比前几天又多了不少。

云生手里拿着报纸凑到门口：“掌柜的，咱们什么时候剪辫子啊？”

“急什么呀，再等等。”庄虎臣语调低沉。

云生指着报纸：“中华民国刚公布了第二十九号公报，限期二十天，官军民一律剪掉辫子，不剪者以违法论处，咱们还是赶早儿好吧？”

“剪辫子是小事儿，我在琢磨，改朝换代了，荣宝斋的买卖该怎么办。”

“咱该怎么办还怎么办呗。”云生愣头愣脑的。

“那就等着喝西北风儿吧。”庄虎臣一甩手，走了。

云生看着掌柜的背影，迷惑不解。这时，两位剪了辫子的客人来到门口，云生回过神来，赶紧招呼客人：“二位先生，里边儿请……”

没过多久，庄虎臣一只手捂着后脑勺，另一只手拿着辫子回来了，云生高兴地迎上去：“掌柜的，您剪辫子去啦？待会儿我也去剪了。”

庄虎臣坐下：“在街上遇见两个小兔崽子，趁我一不留神，蹿上来就是一剪子，得，留了一辈子的辫子，就这么一剪子……全交代了。”

张喜儿端过茶来：“不是说早先咱汉人不留辫子吗？这是满人的讲究，是满人逼咱留的辫子。”

庄虎臣端详着手里的辫子，满面愁容：“万一中华民国没弄好，又把皇上请回来，没了辫子可怎么交代呀？”

“掌柜的，没有的事儿，您是瞎操心。”张喜儿宽慰着。

“账算清了吗？”

“还差点儿，不过肯定比去年这时候差多了。”

“我料到了，亏的时候还在后头呢。”庄虎臣站起身，“走，我跟你对账去。”

庄虎臣和张喜儿到后院去了，隔着窗户瞧了半天的茂源斋的伙计宋怀仁见铺子里只剩下了云生，于是装出无所事事的样子溜达进来。宋怀仁二十一岁，刚出徒没两年，此人脑子快，挺能干，但贪婪、好算计，据说手脚还不大干净，逮着机会就背着掌柜的从客户那里自个儿捞点儿好处，庄虎臣很看不上他。

“呦，怀仁，你今儿怎么这么闲啊？”云生边收拾柜台边问。

“听说荣宝斋得了一块潘谷制的‘狻猊’墨，我过来瞧瞧。”

云生指给他：“在那儿呢。”

宋怀仁走过去：“拿下来给我看看行吗？”

“行。”云生登上椅子把墨拿下来。

宋怀仁接过来仔细看着，明知故问：“你们掌柜的哪儿淘换来的？花了不少银子吧？”

“不是我们掌柜的淘换来的，是早先我们那邻居，守真照相馆汪掌柜的送给我们东家的。”

“他为什么送这么贵重的东西给你们东家？”宋怀仁的目的就是打听这个，至于“狻猊”墨，那天云生不在的时候他已经来看过了。

“汪掌柜的关进大狱以后，我们东家跟着忙乎救他来着，东家还说服老东家，拿出他们家祖传的《西陵圣母帖》，掖着脑袋给肃亲王送礼，嘿，我们东家甭提多仗义了，结果肃亲王没要，但是汪掌柜的知这个情，他从大狱里一出来就四处地找我们东家，非把这块古墨塞给他不可，这都是我亲眼瞧见的。”云生说得眼睛发亮，吐沫星子飞溅。

“你刚才说什么？《西陵圣母帖》？张家够趁的呀，哎，这《西陵圣母帖》……”

“怀素和尚的狂草哇，值老鼻子银子了！”

宋怀仁还要再问下去，庄虎臣从后门进来，嗔怪地喊了一句：“云生！”

宋怀仁放下墨，皮笑肉不笑：“真是块好墨，庄掌柜的，我不打搅了。”

“小宋，忙什么呀。”庄虎臣不冷不热的。

“我还得照应铺子，改日。”宋怀仁转身走了。

庄虎臣看着他走进了茂源斋，才缓缓说道：“云生啊，在一条街上做买卖的都是死对头，表面儿上看着乐乐呵呵的，背地里冷不丁地就给你下刀子，知人知面不知心，你可不能什么都说。”

“是，掌柜的，我记住了。”

云生是个有心的孩子，庄虎臣这番话，他牢牢地记了一辈子。不过，一言既出，驷马难追，荣宝斋的东家手里有祖传的怀素和尚的狂草《西陵圣母帖》，宋怀仁也记住了。

院子里，张李氏正哄着两岁多的孙子玩耍，何佳碧往绳子上晾刚给小璐洗完的小衣裳，张幼林剃了光头从外面进来，何佳碧还没见过丈夫这副模样，她大笑着：“幼林，这还是你吗？”

“怎么样？”张幼林背过身给母亲、妻子看。

张李氏摇头：“看惯了你一直梳着辫子，猛地一没了，还真不大习惯，你觉得脑袋轻了吧？”

张幼林还没顾上回答，用人提着菜篮子急急忙忙进来了：“老爷，您赶紧去趟继林老爷那儿吧，我刚才碰见送信儿的了，继林老爷又犯病了。”

张幼林听罢，拔腿就走。

卧室里，张继林躺在床上，脸色蜡黄，范太医的高徒岳明春坐在床沿儿上开导他：“您不能急，您这身子骨儿得养一阵子。”

“我手里还攥着一大摊子事儿呢，踏不下心来。”张继林喘着气，声音微弱。

“不能够，我可告诉您，您是一点儿累都不能受，就在炕上老老实实地躺着。”

张继林显得很忧愁，长叹一声：“唉！”

“大清国不是都完了吗？您还忙乎什么呀？好好歇一阵子儿，等着换差使吧。”

话音刚落，张幼林推门进来：“岳大夫，让您费心了。”他看着张继林：“哥，你好点儿吗？”

“好多了。”张继林没说实话。

岳明春站起身，拿起药箱：“您歇着吧，过两天我再来看您。”

张继林挣扎着要从床上爬起来，被张幼林制止住：“哥，你别起来了，我送岳大夫。”

出了张家大门，岳明春站住了：“张先生，您得有个准备。”

张幼林一惊：“我哥的病……不好？”

“不是一般的不好，范太医跟我交代过，我现在还是按照范太医临终前留下的方子给他治，不过，看来这回希望不大，脉象已经出来了，也就这个月的事儿。”

“您再给想想办法。”

岳明春摇头：“要是还有办法，我就不跟您说这个了。”

霎时，泪水涌上了张幼林的眼眶。送走了岳大夫，张幼林呆立在门外，他的思维几乎停滞，大脑一片空白，直到张继林差遣的用人出来唤他，张幼林才赶忙擦干了眼泪，进去陪伴堂哥。

何佳碧早就说好今天带着小璐回娘家，还要陪父亲住几天，所以张幼林在堂哥家待到很晚才回来。进到卧室，见何佳碧居然在铺床，他很奇怪："你不是要在娘家住几天吗，怎么回来了？"

何佳碧皱着眉头："幼林，风头儿不对，自打皇上退位的消息传出来以后，这些日子粮价飞涨，可抢购的人还是有增无减，我们家米店的存货都快卖完了。"

"是吗？怪不得荣宝斋最近的生意不景气。"

"这和荣宝斋的生意有关系吗？"

张幼林坐在椅子上："当然有，眼下正是新旧政权交接的时候，中华民国的格局还没有最后确定下来，政府部门的关系都没接上，大宗的买卖无从谈起，只有靠散客撑撑门面，人们忙着抢购粮食，说明市面儿不稳，当吃饭都要成问题的时候，谁还有心作诗填词、写字画画呢？"

"那我们怎么办？"何佳碧焦急地望着他。

张幼林避开了她的目光："我和庄掌柜的正为这个发愁呢。"其实，让他更发愁的事还在后面。

几天之后，已经过了午夜，外面突然乱起来，仨一群儿、俩一伙儿的士兵涌进琉璃厂，气势汹汹地砸门、抢铺子。

荣宝斋的伙计们正在前厅里搭的铺上熟睡，张喜儿最先惊醒了，他爬起来听了听，慌忙下地叫云生："云生，醒醒，快醒醒！"

云生睡得迷迷糊糊的："大伙计，干吗呀？"

王仁山已经翻身下了铺，仔细听着外面的动静。

月光下，五个歪戴着帽子、敞胸露怀的大兵一路抢过来，手里抱着从古玩铺子里抢的瓷瓶、青铜器等古董来到荣宝斋的门口，一个士兵抬头看了看房檐上悬着的匾："长官，这铺子怎么着？"

"废什么话，进去看看！"长官很不耐烦。

士兵开始大叫着用枪托砸门："开门，快开门……"

云生此时完全清醒了，他急忙披上衣裳，惊恐地看着张喜儿："大伙计，怎么办啊？"

黑暗中，王仁山的反应十分迅速："快，先把'狻猊'墨藏好，那是镇店的宝贝。"

张喜儿迅速地蹿上桌子，从架子上取下“狻猊”墨，王仁山接过来塞到了柜台里面。

外面传来了士兵的叫骂声：“他妈的，再不开门，老子开枪了！”

“赶紧去开门。”张喜儿吩咐云生。

云生手忙脚乱地打开门，士兵冲进来，那个军官进来就踹了云生一脚：“怎么他妈这么慢？找死啊？”

王仁山拉开了电灯，士兵把抢来的东西堆放在柜台上，军官在铺子里四处看着，张喜儿心惊胆战地跟在他身后。

军官看了一圈，把手枪拍在桌子上，大摇大摆地在椅子上坐下：“把铺子里值钱的古玩都拿出来！”

张喜儿一见军官亮出了家伙，吓得满头大汗，话也说不利落了：“长……长……长官……”

王仁山见状，抢上两步低声下气地说道：“长官，我们这铺子是南纸店，不卖古玩。”

军官瞪起了眼睛：“小子，你是活腻了吧？”

王仁山哈哈腰：“不敢，不敢，您要是喜欢，就拿几块墨走，这是铺子里最值钱的东西了。”说着，王仁山到货架子上取下几块墨，恭恭敬敬地递给军官。

军官看了一眼，一下子就怒了，把墨狠狠地摔在地上：“就拿这破东西对付老子？”说着，扬起手“啪”地扇了王仁山一个嘴巴，又吩咐手下：“弟兄们，把这铺子砸了！”

士兵七手八脚地把货架子推倒，笔筒掉在地上摔碎了，毛笔在地上到处乱滚，接着他们又把账柜上的锁砸开，抢走了里面的银子和铜子儿，柜台里的砚台、颜色、宣纸等也扔了一地。几个人折腾完了，抱上刚才在别的铺子里抢来的古董，扬长而去。

地面一片狼藉，云生哭了：“大伙计，铺子给弄成这样儿，明儿个可怎么向掌柜的交代啊！”

张喜儿气得咬牙切齿：“这帮挨千刀的，哪儿是兵啊，纯粹是土匪，让他们不得好死！”他转过身来：“仁山啊，你没事儿吧？”

王仁山摸了摸被打肿的脸，若无其事地答道：“没事儿，睡觉吧。”

庄虎臣早上从家里出来，一进城就发觉不对头。他快步赶到琉璃厂的时候，只见沿街的铺子几乎都遭到了抢劫，伙计们正在收拾残局，不少铺子的门口挂出了“本店被抢劫一空”的条幅，这些条幅在初春的寒风中瑟瑟抖动着，如同店主们的心在哀鸣。

荣宝斋内，地面上已经清理干净，张喜儿、王仁山、宋栓和云生都是满头大汗，他们一起用力，把货架子从地面上竖起来，贴着墙根儿摆稳当了。

云生给大家递上手巾："你们都歇会儿吧，剩下的我就能干了。"

张喜儿接过手巾抹了一把头上的汗："不要紧的，咱们争取在掌柜的到之前，把铺子恢复原样儿。"

话音未落，庄虎臣进了铺子。他先打量了一下伙计们，见人都在，轻轻舒了口气，然后才把目光投向供放"狻猊"墨的格子，见里面是空的，不觉心中一紧："'狻猊'墨呢？"

"在。"张喜儿从柜台里拿出来，递给庄虎臣。

庄虎臣仔细看了看，"狻猊"墨完好无损，他闭上眼睛，喃喃自语："佛菩萨保佑，真是佛菩萨保佑啊！"放下"狻猊"墨，庄虎臣四处察看着，张喜儿跟在他身后："掌柜的，和那些古玩铺子相比，咱们的损失算小的。"

"人没伤着就好。"

"账柜里的银子都被抢了，货架子上的瓷笔筒，差不离儿都摔碎了。"庄虎臣从墙角捡起一块碎墨，凑在鼻子底下闻了闻，没吱声儿。过了一会儿，他转过身问宋栓："帖套作那边儿怎么样？"

宋栓皱着眉头："嗨，甭提了，也不知道是哪儿来的这么多当兵的，把沿街的那几家铺子全抢了，还放火烧了房子，估摸着是死人了，他们没往里走，我听着外面不对头，锁上门，赶紧就绕道儿过来了。"

"栓子哥到的时候，咱这铺子刚被抢完，您那边儿呢？"王仁山倒上茶。

"没抢到那一块儿，我来的这一路上，瞧见不少人在捡昨儿夜里土匪落到街上的东西。"

"他们可是捡着便宜了。"云生很是羡慕。

王仁山则不以为然，他摇摇头："这世上可没有白捡的便宜，瞧着吧。"

"幸亏仁山脑子快，当兵的一砸门，仁山先想到的是藏'狻猊'墨，不然也被当兵的砸了。"张喜儿说道。

庄虎臣拍拍王仁山的肩膀："好样儿的，仁山，你给咱店里立了一功，我给你记着！"

王仁山思忖着："掌柜的，这是哪儿的兵啊？怎么敢在北京城里明抢啊？"

"是不太对劲，除了闹八国联军的时候，北京城的铺子还没被这么抢过，当兵的怎么有那么大胆子，敢公开地抢铺子？"庄虎臣也是百思不得其解。

昨晚陪堂哥聊天的时候，他说起想吃月盛斋的酱羊肉，张幼林今天一大早就爬起来，他要亲自到户部街给堂哥采买——堂哥的日子不多了，张幼林希望尽量为他做些事情。从母亲的卧室门口经过，张李氏听到动静，撩开棉门帘走出来："幼林，出去呀？"

张幼林站住："妈，我去给我哥买点儿吃的。"

"继林这几天好点儿吗？"

"还那样儿。"

"唉。"张李氏停顿了片刻，说道，"昨儿个吵吵嚷嚷地闹腾了大半宿，也不知道外头是怎么了，你顺道儿打听打听。"

张幼林一愣："我怎么没听见？"

"你睡着了，像是离咱们这儿挺远的。"

寒风夹杂着雪花吹过来，张幼林侧过身子为母亲挡住："外头凉，您还是进去吧。"

张继林家的院子里，张山林放下鸟笼子和手里的几件洋落儿正要往外走，张幼林端着浸在老汤里的酱羊肉进来了，他皱了皱眉头："叔，街上这么乱，您干吗去呀？"

张山林依旧是兴高采烈的："瞧热闹去呀，嘿，幼林，你不知道吧？昨儿个夜里头，外头的土匪进来啦，把北京城里的铺子差不离儿的都给抢了，今天早晨我出去遛鸟儿，真给我吓傻了，你猜怎么着？满大街上净是土匪落下的东西，还有成匹的布呢，都没来得及拿走，早起的人算是捡着便宜了。"

"您没到荣宝斋去看看？"张幼林此时是心急如焚。

"这还用你说？"张山林掀开汤盆的盖子嗅了嗅，"挺香，继林就惦记这口儿，中午咱们用它浇面。"他又把盖子盖上："我连鸟儿都没顾得上遛，一溜烟儿似的先到了琉璃厂，还好，庄虎臣在那儿呢，咱那铺子货架子让土匪推倒了，砸了点儿笔筒什么的，加上毁了的东西，赔个几百两银子，和那些古玩铺子比算好得多，你待着，我再出去看看。"

"叔，我劝您还是别去了，刚才我过来的时候看见当兵的正在抓人呢。"

"抓人怕什么的？我又没招他们没惹他们的，正好看热闹，你去陪陪继林吧，我走了啊。"张山林出了院子。

张幼林看着他的背影，无可奈何地摇了摇头。

吃午饭的时候，张山林没有回来。不过，这也是常有的事，说不准他逛到哪家馆子门口就进去吃了，他的话，不能实打实地信。

下午，张幼林去了荣宝斋，他和庄虎臣一起清点了损失的文房用品，又在后院北屋聊了很久。

庄虎臣忧心忡忡："皇上退位没多长时间就闹成这样，不是说请走了皇上有好日子过吗？好日子在哪儿呢？"

"您不能这么说，推翻封建统治，走向民主自由是世界性的潮流。"

"幼林，你是洋学堂里出来的，大道理我讲不过你，可是，要照这么个闹法儿，不分青红皂白地上来就把铺子抢了，带不走的就毁了，说句你不爱听的，我看还不如皇上在的时候。"

张幼林眉头紧锁："先得想办法打听清楚为什么抢铺子，要是一家两家的好办，没准儿是仇人报复，可好几千家的铺子一夜之间都被抢了，我琢磨这里面肯定有名堂。"

"你的意思是……"

庄虎臣的话还没说完，张喜儿进来了："东家，继林老爷差人找您来了，问您知不知道他父亲去哪儿了。"

张幼林一愣："我叔还没回家？"

张喜儿点头："好像是，继林老爷挺着急的。"

张幼林的火儿一下子就蹿上来了："我叔也是，继林的病就怕着急，这都一天了，他干吗去了？"张幼林站起身："师父，我过去一趟，要是我叔到您这儿来，赶紧让他回家。"

"去吧。"庄虎臣叹了口气，"唉，就没见过这样儿当爹的，儿子病得起不来炕，他还到处串，到点儿不着家，让病人为他着急。"

张幼林走到门口，又回过头来："铺子的事儿您就多费心了。"

"操心受累我不怕，以前的关系没了，咱可以再找新的，我怕的是飞来横祸。"庄虎臣说的是实情。

"您放心，不会总这样的。"张幼林撩开门帘，身影转瞬之间就消失在夜色中了。

张幼林可着北京城把张山林可能去的地方都找了一遍，但是一无所获，直到后半夜，他才拖着疲惫的身躯回到家中。

京城的琉璃厂历来就是个卧虎藏龙之地，那时候就业的机会不多，平民百姓能在琉璃厂谋个差不易，要想混出个人样儿来，就全凭自己的本事了。宋怀仁从小就鬼主意多，和他那些笨头笨脑的兄弟相比简直是鹤立鸡群，他父亲在东四牌楼卖菜，全家艰苦度日，为了让这个唯一有可能出人头地的儿子有份好前程，老宋不惜血本，给一个远房亲戚白送了三年的菜，这才由亲戚帮忙，托人把宋怀仁送到茂源斋学徒。

学徒期满之后，宋怀仁的心眼儿又活泛了。这些年，茂源斋的生意半死不活、勉强维持，没什么前途；荣宝斋是京城南纸店的老大，他一刚出徒的伙计，还没什么业绩，惦记不上。宋怀仁左思右想，把目标瞄准了在经营上比茂源斋强得多的邻居慧远阁。

大兵抢铺子对宋怀仁来说简直是天赐良机。

那天晚上，宋怀仁谎称回家，实际上他是偷着到八大胡同逛窑子去了。半夜里闹腾起来，他飞快地跑回琉璃厂，只见大兵们正从东头开始，挨着家地砸门、抢劫，眼瞧着这条街上的铺子是在劫难逃了，他刚要敲茂源斋的门，忽然灵机一动，计上心来。宋怀仁绕到后面，翻墙跳进茂源斋的隔壁、慧远阁的后院，叫醒了目瞪口呆的伙计、学徒，指挥他们七手八脚自个儿动手掀翻了桌椅板凳，又把笔墨纸砚撒了一地，伪装出被洗劫过的祥子，然后，把铺子的大门大敞扬开。果然，几伙儿大兵从慧远阁的门口经过，探头看了看，都没进去，慧远阁因此而幸免于难。

瞧着满大街飞舞的“本店被抢劫一空”的条幅，慧远阁的大伙计陈福庆那个乐就甭提了，自然，宋怀仁也如愿以偿地跳槽到了慧远阁。不过，陈福庆可不是傻子，他心里明镜似的，像宋怀仁脑子这么够使的伙计，保不齐哪天就会把他陈福庆算计了，所以，在给了一笔数目还算过得去的赏钱之后，就不再给宋怀仁好脸了。

早上，陈福庆在附近“豆腐李”小吃摊儿上吃过早点，踱进慧远阁。铺子里只有宋怀仁一个人，陈福庆坐下，不阴不阳地瞟了他一眼：“怀仁啊，到了慧远阁，有什么事儿事先都得跟我打个招呼，我点头了你才能去干，不能自个儿做主，另外，咱们现任掌柜的是真正的甩手掌柜，屁事儿不管，只等着年底分银子。”

宋怀仁放下手里的活，给陈福庆沏上茶，恭恭敬敬地站在他面前：“我知道，慧远阁是陈大伙计您说了算。”

“知道就好，眼下南纸店的生意不好做，咱们这行里的老大荣宝斋这些口子也很不景气，庄虎臣的脑袋都耷拉了，你呢，多想想主意，别白到这儿来。”

“陈大伙计，其实……这事儿不难办，不过……”宋怀仁吞吞吐吐。

“不过什么？”

“我的工钱……怎么个算法儿？”宋怀仁心里一直惦记呢。

“不会亏待你，肯定比茂源斋是强多了。”陈福庆端起茶碗喝了口茶，“只要你真干得好，年底分红的时候……这个都好商量。”

宋怀仁的脸上有了笑容：“只要到手的银子多就成，事儿好办，咱吃苦受累，为的不就是银子吗？”

“你说什么，事儿好办？”陈福庆皱着眉头。

宋怀仁胸有成竹，他凑近了陈福庆，如此这般地讲出了他在茂源斋的时候就一直琢磨的想法，陈福庆听罢，频频点头。

荣宝斋后院的休息室里，庄虎臣拿出珍藏了二十多年的云南普洱茶招待赵翰博。

第一遍洗茶的水倒掉后，庄虎臣把浸泡了约一分钟的茶汤倒进素白瓷茶碗里，递给赵翰博："报上登的是真的吗？"

赵翰博摇头："水分大啦！我也就是跟您说说，您可不能向外传。"他压低了嗓门，"这都是袁世凯一手搞出来的。"

庄虎臣大吃一惊："啊？他让人抢铺子干吗呀？买卖人是招他了还是惹他了？"

"庄掌柜，这是争权夺利。"

赵翰博端起茶碗细品着，显得很陶醉："到底是陈年的普洱，汤色红亮，软滑顺口，不一样就是不一样啊！"

庄虎臣一脸的困惑，赵翰博放下茶碗："中华民国，孙中山那一派要把都城设在南京，您听说了吧？"

"听说了，您那报上，前些日子不是一直都在议论这事儿吗？"

"可袁世凯不干哪。"

"他为什么不愿意去南京呢？"庄虎臣给赵翰博的茶碗里续上茶。

"嗨，这都是阴谋。袁世凯的根儿在北边，他要是去了南方，不就釜底抽薪啦？可袁世凯又不能公开说他不愿意离开北京，于是想了个辙，指使他的部下、曹锟的第三镇士兵假装哗变，抢铺子，这是做戏。"

庄虎臣皱起眉头："做给谁看呢？"

"孙中山派来的、迎袁世凯到南京的专使不是还在北京呢吗？做给他们的，为的是让他们瞧瞧，北京城里乱成一锅粥了，他袁世凯，离不开！要说这袁世凯，真不是个东西，净耍两面派，这回又是，您看，他表面上对专使隆重接待，暗地里让人把专使下榻在煤渣胡同的住所也给抢了，专使们吓得躲到使馆区避难去了。"

"袁世凯的目的达到啦？"

"达到啦，北京城这个乱劲儿，专使们都看见了，不但不催袁世凯去南京，还转过身来致电南京参议院，支持袁世凯在北京就任临时大总统。"

庄虎臣长叹一声："唉！我们这些开铺子的都成了袁世凯的垫背的了，听说抢了四千多家儿，连抢带毁，就这几天，损失了九千多万两银子。"

"你们还不算，真正垫背的是那些贪便宜的老百姓，您不过是损失了银子，他们保不齐连命都得搭上。"

“怎么会连命都搭上呢？”庄虎臣迷惑不解。

赵翰博显得很神秘：“当兵的夜里抢完了，贪便宜的老百姓早晨不是在街上捡洋落儿吗？还包括一些看热闹的，都被抓去顶了抢劫的罪名，这两天就得毙啦……”

庄虎臣听罢，不禁大惊失色。

张山林已经失踪好几天了，堂哥眼瞧着就撑不下去了，张幼林急得像热锅上的蚂蚁。他急匆匆地赶到药铺，把药方儿递给抓药的伙计，伙计瞧了瞧方子，说有两味药不常用，得到后头找找，张幼林于是走到窗边坐下，顺手拿起了桌子上的报纸。

刚看了没几行，忽然外面传来鼎沸的人声，张幼林放下报纸，来到门口。

只见士兵押着一队犯人从远处走过来，犯人们都被五花大绑着，背后插着断头牌子，上面写着某某人的名字，名字已经被打上了红叉。为首的犯人居然是当年抗击八国联军的时候，从城墙上救出他的那个叫花子，张幼林不禁心头一紧。

叫花子一路走来破口大骂：“我操你们八辈儿祖宗，老子在街上捡东西，就成土匪啦……老天爷，冤枉啊！花子我在这块地界儿要饭，都要了二十多年啦，老少爷们谁不认得我啊，怎么他妈一夜之间，就成了抢铺子的土匪啦……”

犯人队伍里也是一片哭骂声。

士兵给了叫花子一枪托子，血顺着他的脑袋向下流。张幼林抢上一步拦住士兵：“兵爷，我做证，这位爷不是土匪，您抓错人了。”

叫花子看见张幼林喜出望外：“张先生是有身份的人，他都替我说话了，你们抓错人了！”

突然，张幼林在犯人队伍里发现了张山林，他的棉袍撕破了，头发蓬乱，脸上还有几道血印子。张山林也发现了他，绝望地哭喊着：“幼林，救我呀，我站在旁边看热闹，也给当成土匪啦！”

围观的人群中有人大喊：“冤枉！冤枉……”霎时，人群骚乱起来，“冤枉”声此起彼伏。一个军官从后面骑着马赶上来，在张幼林面前站住，从腰里拔出手枪，对着天空“当、当、当”连放了三枪，气势汹汹地扫视着众人：“谁不想活了，站出来，老子连他一块儿毙了！”

围观的人群立刻安静下来，犯人们被驱赶着继续向前走。张山林的哭声隐约、缥缈，却像重锤一般撞击着张幼林的耳鼓：“幼林，救救我呀……”

不远处，枪声四起，人流向枪响的地方涌动，张幼林呆若木鸡。岳明春艰难地穿过人流来到张幼林的身边：“张先生，药用不着了，您哥哥刚才已经……”岳明春拍了拍张幼林的肩膀。

张幼林的眼泪"唰"地流下来，他身子一软，瘫坐在药铺门口的台阶上……

灵堂很快布置起来，张幼林在张山林、张继林的遗像前长跪不起，儿时和堂哥在一起读书，和叔叔一起玩鸟、斗蛐蛐的一幕幕不断地在眼前闪现，他泪如雨下，泣不成声。

灵堂外，何佳碧领着小璐焦急地向里面张望，她真怕丈夫哭出个好歹来，从兜里摸出一封信塞在小璐手里："给爸爸送去。"

小璐举着信蹒跚着走进灵堂："爸爸！"

听到儿子的叫声，张幼林止住哭泣，他擦了擦眼泪，站起身把小璐抱起来，拆开了信。信是秋月寄自圣彼得堡的：

幼林：

很久没有你的消息了，你好吗？……

张幼林的眼泪又涌流出来，小璐伸出小手给他擦着，天真地问："爸爸，妈妈打屁股啦？"

张幼林把小璐紧紧地搂在怀里，泪水滴在秋月的信上，浸湿了一大片……

同时痛失两位亲人，张幼林悲痛欲绝。安葬完了叔叔和堂哥，他大病了一场，在床上躺了整整一个月，才慢慢康复。

·第二十章·

傍晚时分，庄虎臣办完事回到荣宝斋，云生凑过去："掌柜的，额大人找您好儿回了。"

庄虎臣有些意外："他找我？"

"今儿个等了您一下午，让我务必告诉您一声儿。"云生撇着嘴，"额大人那个落魄呦，就甭提了。"

"不至于吧？"庄虎臣半信半疑。

"没准儿就是找您借钱吃饭呢。"

"额大人会到这份儿上？"庄虎臣还是不大相信。

"我瞧着，悬！"云生十分肯定。

沉默了片刻，庄虎臣说道："要是这样儿，过两天等我忙过这茬儿，你跑一趟，到额大人府上告诉他，我在鸿兴楼请他吃饭。"

"还额大人府？那宅子卖啦，眼下额大人住在南横街儿的一大杂院里。"

庄虎臣吃了一惊："哟，这可真没想到。"

几天以后，接到庄虎臣的口信儿，额尔庆尼早早地就到鸿兴楼的门口等上了，他穿着一件灰色的旧长衫，佝偻着腰，目光呆滞，胳肢窝里还夹着一个卷轴。庄虎臣从远处走过来，额尔庆尼迎上去："庄掌柜的，您可来了。"

庄虎臣一怔，竟没有立刻认出额尔庆尼来："呦，额大人，您怎么成这样儿了？"

额尔庆尼长叹一声："唉！"

"走，咱们边吃边聊。"

二人进了鸿兴楼，在一个角落里坐定，堂倌走过来："二位先生，您来点儿什么？"

庄虎臣不假思索："泥裹灶膛子鸡、清炒鳝丝儿，这得加香菜末儿，再来一个炒三香菜。"庄虎臣问额尔庆尼："您还添点儿什么？"

额尔庆尼摇头："不添了，这就够了。"

堂倌又给唱了一遍庄虎臣点的菜，转身离去。额尔庆尼的眼圈儿红了："庄掌柜的，就是您没忘了我，现如今，我是叫天天不语，叫地地不应，树倒猢狲散哪！"

“您这是怎么啦？”

“想不到哇，大清国，说完就完啦！”

庄虎臣试探着问：“大清国完了，您也不至于这样儿吧？”

“我被七姨太骗啦。”

“您一直待她不错啊，她怎么把您骗了？”

额尔庆尼又是长叹一声：“唉！大清国一完，这就没了进项儿了……”话说到一半，堂倌端上菜来，额尔庆尼抑制不住美食的诱惑：“庄掌柜的，我就不客气了啊。”

话音未落，一筷子清炒鳝鱼丝已经塞进嘴里，他尽情地咀嚼着，还陶醉地闭上了眼睛。

“您怎么就让人骗了？”庄虎臣还等着听下文呢。

额尔庆尼紧着吃了几口，这才腾出嘴来：“家里没了进项儿，就只有卖东西了。”

“您府上那些东西，可是够卖上一阵子的。”这点庄虎臣心里有数。

“要不是七姨太使了坏，我哪儿能够到这份儿上啊？东西卖来卖去，我那大宅子的房契就让她弄到手了，她勾着我原来的那个贴身侍从三郎，愣是偷偷摸摸地把宅子卖啦。”

“不是您自个儿卖的呀？”庄虎臣满脸惊讶。

额尔庆尼的眼睛没有离开桌子上的菜：“要知道是这样儿，还不如我自个儿卖了呢。”

“那么大的一个宅子，卖了没分您点儿钱？”

“卖的时候，我连影儿也不知道哇！卖完了，拿着银票，还带着不少值钱的东西，人就跑啦！”额尔庆尼的眼圈儿又红了。

“呦，这可真是的！”庄虎臣是万万没想到。

“庄掌柜的，我不是告诉您了吗，树倒猢狲散哪！除了这俩不是东西的，家里家外的人，也是偷的偷、拿的拿，眼瞧着值钱的东西就越来越少了。”额尔庆尼的眼泪流了下来。

庄虎臣劝慰着：“您可别价，留得青山在，还怕没柴烧？”

“我这是青山不在啦，还柴火呢？哼，想都甭想！”说着，额尔庆尼拿起放在桌子上的卷轴，给庄虎臣展开，“庄掌柜的，这可是件好东西，要是您喜欢我就让给您了，怎么样？”

庄虎臣仔细看着卷轴：“沈周的《岁暮高山图》，画是好画，不过……”庄虎臣欲言又止。

“您说，不碍事的。”

庄虎臣有些歉意：“我那铺子不收名人字画，没这项业务。”

额尔庆尼失望了，眼泪又开始在眼眶里打转儿："庄掌柜的，跟您实说了吧，眼下，除了您还瞧得起我，还能跟从前似的请我在鸿兴楼吃饭，别的亲朋故旧，都远远儿地躲着了。"额尔庆尼的眼泪又流下来。

"您可别价。"

"唉！这画要是您收不了，我给谁去呀？我这俩眼儿一抹黑，让人骗怕啦！"额尔庆尼把画卷起来，"回头儿又是一文不值二文的，白扔啦！"

看着额尔庆尼可怜兮兮的样子，庄虎臣心中不落忍："额大人，我不是也没说死嘛，您要是信得过，就先把画给我，我拿回去琢磨琢磨。"

额尔庆尼赶紧递过来："信得过，信得过。"画有了着落，额尔庆尼又把注意力转移到吃上了："鸿兴楼的泥裹灶膛子鸡，您还甭说，味儿就是地道儿，在北京可是独一份儿啊……"

额尔庆尼的画展开在荣宝斋后院北屋的条案上，张喜儿和王仁山围在桌子旁聚精会神地看着，庄虎臣坐在一旁，他问张喜儿："你觉着怎么样？"

"我瞧着不错，可是，掌柜的，我可看不出门道儿来。"

"要是你没上手就能看出门道儿来，还不成精啦？"庄虎臣又问王仁山："你呢，仁山？"

"我看是沈周的真迹，您瞧，这是沈周独有的'短条皴'，起笔、收笔不裹锋，虽说皴笔的层次不算多，可斫得好。"

庄虎臣颇为意外："你懂画？以前没听你提过呀？"

王仁山一笑："我爹喜欢字画，也好画儿笔，我也就是学了点儿皮毛，不过，您也别听我的，这画还得找懂的人掌掌眼。"

"那是。"庄虎臣点头。

"掌柜的，这阵子老有人上铺子来，问收不收字画。"张喜儿给庄虎臣续上茶。

"我也琢磨这事儿呢，做买卖，也是此一时彼一时啊，咱荣宝斋虽说一直是家南纸店，可眼下风头儿变了，咱们也得跟着风头儿走。"

王仁山思忖着："您的意思是，咱们增加新业务？"

"对，眼下正是收名人字画的好时候，大清国没了，这阵子，宫里头的东西开始向外流了，前朝的王公大臣，像额大人这样儿的，没了进项儿，往后都得靠卖东西过日子。"

张喜儿想了想："咱收古玩不是来钱更快吗？"

庄虎臣摇头："不成，古玩这行儿水太深，弄不好就翻船。"

"那名人字画就不翻船啦？"

"名人字画我好歹有点儿底儿，但先别指望这个发大财，有人送来，撞就撞上了，价钱高的、瞧不准的，都不要。”

张喜儿皱着眉头：“咱铺子里，除了您和仁山懂一些，我和伙计们都不懂，这怎么办呢？”

庄虎臣喝了口茶：“做这个，心态要好才成，从明儿个起，我先把跟名人字画有关的一些个东西，陆续教给你们。”

下午，庄虎臣拿着卷轴来到了贝子府，徐连春打开大门，见是庄虎臣，他眼珠子一转，立刻点头哈腰的，显得分外殷勤：“呦，庄掌柜的，您可是稀客，快里边儿请。”徐连春把庄虎臣让进了书房：“庄掌柜的，您先坐会儿，我这就给您请贝子爷去。”

院子里，用人端着茶往书房走，徐连春走过去，揭开茶壶的盖瞧了瞧，吩咐道：“换好茶去。”

“徐管家，来的也不是什么大人物，不就是荣宝斋的掌柜吗？”用人不以为然。

徐连春的眼睛一瞪，小声骂道：“你懂个屁！眼下，荣宝斋的掌柜就是咱府里的财神，快去，手脚麻利点儿。”

贝子爷热情地走进来：“庄掌柜的，咱们可老没见了！”

庄虎臣站起身：“贝子爷，您的身子骨儿还是那么硬朗。”

“嗨，没心没肺，瞎混吧！庄掌柜的，你坐。”贝子爷在庄虎臣对面坐下。

庄虎臣问道：“这些日子，您都忙乎什么呢？”

“忙乎什么？大清国都完了，我还有什么可忙乎的？”贝子爷一脸的无奈。

“那也不能一天到晚就闲坐着吧？”

“嗨，在家里逗逗鸟儿，烦了，出去听个戏，可不就这些吗，还能有什么新鲜的？”

庄虎臣心中暗喜，他不动声色：“贝子爷，您打小儿在宫里出来进去的，还有您那各府的亲戚家里，名人字画可是没少瞧吧？”

贝子爷点头：“是没少瞧，您还真别说，年轻的时候我可是正经迷过一阵子，没少下功夫。”

“那眼下呢？”

贝子爷凑近了庄虎臣，压低了声音：“正坐吃山空呢，谁还有心思弄那个呀！”

庄虎臣把额尔庆尼的画展开：“您给掌掌眼？”

贝子爷饶有兴趣地看着：“沈周的《岁暮高山图》，这画我见过，最早是我那发小儿额尔庆尼在山西按察使司按察使的任上，山西巡抚祝寿的时候送给他的，他送没送人我就不知道了，哎，庄掌柜的，怎么到您手里了？”

“怎么到我手里就不跟您多说了，您觉着，值多少银子？”

贝子爷迷惑不解："干吗呀？"

"有人要卖，我拿不准是真的还是蒙事的，请您给掌掌眼。"

贝子爷仔细看了看："是真迹，没错儿。"

庄虎臣反问道："您怎么就那么肯定，它不是假的呢？"

贝子爷把画挂在墙上，向后退了几步："沈周的晕染，浑然天成，毫无做作之气，整幅作品妙韵生动又干净爽朗，大手笔啊！想仿沈周的画可不那么容易。"

"要是作假的人，把沈周的绝活儿都学到手了呢？"

贝子爷笑了："庄掌柜的，那这作假的人就可以自成一家，不必费尽心机仿沈周了。咱们中国画讲究笔法，每个人都有不同的执笔、下笔的习惯，这执笔的高低、立斜，下笔的轻、重、缓、急，再有，是悬肘还是悬臂，手腕的位置在哪儿，画和顿出来的点、线可是大不一样。"

庄虎臣频频点点头。

贝子爷继续说道："自成一派的画家，他们的笔法特点，都是经过多年的积累慢慢形成的，这里面熔铸着画家的气质和个性，这是学不来的，作假的人刻意去临摹，玩好了顶多闹个形似，达不到神似。"

庄虎臣很是钦佩："贝子爷，我算找对人了，您的眼里可是不揉沙子，真的假的一瞧就知道。"

贝子爷摆手："可别这么说，这里的门道儿也多着呢，我不过是真迹见得多了，相对而言就比较容易辨出真伪。"

庄虎臣摊牌了："贝子爷，我今儿来是想跟您商量件事儿，往后，荣宝斋得着什么好字画就拿过来请您瞧瞧，辨个真假，不妨碍您玩鸟儿听戏，给您多少酬劳合适，您先开个价儿。"

"这个……您跟徐管家商量去吧。"贝子爷痛快地答应了。

慧远阁里，宋怀仁正在仔细端详一幅画，陈福庆从后门踱进来，坐在太师椅上，不紧不慢地说道："怀仁哪，昨儿晚上我跟金先生谈妥了，他答应帮咱的忙儿。"

宋怀仁听罢，喜上眉梢，他殷勤地给陈福庆沏上茶："金先生是中国画学研究会的会长，只要他肯帮忙把那些画家的线儿给咱搭上，余下的，您就瞧好儿吧！"

陈福庆半信半疑："也别高兴得太早了，那些画画的，我瞧着一个儿个儿的脾气都大着呢，哪那么好摆弄啊？"

"咱干吗摆弄人家啊？他还当他的大爷，咱们是帮他卖画，中间抽头儿，大钱他赚，这叫互利，这不是两全其美吗？"

陈福庆一扭头，看见李默云走进了荣宝斋，心不在焉地嘀咕了一句："两全其美……"

宋怀仁顺着陈福庆的目光望过去，随口说道："这家伙又打上荣宝斋的主意了。"

陈福庆警觉起来："你认识他？"

"不、不，我不认识。"宋怀仁赶紧否认。

陈福庆心里全明白了，他把手里的茶碗放下，审视着宋怀仁："怀仁，李默云的底儿我都清楚，你在茂源斋的时候怎么着我不管，在我慧远阁可不能来这个。"

宋怀仁意识到刚才说走了嘴，他毕恭毕敬地回答："知道。"

"我看，联络画家的事儿先放一放，我这儿有笔现成儿的买卖，过两天你到徽州跑一趟。"陈福庆改了主意。

宋怀仁的眉头皱起来："大伙计，这刚有点儿眉目，我看还是尽早做起来好。"

"着什么急呀，又没人跟你争跟你抢的，以后再说吧。"陈福庆站起身，走了。

宋怀仁看着他的背影，心中骂道：笨蛋，傻死算！

李默云三十来岁，其人来历不明，就仿佛是随风吹来的一粒草籽，不知从哪天开始就在琉璃厂生根发芽，倒腾起了古玩字画。他个头儿很高，极瘦，穿着件浅灰色的长衫，腋下夹着一个卷轴，像影子一般飘进了荣宝斋。

云生迎上去："先生，您要点儿什么？"

李默云并不搭理云生，而是直奔挂着名人字画的西墙走过去，云生只好尾随在他身后。过了约莫一袋烟的工夫，李默云仔细地看完每一幅画，遗憾地摇摇头，拖着长腔，慢条斯理地问道："荣宝斋也是家大铺子，号称也做名人字画，怎么没见着好东西呀？"

这话云生可不爱听，但他还是耐着性子应承："在您眼里什么才算好东西？要是觉得这儿挂的都不喜欢，我还可以带您到里边儿瞧瞧。"

"走，那就里边儿瞧瞧。"

云生把李默云带到了荣宝斋后院的东屋，叫来了张喜儿。张喜儿请他坐下，客气地问道："先生，您是想要幅字儿呢，还是要画？喜欢谁的？"

李默云把腋下夹着的卷轴放在桌子上："您就是大伙计张喜儿？"

张喜儿点头："我是。"

"那我算找对人了。"他环顾左右，压低了声音，"您……说话算数？"

"您想要谁的字画我卖给您，我收钱您拿走字画，这跟说话算不算数有关系吗？"张喜儿的口气变了。

李默云并不在意，他套着近乎："我明白了，敢情荣宝斋的规矩跟慧远阁不一样，不过，大伙计，我瞧着您是个老实人，我就是愿意跟老实人打交道，咱俩做笔买卖怎么样？”

“您……什么意思？”张喜儿满脸狐疑。

李默云把卷轴打开：“这幅画，您瞧瞧。”

张喜儿反应过来：“您这是要卖画？早说呀。”

李默云又压低了声音：“大伙计费心把它卖个好价钱，我会单给您好处，我跟琉璃厂的铺子都这么办。”

“这个……”

李默云凑近了张喜儿：“我手里有不少好东西，跟您这么说吧，要是您愿意，咱们借着荣宝斋的名声自个儿折腾，钱可是大把地赚，慧远阁的陈大伙计就没少捞，人不得外财不富，马不吃夜草不肥，就您在荣宝斋挣的那点儿辛苦钱，哪辈子才能发大财呀？”

张喜儿不置可否。

李默云收起卷轴：“您好好琢磨琢磨，想明白了就来找我。”他把一张名片留在了桌子上。

民国初年是个动荡的时代，正当琉璃厂上的各家铺子使出浑身解数琢磨赚钱的新门道时，1917年6月14日，长江巡阅使张勋率领五千“辫子军”进入北京，黎元洪大总统被迫下令解散国会，7月1日，“辫子军”控制了通往紫禁城的道路及电信局、车站等一些重要场所和设施，张勋通电全国各省，宣布已“奏请皇上复辟”，要求各省即刻“遵用正朔，悬挂龙旗”。

京城的旗人得知这个消息，立即欢呼雀跃，奔走相告。额尔庆尼更是泪流满面，他击磬焚香，对着紫禁城的方向长跪不起：“皇上啊皇上，您终于回来啦……”而更多的人对小皇上忽然又回到了龙椅上感到惊诧。

那天上午，一队“辫子军”在琉璃厂快马驶过，伙计们纷纷从铺子里出来看热闹，陈福庆紧走几步赶上前面的庄虎臣：“嘿，庄掌柜的，新鲜了，皇上都没了好几年了，怎么又出来梳着辫子的官军了？这算哪一出啊？”

庄虎臣摇了摇头，没答话，他急匆匆地向荣宝斋走去。进了铺子，庄虎臣皱着眉头吩咐云生：“赶紧到后头找辫子去。”

云生以为自个儿听错了，他瞪大了眼睛：“掌柜的，您说什么呢？”

“我让你到后头找辫子去！”庄虎臣不耐烦地重复了一遍。

“这上哪儿找去呀？早没了。”云生转念一想，“您要辫子干吗呀？”

庄虎臣坐下：“昨儿个皇上又给请回来了，改民国六年为宣统九年，黄龙旗又挂上了，没辫子哪儿成啊。”

“这不是给咱们出难题吗？”云生噘起了嘴。

庄虎臣正在想主意，张喜儿气喘吁吁地跑进来：“掌柜的，不好了，额大人领着辫子兵奔咱们这儿来了。”

“啊？额大人又抖起来了？那得赶紧准备准备。”庄虎臣带着众人七手八脚地忙乎开了。

不大一会儿，一队辫子兵簇拥着额尔庆尼和张勋在荣宝斋的门口下了马，张勋看了一眼门楣上高悬着的匾，走进了荣宝斋。

庄虎臣的脑袋后面拖着一条临时用麻绳编的假辫子慌忙迎上去：“大人请。”

张勋在铺子里四处看着：“听说，皇上以前使的御笔、龙墨都是从荣宝斋进的？”

庄虎臣点头：“没错，您……想用点儿什么？”

“我不用什么，是给皇上用，还照老规矩办，马上派人送到宫里。”

“是，大人。”庄虎臣恭敬地答道。

额尔庆尼凑近了庄虎臣：“张大人可是皇上面前的大红人儿，皇上刚回宫里，各项事务还没落听，张大人就张罗上了，一看，没有御笔、龙墨，这哪儿成啊？可不能坏了规矩，这么着，张大人亲自就过来了。”

张勋在铺子里转了一圈，临走的时候发现了庄虎臣脑袋后面拖着的假辫子，他伸手抻下来：“掌柜的，你这辫子……”

“临时凑合凑合。”庄虎臣很是尴尬。

张勋把假辫子狠狠地扔在地上，语词严厉：“辫子凑合凑合也就罢了，本官不追究你，可皇上的御用品你可不能凑合，不然，后果你是清楚的。”

庄虎臣的脸上冒出了冷汗：“不敢，不敢，额大人做证，荣宝斋卖的就是这块牌子。”

没过几天，庄虎臣就按照老规矩把皇上御用的文房用品赶制出来，如数送进了宫里。他心里还盘算着：这下可好了，和宫里的买卖又接上了，往后荣宝斋的生意又能红火起来……可谁承想，事情的发展并不像庄虎臣想的那样简单。7月12日，庄虎臣正走在前门大街上，忽然身后传来密集的枪声，他赶紧闪身蹿到旁边一家饭庄的台阶上，只见一队辫子兵仓皇逃窜，后面不远处，政府军的骑兵追赶上来，辫子兵落到地上的黄龙旗被政府军的骑兵任意践踏着，路上飞扬起漫天的尘埃……庄虎臣一时目瞪口呆，半晌没醒过味儿来。

马路对面二楼的一个茶馆里，额尔庆尼垂头丧气：“唉，好日子还没开始呢，又没了！”

贝子爷苦着脸：“咱没那造化，也就甭惦记了。”贝子爷一扭头，发现了庄虎臣："哎，那不是荣宝斋的庄掌柜吗？"

贝子爷刚要探出头去打招呼，被额尔庆尼拦下了："您千万别叫他，我还带着张勋去了趟荣宝斋，给皇上弄了不少上好的文房用品，连银子也没给，说是先欠着，这下全褶子了，唉，往后可怎么见人呢。我对不住庄掌柜的呀……"额尔庆尼捶胸顿足，声泪俱下。

张幼林一直密切关注着局势的变化，果然不出他之所料，皇上复辟的闹剧只上演了十二天就草草收场了，日子又恢复到从前的状态，就跟没发生过一样。不过，经历了这个变故，庄虎臣一下子苍老了许多，腰也佝偻起来。张幼林心里明白，这个打击对师父而言是十分沉重的，他在琉璃厂经商几十年了，还没这么大笔地赔过银子，所以，这天晌午吃过饭，张幼林特意到铺子里去跟庄虎臣聊天，给他宽宽心。

张幼林逛进荣宝斋后院的北屋，他诧异地看着庄虎臣："师父，您这假辫子还留着呢？"

庄虎臣神色不安："幼林，我这心里头后怕，要是皇上哪天再回来呢？"

"没有的事儿，张勋不就才闹腾了十二天吗？谁也不能逆历史的潮流而行。"张幼林在庄虎臣的对面坐下。

"但愿吧，你说，给宫里送的那批东西，银子还收得回来吗？"庄虎臣心里一直琢磨这事。

"您找谁要去呀？额尔庆尼能出得起这笔钱？段祺瑞带着兵又打回来的时候，张勋躲到了荷兰使馆，现在早不知去向了。"

"那就没人抓他吗？"庄虎臣还心存一线希望。

"据说，张勋的原配夫人曹氏对张勋热心恢复帝制很有看法，但曹氏管不住张勋，她知道这么闹下去没有好下场，就派靠得住的人带着三十万两银票到广州拜见了孙中山先生，一方面以此举支持国民革命，另一方面也为张勋铤而走险的行为表示歉意，给张家的子孙留条后路。"

庄虎臣摇头："怪不得没人追究了，唉，还是开铺子的倒霉，咱招谁惹谁了？这不成了一笔瞎账了？"

"师父，您别太往心里去，做买卖哪儿有不赔的？谁让咱赶上了？您趁早儿把这事儿忘了吧。"张幼林宽慰着。

庄虎臣苦着脸："幼林，我可没你那么想得开，好几百两银子就这么白白扔了？"他仰天长叹："唉！这口气我咽不下去呀……"

张幼林给庄虎臣续上茶："师父，算了吧，银子已经扔了，您心疼也没用，改朝换代就是这样，谁也主宰不了自己的命运，连那宣统小皇帝都如是，更何况我们这些平头百姓了？我看哪，荣宝斋的危机才刚刚开始，有什么办法？刚过了一个坎儿，眼前又来一个，就这样一个一个地过，这就是人生啊！”

那一天，师徒俩一直聊了很久，直到掌灯时分，张幼林才起身离去。

宋怀仁是个精明人，自从琢磨着要做字画生意以来，他就和李默云打得火热，而李默云也确实需要像宋怀仁这样的帮手，两人心照不宣，经常凑在一起喝酒聊天，推杯换盏之中该办的也就都办了。

那天中午，李默云把宋怀仁约到了南城的一家小酒馆里，三杯酒下肚之后，李默云皱起了眉头：“你说邪门不邪门？荣宝斋那大伙计一直就没来找我，我就纳闷了，这世界上还真有见着银子不眼儿热的？”

宋怀仁夹了一片酱牛肉塞进嘴里：“别着急呀，他这是吊着你呢，你当谁都跟陈福庆似的，一下儿就上钩？”

“怀仁，你这么瞧不上陈福庆，那干吗要到慧远阁去？”

宋怀仁若有所思：“慧远阁？那不过是我的一块跳板罢了。咱不说这个，大哥，你约我出来，有什么事儿？”

李默云表情神秘，他压低了声音：“我琢磨了好些日子，又找到了一条发财的道儿。”他趴在宋怀仁的耳边耳语了一阵子，宋怀仁的脸上露出了坏笑。李默云给宋怀仁倒上酒：“老弟，只要有你配合，这事儿准成，来，再喝一杯。”

宋怀仁拿起酒杯：“千万别让陈福庆知道咱俩的关系，他贼心眼儿多着呢，老防着我。”

“我要是陈福庆也得防着你这小子，谁让你脑子转得快呢。放心吧，这点儿猫腻我全明白。”李默云转念一想，“不过，陈福庆要是老防着你，这事儿也不好办。”

沉默了片刻，宋怀仁的眼珠子一转，计上心来：“要不然，咱们打荣宝斋的主意？”

李默云琢磨了一下，点点头：“也行，管他是谁，只要捞到银子就成。”

两人碰杯，宋怀仁一饮而尽：“这就好办了，等我找机会吧。”

和李默云喝完了酒，宋怀仁赶回了琉璃厂。快到慧远阁的门口了，宋怀仁迎面看见庄虎臣踉踉跄跄，走路的姿势不大对头，他正盘算着庄掌柜的是不是在哪儿喝多了，要不要过去搀扶，只听见“扑通”一声，庄虎臣一头栽倒在地上。宋怀仁赶紧抢上几步，在路人的帮助下，背起庄虎臣向荣宝斋走去。

众人七手八脚在荣宝斋后院的北屋临时搭起个铺，宋怀仁把庄虎臣放到铺上，云生跑着去请来了岳大夫。

庄虎臣双目紧闭，已经昏迷，岳明春号了脉，什么也没说，他开了方子让伙计去抓药，又给庄虎臣针灸，直到太阳偏西，庄虎臣慢慢地苏醒过来，他才起身离去。

张幼林送岳明春出来，一个劲儿道谢："岳大夫，谢谢您，给您添麻烦了……"

"张先生，您老是这么客气，庄掌柜的，怎么说呢，"岳明春沉吟了片刻，"他这病是从一口闷气上得的，憋在心里老下不去，时间长了就窝出病来了。"

张幼林心里清楚，都是那几百两银子闹的，唉，师父怎么就那么想不开呢。他焦急地问："庄掌柜得休息多长时间？"

岳明春看着他："您是荣宝斋的东家，我也就不瞒着您了，他能醒过来，这一关就算过去了，但很难恢复到从前那样儿了，体力和精力都会大打折扣，荣宝斋这么大的铺子，怕是支应不了了。"

张幼林听完岳明春的话，就仿佛头上挨了一闷棍，半天没缓过劲儿来。

福无双至，祸不单行，张李氏听说庄虎臣病了，一时急火攻心，加上外感风寒，竟也一病不起。眼看着母亲一天比一天虚弱，张幼林和何佳碧都心急如焚。张李氏自知时日不多了，一直念叨着还有两件大事没有办，这两件事不办，她死不瞑目。

张幼林和何佳碧左思右想，只猜出了一件，是关于那两幅字画，可另一件，他们就琢磨不出来了。这些天，张李氏不断地打听秋月和伊万，此时正值俄国十月革命的高潮，张幼林也正为他们担心，他已经给圣彼得堡连续发出了三封电报，但都如石沉大海，杳无回音。

早上，吃过早饭，张幼林拿着一摞报纸来到母亲的病榻前，轻声问道："妈，您好点儿了吗？"

张李氏睁开微闭的双眼："听说，俄国闹乱了啦？"

张幼林微微一笑："您躺在家里消息还挺灵通，报上的说法不一。"张幼林翻出了一张《晨钟》报："这上面高度评价俄国的这次革命，说这回布尔什维克党的胜利，是俄国无产阶级和劳动人民的胜利，是世界范围内的伟大创举。"

"什么维克党？"张李氏没听明白。

"布尔什维克党。"

"布尔什维克党，无产阶级……"张李氏突然睁大了眼睛，"伊万是有产阶级还是无产阶级？"

张幼林神色黯然："当然是有产阶级了，真正的俄国贵族，革命的对象。"

"那不麻烦了？俄国革了命，伊万和秋月怎么着了？"

"一直没他们的消息。"

"你想法儿打听打听，妈想见他们。"张李氏恳切地望着儿子。

张幼林颇感意外，母亲是个极明事理的人，这辈子从没给他出过难题，俄国远在万里之外，眼下的局势又在动荡之中，到哪儿去找他们呢？张幼林眉头紧锁，他是个孝子，心里掂量了半天，为了不使母亲失望，只好口头上先答应下来。

张李氏仿佛松了口气，她又问："庄掌柜的这些日子好点了吗？"

张幼林摇头："没什么起色，已经跟我提出辞职了，待会儿我再过去看看。"

"唉，岁数不饶人啊，尽量给他使好药吧。"张李氏转念一想，"他要是辞了职，铺子里这摊子事儿交给谁呀？"

"我正为这个发愁呢，妈，您觉着张喜儿怎么样？"

张李氏沉吟了片刻，说道："张喜儿人倒是老实，就是没大主意，不是干掌柜的料。"

"我也这么想，可现在没有合适的人，实在没办法，也只有让他先干着了。"张幼林给母亲掖了掖被角。

"那个王仁山不是挺精明的吗？怎么没考虑他呢？"

"不是没考虑过，但他的资历尚浅，怕是服不了众，除非他自己干出一两件漂亮事儿来。"

张李氏叹息着："唉，妈不中用了，帮不上你了……"

娘俩聊着，何佳碧端着药碗，小璐跟在身后一起走进来。何佳碧服侍婆婆喝中药，小璐依偎在张幼林的怀里："爸爸，我的功课都做完了，妈妈说你带我们去看庄爷爷。"

中药喝完了，何佳碧又给婆婆的空杯子里加上水，张幼林站起身："妈，您歇会儿，我们去了。"

"给虎臣带好儿！"张李氏目送着他们走出了房间，她回想起庄虎臣二十多年来忠心耿耿，为荣宝斋不辞辛苦、日夜操劳的件件往事，眼角不禁涌出了泪水。

为了多少还能照应着点儿铺子，庄虎臣没有搬回家，他在琉璃厂附近租了个院子，临时安顿下来。就在这条小街上，李默云碰上迎面走过来的宋怀仁，他站住了，皱起眉头："老弟，那事儿怎么着了？"

宋怀仁满面笑容："庄掌柜的这阵子歇了，咱就不用着急了，哪天我给你递过话儿去，你直接去找张喜儿。"

张幼林正巧从庄虎臣的住处出来，宋怀仁一眼就看见了，他立刻住了嘴，点了一下头，慌忙走开了。

"那我就等着了啊。"李默云冲着宋怀仁的背影高声喊了一句。

张幼林注视着远去的宋怀仁，用眼角的余光扫了一眼李默云，何佳碧领着小璐跟在他身后，好奇地问：“幼林，看什么呢？”

“我觉得很蹊跷，慧远阁的宋伙计见着我怎么显得慌慌张张的？他和那个人好像有什么事儿。”张幼林低声答道。

何佳碧回头看了一眼李默云的背影：“那人是谁？”

张幼林摇头：“没见过，庄掌柜的这一病，牵一发而动全身，佳碧，我有一种狼烟四起的感觉。”

小璐睁大了眼睛四处看着：“爸爸，哪儿有烟啊？”

“乖儿子，我们回家吧。”张幼林拉起小璐的另一只手，三人缓缓向街口走去。回去的路上，张幼林一直显得心事重重。

李默云这些日子就盯上荣宝斋了，他刚得着信儿就迫不及待地来找张喜儿。李默云夹着个卷轴走进荣宝斋后院的北屋，他双手抱拳，满脸堆笑：“祝贺大伙计荣升掌柜的。”

张喜儿审视着他：“李先生，您不会就为了给我道喜跑趟荣宝斋吧？”

“上回跟您见过面儿以后，我一直等着您来找我，可就没见下文，老弟佩服，佩服！”李默云恭维着。

张喜儿不冷不热：“当伙计有当伙计的规矩，您要是掌柜的，能容得下伙计借着您的铺子自个儿发财吗？古训说得好：己所不欲，勿施于人。我劝您，就别再打荣宝斋的主意了。”

李默云没等张喜儿让座，自个儿就坐下了：“那是，那是，老兄的人品是没得挑，兄弟我佩服。”他在桌子上展开卷轴：“我今天来是想让您看件好东西。”

李默云带来的是一幅古旧的山水画，张喜儿没见过，他仔细地看了看，心里一点儿谱儿都没有。

“怎么样？您要是瞧着好，我就让给荣宝斋了。”李默云暗自打量着张喜儿。

张喜儿抬起头来，不动声色：“我们铺子里的规矩，凡是值钱的字画，都得请行家给掌掌眼，瞧准了才能收。”

“这个我知道，您要是有意要，我就留下。”

张喜儿沉思了片刻：“那我就先留下，待会儿给您打个收条。”

得到这幅画，张喜儿约上张幼林一起去了贝子府。在贝子爷的书房里，张喜儿把画轴展开，贝子爷只瞄了一眼，就脱口而出：“蓝瑛的《山水图》。”

蓝瑛是明朝后期武林画派的领军人物，他工书善画，长于山水、花鸟、梅竹，尤以山水著名。贝子爷把画轴挂在墙上，聚精会神地琢磨起来。

贝子爷的书房里还有一位客人，他就是国学大师王国维先生。张幼林和王国维互相行过礼，两人就闲聊上了。

“王先生，听说您现在是五品朝官了？”张幼林饶有兴趣地问。

“皇上都逊位了，还什么五品朝官啊，不过是在宫里陪着念念书罢了。”王国维显得情绪不高。

“噢，南书房行走，这也不错啊，把您的国学研究心得传授给皇上，也算是造福国家了。”

“生不逢时啊！”王国维长叹了一口气，“您说，中国怎么能没有皇上呢？”

“没了皇上，这日子不也照过吗？”张幼林指着沉浸在欣赏画作之中的贝子爷，“您瞧这位贝子爷，不是也挺陶醉的吗？”

王国维摇了摇头：“陶醉得了一时，陶醉不了一世啊。”

“干吗要一世呢，能陶醉一时不就得了？这儿玩儿玩儿，那儿乐乐，加起来不就一辈子吗？”

王国维并不认同张幼林这种及时行乐的人生态度，他沉吟着：“人生只似风前絮，欢也零星，悲也零星，都作连江点点萍……”

张幼林淡淡一笑：“王先生是活在另一种境界里的人。”

两人有一搭、无一搭地闲聊着，贝子爷招呼王国维：“静安先生，您也来看一眼，这幅画有点儿意思。”

王国维走过去，仔细看了看：“嗯，像是蓝瑛的早期作品。”

“早期作品？那有什么讲究吗？”张喜儿恭敬地问道。

王国维清了清嗓子：“所谓早期作品是指蓝瑛二十几岁到五十岁期间的作品，这个时期的作品风格秀润，以细笔设色画为主，模仿古代各家的痕迹较为明显，以董源、巨然、米芾、‘元四家’为主，对于黄公望更是究心尤力。”

“这幅画在构图上，近景的树木与远景的山峦之间有明显的空间感，反映出蓝瑛受到董其昌这些文人画家的影响很深。”贝子爷补充道。

张喜儿思忖着：“您二位爷的意思是，这幅画是真迹？”

“我看是真迹。”王国维语气肯定。

“别忙，让我再琢磨琢磨。”贝子爷退后了几步，他注视着画卷，仿佛还有些疑问。

这时，徐连春带着溥心畬走进来，溥心畬给王国维作揖：“王先生，不好意思，让您久等了。”

贝子爷指了指张幼林：“你们不认识吧？来，我给你介绍介绍，这是溥心畬，恭亲王的孙子。”贝子爷又指着张幼林：“这位是荣宝斋的东家张幼林先生。”

溥心畬微笑着给张幼林作揖：“张先生，您的骑术可谓精湛，我还以为您是哪位武将之后，却没想到是荣宝斋的东家。”

张幼林也微笑着还礼：“哪里，哪里，我是随便玩玩，让溥先生见笑了。”

贝子爷有些惊讶：“敢情你们认识？”

张幼林答道：“在西便门外的跑马场上见过。”

“我记得，当年跟您在一起的还有一位漂亮小姐。”溥心畬对潘文雅印象深刻。

“您说的是潘小姐，那是我的同门师妹，早回美国了。”

“您的师妹可是国色天资啊……”溥心畬还想再问什么，张幼林已经告辞了：“贝子爷，您还有事儿，我们就不打搅了。”张幼林又对溥心畬说道：“老听贝子爷提到您，久仰您的画名。”

“小意思，既然张先生喜欢，过两天我差人给您送一张。”

“那就太感谢了，溥先生，咱们后会有期。”

贝子爷送出了张幼林和张喜儿，在书房门口，张喜儿请贝子爷留步，他指着手里的卷轴又问了一遍：“您觉着，没错儿？”

“我看八九不离十。”

“那我就收下了？”

“收下吧。”贝子爷看着张幼林，“这下荣宝斋又要发财了。”

“那也是托您的福，回头我让伙计把酬金送过来。”

贝子爷摆摆手：“不忙，二位慢走。”

张喜儿回到铺子里，王仁山正眼巴巴地等着呢，他急切地问：“掌柜的，贝子爷怎么说？”

张喜儿面带喜色：“贝子爷说，是真迹。”

“是真迹？”王仁山皱起了眉头。

当秋月突然出现在张幼林面前的时候，他惊呆了，半天没说出话来，紧接着是两行热泪夺眶而出：“秋月姐，我还以为这辈子再也见不着你了！”

“幼林，我们是九死一生才逃出来的！”秋月也是泪流满面。

张幼林和伊万紧紧地拥抱：“我一直为你们担心。”

“太可怕了，简直是一场噩梦！”伊万的目光阴郁，他还没有从这场巨变的阴影中摆脱出来。

张幼林发出的三封电报秋月和伊万都没有收到，因为那时他们带着两个孩子已经在返回北京的途中了。十月革命开始后，像伊万这样的贵族首当其冲，家产被全部没收，他们在圣彼得堡失去了生活来源，在秋月的提议下，一家人长途跋涉，返回了北京。

得知张李氏重病在身，秋月一家到卧室去探望。张李氏见到他们，精神为之一振，口中念念有词：“佛菩萨保佑，佛菩萨保佑啊，终于把你们盼来了！”

众人听罢，都感到莫名其妙。秋月把儿子彼得和列科夫招呼到病榻前，两个混血儿都长得十分地英俊、漂亮，惹人喜爱，秋月用俄语低声交代了几句，他们马上会意，用生硬的汉语叫了声“外婆”，小儿子列科夫还趴在张李氏的脸颊上亲吻了她。张李氏甭提多高兴了，脸上露出了多日未见的笑容，她拉起孩子们的手，看看这个，又看看那个，连声说道：“回来就好，回来就好啊！”

张幼林问伊万：“你们还走吗？”

伊万摇摇头：“我希望找到一份合适的工作，在北京安顿下来。”

张幼林喜出望外，差点儿碰翻了何佳碧手里端给客人的茶碗：“太好了，自从我叔和堂哥过世以后，家里的亲戚更少了，有时候连个能说心里话的人都找不到，这下可好了！”

何佳碧也笑逐颜开，她把茶碗递到伊万和秋月的手里：“瞧给幼林高兴的，你们就踏踏实实地在这儿住下吧，钱的事儿不用发愁。”

提到钱，伊万不禁神色黯然。他曾经拥有的丰厚家产已经在这场疾风暴雨般的革命中荡然无存了，连一家人回北京的路费都是秋月变卖了首饰才勉强凑出来的，往后的日子怎么过下去．是否能够很快找到合适的工作，他心中是一片茫然。

张幼林从口袋里掏出一张银票塞到伊万的手里：“姐夫，现在的北京和你们走的时候已经大不一样了，工作慢慢找吧，不能急。”

“幼林，太给你添麻烦了。”秋月很是歉意。

“呦，秋月姐，咱不是你娘家人儿吗？怎么在俄国待生分了？”

彼得手里拿着一块糖塞进张幼林的嘴里：“舅舅，甜。”

“瞧瞧，还是外甥不拿我当外人！”张幼林一把将彼得搂进怀中。

张幼林沉浸在和秋月一家人久别重逢的喜悦之中，张李氏从枕头下摸出一把钥匙：“幼林，把柜子打开，最下面的抽屉里那个楠木盒子，给我拿出来。”

张幼林愣了片刻，旋即接过钥匙，取出装有两幅字画的长方形楠木盒子放在母亲的枕边。张李氏抚摸着盒子，笑眯眯地看着秋月：“秋月啊，这字画，我已经替你保管好些年了，今天你就挑一幅，把它拿走。”

秋月赶忙推辞：“伯母，咱们以前不是说好了吗？这字画……我不能要。”

张李氏板起了脸：“我是长辈，这事儿我说了算。”

何佳碧给秋月使了个眼色：“秋月姐，你就挑一幅吧，省得我妈老惦记着。”

秋月又看看张幼林，张幼林把楠木盒子打开：“秋月姐，我妈是个重承诺的人，她既然答应了我祖父，就一定要办到．你就依了她吧。”

秋月无可奈何，只好顺手拿起一幅，展开，是《柳鸲图》。张幼林笑嘻嘻地盖上盒盖："那《西陵圣母帖》就归我了。"他刚要把盒子收回去，张李氏制止道："别忙。"她把伊万唤到病榻前，双手颤巍巍地从楠木盒子的夹层里取出一个绣花红缎子小荷包，凝视着伊万："伊万先生，有件事儿……我们张家欠你的，二十多年来……我心里有愧呀。"

伊万听罢，十分意外："我不明白您的意思。"

"当年，松竹斋改成荣宝斋，华俄道胜银行的那笔款子……伊万先生，和你说实话吧，这是我这辈子做过的最大的亏心事儿，这么多年了，都成了我的一块心病了，不把这事儿了了，我死不瞑目，我们张家几辈子都是以诚待人，没干过缺德事儿，可到我这儿……"张李氏已经泪流满面，说不下去了。

伊万恍然大悟："果真如此。"

张李氏擦着眼泪："当年是我们张家连累了你，我向你道歉，伊万先生，是我们张家对不起你呀……"张李氏挣扎着要坐起来，伊万和秋月赶忙把她扶起。

伊万轻声说道："您千万别这样，我伊万现在是个落魄之人，张家能收留我们全家，就是我们的恩人，我们感激还感激不过来呢。"

"伯母，事情都过去二十多年了，还提它干吗呀。"秋月在张李氏的身后垫上了被子。

张李氏坐稳了，她把荷包递给伊万："这是我们张家对你的一点儿心意。"

伊万满脸狐疑，他看了秋月一眼，打开荷包，里面竟然是二十万两银票。伊万惊讶万分："这么多钱？"

张幼林如梦初醒，他这才明白母亲一直念叨的那件大事是什么，他看着伊万："姐夫，收下吧，虽说当时出于无奈，可毕竟是有失信誉，做了坑人的事儿。"

伊万犹豫着："这……"

"你要是不收，我妈会认为你不肯原谅她。"

伊万双手颤抖着，泪水顺着面颊扑簌簌地滚落下来……

了却心中的两件大事后，张李氏就万缘放下，一门心思地诵念佛号，求往生到西方极乐世界，这也是一个虔诚的佛教信徒的最高追求。张幼林日夜陪伴在母亲的身旁，几天之后的一个傍晚，他在房间里忽然闻到一股异香，张李氏最后一次笑望着儿子，喃喃自语："阿弥陀佛来接我了，阿弥陀佛来接我了……"当这股异香慢慢地散去时，张李氏已经安详地闭上了双眼，心怀坦荡地走完了她五十八年坎坷的人生历程。

遵照张李氏生前的遗愿，丧事从简，她个人的财物全部捐献给了慈善会，用于赈济无家可归的灾民。

·第二十一章·

伙计们累了一天了，晚上在荣宝斋的前厅搭好了铺，手脚麻利地爬上去，不久就都沉沉地睡去了。半夜里，云生起来小解，发现王仁山还在翻来覆去地折腾，他悄声问道：“仁山哥，你哪儿不舒服吗？”

王仁山摇摇头：“没有，蓝瑛那幅画……我老觉得心里不踏实，万一贝子爷走了眼呢？”

“你看出来哪儿不对了吗？”

“也没有，就是有一种感觉，心里不踏实。”

云生拉上被子：“仁山哥，睡吧，贝子爷都掌过眼了，你就别瞎琢磨了。”

不一会儿，云生就打起了呼噜，可王仁山依旧是睡意全无。第二天晚上，张喜儿正在北屋里埋头记账，王仁山站在门口：“掌柜的……”他欲言又止。

张喜儿抬起头：“仁山，有事儿？”

王仁山走进屋里，他犹豫着：“掌柜的，蓝瑛那画……我能再瞧瞧吗？”

“你还心里打鼓啊？”

“这画可不是小数儿，万一贝子爷看走了眼，咱可就赔大发啦。”

张喜儿沉思了片刻：“你要是还不踏实，咱就多搁几天，先不答应卖主儿。”

“我也是这意思，掌柜的，我能……再看看吗？”

张喜儿站起身，打开靠着东墙的柜子，取出了卷轴递给他：“这大晚上的，你也瞧不真照啊。”

“白天都瞧过多少遍了，掌柜的，卖这幅画的人一直没说画的来历，咱们手头儿又没有蓝瑛的真迹作对比，我听说过好多做假画的事儿，心里头老不踏实。”

“愿意瞧就瞧吧。”张喜儿说着，递上一把钥匙，“你到东屋去，别碍着云生他们睡觉。”

“谢谢掌柜的！”王仁山拿起卷轴儿奔东屋去了。又是一个不眠之夜，早上，张喜儿来到后院，王仁山两眼通红地从东屋里出来，他把卷轴递给张喜儿：“掌柜的，我琢磨了一宿。”

张喜儿十分惊讶：“啊，你一宿没睡？”

“我想跟您请个假。”

“请假干吗呀？”张喜儿莫名其妙。

“我去找个人，掌柜的，您再拖些日子，在我回来之前，这画先别给钱。”

“你真觉着含糊？”

“越瞧心里越没底儿。”

张喜儿想了想：“那……你打算走多少日子？”

“说不准，我尽量快去快回。”

王仁山走后没多久，张幼林还在服丧期间，一天中午，宋栓急匆匆地来到荣宝斋，张喜儿迎上去，焦急地问：“怎么样了？”

“老掌柜的……今儿早上过去了。”

张喜儿一时没反应过来：“过去啦？什么意思啊？”

“庄掌柜的……今儿早上过世了。”宋栓的眼泪“唰”地就下来了。

张喜儿恍然大悟，他跌坐在椅子上，声泪俱下：“怎么……说走就走了呢？”

消息很快就通报给了张幼林，张幼林在悲痛之余，做出了一个惊世骇俗的举动，使得不仅是琉璃厂，乃至京城的大字号里一时都议论纷纷。

陈福庆嘴里叼着乌木杆的旱烟袋踱进了慧远阁，宋怀仁正在收拾柜台，他搭讪着：“大伙计，您听说了吗？荣宝斋在京城可是拔头份了！”

“怎么了？”陈福庆坐下，心想，这个宋怀仁，又大惊小怪的。

宋怀仁凑过去：“他们那老掌柜的庄虎臣不是死了吗，荣宝斋的东家放出话来了，老掌柜的家人十年之内，薪水照拿！”

“人都死了，薪水还照拿？”陈福庆满脸的惊讶。

“这都不算，还有更邪乎的呢，十年之内，不但薪水照拿，红利还照分呢！”

陈福庆显得不大相信：“荣宝斋的东家真是这么说的？”

“大街小巷都传开了。”宋怀仁给陈福庆沏上茶，“瞧人家这气魄，庄虎臣这辈子也值了……”

宋怀仁还在艳羡不已，陈福庆的脸已经阴沉下来：“得，别瞧着人家眼儿热了，咱是慧远阁，不是荣宝斋。”

世上真有这等好事儿吗？宋怀仁的话让陈福庆心里痒痒的。过了几天，张喜儿从慧远阁的门口经过，陈福庆从里面出来叫住他：“哟，张掌柜的，进来坐会儿？”

“改日吧，我得赶紧回去。”

“瞧瞧，荣宝斋的人，心气儿就是不一样，活着的时候拼命招呼，死了还能照得好处。”陈福庆阴阳怪气的。

张喜儿诧异地看着他：“陈大伙计，您说什么呢？”

陈福庆赶紧作揖："对不住，一不留神就说走嘴了，我可没有方您的意思，我这是够不着树上的柿子，瞧着眼馋哪。"

"我们老掌柜给东家担了多大的事儿啊，咱这么说吧，没有老掌柜的，也就没有荣宝斋的今天，要我看，给什么都不多。"

"那是，那是。"陈福庆往张喜儿的身边儿凑了凑，压低了声音，"往后，荣宝斋折腾成什么样儿，可就全瞧您的了。"

张喜儿赶紧摆手："我可没老掌柜的那身本事，眼下是一时找不到能人，什么时候找到了，我就让位了。"

"有这事儿？"陈福庆显出惊讶的表情。

"不是金刚钻儿，揽不起那瓷器活儿，咱有多大能耐，心里头门清。"

"我说张掌柜的，您可别小瞧了自个儿……"

小学徒从铺子里出来："大伙计，后头有人找您。"

"得，忙着吧，回见。"张喜儿抽身走了。

陈福庆看着张喜儿的背影，一脸的不屑："敢情是临时垫背的呀，哼，那还死卖什么力气呀？"

陈福庆到后院接待客人去了，宋怀仁踱出慧远阁，他在台阶上停留了片刻，就向荣宝斋走去。

张喜儿回到荣宝斋，李默云已经恭候他多时了。李默云皱着眉头："张掌柜的，您倒是要，还是不要？那画的本主儿说了，让您给句痛快话儿。"

张喜儿还没来得及搭腔，宋怀仁迈进了门槛："你们说妥了吗？张掌柜的要是犯含糊，我现在就接过去，李先生，马上给您开现银。"

张喜儿的脸立刻就拉下来了："哎，我说小宋，荣宝斋和慧远阁斜对门，咱们都在一条街上混饭吃，你怎么能戗我的买卖呢？李先生可是先找的我。"

"您不是一直拿不定主意吗？还不许我问问？"

"我说不要了吗？"

两人戗戗起来，李默云赶紧起身打圆场："二位，二位，和气生财，别为这点小事儿伤了和气。"他看着张喜儿："既然张掌柜的还要再想想，那我就再宽限几日，默云这就告辞了。"

张喜儿把李默云送到门口："您慢走。"

宋怀仁也跟出来，他拱拱手："张掌柜的，我快人快语，有不周到的地方请您多担待，我给您赔不是了。"

"这倒也用不着。"张喜儿淡淡地说道。

"李先生那画您要是决定不要了，可千万想着我。"宋怀仁显得十分地诚恳。

宋怀仁走后，张喜儿一直眉头紧锁，云生凑过来："掌柜的，我看这画没什么大问题，贝子爷不是都掌过眼了吗？您就留下吧。"

张喜儿叹了口气："唉，这个仁山，怎么还不回来呀。"

王仁山离开琉璃厂未敢耽搁，他马不停蹄地赶到了天津，在天津卖古玩字画的几条街上串了两天，会了几个朋友，摸到些底细后，就直奔了素有"京津走廊"之称的武清县。

到达武清县城时已经是傍晚了，王仁山在一个小杂货铺的门前站住，向里面张望着，杂货铺的主人赵宽信走出来，上下打量着他："呦，这不是仁山吗？人五人六的混出来了啊。"

王仁山亲热地拍着他的肩膀："赵大哥，你还忙乎这小铺哪？"

"不忙乎它忙乎啥呀？"

"咱们有好几年没见了吧？走，我请你好好喝两盅儿。"

"好啊！"赵宽信眉开眼笑。

两人在一家饭铺里豪饮了一番，王仁山不住地给赵宽信斟酒，赵宽信七碗酒下肚之后，舌头就不大灵便了："仁山啊，这事儿，你可找……找对人了。"

"你门儿清？"

"我那本……本家兄弟……"赵宽信掰着指头数，"老大、老二、老三，全……全干这个。"

王仁山听罢，精神为之一振。第二天一大早，赵宽信就带着王仁山去赵家村找他的本家兄弟赵广信。此时正是严冬季节，寒风刺骨，他们瑟缩着穿行在田埂上，王仁山装作有一搭无一搭地问道："赵大哥，你怎么没跟着学学做假画的手艺啊？"

赵宽信摇摇头："俺没那耐性，整天关在屋里一点儿一点儿地吭哧，还不如俺开个铺子自在呢，好歹能里外乱窜哪。"

"倒也是，您不是这路人，那年我从琉璃厂出来，听人说你们这儿有做假画的，我来找过，可没找着。"

"那你怎么不跟我说呀？"

"我那阵子正走背字儿呢，连口吃的都快混不上了，认你这大哥的时候，已经没那份闲心了。"王仁山又回到了正题，"赵大哥，你那本家哥哥的手艺，是打哪儿学来的？"

"我大爷是行医的，治肺痨有一手绝活儿，当年他治过一个病人。"

"那病人会做假画？"

"那病人早先家里有钱，也有不少好东西，他本人也会画两笔，还有点儿名气。"

王仁山狐疑起来："那怎么到这穷乡僻壤，找你大爷看病来啦？"

"他到这儿的时候已经是个穷光蛋了，连药钱都交不起，为了报答我大爷的救命之恩，他把做假画的手艺教给了我家老二，就算抵了药钱，还甭说，老二还真迷上行了。"

"这下你大爷可发财了。"

赵宽信的嘴一撇："发什么财呀，临到了，我大爷把那病人轰走了。"

"这干吗呀？"

"我大爷原本指望把行医的手艺传给老二，没承想，让那病人戗行了。"

"他不是仨儿子吗？"

"嗨，除了老二，那俩都是废物，老大净给人拿错药，老三呢，一给病人扎针，手就哆嗦。"

"嘿，瞧这哥俩，行医学不了，做假画就成啦？"

"当年那病人也没教他们，瞧着做假画能挣几个钱儿，都是后来跟老二学的。"赵宽信凑近了王仁山，"当年那病人说过，老二做假画是个天才……"

说着话儿，两人来到了赵广信家门口，赵宽信敲敲门，里面传出一个女人的声音："谁呀？"

"二嫂，是我，开门吧。"

二嫂把大门打开，她警觉地打量着王仁山，赵宽信拍拍王仁山的肩膀："这是我兄弟，我给二哥拉买卖来了。"

听到"拉买卖"仨字儿，二嫂僵硬的脸松弛下来，她让开了路："他在东屋里忙着呢。"

赵宽信带着王仁山来到东屋，只见赵广信正在聚精会神地临摹一幅旧画，他没有理会来人，继续屏住呼吸，把一块山石画完。

王仁山的眼睛四处巡视着，突然，他在墙上挂着的众多画作当中发现了蓝瑛的那幅《山水图》，他的心不觉一颤。

赵广信画完最后一笔，站起身来，赵宽信给他介绍："老二，这是我认的兄弟，叫王仁山，放心！人可靠。"

赵广信招呼王仁山坐下，王仁山指着蓝瑛的《山水图》："二哥，我能拿下来看看吗？"

赵广信过去把画从墙上取下来递给王仁山，王仁山仔细地看着，赵宽信凑上去："兄弟，你瞧上这个啦？"

王仁山不动声色："二哥，您这手艺不错啊。"

"嗨，我就爱瞎琢磨这个。"赵广信挺谦虚。

王仁山抬起头："二哥，我不是您这行儿里的人，要是问得不是地方儿，您可别见怪。"

"不打紧的。"

王仁山用手轻轻地触摸着画："这纸不会是当年的吧？"

"当年的东西上哪儿淘换去啊，原作用的是四川生宣。"

"有意思，您这做旧的手艺真是绝了，怎么做的？用的是什么呀？"

"这个容易。"赵广信从案子上抽出一张宣纸，"在上头刷一层白矾水，晾干了，再刷上一层隔夜的浓茶水。"

王仁山点头："噢，这么一来，看上去就像旧的了。"他端详了一会儿，又问："这笔法……您怎么处理？"

"这个有诀窍，蓝瑛的细条一波三折，跟使的笔有关，他使的是狼毫瘦型笔，后来我悟出来，这种笔含墨量少，下笔速度得快，不能拖泥带水，这样画出的线条才像蓝瑛本人的，苍苦有力。"赵广信指着画："你瞧，还有明显的露锋用笔。"

"二哥，您真是把蓝瑛琢磨透了！"王仁山发出由衷的感叹。

"不是我琢磨透了，我那师父，祖上和蓝瑛家有点关系，知道底儿。不瞒你说，我是专吃蓝瑛，要是仿别人的画，我可一点儿把握也没有。"

赵宽信瞥了赵广信一眼，嗔怪起来："二哥，你把做假的招儿都说出去，不怕别人偷学了去？"

赵广信笑道："哪儿那么容易啊！这么说吧，我就是全告诉你，你不是那块料，一辈子也仿不出来。"

王仁山附和着："那倒是真的。"他又装出漫不经心的样子问："二哥，您见过原作吗？"

"这画的原作，是我师父家传的。"

"还在吗？"

"早没了，师父临死前把它烧了，是我亲手点的火。"

听到这话，王仁山心里踏实了。赵宽信显得很心疼："干吗毁了呢？"

"唉，师父是大户人家出来的，值钱的东西就剩这一件了，舍不得卖，临死跟他一块儿去了。"

"可惜了，二哥，我见过一幅和这个几乎是一模一样的。"王仁山依旧是不动声色。

"那应该是……"

赵广信的话刚说到一半，他的女人端着茶盘撩开门帘进来："先生，您喝碗热茶。"

王仁山接过茶碗，道了谢，对赵广信："您接着说。"

"要是和这个几乎是一模一样，那就应该是他拿走的那幅。"

"他是谁？"

赵广信刚要回答，女人狠狠地瞪了他一眼，赵广信不作声了。

王仁山不便再追问下去，他转了话题："这幅我能要吗？"

赵广信点头："可以，不过还差道工序。"

"您这道工序得用多少天？"王仁山皱起了眉头。

"你等着，一会儿就完。"赵广信接过王仁山手里的画，出门来到院子里。

他把放在墙角的一个铁架子往外挪了挪，将画搁在铁架子上，又拿起旁边的一个粗瓷盆，里面放了些柴火，点燃，放到铁架子底下。

王仁山站在院子里，仔细地看着。不一会儿，赵广信灭了柴火，把画拿起来。

果然，画面上出现了自然老化的效果，这就和在荣宝斋的那幅相差无几了。

付过银子，王仁山带着画日夜兼程赶回了荣宝斋。

已经将近午夜，张喜儿还在荣宝斋后院的北屋里整理账簿。这回要不是仁山，铺子的损失就大了，他这个掌柜的是不能再干下去了，与其等着东家辞退，不如自个儿主动辞职，他要连夜清理好账目，明天一早就去找东家。突然，张喜儿隐约听到了由远而近的马蹄声。

一匹快马风驰电掣，在荣宝斋的门前停下，一名少校军官跳下马来，急速地敲响了荣宝斋的大门。

新来的学徒赵三龙睡眼惺忪地爬起来，打开门："先生，您找谁？"

"我找庄掌柜的。"

"庄掌柜的？"赵三龙一时愣住了，他满脸狐疑地打量着来人，"庄掌柜的已经过世了，我们现在的掌柜姓张。"

"你说什么？庄掌柜的过世了？"军官也是一愣。

张喜儿赶过来："长官，您有什么事儿？"

"你是……张喜儿？"

"您是……呦，三郎？怎么是您呀？"张喜儿大吃一惊。他隐约记得以前听庄虎臣念叨过，三郎卷走了额尔庆尼的大部分家产和他的七姨太逃跑了，如今，怎么鸟枪换炮又杀回来了？

三郎带着七姨太逃到了奉天省的辽沈道，突然之间从奴才变成了爷，腰包里有了可供挥霍的大笔银圆，枕边长伴如花似玉的女人，三郎自然是找不着北了，他吆三喝四地尽情享乐了一番，可没过多久，他就自动放弃了这种花天酒地的日子，哪怕是倒找钱，三郎也死活不过了——这还得从七姨太的死说起。那是一个夏天的晚上，三郎陪着七姨太听戏回来，半路上电闪雷鸣，倾盆的暴雨一股脑地砸下来，两人慌忙跳下敞篷马车，奔向路边的一棵老槐树下去避雨，七姨太跑在前边，先于三郎两步到了树下，就在一瞬间，一个响雷在她头顶上炸开了，三郎永远也忘不了那让他一辈子都心惊胆战的场面：浑身湿漉漉的七姨太突然被雷电照亮，一团耀眼的火光闪过之后，如花似玉的七姨太就变成了一堆黑黢黢的焦炭……

三郎本来不大相信因果报应之类的说法，可七姨太就是一个明证，而且她的阴魂不散，整夜缠着三郎做噩梦，搞得三郎惶惶不可终日，连上吊的心都有了。卷走主子的家产是七姨太的主意，他是胁从，这不，七姨太先遭了报应，下面就该轮到……可也不能等死不是？三郎左思右想，反正都是个死，不如干脆来点儿刺激的，于是他一不做二不休，把尚未花掉的银圆寄回老家孝敬年迈的父母，自个儿上山投奔在辽沈道一带大名鼎鼎的匪首杜老五，入他的绺子干起了打家劫舍的勾当。

按照当地的民风，当土匪不算什么见不得人的事，当地还有这样的谚语：男人不当胡子算不得好汉。不但无业游民上山为匪，很多士绅富户也都通匪，否则自家难保，更有桀骜者为土匪通风报信、打掩护，一起坐地分赃。匪首杜老五得知原紫禁城内务府总管的贴身侍卫前来投奔，不禁喜出望外。在他看来，三郎就是皇上身边的人，杜老五一下子觉得自己的身价抬高了许多，遂把三郎留在了身边。杜老五虽然是个粗人，但他志向高远，占山为王并不是他的终极目的。

一天，杜老五手下四梁八柱中的一位弟兄从保定探家回来，这位弟兄与当时任北洋警卫军第一旅旅长的冯玉祥是远房亲戚，无意中说起冯玉祥要率部到陕西一带追剿白朗匪帮，杜老五认为机会来了，他率领着一千人马浩浩荡荡地离开老巢，经过长途跋涉，在陕西灵宝投奔了冯玉祥，并为冯玉祥此次剿匪立下了汗马功劳。此后，杜老五随冯玉祥转战南北，屡建战功，不久前，经冯玉祥斡旋，杜老五即将出任北京城防警备司令，此时，三郎已经是杜老五的少校副官了。

三郎抹了一把头上的汗水："我们司令急着要送礼，听说荣宝斋卖名人字画，特意让我先进京找庄掌柜的联系。"

"您请进来吧。"

张喜儿把三郎让进后院东屋，听罢他的要求，不禁微微皱起了眉头，但嘴上还是应承下来："三先生，您是老熟人了，我们尽量按照您的要求办。"

第二天，张喜儿来到张家，张幼林好言安慰了一番，做出了一个让张喜儿深感意外的安排：他还继续当掌柜，提拔王仁山当二掌柜的，在大事上，两个人商量着来。张喜儿的眼圈立刻就红了："可是，差点儿出了大娄子，我这心里头……"

张幼林把他的话截住："倒腾古玩、字画，哪有不走眼的？再说了，连贝子爷都走了眼，怎么能怨你呢？"

张喜儿的眼泪抑制不住地滚落下来："东家，您的宽宏大量我张喜儿心领了，不过，我还是那句话，我有多大能耐，我自个儿心里清楚，您什么时候找到合适的人，我立马儿就让位，可我不愿意离开荣宝斋，您让我干什么我就干什么，给您看库房都行。"

"瞧瞧，又扯远了吧？这事儿就这么定了。"张幼林递过手帕，"李默云的底细打听清楚了吗？"

张喜儿接过来擦了擦眼泪："还没有，他在琉璃厂不常露面儿，只和几个人有联系，听说和陈福庆的关系不错，为这个我还请陈福庆吃过一顿饭，可陈福庆在饭桌上净打哈哈，实话是一句都没有。"

张幼林思忖着："我总觉得，这画像是人家给咱下的套儿。"

张喜儿一惊："您的意思是……贝子爷也跟着一块儿蒙咱们？"

张幼林摇头："不至于，这个做假画的人的确是个高手，也难怪贝子爷看走眼，我是觉得，荣宝斋周围有一群人在盯着我们，这些人藏在暗处，无时无刻不在寻找机会，我们简直是防不胜防啊。"

"是啊，我连睡觉都睁着一只眼。"张喜儿感叹着。

回到铺子，张喜儿在荣宝斋门口遇见了《京报》的社长邵飘萍，他手里拿着一篇新闻稿，正对身边的年轻记者交代："这几个地方改一下就可以发稿了，你先回去，我在荣宝斋买点东西。"

张喜儿迎上去："邵先生，您刚忙完吧？"

邵飘萍转过身来："张掌柜，我今天是特意过来，上回您给我推荐的那种毛笔，非常好用，这次我要带五十支，送给报社的同事。"

"您请进吧。"

进了铺子，张喜儿招呼邵飘萍坐下，倒上茶，然后从一个大笔筒里抓出一把毛笔，"哗啦"一声放在柜台的玻璃板上，用手掌一捻，只见所有的毛笔都向一个方向滚动……

邵飘萍笑道："荣宝斋的笔果然是名不虚传，别小看'滚笔'这两下子，若不是每支笔的笔管都又直又圆，断不会出现这种效果。实话对您说，为寻好笔，我跑遍了京城所有的南纸店，这么说吧，几乎没有让我满意的，唯独荣宝斋的笔，我挑不出毛病来。"

“邵先生，您过奖了，就冲您这句话，我们也不敢有丝毫的怠慢。”

赵三龙捆着毛笔，张喜儿在邵飘萍身旁坐下：“我这儿还有新印出来的仿古器物诗笺，您不来两沓儿？”

“我先看看。”

云生拿来诗笺，邵飘萍翻看着，此时，一个身穿西装、腆着肚子、满脸横肉的中年胖子走进来，他身后还跟着一个侍从。

云生迎上去：“先生，您用点儿什么？”

侍从抢上一步介绍：“这位是国会议员张乃光先生。”

云生抱拳：“幸会，幸会。”

张乃光瞥了一眼邵飘萍，粗声大嗓地嚷嚷着：“听说荣宝斋卖名人字画，把值钱的都给我拿出来。”

“您这边请。”

张乃光随云生走到悬挂着名人字画的西墙边，他粗暴地用手扒拉墙上的字画，云生站在旁边皱皱眉头，话到嘴边，又咽了回去。

“这个，这个，这儿张，我都要了。”

云生诧异地看着张乃光，小心翼翼地说道：“先生，这不成啊。”

张乃光的眼睛一瞪：“怎么不成？”

云生指着溥心畬的一幅青绿山水：“这个已经有主儿了。”

“有主儿的怎么还挂在这儿？”张乃光显然很不满。

“刚裱完，还没干透呢。”

张乃光看了一会儿，又转回来：“嘿！我还就瞧上这张了，溥——心——嗯？这字儿我怎么没见过？你说，多少钱吧。”

王仁山从铺子后门进来，他紧走几步来到张乃光面前，赔着笑脸：“这位先生，您给多少钱也不能卖，您瞧瞧，这儿题着款儿呢。”

“题款儿怎么了？换上我的名儿不就得了？”

王仁山很为难：“那哪儿成啊，这个……我跟客人没法儿交代呀。”

“客人？什么狗屁客人？小子，你知道我是谁吗？”张乃光一副蛮不讲理的样子。

“您……”王仁山灵机一动，依旧赔着笑脸，“您是位爷。”

张乃光的脸紧绷着：“这么说吧，我到这儿来买画是看得起你们荣宝斋，别不识抬举，老子就是不给钱，今天这画也照拿，你信不信？”王仁山点头哈腰：“那是，我信，我信……”

铺子里的气氛紧张起来，邵飘萍站起身，缓步走过来，他不紧不慢地说道：

“您是张乃光先生吧？我正要到府上拜访呢，没想到在这儿碰上了。”邵飘萍伸出手去和张乃光握手。

张乃光显得很尴尬：“你是……”

“《京报》社长邵飘萍。”

张乃光的侍从赶紧趴在他的耳边耳语了两句，张乃光恍然大悟：“噢，邵大记者，久仰，久仰。”

“您什么时候有时间啊？”

“我这些日子忙得很，过一段儿再说吧。”张乃光推辞着。

“忙得很还有闲心逛琉璃厂？”

“哪儿是逛啊，方方面面的都得送礼，我是奔着荣宝斋的名人字画，直来直去。”张乃光想赶紧脱身，他四处张望着，“掌柜的呢？”

张喜儿走上前：“我就是。”

张乃光指着刚才选好的几幅：“这几张，都给我包上。”

“快！手脚麻利点儿。”张乃光的侍从在旁边催促着。

王仁山指着溥心畬的那幅：“您看，这张就免了吧？”

张乃光翻了翻眼睛，碍着邵飘萍的面子不便发作，但又不甘心，于是甩出两句话：“过些日子我还来，你们呢，多预备点儿活人画的，别净弄死人的充数，送人晦气！”

在场的人都听得目瞪口呆，张乃光毫不理会，他对邵飘萍拱拱手：“邵大记者，失陪了，改日，我请邵先生吃饭，还指望邵先生笔下留情哟。”说完，和侍从匆匆离去。

张喜儿看着张乃光的背影悄声问：“邵先生，这位是什么人呀？穿着西装，还带着护兵。”

邵飘萍压抑着心中的怒火，愤愤地答道：“国会议员，谁知道是怎么当上的，这人以前是吴佩孚手下的一个师长，还当过镇守使，脱了军装换上西装，怎么也摆脱不了丘八的蛮横之气。”

张喜儿双手作揖：“邵先生，多亏了您帮忙儿，要不然今儿个还不定怎么收场呢，太谢谢您了！”

邵飘萍摇摇头：“张掌柜不必客气。”

伊万在北京一直没有找到合适的工作，前些日子，他的一位朋友来信邀他们全家去美国，权衡再三，伊万决定赴美。

启程的日子很快就到了，张幼林到前门火车站为他们送行。在站台上，伊万和张幼林紧紧地拥抱着，他动情地说道："感谢你对我们全家的帮助，有机会，欢迎你到美国来旅行。"

"路上多多保重！"

伊万带着孩子们先上了车，秋月的手里拿着一个精美的长方形盒子，她默默地看着张幼林，言语未出，已是泪流满面。

"秋月姐，我真不愿意你们走。"张幼林掏出手帕递给秋月。

秋月接过来擦着眼泪："其实，我和伊万都不愿意走，可是没办法，他在北京找不到称心的工作，我们也不能老靠你接济呀，美国的这个职位对伊万来说很难得，男人嘛，不能赋闲太久，否则会失去自信。"停顿了片刻，秋月把盒子递给了张幼林。

张幼林接过来，试探着问："这是要我转给杨大人？"

秋月摇摇头，目光中闪过一丝忧伤："这世上已经没有杨大人了，这是我送给你的礼物。"秋月回到京城后，曾四处打探过杨宪基的下落，然而，杨宪基行迹缥缈，直到走都没能得到他的消息。

"我觉得挺好的，在人生有限的几十年当中，起伏错落，他能在佛门找到自己的归宿，乐在其中，比咱们这些俗人强多了。"张幼林宽慰着秋月。

"幼林，这一走，不知什么时候才能再回来，世事多变，答应我，你要爱护自己。"秋月泪眼蒙眬。

"秋月姐，我答应你。"今生第一次，也是唯一的一次，张幼林紧紧地拥抱了秋月。

火车缓缓开出了站台，张幼林的眼睛里也是满含着泪水，他再一次和秋月挥手告别。

火车远去了，张幼林打开盒子，里面是《柳鸽图》和秋月留给他的一封信。

幼林：

在这个世界上，除了孩子和伊万，你就是我唯一的亲人了，这次要不是你帮助我们渡过了难关，很难想象我们一家人会怎样生活下去，我从内心深处感谢你！《柳鸽图》是郑家和张家三代人交往的见证，今天，我把它郑重地送给你，是我心意的一种表达，我相信你会物尽其用！在遥远的美洲，我会思念你，直到永远……

读着信，张幼林不禁潸然泪下。

这次告别，也是张幼林和秋月的永别，此后，她再也没能回到曾经使她留下过无数美好与辛酸往事的京城，1945年2月8日，秋月在纽约的家中溘然长逝。

张喜儿神情沮丧地夹着一卷字画走进荣宝斋后院的北屋，王仁山正在和云生一起核对账目，他疑惑地问："掌柜的，怎么又拿回来了？"

张喜儿放下字画，长叹了一口气："唉！这些当兵的是满不懂，根本不识货，三郎把我引见给杜司令，杜司令展开字画一看就火了，说怎么拿一堆烂纸打发他，还要收那么多钱，荣宝斋还想开不想开了？"

"那您怎么办了？"云生给张喜儿端过茶来。

"秀才遇见兵，有理说不清，我这不是又拿回来了吗？正好大伙儿都在，咱们得商量商量。"

"既然杜司令不懂，咱就对付他，瞎敛儿幅得了。"

张喜儿赶紧摆手："可不能瞎凑合，一是砸荣宝斋的牌子，二是万一收礼的人懂呢？这不是后患无穷吗？再说了，三郎先生又是咱的老熟人，更不能怠慢。"

王仁山思忖着："掌柜的，我倒有个主意，北京城里这些文人、会画画的，跟荣宝斋多少都有点儿瓜葛，咱不如找几位在市面儿上名字叫得响的，请他们帮忙儿写点儿、画点儿，先应了这个急，这也说得过去，杜司令不是要名人字画吗？咱给他的是活着的名人的字画，价钱肯定便宜。"

张喜儿想了想："这主意不错。"

"我还有个建议，咱们就手儿给现在的名人们开个柜台，事先定好润格：堂幅儿尺多少钱，屏幅怎么算，册页怎么收……"

云生不解地问："定润格干吗呀？"

"请他们在咱铺子里卖画啊，这风头你们还看不出来？这阵子名人字画走得多好呀，今儿来个三郎先生，明儿个保不齐就来个李先生、王先生什么的，要是都识货，恐怕咱还真淘换不到那么多好东西。"

张喜儿一拍大腿："对呀，咱们的客人里肯定也少不了附庸风雅的，到时候就会有人来预订，您想要谁的画，通过荣宝斋就能给他搞到，画家们也能落俩钱儿花。"

王仁山微微一笑："我就是这意思。"

"二掌柜的，你的脑袋瓜儿还真成！"云生赞叹着。

"想到了就赶紧招呼，别耽误，仁山，你把手里的事儿先放一放，咱们好好合计合计……"张喜儿的话音未落，赵三龙慌慌张张地跑进来："掌柜的，不好了，您快瞧瞧去吧！"

几个人赶忙站起身，去了前厅。

荣宝斋的前厅里，一个身穿长衫、头戴礼帽、鼻梁上架着一副水晶墨镜的人正在虎视眈眈地盯着后门，张喜儿愣了一下，快步迎上去："先生，您需要点儿什么？"

来人上下打量着张喜儿，鄙夷地问道："你是谁呀？"

张喜儿觉出势头不对，一时有些语塞："我……我是这家铺子的掌柜的，请问先生……"

"哦，想起来了，当年庄掌柜的主事儿时，你还是小伙计吧？我好像见过你。"

"您……是荣宝斋的老顾客了，恕我眼拙，您是……"

那人猛地摘下墨镜："睁开眼睛看看，还认得大爷吗？"

"您是……左爷？"张喜儿一下子惊呆了。

左爷阴冷地笑了："没错儿，正是左爷，大爷我又回来啦。"

"您老快请进。"王仁山赔着笑脸把左爷让进了铺子。

左爷跷着二郎腿坐在椅子上，张喜儿站在他旁边。王仁山忙着送上茶来，左爷端起茶碗，细细地品着茶，瞟了张喜儿一眼："你们庄掌柜的呢？"

张喜儿欠了欠身子："老掌柜的已经去世了。"

"哦，他早该死了，那少东家张幼林呢？"

"他还好，还好……"

左爷放下茶碗："庄掌柜的已经走了，我和他的旧账也算一笔勾销了，可张幼林还活着，听说还活得挺滋润，这我就得和他说道说道了，我们之间还有笔老账没结呢。"

张喜儿皱了皱眉头："左爷，都过去多少年了？就是有天大的过节儿也该了啦。这么着，今儿个我做东，咱们在丰泽园摆一桌，您和我们东家一起叙叙旧，顺便把以前的过节儿给了了，今后呢，大家都是朋友，您看得起荣宝斋呢，没事就过来坐坐，喝杯茶……"

左爷阴阳怪气地："哟，你是想给我和张幼林说说和？这就有点儿意思了，你是谁呀？你有这个面子吗？"

张喜儿强硬起来："左爷，我知道我没面子，可我只想劝您一句，常言说得好，冤家宜解不宜结……"

左爷猛地一拍桌子："放屁！我和张幼林之间的过节儿，轮得上你来说话吗？找去！马上把张幼林给我找来！找不来人，我今天砸了你的铺子！"

一直在边上察言观色的王仁山走上前，不软不硬地说道："先生，您这么说就不对了，这儿是个讲王法的地方，天下事大不过一个'理'字，您有理可以讲理，怎么能上来就要砸我们铺子呢？"

"嘿！哪儿蹦出个小兔崽子来，敢跟左爷这么说话，你是活腻了吧？"左爷狠狠地瞪着王仁山。

“仁山，你少说两句，赶快去送货……”张喜儿递了个眼色，他怕王仁山惹事，想把他支走。

王仁山并不理会：“掌柜的，这种人我见得多了，你越怕他越来劲，我就不信，他敢把咱铺子砸了，还没王法了？”

左爷站起来挽袖子：“小兔崽子，今儿个我让你知道知道，马王爷是几只眼，都他妈给我闪开点儿，省得溅一身血，小子，爷爷陪你玩玩。”

王仁山好言相劝：“这位爷，您这岁数得有六十多了吧？千万别动手动脚，老胳膊老腿儿的闪着可不是闹着玩的。”

左爷抬手要打王仁山，王仁山轻轻一推，左爷仰面跌倒在地上，张喜儿吓坏了，他连忙弯腰去搀扶：“左爷，左爷，对不起，对不起，他年轻，您别和他一般见识……”

左爷甩开张喜儿的手，干脆不起来了，他躺在地上打起滚来. 大声号叫着：“杀人啦！荣宝斋的伙计杀人啦！救命啊，有人要杀人啊……”左爷杀猪一般的号叫声引来了一大群看热闹的人，他们把荣宝斋的门口挤得水泄不通。

宋栓出来给众人作着揖：“各位叔叔大爷，大妈大嫂，都散散吧，别堵在门口，影响我们做生意，请散散，请散散……”

此时，琉璃厂一条街的治安巡警侯长海分开人群走进来，他大声质问：“怎么回事儿？谁杀人啦？”

宋栓赔着笑脸：“哟，侯警官，有日子没见着您啦，您近来可好？”

侯警官挥挥手：“少跟我扯淡，我问谁杀人了。”

“没人杀人，就是有个人在我们铺子里闹事儿，闹得我们没法儿做生意，侯警官，您可得管管。”

“闹事儿？怕是你们招人家了吧，要不然人家好好的上你们这儿闹什么？”

宋栓苦着脸：“哎哟，我们是老老实实的生意人，我们敢招谁啊？”

“走走走，进去看看！”侯警官大踏步地走进了荣宝斋。

左爷还赖在地上不起来，他一见到侯警官，立刻来了精神：“哎哟，荣宝斋的伙计打人啦！杀人啦！我一个六十多岁的老头子，他们欺负我呀，把我打得动不了啊，警官大人，您可得替我做主哇……”

侯警官过去看了看左爷：“瞧瞧，还说没事儿？我再晚到一会儿，非出人命不可。”

“侯警官，您这么说可就冤枉我们了，我们可没招谁没惹谁啊，是这位爷自个儿……”

张喜儿还没说完，侯警官就打断了他：“噢，你的意思是没人碰他，是他自个儿故意往地上磕，这可能吗？”

左爷指指王仁山：“警官大人，就是这小子打的我，反正我现在是动不了啦，他们荣宝斋得负责啊，您是青天大老爷，求您给我做主啊！”

“侯警官，刚才是他要打我，我总不能就让他打吧？我轻轻推了他一下，他就躺在地上不起来，这分明是要赖讹人嘛。”王仁山申辩着。

侯警官的眼睛一瞪：“推一下？就他这个岁数经得住你推吗？现在人是动不了了，你们荣宝斋不是有钱吗？该怎么赔你们自己商量个数儿。”

沉默了片刻，王仁山掏出两块银圆放在桌子上：“好吧，我赔，左先生，你拿好，我希望这件事到此为止，以后在荣宝斋我再也不想见到你，你听明白了吗？”

左爷撇撇嘴：“两块钱，你打发要饭的哪？用两块钱就把这事儿给了啦？门也没有！”

“不要？那就一块也没有了，你请便！”王仁山把两块钱又装回兜里。

侯警官急了：“嗨！你这是怎么说话呢？还挺各，打了人你还有理啦？怎么着，不成跟我到局里走一趟……”

张喜儿赶紧打圆场：“别价，别价，侯警官您别生气，他年轻气盛，您多包涵，钱的事儿，您说个数儿，我给。”

侯警官看着左爷：“钱的事儿你别问我，当事人说了算。”

话音未落，左爷又大呼小叫起来：“哎哟，我这骨头可能是折啦，伤筋动骨一百天，这么说吧，警官大人，没五十块钱这事儿完不了，他荣宝斋要是不给，我就住这儿不走啦！”

“五十块，怎么样，你们愿意给吗？”

张喜儿一听脸儿都绿了：“五十块？侯警官，这也太多了吧？要钱要得有点儿离谱，咱再商量商量？”

王仁山突然爆发了，他拨开张喜儿，站到左爷面前，厉声呵斥：“讹人是不是？还没王法啦？不给，一个子儿也不给，你怎么着吧！”

侯警官不屑地瞟了一眼王仁山：“嗬，还真有横的，找不自在是不是？小子，你就不怕我抓你蹲号子去？”

“侯警官，我也看出来了，您今天是打定主意要帮姓左的出头儿，这五十块钱里有您多少啊？”

王仁山的话击中了要害，侯警官的脸立刻就涨红了：“你胡说八道，我是秉公执法，你说这话可要负责任！”

“侯警官，我看你这个人很不聪明，我们这铺子能立在琉璃厂二百多年，自有我们的根基，要是没点儿道行，我们也不敢在琉璃厂混，明说吧，不是有钱能使鬼推磨吗？这好说，荣宝斋拿出个几千袁大头还伤不了筋骨，嘿嘿！既然有人能出钱收买一个小小的警察，那我花个千把块大洋和警察局局长交个朋友也不是什么难事儿吧？”

“你……你什么意思，我听出来了，你这是威胁。”侯警官的口气不那么强硬了。

王仁山摇头：“不敢，我一草民，哪儿敢威胁警察呀。我是说，要是我愿意，我能和警察局局长交上朋友，这话有什么不对吗？”

侯警官仔细打量着王仁山：“你是什么人？在荣宝斋做什么？”

“鄙人王仁山，荣宝斋的二掌柜的，侯警官，有什么事儿您言语，我能做主。”

“嗨！原来是王掌柜的，对不住，对不住，我还以为您是个小伙计呢，我说呢，这主儿怎么这么横，闹了半天是王掌柜的，失敬！失敬！”侯警官突然来了个一百八十度的大转弯。

“那这事儿怎么办？”

“好说，好说，是点儿小误会嘛，这样吧，这老家伙也不容易，你打发他一块钱得了。”

王仁山瞟了一眼左爷：“这合适吗？这姓左的干吗？”

“没事儿，没事儿，我做主，就这么定了。”侯警官大包大揽。

“这可不成，一块钱我不干，警官大人……”

左爷还要再扯下去，侯警官翻脸了：“他妈的，给脸不要脸，一块钱就不少了，你还想怎么着？给我滚！”

左爷见势不妙，捡起王仁山扔在地上的一块钱，仓皇离去。

·第二十二章·

送走了侯警官，张喜儿一屁股跌坐在椅子上："仁山啊，今天多亏了你在，要不可真麻烦了！"

王仁山淡淡一笑："小事一桩，那个侯警官一开口，我就知道他是和左爷串在一起找麻烦来的，对付这种人你不能软，不然后患无穷。再说了，我说的也是实话，要花钱送礼也轮不上他一个小小的警察，我干吗不买通警察局局长？"

"唉，我还是得跟东家说说，这掌柜的差事我干不了，我天生就是个当伙计的命。"张喜儿显得愁眉苦脸。

王仁山若有所思："掌柜的，抽工夫您得给东家提个醒儿，这左爷以前和荣宝斋有什么过节儿我不清楚，看样子这回是来者不善。"

"以前的事儿我知道，他串通大盗康小八绑架了东家，后来被判了重刑，现在不知怎么又出来了，不过……这左爷如今也六十多岁了，头发胡子都白了，动刀动枪的怕是玩不了啦，他一个糟老头子还能把荣宝斋怎么着？"

王仁山摇摇头："不能掉以轻心，我看这老家伙是改路数了，以前是绑票，如今却学得一身天津混混儿的招数，上来就耍青皮，这种人可得留神。"

张喜儿皱起了眉头："照你这么说，我抽空还真得和东家打声儿招呼。"

"掌柜的，杜司令的事儿不能耽误，您看这样好不好，咱们在翠喜楼摆一桌，请贝子爷和书画界的几位头面人物吃个饭，让他们画几幅，帮咱应应急。"

张喜儿思索了片刻："这个主意好，仁山，别耽搁，赶紧安排。"

荣宝斋里的大事小事都得张喜儿拍板，他忙得不可开交，还没来得及跟张幼林打招呼，左爷就又来找麻烦了。那天上午，正是铺子里要上人的时候，左爷踱着四方步过来，大摇大摆地坐在了荣宝斋门口的台阶上，他点燃了一根香烟，四下里看看，又从怀里掏出一个粗大的"麻雷子"，乘人不备用手里的香烟点燃，只听"砰"的一声，"麻雷子"炸开了，发出了惊天动地的巨响。

张喜儿正在荣宝斋后院的北屋里对着账本打算盘，他被爆竹声惊得蹦了起来，满脸惶恐："妈呀，这是怎么啦？打仗了？"

云生气急败坏地冲到门外："嗨！你干吗呢，怎么跑我们门口儿放炮仗？"

“这你可管不着，我又没在你们荣宝斋里放，这是大街上，大爷我乐意玩，这叫天天过年，谁管得着？”左爷一副泼皮无赖的样子。

两个身穿长衫的顾客说笑着正要往荣宝斋里走，左爷又掏出了一个“麻雷子”点燃，一声巨响过后，两个顾客被吓得不敢进了。

云生被气得火冒三丈，他一把揪住左爷：“我看你是成心要砸荣宝斋的买卖，我他妈揍你……”

左爷顺势把脑袋往前伸了伸：“打呀？不打你是孙子，大爷我正愁没地方找棺材本儿呢，我怎么着都合算，打坏了，荣宝斋得养我；打死了，你小子得偿命。嘿！咱光脚的不怕穿鞋的，小子，你动手啊。”

云生无奈地松开手：“你这人还真是个无赖。”

张喜儿气急败坏地走出来：“我说左爷，你说吧，这三番五次来闹事，你到底打算怎么着？”

“我跑到你们荣宝斋里闹事了吗？没有吧？大爷我想天天过年，在大街上放个炮仗，没招谁惹谁吧？就是警察在这儿他也管不着啊。跟你这么说吧，赶明儿我要是高兴，兴许还挑个粪桶在这儿摆摊卖大粪呢。”

左爷又在台阶上坐下，张喜儿和云生一时都束手无策。见有顾客要进门，左爷又点燃了炮仗，顾客被吓了一跳，见左爷一副无赖相，自觉惹不起，只好悻悻地离去了。

张喜儿长叹一声，掏出两块钱扔过去：“左爷，这两块钱您拿去吃顿饭，别在这儿闹事了成不成？算我求您了。”

左爷收起钱站起身来：“行，我给张掌柜的一个面子，今儿个就到这儿了，不过我得把话说明白，这两块钱，也就是买了我今天的时间，明儿个我要再来，可就得单算了，得，掌柜的，回见了您哪。”

左爷晃晃悠悠地走了，云生愤愤地看着他的背影：“掌柜的，他明天保不齐还得来，我们该拿他怎么办？”

“至少今天他不会再闹事了，明天……再想办法吧。”张喜儿十分无奈，他环顾左右，“仁山呢？”

“去金先生家了。”

“等仁山回来，得跟他商量商量。”

王仁山敲响了中国画研究会会长金毅楠的家门的时候，宋怀仁正在金家的客厅绘声绘色地给金会长讲故事：“……贝子爷睡得正香，听到响动还没反应过来是怎么回事儿呢，只见那贼的胳肢窝里夹着个卷轴，‘嗖’的一声就蹿出了窗户，转瞬之间就消失在了茫茫的夜色中……”宋怀仁隐约听见了大门外的敲门声，稍一走神，话就停住了。

“你快说，贼把什么偷走了？”金毅楠是个瘦干巴老头，他听得聚精会神，已经被宋怀仁的故事迷住了。

宋怀仁诡秘地一笑：“贝子爷赶紧下地，打开箱子这么一看，立马儿瘫倒在地上——贼偷走了他最后一件值钱的宝贝——李成的《孤山远岫图》！”

“什么？你说什么？”金毅楠睁大了眼睛，他好像不大相信自己的耳朵。

“李成的《孤山远岫图》！”宋怀仁一字一顿地重复了一遍。

金毅楠“腾”地站起来，只听见“当啷”一声，他鼻梁子上架着的金丝眼镜就掉到了地上。李成？那是闹着玩的吗？这位爷号称“宋初第一人”，是北宋出类拔萃的山水画家，《孤山远岫图》是他的巅峰之作，金毅楠在《宣和画谱》里看到过记载，仰慕久矣！他激动起来，在客厅里不停地来回踱着步：“小宋，这画后来怎么着了？”

宋怀仁弯腰替金毅楠拾起眼镜：“您知道贼是谁吗？”

“谁呀？”金毅楠已然迫不及待了。

“听说是大名鼎鼎的燕子李三！”

“哎哟，这下可麻烦了！”金毅楠像兜头被浇了一瓢冷水，一屁股跌坐在沙发上，“《孤山远岫图》到了李三的手里……”

宋怀仁微微一笑：“您放心，李三手里可搁不住东西，我估摸着在李三手里都没过夜就出手了，果不其然，《孤山远岫图》第二天就在琉璃厂露面儿了……”

宋怀仁正说在裉节儿上，用人领着王仁山走进来。

金毅楠回过神来：“这位是……”他显然已经不记得王仁山了。

“荣宝斋的王掌柜。”用人介绍着。

宋怀仁站起身：“金先生，咱们那事儿，就这么定啦？”

“就这么定吧，这个月十五我们有一次聚会，到时候你也去。”

“那就谢谢您了，您忙着，我先回去了。”

“哎，那画……”

宋怀仁给金毅楠递了个眼色：“已经在我手里了，给您留着呢。”

金毅楠心领神会：“好，留着，一定得给我留着！”

宋怀仁和王仁山打了个招呼就出去了。

王仁山在金毅楠对面坐下：“金先生，您是大忙人儿啊。”

金毅楠皱着眉头：“王先生，咱们见过面吗？”

“您贵人多忘事儿，上回在翠喜楼……”

金毅楠一拍脑袋："噢，想起来了，对，是荣宝斋的王二掌柜，你今天来还是为那件事儿吧？"

王仁山点头："是啊，不知金先生考虑得怎么样？"

"荣宝斋关注当代画家的作品，这很难得呀，我认为此举对京城画坛肯定会有推动作用。"金毅楠打着官腔。

"那是，那是，不过，要真把这事儿做起来，还得仰仗金会长的大力支持啊。"

"没问题，我肯定会支持，慧远阁不是已经开始了吗？"

"慧远阁是慧远阁的，荣宝斋跟它不是一个路数，您看，您手下的中国画研究会是不是……"

金毅楠突然想起了什么，他站起身，掏出怀表看了看："王掌柜的，真抱歉，我今天还有事，就不多陪你了，至于画的事，我跟小宋都说清楚了，你找他商量去吧。"

王仁山只好知趣地站起来："金先生，那就不多打搅了。"

从金毅楠家里出来，王仁山闷闷不乐，找宋怀仁商量？它慧远阁算老几啊！看看时候还早，王仁山去了趟画家陈师曾家，取回了预订的画，他抄了条近路，穿过法源寺后身的一片树林返回荣宝斋。

走进密林的深处，只见绿树掩映之中，一位白衣男子正在打太极拳，他的一招一式，都如行云流水，开合自然，动静变化，刚柔相济，仿佛与天地万物融为了一体。

王仁山走近了一看，那不是东家吗？他站住了，在一旁欣赏起来。

张幼林打完了一套收势，王仁山迎上去："东家，我可开眼了，早先听老掌柜的说您会打拳，真没想到，您打得这么好，简直出神入化了。"

"你怎么到这儿来了？"

"我去陈先生家取画回来，路过。"

他们边走边聊，张幼林披上外套："杜司令那儿怎么样了？"

"这回特别满意，三郎昨天下午又过来订字画了。"

"满意就好，画家联络得怎么样了？"

王仁山的表情阴郁下来："东家，慧远阁和咱们想到一块儿去了。"

"我听张掌柜的说，他们动手比咱们早。"

"慧远阁的伙计宋怀仁，不大好对付。"沉默了片刻，王仁山突然灵光一现，"要是能把宋怀仁挖过来就好了。"

"嗯？"张幼林一愣，"他有这意思吗？"

"没有没关系，咱可以想办法让他有。"

张幼林摆手："不行，这种事儿不能勉强。仁山，你认识一个叫李默云的吗？"

张幼林一直想搞清楚李默云的来历。

"李默云？"王仁山想了半晌，摇摇头，"没听说过。"

王仁山刚一回到荣宝斋，张喜儿就把左爷又来闹腾的事儿跟他讲了一遍，张喜儿愁眉苦脸："仁山哪，你还得拿个主意，反正我是没辙了，就冲左爷这把岁数，让你深不得浅不得，咱是正经买卖人，又不能和一个混混儿耍胳膊根儿，那也让人笑话不是？"

"哼，这老王八蛋，他正巴不得咱揍他呢，混混儿都是这样，你动他一下，他就讹上你。"云生气得咬牙切齿。

"这倒真是件难办的事儿，我得好好琢磨琢磨。"王仁山一时也想不出法子来。

张喜儿沉思着："不成……就给他点儿钱养起来？"

王仁山摇头："万万不可，这得哪年是一站啊？况且他的胃口会越来越大，要我说，这种人不能惯着，要一次性解决问题。你们别管了，我来想办法。"

说话间，宋栓从帖套作来送诗笺，云生和他一起往柜台里码放，宋栓感叹着："嘿！你还别说，慧远阁的宋怀仁可是够能折腾的，三下五除二，就跟那些画画的联上了。"

云生的嘴一撇："不就是宋怀仁吗？能折腾什么呀，小时候净尿炕。"

"尿炕怎么了？也没碍着长大了能办事儿啊。"

听到他们的对话，王仁山凑过来："云生，宋怀仁小时候尿炕，你是怎么知道的？"

云生直起身子："他跟我们家沾点儿亲，宋怀仁的姑妈是我大姨。"

"瞧这弯儿拐的，你们平时有来往吗？"

云生摇头："没什么来往。"

宋栓插了一句："往后就来往着点儿，跟人家学点儿东西。"

"跟他能学什么？那小子一肚子坏水儿。"云生满脸的不屑。

"云生，别这么说，你跟宋怀仁套套近乎，摸摸他的底儿。"王仁山如此这般地跟云生耳语了几句，云生心领神会。

宋怀仁近来在琉璃厂也算是小有名气了，以他的资历和年龄，前景很看好，他不禁飘飘然，对陈福庆也不那么低三下四了，有时当着其他伙计的面就敢公开顶撞他。陈福庆呢？鉴于宋怀仁有诸多的可用处，只好表面上不跟他计较。

宋怀仁还发现，平时眼睛里从来都不夹他的云生，这些日子一反常态，也对自己热情起来，人前人后，"怀仁哥"长、"怀仁哥"短地叫着，而且昨天居然还上赶着提出要请他吃饭。宋怀仁可不是吃素的，他清楚，慧远阁和荣宝斋差着行市呢，心里这么一掂量，马上就嗅出了这里面的味道，不觉心中一阵狂喜。这个机会，他宋怀仁无论如何不能放过。

中午，云生按时到了南城的一家小饭铺，要好了酒菜，可是，过了足足半个钟点，宋怀仁才装出急匆匆的样子赶过来。

“都等你半天了，你干吗去了？”云生的口气透着不满。

宋怀仁什么也没说，只是长长地叹了口气：“唉！”

“你……怎么啦？”云生以为他遇到了麻烦。

宋怀仁皱着眉头：“咱们今天不就是喝酒吗？烦心的事儿，不提！”

“对，喝酒。”云生给宋怀仁斟上酒。

三杯酒下肚，宋怀仁的脸微微有些泛红：“云生，咱们是亲戚，我也就是跟你还能说说，哥哥我……窝囊啊！”他抬眼看了看云生：“你算投对了门，张喜儿的能耐是差点儿，可为人厚道，加上老掌柜的庄虎臣给他打下的基础，借着荣宝斋这块响当当的牌子，甭太劳神费力就能支应下来，你呢，这辈子跟着能混个踏实。”宋怀仁指指自己，“可我呢？就没你这福分了，这他妈陈福庆真不是个东西，一肚子阴毒损坏，在他手底下，唉！”宋怀仁又是长叹一声。

云生试探着：“怀仁哥，你要是觉得在慧远阁待着窝囊，我跟掌柜的说说，干脆你到荣宝斋来吧？”

宋怀仁心中不觉一喜，但他一时难以判断这是云生顺嘴说说呢，还是代表了张喜儿的意图，于是他不动声色，放下筷子，装出沮丧的神情：“都怪我没长后眼啊，以前为了蓝瑛那幅假画，我得罪过张喜儿，唉，都是李默云捣的鬼，我也不知根知底儿，张喜儿一定会认为我和李默云联手坑他，我就是跳进黄河也洗不清了。”宋怀仁早就盘算过，他必须通过云生带过话去，把这件事推得一干二净，彻底扫除进荣宝斋的障碍。

云生又给他斟上酒：“我们掌柜的可没你想的那么小心眼儿，平常净夸你能干。”

“张喜儿夸过我？”这下宋怀仁简直是心花怒放了。

“那当然了，怎么样，我给你说说？”

云生这句话最终确认了宋怀仁的判断：荣宝斋在召唤他。荣宝斋？那可是他宋怀仁日思夜想的去处啊！宋怀仁不再伪装了，他笑逐颜开：“云生，这顿饭我请了！”

张幼林惦记着邵飘萍上回帮的忙，要请他吃顿饭当面道谢，可一直就没见回音，心中不免有些着急。他一大早就来到铺子里，云生迎上去，好生奇怪：“东家，您咋这么早啊？"

"我那帖子，给邵先生送去啦？"

云生点点头："当天就送去了。"

"怎么没个回信儿啊？"张幼林思忖着。

王仁山放下手里的一摞宣纸凑过来："昨儿个听一位客人说，邵先生这阵子躲起来了。"

张幼林坐下："躲谁呀？"

"躲张大帅，听说前些日子，张大帅从东北给邵先生汇了三十万大洋，让邵先生在《京报》上给他说说好话，邵先生没收不说，还在报上给登出来了，标题是：张作霖出三十万大洋买我，这种钱我不要，枪毙我也不要。"

"有骨气！"张幼林赞叹着。

"这下可褶子啦，张大帅算是恨上邵先生了，张大帅打进北京以后，就让人四处抓邵先生，邵先生得着信儿就躲起来了。"

"噢，怪不得呢，那请客的事就先别惦记了，等这阵风儿过去，我再请邵先生。"

"东家，云生跟宋怀仁讲妥了，他这两天就过来，往后就没有跟咱们抢买卖的了！"王仁山满脸喜色。

张幼林听罢不觉一愣，沉默了半晌，他才感叹着："唉，怪对不住慧远阁的，云生，你待会儿过去说一声，晚上我请陈掌柜吃饭。"陈福庆眼下已经是慧远阁的掌柜了。

"东家，还是我来吧，帖子都写好了，在饭桌上跟陈福庆什么都能说清楚，您放心吧。"王仁山收起了笑容。

陈福庆正在气头上，慧远阁的大伙计钱席才犹豫了半晌，才把帖子递上去。

陈福庆看罢，更加火冒三丈，他"啪"的一声，把帖子狠狠地摔在桌子上，脸色青紫。

钱席才小心翼翼地劝道："掌柜的，我劝您，晚上还是去吃这顿席吧，咱跟荣宝斋门对门的几十年了，犯不上为宋怀仁翻脸。"

"他王仁山算个什么东西！"陈福庆大声骂道。

钱席才赶紧转过身往门口瞧了瞧："您小声点儿，让人听见，回头再传到他耳朵里，他现在可是荣宝斋的二掌柜了。"

"我就是想让人把这话儿传给他！"

"王二掌柜的可不是善主儿，实际上，张喜儿倒成了听喝儿的了，瞧他那路子，和老掌柜庄虎臣可是两码事儿。”

“我就不明白，宋怀仁跟王仁山瞎掺和什么？”

钱席才往陈福庆跟前凑了凑，压低了声音：“这您还不明白？见着白花花的现大洋谁不动心啊？人家荣宝斋还是财大气粗，难怪宋怀仁连个愣儿都没打，拍拍屁股去了。”

宋怀仁临走之前跟钱席才推心置腹地说，荣宝斋花了大价钱聘他，否则他是不会离开慧远阁的，只字未提他早就惦记上荣宝斋了。

陈福庆拿起桌子上的纸烟，钱席才给他点上：“掌柜的，咱不说这些了，还有客人想订金先生的画呢。”

陈福庆手一挥：“让他们找荣宝斋去。”

“怀仁走之前跟我说了，咱做咱的，他做他的，荣宝斋不戗慧远阁的买卖。”

陈福庆从鼻子里“哼”了一声：“话是这么说，你往深了想想，宋怀仁人都让王仁山给弄走了，还什么戗不戗的？这不让人全戗了吗？”陈福庆又咬牙切齿起来：“王仁山哪王仁山，你行，这回我先让你高兴高兴，咱骑驴看唱本儿——走着瞧，这一箭之仇，我他妈早晚得报！”

井上村光一身和服，正若有所思地盘腿端坐在自家的榻榻米上。井上村光三十出头，比一般的日本男人显得高大魁梧，他毕业于日本帝国陆军大学，是日本在华特务组织坂西利八郎机关的成员。井上村光有日本皇族的血统，利用这样的身份作掩护，来到京城不久，他很快就出入各种社交场合，轻而易举地结交了他所需要的人。井上村光抬起手腕看了看手表，还有些时间，他唤出助手枝子小姐，请她泡茶。

枝子二十来岁，生得小巧玲珑，一双明亮的眼睛楚楚动人。她也是坂西利八郎机关成员，讲得一口流利的汉语，公开身份是井上村光的翻译。枝子精于茶道，曾经在日本久负盛名的“里千家”潜心学习过，她煮茶、泡茶的动作具有一种舞蹈般的节奏和飘逸的美感，使井上君十分陶醉。不过，枝子小姐并没有秉承“里千家”的创始人千利休居士所倡导的“和、敬、清、寂”这样一个茶道的精髓，她在给井上村光双手奉上一盏清香四溢的茶汤时，问了一个与茶事活动极不协调的问题：“听说，吴佩孚、孙传芳都被打败了，消息可靠吗？”

井上村光双手接过茶盏，凑到鼻子前深深地嗅了嗅，喝了一小口，体会过了茶汤绵长的喉韵，才缓缓地答道：“北伐军来势凶猛，已经占领了福州、武汉三镇和南昌、九江，正一路向北开来，冯玉祥也加入了北伐军，控制了西北的陕甘地区，北京的局势要不了多久就会起变化。”

枝子微微皱了一下眉："那我们怎么办？"

"先按兵不动。"

枝子还想再问什么，井上村光用手势制止了她："小姐，我们现在不讨论中国的政局。"

枝子显得有些失望，她凝神片刻之后，又继续手中的茶事。井上村光连喝了几盏茶之后，放下茶盏，端正了坐姿："我们得承认，中国文化的确是博大精深，尤其是古代中国，曾经创造出灿烂的文明，可那只是过去，而现在，这个古老的帝国早已衰败，我们甚至不愿称它为中国。19世纪是一道分水岭，在此之前是古代中国，在此之后为现在的中国，土肥原贤二先生对我说过，对我们日本帝国来说，中国的价值在于它广大的生存空间和资源。当时田中隆吉在一旁插话说，中国的古玩字画也是一种潜在的重要资源，它们的价值会随着时间的推进而显得越发珍贵。"井上村光炯炯有神的眼睛注视着枝子，他一字一顿地说道："我们的另一个使命，就是找到这些无价之宝，并且占有它！"

枝子点点头："知道了。"

井上村光感叹着："历史和人生一样，都是此一时彼一时啊！想当年，在中国人的东汉时期，日本北九州的一位国王派使者向光武帝进贡，获赐金印一块，被光武帝册封为'汉倭奴国王'。"他有些兴奋，不由得站起身，"到如今，昔日的倭奴早已变成了主人，我相信，在不久的将来，中国的大量资源甚至于这块土地都有可能划归大日本帝国的名下，这是多么激动人心的事啊！枝子，古玩字画是不可再生的，这些无价之宝不应该再属于中国人了，下一步，我们要和嘉禾商社的人一起，设法找到它们，无论使用什么样的方式，都要把它们弄到手。"

枝子看看表，轻声提醒："井上君，我们得去参加画展的开幕式了。"

井上村光站起身，长长地出了一口气，换上西装，和枝子一起走出了家门。

张幼林坐着汽车从位于东交民巷的苏联大使馆门前经过，远远地看见邵飘萍和一位年龄和他相仿的先生从里面走出来，两人说着话，上了门前停着的两辆洋车。

张幼林自言自语："邵先生从使馆里出来了？看来是没事儿了。"他对司机老安说道："老安，回头你上趟铺子，让伙计重写一张帖子给邵先生送过去。"

"帖子上写什么呀？"

张幼林想了想："就写，明天晚上我在翠喜楼恭候邵先生。"

老安点头："好，我给您送到地方儿就过去。"

张幼林来到展厅的时候，"中日绘画联展"的开幕式已经在进行中了，这里云集着京城画界的名流，张幼林和贝子爷、溥心畬等熟识的人打过招呼，就站在了一旁。

张幼林的身后是一个活力四射的年轻人，人称张八爷，就是后来红遍大江南北的著名画家张大千，不过，那时，张幼林与张大千并不认识。

台上，中国画研究会会长金毅楠正在致开幕词："……民国以来，画坛上可谓是流派纷呈，我们中国画研究会提倡以宋代工笔画传统为画学正宗，以明清文人写意画为别派，大量临摹历代名作，以古为新、振兴画学。这次中日绘画联展，就是我们这个绘画理念的一个结晶，这里汇集了中日画界精英人物的代表作，大家可以一饱眼福！"

来宾热烈地鼓掌，金毅楠笑望着大家："开幕式结束，请各位自由参观。"

来宾仨一群、俩一伙地边聊边看，张幼林不好扎堆，他独自一人欣赏着。在展厅的尽头，黄宾虹的一幅画吸引了张幼林，他停下脚步，仔细端详，同看这幅画的还有井上村光。井上村光曾经潜心研究过中国画，也能画两笔，他审视着眼前这位气度不凡的先生，决定要认识他。井上村光欠了欠身子，彬彬有礼地问道："先生，您也喜欢黄先生的画？"枝子在一旁翻译。

张幼林微笑着点点头。

井上村光指着画："您看，黄先生的线条，疏朗有致，艰涩凝重，不瞒您说，我临过一段黄先生的画，可是怎么练习也画不出他这样的效果。"

"黄先生用笔有一个习惯，新笔启用的时候，不用水化开，而是用牙把新笔的硬笔头儿咬开，这样蘸上墨画，出来的线条就不一样。"

井上村光不大明白，用手比画着："用牙，把笔头咬开？"

张幼林进一步解释："不化笔锋，就吸不饱墨，含墨少，线条就拉不开，他的笔怎么用，都能出来秃笔的效果，就是你刚才说的，艰涩凝重。"

井上村光恍然大悟："哦……原来如此！"

"黄先生作画，还喜欢用宿墨。"

"宿墨？"井上村光没听说过，他继续请教张幼林，张幼林侃侃而谈："黄先生把'金不换'松烟墨在水里泡开，直到脱胶、变臭了，用笔先吸水，再蘸上墨画，这就是宿墨，沾水化开以后，墨点还能保持下笔以后的笔痕。"

井上村光听罢，显出激动的样子，给张幼林鞠躬："感谢指教，与君一席谈，胜读十年书。"

张幼林双手作揖："您不用客气。"

金毅楠走过来，笑着看着二人："你们谈得不错啊。"

井上村光赶紧打听："金先生，我还不知道这位先生是……"

"井上先生，京城琉璃厂，大名鼎鼎的荣宝斋你总知道吧？"

井上村光点头："荣宝斋久负盛名，我在日本就听说过。"

金毅楠指着张幼林："这位是荣宝斋的东家，张幼林先生。"

井上村光又开始鞠躬："幸会，幸会，原来是荣宝斋的东家，难怪有这样的学养。"

张幼林谦虚地回礼："您过奖了。"

"这位是日本朋友井上村光先生。"金毅楠凑到张幼林的耳边，显得很神秘，"天皇的亲戚！"

"张先生，明天晚上，能赏光一起用餐吗？"井上村光发出了邀请。

"抱歉，井上先生，我明天晚上已经有约了，能不能换个时间？"

井上村光微微皱了一下眉头："我后天要去奉天，下次吧。"

"真是不巧，下次井上先生再到北京，我请您。"张幼林指指枝子，"还请这位小姐做翻译。"

"谢谢。"枝子甜甜地一笑。

井上村光和张幼林，就算认识了。

张大千走马观花，草草地看完了展览，就去找王仁山喝酒了。两人在酒馆里豪饮了一番之后，双方都有些醉意，王仁山指着他："八爷，你近来仿石涛的画，可比头几年又强了不少，简直是真假难辨了。"

张大千又给王仁山倒上酒："承蒙王掌柜的夸奖，小弟再敬你一杯！"

"八爷，不能再喝了，我下午还有事儿呢。"王仁山推辞着。

"着什么急呀，咱哥俩难得痛快一回，喝，喝！"说着，张大千把酒杯推到王仁山面前，"我的正事儿还没说呢。"

"你还有正事儿？"王仁山微微一愣，"敢情你今儿个拉着哥哥喝酒，是想求我办事儿呀？那就赶紧说吧！"

张大千往王仁山跟前凑了凑："我临摹石涛、八大山人的画，那是因为我喜欢，随手就送人了，听说画贩子花钱把它们买下来，放在琉璃厂的几家铺子里，卖得还不错。"

王仁山会心地一笑："我早就知道，这批画是出自八爷你之手。"

"荣宝斋是京城有名的铺子，小弟仰慕多时，小弟的仿古之作，毫不夸张地说，质量已属上乘，能不能也进荣宝斋挂单？"

王仁山有些为难："民国以后，荣宝斋虽说也卖名人字画，不过，可都是真迹，从来没卖过仿作，估计东家不会答应。"

听了王仁山的话，张大千显得很失望，他独自斟满了酒，一饮而尽："那就是说，小弟这个忙，大哥不肯帮了？”

王仁山皱起眉头，思索了片刻说道：“这么着，改天我带你去趟罗振玉那儿，罗爷好玩这个，咱把你的仿作让罗爷瞧瞧，也试试罗爷的眼力，要是你的画罗爷都看不出真假，那我再跟东家提挂笔单的事儿。”

张大千大喜，他给王仁山拱拱手：“大哥，多谢了，我不想用假画蒙人，可要是连大名鼎鼎的罗振玉都看走了眼，那还是挺好玩的。”

两人当下商定，晚上就去拜访前清遗老、学者兼收藏家罗振玉先生。

王仁山带着张大千来到罗家的时候，井上村光和枝子恰好也在，井上村光与罗振玉是老朋友了，他是来辞行的。

客厅里，罗振玉站起身，从柜子里取出一幅画，郑重其事地送给井上村光：“井上先生，送给你，做个纪念。”

井上村光如获至宝，他给罗振玉深深地鞠了一个躬，双手毕恭毕敬地接过画，当场展开了画轴。

“这是石涛的一幅小品。”罗振玉缓缓说道。

“石涛是谁？”井上村光不大熟悉这个名字。

罗振玉清了清嗓子：“清朝初期很有名的画家，他是明朝的宗室，靖江王朱赞仪的十世孙，后来出家当了和尚。”

井上村光频频点头。

此时，用人领着王仁山、张大千走进来，王仁山把手里的包袱递上去：“罗先生，您要的文房用品，给您备齐了，请过目。”王仁山又指着张大千：“这位是四川的画家张大千先生。”

张大千作揖：“久闻罗先生大名，今日特来请先生赐教。”

罗振玉摆摆手：“不敢当，二位请坐。”

张大千看到井上村光手里的画，走上前看了一眼，不禁哑然失笑。

井上村光收起画：“先生有客人，我们就不多打搅了。”

趁着罗振玉出门去送井上村光和枝子，张大千悄声说道：“我看这位罗先生的眼光有问题。”

“嘘！咱们回去再说。”王仁山制止了他。

罗振玉回到客厅，打开王仁山带来的包袱，仔细看了看：“不错，这些文房用品正是我要的。”

“罗先生，最近又收到什么好东西了？”王仁山有一搭无一搭地问。

罗振玉来了精神：“你还别说，前些日子，我搞到八大山人的两幅行书屏条，真是精品……要是能有石涛的两幅画屏作配，那可就是天作之合了。王掌柜的，你帮我在琉璃厂留点心，好不好？”

张大千在旁边插了一句：“罗先生，石涛的画倒是不难找，就怕看走眼，弄来假的。”

“这个不用担心，我看过的东西，一般不会错，不客气地说，是不是真迹，我罗振玉说了算。”罗振玉说得十分自信。

张大千的嘴微微一撇：“罗先生，恕我直言，刚才那个日本人手里的‘炕头画’，我看就不像真的。”

“挂在卧室炕头上的画，外人看不到，只能主人自赏，不过是些花草虫鱼、小动物之类的小品，填填空处，遮遮墙壁而已，根本卖不起价来，谁还犯得着去作假吗？”

张大千思忖着：“罗先生的意思，‘炕头画’没人作假，而市面上石涛的大幅山水才可能有赝品？”

“石涛的山水，有磅礴的气势和微茫的灵气，墨色润湿如水如雾，好像是从画笔当中流溢而出，笔与墨混融一体，表现出了山川的内在精神。”罗振玉摇着头，“恐怕时下的作伪者没有这么高的境界和修养，所以，真石涛、假石涛，不难一辨就明啊。”

张大千还要再说什么，被王仁山用手势制止住：“罗先生讲得在理，我在琉璃厂给您留心，有合适的，一定给您送过来，让您先过目。”

从罗振玉家出来，张大千显得很兴奋：“大哥，不瞒你说，刚才那日本人手里拿的那幅画，就是我前几年的仿作。”

“我一看你那表情就明白了，这趟也算没白来，知道罗老头子想要什么了，你去准备画，我想办法让他上钩。”

张大千站住了：“你真打算给他假画？”

王仁山拍拍他的肩膀：“罗爷是大家，咱们是小字辈儿，小字辈儿和大家开个玩笑总可以吧？要是罗爷都走了眼，那咱俩就算成名了，你想想，琉璃厂的人有一个算一个，谁敢跟罗爷叫板？再者说了，这行里的规矩是谁看走了眼与别人无关，只能怨自己没眼力。”

张大千点点头：“也对，本来我仿石涛的画不过是喜欢而已，并不是为了蒙人赚钱，可这位罗先生也太自以为是了，难道他的话就是金科玉律？一幅画的真伪就必须由他说了算？这我就不服了，大哥，我一定要给他个教训，杀杀他身上的傲气不可！”

两人又仔细合计了一番，直到三更才各自散去。

第二天一早，王仁山前脚走进荣宝斋，宋怀仁后脚就到了。他新理了发，穿着一件崭新的湖蓝色纺绸长衫，显得精神焕发。

“怀仁哪，你来啦！”王仁山热情地打着招呼。

“二掌柜的，今儿个是我头一天到荣宝斋上班，您瞧见没有？我特意换了身儿新衣裳，咱不能给荣宝斋栽面儿不是？往后我听您的，让我干什么就干什么。”这些话都是宋怀仁事先想好的。

“有件事儿，我正要跟你商量呢。”王仁山坐下。

宋怀仁张罗着沏茶：“您太客气了，有事儿只管吩咐。”

“你可能也听说了，有个叫左爷的老混混儿跟咱荣宝斋干上了，他二十多年前和咱东家有过节儿，这事儿还真有点儿难办。”

“左爷啊，我知道，倒退二十多年，琉璃厂谁不知道他？您说，怎么着？”

“你得把这事儿帮我了了，这老家伙三天两头儿来闹腾，明摆着要砸荣宝斋的买卖，可咱一买卖人，能拿他怎么着？就是东家来了也没辙，所以，这事儿我都没跟东家念叨，能自己解决就自己解决，要不然咱们可真成吃干饭的了。”

“就这事儿啊？您甭管了，我来解决，他一个没钱没势的老混混儿，咱荣宝斋能让他给治了？”宋怀仁大包大揽。

“你可得悠着点儿，别弄出什么麻烦来，咱荣宝斋的名声可是最要紧的。”王仁山提醒着。

“二掌柜的，您放心，我有数儿。”

两人刚说完，张幼林走了进来。张幼林和宋怀仁以前没打过交道，只是听到过一些关于他的传闻，平心而论，张幼林是不大愿意宋怀仁这样的人到荣宝斋来的，可现在既然木已成舟，也只好暂且如此。作为东家，张幼林要在他来荣宝斋上班的第一天跟他好好聊一聊，把该说的话都说到了。

聊了一会儿之后，张幼林问起了李默云。

“东家，我实话实说吧，李默云是在琉璃厂专门倒腾假画的，主要是卖仿石涛的东西，因为南边儿有人仿石涛仿得非常好，价钱也不贵，他拿到没什么名气的铺子里换俩钱儿花，买的和卖的都心照不宣。但是蓝瑛的画很少见，不知道他是哪儿淘换来的，这位仿做者的水平也很高，李默云把我也给蒙了。”宋怀仁在张幼林面前显得很坦诚，但并没有全说实话。

“李默云和贝子爷是什么关系？”

宋怀仁摇头：“这我可说不好，不过，贝子爷在蓝瑛那幅画上栽了面儿，熬心了好些日子，还大病了一场，以后说什么也不给人掌眼了，贝子爷说，宁可饿死也不能干坑人的事儿。”

“那你们现在有拿不准的找谁去看呢？”

“贝子爷介绍了他的一位亲戚，为了以防万一，这几天我和二掌柜的正在商量，打算再联系几个人。”

“你待会儿写个帖子送过去，我请贝子爷吃顿饭，这事儿就算过去了。”沉默了片刻，张幼林又问，“李默云好像有日子没在琉璃厂露面儿了吧？”

“听说躲到南边儿不敢回来了。”

张幼林换了个坐姿：“怀仁哪，有人说，中国的书画史就是一部书画的作伪史，这话听起来挺夸张的，但你琢磨琢磨，它有一定的道理。文献上说，东晋时期仿王羲之字的人已经很多了，到了唐代，就有人专门从事鉴定流传于世的王羲之字的真假，一千多年来，书画作假绵延不绝。民国以后，出现了一些艺术水平和欣赏价值都很高的‘高仿’作品，不像明清时期的苏州片子、扬州的皮匠刀和北京的后门造儿那样，让人一眼就能看出来，所以，你们在书画经营上，得谨慎又谨慎，小心又小心，记住，烫手的钱，宁可不要。”张幼林说得语重心长，宋怀仁使劲点头：“东家，我记住了！”

晚上6点，张幼林准时来到了在翠喜楼预订的一个雅间，可左等右等，直到8点都过了，邵飘萍还是没有露面，张幼林着急了，他不时地向门口张望。

赵翰博从雅间的门口经过，见是张幼林在里面，就走进来。

张幼林站起身：“赵先生，少见，少见，最近怎么不到铺子里去了？”

“我去的时候都没碰上你啊。”赵翰博一看桌子空着，就问，“你等谁呢？”

“你们报界的头面人物，邵飘萍。”

赵翰博显得很惊讶：“你等邵先生？邵先生被抓起来了，你还不知道？”

“您这回消息可不准了，昨儿个我从苏联大使馆门口儿过，亲眼看见邵先生和一个人从里面出来，我这才差人送了帖子。”

“哎哟，你不知道，邵先生出了使馆，在回报社的路上，就让埋伏在路边儿的军警给抓起来了。”

“啊？”张幼林顿时瞪大了眼睛，“军警怎么知道邵先生要从那儿过？”

赵翰博趴到张幼林的耳边轻声说道：“据说是张作霖用两万块大洋收买了邵飘萍的朋友、《大陆报》社的社长张翰举，是张翰举把邵先生从使馆里给骗出来的。”

张幼林一拳砸在桌子上：“这也算朋友？简直就是见利忘义的小人！张作霖也太小心眼儿了，邵先生不就是没接他那三十万大洋吗，就非得把人抓起来？”

赵翰博摇头：“不这么简单，这些年，邵先生锋芒毕露，他写文章支持冯玉祥发动北京政变，力助郭松龄倒戈反对张作霖，反对段祺瑞就更甭说了，他拒绝接受段祺瑞给的善后会议顾问的头衔，‘三一八’惨案屠杀学生，《京报》发表了一系列的详细报道，《首都大流血写真》特刊，你看了吧？”

“看了，邵先生正义直言，佩服，佩服！”

“张作霖早就对邵先生恨之入骨啦，这回……恐怕是凶多吉少。”赵翰博神色黯然。

“那得赶紧想法儿救他呀！”张幼林着起急来。

“这不，各界代表正在一块儿商议呢。”

张幼林摘下衣帽架上的礼帽：“走，我也算一个！”

赵翰博大喜：“太好了，我们正缺商界知名人士呢。”

第二天一大早，赵翰博和几位代表就赶到了奉军驻京总部，张幼林也在其中。

奉军驻京办事处主任冯维安接待了他们，冯维安的口气很强硬：“逮捕邵飘萍，我们老帅和各部将领早就有这个打算，各位就不要再费口舌了。”

赵翰博站起身：“邵先生的言论是有过激的地方，不过，看在邵先生是报界栋梁的分上，还请您和老帅再商量商量。”

冯维安盯着赵翰博，斩钉截铁地说道：“我们商量的结果是，一经捕到，立即就地枪决。”

众人吵嚷起来：“怎么能这样蛮横不讲理呢？邵先生不就是敢说真话吗？难道说真话就得杀头……”

“大家静一静，静一静！”赵翰博对众人做了个手势，又对冯维安说道：“说真话是新闻从业者的责任和良心，邵先生以推动社会进步为己任，不畏恐吓，敢于触及社会的方方面面，实在是可钦可佩，你们不能……”

冯维安不愿再听下去了，他把门“啪”地一关，扬长而去。

张幼林的心一沉：“这下可麻烦了。”

几天之后的一个清晨，天刚蒙蒙亮，张幼林的司机老安开着车从天桥附近的一条街里拐出来，军警上前把车拦下，老安把车靠在墙边，走出了驾驶室。只见一辆囚车由远而近，在前面不远处停下了，荷枪实弹的军警从囚车上押下来一个犯人，老安仔细一看，当时就愣住了：“这不是邵先生吗？”

几名监刑官站在邵飘萍的身旁，军警首领大声宣读着判决：“《京报》社长邵飘萍，勾结赤俄，宣传赤化，罪大恶极，实无可恕，立即执行枪决，以照炯戒……”

“啪——”清脆的枪声划破了黎明的夜空，在天际间久久回荡，仿佛邵飘萍的冤魂，在这个强盗横行的世间萦绕不散。

张幼林刚刚起床，他正在院子里打拳活动腰身，老安急急忙忙闯进来：“先生，不好了！”

张幼林收势：“怎么了？”

“您要请的那个邵先生，刚才在天桥儿东边被军警枪毙了。”

“你说什么？”张幼林大吃一惊。

“邵先生被军警枪毙，我亲眼瞧见的。”老安又重复了一遍。

张幼林像遭到了雷击，他身子一晃，差点栽倒在地上，老安一把扶住他：“先生，您别太难过了。”

“这是什么世道啊！原以为皇上没了，中国从此就会走向民主和自由，谁知道……这世道是换汤不换药，连一个敢说真话的报人都容不下，中国啊，真是城头变幻大王旗，谁坐了天下都是百姓遭殃，怎么会这样？怎么会这样啊……”张幼林摇头叹息，瞬间，他心中的希望彻底破灭了，对眼前的这个世界，他开始有了全新的认识。

·第二十三章·

宋怀仁刚到荣宝斋，正琢磨着得找机会露一手儿呢，谁承想，王仁山就把收拾左爷的事儿交给了他。宋怀仁早就听说了，左爷把荣宝斋折腾得不善，气得张喜儿差点儿得了脑出血，就为这事儿，张喜儿还专门找东家去辞职。不过，在宋怀仁看来，这实在是小事一桩。

那天下午，宋怀仁来到了明远楼茶馆，他要了一壶茉莉花茶，独自品着，没过多久，一个二十来岁、有些邋遢的小伙子晃进来，在宋怀仁的对面坐下。

小伙子绰号橘子皮，个头中等，肤色黝黑，还算匀称的脸上长着一双奇怪的豆眼儿，令人过目不忘。橘子皮是个孤儿，从小和琉璃厂一带的地痞混在一起，和宋怀仁有些交情，算是熟人了。

橘子皮显得很恭敬："宋爷，您找我？"

"我没大事儿，找你随便聊聊。"宋怀仁给橘子皮倒了碗茶，还加了一勺白糖在里面。

橘子皮受宠若惊："宋爷，有事儿您就言语，以前的事儿……我还欠着您的人情呢。"

"我最近改换门庭，到荣宝斋了。"

"哎哟，好事儿啊！"橘子皮一惊一乍的，他的豆眼儿眨了眨，"荣宝斋可是琉璃厂数一数二的大铺子，您在那儿也算是有头有脸儿啦！"

宋怀仁不动声色："有个叫左爷的，你认识吗？"

橘子皮点头："知道，老江湖了，二十年前在这条街上还有一号，如今是早过气了，怎么着，他招惹宋爷您啦？"

"这老家伙盯上荣宝斋了，接长不短地上门要青皮，老弟，你得帮我修理修理他。"

"就这点事儿啊？好说，您划个道儿吧，修理到什么份儿上？"

宋怀仁掏出十块钱放在桌上："这是点儿小意思，拿去喝杯茶，至于那老家伙……"宋怀仁想了想，"让他瘸条腿吧，省得他到处乱窜。"

橘子皮见到钱十分兴奋："得，宋爷，您瞧好儿吧！"

几天之后，左爷拎着个粪桶来到荣宝斋的门前，他揭开粪桶盖子，一股恶臭熏得路人纷纷避让。左爷大声吆喝着："卖大粪啦，两块钱一桶，两块钱一桶……"

张喜儿捂着鼻子冲出门："你怎么又来了？"

左爷一副无耻的样子："张掌柜的，我可没招你，大爷我没饭吃了，还不许我做个小买卖？"他又冲路人吆喝起来："卖大粪啦，两块钱一桶！"

张喜儿厌恶地瞥了他一眼："得得得，不就两块钱吗？我给你，你赶紧把粪桶拿走。"

"您的意思是，这桶粪您买啦？那行，我给您搁这儿了，您掏钱吧。"

张喜儿火冒三丈："我给你钱是让你把粪桶拿走，你搁这儿算是怎么回事？"

左爷翻着白眼，不紧不慢地说道："您要让我拿走？那对不起，您还得给两块钱，这可不是我讹您，一桶粪两块钱，您买回去怎么处理是您的事儿，您要是再让我拎走，那您得给我工钱……"

张喜儿被气得话都说不利落了："左爷……你，没这么欺负人的吧？"

这时，橘子皮带着几个街头地痞走过来，他捂住鼻子："妈的，这是谁啊，把粪桶撂在当街？活腻了吧？"

"这是大爷摆摊卖的货，怎么啦？"左爷显得满不在乎。

一个地痞撇撇嘴："哟，这老东西还挺各，怎么啦？你熏着咱爷们儿了，找不自在是怎么着？"

"小子，你不打听打听，大爷我在琉璃厂风光的时候，你爹还吃奶呢，你小子胎毛还没褪净，就敢跟我瞪眼？"左爷毫不示弱。

橘子皮挥挥手："跟他废什么话，打这丫头养的！"

话音未落，几个地痞上去就对左爷拳打脚踢，左爷拖着脑袋在地上滚来滚去，嘴里大声嚷着："舒坦！真他妈舒坦！再来几下……"

"嘿！这老家伙还喊舒坦？这不是斗气儿吗？那我就让你多舒坦会儿！"橘子皮照着左爷的膝盖狠狠地一脚跺下去，左爷发出一声惨叫，抱着断腿疼得打起滚来……

张喜儿被吓得脸色煞白："别打了，别打了，再打就出人命了！"

……

这件事很快就传到了张幼林的耳朵里，他怒气冲冲地来到荣宝斋，大伙一见东家的脸色不对，都老老实实地垂手站立在两侧，谁也不敢言语。

张幼林一屁股坐下："简直是胡闹！怎么能把人往死里打呢，说，这事儿是谁指使的？"

宋怀仁看了一眼王仁山，小心翼翼地答道：“东家，是我，为这事儿我还给了橘子皮十块钱，我都没找柜上报销。东家，这老东西不给他点儿厉害，他敢蹬鼻子上脸，要让他这么由着性儿折腾下去，咱的买卖就别做了，我这也是为了荣宝斋呀。”

“左爷以前是做过不少坏事，可他也受了惩罚，十几年大牢，就是有再大的罪也相抵了。他岁数大了，没有生活来源，使出这种下三烂的手段讹荣宝斋，我都能理解，我要是早知道，会找他谈谈，给他一些钱帮他安置一下。”张幼林的语气缓和下来。

张喜儿苦着脸：“可是……东家，这种人是可怜不得的，他本来就不是好人，您这样以德报怨，他也不会领情的。”

“我知道他坏，可怀仁指使地痞打他，那不是把我们自己也等同于坏人了吗？我们是堂堂正正的买卖人，不是地痞流氓，也不想和地痞流氓有任何来往。”

王仁山往前跨了一步：“东家，这件事主要怨我，是我让怀仁处理一下左爷的事，我也是没有想到事情会闹到这个份上，那些地痞居然把左爷的腿给弄断了，东家，您说，我们该怎么办？”

张幼林摆摆手：“事已至此，大家就不要互相埋怨了，我知道大家是为了荣宝斋好，可使出这种手段实在不是件光彩事，我希望以后不要再出现这样的事了，请大家记住！”

大伙儿纷纷答道：“记住了，东家。”

沉默了片刻，宋怀仁忐忑地问：“东家，那……左爷那儿……”

“你打听一下他住在哪儿，我去看看他。”张幼林站起身，走了。

左爷原本用从荣宝斋讹来的钱在南横街的一个大杂院里租了间小南房，腿被打折了以后，房主估摸着他付不起房租了，就把他赶了出来。左爷无处安身，好心人把他送到了永定门外的一座破庙里。

张幼林费了半天劲才找到这座破庙，他站在已经塌了一角的大殿外敲敲门：“左爷在吗？”

左爷正躺在草堆里辗转反侧，他没好气地说：“还他妈活着呢。”

“吱咯”一声，张幼林推开虚掩着的半扇破门进来，他走近草堆：“左爷，还记得我吗？”

左爷扭过脸，仔细看了看：“你是……张幼林？”

张幼林撩开长衫坐在左爷身旁：“是我，二十多年没见了，快认不出来了吧？”

左爷的脸一变：“姓张的，咱俩的事儿没完，有能耐你就把我打死，要不等我缓上来，我要你的命！”

看着眼前满头白发、老态龙钟的左爷，张幼林不禁心生怜悯，他缓缓地说道：“算啦，左爷，你都这把岁数了，还能折腾出什么来？”

“姓张的，我知道，明面儿上我是斗不过你，我承认，可话又说回来了，你张幼林家大业大活在明处，我呢，贱命一条，活在暗处，你等着，不定什么时候落到我手里。”

张幼林不屑地一笑：“好啊，我等着，就怕你这辈子没机会了，老胳膊老腿儿的，还打打杀杀，也不怕小辈儿人笑话？”

“张幼林，你来就是想恶心我？”

张幼林摇摇头：“我可没那闲工夫，你让人打了，这和荣宝斋的人有关系，虽然这不是出于我的本意，可我还是要向你道歉，是我对下面管教不严，还请你多担待。”

左爷冷笑一声：“哼，猫哭耗子假慈悲！”

张幼林依旧心平气和：“左爷，我又没打算和你交朋友，犯不上假慈悲，明说吧，你这个人这辈子净干坏事了，所以无儿无女，老了也吃不上饭，病了也没人管，照这么下去，在你有生之年还要干坏事，不知什么人要倒霉，因此，我得想个办法……”

左爷警惕起来：“你想干什么？找人做了我？”

“那可不值当，你还没康小八那两下子，为你犯不上下这么大功夫。”张幼林打开带来的布包，“这里有两百块银圆，足够你置个家，做个小买卖了。左爷，要是从今往后你不用再为过日子担心，是不是就可以不干坏事了？”

张幼林的举动大大出乎左爷的意料之外，他拿起布包，看着张幼林：“这是……给我的？”

张幼林站起身：“是给你的，我想跟你买样东西。”

“买什么？”

“买你的坏心眼儿，没了它，你就会好好过日子，做个守法的人，永远不再害人。”

张幼林说完头也不回地走了，左爷抱着装钱的布包愣在那里，半晌，他号啕大哭起来。左爷心里清楚，他活了六十多年，坏事做绝，没想到张幼林居然……左爷有生以来第一次反省自己，他的眼泪像滔滔江水一般，绵延不绝……

罗振玉正在书房里伏案写作，用人轻轻地推门进来：“老爷，荣宝斋王二掌柜的在外头候着您呢。”

罗振玉头也没抬：“他有事儿吗？”

“说是您托他打听的石涛的画有着落了。”

“让他等着。”

用人退下了，罗振玉又写了几行字，把笔放下，站起身到书架上翻书。不大一会儿，用人又进来：“老爷，王二掌柜的说，事情紧急，他等不起，老爷是否允许他来书房见您？”

罗振玉皱了皱眉头：“既然这样，那就让他进来吧。”

王仁山进来，先给罗振玉道歉：“对不住，罗先生，打搅您了。”

“不打搅，你请坐吧。”

二人落座，王仁山显得颇为神秘：“苏州那边儿的消息，您听说了吗？”

罗振玉一头雾水：“什么消息？”

王仁山故作惊讶：“这么大的事儿，您会没听说？”

“我这些日子净顾着在家里闭门看书了，发生什么事儿了？”

“在苏州，有一家人翻盖旧宅子，发现了石涛的两幅山水画。”

罗振玉半信半疑：“真的？”

“您瞧，我这么大人了，还能蒙您？”

“这两幅画……有说头吗？”

“有啊，书上都有记载啊。”

罗振玉还是半信半疑：“真能想什么就来什么？”他摇摇头，“不可思议，世上怎么会有这么巧的事？”

“您要是拿不定主意，我再去问问别的买主儿，盯着这画的人可不少呢。”王仁山起身要走。

“先别忙着走，这样吧，你让卖主先把画拿来看看。”

“您的意思是，要看着是真迹，您就留下了？”

“那当然。”罗振玉说得很肯定。

“得，那我就打电报，让苏州来人。”

王仁山走后不久，罗振玉写累了，他从书房出来，到院子里活动筋骨，见石桌上放着新来的报纸和几封信，他拿起信看了看信封，没拆，又扔到桌子上，随手翻开了报纸。罗振玉立刻被报纸上的一条消息吸引住了：《翻盖旧宅惊现石涛精品，震动画坛》。他聚精会神地读完了，不禁喜形于色：看来，真有这回事，不行，得抓紧！用人端着茶碗过来，罗振玉吩咐：“你赶紧去趟荣宝斋，告诉王二掌柜的，石涛的画，让他盯住了。”

用人迷惑不解：“王二掌柜的不是刚走吗？”

罗振玉不耐烦地挥挥手：“让你去你就去吧，哪儿那么啰唆。”

下午5点，老安把汽车开到了荣宝斋的门口，张喜儿陪着张幼林从铺子里出来，他忽然想起了什么，问道："东家，我上次说的那件事您考虑得怎么样？"

张幼林站住："你已经和我提过几次了，我也考虑过，这样吧，这个掌柜的你实在不愿干我也就不勉强了，今后你在荣宝斋无论干什么，你的待遇都不变。"

"那就多谢东家了，我会尽心尽力的。"

"你说，如果让王仁山当掌柜的会怎么样？"

张喜儿点头："我看可以，仁山的脑子活泛，点子多，在外边办事儿也有礼有面儿，倒是个当掌柜的料，就是有一样儿，他胆子忒大，不看紧点儿就容易捅娄子。"

"那就让仁山试试吧，也许他能让荣宝斋走出困境。"说完，张幼林坐上汽车去了翠喜楼。

翠喜楼的包间里，罗振玉新近收藏的两幅石涛的山水画悬挂在西墙上，溥心畬、贝子爷、金毅楠、辜鸿铭、张伯驹等一些书画界和社会名流正在饶有兴味地欣赏，张大千和王仁山也在，两人站在墙角，不时地窃窃私语。

张幼林推门进来，双手抱拳："罗先生，对不住，车坏在半道儿上了，捣鼓了半天才修好。"

罗振玉还礼："不迟，不迟。"

张幼林和在场的人点头致意，王仁山走过来："东家，您来啦？"

张幼林有些意外："哦，你也在？"

罗振玉笑着说："这两幅画，还是你们王掌柜的帮我张罗的呢。"

"噢，我先看看画。"张幼林说着，随手把帽子放在了衣帽架上。

堂倌已经上菜了，众宾客还在围着画不住地称赞，只有张大千坐到了桌子旁，他早就饿了，对着一桌子的珍馐美味两眼发直，又不能动筷子，只好充满渴望地看着罗振玉。

罗振玉读懂了张大千的眼神，他招呼大家："各位，各位，请先入席，填饱了肚子，再接着观赏。"

众客人入座，金毅楠感叹道："真乃惊世之作，笔墨传神，非石涛无人能为呀！"

一位头戴瓜皮小帽、留着辫子的老先生对张幼林说："我一直认为，用毛笔书写和绘画是非常困难的，好像也难以准确，但是一旦掌握了它，你就能够得心应手，创造出美妙优雅的书画来，而用西方坚硬的钢笔是无法获得这种效果的。"此人就是大名鼎鼎的北大教授、国学大师辜鸿铭先生，辜先生是个旷世奇才，他精通英、法、德、拉丁、希腊、马来亚等九种语言，曾经获得过十三个博士学位，号称“狂儒”。

张幼林点头：“先生所言极是。”

辜鸿铭又对罗振玉说道：“罗先生，你的运气太好了！”

罗振玉显得有些陶醉：“哪里哪里，我也没想到，石涛的这两幅山水居然与我先前所藏的八大山人的屏条，尺寸完全相同，此种翰墨因缘，实乃天赐啊！”

王仁山不动声色，仿佛罗振玉的话一句都没听见，张大千则抑制不住想笑，他口里的吃食差点儿喷出来。看到这两个人的表现，张幼林心里明白了八九分，不过，他还不能立刻就下判断，他还需要另外的旁证。张幼林开始仔细倾听客人们的议论。

“我的天，三千现大洋？也只有罗兄这样实力雄厚的收藏家才有此魄力！像我们这些早先吃铁杆庄稼的是不成喽，比叫花子强不到哪儿去啦。”没落的贝子爷只盯在了钱上，似乎从他的话里听不出对画的真伪的判断；或者，还有一种可能，贝子爷有意绕开了。

“哪里，哪里。”罗振玉谦虚地摇摇头，他指着一位衣着讲究、风度翩翩的年轻客人，“这位是张镇芳的公子张伯驹先生。”

张伯驹是著名的收藏家，也是民国时期的四大公子之一，他儒雅地向各位点头致意。

辜鸿铭琢磨了一下，问罗振玉：“张镇芳，是那个当过天津道、盐运使的张镇芳吗？”

“没错，他还做过直隶总督，现在是盐业银行的董事长，所以，张公子实力比我雄厚多了，也就是他得着消息晚了，否则这画也到不了我手里。”罗振玉在心里再一次庆幸自己运气好。

张伯驹欠欠身子，意味深长地说道：“如果命中是罗先生您的东西，那别人谁也觊觎不得，反之，您即使得到了也会失去。”

席间，溥心畬坐的位置正好对着墙上的两幅画，他不时抬起头来看画两眼，又看看张伯驹，脸上充满了疑问。

张伯驹则面无表情，一直沉默不语。

席散人去，张幼林和溥心畬并排走在最后，张幼林问：“溥兄，你对这两幅画有何感想？”

溥心畬微微一笑：“他人挚爱之物，恕不评判。”

张幼林也是一笑：“溥兄不加评判，其实也是表明了一种态度。”

“张先生，那就随您怎么看了。”

说话间，两人走出了翠喜楼的大门，老安把汽车开过来，张幼林执意要送溥心畬，溥心畬摆手：“不了，我难得进趟城，在附近会个朋友。”

“那咱们就改日再见吧！”张幼林上了汽车，马达声起，汽车一溜烟似的开走了。

汽车开出没多远，张幼林想起帽子忘记拿了，老安又把汽车开回去。

翠喜楼的包间里，只剩下罗振玉和张大千，罗振玉正要从墙上摘画，张大千开口说道：“罗先生且慢，您这两幅画……是假的。”

罗振玉回过头来：“你说什么？”

“我说您这两幅画，是假的！”

罗振玉愤怒了：“你个毛头小子，岂敢张口胡言！”

张大千调皮地一笑：“罗先生请息怒，我把这两幅画的画稿和图章都带来了，请您过目。”说着，他打开随身带的一个皮包，不慌不忙地从里面取出几枚图章和一堆画稿。

罗振玉拿起画稿和图章仔细地看了看，黄豆大的汗珠从额头上冒出来，他面如死灰，颓然地跌坐在椅子上。

张幼林推门而入，三个人都感到很意外。张幼林迅速地扫了一眼罗振玉手里的画稿和桌子上的图章，随即冲两位作揖，深表歉意：“对不住，打搅了，我的帽子落这儿了。”说着，他走到衣帽架边，拿起帽子，转身离去。

过了半晌，罗振玉缓过点劲儿来，可怜兮兮地看着张大千：“张先生，这画稿和图章我都留下，你要多少钱，好商量，切望张先生嘴下留情，这件事千万不可在外面张扬。”

“罗先生要是喜欢，画稿和图章就送给您了，我呢，不过是跟您开个玩笑，只是……”张大千话到嘴边儿，又停住了。

罗振玉急切地催促：“你讲，你讲。”

“照理说您是前辈，我是晚辈，我理应尊重您，可是……我也希望您能尊重我，有道是，江山代有才人出，各领风骚数百年。我希望罗先生能认同这一点，往后，至于这两幅画，请罗先生放心，我会把这件事烂在肚子里。”

罗振玉擦了擦头上的汗：“是，是，后生可畏，后生可畏啊，罗某吃一堑，长一智……”

张大千掏出一张银行的票据递给罗振玉：“罗先生，这三千大洋还给您。”

罗振玉坚辞不受：“不可，不可，行里有规矩，谁走眼谁自认，怨不得别人，鄙人虽老朽，规矩还是要讲的，请张先生把银票收起来，罗某花钱买个教训就是。”

张大千将银票放在桌上：“规矩是规矩，可大千要是收下这笔钱，岂不成了骗子？罗先生，再见！”

张大千拎上皮包走了，留下罗振玉久久地呆坐在那里。

张幼林是个急脾气，好事坏事都不过夜，他从翠喜楼取了帽子出来，没有直接回家，而是让老安把他送到了荣宝斋。

王仁山回来的时候，张幼林已经在后院北屋等候多时了。看到东家，王仁山不觉心中一沉，但他还是装出若无其事的样子："呦，东家，这么晚了，您还没回去？"

张幼林示意他把门关上，单刀直入："仁山，石涛那两幅画到底是怎么回事儿？"

王仁山起初还装傻："什么怎么回事儿？"

张幼林一拍桌子："你好好跟我说清楚！"

眼瞧着不能再扛了，王仁山只好吐露真情："东家，您眼里真是不揉沙子，得，我跟您实话实说吧，这是我和张八爷做的一个局，就是想跟罗先生开个玩笑。"

"为什么要这样？"

"八爷觉得罗先生太狂，张嘴就是：'是不是真迹，我罗某说了算。'您听听，多狂啊，他罗先生也不想想，这是哪儿？是京城啊，藏龙卧虎之地，有本事的人用火车装，也得装几天，他罗先生怎么就敢说这种狂话？就这么着，八爷和我商量着给罗先生提个醒儿，也省得以后栽大面儿……"

"你们拿钱了吗？"

"东家，天地良心，我和八爷都一个子儿没拿，这两幅画统共卖了三千大洋，八爷刚才都还给罗先生了。"

张幼林长出了一口气，心里的一块石头落了地。沉默了片刻，张幼林缓缓说道："仁山，这种事以后少干，像罗先生这种身份地位的人，你们怎么能这样羞辱他呢？这是不是有些过分？做人，还是善良些好，何必使人难堪呢？"

王仁山点头："是，东家，只此一次，下回我再也不干了。"

张幼林站起身："好了，抽工夫去给罗先生道个歉，这件事以后就不提了。"张幼林已经走到了门口，他又回过身来，双目炯炯有神地注视着王仁山："仁山，干脆一块儿都说了吧，我考虑了很长时间，想让你当荣宝斋的掌柜，你看怎么样？"

王仁山刚挨过数落，还没有从刚才的情境中摆脱出来，他一时愣住了："东家，您说什么？"

"我想让你当荣宝斋的掌柜。"

这回王仁山听明白了，他使劲地摇头："东家，这可使不得，我来荣宝斋的时间还没有宋栓长，让我当掌柜的不合适。"

"我说你行你就行，怎么着？你看看琉璃厂一条街，几百年来人才辈出，青史留名，难道你王仁山就甘居人后？"

张幼林这话刺激了王仁山，他略微思索了一下就答应下来："东家，我愿意干，不过……”

“有什么想法，都说出来。”张幼林又返回身坐下。

“还是别叫掌柜的，按新式叫法应该叫经理，我提个建议，以后店里就叫经理吧？”

张幼林点头：“可以。”

“再有……”王仁山的大脑迅速地转动着，他提出了一个苛刻的条件，“在我王仁山当经理期间，铺子里的人员调配、资金使用我说了算，我的一切，您说了算。”这一点，张幼林颇感意外，不过，他还是答应了。

“东家……”下面的话王仁山有些难于启齿，但他还是说了出来，“不是我不相信您，常言道，空口无凭，您最好立个字据。”

“行！我马上就写，仁山，立了字据，今后荣宝斋可就看你的了。”

王仁山胸有成竹：“您放心，我王仁山会竭尽全力把荣宝斋办好，如若办不好，我甘愿受罚。”

张幼林拍拍他的肩膀：“仁山，我相信你。”

井上村光对张幼林似乎有着特殊的兴趣，一段时间之后，他从奉天回到京城，主动邀请张幼林听戏。

张幼林早把这个日本人忘了，接到请帖，半天才想起来。他准时赶到了位于前门外肉市路东的广和楼戏园，只见井上村光西装革履，已经彬彬有礼地站在门口等候了。张幼林拱拱手：“井上先生神通广大，红豆馆主的《群英会》，京城多少戏迷翘首以待，听说为了抢票，都快出人命了。”

“红豆馆主是谁？为什么要出人命？”井上村光显得莫名其妙。

张幼林愣了片刻，随即恍然大悟：“敢情井上先生不是戏迷啊？”

井上村光欠欠身子：“我听说张先生您是戏迷。”

“枝子小姐怎么没来？”张幼林四处张望着。

“我现在大部分中国话都可以听懂了，就不需要翻译了……”

两人说着话走进了戏园，在预订的位子上坐下，离开演还有些时候，井上村光请张幼林给他介绍红豆馆主。

张幼林侃侃而谈：“红豆馆主溥侗先生被尊为‘票界领袖’，跟您一样，也有皇族血统，他是道光皇帝的长子奕纬的后人……”

井上村光用手势打断了张幼林：“让我想想……嗯，道光皇帝之后是咸丰皇帝奕詝，溥侗先生的先人是长子，为什么没有继承皇位？”

“事情是这样的，奕纬有位老师教读甚严，常常说些要认真读书，将来好当皇帝、治理国家之类的话，有一天把奕纬说烦了，奕纬回敬了一句：我要是当了皇上，先杀了你！老师把这话转奏给皇上，皇上一听大怒，派人把奕纬找去，踹了他一脚，数日之后，奕纬就郁闷而死了。”

井上村光感叹着：“太可惜了！用你们的话说，叫小不忍则乱大谋。”

张幼林多少有些意外：“想不到井上先生的中文进步得这么快，我该对您刮目相看了。”

“张先生过奖了，我想认识溥侗先生，您能替我引见吗？”这是井上村光今天的正题之一。

“没问题，我们是老朋友。”张幼林爽快地答应了。

演出开始，红豆馆主扮演周瑜。张幼林很快就沉浸在戏中了。

……

（蒋白）啊，公瑾别来无恙啊？

（周白）啊！子翼良苦，远涉江湖而来，敢是与曹操做说客吗？

（蒋白）这个……我久别足下，特来叙旧，奈何疑我与曹氏做说客呀！

（周白）哼……吾虽不及师旷之聪，闻弦歌而知雅意。

（蒋白）哎呀！阁下待故人如此，我便告辞。

台上，红豆馆主种种做派，极尽精妙，不断赢得观众的阵阵喝彩声。井上村光瞪着眼睛看，似乎也没看出什么名堂。

张幼林微微一笑，给他讲解：“红豆馆主演的周瑜，潇洒出尘、风流绝世，与梨园俗伶，迥然有异啊。”

“请张先生赐教，区别在哪里？”

“我个人认为区别在于气质，您仔细看，他的一举一动，清新高雅，透着一种皇家气派。红豆馆主是位全才，论表演，生、旦、净、末、丑，‘文武昆乱不挡’；论戏剧音乐，吹、打、弹、拉，‘六场通透’，甭说是票友，就是专业人士也可望而不可即啊。”

井上村光皱起眉头：“贵国的事情很奇怪，业余爱好者居然比专业人士成就更高，他是怎么学出来的呢？”

“银子堆出来的呗，哪出戏，谁演得好，红豆馆主就把角儿请到家里好吃好喝住两天，临走的时候，合现在的数目赠送大洋一百块，外加一包大烟土。和他打交道可比在戏园里唱戏舒坦多了，收入也不菲，所以名角儿都趋之若鹜，毫无保留地给他说戏，像陈德霖、梅雨田、谭鑫培、姚增禄、俞菊仙，这些都是他的老师。”

“噢，博采众家之长，不过，请恕我直言，和我听过的其他名伶相比，红豆馆主的嗓音不够好。”

张幼林的眼睛不觉一亮：“您快成行家了，不错，平心而论，红豆馆主的天赋条件是不太好，嗓音略带沙哑，不够嘹亮。您听……有时运转得不能尽意，但是，他的气质弥补了嗓音的不足，就是能让看戏的都迷上他，跟着他演的人物，悲、喜、沉、落，您不觉得，他那沙哑的嗓子反而别有一番韵味儿吗？”

井上村光听了一会儿，遗憾地摇摇头：“抱歉，我对京剧刚开始接触，还不能体会其中的深意。”他转了话题：“听说，由国民政府汪主席提名，要请溥侗先生出任蒙藏委员会委员。”

张幼林半信半疑：“真有这事儿吗？”

“确有其事。”井上村光的回答十分肯定。

“井上先生消息很灵通啊，这会儿恐怕溥侗先生自个儿也还蒙在鼓里吧？”

“您不是和汪主席有些私交吗？可以问问他呀。”井上村光仿佛是不经意说出了这句话。

张幼林顿时警觉起来：“井上先生，您好像什么都知道，汪先生眼下为国事正日理万机，这等小事儿犯不上麻烦他。”

井上村光知道有些过头了，赶紧往回找：“您是琉璃厂的名人，自然传闻很多，我也想证实一下，您参与营救过汪主席，是真的吗？”

张幼林摆摆手：“那都是过去的事儿了。”

后面的戏，张幼林再也不能专心致志了，他犯起了嘀咕：这个日本人……到底是干吗的？

世界上没有十全十美的事儿，王仁山确实比张喜儿能干多了，可也有让张幼林窝心的地方，旁的不说，就徐管家给贝子爷卖画那件事儿，就让张幼林憋闷了好几天。

自从皇上退位以后，贝子爷经历了人生的巨变，虽然他不像额尔庆尼被三郎和七姨太整得那么惨，可架不住坐吃山空，加上不会算计，眼下也到了山穷水尽的地步。

徐管家还是不错，无论富贵也罢，贫贱也罢，这些年一直忠心耿耿地跟着贝子爷，不但没偷他的东西，而且还净为一家老小的吃喝发愁了。

那天，都快到晌午了，贝子爷已经画了好几个钟头了，肚子开始“咕咕”作响，他放下毛笔，唤来了徐管家：“晌午吃什么呀？”

徐管家愁眉苦脸：“贝子爷，我这儿正发愁呢。”

“发什么愁呀？”家里已经没米下锅了，贝子爷还全然不知。

徐管家道出了实情，贝子爷的火儿“腾”地就蹿上来了，他手臂一挥：“接着当！”

“您老让当，瞧这里里外外的，还有当得出钱来的东西吗？”

徐管家说话的声音虽然不大，可句句都砸在贝子爷的心上。他不禁仰天长叹：“唉！想不到，我堂堂大清国的皇亲贵胄，如今会落到这步田地！”贝子爷低头在画上又补了几笔：“拿去，到荣宝斋卖了。”

“荣宝斋不收现成儿的，得先有人预订。”徐管家面露难色。

贝子爷不耐烦了：“让你拿去你就拿去，哪儿那么多废话！”

徐管家不敢再言语，他卷起画，匆匆赶往荣宝斋。到了荣宝斋的大门口，徐管家没急着进去，他定定神，擦了把头上的汗，又整整衣襟，这才迈着四方步踱了进去。

徐管家把贝子爷的画在柜台上展开，拿腔拿调地说道：“我们贝子爷昨儿个兴致好，随手画了两笔，我一瞧，哎哟喂，真把我吓着了，这简直是惊世骇俗之作啊！要是有心去画，十有八九画不出来，我怕贝子爷随手当废纸给揉了，赶紧给您送过来，您好好看看。”

伙计们没人愿意搭理他，云生只好走过来，指着徐管家的鼻子说道：“徐管家，跟您说多少回了？有人订的时候再让贝子爷画，没人订就先别劳这份儿神，荣宝斋又不是收破烂儿的，逮着什么要什么，您倒是不怕跑道儿送来了，我们上哪儿打发去呀？”

话音未落，张幼林和王仁山走进来，徐管家像见到了救星，快步迎上去：“哎哟，张先生！”

张幼林在他面前站住：“贝子爷还好吗？”

“托您的福，好，好，贝子爷净惦记您！”

“改日我去登门拜望。”

徐管家喜笑颜开：“好嘞，您的话我一准儿带到！”

张幼林转向了云生：“云生，你刚才怎么说话呢？贝子爷是荣宝斋的老朋友，眼前不过是遇到点儿难处，你到柜上先支点儿钱，把画收下来嘛。”

王仁山在张幼林的耳边低语了几句，张幼林的脸一沉：“好好好，经营方面的事，由王经理说了算，我不说了，我不说了……”

徐管家眼瞧着到手的钱又飞了，实在不甘心，他又乞求王仁山：“王经理，您瞧，画都画出来了，您好歹给点儿，多少都行……”

王仁山从兜里掏出一块钱放在柜台上：“徐管家，真对不起，这是我个人的一点儿小意思，让贝子爷千万别嫌少，这画呢，您先拿回去，等有人订画时再说，徐管家，不是我驳您的面儿，荣宝斋的规矩是我定的，要是我带头把自己定的规矩给破了，您说，我还好意思在琉璃厂混吗？”

“王经理说的是，规矩我懂，规矩我懂……”徐管家赶紧把钱揣起来。

张幼林对张喜儿说道：“我没带钱，先从柜上支两块，算是我借的。”

张喜儿拿钱递给张幼林，张幼林把钱塞在徐管家手里：“徐管家，对不住了……”

这件事让张幼林心里憋闷了好几天。王仁山有他的道理，不成规矩何以成方圆？荣宝斋是家做买卖赚钱的铺子，不是慈善堂。可他是个念旧的人，也是个热心肠，虽说贝子爷这种状况明摆着是救急救不了穷，但也不能袖手旁观不是？张幼林思来想去，最后还是何佳碧给他出了个好主意。当年荣宝斋曾经无偿使用过贝子爷的画稿印诗笺，现在再把这些画稿拿出来量印一些，付给最高的稿酬，这件事才算过去。

这些日子风传北伐军要打进京城了，闹得人心惶惶。这天，王国维从清华大学进城，到荣宝斋买文房用品，他把采购的单子给了赵三龙，就坐下等着，顺手拿起了桌子上的报纸。看着看着，王国维皱起了眉头。

辜鸿铭大摇大摆地走进来，他的脑袋后面依旧是拖着一条小细辫子，头戴瓜皮小帽，身穿大袖宽袍，手拄拐杖，一副前清遗老的派头。

王国维起身作揖：“辜先生，幸会幸会。”

辜鸿铭还礼，他见到王国维有些意外：“王先生，您也来逛琉璃厂？”

“我难得进趟城，来荣宝斋寻几份诗笺，顺便带些文房用品。”

云生端着茶走过来：“二位先生，请坐下聊。”

王国维和辜鸿铭坐下，王国维指着报纸，神色黯然：“我刚从报上看见，叶公被当作‘土豪劣绅’给枪毙了！”

辜鸿铭思忖了一下：“是湖南的那个叶德辉吗？”

王国维点头：“正是，叶公乃一学者，他精于目录之学，能于正经正史之外，别具独裁，旁取史料，开后人治学之门径，是位难得的人才，怎么动不动就给枪毙了呢？”

“我读过他的《书林清话》和《书林余话》，其中凡涉及镂板、印刷、装帧、传录、收藏、题跋、校雠等的史案掌故，皆有考证，采撷广博，实属上乘之作……”

两人正聊着，张幼林和张小璐走进来，张幼林赶紧作揖：“二位鸿儒大驾光临，失敬失敬。”张小璐也给二位先生行了礼。

辜鸿铭打量着张幼林：“张先生，你来上班啦？”

“啊不，这里有经理，我是闲来无事溜达溜达。”

“看不出来，你还挺会找自由啊！”辜鸿铭对张幼林的回答还比较欣赏。

张幼林瞥了一眼桌子上的报纸：“二位在谈论叶德辉吧？”

王国维点点头。

张幼林坐下：“据说叶公为人多有悖谬之处，对一切新的变化都看不惯，前些日子还写出对联儿痛骂农民革命。”

“有这回事？”辜鸿铭显得有些惊讶。

王国维拿起报纸：“叶公的对联是这么写的：农运宏开，稻粱菽，麦黍稷，尽皆杂种；会场广阔，马牛羊，鸡犬豕，都是畜生。横批为：斌尖卡傀。”

一旁站立的张小璐问王国维：“请教王先生，斌尖卡傀是什么意思？”

“就是不文不武，不大不小，不上不下，不人不鬼。”

张幼林感叹着：“联儿是好联儿啊，可眼下农民革命正在势头上，叶公如此口出狂言，后果自然可以预料。”

辜鸿铭“啪”地一拍桌子站起来：“都是没有王法所致！”

在场的人一时都愣住了。

辜鸿铭又坐下，愤愤地说道：“现在时局之所以混乱，儒风日微、斯文坠地，主要原因就是没了皇帝，要是在当年，哪个敢如此造次？”

王国维沮丧到了极点：“辜先生所言极是，叶公就是心直口快，他这是因言罹祸呀，要是北伐军真打到了北京，恐怕……我也难逃此下场。”

张幼林摆手：“不会不会，王先生您多虑了。”

赵三龙送过来包好的文房用品，王国维站起身：“辜先生、张先生，我先告辞了。”

张幼林和张小璐把王国维送到大门外，张幼林作揖：“王先生，恕不远送，欢迎您再来。”

王国维也拱拱手：“请回吧。”

残阳如血，王国维的背影渐渐消失在血红色的霞光里。张幼林和王国维虽然没有过深的交往，但他景仰这位知识渊博的国学大师，王国维的忧郁与感伤给他留下了难忘的印象。张幼林无论如何想不到，这次偶遇居然就是他和王国维今生的永别——不久之后，王国维在颐和园鱼藻轩投水而亡。

宋栓气喘吁吁地跑来：“东家，夫人让您马上回家，家里来客人了。”

“谁，谁来了？”

宋栓喘着粗气，卖了个关子："到家您就知道了。"

银须冉冉的霍震西老先生正坐在张家客厅里神闲气定地品茶，张幼林大步走进来，喜形于色："霍大叔，您事先怎么也不发个电报来？这让我措手不及的。"

霍震西站起身，拍拍他的肩膀："幼林，我就是要让你措手不及！"

"走，今儿晚上我请您会贤堂去吃鲁菜。"

霍震西摆手："北京的馆子我早吃腻了，今儿个就在家里品尝佳碧的手艺。"

何佳碧进来："霍大叔，晚辈献丑了，做了几样儿拿手菜，您请吧。"

三人来到饭厅落座，酒菜已经摆满了一桌子，何佳碧给霍震西倒酒、布菜。

张幼林问："您这次来北京得住些日子吧？"

霍震西摇头："不，是路过，幼林啊，我的大本营要转移到上海去了。"

张幼林听罢，不觉大吃一惊："啊？您都这么大岁数了，居然赶起了时髦？上海那灯红酒绿的地方对您有什么吸引力吗？"

霍震西微微一笑："时风日变，南京国民政府眼看着已经成势，对我们做买卖的人来说，南方很快就会成为风水宝地，不信你看着。"

"那也犯不着您再去打天下呀！"

"我生性好动，趁着手脚利索，脑子还没糊涂，再干它一家伙。"

"幼林要是有您这股冲劲儿，荣宝斋早开到南洋、日本去了。"何佳碧把一块肘子肉夹到霍震西的盘子里。

霍震西看了看何佳碧："他是今生投错了胎，白白糟践了这么一个像样儿的铺子。"

"我哪儿有那兴致一天到晚老泡在铺子里？人活着，总得闹点儿自在吧？"

霍震西笑着："你呀，还是老样子。幼林，我告诉你一句话，在中国干事业，不管是搞政治还是做买卖，眼睛得看着南边，当年的革命党是从南边兴起的，武昌首义也是在南边成功的，现在的北伐军也是从南向北打……我看哪，北伐军一旦得势，将来的政府也得迁到南方去，要是这样，荣宝斋早晚也得往南边动动，不信你把我的话搁在这儿。"

果不其然，还真让霍震西说中了。

·第二十四章·

这些年，在北京主事儿的北洋政府首脑跟走马灯似的换来换去，段祺瑞临时执政了一阵子，不成，辞了职；胡惟德、颜惠庆、杜锡珪、顾维钧这四位爷加起来干了一年零俩月；张作霖的屁股也没坐稳。1928年的5月，北伐军已经到达了北京的外围，张作霖一琢磨，就在一年前，武汉国民政府领导的北伐军与冯玉祥的国民军联合作战，在河南战役中击败了爱子张学良指挥的奉军主力，奉军被迫撤到黄河以北，张作霖自知不是北伐军的对手，干脆甩掉北京这个包袱，溜到老家东北去当土皇帝。不过，张大帅这回的运气简直糟透了，在回家的路上，他的专列在皇姑屯被日本关东军埋下的炸弹炸翻，张大帅被抬回家后不久便气绝身亡。

北京政府再次群龙无首，政界的元老们出头临时组织了治安维持会，指挥警察和留在城内的奉军的一个旅维持秩序。三郎投靠的杜司令早就不知去向了，6月8日，阎锡山的部将商震从广安门入城出任京津卫戍司令，和平接管了北京。6月15日，国民政府郑重宣布：中国南北统一大业胜利完成。

王仁山寻思着，不打仗了，这下会有好日子过了。可还没等他高兴起来，紧接着就是一个晴天霹雳：国民政府决定把首都迁到南京，北京改为北平特别市。别看北京与北平就一字之差，可对荣宝斋而言，这麻烦大啦！

这些日子，城里的达官贵人纷纷跟着政府往南京搬迁，荣宝斋的客户大量流失，王仁山心急火燎，可也只能是干瞪眼儿瞧着。

张乃光的秘书、一个儒雅的青年魏东训正焦急地站在大门口的台阶上不住地向左右张望，一辆装满了家具、生活用品的卡车停在大门口，车子已经“突、突”地发动起来，司机探出脑袋：“魏秘书，再不走就赶不上托运了！”

“再等等。”

宋怀仁怀里抱着一捆卷轴，坐在洋车上拼命往张乃光家赶，他催促车夫：“再快点儿，我付双倍的车钱……”

宋怀仁终于出现在魏东训的视野里，他三步并作两步跑过去：“宋大伙计，您可算来了。”

宋怀仁下了车，把画递上去：“还没干透，您到了南京赶紧挂起来。”宋怀仁抹了一把头上的汗，“张议员，还有他周围的人，如果要画，您就拍个电报来，我们马上给您预备着。”

“张议员到了南京就是张司长啦，送礼的事儿怕是少不了。”

“那敢情好。”宋怀仁指着魏东训手里的一个卷轴，悄声说道，“这是孝敬您的，到了南京有什么好事，您可得惦记着我们荣宝斋。”

“宋先生，您别这么客气，我和荣宝斋的少东家张小璐是同学，关系没得说。”

“那您就更得关照了！”宋怀仁的脸上露出了笑容。

司长的秘书是少东家的同学，那算赶巧了，幸运的事儿也就这么一档子，其余大部分客户可是煮熟的鸭子——全飞了。

王仁山站在铺子门口，看着稀稀拉拉的过往行人眉头紧锁，赵三龙走出来：“经理，有电话找您。”

王仁山回过头：“谁呀？”

“没听出来。”

王仁山转身进了铺子，他拿起电话听筒：“喂？”

电话听筒里传出了对方的声音：“王经理，我是教育部的赵顺之啊。”

“赵先生，我正等您的信儿呢！”王仁山显得有些兴奋。

“抱歉，抱歉，我们计算了一下时间，从北平发货到南京，就是快件也来不及，下回吧，让你费心了。”王仁山还要再说什么，电话“啪”地就挂断了。

王仁山的脸阴沉下来，他来到桌子旁坐下，闷着头抽烟，伙计们都小心翼翼的，铺子里的气氛十分沉闷。

宋怀仁走进来，王仁山抬起头：“赶上了吗？”

“紧着忙乎算是赶上了，也跟魏秘书交代了，唉，经理，这当官的、有钱的都往南边去了，咱的东西都卖给谁去呀？”宋怀仁也是心急如焚，如今他已经是荣宝斋的大伙计了。

“急也没用，我这两天琢磨着，荣宝斋不能坐这儿等死呀，也得跟着去南京闯闯，看能不能在那儿开个分店。”王仁山琢磨着。

宋怀仁的眼珠子一转：“你还别说，经理，这倒是个好主意。”

王仁山把打算到南京开分店的意思跟张幼林念叨了一下，张幼林当时没说什么，第二天晚上，他把王仁山、张喜儿约到了家里。

张幼林说道：“仁山啊，你提出的到南京开分店的事我仔细考虑过了，我觉得很有道理，你能谈点具体的吗？”

“东家，这是明摆着的，头些日子我给南京的朋友通了个长途电话，我那朋友说，自从国民政府搬到南京，南京的市场立刻活跃起来，尤其是衣食住行方面，非常繁荣。我是这么想的，一个政府机构可是个庞然大物，您算算吧，军事委员会、行政院、考试院、国民参政会……照过去的说法，这都是些大衙门，这些衙门得办公吧？办公就需要笔墨纸砚，而且需要量会很大。”

张喜儿接上话来：“南方的南纸店没有我们荣宝斋这么大规模，至少现在还没有哪家店有这个能力，能独自承担起供应政府部门文房用品的业务，这对我们荣宝斋来说，的确是个机会。”

王仁山思忖着：“既然政府可以长出腿儿跑到南京去，那我们荣宝斋为什么不能长出腿儿来呢？我们跟着政府跑，政府跑到哪儿，我们就跟到哪儿。”

“这样吧，仁山带着云生先去南京探探路，如果可能，租个地方争取办个‘荣宝斋文房用品展卖会’，店里把需要的货品从邮局发过去，咱们先看看行情，要是还不错，再合计开分店的事；张喜儿就留在北平照顾铺子，这边也离不开人。”张幼林一锤子定音。

王仁山点头：“好，我带云生走一趟，车到山前必有路，我就不信在南京立不住脚。”他显得信心十足。

王仁山果然能干，到了南京，他租房子、登广告，三下两下就联系上了以前的老客户，热热闹闹地办了十来天的“荣宝斋文房用品展卖会”，大获成功，紧接着就在南京办起了荣宝斋的第一家分店。

要不怎么说是风水轮流转呢，自打国民政府迁到南京以后，荣宝斋北平总店的生意就一落千丈，南京分店的营业额却一路攀升，势头很猛。转眼之间两年过去了，格局有了根本性的变化。

张喜儿正在荣宝斋后院的北屋里皱着眉头打算盘，张幼林推门进来：“算出来了吗？”

张喜儿抬起头：“东家，本地的生意还是不看好，南京分店的营业额已经超过了北平总店。”

张幼林面露喜色：“看来当初这步棋走对了，要是还窝在琉璃厂，荣宝斋可就是罐里养王八，越养越抽抽了。”

张喜儿倒上茶：“王经理心气儿挺高，他打算按照南京的路数，在南方的几个大城市陆续都办起荣宝斋的分店。”

“这是好事儿啊。”

“可是……”张喜儿有些犹豫，“东家，有句话，不知当说不当说。”

“但说无妨。”

“王经理可没打算给您白干，我瞧他的心思……”张喜儿摇了摇头。

张幼林一时愣住了："他有什么想法？"

张喜儿还没来得及回答，学徒徐海拿着一摞订货单走进来："张经理，南京又有一批订货单过来了，要大批的卷宗、信封和信笺，他们当地赶不出来，让咱们把库存的先发过去，可我算了算，咱们把库存的全发过去也不够啊。"张喜儿看了看订货单："让帖套作赶紧加印，忙不过来就临时雇几个人过来帮忙儿，我待会儿再跟慧远阁的陈掌柜商量商量，调他点儿货，到时候给他分成儿就是了。"张喜儿又从桌子上拿起一张纸递给徐海，"顺道儿把订画的尺寸给溥先生送过去，溥先生堂幅六尺是一百二十元，先润后墨，去的时候别忘了带上钱。"

徐海转身出去了，张幼林沉思着："看来，往后荣宝斋大宗的买卖要靠南方了。"

"王经理正是号准了这个脉，东家，我思来想去，这是个死结：荣宝斋不到南边开分店，就在琉璃厂坐地刨坑儿，将来是死路一条——明摆着政府部门和有钱的人都到了南京、上海，这儿的买卖是越来越萧条；开分店，又离不开王经理这样有想法、能折腾的人，可这人要是太能折腾了……"

张幼林的目光直视着张喜儿："王经理到底什么意思？"

"铃——"电话铃声响起，张喜儿拿起听筒，是王仁山打来的，他把听筒递给了张幼林，张幼林听着听着，脸色阴沉起来。放下电话，张幼林没再说什么，站起身走了。

几天之后，又到了张李氏的忌日，张幼林、何佳碧按惯例来到法源寺，给供奉在大殿内的母亲的牌位上香、鞠躬，请僧人做法事。法事结束，张幼林走出了大殿，何佳碧则跪到佛像前虔诚地礼佛，随着何佳碧每一次跪下给如来佛祖磕头，旁边肃立的僧人庄严地敲一下钟，钟声悠扬，在高大的殿堂里向上升腾着，不绝如缕。

张幼林站在大殿外的菩提树下凝神静思，不一会儿，何佳碧从大殿里出来，二人缓步向外走去。何佳碧问道："幼林，你想出办法来了吗？"

张幼林摇摇头："我到了这儿好像思维停滞了，心反而静下来。哎，你把要请佛祖保佑的事儿跟他老人家都念叨啦？"

何佳碧看了他一眼："没有的事儿，你以为拜佛就是求佛办事儿？告诉你吧，佛祖才不管这些乱七八糟的东西。"

张幼林感到很诧异："那你干吗给佛跪着磕头？"

何佳碧微微一笑："上回我去见明岸法师，他老人家说了，拜佛的真谛是在礼佛的过程中使一颗纷乱的心静下来，静能生慧，有了智慧才好对事物下判断。幼林，你对王仁山提的要求怎么看？"这件事这几天搅得他们两口子不得安生。

张幼林叹了口气："王仁山的意思很明白，以后在外地建的荣宝斋分店赚的钱，一半儿留在分店扩大经营和伙计们分成儿，当然，主要是王仁山自己拿大头儿；另一半儿交北平总店，但主要资金还得用在继续选点儿办分店上。"

何佳碧瞪大了眼睛："那还有东家什么事儿啊？眼下明摆着南京分店比北平总店的生意好，他这不是憋着要戗行吗？咱们平时待他也不薄，他怎么会想出这么个主意？依我看，王仁山要是不和东家一条心，把他辞了算了。"张幼林站住："为什么？他又没做错什么，人家不过是提建议，我们有选择的权利嘛。"

"你打算怎么办？"

沉默良久，张幼林的眉头突然舒展开来："你看这个主意怎么样？让张喜儿到南京把王仁山换回来，王仁山熟悉南京的情况，往后北平总店的生意很大程度上也要配合南京，南京分店的分成方式就按王仁山说的办，毕竟他是南京分店的有功之臣，这点儿到什么时候都不能忘，不过……要是再开分店就得重新考虑了。"

"这倒是个好主意，张喜儿人老实可靠，有他在南京坐镇，南京分店就还能控制。"何佳碧的脸上有了笑容。

"荣宝斋的分店还要继续开下去，荣宝斋的买卖不仅要在北平、南京，还要在其他地方做活！"张幼林显得信心十足。

他们已经走出了法源寺，张幼林回头望去，庄严肃穆的大雄宝殿沐浴在冬日暖融融的阳光里，他的心也渐渐温暖起来。

这些日子张幼林到铺子去得比往常要勤，张喜儿走了，王仁山还没回来，北平总店的生意虽说半死不活，可张幼林对把铺子交到宋怀仁的手里还是不大放心，他宁可辛苦自己。

宋怀仁对张幼林比平时更加殷勤，他站在铺子门口，远远地看见东家的汽车拐过来了，就赶紧回去沏茶，等张幼林迈进门槛，在桌子旁坐定，一碗香气四溢的"大红袍"已经捧到他面前。宋怀仁的泡茶技术是一流的，虽然张幼林不大待见他这个人，可每次喝宋怀仁泡的茶，都禁不住赞不绝口。张幼林近来胃出了点毛病，喝不了绿茶，宋怀仁就改泡发酵重一些的岩茶"大红袍"，看着东家品饮时那副陶醉的神情，宋怀仁觉得是时候了，他正琢磨着该怎么开口，只听见背后"哗啦"一声，一只瓷质笔筒从货架子上掉下来，摔碎了。

正在整理货架子的学徒徐海和李山东你看看我、我看看你，一时都愣住了，宋怀仁立马儿蹿过去，指着他们俩的鼻子吼道："谁干的？"

李山东低着头回答："大伙计，是我。"

宋怀仁一听气就不打一处来，什么？叫我大伙计？这事儿是明摆着的，张喜儿走了，我宋怀仁就是主事儿的，虽然东家没明说，可我干的不都是掌柜的活儿吗？

他刚才要是叫声“掌柜的”，哪怕是“二掌柜的、代掌柜的”什么的，我跟东家不就好开口了吗……这个傻东西，得修理修理他。宋怀仁停顿了片刻，继续吼道：“你怎么那么笨呢？连只笔筒都拿不住，东家可在这儿看着呢，要是连这点儿事儿都干不好，趁早儿卷铺盖卷儿走人！”

李山东的脸“腾”地红了，牙齿把下嘴唇咬得紧紧的，忍气吞声地拿来簸箕把碎片拾起来。

张幼林品茶的兴致立刻就荡然无存了。不就摔了一笔筒吗？又不是成心的，批评两句就算了，干吗把话说得那么难听？张幼林看不来宋怀仁这种做法，又不好当着新人的面说他，于是站起身，皱皱眉头，转身奔后院去了。

宋怀仁追到院子里：“东家，张喜儿到南京分店去了，明摆着总店缺个主事儿的，您看……”

“怀仁，我还正要跟你说这事儿呢，我把王经理又调回来了，他在北平总店主事是再合适不过了。”

张幼林说完进了北屋，宋怀仁呆呆地看着张幼林的背影，半天没缓过劲儿来。

这个打击对宋怀仁来说是十分沉重的，他左思右想，自从来到了荣宝斋，往常背地里拿黑钱的事儿基本上没怎么干，自个儿也很卖力气，本事明摆着在张喜儿之上，东家怎么就信不过呢？宋怀仁很是垂头丧气。

宋怀仁这几天在铺子里是横挑鼻子竖挑眼，弄得两个小学徒战战兢兢。

邮差来送报，赵三龙到门口接过来，边往回走边随手翻着，宋怀仁没事儿找事儿：“怎么着，轮得上你先看吗？”

赵三龙重重地把报纸搁到柜台上，斜了宋怀仁一眼。这个伙计是个暴脾气，他早就看宋怀仁不顺眼了。

“哟嗬，还长行市了？我告诉你，不想干走着，没人求着你。”宋怀仁阴阳怪气的。

赵三龙刚想发作，徐海在后头使劲儿拽他的衣裳，悄悄地说：“大伙计心里不痛快，你忍着点儿。”

“三龙哥，给我搭把手儿！”李山东在后院喊他，徐海就势把赵三龙推走了，又拿起报纸恭恭敬敬地呈给宋怀仁：“大伙计，您慢慢瞧着。”

宋怀仁接过报纸刚翻了几页，大惊小怪起来：“哎哟，瞧瞧，这年头儿真是吹牛皮不上税，逮着什么好听说什么，净往自个儿脸上贴金……”

张幼林正好走进来，宋怀仁捧着报纸迎上去：“东家，您瞧瞧这报上吹的，啊？‘南张北溥’？把张大千跟溥心畬相提并论，您说，这还有王法吗？”

张幼林淡淡一笑：“怎么了？张大千和溥心畬怎么就不能相提并论呢？小宋，

八爷和你没仇吧？”

“东家，看您说的，我和八爷有什么仇啊，得，算我多嘴，我把嘴闭上。”宋怀仁讨了个没趣，可他不能得罪张幼林，自己找了个台阶：“得，我给您泡茶去。”

宋怀仁走了，张幼林拿起报纸饶有兴趣地看起来，看着看着，脑海中忽然灵光一现，他喃喃自语：“这倒是一招……”张幼林转过身问徐海：“王经理什么时候回来？”

“就这一两天吧。”

“好，王经理一到，你就通知我。”

听说东家急着找他，王仁山到了铺子里二话没说，立刻就风尘仆仆地去了张家。

虽说在南京分店分成的事情上两人有过较量，但见了面还是挺亲热，张幼林拍着他的肩膀：“仁山啊，你总算回来了！”

“东家，您找我什么事儿？”

“坐下说。”

两人相对而坐，张幼林问：“仁山，在荣宝斋挂笔单的画家里，你喜欢谁的画？”

王仁山不假思索：“张大千。”

“为什么？”张幼林饶有兴味。

王仁山侃侃而谈：“张八爷的画尤得石涛神髓，号称‘当代石涛’，他的画路宽广，山水、人物、花鸟、虫鱼、走兽无所不工，工笔写意，俱臻妙境，现在已经有些名气了，与其兄张善子，被称为‘蜀中二雄’。”

“在四川有名，到了北平就差些了，他的画价格还上不去，我知道你和他很熟，可你未必能估计出张大千将来的发展。”

王仁山微微一愣：“哦，您的意思是……”

“此人前途不可限量，早晚是位大师级的人物。”

王仁山点头：“这我信，八爷这个人干什么像什么，他十几岁的时候，从重庆回家过暑假，路上被土匪绑了票，土匪见他是个读书人，就留下他当师爷，您还别说，八爷一看脱不了身，索性就正儿八经地当起师爷来了，百日以后才逃出去。”

张幼林笑道：“哦，八爷还有这么段儿经历，这可真难为他了，仁山啊，把八爷的画价格往上抬抬怎么样？他的作品可不比那些名家差。”

“是啊，如今书画市场上溥心畲的画已经价格很高了，齐白石的作品价格也在上涨，自从民国十六年齐白石被北京艺术专科学校校长林风眠先生聘为教授以后，齐白石基本奠定了自己在中国书画界的地位。”

“所以说呢，张八爷什么都不缺，缺的就是名气，有了名气才有在书画界的地位，有了地位，价格自然也就涨了。”

“您的意思是……找个机会由荣宝斋给八爷抬抬名气？”王仁山投去了询问的目光。

“八爷的作画功底和灵气都不差，以他的进步速度，再过三年五载，他的作品就会是另一番境界，荣宝斋不捧，你瞧着，早晚有人出来捧，咱何不占这个先机呢？他的名声越大，对咱们越有利。”

王仁山兴奋起来：“东家，这是个好主意！可是……怎么捧他呢？”

“我自有办法。”张幼林显得胸有成竹。

两人商量了一阵儿，王仁山就起身告辞了。

不久之后，“南张北溥”画作联展热热闹闹地在荣宝斋展出了，开幕式那天，北平的著名画家都到了场，荣宝斋一时宾客云集，加之门口噼啪作响的鞭炮声，琉璃厂半条街都沸腾起来。

钱席才站在慧远阁的门口伸着脖子朝荣宝斋张望，陈福庆从里面走出来：“他们吵吵什么呢？”

“给‘南张北溥’办画展。”

“‘南张北溥’？”陈福庆显出惊讶的表情，“没听说过呀。”

钱席才耐心地解释：“溥，是溥心畬溥二爷，张嘛……听说是张大千张八爷。”陈福庆皱起了眉头：“张八爷和溥二爷差着行市呢，怎么把他们两个往一块儿摆？荣宝斋这是出什么幺蛾子？不成，我得过去看看。”陈福庆下了台阶，向荣宝斋走去。

荣宝斋的前厅西墙悬挂着张大千的作品，张幼林正陪着溥心畬站在画前观赏，溥心畬赞不绝口：“张兄，你很有眼力啊，大千的画，有唐人的气势，宋人的法度，元明的意境，上下千年，融会贯通，难得，难得！”

听到溥心畬的这番话，张幼林心中的一块石头算是落了地，他明白，如果溥心畬不认可张大千的作品，这事儿就算砸了。

“大千的仿古之作，这些年很有点名气，没想到他的创作也自成一家，张兄，你是怎么发现他的？”

张幼林微笑着答道：“我花工夫琢磨了不少他的仿古之作，大千可不是照葫芦画瓢，他是把原作的构图特点、神韵技法揣摩透了，但并不照搬，而是尽情挥洒，另立新格局，名义上是仿作，其实已经别有一番新气象了，连陈半丁、罗振玉这样的鉴赏大家都看走过眼，既然如此，我想，他的独创之作应该不会差……”

正说着，张大千走过来，他恭恭敬敬地给溥心畬行礼：“溥先生，‘南张北溥’本是好友的兴头之语，偶然见诸报端，被荣宝斋借题发挥了，小弟实不敢当。”

“哪里哪里，以你的资质才气，再经磨炼，不久可终成大器，我和张兄拭目以待……”

荣宝斋内的气氛热烈而融洽，陈福庆转了一圈就回去了，他心里直后悔：这招儿我怎么就没想到呢？

明远楼茶馆里，额尔庆尼一扬脖喝完最后一口茶：“伙计，结账。”

伙计走过来：“额爷，十五个铜子儿。”

额尔庆尼在口袋里摸了一把，将五个铜板放在桌上：“我就剩五个了，得了，你们这么大一茶馆，也不在乎这点儿小钱儿是不是？将就点儿吧。”

伙计的眉毛向上一挑：“别价，额爷，我们也是小本儿经营，要净赶上您这样的茶客，我们还不喝西北风去？劳驾了您哪，额爷，您还是把茶资给付了吧。”

额尔庆尼瞪起了眼睛：“就这仨瓜俩枣的你也跟我算计？额爷以前阔的时候没少赏你们脸吧？那时候你小子比我孙子还孝顺，额爷我哪次不是随手就赏你一锭纹银？怎么着？看我穷了，你就想当爷了？”

伙计的口气软下来：“额爷，随您怎么说，反正您今天不把茶资付了就不能走。”

“没钱，你爱怎么着怎么着，不能走？这好办啊，额爷还不走了，就在你们茶馆住下了，反正你们不能把额爷饿死吧？”

两人正在僵持，李默云摇摇晃晃地从对面走过来，掏出钱放在桌上：“伙计，这位爷的茶资我替他付了。”

额尔庆尼先是一愣，接着满脸堆笑：“哎哟，这位爷，多谢了您哪，您瞧这事儿闹的……”

李默云在额尔庆尼旁边坐下：“额爷，您别客气，您原先是什么人呀？一出门前呼后拥，在琉璃厂这条街上，随便进哪家铺子逛逛，那真是赏他们脸呢，可如今……是虎落平阳遭犬欺，我是实在看不下去啊！”李默云说这番话的语气和表情就跟他亲爹被人欺负了似的。

额尔庆尼心里这么一琢磨，马上就明白了：“这位爷，要是我没猜错的话，您找我有事儿，明说吧，什么事儿？”

“嘿！额爷还真是痛快人，好，您痛快，我也不能掖着藏着，额爷，我是想跟您合伙做买卖。”李默云是刚刚才有的这个打算。

额尔庆尼一听就乐了：“真新鲜了，跟我合伙做买卖？您可找对人了，我一没做过，二没本钱……”

李默云摆摆手：“不用您出本钱，您这身份就是本钱，您往那儿一坐，甭说话，就那派，那表情，就是一吃过玩过见过的爷，不是真正的八旗子弟，别人装都装不出来。”

“哦，明白啦，您是想和我搭伙，干点儿空手套白狼的买卖？”

“要不说您见多识广呢，什么事儿都蒙不了您……”

“挣了钱怎么分账呢？”

“二一添作五，如何？”

额尔庆尼点点头：“听着还成。”

“那就一言为定？”

“慢着。”

李默云一愣：“怎么着？”

“你先给我拿十块钱来，算我预支，将来从账上扣。”额尔庆尼一本正经地说道。

李默云二话没说，掏出十块钱码在了额尔庆尼的面前。

从琉璃厂失踪有些年头的李默云，前些日子在上海倒腾假古董玩儿现了，他得罪的是上海黑帮老大黄金荣的手下，黑帮可不认“看走眼”这一说，你坑了咱哥们，对不住，那就卸你一只胳膊或者一条腿。为了躲避追杀，李默云只好悄悄溜回了北平。他不便抛头露面，正琢磨着找个帮手替他跑外，没想到就在茶馆里碰到了额尔庆尼。真是天赐良机啊！打着灯笼都没处去找，却得来全不费工夫，还有比额爷更合适的吗？从茶馆里出来，李默云喜滋滋地就把额尔庆尼带到了他在京西八里庄的老巢。

这是个制假作坊，院子里到处堆放着坛坛罐罐和各式工具，几乎没有下脚的地方，屋子里是破破烂烂，没什么像样的摆设，比额尔庆尼自个儿的家也强不到哪儿去，额尔庆尼不禁大失所望。

李默云兴致勃勃，他跟上了发条似的，回到家就忙来忙去一直没消停，一会儿摆弄摆弄这个梅瓶，一会儿又往那只开裂的青铜鼎上撒些粉状的东西，也不知啥玩意。额尔庆尼坐在一旁，手里捧着个小泥壶，时不时地来上一口。李默云又从屋里拿出一个卷轴挂在院墙上，额尔庆尼定睛一看，竟然是伪造元朝大画家倪瓒的《溪山雨意图》。额尔庆尼记起，早先他在贝子爷家见过原作，还别说，仿得还不错，就是显得太新了，不像搁了几百年的旧画。

地上有一口装满凉茶的大锅，李默云忙不迭地点起火来，额尔庆尼迷惑不解：“我说李爷，你这是干吗呢？怎么把好好的凉茶又给煮开了？”

李默云往锅底下塞了几根柴火：“额爷，这您就外行了，我这是给画做旧呢，瞧见没有？我在画底下煮凉茶，用蒸发的热气把画熏黄，让宣纸和颜料松脆变质，加速陈化。”李默云打算和额尔庆尼长期合作，所以也就不瞒着他了。

茶水在大锅里咕嘟了一阵子，额尔庆尼站起身，走过去仔细看了看，频频点头："嗯，还真有那么点儿意思了，不过，倪瓒活在元末明初，他的作品传世怎么着也有个五百来年了，光靠把画做旧怕是不够吧？"

"还有招儿呢，有些棒槌看到书画被虫蚀食的痕迹就以为是真品无疑，其实，这也是我们这行的雕虫小技，我有一个兄弟就专门养虫养鼠来撕咬书画新作，目的就是用'蚀食痕迹'来打马虎眼。"

"嘿，你们这帮孙子可真是琢磨到家了！"额尔庆尼感叹着，但他转念一想，不禁皱起眉头，"可就这么琢磨，也没见你小子发财呀？"

李默云站起身："哪儿那么好发财呀？假画做出来了，这刚刚是第一步，下一步就是如何让买主儿上当了。额爷，您瞧我这模样儿，像是家里趁古画的主儿吗？要是我出面非玩现了不可。"

"所以你想和我搭伙，要的就是我这身份——破落旗人，是不是？"

"那是，甭看您现在破落了，可虎倒架子不倒，那派头，说话那腔调，那走道儿的姿势，旁人学也学不来，谁见了谁也得说，这主儿是位爷。"

这话额尔庆尼爱听，他颇为得意地抻了抻破旧的长衫："那是，咱好歹也见过世面，当年也是大把花银子的爷，不瞒你说，那时候我瞅见白花花的银子愣是没感觉，跟瞧土坷垃差不多。"

李默云撇撇嘴："那是您银子太多了，烧的。"

额尔庆尼顺手从案子上拿起一块玉佩："哟嗬，这儿还有块汉玉，真的假的？"

"额爷，您记着，我这儿没真的，全是假的。"

额尔庆尼把玩着："你还别说，做得还真像，雕工确有汉唐之风，连'土沁'都有，怎么弄出来的？"

"这个容易，把新玉石泡在酸液里一个月之后，再捞出来用茶水或者鸡油浸泡，然后放在火上烤，还可以掺入颜色，不光可以模仿出'土沁'，连'朱砂沁''铁沁'都可以造出来。"

"哟，这下可褶子了，当年我从一个玉石贩子手里买了一块汉代玉璧，整整花了我两千两银子，现在想起来，八成也是出自你手吧？"

"额大爷，您老人家糊涂了吧？那是什么年月的事儿？那会儿我还穿开裆裤呢，也许是我爹或者我爷爷做的，这还差不多，我这手艺是祖传的。"

李默云没蒙事，这个制假作坊还真是他爷爷留下来的。老爷子当年造假在京城是出了名的，也坑过不少人，跳河、上吊的都有，也赚过不少银子，在山东老家买了房子置了地，老爷子留下过话，子孙后代有了营生就不要再干这个了，免得遭报应，所以，李默云的爹在他九岁的时候就带着全家回了老家。李默云过了十多年吃喝玩乐、养尊处优的日子，可他爹死后，家境就每况愈下，加之李默云抽大烟上了瘾，把家产抽了个精光，走投无路之下，只好来到京城重操祖业。还好，李默云的爹英明，这个制假作坊一直出租，没有卖掉，要不然，恐怕李默云连作假的本钱都没有。额尔庆尼想起来就生气，他恨恨地说道："哼，当年你们这些假古董贩子，从我手里骗走了多少银子啊！"

李默云咧嘴一乐："额大爷，这叫此一时，彼一时，现在咱俩不是又串在一块儿蒙别人了吗？有钱人的银子不蒙白不蒙！来，您瞜瞜这瓶子……"李默云拿起案子上的一个双耳瓶，两人嘀咕起来。

荣宝斋北平总店的生意慢慢有了些起色，来往的客人明显比以前多了。这天，一大早就有客人要订画，李山东陪着客人边看画边介绍："这几幅都是溥心畬先生的。"

客人点头："确实不错，溥先生的润笔怎么收？"

"堂幅六尺一百二十元，屏幅减半，以四尺为一堂；册页每方尺二十元；成扇每面十元，细画题诗加倍，先润后墨。"

客人显得犹豫："太贵了，能不能便宜点儿？"

"对不住您，溥先生的价码儿是他自个儿定下的，便宜不了，要不您换张大千的？润笔还不算贵，眼下张大千在画界可与溥先生齐名了。"李山东从柜台里拿出两张报纸，"您瞧瞧，这报上登的，'南张北溥'，南张就是指的张大千，我们荣宝斋前些日子刚为'南张北溥'办过画展，登在这儿。"

"我听说了。"

"您现在订他的画特值，要不了多久润笔就得涨上去，要是有闲钱，我建议您存几张，将来准有赚。"

"那我就订张大千的了，都要山水，堂幅六尺两幅，再加俩成扇，你算算多少钱。"

"您这边请……"李山东把客人让到了账柜边，赵三龙"噼噼啪啪"打起了算盘。

宋怀仁和王仁山一直在边上看着，宋怀仁悄声说道："经理，您和东家真有眼光，办完画展以后，客人们都开始认张大千了，咱是不是把润笔提上去？"

"不忙，当初跟大千有言在先，等他放在别的铺子里的画卖完了，就只到荣宝斋挂笔单，到那个时候再把润笔提上去也不迟。"

"这招儿太高了！"宋怀仁表面上赞叹着，心里却很失落：这么高的招儿，我怎么就没想到呢？他闷闷不乐，借故离开了铺子。

宋怀仁在琉璃厂街上漫无目的地走着，远远地看见额尔庆尼抱着个锦盒走进了一家古玩铺子，他轻蔑地一笑，心想，这老东西又去骗茶喝了。

古玩铺子的伙计也是这么想的，他一见到额尔庆尼，就不客气地问："哟，您又喝蹭茶来啦？"

额尔庆尼的脸一沉："你怎么说话呢？没规矩，叫你们掌柜的来。"

"我们掌柜的忙着呢，没工夫陪着您闲聊，您要是想喝口蹭茶，我就给您倒一碗，喝完了赶紧走着。"伙计倒出碗剩茶放在桌子上。

额尔庆尼大摇大摆地坐下，瞟了一眼茶碗，从锦盒里掏出双耳瓶，小心地放在桌子上："今儿个，让你小子也开开眼。"

伙计捧起双耳瓶，凝视了片刻，立刻换了一副面孔："额大爷，您这是哪儿来的？"

"哪儿来的能告诉你吗？叫掌柜的去。"

伙计放下双耳瓶，将茶壶里的剩茶倒掉，换上新茶重新沏上，满脸堆笑："先坐会儿，我这就给您叫掌柜的去。"

操着东北口音的掌柜从后门进来："哟，额爷，少见啊。"掌柜的直奔瓶子去了，他拿在手里，站到铺子门口，对着太阳仔仔细细地看着。

额尔庆尼悠闲地喝着茶，眼睛看着大门外，不时和过往的熟人打个招呼。掌柜的翻来覆去地看了半天，最后把目光停在了一处，不满地说道："额大爷，您蒙我是吧？这宋瓶儿可有砟儿啊。"

"我说过没砟儿了吗？我说掌柜的，古玩这行玩的就是个眼力，您要是连真货假货都看不出来，还好意思在琉璃厂混？趁早回家抱孩子去。"掌柜的把双耳瓶放回桌子上，显得犹豫不决："您别急，我再琢磨琢磨。"

额尔庆尼把双耳瓶放进锦盒，站起身："让你白捡一便宜还不要，我找别人去喽。"

掌柜的两只眼睛滴溜溜地一转，赶忙拦下："别价，额大爷，要不这么着，双耳瓶您先搁我这儿，要是卖出去就算您赚了，要是卖不出去呢，您再拿回去，怎么样？"

额尔庆尼一副不买账的样子："想什么呢？我可告诉你，这宋瓶少了二百大洋不卖，大爷我现在就要现钱，要不要我听您一句话。"

"成嘞，我听您的，现钱就现钱，三儿啊，你现在就带额爷去柜上支钱。"

伙计赶紧过来："得嘞，额爷，您跟我来……"

额尔庆尼拿起了派："别价，别价，支钱着什么急啊，我说掌柜的，您仔细瞅瞅，可千万别走了眼，回头您再跟我找后账就没意思了。"

"骂我呢不是？咱是那人吗？吃这碗饭也二十多年了，总不能玩了一辈子鹰，最后让鹰啄了眼吧？再者说了，就算咱走了眼，这行里不是也有规矩吗？谁走眼谁认倒霉，您放心，踏踏实实支钱去。”

“得，那我可去啦？”

“走您的，没事儿过来喝茶。”

额尔庆尼跟着伙计奔里院去了，掌柜的不屑地看了一眼他的背影，自言自语：“二百大洋就卖啦？哼，到了这个岁数还是生瓜蛋子一个，怪不得受穷呢。”

额尔庆尼喜气洋洋地抱着二百块现大洋从古玩铺子出来的时候，正好和闲逛了一圈儿回来的宋怀仁打了个照面儿，宋怀仁站住了，他目送着额尔庆尼渐渐远去，心里嘀咕着：看样子这老东西是发财了，刚才他卖什么了？宋怀仁出于好奇，走进了古玩铺子。

宋怀仁是个有心的人，虽说他学徒是在南纸店，可架不住二十多年一直都在琉璃厂混，对古董也算在行。宋怀仁仔细看了看额尔庆尼拿来的那个双耳瓶，大致明白了他的路数，但宋怀仁没有吭声。

倪瓒的《溪山雨意图》辗转到了王仁山的手里，不过，王经理可不是自个儿搞收藏，而是有个老客户一时拿不出货款，希望用这幅画来抵。从做生意的角度来说，并不亏本，长期合作的老客户，人家有难处，也该帮一把，可这幅画的真伪成了问题，掌眼的几个人意见不一，让王仁山作起了难。

《溪山雨意图》挂在荣宝斋的北屋里，王仁山已经好几天愁眉不展了。张幼林手里拿着报纸推门进来：“仁山，战事结束了。”

王仁山回过神来：“结束了？”

张幼林坐下，神情忧虑：“政府和日本人签订了《塘沽协定》，中国军队撤到延庆、通州、宝坻、芦台一线以西、以南地区，这些地区以北、以东至长城沿线为武装区，实际上承认了日本对东北、热河的占领，同时划绥东、察北、冀东为日军自由出入地区，等于华北的大门也对日本人敞开了。”王仁山听罢，长叹一声：“唉！这几个月在山海关、热河、喜峰口都白打了……”

王仁山还没说完，伙计把额尔庆尼带进来了，张幼林站起身：“呦，额爷，您来啦。”

额尔庆尼拱拱手：“张先生，今儿个我请您，咱们奔鸿兴楼。”

张幼林感到纳闷：“您……请我？”

额尔庆尼看见了墙上挂着的《溪山雨意图》，他顾不上回答，走过去仔仔细细看了看，问王仁山：“王经理，这画您收下了？”

王仁山苦笑着摇摇头：“还拿不准呢。”

“这就好，这就好。”额尔庆尼不由分说，拉起张幼林就走。

在鸿兴楼里，额尔庆尼要了一桌子菜，张幼林惊讶地瞪大了眼睛："干吗呀？额爷，您是捡着金元宝啦？不行不行，今天这顿饭还是我请您吧。"

额尔庆尼的脸一沉："张先生，看不起我是不是？我吃过您多少回了，我自个儿都记不清了，什么时候我在街上碰见您，您都没让我空过手，哪回不给个三块五块的？张先生，今儿个这顿饭我请定了，您要是不给我这面子，我就一头撞在这桌子角儿上。"

张幼林赶紧摆手："别价，今儿个挺高兴的，干吗说这个？行，听您的，让您破费了。"

额尔庆尼的脸上这才有了笑容，他夹了一块鸡肉放进嘴里，闭上双眼，陶醉地咀嚼着："这地方儿，我可有十年没进来啦。"

"还是当年的味儿吗？"

额尔庆尼睁开眼睛，摇了摇头："换厨子啦。"

"早就没过去讲究啦，您当是皇上在的时候呢？"

额尔庆尼又夹了一筷子鳝鱼丝："还是皇上在的时候好哇！"

张幼林心里一琢磨，马上就明白了："我说额爷，您八成儿是淘换了件古董给卖了吧？要不然怎么这么高兴？"

额尔庆尼的话匣子打开了，他显得很神秘："张先生，不瞒您说，我额尔庆尼算是时来运转啦！有人上赶着和我合伙做古董生意，还甭说，真赚了几笔，就说那回吧，琉璃厂东头不是新倒手了一家儿古玩铺子吗？掌柜的是个东北人，听说这主儿跟日本人勾着发了财，板上钉钉是个汉奸，这种人不坑白不坑，我弄了一个假宋瓶儿卖给这小子，他玩古董还俩眼儿一抹黑呢，咱挣了两百大洋不说，这也算是抗日了。"

张幼林听罢，皱起了眉头："额爷，干这事儿您可得留神点儿，万一让人家看出来，可不好下台阶啊，我劝您……"

额尔庆尼打断了张幼林的话："看出来？没那么容易，干这活儿我手底下有人，那活儿干的，个儿顶个儿是高手。就说那个宋瓶儿吧，整个瓶子都是假的，唯独瓶底儿和年款是真的，别说是这生瓜蛋子，您就是把当年造瓶子的人给请来，也保不齐给蒙了。"额尔庆尼往张幼林身边凑了凑，压低了声音："张先生，您屋里挂着的那幅倪瓒的《溪山雨意图》，跟您实说吧，就是我们那作坊里出来的，您可别上当……"

张幼林的心头一热，他看着苍老的额尔庆尼，感慨万千："额爷，谢谢您了，来，咱们喝酒……"

宋怀仁路过煤市街日本嘉禾商社的门口，身穿日本和服的商社经理大岛平治从大门里走出来，用生硬的汉语殷勤地打招呼："宋先生，你好！"

"哎哟，这不是大岛先生吗？咱可是有日子没见了。"

"宋先生，你的，进来坐坐。"

"坐坐？好啊，坐坐就坐坐。"宋怀仁随大岛走了进去。近来日本人的势力膨胀，宋怀仁正想和日本人套点儿拉拢呢。

两人在会客室坐定，宋怀仁问道："大岛先生，我听说你们商社最近又添新业务了？"

"是的，宋先生消息很灵通，鄙商社增添了收购贵国古玩字画的业务，今后还要请宋先生多多关照。"

"好说，好说，有什么需要我帮忙的，您说一声。"宋怀仁满口答应。

"据我所知，贵国文物造假的历史源远流长，古玩字画行里充斥着大量的赝品，这项业务的风险很大。"

"当然，这叫难者不会，会者不难，玩古玩字画可不能瞎玩，否则有多少赔多少。贵商社得有个掌眼的，哦，掌眼的就是鉴定的意思，是真是假一看就明白，还得说出道理来，不瞒您说，有这种本事的人，如今可是越来越少了。"

"宋先生就是这种可以掌眼的人吧？"

宋怀仁听大岛这么说，不觉心中一喜，顺口就吹上了："那倒是不假，您去琉璃厂打听打听，我宋怀仁在这行里也是个泰斗了，哪家铺子收进什么贵重的古玩字画，都得请我过去掌掌眼。"

"那太好了，今后少不了要麻烦宋先生……"

这时，宋怀仁透过门帘看见了额尔庆尼。额尔庆尼穿着件做工考究的长衫，迈着四方步慢慢踱进来。正在看书的商社副经理雄二勇夫抬头看了他一眼，一个中国雇员迎上去："这位爷，您是卖东西呢，还是买东西？"

额尔庆尼一副京城大爷的派头，他打量了一眼雇员："买东西我就不上你们这儿来了，我们中国什么没有啊？你们日本都有什么值当我买的？"

"那您是卖东西了？"

额尔庆尼点点头："对喽，家里东西太多，摆着又占地儿，大爷我得腾腾地方，这么说吧，就算是我们家清出来的破烂儿，搁在日本也够进博物馆的资格。瞧见这个没有？仔细瞜瞜……"额尔庆尼从怀里掏出一个玉龙钩放在柜台上。

雇员拿起来看了看："哦，看着倒像是东周古玉。"

"行啊，算你小子还有点眼力，告诉你，这是周天子的服饰带钩，少说有三千多年了，那时候你们日本岛上还没人呢，也就是有几只海王八在那儿晒太阳。"

“您打算卖多少钱？”

“给你个便宜价儿，一千大洋，少一个子儿我不卖。”

雄二走过来，拿起玉钩看了看，向中国雇员使了个眼色，雇员心领神会，他说道：“这位爷，您稍候，我把玉钩拿进去给我们经理鉴定一下。”

额尔庆尼不耐烦了：“怎么这么多事儿？我说嘛，你们日本人永远成不了爷，就这么个小玩意儿，也就是卖个仨瓜俩枣一壶酒的价钱，好嘛，还真事儿似的，给这个瞧给那个瞧的，你们经理懂不懂？”

这一切，宋怀仁都看在了眼里，他想起前些日子在古玩铺子看到的额尔庆尼卖的那个宋瓶，心里明白了八九分。中国雇员撩开帘子走进会客室，他把玉钩递给大岛，大岛给了宋怀仁：“宋先生，你给掌掌眼。”

宋怀仁仔细看了看，又煞有介事地用手指弹了一下，放在耳边听听，还用鼻子闻了闻，大岛看得目瞪口呆，他恭敬地问道：“宋先生，是真的吗？”

宋怀仁长出了一口气：“假的！您瞧瞧，这条蟠龙是用刀刻的，上面有刀痕，而东周的玉器都是砺石琢磨出来的，‘他山之石，可以攻玉’这句成语就是由此而来的，东周时还没发明铁器呢，哪儿来的刀子？所以说，用砺石在玉上磨出的花纹是仿不了的。”

大岛不住地点头：“宋先生的眼力和学问值得钦佩，不过，鄙人还有个问题想向宋先生讨教，看古玉为什么还要听和闻呢？”

“听是听音响是否清脆，闻是闻闻有没有馨香的土味儿，因为古玉大部分都是出土的。还有，不光是要听和闻，更重要的是看，看看古玉的色泽和尺度是否符合，这里面的学问多了，几句话说不清楚。大岛先生，我掌眼的费用是五块现大洋，您是朋友，我少收点儿，您给三块得了。”

大岛转过身吩咐中国雇员：“告诉雄二先生，教训一下这个骗子，把他赶出去。”

他又对宋怀仁说道：“宋先生，没有问题，我马上付钱。”

宋怀仁轻蔑地一笑：“刚才我从门帘里看了一下，我当是谁，闹了半天是额爷，这位爷是个破落户，家里除了耗子，什么血也没有。”

中国雇员回到前面的营业厅，他对雄二耳语了几句，雄二脸色大变，凶相毕露，他拿起玉钩“啪”地摔碎在地上。

额尔庆尼瞪起眼睛：“嗨！怎么回事儿？你买不买无所谓，干吗摔我的玉钩？得嘞，这回您不买也得买了，可别说我讹您，一千块大洋，您掏钱吧。”

雄二一把揪住额尔庆尼的衣领：“你的，是个骗子，良心大大地坏……”

额尔庆尼挣扎着：“怎么说着说着就动手了？你松手，不成咱到衙门里讲理去，大爷我是君子，只动口不动手……”

雄二恶狠狠地劈面就是几个耳光，额尔庆尼被打倒，他满脸是血地挣扎，雄二咬着牙一脚一脚往额尔庆尼的肋骨上猛踢，额尔庆尼大声号叫：“杀人啦！救命啊……”

宋怀仁手里攥着大洋从他身旁匆匆走过，仿佛什么也没看见。

额尔庆尼挨了一顿暴打之后，被雄二一脚从大门里踢出来，一头扎在地上，嘉禾商社的大门在他身后“砰”地关上了。路上的行人都纷纷绕道而行，没有人管他，浑身是血的额尔庆尼声音微弱地喊着：“北平的老少爷们儿……我让小日本儿给……给打啦……救救我……救救我……”临街的几户居民家的大门都关上了，街道上变得冷冷清清，他艰难地在地上爬着，声音越来越微弱：“皇上啊……皇上，这世上……可不能没有您啊……没有您，这世道……就乱了套……皇上啊，等等臣……臣额尔庆尼……跟您走……”他的头一垂，就再也不动了，身后是长长的一条血迹。第二天，徐连春在荣宝斋找到了张幼林，通报了额尔庆尼的死讯，张幼林感到十分震惊：“什么，额大爷死了？”

徐连春低着头：“唉，可不是嘛，本来岁数就大了，又是一身的病，这把老骨头哪儿经得住这么打呀？”

张幼林一掌猛击在柜台上：“这些浑蛋日本人，简直是无法无天，额大爷就是再有错，也有中国警察管着，怎么能把人打死呢？后来呢，警署怎么处理的？”

“还能怎么处理？悬着呗，眼下日本人凶着呢，警署也惹不起。”

张幼林掏出钱来塞在徐连春的手里：“您帮我买口好一点儿的棺材，把额大爷的后事办了。”

徐连春流下了眼泪：“我……我替额大爷谢谢您，他没白交您这个朋友。”

“想当年，额爷是何等的威风，谁知道……竟落这么个下场，可叹可悲啊……”张幼林的眼泪也止不住地流下来。

·第二十五章·

1937年6月，平津地区战云密布，杀机四伏。明眼人都看得出来，战争已经迫在眉睫，不可避免，只是人们无法预测它将在什么时间、什么地点以什么样的形式爆发。

为了缓和日趋紧张的中日关系，6月6日上午10点，冀察政委会委员长兼第29军军长宋哲元在北平中南海怀仁堂举行宴会，招待日本华北驻屯军驻北平附近部队中队长以上的军官，由29军在北平团以上军官作陪。

日本出席这次宴会的有华北驻屯军旅团长河边，华北驻屯军特务机关长松室孝良，顾问松岛、樱井等三十多人。中国方面出席的有29军军长宋哲元、北平市长秦德纯、37师师长兼河北省主席冯治安、38师副师长李文田、37师110旅旅长何基沣、38师114旅旅长董升堂、独立第26旅旅长李致远、114旅227团团长杨干三等，还邀请了在北平的“社会名流”吴佩孚、张怀芝等人。

席间宋哲元、秦德纯、冯治安、河边、松室、松岛、樱井、吴佩孚等入座主席，其余的双方军官们各自入座。每桌三四个日本军官坐客位，四五位中国军官坐主位相陪。此时除了主席的两桌有说有笑，其余八桌的中日军官除了必要的客套，彼此端着一副拒人千里的脸色。

吴佩孚虽说已经解甲归田退出军界，但在世人眼中仍然是个重量级人物，理所当然被安排在主宾席上。这位昔日的大帅今天不大高兴，他很讨厌这些日本人，他自从退出军界后渐渐开始吃斋念佛，不再参与政事，今天来无非是给宋哲元点面子。

酒至半酣，一个日本军官要求唱歌助兴，日本华北驻屯军旅团长河边少将点头允诺，这位日本军官便情深意浓地唱起一首思念家乡的日本歌曲。

中国军官们无动于衷地听着，日本军官们的眼睛里却闪着泪花。

吴佩孚听得烦躁，便不耐烦地问身边的翻译：“这小子号什么呢？”

翻译小声道：“他唱的是一首思念家乡的歌儿。”

吴佩孚哼了一声：“想家了就回家，还赖在这儿干什么？”

吴佩孚的声音不高，却很清楚，吓得翻译连忙四处看看，怕让在座的日本军官听见，引起外交纠纷。

河边少将懂些汉语，他看着吴佩孚，皱了皱眉头，对身边的日本华北驻屯军特务机关长松室孝良小声说："这位吴大帅很没有教养。"

松室孝良笑笑："这位吴大帅号称中国军界中的儒将，喜欢舞文弄墨，据我们的情报，吴大帅不大喜欢日本人，有抗日情绪，他刚才表现的粗鲁恐怕是故意为之，将军不必介意。"

日本军官唱完了，连连给观众们鞠躬，在座的日本军人都报以热烈的掌声，中国军人也象征性地拍了几下巴掌。

日本方面的司仪站起来道："下面，我们能否请中国军界元老吴佩孚吴大帅出个节目？"

中国军人热烈鼓掌。

吴佩孚耳背，根本没听清楚日本司仪说了什么，便问翻译："他叨咕什么呢？"

翻译："他说，让您出个节目。"

吴佩孚："让我也上台唱个歌儿？老子是来吃饭的，又不是来当戏子的，不过，我倒是可以助助兴……"吴佩孚站起身："笔墨伺候。"

联欢会现场立刻变得静悄悄的。

翻译小声道："大帅，筹备这个联欢会的时候，没想到会出现这种情况，所以也没有预备文房用品。"

吴佩孚："没有笔纸？那就给我派辆车，到琉璃厂荣宝斋买去，文房四宝我就认荣宝斋的。"

宋哲元的副官哪敢怠慢，连忙站起身来："请大帅稍候，我马上去买。"随即向外走去。

中日双方的司仪商量了一下，中方司仪宣布："等纸笔到了，再请吴大帅出节目，现在联欢会继续进行，下面的节目是……"

日本华北驻屯军特务机关的顾问松岛此时喝得有些高了，他站起来大喊道："我给……给大家舞刀……助助兴。"

日本军官们拼命鼓掌叫好。

松岛是剑道高手，他此时虽说有些醉态，但舞起刀来却不含糊，锋利的日本军刀在他手里呼呼作响，招招充满杀气。席间的气氛渐渐紧张起来，在中国军官们看来，这就是一种炫耀武力的挑衅行为，他们都放下了酒杯，冷眼静观事态变化。

此时114旅旅长董升堂少将终于按捺不住了，他扔掉筷子，拍案而起，一个箭步跳进场子冷笑道："我也来套八卦掌，陪你玩玩。"

中方司仪大喊："下面由中国第29集团军董升堂旅长表演中国武术……八

卦掌。”

双方的军官都鼓噪起来。

董升堂是河北新河县人，他和弟弟董振堂在中国军界以“兄弟将军”著称，其弟董振堂比他的名声还大，早在七年前就官居国军26路军73旅少将旅长，那时长兄董升堂还在张自忠的38师当上校团长，不过兄弟俩走的不是一条路。1931年12月，董振堂和赵博生、季振同等人一起率领26路军官兵在江西宁都举行武装起义，参加了中共红军。董升堂自幼习武，善八卦掌、形意拳和雪片刀。进入军界后，他训练所部以八卦掌之天罡步辅以刀法，步法灵活，刀法凶悍，董升堂对部队的要求是，“一步一人不为奇，一步数人方为能”，所以在国军第29军战斗序列中，董升堂部以擅长肉搏战著称。

董升堂拱手向四座作揖，接着打起了八卦掌，他的拳术刚柔相济、虎虎生风，表现出很深的武术功底。在座的中国军官们大声叫好。

110旅旅长何基沣一口干掉一杯酒，一步跃到空桌上向宋哲元一拱手：“军座，我唱个歌儿给董旅长助助兴。”

宋哲元点点头应允。

何基沣大声唱起《黄族歌》：“黄族应享黄海权，亚人应种亚洲田。青年青年，切莫同种自相残，坐教欧美先着鞭。不怕死，不爱钱，丈夫决不受人怜。洪水纵滔天，只手挽狂澜，方不负石笔，后哲先贤。”

独立第26旅旅长李致远少将也扔掉酒杯，跳进场子大吼道：“我也陪你玩玩……”说罢打出了一套令人眼花缭乱的形意拳。

中国军官们沸腾起来，疯狂地叫好。

张幼林听说吴大帅正在怀仁堂和日本人叫板，需要笔、墨、纸、砚。他琢磨着，吴大帅点名要荣宝斋的文房用品，这简直太给荣宝斋面子了，更何况是吴大帅要和日本人叫板，这弄好了就是一条特大新闻，对荣宝斋的名气提升是个千载难逢的机会。此事可不能怠慢，文房用品让王仁山送去都不足以表示荣宝斋的重视程度，还是他这个东家亲自跑一趟才合适，所以张幼林二话没说，拣好的挑了些文房用品随宋哲元的副官坐汽车来到中南海怀仁堂。

大和民族也是个喜欢较劲的民族，见中国军官们又是耍拳又是唱歌的，日本军官们也亢奋起来，于是又有两个日本军官抽出军刀跳进场子，与松岛一起舞起刀来。

董升堂见人家玩的都是真家伙，便大吼一声：“张参谋，给我拿刀来！”

李致远也喊道：“别忘了我的柳叶刀。”

一个中尉军官拎着两口刀走进大厅喊道：“董旅长，李旅长，接刀！”随着喊声，两口刀飞进场子，董升堂和李致远伸手接住，各自舞起刀来。

吴佩孚拍桌大声喝彩："好！"29军的军官们也滚雷似的齐声叫好，中日双方的军官则彼此怒目相视，形势一触即发。

张幼林随副官走进怀仁堂时，正赶上日方司仪宣布："我们的军官们说，为了表示中日亲善，他们决定共同出一个节目，军官们，我们开始吧！"

日本军官们突然冲进席间，合力将宋哲元和秦德纯举过头顶，他们发出"嗷嗷"的怪叫声。

董升堂脸色铁青："嗬，玩上举人啦？弟兄们，咱们也招呼啊！"

一些年轻的29军校级军官一拥而上，如法炮制地将日本河边少将和松室孝良合力举过头顶，并且一次次地将他们扔向半空……

董升堂的副官凑近董升堂小声道："旅座，咱们汽车上还有几只20响，已经压满了子弹，他们敢翻脸就先下手干掉他们，要不要我把枪拿进来？"

董升堂思索片刻，摇摇头："不行，咱们不能先动手，我看今天还不至于干起来。"

双方的青年军官较劲，倒霉的还是被一次次抛向半空的高级军官，宋哲元、秦德纯和河边、松室孝良被折腾得头都晕了，这种场合又不宜翻脸，只好任双方的军官肆意摆弄。

吴佩孚看得大笑起来，在他眼里，这些被扔向半空中的高级军官都是些小字辈，让年轻人耍几把也没什么丢身份的。副官指了指张幼林对吴佩孚耳语："荣宝斋的东家张幼林先生亲自给您送来了文房用品。"

吴佩孚站起身冲张幼林点头致意："荣宝斋的东家？来得好，我早就想会会了，我可是你们铺子的老顾客了，文房四宝我只用荣宝斋的。副官，替我留住张先生，晚上我请他共进晚餐。"

张幼林还礼。

说着话，宋哲元、河边等人的双脚终于落了地，双方的警卫人员都松了一口气，心说总算没闹出什么大事，不然今天该如何收场？

日方司仪宣布："本次联欢会的最后一个节目，请联欢会的特邀嘉宾、中国军界的元老吴大帅表演书法。"

中国军官们热烈鼓掌，张幼林站在吴佩孚身边饶有兴趣地看着。会场重新布置，中心摆上了一张桌子，士兵正在铺宣纸、研墨，吴佩孚含笑起身上前，拿起毛笔，拔去笔尖的碎毛，似是漫不经心地说道："运笔岂是为字而弃笔呢？"说罢笔锋已落在雪白的宣纸上，只见他泼墨挥毫，如行云流水，一气呵成，四个苍劲、俊秀的大字跃然纸上："还我河山。"

写毕，吴佩孚毛笔一扔，转身扬长而去。

宋哲元不禁大声喝彩：“玉帅的醉笔可谓一绝啊！”

中方司仪向与会者展示吴佩孚的条幅“还我河山”。

会场的中国军人群情激奋，全体起立，振臂高呼：“还我河山！还我河山……”

张幼林的热血冲上脑门，浑身的血液仿佛燃烧起来。这个吴大帅还真是条汉子，尽管此人为世人诟病的行为不少，但在大是大非方面，吴佩孚绝对是个具有民族尊严的男子汉。

在场的日本军人冷冷地望着，不发一言，宴会草草收场。

张幼林回到家已是深夜，他匆匆洗漱完毕上了床，却翻来覆去怎么也睡不着，索性又爬起来，靠在床头上凝神沉思，不停地抽烟。

“睡吧，有什么事儿明天再想。”何佳碧催促着。

张幼林眉头紧锁：“佳碧，刚才吴大帅在饭桌上说，去年9月，日本驻屯军进驻了丰台的中国兵营，丰台是平汉、平津铁路的交叉点，失去丰台，北平就陷入了日本人北、东、南三面的包围之中，眼下只剩西南方向卢沟桥一个出口，北平就像人家桌子上的一盘菜，日本人想什么时候动手，随时能把你吃掉，唉，要是日本人真占了北平，荣宝斋怎么办？”

张幼林的担忧也是有道理的，这些年，以荣宝斋北平总店为中心，继南京分店之后，又相继开办了上海分店、洛阳分店、武汉分店和南京第二分店，生意一派兴隆，如果战事一起，恐怕这几年的心血就要付之东流了。

“先别想那么远了，日本人真要来，谁也拦不住，又不是咱一家开铺子，走到哪儿算哪儿吧。”何佳碧说。

张幼林摇摇头：“没这么简单，你以为亡国奴就这么好当？日本人的胃口太大了，他们的眼睛里没有国际公法，没有人类道义，他们是丛林里的野兽，只信奉丛林法则。对他们而言，广袤的东亚大陆只意味着资源和生存空间，只有强者才有资格去占有它……”

“幼林，一旦战争爆发，我们会亡国吗？”

张幼林沉思片刻答道：“不可能，我们有四万万人，有悠久的历史、博大精深的文化，任何侵略者都不可能征服我们！”

窗外一道闪光掠过，天边传来隐隐的雷声，张幼林起身推开窗户，他久久地凝视着黑暗的夜空，思潮起伏，直到东方微微泛白，才回到床上休息。

数月之后，1937年7月8日凌晨5点30分左右，张幼林被一声猛烈的爆炸声惊醒，他翻身坐起，片刻，炮弹的爆炸声夹杂着枪声已然响成了一片。

何佳碧惊恐万分：“幼林……”

“别怕。”张幼林把何佳碧揽在怀里，安慰了一会儿，两人起身下床，来到院子里。

只见西南方向的天空火光闪烁、浓烟滚滚，枪炮声更加密集，张幼林、何佳碧站在台阶上眺望，张小璐穿着睡衣从后院跑过来：“爸爸，是什么地方打起来了？”

“卢沟桥方向，还真让吴大帅说中了，日本人动手了！”张幼林语调沉重。三人站了一会儿，张幼林吩咐小璐：“你去换衣服，咱们到铺子去看看。”

王仁山已先于张幼林赶到了荣宝斋，他从后门进来，伙计们都起来了，正在收拾铺板、被褥，徐海吓坏了，他把枕头塞进柜子里，两次都滑出来掉到地上，王仁山过去帮他放好，徐海哆哆嗦嗦地问：“经……经理，这是怎么回事儿啊？”

王仁山摇摇头：“我也不清楚。”他看了看伙计们，大家都显得心神不定。

“那咱们还开门吗？”李山东问。

王仁山还没来得及回答，门外传来急促的敲门声，李山东把门打开，几个学生站在门口，王仁山认识其中一个高个子男生，他叫于培楠，曾经是王仁山的邻居。

于培楠彬彬有礼地说道：“对不起，打搅了，我们是北平学联的，想买些文房用品，写传单慰问29军的将士。”

王仁山走过去：“请进来吧，到底怎么回事儿啊？”

于培楠边往里走边擦着头上的汗：“我们也是刚刚得到消息，日本人已经占领了回龙庙和平汉铁路的桥头阵地，现在29军的219团正组织敢死队往回夺呢。”

说话间，枪炮声又密集起来，王仁山告诉于培楠，需要什么你尽管说，他又招呼伙计们把手里的活儿都放下，先紧着备齐了学生要的东西。

于培楠从口袋里掏出一张单子递给李山东：“都在这上面了。”

李山东接过单子看了一眼：“请稍等，一会儿就好。”

这时，张幼林和张小璐进了铺子，王仁山迎上去，给于培楠介绍：“这是我们东家和少东家。”

“您好！给你们添麻烦了。”于培楠依旧是彬彬有礼。

张幼林坐下：“别客气，用什么东西尽管拿，前方战事如何？”

“29军将士打得很顽强，拼着命也要夺回被日本人抢占的阵地……”

宋怀仁从荣宝斋后院的侧门进来，听见前厅里有说话的声音，他没进去，而是站在门外竖起耳朵仔细听着。伙计们把宣纸和笔墨备好了，于培楠问王仁山：“您算算多少钱。”

张幼林摆摆手：“什么钱不钱的，慰问打日本的国军，还能算钱吗？”

于培楠听罢，心情激动，他深深地给张幼林鞠了一躬：“张先生，我代表北平学联感谢您！”

“你们还有什么慰问活动？”

“下一步要发动北平市民组织抗敌后援会。”

张幼林一挥拳头：“好，荣宝斋也算一份儿！”

张小璐把同学们送到大门口，宋怀仁这才阴着脸走进来，他小声嘀咕着：“这打起仗来，往后捐钱、捐东西的事儿还多着呢，都算谁的呀？”

宋怀仁嘀咕的声音虽然不大，但在场的人都听见了，王仁山微微一愣：“算铺子的呀，还能算你身上？”

“铺子的？还不是羊毛出在羊身上？铺子里的伙计们不是还有人力股吗？说来说去，还不是得摊在大家身上？”宋怀仁显然是一百个不乐意，他也没跟张幼林打招呼，而是径直走到账柜前，找出账簿，“噼噼啪啪”打起了算盘。

张幼林沉思了片刻，站起身：“这样吧，王经理，支援打日本的钱都记在我的账上。”

“东家，这哪儿成啊，打日本人人有份儿，我记在铺子支出的账上。”王仁山不屑地瞟了宋怀仁一眼。

张幼林断然拒绝：“不，听我的，都记在我的账上。”说完，张幼林转身奔后院去了。

往卢沟桥送慰问品的北平市民都聚在了一起，有挑着担子、推着板车的普通市民，有肩上背着鼓鼓囊囊的大包、手里打着横幅的学生，也夹杂着几位开着私家汽车的富家子弟。李山东和赵三龙每人推了一辆板车，上面堆满了荣宝斋捐赠的食品。

于培楠手里拿着大喇叭开始喊话：“各位市民请注意，各位市民请注意，请大家排成两路纵队，两路纵队，马上出发……”

赵三龙问李山东：“什么是两路纵队呀？”

李山东指着前边：“你看，那不是嘛，两个人一排。”

赵三龙和李山东站成了一排，不巧，前面多出一个市民来，赵三龙指着李山东：“大叔，我们是一块儿的。”

“三龙哥，你站我后边去，都一样。”

那市民附和着：“可不是吗，慰问打日本的国军，都一个样。”他仔细看了看李山东：“兄弟，我怎么瞧着你眼熟啊？”

李山东笑道：“我是荣宝斋的伙计。”

市民指着车上的东西：“你们铺子真没少捐啊。”

“各位市民，现在出发，请大家跟上队伍，请大家跟上队伍……”于培楠拿着大喇叭走在最前面，率领着送慰问品的队伍浩浩荡荡地出发了。

队伍抄近道从八大胡同那边穿过，妓女们都挤在自家门口观看，一个打扮得花枝招展的妓女提着一包馒头从人群里挤出来，把馒头放在李山东的车上，冲他妩媚地一笑："大哥，您帮忙给带去吧。"

李山东咧开大嘴："成，我告诉前方的国军弟兄，就说，这是八大胡同的娘儿们慰问他们的……"

人群中爆发出一阵哄笑，妓女的脸一红："去你的！"转身钻进人群中。

枪炮声还在不停地响着，队伍行进到卢沟桥附近，于培楠举起大喇叭："队伍就停在这里，再往前走就危险了，请大家把慰问品原地卸下……"

众人开始卸车，李山东卸着卸着停了下来，一群浑身是血、相互搀扶的伤兵从他们面前经过，李山东跑过去，拉住一个伤兵的手："大哥，受累了，打得怎么样？"

伤兵骂骂咧咧："狗娘养的日本鬼子，茅房的石头——又臭又硬，我们已经收回了回龙庙，铁路桥也快了。"

赵三龙拿着一个大白馒头走过去递给伤兵："大哥，饿了吧？先吃两口。"

伤兵接过馒头，愣住了："三龙？"

"铁子哥？怎么是你呀？"赵三龙也认出了伤兵。

李山东看看伤兵，又看看赵三龙："你们……认识？"

赵三龙意外见到家乡的亲人，显得很兴奋，脸上微微泛红："这是俺那没过门的媳妇绣花她哥。铁子哥，你也当兵了？"

铁子咬了一口馒头："我当兵两年了，这是第一次打仗。"

李山东递过水壶，铁子咕咚、咕咚地喝下去，赵三龙蹲下看了看铁子受伤的腿，对李山东说："我送俺铁子哥上医院，这儿你照应吧。"

"去吧。"

李山东帮助赵三龙把板车上的食品卸下来，扶铁子在板车上坐稳，目送着他们的背影消失在远处的人群中……

卢沟桥事变发生后，日方以"和谈"为掩护，迅速从东北、朝鲜等地调集重兵增援，并于7月28日对北平发起总攻。日军集中地面猛烈炮火和空军轰炸机轮番轰炸驻守在南苑的中国军队，中国军队伤亡惨重，第29军副军长佟麟阁、第132师师长赵登禹壮烈殉国。当天晚上11时，宋哲元下令全军向永定河南岸撤退，次日，日军进入北平，北平市民开始了长达八年的沦陷生活。这是近代以来，继1860年第二次鸦片战争、1900年庚子事变之后，北平第三次被外国军队占领。

井上村光身材笔挺，他迈着军人特有的步伐走进日本华北方面军司令官寺内寿一大将的办公室。寺内寿一正站在墙边研究地图，听到门响，他转过身：“井上君，我已经恭候多时了。”

井上村光行了个军礼：“司令官先生，抱歉，路上遇到骚扰，所以来迟了。”

寺内寿一把井上村光让到沙发上：“令尊大人还好吗？”井上村光的父亲是寺内寿一在陆军大学就读时的老师，寺内寿一是他最得意的学生之一。

“前天刚接到家信，他老人家很惦记您，向您问好。”

寺内寿一目光深邃：“我不会让老师失望的，这次调你来，希望你能更好地发挥才能，为天皇陛下效忠。”

井上村光从沙发上站起来，立正：“请长官吩咐。”

“坐下。”

井上村光坐下，寺内寿一神情严肃：“北平是华北、东北、内蒙古三大战略区的结合部，在征服中国的战争中，北平将是向华北、西北进攻的最重要的战略基地。现在我们已经顺利占领了北平，考虑到战前你就在北平开展了一些工作，决定派你出任华北方面军驻北平文化联络官。”

“是。”

寺内寿一注视着井上村光：“北平是一个文化古都，我们不仅要从武力上征服中国人，更要从精神上征服他们，井上君，我知道你一直迷恋中国文化……”

井上村光的眼神里现出一丝不易察觉的变化，他的心动了一下。

“……这没什么不好，征服也是门艺术，好了，去报到吧！”

井上村光站起身，行军礼：“是，司令官先生。”

从寺内寿一的办公室里出来，井上村光长长出了口气。这些天连续赶路，遭到了数次伏击，险些丢了性命，这下可好了，可以留在北平——他抬起头向四周眺望着，四合院里鲜花盛开、绿树成荫，远处前门的箭楼隐隐可见。不错，北平还是从前的老样子，他熟悉这座古城，热爱北平特有的文化氛围。井上村光没有坐车，他步行穿过熟悉的街道，慢慢走回了住所。

井上村光又频繁地出现在北平的各种社交场合，他依旧是彬彬有礼，对以前认识的老朋友更加客气，不过，除了死心塌地要当汉奸的人之外，其余的人对他都敬而远之。

10月的一天，金少山“金霸王”演《连环套》，井上村光也到戏园子里去凑热闹，不过，他的兴趣并不在台上，而是不时地环顾左右，和熟人打着招呼。他要以这样的方式尽可能缩短和大家的距离，实践中日亲善。

红豆馆主溥侗正看得津津有味，张幼林轻轻地走进来，坐在溥侗身边。溥侗有些诧异：“您怎么晚了？”

“铺子里有事儿，脱不开身。”

井上村光就坐在溥侗的右前方，他回过头来，向张幼林致意。

演到《盗钩》一场，金少山一句“莫非酒内有埋藏……”博得满堂喝彩，溥侗显得很兴奋：“张先生，‘金霸王’首开花脸组班，别的不说，就这一句，他的松竹社在北平就算立住脚了。”

张幼林心不在焉地“嗯”了一声。

溥侗收起了笑容：“您好像……情绪不高？”

“不是对‘金霸王’情绪不高，是最近的事儿，唉。”张幼林叹了口气。

溥侗指了指井上村光，压低了声音：“他找过您了？”

张幼林点点头，凑到溥侗的耳边：“日本人要给我个差事，我没应。”

“糊弄糊弄得了，他也找过我，我装病来着，没见。”

“您还去南京吗？”

溥侗摇摇头：“不去了，日本人一来，那边的差事就算完了。”

张幼林皱着眉头：“您成啊，关上大门自个儿过自个儿的，爱唱两句唱两句，不爱唱了，写写画画照样儿有饭吃。我那铺子可是在琉璃厂戳着，人家想怎么着就怎么着，咱还不能硬顶，难哪！不瞒您说，我都有心把它关了。”

溥侗睁大了眼睛：“别价，多少人指着荣宝斋吃饭呢？老弟，我也算一个，我看出这路子来了，名角能歇的都歇了，往后戏是越来越没的演，我就指望着在荣宝斋挂笔单挣饭钱了，您这是积德行善啊。”

听罢溥侗的话，张幼林半晌没言语，直到散场，他才缓缓说道：“既然大伙儿把荣宝斋当饭碗，那我无论如何也不能关张，不过，溥先生，您手可得快着点儿，不能一压就是一年半载的，客人要画，伙计把尺寸给您送到了，抓点儿紧给人画出来，您那兰、竹也费不了多少事儿。”

溥侗拱拱手：“一定，一定，张先生，您的大恩大德，来日必有好报。”

张幼林苦笑着：“好报就不图了，能平安地过日子就阿弥陀佛了！”张幼林是清醒的，日本人以武力占领了北平，眼下，北平的百姓是任人宰割的角色，这样的处境还能存有奢望吗？

宋怀仁想的和张幼林可不一样，他一无财产二无靠山，除了靠个人奋斗过上衣食无忧的日子外，无路可走。这么多年，他那鹰一般的眼睛时时关注着命运呈现的任何一个哪怕是极其微小的转机，只要发现了，他都会毫不犹豫地扑上去，牢牢地抓在手中，转换成向上攀爬的阶梯。宋怀仁遇见井上村光是在琉璃厂的海王村画店门口。那天下午，井上村光一身便装，混迹在人群里闲逛，宋怀仁从海王村画店出来，一眼就看见了井上村光，他思索了片刻，便快步迎上去：“哟，这不是井上先生吗？可有七八年没见着您了，又到北平来啦？”

井上村光打量着宋怀仁，他记不起这个人了。

“井上先生，您不认识我啦？宋怀仁，我现在是荣宝斋的副经理了，您到我那铺子里去过。”

井上村光恍然大悟：“噢，想起来了，宋先生。”

宋怀仁显得很殷勤：“您到荣宝斋坐会儿？”

“我先逛逛，一会儿过去。”

“得，我沏上好茶在铺子里等您，您可一定来啊。”就这样，宋怀仁主动搭上了井上村光这条线，并从此改变了自己的生活。

潘文雅的堂弟潘文安从美国来到北平，出任北平慈济医院的院长，张幼林去位于东交民巷的六国饭店和他见面。

侍者带着张幼林走进西餐厅的一个包间里，潘文安迎上来，两人紧紧地握手，潘文安的汉语很流利：“张先生，早就听文雅说起过您。”

“文雅在美国还好吗？我们有很多年没见了。”

“胖了，再见着您肯定认不出来了，张先生请坐。”

张幼林坐下，他疑惑地注视着潘文安：“潘先生，您这个时候来北平可是需要勇气的，佩服，佩服。”

潘文安笑道：“大家不是都一样吗？日本人又没长着三头六臂，有什么可怕的？我和慈济医院的合同是早就签好的，现在来也顺理成章。”

侍者送来了晚餐，他们边用餐边聊，潘文安诚恳地说道：“张先生，我虽然和您是初次见面，但您是堂姐多年的朋友，我就不绕弯子了，文雅和在美国的一些爱国人士捐助了一笔钱，他们想把盘尼西林和其他一些紧缺药品夹带在病人的康复器械里带进来，希望捐赠给和日军作战的中国军队，您有没有办法联系到接收的人？”

“这是好事儿，就得大家摽在一块儿和日本人干。”张幼林思忖了片刻，“至于接收的人……眼下没有现成的，我想办法找找。”

“为了安全起见，知道的人越少越好。”潘文安叮嘱着。

这时，门外传来沉重的脚步声，侍者带着日本宪兵进来检查证件。

潘文安站起身，他改用日语：“先生，辛苦了，来杯白兰地。”潘文安倒了一杯白兰地递上去。

日本宪兵没有接，他翻看潘文安的美国护照：“谢谢，我在执行公务，请记住，这里是北平不是纽约，宵禁的时间快要到了，请尽快离开。”日本宪兵又看了看张幼林的良民证，转身离去。

潘文安对着日本宪兵的背影摇摇头，无可奈何地摊开双手。

已是深夜，北平城外的潭柘寺里，明岸法师正在寮房闭目打坐，突然，他的双眼睁开了，脸上现出惊异的表情。沉思片刻，明岸法师下坐，他挑亮油灯，铺纸研墨，写了封信，第二天一早就差人送进城里。

张幼林心里琢磨着昨晚潘文安说的那件事，他刚要迈进荣宝斋，被王仁山堵在了门口："东家，我正要找您去呢，走，咱们找个地方坐坐。"

宋怀仁追出来："经理，你跟东家好好合计合计，日本人还等着回话儿呢。"

王仁山回过头："你盯着给人结账，我说完了就回来。"

张幼林感到纳闷儿："仁山，什么事儿？神神秘秘的，还不能在铺子里说？"

王仁山环顾左右："咱们到您家说去。"

来到张家客厅，王仁山愁眉苦脸地把事情说完，张幼林听罢，半晌没言语。

眼瞧着到了晌午，该吃午饭了，王仁山催促着："东家，您说该怎么办？"

张幼林依旧是凝神沉思，王仁山叹了口气："唉！都是怀仁招出来的，现在都什么时候了，日本人躲都躲不及，他还上赶着把人家往铺子里请，弄出麻烦来了吧？给日本人做事儿，这不明摆着当汉奸吗？我可是不干，无论如何不能干，大不了一走了之。"

"你走了我怎么办？荣宝斋关门？"张幼林终于搭腔了。

"正是想到这一层，我才没把话说死，要不然早把宋怀仁一脚踹出去了。"王仁山恨得咬牙切齿。

张幼林站起身，在客厅里踱着步："唉，民以食为天哪。"

王仁山揣摩着："您的意思是……咱应了？"

张幼林站住："不，咱俩都不应，让宋怀仁出面，他招出来的事儿让他兜着，我琢磨着，咱把这屎盆子踢给他，宋怀仁恐怕是正中下怀吧？"

王仁山点头："也对，瞧他那副巴结日本人的嘴脸，恨不能给人家当孙子。不过……宋怀仁不过是个副经理，日本人那儿能答应吗？"

"日本人正缺狗呢，宋怀仁主动送上门去，没有不收的道理。"

正说着，用人拿着一封信进来："老爷，您的信。"

张幼林接过信："谁送来的？"

"是僧人。"

王仁山站起身："东家，就按您的意思办，我告辞了。"

张幼林本来应该尽早动身去潭柘寺，可就在这时，国军在淞沪会战中失利，上海沦陷，日军主力马不停蹄，继续进逼距离上海仅三百多公里的首都南京，不久，南京就陷入一片战火之中。

南京分店的张喜儿发出了报急电报，请求北平总店允许将店员们撤回北平。

电报到了北平总店，王仁山正要差人去请东家，张幼林手里拿着报纸已经急匆匆地赶到了，他焦急地说道：“仁山，南京的情况不好……”

王仁山把电报递给他：“东家，这是张喜儿刚发过来的。”

张幼林接过电报，迅速扫了一遍：“你回电了吗？”

“还没呢，等着跟您商量商量。”

这时，伙计们都不约而同地注意起东家和经理的对话，张幼林看了大伙儿一眼：“还跟我商量什么呀，告诉他们，全撤回来。”

宋怀仁拿过电报看了看：“全撤回来？那铺子谁管啊？”

张幼林沉思了片刻：“找个当地人先给看着。”

“让当地人看着？这么大个铺子，没咱的人，万一让人卷了呢？”

张幼林白了一眼宋怀仁：“要是不放心，那你去看着？”

宋怀仁被张幼林噎得涨红了脸，不说话了，伙计们捂着嘴窃笑。王仁山打起了圆场：“怀仁，这都什么时候了？要是真打起来，命保得住保不住都难说，还铺子？”

“几年的心血，要是就这么毁了，唉！”宋怀仁小声儿嘀咕着。

李山东走过去，一本正经地说道：“宋副经理，您不是维持会长吗？跟日本人商量商量，南京就别打了，该回哪儿就回哪儿，要不然，指给他们南京分店的位置，打炮的时候别冲那儿轰，给您留着赚钱的买卖。”

宋怀仁气急败坏：“去去去，这儿没你搭茬儿的份儿。”

李山东转过身，和赵三龙偷着乐。

郊外依旧是炮声隆隆，南京分店里只剩下张喜儿一个人。日军轰炸机呼啸着在不远处投下炸弹，几声巨响过后，从顶棚震落下来的灰土撒了一柜台，张喜儿拿起抹布把柜台擦干净。

张乃光的秘书魏东训急急忙忙走进来：“哟，张经理，您怎么还在这儿啊？”

张喜儿迎上去：“伙计们都走了，我留在这儿看铺子。”

“哪儿有这个道理，伙计们都走了，让经理看铺子？”

“我们东家发电报来，让都回去。”张喜儿摇着头，向四处看了看，“这么大的铺子，没人哪儿行啊，扔给谁我都不放心。”

魏东训压低了声音：“张经理，我可告诉您，南京十有八九保不住，说不准什么时候日本人就攻进来了。”

“那您……”

“我还有公务在身，一会儿也撤了，下关码头那儿给我们留着船呢。”

张喜儿听罢，大吃一惊：“撤？唐生智长官不是说了吗？全体守军与南京城共存亡，战至最后一兵一卒。”

魏东训摆摆手：“嗨！您听他扯淡，这不是糊弄蒋委员长嘛。”

“那都这个时候了，您还上这儿来？”

“没办法，张司长坚持要把订的画全带走。”

张喜儿满脸歉意：“魏先生，对不住，这一打仗秩序就全乱了，总店那边按时发了货，可运不过来。”

“唉，那就没办法了，咱们后会有期吧，您多保重。”说着，魏东训就要往外走。

张喜儿把他拦住：“别忙，铺子里还有一些样品，要不然您先拿去？”

魏东训思忖着：“这合适吗？”

“嗨，张司长是老客人了，还有什么合适不合适的，哪能让您空着手回去呀。”

“那我就挑几张，我替张司长谢谢您了……”

送走了魏东训，张喜儿就把大门关上了。

天擦黑的时候，宋栓在门外高喊：“喜子，喜子！”

张喜儿从楼上的窗户里探出脑袋：“你怎么没走哇？”

“进去说吧。”

原来，宋栓率领着伙计们好不容易挤上了火车，在汽笛拉响的一刹那，他改变了主意，叮嘱了大家几句后，铺盖也没顾上拿，就钻窗户跳下了火车。

进了铺子，宋栓先抄起茶碗“咕咚、咕咚”灌下几口水，然后抹着嘴角的水珠说道：“我在城外头转了一圈，估摸着就这两天，日本人就得打进来了，我看你还是走吧。”

张喜儿睁大了眼睛：“你就是为了劝我走才回来的？”

宋栓点头：“就算是吧，咱俩一块儿混了这么多年，到了这时候，说什么也不能让你一个人留在这儿。”

“嗨，真是的。”张喜儿皱起了眉头。

“明儿个一早我就找人帮着买票去。”

说话间，枪炮声又响起来，听起来就在附近了。宋栓一惊：“喜子，我觉着不对劲儿，枪声怎么这么近？”他转身向铺子门口走去。

东边不太远的地方已经火光冲天了，宋栓站在门口的台阶上向起火处张望，几个市民慌慌张张地跑过来，宋栓上前问道："那边怎么样了？"

其中一人回答："快跑吧，日本人已经打进城了。"

"啊？"宋栓愣了一下，随即转身跑进了铺子。他焦急地拉住张喜儿："喜子，快走吧，再不走就来不及了，日本人已然打进城了。"

"你走吧，我守着铺子。"张喜儿显得十分镇定。

"你这是何苦呢？"

张喜儿四处看了看："南京分店能有今天，都是大伙的心血，不能就这么白扔了。"

"就算这个扔了，等往后不打仗了，咱还可以开新的。"宋栓心急火燎。

张喜儿深情地注视着他："栓子，你的心意我领了，我是东家任命的经理，不管到什么时候，只要铺子还在，我张喜儿绝不离开半步，你快走吧。"

半晌，宋栓松开了手，他摇摇头："你不走，我也不走。"

一颗炮弹呼啸着落在了南京分店的房顶上，巨响过后，房屋、器物的碎片被气浪高高地扬起，又纷纷落下，紧接着就燃起了熊熊大火，大火很快染红了半边天……

·第二十六章·

宋怀仁春风得意地走在琉璃厂街上，陈福庆隔着窗户看见他过来，忙不迭地从慧远阁跑出去打招呼："宋会长，您成啊，眼下在琉璃厂可就数您了啊，维持会长，还是日本人封的，这可不是闹着玩的，往后我们慧远阁有事儿还得靠您罩着啊。"

"哪里哪里，回见。"宋怀仁脚下没停，直奔荣宝斋。进了铺子，他四处扫视了一遍："东家没来？"

伙计们都装作没听见，各自忙着手里的事。宋怀仁过去问李山东："东家哪儿去了？"

"哟，宋会长，东家可不归我管，我不就是个伙计吗？"李山东没好气儿地说道。

宋怀仁恼怒起来："你……"

徐海怕李山东惹事，赶紧接过话来："东家出门了。"

"出门了？"宋怀仁微微一愣，"怎么也没打个招呼？什么时候回来？"

"没听说。"

"嘿，怎么这么不巧啊，井上先生那儿我都答应了……"宋怀仁自言自语着往外走。

王仁山从后门进来："怀仁，先别走，铺子里的事儿咱们得商量商量。"

宋怀仁已经到了大门口，他回过头来："嗨，还商量什么呀，您瞧着办吧。"说着，左脚迈出了门槛。不大一会儿，宋怀仁又折回来，他探进半个脑袋："经理，这两天维持会那边事儿多，我就先不过来了。"

王仁山无可奈何地摇摇头："这是着了什么魔了？"

回到虎坊桥的地区维持会办公处，宋怀仁不禁长叹一声："唉！"

橘子皮正在屋里闲坐着，他凑过来："会长，您出去的时候好好的，怎么一回来就唉声叹气的？"

宋怀仁愁眉苦脸："嗨！井上先生托我传个话，他中午要约我们东家吃饭，我都答应了，可东家又不在，让我怎么跟井上先生交代呀？"

宋怀仁还没想好该怎么交代，井上村光已经进来了，他身后还跟着两个日本士兵。宋怀仁和橘子皮赶紧起身鞠躬。

“宋先生，约好了吗？”井上村光问道。

宋怀仁哈哈腰，满脸尴尬：“井上先生，对不住您，我们东家今天不在。”

“哦？”井上村光思索了片刻，从口袋里掏出一张单子，“那只好改日再说了，宋先生，我找你还有别的事，请你仔细看一看，这上面列出的字画，你要尽快帮我找到。”

宋怀仁接过单子迅速地扫了一眼，脸上露出惊讶的表情。

井上村光注视着宋怀仁：“请把此事办好，对你的忠诚，我们会给予回报，你明白吗？”

宋怀仁鞠躬：“我尽力，一定尽力。”

送走了井上村光，橘子皮搭讪着：“会长，我不认字儿，那上头儿写着什么呀？”

宋怀仁不耐烦地挥挥手：“去，没你的事儿。”

“嗨，我说，刚才这儿还替您说话呢，怎么遇到好处就没我事儿了？”橘子皮感到挺纳闷。

让伙计们从南京全部撤回来的电报发出去半个多月了，到现在，连一个人影儿都没见着，日本人已经占领了南京城，民间不断传来日军疯狂杀人的消息，和张喜儿又联络不上，张幼林如热锅上的蚂蚁，寝食不安。明岸法师又接连写来两封信催促，何佳碧判断，老法师这么急着叫他过去，必有要事，张幼林这才启程去了潭柘寺。

到潭柘寺的时候已经是傍晚了，在阵阵暮鼓声中，僧人们排着队依次走进大殿，不一会儿，殿里传来优美的诵经声。

张幼林在一棵古松下等待了片刻，明岸法师从大殿旁的甬道走过来，张幼林迎上去：“法师！”

“阿弥陀佛，张先生，你可算来了。”明岸法师双手合十。

张幼林还礼：“您急着叫我来，有什么事儿？”

明岸法师稍有犹豫：“没什么大事……不过是想让你在寺里小住数日，如何？”

张幼林松了口气：“多谢法师垂爱，这里是另一番世界，耳闻晨钟暮鼓和师父们的诵经声，能暂时忘却心中的烦恼。”

两人说着话，向寺院深处走去。

“法师，从上次在法源寺为家母做佛事遇见您到现在，又是十多年过去了，人生如梦啊！我很羡慕您，选择了皈依佛祖，过着世外桃源的清净日子，了却了很多烦心的事儿。”

明岸法师微笑着："烦心的事该是你的，到头来还得找你，这都是因缘所致，躲是躲不掉的，其实，无论喜与忧，只要心不为之所动，二者就没有什么区别。"

张幼林思索了半晌，摇摇头："这太难了，我是个俗人，到不了这样的境界，日本人一来，荣宝斋的诸多变故已经把我弄得七荤八素了。"

"乱世之中举步维艰，你也不容易啊。"明岸法师感叹着。

"没办法，混吧！"天色渐渐暗下来，张幼林侧目看着身边须发皆白的老法师，不觉心中一动，"法师，秋月在美国过得挺富裕，伊万在纽约开了一家银行，他们又生了一个女儿，要不是打仗，原本秋月打算回来看看。"

"一切随缘。"明岸法师手数念珠，心静如水。

张幼林原本就是个散淡之人，潭柘寺在群山环抱之中，远离俗世尘嚣，他仿佛进入了另一个世界，也暂时忘却了心中的烦恼，铺子里的事就全由王仁山支应了。

火车由于战事中途停驶，伙计们步行回到北平，王仁山的心放下了一半儿。又过了十来天，终于有熟人从南京辗转传来了消息：荣宝斋南京分店毁于战火，张喜儿和宋栓在店里坚守，没能逃出来。听到这个噩耗，王仁山一下子惊呆了，良久之后才回过神来，他放声大哭："喜子、宋栓，我的好兄弟，你们这是何苦啊，什么也没有性命重要啊……"

东家张幼林不在，王仁山就自己做主了，他决定荣宝斋拿出重金抚恤张喜儿和宋栓的家属，还派出几个伙计到张喜儿和宋栓的家里帮助料理后事。为这两个人的死亡，全店的员工都很悲痛，毕竟荣宝斋没出过这种事，一下子就死了两个人，还是非正常死亡。

宋怀仁倒是很高兴，他琢磨着，张喜儿和宋栓已经不在了，那么，眼下除了王仁山，他宋怀仁就是荣宝斋名副其实的二掌柜了——王仁山虽说是个经理，可他和我宋怀仁是无法比的，我还兼着官差呢，好歹是地区的维持会长，日本人再横也得给我面子，不然谁替他们维持？

近来宋怀仁长了脾气，时常在铺子里对伙计们吆三喝四，横挑鼻子竖挑眼，弄得像徐海这样胆小的伙计见着他就像耗子见了猫，恨不得钻进柜台里藏起来。不知从哪天开始，王仁山也变得客气了，不但不再给他派活儿，甚至有时看见他进来，还把后院北屋主动让出来，自个儿找地方该干吗干吗去，这使宋怀仁感到心情很愉快，认为王仁山还算是个比较懂事的人。

宋怀仁又检查了一下井上村光交给自己的书画目录，有些事已经办了，可最难整的还是陈福庆的《四明山居图》，那是慧远阁的镇店之宝，陈福庆能轻易拿出来吗？

宋怀仁苦思冥想了半天也没琢磨出个好办法，看看天色已晚，待会儿丰泽园还有个饭局，想到这个饭局，宋怀仁不觉又愉快起来：现如今，琉璃厂一条街上开铺子的都得拿咱当爷供着。前两天西头儿的“翠云阁”画店刚刚易了主，新东家铺子还没开张就上赶着请宋怀仁吃饭，对这类饭局宋怀仁有经验，说是吃饭，谁缺那顿饭吃？酒至三巡，菜过五味之后节目才真正开始呢，按这类程序，新东家的红包里没有一百块光洋就别想拿出手……

宋怀仁顺手打开了桌子上他刚抱回来的收音机，里面正在播放梅兰芳的《贵妃醉酒》：“……想你当初进宫之时，你娘娘怎生待你，何等爱你？至今日你忘恩负义，玉美人倒在[illegible]千驾上……”他闭着眼睛摇头晃脑地跟着戏文哼哼起来，赵三龙从门口路过，他好奇地探头往里看了看，犹豫了一下，还是走了进去。

宋怀仁睁开眼睛：“账结啦？”

“山东正结着呢。”赵三龙惊奇地看着收音机，还伸手摸了摸，“这是啥东西？”

宋怀仁推开赵三龙的手：“别乱动，这叫话匣子，金贵着呢。”

“这玩意儿真神了，把那么大一戏台都装里面了，您哪儿来的？”

“日本人送的，人家看得起咱荣宝斋。”宋怀仁语重心长，“三龙，我告诉你，日本人也是人，你对他们客客气气，有事就帮一把，人家呢，也不会给你亏吃，这叫礼尚往来……”

张小璐踱进来，身子斜靠在桌子边，伸手把收音机关了，挑衅地看着他：“宋经理，日子过得够滋润的，上班时间不干活儿，听起戏来啦？”

宋怀仁下意识地站起来，他从张小璐的眼神里读出了某种不祥的东西。这位少东家虽说是清华毕业的，但可不是文弱书生，他从小就跟他爹练武，长得膀大腰圆，谁知道今天哪根筋不对了，再者说了，人家毕竟是少东家，荣宝斋这铺子早晚是他的，这位爷能不惹还是不要惹。

宋怀仁勉强挤出一丝笑容：“少东家，您坐，您坐，我给您请王经理去……”宋怀仁赶紧逃走了。

王仁山进来的时候，张小璐还在活动手腕子，他愤愤地说道：“王经理，我真想抽宋怀仁这孙子。”

王仁山摆摆手：“少东家，不值当，别为这么个东西脏了你的手，你……有事儿？”

张小璐关上门，他看着王仁山，欲言又止。

王仁山给他倒了碗茶：“少东家，有什么话就直说吧。”

张小璐接过茶碗：“王经理，实不相瞒，我有个同学出城参加了抗日游击队，想让我帮着搞些治枪伤的药，我到药铺里转了转，根本没有，日本人都控制起来了，您能帮着想想办法吗？”

王仁山抬头看了一眼窗外：“小声点儿，这可是掉脑袋的事儿。”他沉思了片刻，“你爸爸什么时候回来？”

张小璐摇摇头：“不知道，我妈去潭柘寺看过一次，好像是明岸法师没让回来。”

王仁山点点头道：“小璐，这件事非同小可，你容我想想。”

明岸法师一直把张幼林留到腊月二十三，在寺里过完了小年才放他回去。临走那天，明岸法师把张幼林送出了很远，分手的时候，张幼林不禁回首仰望，心中生出一些留恋：“乱世之中难得有这样安静的地方啊！”

明岸法师依旧是语调平和：“心净则佛土净。”

“在寺里这些日子，我把那些事儿基本上想明白了，就像您说的，一切随缘吧。”

“真能做到事事随缘，也就自在了。”明岸法师停顿了片刻说道，“幼林，我叫你来，是让你躲避一场杀身之祸。”

张幼林一下子惊呆了，半晌才回过神来：“杀身之祸？为什么？”

“很快你就会知道了，多保重吧。”

张幼林疑惑地上了车，和明岸法师挥手告别，明岸法师一直望着汽车在山间的拐弯处消失，才缓步离去。

在汽车里，老安把一摞报纸递给张幼林：“先生，这是这些日子给您攒下的。”

张幼林接过报纸翻看着：“家里都好吗？”

“太太、少爷都挺好。”

“铺子那边呢？”

“王经理照应着，宋经理净往维持会跑，别的照旧。”

突然，张幼林翻动报纸的手停住了，他的脸上现出惊异的表情。只见报纸上，醒目的黑体字大标题赫然写着“康复器械夹带违禁药品，济慈医院院长潘文安被枪决”。

张幼林的眼前一黑，险些晕倒，他紧紧地抓住了座位旁的把手，泪水夺眶而出……

原来，张幼林和潘文安在六国饭店见面的时候，明岸法师正在禅定之中，他早已不是当年的杨宪基了，经过几十年潜心修行，他已经证到了极高的境界，对世间万物洞若观火。在禅定之中明岸法师看到了这件事的结果，潘文安命中必有此劫，他救不了，而张幼林倒是还能躲过去，于是明岸法师修书唤他到寺中小住，助他躲过此劫。

明岸法师送走张幼林后，自知来日无多，他再次外出云游，最后在终南山的净业寺含笑圆寂，七日后肉身火化，得五彩舍利子数百枚，被信众供养、珍藏。

张小璐踌躇良久，还是走进了父亲的书房，他在张幼林的身边坐下："爸爸，有件事我想了好些日子了，还是得跟您说。"

张幼林放下手中的书："是寻药的事吧？王经理跟我说了。"

张小璐皱着眉头："我想了好多办法，都不行，看来只能靠您了。"

"小璐，这是掉脑袋的事儿，你跟谁也不要再提了。"张幼林语词严厉。

张小璐诧异地看着父亲："您……"

张幼林叹了口气："唉，咱们张家人丁不旺，眼下就你这么一根独苗儿，说什么也不能有闪失……"

张幼林的话还没说完，用人推开了门："老爷，岳大夫来了，在客厅里等着呢。"

张幼林站起身："我马上过去。"

张小璐也要跟着去，被张幼林拦下了："我不是跟你说了吗，这事儿你就别再掺和了。"

张幼林换了件衣裳来到客厅，岳明春微笑着："张先生，您找我来干什么，我能猜个八九不离十。"

张幼林在岳明春的对面坐下："要是这样我就省得再说了。"

"王经理跟我念叨过，我一时也没琢磨出法子来。"岳明春摇了摇头。

"药搞到了吗？"

"现成的没有，不过可以拿中药配出来，可就是不好往外带，日本人控制得太严了。"

"我倒有个想法。"张幼林压低了声音，"我爷爷当年在没辙的时候，用松烟墨给朋友止过血，咱能不能把治枪伤的药加在墨里带出去？"

"墨里藏药？"岳明春皱起了眉头。

"《本草纲目》里有'药墨'之说，我的意思是以荣宝斋的名义开个制墨作坊，把药混在墨里。"

岳明春恍然大悟："这倒是个好主意，荣宝斋制墨是名正言顺的事儿，不会引起怀疑，回头我再查查《本草纲目》，琢磨一下加些什么药进去。"

"此事不可外传。"张幼林叮嘱着。

岳明春会心地一笑："放心，我懂。"

晌午吃过了午饭，宋怀仁才慢悠悠地踱进了荣宝斋，他在后院逛了一圈，又到北屋眯瞪了一小觉，中午烤肉吃多了，嘴里直叫渴，他这才懒洋洋地爬起来，给自己泡了一壶浓香四溢的铁观音，端着紫砂壶去了前厅。

铺子里没有客人，宋怀仁坐在椅子上喝着茶，他四处看了看，发现少了个人，于是拖着长腔问道：“经理，这些日子怎么没见着三龙啊，他干吗去了？”

“噢，东家让他干点事儿。”王仁山边记账边回答。

宋怀仁翻了翻眼睛：“公事儿还是私事儿啊？可不能在铺子里拿着工钱，给他干私活儿。”

王仁山抬起头，还没来得及开口，李山东已经凑过去了：“副经理，您整天往维持会跑，为维持会办事儿，就不在铺子里拿工钱了，是吧？”

宋怀仁被李山东噎得涨红了脸，他正寻思着怎么收拾李山东，一旁整理柜台的伙计启贤一本正经地说道：“副经理，您近来可是跟从前大不一样了。”

“你觉着，我哪儿跟从前不一样了？”宋怀仁的注意力转移了。

李山东抢着回答：“自打日本人进了城，有人连走道儿，都这样儿……”

他夸张地比画起来，学着螃蟹的样子，横着走。

任启贤也撅起了屁股，点头哈腰的，嘴里念叨着：“太……太君……”

大家一阵哄笑，宋怀仁气坏了，他“腾”地站起来，手一带，紫砂壶“啪”的一声掉在地上摔碎了。

李山东收住笑容：“得，得，您别跟茶壶砸筏子，这铺子里的东西可都是东家置办的。”

徐海拿来笤帚，李山东接了过去，他在宋怀仁的脚底下扫着碎壶碴子：“宋会长，您让让，您让让啊……”

宋怀仁气急败坏，他恶狠狠地瞪着伙计们：“大家听着啊，以前的事儿我不计较，就算过去了，往后说话都留点儿神，李山东，我要是再听出你话里带刺儿，可别怪我不仗义。”

铺子里一时鸦雀无声，宋怀仁见压住了阵脚，又坐回到椅子上，不知在吩咐谁：“沏茶！”

伙计们你看看我、我看看你，都站着没动，宋怀仁暴跳如雷：“哼，敢耍我？这是跟日本人叫板，还反了不成？”

铺子里的气氛顿时紧张起来。

“谁反了？”张幼林迈进了门槛，他看了看众人，话里软中带硬，“咱是买卖人，做买卖、赚钱养家糊口是咱的本分，没事儿别在铺子里扯闲篇儿，今儿个我跟大伙儿说明白，谁要是嫌荣宝斋的庙小盛不下他，趁早另谋高就，我张幼林不耽误他的前程。”

大伙儿都不言语了，李山东瞟着宋怀仁，宋怀仁狠狠地瞪了他一眼。

王仁山走过来："东家，制墨的事儿怎么样了？"

宋怀仁也赶紧搭讪着："东家，您有事儿就吩咐，我去办。"

张幼林打量着宋怀仁没好气地说："我也得抓得着你啊，这些日子你正经在铺子里待了吗？"

"嗨，维持会那边不是事儿多嘛。"

"好啊，那边事儿多你就先忙去，铺子里有我和王经理盯着就行了。"张幼林不再理他了。

宋怀仁一听话茬儿不对，赶紧往回找："东家，眼下北平是日本人的天下，我出面当地区维持会长，咱铺子也沾光啊，不就耽误点时间吗？时间还不有的是？大不了我拉点儿晚儿。"

"哼！扯淡，有的人哪，就是乌龟进了铁匠铺——找捶！"李山东愤愤地把宣纸塞进柜台里。

宋怀仁装没听见："得，东家，就按您说的，我先忙乎维持会的事儿去。"他走过张幼林的身边，讨好地趴在张幼林的耳边悄声说道："东家，去年夏天，您让伙计往卢沟桥给29军送饭的事儿，有人向日本人举报了，可让我给压下来啦。"

"这不都是公开的吗，还用得着举报？"张幼林感到诧异。

宋怀仁的眉头皱了起来："可别这么说，这事儿要是让日本人知道了，您身上可就是有砟儿了。"

张幼林缓和了语气："噢，怀仁哪，这就对了，荣宝斋是我的，也是你的，是我们大家的，无论什么时候，你得记着，咱们是中国人，是中国人就得互相帮衬着，对不对？"

宋怀仁赶紧就坡下驴："东家，您放心，您还不了解我？我能吃里爬外吗？"

"行啊，要是这样儿，副经理的位置我就还给你留着。"

"您留着，留着，我快去快回。"宋怀仁急匆匆地走了。

荣宝斋新开的制墨作坊在陶然亭附近一个中等大小的院子里，靠东墙砌着几个炉灶，炉灶上安着许多带拐脖的烟囱，院子的背后是一片松树林。

制墨师傅姚德有五十来岁，是个腆着肚子的胖老头儿，他正聚精会神地从一节烟囱里取烟，赵三龙扛着一大捆松树枝走进来，姚德有过去看了看，摇摇头："三龙啊，你找的松树枝儿太嫩了，你这一大捆也取不出多少烟来。"

赵三龙擦着脸上的汗："那得砍什么样儿的？"

姚德有放下手里的烟囱："我带你去。"

两人向松林深处走去，赵三龙感叹着："真没想到，制个墨还这么讲究。"

“这单是一行儿啊，荣宝斋不是卖墨的吗，怎么卖着卖着又想自个儿做了？”姚德有挺纳闷。

“咱一伙计，哪知道东家是怎么想的呀？让干啥就干啥呗。”赵三龙捡起地上的一块土坷垃，向树上的松鼠扔过去。

姚德有在一棵比他还粗的古松前停下，指着树干上渗出的松脂：“有松脂的古松最好，就砍这样的。”

赵三龙抬起头瞧了瞧，往手上啐了口吐沫，蹭、蹭儿下就爬了上去。

姚德有仰着头：“留神，别摔着。”

砍完松枝回到作坊，不大一会儿，李山东肩上背着个大包，手里提着一小篮鸡蛋来了。赵三龙凑过去，两只眼睛盯着鸡蛋放出光来，右手已经伸到了半空中：“山东，这是咱的晚饭吧？”

李山东一瞧赵三龙这架势，赶紧把鸡蛋挪开：“别，东家让给姚师傅送过来的。”

赵三龙颇为失望：“敢情没咱的份儿啊。”

“你们东家还真上心，有鸡蛋加进去，出来的墨就不一样了。”姚德有把鸡蛋接过来。

赵三龙跟在姚德有屁股后面：“我说师父，鸡蛋这么贵重的东西，人还没得吃呢，往墨里加？多可惜呀。”

姚德有对李山东笑了笑：“瞧我这徒弟，嘴这份儿馋，这篮鸡蛋放这儿可就悬了，弄不好还没加到墨里，就全进他肚子了。”

赵三龙咽了口吐沫，眼睛终于离开了鸡蛋：“师父，我也就这么一说，您当我真敢吃呢？那不是给荣宝斋丢人吗？”

姚德有沉思了片刻，对李山东说道：“回去告诉你们东家，我再多待几天，等第一批墨出来再走。”

李山东拉住他：“千万别价，东家说了，您岁数大了，帮忙指点几天就得了，剩下的您给三龙交代好了，让他弄就行。”

“恐怕我不手把手教，他做不出来。”

“没关系。”

“怎么叫没关系？”姚德有指着院子里的设备，“花了这么多钱置东西，要是做不出墨来不是瞎掰吗？”

“东家说没关系，就是没关系，我这就送您回去。”

姚德有生气了：“你们这东家可真是的。”

此时橘子皮正在附近逮蛐蛐儿，他远远地看见李山东陪着一老头儿从一处孤零零的院子里出来，感到好奇，于是偷偷地摸过去，隔着门缝儿向里面这么一看，吓了一跳，按他有限的知识储备，橘子皮认为这分明是个炸药作坊。他连个愣儿都没打就跑去找宋怀仁了。

送走了姚德有，张幼林就迫不及待地来到制墨作坊。他是个急脾气，加之那天是十五，天上的月亮又圆又亮，张幼林就带着赵三龙热火朝天地干起来。他手里拿着和岳明春商量好的制墨方子，吩咐赵三龙："松烟二斤。"

"松烟二斤 ——"赵三龙嘴里唱着，用秤称了二斤松烟，倒进身旁的一个大木盆里。

"胶十两。"

"胶十两 ——"十两胶也倒进了木盆。

按照方子把料配齐了，赵三龙用一根木棒子边在大盆里搅和边问："东家，您的方子是哪儿来的呀？"

"韦诞的《合墨法》里抄来的。"

"韦诞是谁呀？"

"三国时候的制墨名家，字仲将，他做出了当时的极品墨，人称'仲将之墨，一点如漆'。"

"墨还能像漆？"赵三龙似乎不大相信。

张幼林解释："一般的松烟墨，颜色乌黑发暗，没光泽，韦诞的墨不但有光泽，而且附着力很强，所以叫'一点如漆'。"

赵三龙思忖着："咱要是照着韦诞的方子一点儿不差地做，是不是也能做出名墨来？"

张幼林摇头："那可说不好，这就像做菜，使的作料儿都一样，不同的人，做出来的味儿能差着十万八千里。"

张幼林拿过大粗碗递给赵三龙："把鸡蛋清儿和里头。"

赵三龙往大木盆里兑着鸡蛋清儿，把蛋黄儿扒拉到一边儿："那鸡蛋黄儿呢？"

"待会儿当夜宵吃了。"

"好嘞！"赵三龙兴奋起来，他把大粗碗小心翼翼地放到了大门口的灶台上，还凑上去用鼻子使劲嗅了嗅。

这当口，橘子皮带着一小队日本宪兵已经来到了制墨作坊的附近。由于是荣宝斋的事，宋怀仁耍了个心眼儿，他就不抛头露面了，由橘子皮带着日本宪兵去抓捕。橘子皮指着前面隐隐透出亮光的地方，趴在日本宪兵队翻译官张光灿的耳边耳语："就是那儿。"

张光灿把橘子皮的话翻译给宪兵小队长西村武夫，西村武夫向他的部下挥了挥手："悄悄地上去，把那个地方包围起来。"

日本宪兵迅速散开，摸向了制墨作坊。

院子里，赵三龙把切成了细末儿的草药兑进了大木盆，张幼林思忖着：“加进这些草药，出来的墨会是什么样儿呢？”

赵三龙咧嘴一笑：“反正又不拿它写字儿，爱什么样儿什么样儿。”

突然，不远处传来李山东的一声尖叫：“妈呀！”

“不好，有人……”赵三龙脸色大变。

“别慌。”张幼林抄起木棒赶紧在大木盆里搅和，赵三龙愣了片刻，接过木棒使劲儿地搅和起来，张幼林把装药的口袋迅速扔进了炉膛子里。杂乱的脚步声已近，张幼林从容地打开了院子的大门。

橘子皮带着日本宪兵冲进来，李山东的双手被反绑着推搡进来。

赵三龙放下手里的木棒，他一眼就发现了橘子皮，立刻火冒三丈：“橘子皮，你小子真他妈阴，这事儿我跟你没完……”

赵三龙向橘子皮走去，日本宪兵把手里的步枪一横，拦住了赵三龙：“八嘎！”

西村武夫四下看了看，使劲嗅了嗅鼻子，对张光灿叽里咕噜地说了一通日语，那意思是，这里有股奇怪的味道。张光灿也用鼻子嗅了嗅，皱起了眉头。

西村发现了地上的大木盆，他迟疑了一下，还是走了过去。

张幼林见日本人对木盆里的东西感兴趣，就主动端起桌子上的油灯，给他照着亮儿。

西村武夫看着木盆里黑乎乎的东西，皱了一下眉头，问张光灿：“这是什么东西？”

张光灿问张幼林：“这东西是干吗的？”

“制墨呀，我从古书上看到个制墨的方了，想自个儿做着试试。”

张光灿眯起眼睛打量着张幼林：“你是谁呀？”

橘子皮在一旁抢着答道：“琉璃厂，荣宝斋的东家。”

张光灿给西村作了翻译，西村蹲下身子，用手捏起一点盆里的糊状物，仔细看了看，又扔下了。他站起来，扫视了一眼院子，指着东墙的设备问：“这是干什么的？”

张光灿看着张幼林：“皇军问你，这是干什么的？”

张幼林走过去，取下一个拐脖儿拿过来给他们看：“取烟的，我要做的是松烟墨，在炉子里点松树枝儿，让烟存在烟囱里。”

西村伸出一个指头在拐脖儿里探了探，粘出了点儿烟油子，又伸到鼻子边闻了闻，表情显得很疑惑：“这个味道和盆里的不一样。”

张光灿翻译：“皇军问，为什么这个味儿和盆里的不一样？”

张幼林指着木盆："这是原料，盆里的兑上了胶，还有鸡蛋清儿，朱砂……"

西村武夫松了一口气，他练过毛笔字，知道墨是干什么用的，他转身对橘子皮吼了一声："你的情报有误，这里不是做炸药的。"

橘子皮一听就傻了眼："皇军……皇军，我可真不是有意蒙您，我……我看他们在这儿鬼……鬼鬼祟祟地捣鼓，就以为是做炸药害皇军……"他吓得不轻，浑身直哆嗦。

西村武夫拍了拍橘子皮的肩膀："你对大日本皇军很忠诚，这很好，不过，你需要学习一下做炸药的基本常识。"

橘子皮听罢，连着给西村鞠了三个躬："谢谢皇军！谢谢皇军……"

西村武夫挥挥手，带着部下向门口走去，橘子皮愣了一下，也慌忙跟了上去，路过灶台时，他把盛着鸡蛋黄的大粗碗碰到了地上，鸡蛋黄洒了一地，赵三龙正在给李山东解绳子，心疼得直跺脚。

李山东活动着已经麻木的双臂，感叹着："东家，多亏您想得周到，让我在暗处埋伏着，要不然可就麻烦了！"

张幼林爱怜地看着两个年轻的伙计："抓点儿紧，咱们尽早把墨成型，明儿个我带你们去全聚德好好吃一顿。"

"谢谢东家！"两个伙计的脸上乐开了花。

1938年12月，原中国国民党副总裁、国防最高会议副主席汪兆铭离开重庆，取道越南河内回到南京，他发表致蒋介石的电报式声明，公开与日本政府合作，为此，维持会组织北平市民游行庆祝。

这天上午，橘子皮手里举着一面小旗子，带着一支从各家铺子里临时抽人凑出来的游行队伍懒散地走在琉璃厂街上，这支队伍没什么秩序，看上去跟逛大街的人也差不多。

橘子皮是个文盲，对今天游行的目的并不清楚，也不知道那个叫汪兆铭的人是何方神圣，他只是个听喝儿的，既然宋会长派了差，他就得把这活儿干好。和很多小人物一样，橘子皮是那种拿着鸡毛当令箭的主儿，途经荣宝斋，橘子皮回过头仔细巡视了一番，随即高声喊道："荣宝斋的人来没来？"队伍里半晌没人言语。

橘子皮气急败坏："没来？他妈的，我就知道他们没来。"他朝众人挥挥手："都先停停，别走散了，我去看看。"

橘子皮进了荣宝斋，没好气儿地冲王仁山喊道："王经理，荣宝斋怎么没出人呢？"

王仁山正在翻腾诗笺，他站起身："早就过去了。"

橘子皮急了："游行队伍都出发了，你们荣宝斋的人到现在还没见着影儿呢。"

王仁山显得很狐疑："不会吧？"

正说着，赵三龙提着裤子从后门进来，他脸色蜡黄："经理，昨儿个不知道哪口吃得不对付，从后半夜就开始跑肚子，这不，一早晨，净在茅房里蹲着来着。"

"呦，三龙，我还以为你去游行了呢，闹了半天在茅房哪，橘子皮，这你可都瞧见了吧？三龙病了。"

橘子皮晃动着小旗子瞥了赵三龙一眼："那就换个人吧，不去可不行。"

王仁山有些为难："伙计们都出去了，临时恐怕找不出人来。"

"要是实在找不出人来，那就王经理您去一趟吧。"橘子皮毫不含糊。

王仁山连忙摆手："可别价，我走了，铺子谁照应啊？"

赵三龙好奇地看着橘子皮手里的小旗子，顺手抢过来，旗子上面写着："热烈庆祝汪兆铭先生与日本政府合作！"赵三龙念出了声。

张幼林正好迈进门槛，他大吃一惊："什么，你说什么？汪兆铭怎么了？"

赵三龙迎上去："哎哟东家，您还不知道？报上都登了，汪兆铭跟日本人讲和了。"

王仁山递过报纸："今儿早上刚登出来的。"他又拍拍橘子皮的肩膀："我说兄弟，我们铺子里实在抽不出人来，你帮帮忙，通融一下儿好不好？"

橘子皮想了想："既然你们有难处，我也不好太较真儿，日本人那儿咱们总得应付应付，不然我也没法儿交代，这样吧，我替你们雇个闲人去游行，你王经理得意思意思。"橘子皮做了一个手指捻钞票的动作。

王仁山心领神会："好说，好说，你先去，等晚上到我这儿拿钱就行了。"

"得嘞，咱们一言为定。"橘子皮喜上眉梢，一阵风儿似的出去了。

这边，张幼林看着报纸，他的胸膛剧烈地起伏着，渐渐地站立不稳，他手扶着柜台，勉强走到桌子边，颓然地瘫坐在椅子上……

"东家，东家，您怎么啦？是哪儿不舒服？"王仁山赶紧跟过去。

张幼林沉重地摆摆手，闭上了眼睛。过了一会儿，张幼林缓了过来，他猛地站起身，从百宝阁里取下汪兆铭赠送的"狻猊"墨，他拿在手里仔细端详着，与汪兆铭相处的往事一幕幕地浮现在眼前……半晌，张幼林满脸是泪水，他举着古墨惨笑道："汪兆铭啊汪兆铭，以前我敬重你，敬你是条汉子，是个响当当的革命党，可我错了，知人知面不知心啊，我万没想到你居然当了汉奸！你呀，你呀！你难道不知道日本人占我国土，毁我城市，杀我百姓，奸我妻女，和我们有不共戴天之仇？可你却叛国投敌，认贼作父，丢尽老祖宗的脸，我张幼林为有你这样的朋友感到奇耻大辱，今天……我与你汪兆铭割袍断义，从此以后，你就是我的仇敌……”张幼林双手举起“狻猊”墨，连同罩着古墨的玻璃罩子，狠狠地摔在地上。

“啪”的一声脆响之后，“狻猊”墨和玻璃罩子一起被摔得粉碎。

王仁山扶着张幼林从椅子上下来，倒了碗茶端过去：“东家，您消消气儿，消消气儿。”

张幼林一仰脖子把茶喝下，重重地把茶碗搁在八仙桌上，一甩手，扬长而去。

后院里，宋怀仁听见响动赶紧过来了，他看了看张幼林的背影，又瞧了瞧地上的碎玻璃碴子和摔坏的“狻猊”墨，蹲下来捡起一块碎墨，仔细看了看，又扔在地上，站起身，不阴不阳地说道：“东家这是何苦呢？汪先生眼下是日本人眼前的大红人儿，现巴结还来不及呢，他可倒好，拿人家送的礼物当出气筒，也不知图个什么。多亏我当着维持会长，要是换了别人，就今儿个这事儿就够进宪兵队的。”

赵三龙走过来：“副经理，您错了，古墨是我刚才收拾架子没留神碰下来的。”

宋怀仁的眼睛一瞪：“糊弄谁呢？以为我是傻子是吧？”

赵三龙毫不示弱：“您刚才进来的时候，古墨已经碎了，我说是我碰下来的，您怎么才能证明不是呢？总不能指着葫芦说是瓢吧？”

“三龙，还不快收拾了，在这儿废什么话？”王仁山狠狠地说道。

赵三龙出去拿笤帚、簸箕了，宋怀仁坐下，叹了口气：“唉，经理，咱这东家，照这么下去，我看闹不好非嘬瘪子不可。”

王仁山装没听见，抱着一摞诗笺出去了。

宋怀仁心里有个小算盘，眼下虽说是日本人的天下，可荣宝斋的职位也不能轻易放弃，脚踩两只船，拿两份薪水不是更好吗？甭管到啥年月，钱可都是好东西，谁也不白给，所以，尽管他清楚铺子里的人都不待见他，但只要面子上还过得去，他也尽量不把事情做绝。

张幼林心血来潮开的那个制墨作坊总算没打水漂，墨终于做出来了，不过质量嘛……可真不咋地。那天下午，张幼林来到铺子里，他拿出“张墨”递给王仁山：“仁山啊，瞧着还凑合，就是研出来的色淡，画画还行，写字儿就差点儿意思了。”

王仁山接过墨，仔细地看着，宋怀仁也凑过来。

张幼林显得颇为热情：“怀仁哪，你也瞧瞧。”

宋怀仁故作惊喜：“哟，做成啦？”

王仁山把墨递给宋怀仁，宋怀仁拿在手里看了看，皱起了眉头：“东家，这是韦诞那方子？亮度不够哇。”

“咱哪儿找那么多鸡蛋清儿往里兑啊。”赵三龙在一旁插话。

宋怀仁思索了片刻：“光兑鸡蛋清儿还不行，我看，胶也得多加点儿。”

张幼林赞赏地点点头：“还得说怀仁是行家，下回，你跟着三龙做去。”

宋怀仁赶紧推辞："我就算了，我可没那瘾。"他把墨还给张幼林，"您做出这样的墨，卖给谁去呀？"

"买主儿不成问题，送货倒是件麻烦事儿。"

"这麻烦什么呀？"

"嗨，出城不都得检查吗？日本人哪知道这是什么呀？要是当成危险品给扣了，那可就赔大发了。"

"噢，卖到外地……"宋怀仁思忖着。

王仁山开口了："东家，我不是嫌这墨不好，要是在北平，还真怕卖不出去。"

张幼林站起身："怀仁哪，你不是在维持会吗，想想办法，把这批货弄出去，将来试几回以后，咱这墨会越做越好，要是能有个外运的渠道，这买卖可就做起来了。"

张幼林有日子没给宋怀仁好脸儿了，今儿个好歹"张墨"算是拿出来了，东家透着喜兴，宋怀仁赶紧巴结："东家，您放心，我一定想办法，一定想办法……"

张幼林顺水推舟："那这事儿就交给你了。"

说是这么说，这么重要的事能指望宋怀仁吗？这些日子，张幼林派李山东到广安门转悠了好几趟，日本鬼子对出城的物品检查得很严，轻易混不出去，不过，李山东谈到了一个细节，引起了张幼林的注意。原来，每逢双日子，都是曾经到过制墨作坊夜查的那个西村小队长在城门盘查。张幼林思索了一番，计上心来。他如此这般地交代给李山东，李山东心领神会，当天晚上就请橘子皮喝酒去了。

在琉璃厂附近的一家小酒馆里，橘子皮大为感动："你们东家仗义，游行嘛……小事一桩，糊弄日本人的，王经理已经给了钱，还让你专门再请一顿，我这心里怪不落忍的。"

李山东显得很亲热："哥们，甭客气，走着……"两人碰杯，将杯中酒一饮而尽。

橘子皮咂巴着嘴："这酒真不错，老哥，你在荣宝斋，日子就是比咱哥们过得滋润。"

李山东顺嘴说道："那你也来呀。"

橘子皮摇摇头："哪有这好事儿？你们王经理也得要我呀。"

"你要是真想来，我就跟王经理说说，闹不好王经理就同意了。"李山东一本正经。

"得了吧，别净拿好听的糊弄我，你们荣宝斋那么大的铺子，要我一混混儿干吗？"

李山东急了："兄弟，这我就不爱听了，哪个孙子拿你当混混儿来着？我跟他没完！”

橘子皮苦笑着：“山东，别拿我打镲了，哥们也敬你一杯，算是给荣宝斋赔不是，你可一定替哥们给你们东家带过话儿去，上回实在是没辙，宋会长逼着让我带着日本人上去，我在宋会长手底下混饭吃，能说‘不’字儿吗？”

李山东大包大揽：“行嘞，这事儿就包在我身上，今儿晚上咱哥俩喝痛快了，把过去那些疙疙瘩瘩的事儿全忘了……”

两人推杯换盏，喝了一晚上，橘子皮烂醉如泥，被李山东架着回到了住处。

让橘子皮万万没想到的是，王仁山居然答应录用他了。听到这个消息，橘子皮先是愣了半晌，以为自个儿在做梦，紧接着是热泪盈眶，他扑倒在地，平生头一回给父母连着磕了三个响头，口中喃喃自语：“爹、娘，你们在阴间积了德，孩儿总算时来运转啦……”

上班的那天，橘子皮起得特别早，在门外等了足足两个多小时才等来了王仁山。

橘子皮毕恭毕敬地站在王仁山的对面，王仁山指指椅子：“你坐吧。”

“不了，我站着就行。”橘子皮欠了欠身子。

“知道谁举荐的你吗？”

橘子皮不假思索：“李山东。”

“还有宋副经理，主要是我们宋副经理看上你啦。”

橘子皮受宠若惊：“宋副经理是我的大恩人，您也是，我橘子皮忘不了您二位的大恩大德……”

王仁山打断了他：“我跟宋副经理商量了一下，维持会那边你还得盯着，不然日本人该说荣宝斋挖维持会的墙脚了，荣宝斋这儿有事儿就招呼你，没事儿呢，你也用不着过来。”

“敢情我不是长期的呀？”橘子皮不禁大失所望。

王仁山皱起眉头：“我不说你也知道，这些日子物价飞涨，饭还不够吃呢，还能有多少人买文房用品？别看铺子不小，可眼下挣不着钱哪。”

橘子皮的眼珠子一转：“那您的意思……是让我白帮忙儿？”

“那倒不是，咱们干一笔结一笔，就按现在的行市，你觉得怎么样？”

“成、成。”橘子皮连连点头。

正说着，张幼林进来了，橘子皮点头哈腰地凑上去：“东家，您过来啦，有什么事儿您就吩咐，能给荣宝斋跑腿儿，是我八辈儿祖宗积下的阴德……”

王仁山挥挥手：“行了，你先回去吧。”

“是，王经理，那我就走了，随时等您的招呼。”

橘子皮倒退着出了荣宝斋后院的北屋，张幼林和王仁山相视而笑。

·第二十七章·

又是一个双日子，橘子皮和李山东每人推着一板车货物向广安门走去，快到城门口了，王仁山坐在一辆洋车上迎面过来。

李山东停下板车："王经理，您这是……"

橘子皮也点头哈腰地："王经理好！"

王仁山下了车："我刚才去会一个客户，怎么，你们是去送货吗？"

李山东点头："是啊，在城外交货。"

王仁山对橘子皮说道："我和山东说几句话，你先去吧，一会儿你们到城外会合。"

橘子皮端起车把："好嘞，你们聊着，我先走一步，山东，我在城外那家小饭铺的门口等你。"

橘子皮走远了，李山东轻声问道："经理，您什么事儿？"

王仁山微微一笑："没事儿，你坐这儿歇会儿，抽支烟，待个二十分钟再走。"

"可是……橘子皮还在城外等我呢。"

"那就让他等着。"王仁山说罢上车走了。

李山东一屁股坐在路边人家的台阶上，掏出了烟点燃，自言自语："听经理的，歇二十分钟再走。"

城门口，日军正在严格地盘查过往行人，橘子皮推着板车一直走过来，主动揭开板车上的苫布，等着日军检查。日军查完了前面一个背着背篓的老乡的东西，橘子皮把板车向前推了几步，献媚地说道："太君，您瞧瞧。"

西村小队长从后面走过来，他拿出一块墨仔细地看了看，显得很疑惑："什么的东西？"

橘子皮点头哈腰地："墨，太君，写字儿用的墨。"

西村小队长仔细地打量着橘子皮，说了一串日本话，橘子皮不知道西村说的是什么，抓耳挠腮地正着急，翻译张光灿脸上冒着汗气喘吁吁地跑过来，他先对西村点了个头儿，又冲橘子皮皱皱眉头："怎么又是你啊？"

橘子皮热情地拉住张光灿："先生，您告诉太君，这就是上回，我带你们去的那作坊做出来的东西。”

张光灿拿起一块墨，撇了撇嘴：“做得不怎么样。”张光灿跟西村小队长叽里咕噜地讲了一通日本话，西村点点头，一挥手，让橘子皮过去了。

李山东扔掉烟头，抬头看了看太阳，估计差不多了，推起板车向城门走去。要出城的人多了起来，排起了长长的队伍，李山东推着板车站到了队尾。

城门外，橘子皮推着板车向前赶路，赵三龙站在一棵大树底下向城门的方向张望，见橘子皮过来了，快步迎上去：“山东呢？”

“在城门那儿遇见王经理了，王经理和他说点儿事，过一会儿就追上来。”

“把车给我，你回去瞧瞧。”

“就交给你啦？”

“我把买主儿带来了，就在前边儿的饭铺里吃饭呢，交给他们就算齐活了。”

橘子皮把板车交给赵三龙：“嘿，这趟活儿，真他妈的利索啊。”

李山东遇上了麻烦，日军对板车上的毛笔如临大敌，西村小队长手里拿着支中锋狼毫翻来覆去看了半天，他指着毛笔上的一行小字问张光灿：“这上面写着什么？”

张光灿回答：“这上面写的是‘荣宝斋监制’。”

西村思索了片刻，从军装的口袋里拿出张纸迅速扫了一眼，手指着一处：“荣宝斋？”

张光灿点点头：“正是。”

西村随即做了个手势，说了一串儿日本话，张光灿听完，对李山东厉声喝道：“把车推边上去。”

李山东愣住了：“这是干吗呀？”

“荣宝斋的吧？太君说了，得仔细检查检查。”

李山东只好把板车推到边上，将一包一包捆好的纸、毛笔都打开，摊了一地。

城外鄢家小饭铺的门口，张小璐的同学吴雪谦和几个青年正在焦急地等候，赵三龙推着板车过来，吴雪谦迎上去：“三龙，辛苦了！”

赵三龙放下板车，从怀里掏出一封信：“这是我们东家给你的。”

吴雪谦迅速把信看完：“太谢谢你们了！”

赵三龙指着车上的墨悄声说道：“用温水化开就能用。”他回头看了看，“按说，那辆也该过来了。”

吴雪谦吩咐一个青年：“换到咱们的车上，马上回去。”

“是。”青年把板车往饭铺的院子里推去。

吴雪谦看看怀表：“进去吃口东西吧。”

赵三龙摇摇头：“不了，我去迎迎那辆车。”

李山东那辆车自然是被日本人扣下，没放出城去。回到荣宝斋，李山东沮丧地坐在后院北屋的台阶上，看着板车上被捅得乱七八糟的文房用品唉声叹气。宋怀仁背着手站着，百思不得其解："不应该呀，那天我跟井上先生打招呼的时候，他答应得好好儿的，荣宝斋的东西一律放行，怎么到了还是没出去呢？"

张幼林端着茶碗从北屋出来："怀仁哪，日本人的话能实指着吗？他们嘴里说得好听，什么中日亲善，亲善来，亲善去，暗地里对你防着一手儿，井上村光太不够朋友了。"

"也许是误会？"

宋怀仁还在苦思冥想问题到底出在哪里，橘子皮兴冲冲地从侧门进来了，他先对张幼林哈哈腰："东家，您在这儿。"接着，径直走到宋怀仁的面前："宋会长……"话一出口，觉得不对劲儿，赶紧改口："噢，宋副经理，这趟活儿我可是干完了。"橘子皮得意地瞥了一眼李山东："我还等着钱买混合面儿呢。"

宋怀仁皱着眉头："你是怎么出去的？"

"我大摇大摆走出去的，日本人连个屁也没放。"橘子皮扬扬自得。

李山东站起身："橘子皮，我就纳闷了，怎么日本人看你就这么顺眼？你小子是怎么给日本人侍候舒坦了？也给咱介绍介绍。"

橘子皮的脸一沉："李山东，你这是话里带刺儿，别以为我听不出来，日本人看我顺眼怎么了？你小子有气找日本人撒去……"

李山东上前一把揪住橘子皮的衣领："你再说一句？我不把你揍出屎来……"

橘子皮不甘示弱："怎么着？想打架是不是？你动我一下试试？你橘爷又不是被吓大的。"

宋怀仁厉声喝道："都干什么？都干什么？当着东家的面儿就打架，还想干不想干了？"

张幼林对橘子皮挥挥手："到前头找王经理开钱去吧。"

"是，东家。"橘子皮又对张幼林哈哈腰，他从宋怀仁身后绕过去，狠狠地瞪了一眼李山东，拉开门进了前厅。

张幼林回到北屋，不一会儿，王仁山也进来了，他随手关上了门，张了张嘴，却什么也没说出来，两人你看看我、我看看你，脸上都愁云密布。

这车药墨运到城外的抗日根据地总算是解了那里军民的燃眉之急，出于对荣宝斋安全的考虑，吴雪谦设法开辟了另外的运送渠道。张幼林个人出资开办的这个制墨作坊一直在小鬼子的眼皮底下坚持到抗战胜利，这是张幼林及岳明春、王仁山和荣宝斋的伙计们这些普通的北平市民，在民族危亡的重要时刻冒着生命危险为国家所做出的贡献，理应载入史册。

荣宝斋刚开门，街上还没什么人，一辆人力车在门口停下，一个老乡下了车，他抬头看了看门楣上高悬着的匾，站在门口喊起来：“三娃子，赵三娃……”

李山东迎出来：“大清早儿的，你喊什么，找谁呀？”

老乡赔着笑脸：“兄弟，我找三娃子。”

李山东上下打量着他：“三娃子？没有。”

“怎么没有呢？四叔说就是在荣宝斋啊。”老乡犯起了嘀咕。

“叫什么？”

“噢，姓赵，大号儿叫赵三龙。”

“嗨，你早说呀，他出去了，没在铺子。”

“那您给三娃子带个话儿行不？他媳妇病了，又拉又吐，想叫他回去一趟。”

李山东点头：“行啊，你放心吧，我一定把话儿带到。”

赵三龙回到铺子，他一听说媳妇病了，立刻忧心忡忡，站在柜台后面一阵阵地发呆。王仁山走过去，拍着他的肩膀：“三龙，我都听说了，现在西边儿不大干净，闹‘虎列拉’（霍乱）的人不少，我劝你……还是别回去了。”

赵三龙犹豫着：“经理，四叔让人带话儿来，准是绣花儿病得不轻，她哥那年打鬼子落下残疾，腿瘸了才退伍回家，是他在照顾绣花儿，我不放心啊，还是想回去一趟。”

“西边的病不好说，我是怕你也……唉！”王仁山无奈地摇了摇头，转身走到账柜前拿出些钱塞给赵三龙，“那就快去快回吧。”

赵三龙还没来得及跟经理说声谢谢，宋怀仁就在铺子外面大声吆喝上了：“都谁在呢？赶紧出来卸车！”

一辆拉着面粉的大车在荣宝斋的门口停下，宋怀仁神气活现地从车上跳下来。

王仁山诧异地来到门口：“怀仁，这是……”

宋怀仁拍拍面口袋：“一个日本朋友帮着弄的，经理，我宋某人混好了，大伙儿也跟着沾光。”他伸着脖子向铺子里张望了一下：“三龙，一会儿给东家送两袋去。”

赵三龙、李山东出来扛面粉，钱席才站在慧远阁的门口艳羡不已：“瞧人家宋怀仁，可着北平城的人都在吃混合面儿，他愣能搞到一车白面。”

旁边古渊阁的魏掌柜凑过来：“哼，还不定怎么来的呢，吃黑心食？让他们得噎嗝！”停顿了片刻，魏掌柜像是想起了什么：“我说钱大伙计，你们陈掌柜的到底怎么着了？”

提到陈福庆，钱席才不禁长长地叹了口气：“唉！在日本宪兵队灌了辣椒水儿，陈掌柜的也奔六十的人了，身子骨哪儿经得住这个呀？他儿子把家里的金条全拿出来了，可日本人不买账，人家要的是《四明山居图》，嗨，我就纳了闷了，日本人怎么就知道陈掌柜的手里有《四明山居图》呢？”钱席才是百思不得其解。

“这还不明摆着吗？”魏掌柜朝宋怀仁努努嘴，钱席才这才恍然大悟。

不过，在宋怀仁看来，他对陈福庆已经算得上是仁至义尽了。黄公望的这幅《四明山居图》是陈福庆在崇外岳王庙的晓市上花二十个铜子“捡漏儿”捡来的，这个底儿他可没跟日本人透，还在井上村光那儿说了不少好话，争取到了好价钱，可陈福庆就是不买账，死说活说都不拿出来，那就没辙了，只好以“通共”的罪名拿进宪兵队，这是和日本人较劲的必然结果。

陈福庆的儿子比他爹明白，一看势头不对，赶紧就把画交出来了，还跪在地上一个劲地给宋会长磕头，看在宋会长当年在慧远阁待过的分上，无论如何把他爹救出来，下辈子就是给宋会长当牛做马也在所不辞……

《四明山居图》终于到手了，宋怀仁未敢耽搁，当天下午就送到了井上村光的办公处。

井上村光双手接过《四明山居图》，他戴上雪白的手套，把《四明山居图》缓缓展开，口中喃喃自语：“黄公望的大作，太美妙了！”他欣赏了良久，才恋恋不舍地把画放下：“宋先生，如果我没有记错的话，黄公望是元四家之首，此君于仕途绝望之时归隐山林做了隐士，浪迹江湖，‘其侠似燕赵剑客，其达似晋宋酒徒’，就在这种任意率真之中成就了千古画名……”井上村光闭上眼睛，沉醉其中，他仿佛回到了遥远的元代，和黄公望君一起豪饮、舞剑，携手优游林下……这样的生活也是井上村光梦寐以求的，他盼望将来战争结束了，自己也能过上这种自由安逸的隐士生活。

宋怀仁看着井上村光沉迷的样子，怎么也猜不透这个日本人心里正在琢磨什么，只好毕恭毕敬地站着，干等着井上村光把眼睛睁开。

电话铃声响起，井上村光接过电话，终于回到现实，他从抽屉里拿出陈福庆的儿子交来的四根金条：“这些，全部给你，继续为皇军效劳，下一步的目标，是张家的《柳鸽图》和《西陵圣母帖》。”

宋怀仁把金条揣进怀里，激动地给井上村光鞠了一躬：“谢谢井上先生，《柳鸽图》和《西陵圣母帖》跑不了，张幼林早晚会交出来，这事儿就包在我身上。”

霍乱，俗称“虎列拉”，由于日军1855细菌部队在北平地区进行散布霍乱菌的实验，导致霍乱迅速蔓延，日军部队长西村英二下令封锁疫区，将染病者和疑似患者全部烧死，或扔进放有石灰的大坑里活埋，北平地区笼罩在一片恐怖的气氛中。

赵三龙带了些吃食匆匆往家赶，路上不时看到挂着红十字旗、拉着霍乱患者的大卡车从身旁呼啸而过，他更加地心急如焚。

回到家中，只见绣花儿双眼紧闭，蜷缩在破木板搭的床上一声不吭，赵三龙放下肩上的包袱，坐在床边，他抚摸着绣花儿的额头轻声问道："花儿，你好点了吗？"

绣花儿还没答话，铁子瘸着腿端着碗野菜汤进来了，他一见赵三龙，神色大变："三娃子，你怎么来了？绣花儿的病一时半会儿好不了，你别再染上！"

"哥，四叔托人给我带了信儿。"赵三龙从铁子手里接过碗，伸手去扶绣花儿，"花儿，起来，咱把汤喝了。"

"嗨，这个四叔，我怎么拦也拦不住！"铁子很是气恼。

绣花儿挣扎着还没全坐起来就吐了，赵三龙赶紧闪开碗，可她吐出的脏东西还是溅到了碗里，弄了赵三龙一身。铁子过来扶住绣花儿，用衣袖擦了擦绣花儿的嘴，叹了口气，慢慢地放绣花儿躺下。

赵三龙看着被绣花儿吐脏的碗，迟疑了一下，把汤泼在了地上，铁子不由分说，拉起赵三龙就出了屋子。

两人站在院子里，铁子催促着："绣花儿有我照顾就行了，你还是赶紧走吧。"

赵三龙满脸忧虑："铁子哥，绣花儿就这么挺着可不成，我回城里弄点儿药，马上送过来。"

"听我的话，快回吧，绣花儿命硬，兴许能扛过去，你就别来了，这'虎列拉'太厉害，要是传给你可就了不得了！"

赵三龙摇摇头："铁子哥，我是绣花儿的男人，她病了我理应留下照顾她，就算是染上病也是我的命，再说了，你是她哥，你都不怕染上，我干吗要怕？"

铁子急了："你跟我比？我是从战场上死人堆里爬出来的，现在还活着已经是白赚了，我们一个连的弟兄就活下我一个，你说，我还能怕死吗？我他妈的巴不得……去和弟兄们做伴儿。三娃子，你听我的，赶紧走，这儿由我顶着，我和绣花儿真要是没扛过去，这也是命，你记着每年忌日给我们烧点儿纸就行……"

两人还在争辩，突然，远处传来阵阵嘈杂声，铁子侧耳细听了片刻，脸色一沉："不好，要封村子了，赶紧从小路走！"

赵三龙站着没动："铁子哥，这不行啊……"

铁子推搡着他，大声吼道："给我走……"

赵三龙被铁子强行撵走了，他抄小路迅速向后山跑去。村子里，穿戴防护服的日本兵已经在挨家挨户搜查了，他们点火烧房，强行将霍乱患者和病弱者扔到卡车上。赵三龙爬上了后山，他站住，向家中眺望，只见铁子单手抱着绣花儿，另一只手和穿戴防护服的日本兵撕扯，挣扎着不让日本兵把绣花儿拖走，负责警戒的日本兵提着枪冲上来，一枪托把铁子打倒在地……赵三龙怒目圆睁：“妈的，小日本儿，老子和你们拼了……”

他刚要冲下山去，被一个砍柴的老乡死死抱住：“三娃子，不能啊，回去你就没命了！”

绣花儿被穿戴防护服的日本兵强行拖出了院子，绣花儿挣脱了，她大叫着扑向铁子：“哥……”

负责警戒的日本兵迎上去，举枪就刺，绣花儿一个踉跄，捂着肚子倒在了地上，鲜血顺着指缝儿涌流出来。负责警戒的日本兵伸手刚要拽，一个日本军官冲过来，把警戒的日本兵推到一边儿，伸手招呼穿戴防护服的日本兵。两个穿戴防护服的日本兵过来，简单地商量了一下，就把绣花儿拖向已经点着的屋子。

铁子挣扎着站起来：“花儿……”

燃烧的屋子前，穿戴防护服的日本兵抬起绣花儿，一悠一送，扔进火海。

“啊——”绣花儿发出一声惨叫，屋子转瞬间就坍塌了。

铁子被日本兵用枪托打倒后，就势滚到院墙的墙角，把手伸进墙窟窿摸索着。

突然，一个日本兵恐怖地大叫起来，只见铁子手里出现一颗手榴弹，木柄的底端“哧哧”冒着白烟，显然是已经拉了导火索。几个日本兵手忙脚乱地拉动枪栓，将子弹上膛，但已经来不及了，只听铁子大吼一声：“连长，弟兄们，铁子来啦！”

“轰”的一声手榴弹爆炸了，院子里的人都在火光硝烟中倒下了。赵三龙眼前一黑，栽倒在地上……

天色已晚，铺子打烊了，伙计们开始上窗板，王仁山和宋怀仁有一搭无一搭地闲聊着：“对面陈掌柜的放出来了？”

“挨了打，又拿出金条，都没用，日本人要的是《四明山居图》，到了还是把《四明山居图》拿出来，这才换了条命。”宋怀仁解说得挺详细。

“听说被打得不轻。”

“嗨，全是自找，要是早跟日本人合作，至于吗？”

“我就闹不明白了，日本人怎么知道陈福庆手里有《四明山居图》呢？”

“日本人是谁呀？井上村光十多年前就在琉璃厂转悠，谁手里有什么知道得一清二楚，下一步，就该轮到咱们东家了。”宋怀仁说得漫不经心。

王仁山心里一惊，但还是装出若无其事的样子：“荣宝斋是南纸铺，经营笔墨纸砚，东家手里能有什么呀？”

“这你就不知道了吧？”宋怀仁显得很神秘，他往王仁山跟前凑了凑，压低了嗓门，“东家手里有宋徽宗的《柳鸽图》和怀素和尚的《西陵圣母帖》，井上村光早就惦记上了……”

这可不是小事，等宋怀仁磨磨蹭蹭地走了以后，王仁山赶紧来到了张家。

张幼林听罢王仁山的话暴怒，“哗啦”一声把茶碗狠狠地摔在地上，放声骂道：“小人，卑鄙，简直是条狗！”

“东家，宋怀仁本来就是条恶狗，他早晚会有报应，问题是现在怎么办？”

张幼林一时也没了主意，他气得在客厅里走来走去：“我知道怎么办？反正绝不能让《柳鸽图》和《西陵圣母帖》落到日本人手里。”

王仁山皱起眉头：“可您不能硬顶，陈福庆就是前车之鉴。”

“日本人大不了就是要我这条命，反正我是想开了，字画是老祖宗留下来的，不能在我手里被抢走，不然我张幼林对不起祖宗。”

何佳碧流下了眼泪：“我们当然不能交出去，可……咱们总得想个法子呀，这么硬顶也不是个事儿，日本人可什么都干得出来。”

“东家，我琢磨着，硬顶肯定不行，我看咱们还是得和日本人玩玩。说实话，别看井上村光在琉璃厂混了十几年，就他这点儿道行，也就是《三字经》《百家姓》的水平，还差着行市呢。”

张幼林冷静下来：“你的意思是……用仿作糊弄他们？”

“还得快，听宋怀仁那意思，陈福庆这事儿完了就该轮到您了。”

张幼林思忖了片刻，摇了摇头：“作假也没那么容易，作假的人除了手艺好、人可靠，最好还能找到古纸和古墨，只有这样才能达到乱真的效果，问题是，现在已经火烧眉毛了，到哪儿找合适的人去？”

是啊，到哪儿找合适的人去呢？客厅里静下来，三个人的大脑都在飞快地转动着，突然，何佳碧开口了：“要不然，先给宋怀仁个差事，把他支出去，拖延一下时间？”

王仁山的眼睛一亮：“对！太太，您这主意好。”

此时在前门大街上，刚刚染上“虎列拉”的橘子皮被日本防疫队发现了，他和几个霍乱患者被身穿防护服的日本兵用刺刀逼到了墙角。

日本防疫队长新田次郎问他的部下三本纠夫：“这些人可以确诊吗？”三本纠夫战前是北海道甬馆市里走街串巷的游医，懂些医术，但属于二把刀那类，给人治好了就吹牛，治坏了就撒丫子。他煞有介事地点点头：“可以确诊，是霍乱，需要特殊处理，我们还要多准备一些石灰。”

“没问题，治病的药没有，石灰倒有的是。”新田次郎招招手．几个日本兵从卡车上抬下了一筐生石灰。

橘子皮发现不妙，他急忙大喊：“太君，太君，我是维持会的人，不信您可以去调查，我们会长叫宋怀仁，太君，我是自已人哪，我不是‘虎列拉’……”

三本纠夫从筐里铲起一锨生石灰劈头盖脸地扬在橘子皮的身上，给旁边的人作示范：“要这样，先消一遍毒，再拉走……”

橘子皮被呛得连声咳嗽，他吐出一口生石灰，破口大骂着扑上去：“小日本，你们他妈的过河就拆桥啊？橘爷给你们鞍前马后地忙乎，你们他妈的还有良心吗……”

橘子皮的骂声惊动了街对面正在匆匆赶路的宋怀仁，他犹豫了一下，还是没有过去，转身钻进了旁边的一家绸缎庄。透过绸缎庄的玻璃窗，宋怀仁看见，新田次郎恼羞成怒，他拔出手枪照着橘子皮“啪、啪”就是两枪，鲜血从橘子皮的胸口涌出来，橘子皮慢慢地倒下了。宋怀仁隐隐听到了橘子皮最后的骂声：“小日本，我操你祖宗……”他恐惧地闭上了眼睛。

绸缎庄的伙计走过来：“先生，您不来身儿香云纱？这个季节买，便宜卖给您……”

宋怀仁这才回过神来，匆匆离开了。

来到井上村光的办公处，宋怀仁依旧是毕恭毕敬，就像什么都没发生一样，他哈哈腰：“井上先生，我跟您辞行来啦。”

井上村光微微一愣：“你要走？”

宋怀仁赶紧解释：“暂时的，我们东家让我去南边儿进货。”

“《柳鸲图》和《西陵圣母帖》有进展吗？”

“就在东家手里，我回来就给您招呼。”

“那就快去快回，我还有很多事情要你办。”

“您放心吧！”

从井上村光那里出来，前门大街上的那一幕又浮现在眼前，宋怀仁难得地流下了眼泪，引得路人投来好奇的目光。他伸手抹了一把：“得，橘子皮，你走好吧！待会儿哥哥给你买纸钱去，让你到了阴间好有得花……”

王仁山从天津回来已经是晚上10点多钟了，他未敢耽搁，马不停蹄地直奔了张家。在张家大门口下了洋车，王仁山迈上台阶刚要敲门，用人已然从里面把门拉开了：“王经理，老爷正等着您呢。”书房里，张幼林正在翻弄陈年旧纸和古墨，王仁山匆匆走进来，张幼林抬起头，急切地问：“怎么样？”

王仁山喘了口气：“东家，我在天津找到了德信斋的贺掌柜，他是我多年的朋友，人也可靠，他跟作假的有来往，也愿意帮忙，看来《西陵圣母帖》问题不大，只是……”王仁山显得有些为难，“需要把真迹送过去临摹。”

“带真迹过去？太危险了，这可不行。”张幼林断然拒绝。

“可……没样子，人家怎么仿啊？”

“要是到照相馆拍照呢？”

王仁山摇摇头：“我想过，不靠谱儿，要是拍照可不是一张两张，得把细部都拍全了，照相馆咱没可靠的人，万一泄露出去，麻烦就大了。”

墙上的挂钟“嘀嗒、嘀嗒”地走着，书房里一时沉默下来，过了良久，张幼林才叹息着说道：“唉，我也想不出辙来，反正是不能拿出真迹。”

王仁山依旧在苦思冥想，张幼林拿来陈年旧纸和古墨放在书桌上：“仁山，昨儿夜里我翻腾出点旧东西，你看，这纸是宋代的，墨是元代的，若是没有什么特殊的鉴定手段，从成色上看，几乎可以乱真，这是当年赵之谦先生送给我爷爷的，没想到现在派上用场了……”

王仁山突然一拍脑门：“有啦！我怎么早没想起来？东家，您可能还不知道，这些日子咱们帖套作那边有了重大突破，荣宝斋的木版水印技术已经基本成熟……”

张幼林摆摆手：“这不是什么新鲜事啊，咱们《十竹斋笺谱》都印出来了。”

“那不一样，《十竹斋笺谱》只是印出了古代笺纸上的图案，为的是不至于让这些图案失传，对仿真程度要求不高，可咱们的木版水印技术是专门为仿古画开发的，它的目标是：复制古今名画，要达到酷似原作的程度。”

“哦，你的意思是，名画只有一幅，如果能复制出逼真的仿作，那就是荣宝斋的一绝了，很多人都可以买得起了？”

“没错，这是一项新业务，在这项业务上，琉璃厂任何一家铺子都没法和荣宝斋竞争。”

张幼林思忖着：“这项技术的工艺恐怕会很复杂吧？”

“这样吧，明儿个我带您去看看。”

第二天一早，王仁山陪着张幼林来到了荣宝斋的帖套作，只见画工们正在低着头勾描画稿，雕版工们聚精会神地雕刻，印刷工人则有条不紊地拼版、调色。张幼林走马观花地转了一圈，就出来了，他还是显得忧心忡忡：“仁山，如果我们把《西陵圣母帖》用木版水印的技术复制出来，能糊弄日本人吗？”

王仁山摇摇头：“恐怕不行，用木版水印的技术复制出来的东西，唬唬外行还行，行家可蒙不了，我的意思是……”他凑近了张幼林，悄声说道：“把《西陵圣母帖》用木版水印的技术复制出来，再拿出去作假。”

“以前我最恨作假，想不到今天我张幼林也要作假了！”张幼林感叹着。

王仁山不以为然：“东家，这没办法，您跟强盗没法儿讲理，就只好蒙他们了。”

“《柳鸽图》能用木版水印复制吗？”

“不行，《柳鸽图》太复杂，现在的技术还达不到，咱们得另想辙。”

可是，想什么辙呢？王仁山心事重重地回到荣宝斋，他刚迈进门槛，蓦然发现张大千正在铺子里，王仁山一怔：“八爷，你怎么这个时候来了？”

张大千笑了笑：“我这是自投罗网啊！”

王仁山迅即反应过来：“是来接夫人和孩子的吧？”张大千一直在敦煌莫高窟临摹壁画，夫人和孩子就留在了北平。

“把留在北平的字画也一起带走，准备得差不多了，过两天就启程，我跟你告个别，日本人占着北平，也不知道哪天算个头儿，恐怕，咱们一时半会儿是难得再见面了。”

王仁山把张大千让到了后院北屋，张大千愤愤地说道：“日本人真他妈不是东西，我来北平才几天，就在家门口看见好几起杀人、强奸的事儿。”

“唉，这日子是不太平啊。”王仁山下意识地向外张望了一下，他想起宋怀仁这时已经到了徽州了，这才任张大千继续说下去。

“我家门口那大有庄米店，买混合面的人好好地排着队，一帮日本兵过来，冲着大姑娘小媳妇就扑上去了，一边往外拽一边就解上衣裳了，旁边几个有血性的汉子冲上去拦着，日本兵不由分说，开枪就给打死了，这行的哪是人事儿啊，纯粹是畜类……”

张大千还在滔滔不绝，王仁山的眼睛突然一亮，他兴奋地一拍大腿：“对呀，真是天无绝人之路！”

“我说，大哥……怎么茬儿啊？”张大千收住了话头，他疑惑地看着王仁山，丈二和尚摸不着头脑。

“噢，是这样……”王仁山把椅子拉到张大千跟前，如此这般地讲给他听，但是，让王仁山万万没想到的是，张大千竟然一口回绝了。

王仁山不禁起急冒火，话也失了分寸，两人居然戗戗起来，张大千站起身，拂袖而去。王仁山后悔不迭，八爷的脾气他是知道的，八爷不想干的事，就算是把刀架在他的脖子上，他也不会干，可这又是眼前唯一可行的一个法子，万不可失之交臂……无奈，王仁山没精打采地来到了张家。

书房里，张幼林听罢王仁山的叙述，也皱起了眉头，半天没言语。傍晚，何佳碧进来叫他们去吃饭，张幼林突然有了主意。

第二天，何佳碧带着《柳鸽图》只身去拜访了张大千。张大千与何佳碧见过两面，他对何佳碧很客气，对张夫人亲自登门造访，心中猜个八九不离十。两人闲聊了几句，何佳碧就把《柳鸽图》从楠木盒子中取出，双手送到他的面前。张大千连连摆手："不不不，昨天王经理跟我提了，这不可能，夫人，宋徽宗的画并不难仿，若是我来做，不是什么难事，可是我曾发过誓，今后再也不画仿作了，为什么呢？名曰仿作，画着玩玩当然无妨，可有人愣是把它当原作给卖了，这不是坑人吗？这种事，我张大千不能干，所以，我发誓今生不再仿画，您别为难我，《柳鸽图》……您还是拿回去吧。"张大千把《柳鸽图》推回到何佳碧面前。

听着张大千的话，何佳碧的眼泪不由自主地流下来，她掏出手帕，擦着眼泪说道："大千先生，昨天王经理情急之下冒犯了您，我替他给您赔不是。日本人对《柳鸽图》是志在必得，如果他们没有得到的话，那我丈夫的命就悬了，慧远阁陈掌柜的事想必您也听说了，《柳鸽图》是我们张家的，也是咱们祖宗留下来的国宝，说什么也不能落到日本人手里，眼前最稳妥的办法就是请您仿一幅，把日本人糊弄过去。"何佳碧拿起《柳鸽图》，双手举过头顶，给张大千跪下："大千先生，我求您了，无论如何请您帮这个忙！"何佳碧泪如雨下。

"这可使不得，夫人快快请起，我答应您还不行……"张大千慌忙把何佳碧搀扶起来。

《西陵圣母帖》复制出来后，王仁山风风火火地赶到了天津。德信斋古玩店的掌柜贺锦堂和王仁山的年纪不相上下，在天津古玩字画界也算有一号，他接过复制的《西陵圣母帖》，打开挂在墙上，感叹着："这世界可真是风水轮流转啊，你们荣宝斋现如今也做起假画生意啦？"

王仁山赶紧摆手："这跟荣宝斋没关系，是我个人求你的事儿，眼下生意不好做，大伙儿还得吃饭不是？"说着，他凑近贺锦堂："你老兄嘴上可得严实着点儿，这是背着我们东家干的，要是传出去，我这荣宝斋的经理恐怕就当不成了。"

锦堂连连点头："我知道，我知道，张幼林最不喜欢来这个。"

王仁山从包里掏出一个锦盒递给贺锦堂："宫里出来的，老兄你多费心，估计多长时间可以仿完？"

贺锦堂把锦盒打开，里面是一个做工精美的珐琅彩双耳瓶，贺锦堂爱不释手，他缓缓说道："那得看你的运气了。"

"我就在天津等，越快越好！"

给王仁山送到旅店，贺锦堂就急着派伙计去请李默云。额尔庆尼死后，李默云在北平的生意大受影响，不久，就把制假作坊挪到了天津，这些年，他已经在天津混成这行的老大了。李默云姗姗来迟，直到第二天傍晚，他才拄着拐杖踱进德信斋，贺锦堂迎上去："李大爷，您可真难请啊。"

李默云在铺子里巡视了一圈，坐下，贺锦堂给他倒上茶，李默云伸出手："拿来吧。"

“什么呀？”

李默云把手收回来：“贺掌柜的，你要是跟我逗闷子，我今儿个就不陪着你玩儿了，待会儿还有个饭局。”李默云站起身：“我先走了。”

贺锦堂赶紧拦住：“别，别价，李大爷，您是我亲大爷，您先坐下成不成？”

李默云又坐下，贺锦堂拿出复制的《西陵圣母帖》：“您瞧瞧这个，我想请您找人仿一件，一定要高手。”

李默云瞟了一眼：“这可够费工夫的，仿一件价格可不低呢。”

“您吃不了亏，我给双份儿的酬金，怎么样？”

李默云喝了口茶：“我考虑考虑吧。”

转眼之间两个来月就过去了，宋怀仁已经回到了北平。要说他最上心的，还是维持会那边的事，回来后，每天到铺子里打个照面，就再也见不着人影儿了，反正王仁山回老家探亲了——伙计们是这么跟他说的，铺子里也没什么大事，就算有也犯不上他操心。宋怀仁操心的是井上村光交代的任务，这可不太好办，可不好办也得办，脑子里想象着那些金光灿灿诱人的金条，他硬着头皮来到张家。

张幼林似乎对宋怀仁不大满意，爱答不理地问道：“我听说，你在上海要娶姨太太了，有这回事儿吗？”

宋怀仁赶紧否认：“没影儿的事儿，纯粹是造谣。”

“那怎么待了这么长时间啊？”

“您交代的事儿，办不利落能回来吗？”他往张幼林跟前凑了凑，“东家，嘉禾商社的日本人，惦记您那家传的《柳鸽图》和《西陵圣母帖》，他们出大价钱。”

张幼林不耐烦地挥挥手：“过些日子再说吧。”

“慧远阁陈掌柜的那档子事儿，您还没忘吧？闹得倾家荡产，老命都快没了，临到了还得把画交出去，何苦呢？您掂量着办吧。”宋怀仁撂下这些话，转身走了。

张幼林看着宋怀仁的背影，“啪”地把茶碗摔在地上。

宋怀仁听到了身后的响声，不过，他这会儿不打算跟张幼林计较，等这老东西交出了《柳鸽图》和《西陵圣母帖》，再收拾他也不迟……宋怀仁想起，刚才从铺子里出来得匆忙，忘记拿那个记录他人反日言论的小本子，这可是珍贵的资料，万一被伙计们看见……不行，还是取回来踏实，于是宋怀仁又折回了琉璃厂。

到了荣宝斋门口还没进去，就听见了警笛声，宋怀仁站住，只见东边的街口上，日军摩托车拉着警笛在前边开路，防疫车紧跟其后，正向这边呼啸而来。车队在荣宝斋斜对面的古渊阁门口停住，摩托车上跳下来的日军驱散了游人，封锁了道路，防疫车上跳下来的穿着防护服的日本兵则冲进了古渊阁，古渊阁内霎时传来了哭喊声、叫骂声、稀里哗啦砸东西声和日本人的吆喝声。

“啪——”一声枪响过后，里面安静下来，古渊阁的魏掌柜和伙计们被日军连推带搡地轰上了防疫车，警戒的日军把古渊阁的大门封了。

路人交头接耳：“看样子古渊阁里有人得了‘虎列拉’。”

“呦，这下完了，听说被日本人拉走就回不来了……”

防疫车开走了，人群散去，宋怀仁掸了掸长衫上的灰尘，这才迈进门去。赵三龙斜楞着眼睛看着他，毫不掩饰自己的厌恶。一臭伙计居然敢跟宋会长犯各？活腻味了是不是？宋怀仁气就不打一处来：“你斜眼看我干吗？有毛病是怎么着？”

“你他妈才有毛病，一肚子烂杂碎！”赵三龙怒气冲天。

“赵三龙，你骂谁呢？找碴儿是怎么着？”

“我骂那不干人事儿的，人家古渊阁的魏掌柜头天拉肚子，日本人今天就知道了，是谁告的密，谁他妈自己知道。”

宋怀仁简直是七窍生烟，他的声音有些颤抖：“赵三龙，你小子少跟我这儿指桑骂槐，魏掌柜的得了病就得去看，人家日本人就够意思了，看病不要钱不说，还来专车接病人，天下哪儿找这好事去？要不是我回来得及时……”

“妈的，果然是你告的密，宋怀仁，你他妈怎么这么缺德啊？”

“姓赵的，你嘴干净点儿，别找不自在啊，你骂谁呢？”

“我就骂你了，怎么啦？惹急了我还揍你呢，姓宋的，你他妈是个什么东西，也就是日本人养的一条摇尾巴的狗。”

“你敢？你揍我一下试试？”

赵三龙抡起一拳打在宋怀仁脸上，宋怀仁仰面跌倒，赵三龙扑上去骑在宋怀仁的身上，左右开弓，照着宋怀仁的脸上一顿暴打。

宋怀仁挣扎着惨叫：“来人哪，杀人啦，赵三龙杀人啦……”

赵三龙越打越起劲，旁边的伙计们嘴里喊着“别打了，别打了……”可谁也没上去把赵三龙拉开。

张幼林心里憋闷，离开家到鸟市上去散心。老态龙钟的徐连春见张幼林走过来，放下鸟笼子，迎上几步给张幼林作揖：“张先生，谢谢您赏了老贝子爷一口棺材，您的大恩大德这世无以回报，下辈子当牛做马一定奉还。”

“您客气，丧事办完啦？”

徐连春点头：“办完了，老贝子爷的东西就剩这只窝雏儿，我带不走，顺手把它卖了，换俩盘缠，我就回老家了。”

张幼林逗着笼子里的鸟儿，一个头戴瓜皮小帽，身穿宝石蓝色的长衫，手里拎着两个鸟笼子的中年人走过来，他在张幼林的身边停下，彬彬有礼地欠欠身子："张先生，少见。"

张幼林看了半天才认出来，他颇为意外："井上先生，怎么，你也玩上鸟儿啦？"

"入乡随俗嘛，我闲来无事，随便玩玩，您看，这画眉怎么样？"井上村光把左手的鸟笼子递过来。

张幼林接过来看了看，摇摇头："你玩画眉还差点儿意思，这种鸟讲究遛，得每天提笼上街，两臂用力抡晃笼子，所行路程只能增加不能减少，你有那么多工夫吗？"

"这个……还有那么多讲究？"井上村光显然是不懂。

"当然了，玩鸟儿的学问不比鉴赏字画少，就说这画眉……"

张幼林一时兴起，正打算给井上村光扫扫盲，李山东气喘吁吁地跑过来："东家……"李山东看了看井上村光，欲言又止。

"井上先生，失陪了。"张幼林把鸟笼子还给他。

徐连春拦住张幼林："要不然，这只百灵送给您？"

张幼林摆摆手："谢了，自打我叔过世以后，我就不沾这东西了，回见！"

张幼林和李山东向鸟市外走去，徐连春就势把鸟笼子拿给井上村光："这位爷，您瞧瞧，正宗的进口百灵，张家口来的窝雏儿，货真价实……"两人讨价还价起来。

走出了七八丈远，李山东焦急地说道："东家，前些日子来过的嘉禾商社的那两个日本人又来要《柳鸲图》和《西陵圣母帖》了，给了个三天的期限，王经理也没个信儿，您说咱怎么办？"

张幼林听罢，皱起了眉头。

"还有……"李山东犹豫了片刻，"赵三龙把宋怀仁给打了，打得不轻，姓宋的鼻青脸肿地去日本宪兵队告状去了。"

"活该！那赵三龙呢，他怎么样？"

"我正要跟您说呢，赵三龙打完宋怀仁就跑了，连铺盖都没拿，他留下话……"李山东环顾左右，压低了声音，"他去西山投八路了！"

张幼林站住："这样也好，要是我年轻二十岁，我也去投八路了。"

回到家，张幼林给天津挂了长途电话，贺锦堂说早上王仁山已经离开了，张幼林提着的一颗心放下了半截。

王仁山紧赶慢赶，晚上终于带着仿作的《西陵圣母帖》回来了。张幼林迫不及待地展开，细细地琢磨了一番，这才长出了一口气："仿得还算不错，是个高手，价格也不低吧？"

王仁山擦着脸上的汗："那当然，这种人轻易不露手艺，一露就是高价，若是没有可靠的人介绍，你还真找不到他们。唉，总算是仿出来了，剩下的就是装裱了。"

"你估计最快要多长时间？"

"怎么也得个把星期吧。"

张幼林摇头："不行，太慢了。"

"《柳鸲图》怎么样了？"

"已经完成了。"张幼林指了指东墙。

《柳鸲图》悬挂在东墙上，王仁山走过去仔细看了看，禁不住称赞道："八爷的手艺果然非同小可，小鬼子就算是对照原作也未必能识别出来。"

第二天，张幼林主动到宋怀仁家探望了他，讲了些不关痛痒的安慰话之后，无奈地说道："怀仁哪，我想好了，还是把《柳鸲图》和《西陵圣母帖》拿出来，省得找麻烦。"

宋怀仁万没想到张幼林这么痛快就把家传的宝贝拿出来了，他大喜过望，不禁拉住了张幼林的手："东家，这就对了，您就是比陈掌柜大气，不就是两张字画吗？有什么了不起的。日本人喜欢，让给他们就得了。"

"我可没说现在就给。"张幼林把手抽回来。

"怎么着，又变卦啦？"

张幼林道出原委："北平艺专要办一个书画收藏精品展，《柳鸲图》和《西陵圣母帖》都在展出之列，我打算等这个展览完了，再让给日本人，你去跟嘉禾商社商量商量。"

原来如此，宋怀仁满口答应："这应该没问题，日本人那儿我还是有些面子的……"

已经八十四岁的霍震西正坐在上海自家的洋房客厅里闭目养神，管家轻轻地走进来："先生，来了两个日本人，想见您。"

霍震西睁开了眼睛："嗯，让他们进来。"

不一会儿，日本驻沪占领军特高课军官佐佐木和武田正夫随管家来到客厅，两人给霍震西鞠躬："霍先生，打扰了。"

霍震西坐在太师椅上身子没动，只是抬手指指他对面的椅子："坐！"

他们坐下，佐佐木开口说道："霍先生，前几天我们托李先生向您表达敬意，还有我们之间的合作建议，不知霍先生考虑得怎么样了？"

霍震西冷笑着："考虑了，可就是没想明白，我就纳闷，你们日本人为什么这么给我面子？我霍震西一不是军界要人，二不是政府官员，我只是个上海滩不起眼的草民，我能跟你们合作什么？”

武田正夫欠了欠身子：“霍先生太谦虚了，据我所知，霍先生是辛亥元勋，西北回族的实力人物，和中国各地的民间帮会有千丝万缕的联系，就连上海滩赫赫有名的黄老板、杜老板也让您三分，像您这样的实力人物如果能和我们合作，那是我们求之不得的事。”

“哦，明白了，让我利用旧关系搞情报，然后提供给你们，让你们日本人放开手脚杀中国人，是这样吗？”霍震西一针见血。

武田正夫听罢刚要发作，被佐佐木按住，佐佐木清了清嗓子：“霍先生不要冲动，我们可以慢慢商量。您对日本帝国的敌意我们可以谅解，毕竟我们两国之间已进入了战争状态，但是，我可以告诉您，按照我国的国策，日本对中国并没有敌意，我们的目的，是建立一个新亚洲，亚洲人自己的亚洲，摆脱西方殖民主义的压迫……”

霍震西挥挥手：“行了，行了，别扯淡了，老子懒得听这些，你就说吧，老子不合作，你们能拿我怎么样？”

武田正夫猛地站起来：“霍先生，你该知道对抗皇军的后果，你和你家人的生命掌握在你自己的手里，你想清楚。”

霍震西仰天大笑：“小兔崽子，你才吃了几年咸盐？敢跟你爷爷这么说话，告诉你，想打我家人的主意，门也没有，老子早防着这招儿呢，这会儿他们正在太平洋上看海景，再有两天就到美国啦……”

佐佐木也站起来：“霍先生，看来你是要和皇军对抗到底了？”

霍震西点头：“是这意思，怎么样？老子要是再年轻三十岁，早上战场和你们拼命了，还等得到现在？”

佐佐木稍一沉思：“既然这样，霍先生，我现在通知你，你被逮捕了。”

霍震西笑道：“想杀我？你们这两个小兔崽子有这个能耐吗？告诉你们，敢杀我霍震西的人还没生出来呢……”

佐佐木和武田正夫把手伸到腋下想掏手枪，霍震西的手里变戏法似的出现一支手枪：“别动！”

佐佐木和武田正夫僵在那里，霍震西唤过管家：“老张，你现在马上去英租界，那里有人接应你，我早就安排好了，你走吧。”

管家愣了片刻：“先生，我不走，我跟您二十年了，从来没离开过您，要死我和您死在一起……”

“傻小子，你以为我走不脱吗？要走我早走了，我是年纪大了，不想动了，活了八十四岁，我早够本了，早走晚走都是一样，我要让日本人看看，中国不光是出汉奸，还有血性汉子，就冲这个，中国亡不了。”

佐佐木和武田正夫突然拔出手枪，还没来得及扣动扳机，霍震西手中的枪响了，两人中弹倒下。

“老张，走吧，晚了就走不了啦！”霍震西催促着。

管家跪下大哭：“先生，我求求您，让我留下陪您……”

霍震西闭上眼睛：“走吧，我累了，想休息一会儿，你给我把留声机打开。”

管家站起身：“是！放什么唱片？”

“放那张马连良的《甘露寺》，好戏啊，真听不够……”

留声机转动起来，马连良高亢的唱腔传来：“……他四弟子龙常山将，盖世英雄冠九州；长坂坡救阿斗，杀得曹兵个个愁。这一班武将哪个有……”

霍震西再次催促：“走吧，出门时把门带上。”

管家流着眼泪向门口退去：“先生，跟您告别了。”

霍震西疲惫地挥挥手，闭上了眼睛。

《甘露寺》的唱段在空旷的客厅里回荡着，霍震西的手指在椅子扶手上随着唱词打着点儿，突然，大门被撞开，两个持枪的日本兵冲进来，霍震西睁开眼睛，双目炯炯有神，他抬手就是两枪，两个日本兵应声倒下。霍震西拉开枪栓，枪膛里只剩下一颗子弹了，他哈哈大笑：“痛快啊痛快，霍某这辈子活得够劲儿！”他把枪口对准自己的太阳穴，瞬间扣动了扳机……

枪声之后，马连良那从容舒展、流畅华美的唱腔继续在花园洋房的客厅里回荡着，饱满酣畅……

十天之后，宋怀仁如约从张家取走了字画。宋怀仁走后没多久，王仁山匆匆忙忙地赶来，他手里拿着封电报，脸上的表情十分不安：“东家，上海分店……来电报了。”

“哦，快给我，上海那边怎么样了？”

王仁山拿着电报的手又缩回来，他犹豫着：“东家，您还是……别看了……”

张幼林警觉起来：“怎么，出事儿了？那我更要看了，快给我！”

王仁山突然声泪俱下：“东家，我……我为难死了，这电报……我不想给您看，可您……又早晚得知道，东家，您可千万要挺住啊……”

张幼林一把抢过电报，才读了几行字，他手中的茶杯“啪”地掉到地上，摔了个粉碎，他的身子晃了晃，颓然倒下昏了过去。大伙儿赶紧上前扶住他，王仁山用拇指使劲按压张幼林的人中：“东家，东家，您醒醒，您醒醒……”

张幼林悠悠地醒来，他号啕大哭：“霍大叔……您……您怎么……一甩手就走了？您……您怎么就舍得丢下我……霍大叔……几十年了……我一直拿您当父亲啊……”

王仁山擦着眼泪劝慰道：“东家，您节哀，霍爷是个大英雄，他这一生始终是条好汉，他给咱中国人长脸啊。”

听了王仁山的话，张幼林的哭声戛然而止：“仁山，我要给霍大叔设灵堂，我要披麻戴孝为霍大叔守灵。”

“我马上办，您放心！”王仁山使劲点点头。

灵堂设在张家的正厅，霍震西的遗照悬挂在北墙的正中位置，供案前香烟缭绕。

张幼林携何佳碧、张小璐披麻戴孝守在灵前，前来吊唁的人络绎不绝，张幼林率家人不停地向来宾鞠躬致谢。

张幼林一直守在灵堂里，夜深人静，他凝视着霍震西的遗像，脑海中不断浮现出和霍震西交往几十年的往事，张幼林泪流满面，他双膝跪下，恭恭敬敬地向霍震西的遗像叩头……

这个打击对张幼林太猛烈，也太突然，他一下子病倒了，只好派儿子小璐紧急赶往上海，代替自己护送霍震西的灵柩回甘肃老家。

抗战开始以后，张幼林对儿子一直看得很紧，马上就把他从武汉分店招回了北平，而且，凡是脑袋掖在裤腰带上的事都严禁他沾边儿。父命难违，小璐也真是急不得恼不得，这下机会终于来了，小璐护送霍震西的灵柩回到甘肃，隆重安葬完老人之后，顺便取道重庆去了昆明。此前不久，秋月和伊万的长子彼得以志愿者的身份来到母亲的故土，加入了陈纳德的“飞虎队”，投身中国的抗战。小璐原本是想探望一下表哥彼得，然后再考虑自己的去处，谁知他刚到昆明，国际形势就发生重大变化，太平洋战争爆发了，英美国家的参战给苦苦支撑的中国战场注入了一剂强心针，在大后方重庆、昆明有大批的热血青年参军，这几乎成了一股潮流，张小璐当然也不例外，他没来得及给父母写封信征求一下意见就在昆明参了军。

·第二十八章·

1945年8月15日，日本天皇宣布无条件投降，消息传来，北平沸腾起来，人们纷纷涌上街头以各种方式欢庆胜利。琉璃厂街上，口号声、鞭炮声响成一片，学生、市民们在墙上、电线杆子上张贴标语，铺子里的伙计们都出来看热闹。西村小队长带着一队士气低落的日本宪兵从街上走过，陈福庆的儿子陈正科站在路边高喊："日本鬼子滚回老家去！"路人立即附和："滚回老家去……"陈正科觉得还不够，他又捡起地上的石子投到日本宪兵的身上，往日里凶神恶煞般的日本宪兵此时如同泄了气的皮球，只有缩着身子的招架之功。嘉禾商社的经理大岛平治和副经理雄二勇夫低着头在人群中穿行，他们都改穿中式的夏布褂了，见状赶紧加快了脚步。

张幼林坐着洋车在街上经过，脸上洋溢着舒心的笑容。他在荣宝斋的门口下了车，走进铺子。

荣宝斋里，案子上铺着宣纸，溥心畬正在埋头写标语，王仁山手里捧着一个大号砚台研墨。张幼林走过来："溥兄，您歇会儿，让我来。"张幼林接过毛笔，精神抖擞地写起来，几个学生在旁边等着，将写好的标语拿出门外，李山东、徐海则忙着给客人包纸、包笔、取颜料。

大岛和雄二在荣宝斋的门口停下脚步，探头探脑地向里面张望，王仁山皱了皱眉头，放下砚台走出来。大岛和雄二赶紧鞠躬，大岛勉强挤出了一丝笑容："王经理，鄙商社想和荣宝斋的做生意，我们的字画低价给您，您的大大的有赚。"

"荣宝斋和贵商社从没有过生意往来，过去如此，今天也一样，二位请回吧。"王仁山干脆地拒绝了。

"以前我们的被井上君胁迫，多有得罪，请王经理……"

大岛还要再说什么，王仁山懒得搭理他，他转向铺子里："山东，学校用的纸你赶紧安排送过去。"

"好嘞。"李山东在里面答应着。

大岛和雄二对视了一下，两人又给王仁山鞠躬："王经理，我们的告辞了，请您的考虑。"

“我不用考虑。”王仁山转身回了铺子。

大岛、雄二垂头丧气地走了，刚走出没多远，他们发现了在人群中东张西望的宋怀仁，两人像见了救星似的迎上去，大岛抢上一步：“宋先生，我们的有发财的生意……”

宋怀仁先是愣了一下，接着马上心领神会，他低声说道：“找地方说去。”

大岛和雄二兴奋地跟着宋怀仁走了。

晚上，张幼林正坐在院子里的葡萄架下纳凉，王仁山来了，用人倒茶，张幼林示意：“信远斋的酸梅汤，给王经理来一碗。”

王仁山摆手：“别，别，还是热茶合适。”

“给，败败火嘛。”

王仁山长叹一声，在张幼林的对面坐下：“唉！东家，宋怀仁那混账东西，早晚得把我气死。”

原来，宋怀仁已经答应收购嘉禾商社转让的字画，张幼林思忖着：“这俩日本人也够精明的，抢的东西带不走，哪怕是仨瓜俩枣的换成现银，也比到遣返的时候给没收了强。”

“按说，现在收购这批字画是笔好买卖。”王仁山多少有些犹豫。

张幼林摇头：“还是不跟日本人掺和的好，咱八年都熬过来了，别为了这点事儿再说不清楚。”

王仁山站起身：“可惜啦，盛世古董乱世金，将来局面稳定了这批字画一定能卖个好价钱，宋怀仁打的就是这个主意。”

“你警告他，这事儿没商量，坚决不行。”

可是，宋怀仁并没有听从张幼林的警告，几天以后的一个清早，街上还没什么人，宋怀仁跟着嘉禾商社的送货车悄悄地来到了荣宝斋，他敲开了铺子的大门，招呼着：“大伙儿都出来，跟着往里搬。”

伙计们还没出来，倒是惊动了对面慧远阁里的陈正科和钱席才，他俩隔着窗户向外张望，钱席才觉得蹊跷：“荣宝斋不是从来都不跟日本人做生意吗，今儿个怎么了？”

“嗨，捡便宜呗，这会儿收日本人的东西还不是干赚？”

“掌柜的，那咱们也……”

没容钱席才说完，陈正科赶紧打断了他：“这个洋落儿可不是好捡的，别瞎掺和。”

李山东看着这车字画也觉得不对劲，他借故离开了，赶紧去报告了经理和东家。

等王仁山赶到的时候，荣宝斋后院北屋的桌子上已经散堆起小山似的字画，宋怀仁献宝似的展开一幅凑到王仁山跟前："你瞧瞧，就这一幅就值了。"

王仁山脸色铁青："我说老宋，东家再三交代，荣宝斋不能跟日本人做生意，你怎么就是不听？"

宋怀仁赌气地把卷轴卷上："王经理，咱是生意人，荣宝斋就是因为听东家的不跟日本人合作，干挺了八年，老底儿都快赔光了，他东家最不济还能有铺子顶着，大不了把铺子卖了，可荣宝斋要是垮了咱们怎么办？这批字画只要一转手就是四五倍的利，咱干吗落这空呀？"

话音未落，张幼林迈进了门槛："怀仁，你说得轻巧，要是政府追究起来，这些字画是怎么到的日本人手里，你说得清楚吗？"

宋怀仁谄媚地转向张幼林："东家，瞧瞧，这点小事儿还惊动您了。"

"别拣好听的说，给我原封不动退回去，要不然，你就离开荣宝斋。"张幼林语词严厉，说完，甩手就出去了。

宋怀仁看着张幼林的背影，哭丧起脸："嘿！好心还当成驴肝肺了，这人要是倒霉，就是金元宝到了手里都能变成驴粪球儿。"

王仁山瞥了他一眼："也该你倒霉了，这八年，要说我们可是前心贴后心了，可你呢？"

"我？我怎么了？"宋怀仁的眼睛瞪起来。

"还用我说吗？陈福庆的《四明山居图》是怎么回事儿？还有东家的《柳鹆图》《西陵圣母帖》，都是谁告的密？你心里难道不清楚？"

王仁山撂出这几句话，宋怀仁立刻就耷拉脑袋了。

"呛啷、呛啷"，门外响起剃头的吆喝声，王仁山对院子里的李山东喊道："快去，把秦二爷叫住。"

李山东跑到门口把剃头匠秦二爷叫住，让进了后院，王仁山来到前厅给伙计们训话，他扫视了一眼精神抖擞、站成两排的伙计，慷慨激昂："苦日子终于熬过去了，眼下，荣宝斋要重整旗鼓，各地的分店还要再开起来，可以说是百废待兴。今儿个大伙都先净净面，精神精神，打明儿个起，都给我把新长衫穿上，使出吃奶的力气，大伙儿一块儿把生意做红火了！"

伙计们齐声回答："好！"

宋怀仁从后门进来，王仁山的语调立刻就变了："今儿个我把话搁这儿，咱铺子里的人都算上，别净琢磨歪门邪道，坏了荣宝斋的名声。"

宋怀仁的脸上红一块、白一块，他硬着头皮从伙计们的面前走过，到账柜的抽屉里找账簿。

荣宝斋的后院里，秦二爷把剃头挑子靠墙边放下，拿起挑子上的洗头铜盆交给李山东："爷们儿，劳您驾，给倒点儿水。"

李山东接过铜盆，跟秦二爷开着玩笑："我说秦二爷，回回都是我倒水，今儿个您说什么也得少收点儿。"李山东端着铜盆转过身，差点儿碰着从后门出来的宋怀仁："哟，副经理，您让让。"

宋怀仁侧身让过李山东，李山东并没有急着过去，他在宋怀仁面前站住："副经理，如今光复了，您的脑袋最该换换。"说着，李山东做了一个砍头的动作。

宋怀仁火儿了："怎么着，卸磨杀驴？不是你吃白面馒头的时候啦？"

张幼林从东屋里出来，不冷不热地说道："怀仁哪，你好歹也辛苦八年了，不成就好好在家歇些日子，先别忙着到铺子里来。"

宋怀仁一听就急了："东家，您这是让我走人？"

"我可没这么说。"

宋怀仁把账簿摔在窗台上，气哼哼地要往外走，张幼林伸手拦住他："慢着，嘉禾商社的字画你先退回去。"

宋怀仁垂头丧气地来到嘉禾商社的门前，大岛迎出来，宋怀仁指指身后车上的字画："大岛先生，不是宋某不给您面子，是我们东家不让收，我也没办法，这不，又给你拉回来了。"

大岛皱了皱眉头，他还是给宋怀仁鞠了一躬："多谢宋先生，我知道您已经尽力了，十分感谢！"

宋怀仁向四处望望，小声说道："大岛先生，我个人可以收购你们两张字画，不知先生是否愿意。"

"宋先生喜欢什么，拿走就是了，多少给几个钱就行，我们回国时还可以当作路费。"

"那我就不客气了。"宋怀仁从车上拣出了《柳鸽图》和《西陵圣母帖》，又掏出五块银圆递给大岛："你也别嫌少，说句不客气的，这都是中国的宝贝，反正你们也是抢来的，这几块钱就权当是我送你的路费吧。"

大岛犹豫了一下，还是伸手接过来，他无奈地点点头："宋先生说多少就是多少，我同意。"

华北战区接受日军投降的受降仪式于1945年10月10日在故宫太和殿广场举行，张幼林作为北平商界代表应邀参加了受降仪式，见证了这个激动人心的历史时刻。

那是一个秋高气爽的日子，中国第十一战区第92军的官兵在侯镜如军长的率领下列队于太和殿广场，美军司令罗基少将、华顿参谋长及英国、法国、苏联等国的代表也前来参加。10点10分，故宫北面的景山山顶上军号长鸣，受降仪式正式开始，紧接着，太和殿主会场礼炮响起，军乐奏响。第十一战区司令长官孙连仲将军站立在太和殿台基下的受降台正中，全场军民首先向抗战牺牲的烈士默哀，随后，日军华北方面军司令官根本博中将签署了投降书，呈递给孙连仲将军，根本博等五名日军高级军官解下随身佩带的指挥刀，向孙连仲呈缴。在场的中国军民群情振奋，太和殿、午门、端门乃至天安门，人潮涌动，群众自发地欢呼"中国万岁""胜利万岁"……欢呼声响彻云霄，经久不息。受降仪式虽然只有短短的二十五分钟，但它却永久地留在了张幼林的记忆深处，终生难忘。

此后，日军华北方面军各部队，按中国军方的命令，在北平、天津、塘沽、保定等地集中，于1945年11月初至1946年1月，陆续向中国军队缴械投降，老百姓迎来了短暂的和平生活。

井上村光奉命作为日军代表也参加了受降仪式，完成了这一任务后回到寓所，他采取日本传统武士最崇高的死法——切腹自杀结束了生命。他没有玩弄用手指蘸点儿水在肚皮上比画一下剖腹的样子，再请人将自己的脑袋砍下来这类花活，而是庄严地取下自己的佩刀，猛地将刀尖指向自己，先竖着剖开腹部，然后用刀尖向右突刺，刺破了肝脏……鲜血飞溅到四周雪白的墙壁上，染红了他的军装，他倒在血泊中，享受着剧烈的痛苦，微笑着慢慢死去……在意识消失前，他的脑海中闪过了最后一个念头：要是没有这场战争，那该多好啊！

井上村光的遗骨永远留在了北平，他的灵魂则漂洋过海，回到故土，被供奉在靖国神社里。

这些日子，接收大员们也纷纷从重庆飞抵北平，张乃光出任北平司法局的局长。与十多年前相比，他身上的丘八气少了很多，但骨子里似乎并没什么根本性的变化。

北平司法局的大门口，张乃光从汽车上下来，魏东训迎上去，他接过张乃光手里的提包，殷勤地问："局长，您这趟天津之行有收获吗？"

张乃光和魏东训一边往里走，一边兴冲冲地说道："淘着宝啦！"

回到局长办公室，张乃光打开提包，从里面拿出一个卷轴，小心翼翼地在办公桌上展开："还记得天津德信斋的贺掌柜吗？"

魏东训端过茶杯："记得。"

"我在古玩街遇见他了，他可是买卖越做越大了。"

"这是他卖给您的？"

“老熟人，还管点儿用，知道这是什么吗？”

魏东训看了半晌，摇摇头。

张乃光显得很陶醉：“怀素和尚的《西陵圣母帖》。”

“您的收藏品位可是越来越高了。”魏东训适时地恭维着。

张乃光坐下，点上烟：“还甭说，收藏这玩意儿，只要上了道儿，就他妈的上瘾。”

魏东训把一摞材料递过去：“这是日伪时期北平的汉奸名录和罪行摘要。”

张乃光接过来，随手扔在桌子上：“你都看过了？”

“看过了，唉，这帮认贼作父的畜生，这八年里罪行累累，有的人手上还有人命，罄竹难书啊，您看是不是尽早……”

张乃光打断了他：“不忙，先过一遍筛子，有用的先留下，我得慢慢地收拾他们；若是没什么用的汉奸，就赶快进入司法程序，该判刑的判刑，该枪毙的枪毙。”

上午10点来钟，琉璃厂上人来人往，张幼林溜达着向荣宝斋走去，陈正科从后面撵上来：“哟，您老没在家歇着？”

“待着闷得慌，出来逛逛。”

“这些日子生意不错吧？”

“窝了八年，也该咱们挣点儿钱了。”说着话，荣宝斋到了，张幼林挥挥手，“陈掌柜，回见。”

铺子里有十几位客人在买东西，徐海、李山东成箱地往外搬笔墨，云生见张幼林进来，赶紧迎上去：“东家，您来了。”抗战期间，除了上海分店，其余的几家分店都相继关了张，云生一直在上海坚守，最近刚调回来当大伙计。

“忙你的，别管我。”张幼林坐下。

“您喝着。”云生倒上茶，转身又去接待客人。

他来到一位穿铁路制服的客人身边，客人手里拿着单子焦急地说道：“我们一共要八百支笔，还有卷宗、信笺、信封……”客人把单子递给云生：“明天我派人来拉。”

云生接过单子看了看，面有难色：“先生，实在对不住，这几天要文具的客人太多，一时……给您凑不齐。”

客人看了看铺子里排队等候的人，不情愿地摇摇头：“那我只好换一家了。”

“别忙，您看这样行不行，今儿下午，我给您送一部分，您先用着，三天以后，余下的给您一块儿送到，保证不耽误您使。”

客人的脸上露出笑意：“能送货最好。”

“今儿个您是头一回来，咱们就算认识了，往后您用东西，打个电话就成，不用来回跑。”

徐海带着一个穿西装的客人走过来：“大伙计，这位先生要大宗的货，您看。”说着，他递过来一张货单。

“您忙着，不耽误您生意，我走了。”

“您慢走。徐海，送送这位先生。”

徐海送穿铁路制服的客人向外走，穿西装的客人四处望着：“荣宝斋的买卖可真不错。”

云生看着手里的货单：“全靠大伙儿捧场了。”

“战前我在南京的时候就用荣宝斋的东西。”

云生抬起头：“这阵子，政府的各部门都在恢复建制，用的文具多，铺子里的存货一时供不应求。”

“这样吧，你也先给我送急用的，余下的等有货了再补上。”

云生拱拱手：“那我就谢谢您了，在南京就用荣宝斋的货，您是老客人了。”云生把李山东叫住：“山东，把先生的货备上，明儿一早就给送过去。”

“好嘞。”李山东接过单子去备货了。

“来，我陪您喝杯茶。”云生正把客人往里让。

任启贤站在后门喊道：“大伙计，王经理请您过去一趟。”

“知道了，我一会儿就去。”

一个送货的人进了铺子：“荣宝斋的湖笔到了，给您放哪儿？”

“麻烦您给我送到后库。徐海，带他到后库。”

云生陪着客人刚走了两步，电话铃响了。

小学徒魏子善拿起听筒，随即叫住了云生：“大伙计，您的电话。”

客人停下脚步：“得，您忒忙，不打扰了。”

云生拱手：“实在对不住您，那咱改日……”

张幼林看着铺子里一派繁忙的景象，若有所思。

回到家，张幼林和何佳碧正在说话，用人兴冲冲地跑进客厅：“先生，太太，你们看谁来啦。”

张幼林和何佳碧抬起头，向门口张望，只见风尘仆仆的张小璐提着皮箱走进来，何佳碧手中的茶杯“哗啦”一声掉在地上，她身子晃了晃，险些摔倒，张小璐抢上一步扶住何佳碧：“妈妈，我回来了。”

何佳碧霎时声泪俱下：“孩子啊，真的是你吗？我不是在做梦吧？”

“妈，是我，您不是做梦。”

张幼林在一旁也很激动："小璐啊，回来就好，回来就好，我和你妈很想念你，你坐嘛，让爸爸好好看看你。"

一家三口相对而坐，张小璐看着白发苍苍的父母，动情地说道："爸、妈，我也想念你们，这些年……你们受苦了。"

"还好，还好，小璐啊，这些年你在哪儿？"张幼林急切地问。

"我参加了远征军，在缅甸打了几仗，这不，现在我复员了。"

何佳碧睁大了眼睛："天哪，我儿子居然也上战场啦？张家还没出过当兵的人呢。儿子，你打死过日本鬼子吗？"

小璐颇为自豪："那当然，还不止一两个呢，我开始当机枪手，后来长官说我有文化，让我去驻印军学驾驶坦克。缅北大反攻的时候，我是驾驶坦克参加战斗的，当时我已经是中尉军衔了，那一仗我们打通了中印公路，日军第三十三军全军覆没。"

张幼林十分兴奋："干得好啊，儿子，真给你爸长脸！"

"彼得表哥……牺牲了。"小璐的语调低沉下来。

何佳碧点点头："我们听说了。"

宋怀仁在家里独自喝着闷酒，他的小儿子凑过来想抓几粒花生米，宋怀仁伸手打了孩子一巴掌："去，滚一边儿去。"

"妈……"孩子哭着出去了。

宋怀仁不耐烦地冲门外喊道："嗨，快点儿，弄俩菜也这么磨蹭。"

宋妻端着菜进来："你这是跟谁赌气呀？鼻子不是鼻子脸不是脸的？菜也得炒熟了啊。"

"妈的，这些日子是门头沟的骆驼——倒霉（煤）透了，事事搓火。"

宋妻把盘子礅在桌子上："谁跟你过不去跟谁干呀，别在外面生了气回来跟我们砸筷子，我还告诉你，北城的那个维持会长金爷，让政府给毙了。"

宋怀仁吃了一惊："金爷……还真给毙了？"

"我早说什么来着？少跟日本人拉拉扯扯，得罪人的事儿不能干，可你听吗？现在崴泥了吧？赶紧想辙吧。"

宋怀仁把筷子一撂："妈的，怎么就没算计到会有今天呢？"他思来想去，觉得还得从张幼林入手，于是菜也没顾上吃，起身去了张家。

这当口，魏东训坐着汽车来到荣宝斋的门口，他得意扬扬地从车里下来，四下里看了看，并没有急着进荣宝斋。云生热情地迎出来："呦，这不是魏先生吗？好些年不见了啊。"

魏东训上下打量着云生："云生，喝，瞧这架势，你是当了掌柜的吧？"

"您可真抬举我，铺子里现在人手少，我跟着王经理瞎张罗，得，您可是贵客，快请进。"

云生陪着魏东训走进铺子，他吩咐徐海："赶紧到后头请王经理去，就说魏先生到了。"

"哎！"徐海应声而去。

魏东训四处看着："我有十几年没来了，还是老样子。"

"不瞒您说，刚缓上来，日本人在的这些年，买卖难做，一直硬挺着，要不是光复，恐怕也熬不住了，您请坐。"

魏东训坐下："现在好了，抗战胜利了，该享受太平日子了。"

"也得常有您这样儿的大客人捧场，买卖才能红火。"云生赶紧接上话。

李山东送上茶来，魏东训端起茶碗："哎，张喜儿在吗？我还欠着他一份人情呢。"

云生叹息着："咳，甭提了，那年日本人打南京，一炮把铺子打着了，他就没出来，宋栓也跟着捂里头了。"

"啧，啧！可惜了的，还真守着铺子把命搭进去了……"

王仁山从后门进来："哎哟，魏先生，稀客，稀客，您今儿过来怎么不事先打个招呼？"王仁山坐下和魏东训聊了起来。

宋怀仁来到张家，"扑通"一声跪在张幼林的面前，一把鼻涕一把泪地说道："东家，瞧在我多年为荣宝斋尽心尽力的分上，您就保我这条命吧，我当初真是悔不该跟日本人来往，我后悔呀……"

张小璐推门进来，他不屑地瞟了宋怀仁一眼，坐到了沙发上。

张幼林抬抬手："起来吧，我还有事儿，你先回去吧。"

宋怀仁站起来："东家，求您了。"他给张幼林深深地鞠了个躬，灰溜溜地走了。

张小璐看着宋怀仁的背影："爸爸，您怎么还留他在铺子里啊？"

"这事儿我也想了好些日子了，一提让他走，他就哭天抹泪的，都来了好几回了，唉，毕竟是铺子里的老人，凭良心说，这十几年，宋怀仁为铺子没少卖力气，咱不能把事儿做绝。不过，老天爷要是让他遭报应，那可谁也拦不住。"张幼林拿起桌子上的报纸，皱着眉头，"小璐啊，我真想不明白，当初日本人的傀儡、宪兵司令黄南澎和警察局局长崔建初，如今摇身一变，又当上了国民政府北平宪警联合办事处的正副主任，这算怎么档子事儿呢？"

"我看国共两党早晚得打起来，往后的日子可不会像您想象的那么太平。"

张幼林很惊讶："这是干吗呀？跟日本人还没打够是怎么着？"

"等着瞧吧，爸爸，今天下午我遇见赵三龙了。"

"三龙？你没让他回来呀？眼下铺子里正缺人手儿。"

张小璐压低了声音："三龙投奔共产党了，跟吴雪谦在一起。"

"这个吴雪谦，拐走了我一个能干的伙计。"张幼林转念一想，"也好，三龙自个儿有个前程。"

从张家出来，宋怀仁琢磨起东家的话来了，"回去"可以理解为回家，也可以理解为回铺子，宋怀仁权当是后者，他向琉璃厂走去。路过翰文斋书店，不巧撞见了陈正科，陈正科狠狠地朝地上吐了两口吐沫，大声骂道："认贼作父，不得好死！"

宋怀仁装没听见，他加快了脚步。快到荣宝斋门口的时候，正赶上王仁山和云生陪着魏东训从铺子里出来，魏东训站在车门口，又叮嘱了一遍："王经理，您别忘了我们局长的托付。"

"您放心，有好东西一定先给张局长送过去。"

魏东训上了车，云生关上车门："有空您就过来。"

魏东训的车开走了，王仁山对云生说道："张乃光回北平接收了司法局，像这种接收大员，我们还真不能怠慢。"

什么？张乃光接收了司法局？真是天助我也！宋怀仁的眼睛不禁一亮，阴沉了好些日子的脸上居然有了笑容，他搭讪着走过来："经理，张乃光又回来啦？"

"啊，这些日子有不少老主顾都回来了。"

宋怀仁试探着："那我跟他们联络联络？咱这买卖还得指着他们不是？"

"愿意去就去吧。"王仁山有一搭无一搭地应付着。

宋怀仁兴奋起来："好嘞，保证三下五除二就把老关系都接上，你就瞧好儿吧。"

接下来的几天，宋怀仁马不停蹄地东串西串，他的办事能力没得说，果然把以前的老主顾基本上都拉回了荣宝斋。他一直盯着魏东训，接连请了三次，魏东训才勉强赏光跟他吃顿饭。

在翠喜楼的雅间里，宋怀仁殷勤地给魏东训布菜："您吃着，吃着。"

魏东训没动筷子，他冷冷地说道："宋先生，照理说我不该和你坐在一起，你知道吗？举报你的信可不少啊。"

"魏先生，我也是没办法，日本人拿枪逼着你，不干行吗？再说了，我们东家、经理遇到事儿都往后缩，只有我豁出去当了出头鸟了，这也是为了荣宝斋呀。"宋怀仁一脸的苦相。

魏东训正襟危坐："为了荣宝斋？这就是你当汉奸的理由吗？"

宋怀仁递过一个卷轴："这是怀素和尚的《西陵圣母帖》，您瞧瞧，魏先生，咱们是老相识了，还得麻烦您在张局长面前多美言几句。"

《西陵圣母帖》？张局长不是从天津收来一幅吗？怎么又蹦出来了？这里面肯定有假，魏东训不动声色，他没接。

宋怀仁把卷轴放在桌子上："这是孝敬您的。"接着又拿出一个卷轴："这件是宋徽宗的《柳鸽图》，是我孝敬张局长的。"宋怀仁颇为神秘地往魏东训身边凑了凑："这两件东西是我们东家家传的宝贝，价值连城……"

"张幼林的家传宝贝，怎么到了你的手里？"魏东训显然不信。

"这您就不知道了，这两件宝贝早就被日本人抢走了，我这不是……跟日本人周旋，又给弄回来了。我知道您和张局长都喜欢字画，所以没跟我们东家说，专门留下孝敬您二位的。"

魏东训半信半疑："是吗？张局长下礼拜得去趟南京，你的事儿太大，我可做不了主，还是等张局长回来以后再说吧。"

"不着急，不着急，先跟您这儿挂上号就行。"宋怀仁给魏东训倒上酒，他的心踏实了许多。在宋怀仁看来，只要魏东训把《柳鸽图》递上去，张乃光十之八九就不会难为自己了，他是识货的主儿，《柳鸽图》是闹着玩的吗？只要张乃光不较真儿，自己的事儿嘛，不过小菜一碟……宋怀仁越想越兴奋，仿佛他的事儿已然摆平了一般。

铺子里忙得不可开交，可张幼林还是差人把王仁山叫到了家里。桌子上放着几幅字画，都是张幼林私人的藏品，王仁山展开一幅看着，有些心疼："东家，这么好的东西送人？真可惜了。"

"那没办法，路得先铺上，银行的这几个人还得勤来往着点，这些日子买卖怎么样？"张幼林在沙发上换了个姿势。

王仁山显得颇为兴奋："一直都不错，政府正在恢复建制，各厅局都已经开始办公，铺子连着跟铁路、司法、教育、财政局做了几宗大单生意，笔、墨、纸、信笺、信封都是大批地出，东家，多少年都没这光景儿了。"

与王仁山不同，张幼林的目光中充满了忧虑，他注视着王仁山："这样的大宗生意，弄不好就成虚火，当年张勋复辟，额尔庆尼让庄掌柜的给宫里送去几百两银子的文房用品，结果只十二天张勋就完了，庄掌柜的就是为这事儿心里窝了一口气，才一病不起。"

"跟政府交易是暂时不能结现，说是政府的办公费用还没到位，财政收入又暂时没有，不过……”

张幼林打断王仁山的话：“不知你考虑过没有，跟政府的大宗生意不能结现，铺子的应收货款就会越压越多，流动资金被长时间占用，到时候，资金枯竭，铺子怕是吃不消啊。”

“哪能不想啊，可憋了这么多年了，好不容易熬到光复，到手的买卖明知不妥谁又能不做呢？东家，不瞒您说，我也为这事儿犯愁呢，眼看着铺子里的货走得差不多了，库也空了，咱们再补货，资金上确实捉襟见肘，现在只给人家订金是不成了，家家都在等米下锅，他们进原料也得用钱，特别是毛笔和宣纸，荣宝斋的货向来都是定制，不能随便在市场上乱抓，不赶紧订货，眼瞧着就接济不上了，这么大的铺子要是没东西卖……唉，难哪！”王仁山也忧虑起来，他不禁皱起了眉头。

“更窝心的事儿恐怕还在后头，现在的经济形势是瞬息万变，怕就怕等我们好不容易收回货款，再遇上货币贬值。”

王仁山大吃一惊：“您是说伪币不保险？”

“日本人走了，南京政府肯定不会允许联合券再继续流通，财政部不定哪天就会有个说法，平兑还好，要是……”后面的话，张幼林没说出口。

王仁山紧张起来：“政府总不至于算计老百姓手里的这几个钱吧？这可是咱自个儿的政府啊。”

张幼林摇摇头：“这可说不准，还是有点儿准备好。”

国防部保密局北平站二组的组长朱子华也毕业于清华大学，比张小璐高两届，在校时他们都是篮球队的，经常在一起打球，两人关系不错。朱子华家境贫寒，没少得到张小璐的接济，甚至可以这么说，如果没有张小璐的帮助，他几乎难以完成清华的学业。朱子华是个有良心的人，得知张小璐复员了，主动找到他，顺便也了解一下宋怀仁的事。

那天晚上，他们在鸿宾楼的一个雅间里见了面，朱子华举起酒杯：“真没想到，你参加了远征军，还当了坦克兵中尉，缅北反攻时表现得很英勇，也立了战功，兄弟我实在是佩服。”

张小璐颇感意外：“哦，你消息这么灵通？我还没开口，你怎么就都知道了？”

“嗨！干我们这行的，总是要比别人知道得多一些，你不必介意。”朱子华与张小璐碰杯，将杯中酒一饮而尽后问道，“小璐，照理说，以你的资历和战功，在军队中应该有远大前程，可你为什么选择了复员呢？是效法古代名士功成身退吗？”

张小璐笑道：“还效法古代名士呢，我哪有这么多心眼儿？事情很简单，战争结束了，国家用不着这么多军队了，自然要裁军，把主要精力转到建设上，而我又不想当一辈子军人，所以就主动要求退伍了。”

朱子华摇摇头：“战争怕是结束不了，抗战虽说结束了，可另一场战争保不齐又要开始了，到那时，你们这些预备役军官还是会被召回军队的。”

“老朱，请恕我直言，我当年从军是为了国家和民族而战，如果日本人一天不投降，我就决不停止战斗。可现在，我不会再回到军队里，因为如果战争再次爆发，将会是一场内战，是一场骨肉同胞自相残杀的战争，这样的战争我决不参加。”张小璐态度坚决。

“你的看法未免有些书生气，内战不见得是件坏事，美国的南北战争也是内战，可结果怎么样？还不是打出了个强大的国家，打出了近百年的繁荣？”

张小璐一时语塞，沉默了半晌才开口：“不管怎么说，我决不参加内战。”

“好好好，咱们不谈这个，我说件你这个荣宝斋的少东家感兴趣的事儿。”朱子华压低了声音，“政府要改换币制了，兑换比例是……”他食指蘸茶水，在桌子上写下1：200。朱子华把这个绝密的消息透露给张小璐，也算是对张小璐当年接济他的一份报答。

张小璐看罢，大吃一惊。

朱子华接着问道：“你们荣宝斋有个叫宋怀仁的吗？”

小璐点头：“有，怎么了？”

“我们收到不少关于他的检举信，说他日伪时期参与过一些迫害同胞的事。”

“基本属实，他在日伪时期表现的确不怎么样，为了帮助井上村光搞古玩字画，连我父亲都受过他的威胁，不过……老朱，这好像不是你们保密局该管的事儿吧？”

“怎么不是？在沦陷区出现的汉奸和日谍都归我们处置，这条原则，到现在也没变。”朱子华掏出了笔记本，“你详细谈谈。”

和朱子华分手后，张小璐火速赶回家中，将政府要改换币制的消息告诉了父亲，张幼林立即差人去找王仁山。

没过多久，王仁山擦着脸上的汗进来：“东家，什么事儿这么急？”

“仁山，你可来了，还记得前些日子咱们议论过的事儿吗？应验了。”

王仁山一愣：“伪币要作废了？怎么个兑换法儿？”

张幼林伸出指头比画了一下：“1法币兑伪中储券200，真是黑到家了，当年鬼子再黑也不过是军用票1比法币10.4，你说说，好不容易把咱自个儿的政府盼回来，怎么比鬼子还黑心？”

王仁山惊呆了，半晌才回过神来：“天哪，怕什么就来什么，这下可麻烦了！”

“赶紧动手，找中央银行的薛主任，别耽误。”

“我这就去。”王仁山几乎是跑着离开了张家。

中央银行北平分行的主任薛劲东正津津有味地在庆乐园里欣赏李万春的《大树将军》，王仁山不由分说，硬把他拉了出来。薛劲东颇为不满：“王经理，这是怎么说的？我听戏听得正上瘾，有什么事儿咱不能听完了再说吗？”

王仁山拱手：“薛先生，这事儿您无论如何得帮忙，您放心，孝敬您的那点儿意思我今儿晚上就叫人直接送到府上，今儿个实在是失礼，改日谢罪，专给您定李老板的包场，您多包涵，多包涵！”

“咱可就这一回啊，下不为例。”

“那是，那是，就这么说定了。”

薛劲东的姨太太也从戏园子里跟出来，她抱怨着：“有事儿白天行里头说去，大晚上的，弄得人家戏都听不全！”

“太太，对不住，失礼，失礼……”王仁山一个劲儿赔不是。

离开庆乐园，王仁山又马不停蹄地去找汇理银行的经理曹鸣盛，这位老兄可是真难找，王仁山打听到他的住处已经将近午夜了。曹鸣盛从上海调到北平，没有带家眷，他住在饭店里。

王仁山急匆匆地往饭店的大堂里走，在门口，不小心被地毯边绊了个趔趄，门童赶紧伸手扶住他：“先生，您小心点儿。”

王仁山没理会门童，他直奔前台：“给我查汇理银行的曹经理住在哪间房。”

“请您稍等……哦，曹经理在3011房间，请问您贵姓，我先给曹经理打个电话……”

不等前台接待生给曹经理拨电话，王仁山转身就走。

“喂，先生，没有曹经理的允许您不能上去……”

王仁山哪里理会这些，他三步并作两步地奔上楼梯。找到3011房，王仁山急速地敲门：“曹经理，曹经理……”里面半晌没人言语，王仁山几乎是砸门了。

隔壁房间的外国人探出头来，不满地用英语说道：“先生，请您安静。”

楼层的服务生也过来了：“先生，请您轻点儿。”

王仁山塞给服务生一张纸币，继续砸门。门终于开了，一个涂脂抹粉、衣冠不整的妓女堵在门口，没好气地问：“干吗呀？你砸什么门？找谁呀？”

王仁山气急败坏，他一把将妓女从门里揪出来，妓女转身抓住王仁山：“你干吗？他还没给钱呢，想白玩是怎么着？”

曹鸣盛从门里探出半截身子：“嘿，怎么回事？”

王仁山甩开妓女，掏出一沓钞票扔过去：“够了吧？赶紧走！”

“嘿，别让她走啊……”

不容曹鸣盛说完，王仁山就把他往屋里推：“曹经理，我有急事儿，咱们得先谈谈……”王仁山随手“砰”的一声把门关上了。

这当口，荣宝斋里是灯火通明，云生带着伙计们连夜盘货，徐海报着数：“九紫一羊141、双料写卷219、貂鼠须124、五紫五羊266……”

云生逐项核对：“141对、219对、124对、266对……”

报着报着，徐海停了下来：“我说大伙计，东家让咱们连夜倒腾东西，到底要干吗？经理连个面儿也不露，该不是出什么事儿了吧？”

旁边的李山东答道：“老实干你的活儿，不该你知道的就别多嘴。”

钱席才推开虚掩着的大门，探头进来：“哟，热火朝天啊，这不年不节的，忙活什么呢？”

“去，去，没你的事儿，老实回家看你的铺子吧。”李山东没好气地说道。

“干活儿有气，跟我耍什么威风……”钱席才嘟囔着走了。

徐海继续报数：“羽箭145、叶筋262、红毛339、鹤脚243……”

云生看着账簿皱起眉头：“停，停，鹤脚的数儿不对，你重过一遍。”

徐海把笔散开在柜台上，五个一堆地重新数起来：“一五，一十……”

第二天早上，荣宝斋按时开门营业，不过，其他的伙计都没在，只有徐海一个人在整理柜台。王仁山满脸倦容地进来，诧异地看着徐海：“怎么就你一个人？他们呢？”

徐海停下手里的活：“昨儿晚上大伙儿忙乎了大半宿儿，今儿天刚亮大伙计就带着他们在后院清库。”

“弄得怎么样了？”

“门市上昨儿夜里就盘完了。”

“门市上的货今儿先不卖了，你去拿笔，写张告示。”

徐海取来笔墨，帮着王仁山在柜台上把纸镇好，忍不住地问：“经理，今儿咱铺子的门都开了，这不卖货……”

“咱也是不得已，你去把大伙计叫来。”

“哎。”徐海转身向铺子后门走去。

“顺便把山东也叫过来。”王仁山又饶了一句。

告示很快就写好了，云生、李山东也过来了，云生满头大汗，他匆匆抹了一把：“经理，您叫我？”

王仁山把告示交给云生："赶紧贴出去，今儿个不营业，接着清账、盘库。"

李山东接连打着哈欠，他抄起一碗茶灌下去，王仁山转向了他："山东，你去挨家儿催收货款，能收多少收多少，记住，把款子直接带回来，千万别送银行。"

李山东略有迟疑："都收吗？"

"拣大户儿，挨个儿收，多说点儿好话，赶紧的。"

"好嘞！"李山东找来账簿，拔腿就走。

"徐海，你马上去趟火车站，买两张去蚌埠的车票，明儿个跟我去安徽进宣纸。"

"我这就去。"徐海答应着，他不甘心，又试探着问，"经理，到底出什么事儿了？"

王仁山摆摆手："别问了，过两天就知道了。云生，你去趟银行，把荣宝斋名下的款项全提出来。"

云生愣住了："全提出来？没个说法儿就全提出来，银行……恐怕不会同意吧？"

"我跟央行的薛主任和汇理的曹经理都打好招呼了，你去就行了。"把火烧眉毛的事情逐一安排下去，王仁山才坐下喘口气。

荣宝斋的大门上赫然贴着"今日盘货，暂不营业"的告示，陈正科和其他铺子的伙计、行人都凑过来看，陈正科摇着头："嘿，荣宝斋透着新鲜啊，大白天儿的盘货，买卖不做了？"

"许是出事儿了吧？"隔壁铺子的赵伙计猜测着。

李山东从里面出来："老赵，您甭瞎猜，什么事儿也没有。"

"瞎猜？琉璃厂横竖几十年，除了倒手的、倒闭的，就从来没有哪家铺子大白天的放着买卖不做，盘库，荣宝斋……"

陈正科一愣："该不会是要倒手吧？"

赵伙计点头："还真没准儿，怎么着，您还不趁机弄过来？"

有人附和着："对，陈掌柜的，这么好的机会可别放过……"

"去，去，去，哪儿就轮上我了。"陈正科转身回了铺子。

王仁山坐在椅子上昏昏睡去，不知过了多久，被一阵电话铃声惊醒，他慌忙起身拿起听筒，听罢脸色大变，赶紧叫车去了中央银行。

云生站在央银门口焦急地张望着，王仁山坐着洋车从远处驶来，云生快步迎上去，王仁山边下车边焦急地问："薛主任怎么变卦了呢？"

"薛主任说，接到总行的通知，所有存款一律冻结。"

"冻结？这么快就冻结了？"王仁山很是疑惑。

"我把嘴皮子都快磨破了，薛主任死活都不给。"

洋车夫在一旁等得不耐烦了："您二位是不是别冻结我，咱先把车钱付了？"

"哎哟，对不住，对不住。"云生赶紧掏钱。

王仁山思索了片刻："你在这儿等会儿，我去找薛劲东。"

薛劲东正在办公室里如醉如痴地练习甩水袖，嘴里还自打着锣鼓点："仓，嚅嚅，仓仓，嚅嚅……"

敲门声连续响了好半天，薛劲东才极不情愿地打开门："嗨，我当是谁呢，原来是王经理，进来吧。"

"薛主任，好大的雅兴，您是真好这一出，明儿我一定给您包个堂会。"

薛劲东坐到沙发上："得，您别净拣好听的说了，咱来点儿实际的，这么说吧，我也有发愁的事儿，您也帮我解解愁，行不？"

王仁山也坐下："看您说的，您大权在握，还能有什么愁事儿？"

"王经理，咱就甭打哈哈了，我可真佩服你们荣宝斋，消息灵通啊。"

王仁山赔着笑脸："薛主任，我什么都不知道，铺子里确实有事儿要应急，但要有辙我也不敢这么折腾。"

薛劲东拿着官腔："不是我为难你，总行今天一早儿就发了通知，所有商户的存款一律禁提，这我可不能违背。"

"薛主任，天高皇帝远，什么总行不总行的，在北平中央银行您就是皇上，既然是皇上就没有办不成的事儿。"王仁山凑近了薛劲东，"您一百个放心，我知道该怎么办……"王仁山伸出两个指头，"怎么样？"

薛劲东想都没想就把王仁山的指头掰成三个。

王仁山犹豫了一下："成，就这么定了，晚上给您送到府上。"

薛劲东摆手："不用那么麻烦，咱省点事儿，你缺钱用我把它贷给你。"

王仁山愣了片刻，随即苦笑着："那……那我就谢谢啦。"

李山东也不顺利，他在政府求爷爷告奶奶地转了一圈，一个大子儿也没要出来，眼瞧着已经快到晌午了，他不敢耽搁，饿着肚子又奔了司法局。在司法局的接待室里等了半天，魏东训才出来答复他："回去请转告王经理，多多包涵，张局长说了，办公费用一到账，就先给荣宝斋划过去。"

"办公费用到账得什么时候？您跟局长说说，先给点儿，有多少算多少。"李山东央求着。

"不行不行，张局长一言九鼎，你回去吧，对不住了。"魏东训甩手了。

李山东无奈，只好又去铁路局。傍晚，他疲惫地回到铺子，把一小包纸币推到王仁山面前。

王仁山一看就火了："一整天才要回这么一点儿？你怎么干的？"

李山东噘着嘴："哪家儿都说给，就是没现钱，我好说歹说才凑了这么点儿。"

"唉！"王仁山长叹了口气，"赶紧吃饭去吧。"他转过身又吩咐云生："你一会儿带人把铺子里的东西搬出七成儿到后库，从明儿个起，大宗的货咱暂时不卖，就说没现货，记住，千万别开单子，告诉客人货到了咱给送去。"

"那咱开着铺子不卖东西……"云生有些犹豫。

"不是不卖，是大宗的不能现卖，你听好了，凡是学生用的笔、墨，挂单的书画家用的东西，咱都照常供应，同行要是有人来打听，就说前些日子铺子的货出得太快，眼下缺货，就这么办。另外，你明天一早儿就给供货商发电报订货，我们这次付全款，一旦货单确认马上把货款汇出，记住，三天之内一定汇出所有货款，结清货单。"

"好，您放心吧。"云生刚要出去，王仁山又叫住了他，"车票买到了吗？"

云生一拍脑袋："哎哟，经理，我忘了跟您说了，徐海去车站只买回来一张加座儿车票，车站这两天根本没票。"

"为什么？"王仁山感到诧异。

"他问了，说是大部分客车都改成了军列，听说又要打仗了。"

"打仗？谁跟谁打？"

"政府跟共产党打呗。"

王仁山听罢，气就不打一处来，他失态地吼道："打仗，打仗，他妈的没完没了地打，刚踏实了几天，又来了！"

"经理，您消消气儿，东家……还等着您呢。"云生小心翼翼地提醒。

王仁山来到张家，张幼林得知只买到了一张车票，就劝他不要去了，由云生代劳。

王仁山摇摇头："不成，这事儿还是我亲自去保险。"

张幼林叹道："唉，现在的情景除了趸货之外也确实别无他法。"

"投机趸货非经商正道，但情势所逼，也只好偶一为之，以解燃眉啦。"王仁山无可奈何。

"可惜呀，荣宝斋只有文房四宝，要是经营粮、盐、糖、棉，这下就发喽。"

"东家，我求您的事儿……"王仁山显得有些不安。

张幼林掏出几张存单递给他："这是汇理和花旗银行的，我的老底儿全在这儿了，你看着用吧。"

王仁山接过存单，泪水夺眶而出，他走到佛像前"扑通"一声跪下，连连磕头："大慈大悲的佛菩萨，请您保佑荣宝斋，让我们渡过这一劫，将来，我给您塑金身……”

清晨，朱子华走进保密局北平站二组的办公室，特工郑天勇站起身：“组长，您早。”

“宋怀仁的事查清楚了吗？”

郑天勇点点头：“查清楚了，宋怀仁在日本人占领期间为虎作伥，参与过不少协助占领军迫害中国人的事，不过，按照他所犯的罪行，还不至于是死罪，因为他手上还没有人命，属于罪行较轻的。”

“司法局为什么没有惩办了他？”

“我从侧面了解到，司法局的张局长迷恋收藏古董，宋怀仁在日伪时期为日本人收集过字画，据说都是珍品，目前这些字画下落不明；还有一种说法，日本人投降以后，宋怀仁为荣宝斋从嘉禾商社的日本商人手里又低价把这些字画收回来了，张局长是不是为了这批东西在做什么交易？”

朱子华皱起了眉头：“有这种事儿？嘉禾商社是井上村光手下的一个特务组织，这批字画应该算是敌产。”

“我也这么想，长官，接收日本特务组织的敌产，轮到谁也轮不到司法局啊？按照对口接收，这批敌产也该由我们保密局接收。”

朱子华“啪”地一拍桌子：“岂有此理！”

“长官的意思是……”

“先把宋怀仁抓起来再说，记住！抓人时不要太张扬，最好神不知鬼不觉，不然司法局又要和咱们闹了。”

郑天勇立正：“是！”

郑天勇和助手贾福很快就摸清了宋怀仁的出行规律，第三天早上，保密局的汽车停在了宋怀仁家胡同口外的路边，郑天勇和贾福坐在汽车里注视着宋怀仁家的大门，突然，郑天勇碰碰贾福的胳膊：“注意，那老小子出来了，准备！”

宋怀仁似乎是刚吃完早饭，他用牙签剔着牙，迈出门槛，下了台阶，慢腾腾地从胡同里出来，沿着街道走过来。郑天勇和贾福下了汽车，宋怀仁毫无察觉地走到汽车旁，贾福突然用手枪顶住他的后腰：“别动，动就打死你！”

还没等宋怀仁反应过来，郑天勇一把将他的脖子勒住，推进了汽车，贾福也回到驾驶室，汽车一阵风似的开走了。

·第二十九章·

不久，国民党政府财政部出台了《伪中央储蓄银行钞票收换办法》，将法币与伪中储券的兑换率定为1：200，全国一片哗然。

“看报啦，看报啦，法币换伪钞一块顶二百块，政府空前大掠夺，百姓的日子没法儿过了啊，看报，看报……”报童大声吆喝着拐进琉璃厂，逛街的人们立即争相购买，不一会儿就有人捶胸顿足：“完啦，这下完啦……”还有的人破口大骂：“什么他妈的狗屁政府，纯粹是流氓！”反应快的拔腿就跑：“快回去买粮食，要涨价啦……”街上一片混乱。

报童卖到慧远阁的门口，陈正科从铺子里出来买了一份，他看着看着，眼前一黑，歪在了台阶上。钱席才赶紧奔出来，使劲掐他的人中：“掌柜的，掌柜的您怎么啦？掌柜的……”伙计们七手八脚地把陈正科抬了进去。

这一强盗掠夺式的收换办法致使百姓资产大幅贬值，此后不久，仅北平就有数千家商户因此而破产、倒闭。

张幼林有日子没到荣宝斋去了，那天，他闲来无事，从鸟市回来，顺便到铺子里逛一圈。来到琉璃厂，只见街上一片萧条，很多家铺子都没开门，再往前走，发现慧远阁的伙计们正在往马车上装东西，钱席才扶着陈正科从里面慢慢地走出来。

张幼林诧异地走过去：“陈掌柜的，您这是？”

陈正科有些失态：“1比200啊，这不是明抢吗？好不容易剩下的这点家底儿一下子愣就打了水漂儿啦，这叫什么狗屁政府？简直就是明抢豪夺，强盗啊，就是一帮强盗！”

“您别急，先稳稳，再想办法。”张幼林安慰着。

“大东家，我比不得您的荣宝斋，我现在是没钱、没货、没权，什么都没有，还能有什么办法？您行啊，政府里有人通风报信儿，我是什么？今儿个就是给政府磕响头也救不了慧远阁，我他妈真想……”

钱席才打断了他：“掌柜的，您上车吧，再不走，债主来了就麻烦啦。”

陈正科上了马车：“走吧，走吧，走了清净，一了百了……”

张幼林目送着马车渐渐远去，钱席才把慧远阁的大门锁上，叹着气：“唉，完啦！”

王仁山隔着窗户看到了张幼林，他招呼伙计们排成两队，站好了等着东家。

张幼林迈进门槛，觉得挺新鲜：“哟，今儿怎么了？”

王仁山高声喊道：“鞠躬——”

伙计们和王仁山一起给张幼林鞠躬。

张幼林倾尽所有，帮助王仁山在法币兑换前将资金全部用于储货，最大限度地减少了荣宝斋的损失，王仁山怀着感激之情和伙计们表达对东家的敬意。

纸里包不住火，张乃光的办公桌上展开着两幅一模一样的《西陵圣母帖》，他大发雷霆：“娘的，骗到老子头上来了，好大的胆子！”

魏东训皱着眉头：“到底是谁在骗您呢？”

张乃光又看了看：“奶奶的，老子看着都他妈一样！”

“荣宝斋的宋怀仁要拿字画保命，他要是敢拿假的糊弄您，这不是找死吗？”

张乃光想了想：“不是宋怀仁，那就是天津的贺锦堂，反正跑不出这俩人去。”

“宋怀仁那天跟我提过，《柳鹆图》和《西陵圣母帖》是他们东家祖传的宝贝，哪是真哪是假，张先生应该最明白，您请他鉴定不就得了？”魏东训提出了建议。

“这倒是个好主意，不过……”张乃光有些犹豫，“《柳鹆图》和《西陵圣母帖》以前是张家的宝贝，要是请张幼林来鉴定，他会不会夺我之爱呀？”

“局长放心，以张先生的人品，绝不会另有他想。”

“那就好，你去安排吧。”

几天之后，魏东训到荣宝斋去接张幼林，王仁山乘机提起结账的事，魏东训很不以为然：“王经理，你荣宝斋把市政府各部门的文房用品都包了，可着全北平再也找不出第二家南纸铺有荣宝斋做的生意大，司法局的这点儿欠款还至于追得这么紧？”

“魏先生，您不知道，跟政府来往的买卖全是赊账，现在的票子眼瞧着一天比一天毛，账再不收回来恐怕就成一堆废纸了，我求您了，魏先生，回去跟张局长说说，起码也得把去年的欠账清了。”他冲魏东训连连拱手，“拜托，拜托了！”

魏东训看了一眼张幼林：“您也别光指着我，干吗放着现成的东家不用？局长正好请张先生帮忙，何不顺便催催账？”

王仁山苦笑着：“这种事儿请东家出面儿不大合适，还是劳您大驾吧，得，我这儿给您行礼了。”

魏东训赶紧扶住王仁山：“别，王经理，咱们是老交情了，我呢，也别让您为难，一会儿跟局长提提，不过，提归提，成不成我也没谱儿。”

张幼林开口了："仁山，没什么磨不开的，我去说，咱也别净打肿脸充胖子，铺子都快开不下去了，就是孔圣人，今儿也得为五斗米折腰。"

魏东训接过话说："您肯出面儿，这事儿就好办了，得，王经理，我们走了。"

到了张乃光的办公室，张乃光热情地从里间迎出来："哎哟，大东家，有失远迎，有失远迎啊！"

"张局长，咱再不见面儿，以后恐怕是没机会喽。"张幼林深情严肃。

张乃光收起了脸上的笑容："怎么讲？您老这是来的哪一出啊？"

"荣宝斋要是倒闭了，我就得跳楼了，哪儿还有什么东家？"

张乃光连连摆手："不可能，不可能，您是跟谁赌气吧？荣宝斋这么大的铺子镇着琉璃厂半条街，哪能说倒就倒啊。"

"刚才王经理还在催欠款呢。"魏东训适时地插上一句。

"就这点事儿啊？张先生，对不住，对不住！魏秘书，你通知财务部，这两天就把欠款划过去。张先生，小事一桩，您放心当您的东家，有我在，就是前门楼子倒了，荣宝斋也不能倒。"张乃光豪气冲天。

张幼林作揖："那我替王经理谢谢了，您老兄一句话的事儿，王经理愣是憋了仨月没敢提，权重如山啊。"

张乃光笑着："这点事儿都把您给惊动了，我还能不给面子？"

"要说面子大，还得说您，一个电话，得，我就得坐在司法局的沙发上听您调遣。"

"不敢当，您别怪罪，今天请您来是公事儿私事儿都有，这公事儿还就得在这儿说。"

"不管公、私，有事儿您直说，哎，看您这喜兴劲儿，准是又得着什么宝贝了吧？"

"还真让您说中了，我淘换到了怀素的《西陵圣母帖》，他妈的，一下儿来了两幅，我这点儿道行您知道，不辨真伪，今儿得请您给掌掌眼。"

"《西陵圣母帖》？不可能。"张幼林摇着头。

"您看看再说。"张乃光从保险柜里拿出两幅《西陵圣母帖》，展开。

张幼林扫了一眼："都是赝品。"

"您仔细瞧瞧？"张乃光生怕张幼林看走了眼。

"甭看，没错儿。"张幼林十拿九稳。

"都是。"

张乃光急得满头大汗，他手忙脚乱地又拿出《柳鸲图》，展开放在桌子上："张先生，这幅呢？您应该也很熟悉，请您也给掌掌眼。"

张幼林不假思索："也是仿作。"

张乃光气急败坏："娘的，骗到老子头上了！"他狠狠地把烟蒂扔在地上。过了半晌，张乃光缓过劲儿来，开口问道："张先生，我听说，《柳鸽图》和《西陵圣母帖》以前是在您手里，怎么出了赝品？"

"当时为了糊弄日本人，不得已才找人仿的，仿作到了井上村光手里，至于是怎么流传出去的，这我就不清楚了，您是从哪儿淘换来的？"

"反正是赝品，从哪儿淘换来的都他妈一样，等老子腾出工夫再来收拾他们。"不过，张乃光从张幼林的话里还听出了另外的东西，他清了清嗓子："这么说，真迹还在您府上？"

张幼林俯身看画，没搭腔。

张乃光进一步问道："能否借来一饱眼福？"

"仿得还真是不错。"张幼林答非所问。

张幼林看完了画，抬起头，张乃光面露凶相，盯着张幼林："不知好歹，老子非得给他点儿厉害看看！"

张幼林假装没听懂："张局长，您可别价，常在河边走，哪有不湿鞋的？玩古玩字画，看走眼是常有的事儿，吃一堑，长一智吧。"

片刻，张乃光换了口吻，他微笑着："张先生，《柳鸽图》和《西陵圣母帖》我是真喜欢，我也知道，这是您家传的镇宅之宝，不过，万一有那么一天，您要出手，可一定先想着我呀！"

"没的说，就凭咱们这些年的交情，不想着谁也得想着您哪。"张幼林敷衍着。

朱子华临时处理了一件其他的案子，宋怀仁被晒了好些日子才提审。那天深夜，他被带进一间放着各式刑具、阴森可怖的地下室，隔壁还不时传来杀猪般的号叫声，宋怀仁被吓得浑身哆嗦，冷汗一个劲儿地顺着脖颈子往下流，就差尿裤子了。

朱子华坐在阴影里，他一见宋怀仁这副熊样儿就没情绪了，于是长话短说："宋怀仁，我不喜欢啰唆，问你什么如实回答，免得皮肉受苦，明白吗？"

宋怀仁战战兢兢："长官，我明白，明白。"

"那你就说说，你和日本特务井上村光如何掠夺古玩字画的事，还有，主要谈谈《柳鸽图》和《西陵圣母帖》的下落。"

宋怀仁一买卖人，当初投靠日本人也不过是为了捞些好处而已，哪想到惹上保密局了。事到如今，他也犯不着替日本人背黑锅，于是，宋怀仁添油加醋地全招了，当然，他也把责任全都推到了井上村光身上，顺口胡诌什么"井上村光拿枪逼着我，不干就要我的命……”，说到后来，宋怀仁一把鼻涕一把泪，仿佛他成了受害者。

朱子华懒得搭理他，冷冷地问道：“照你的意思，这两幅字画你已经交到魏东训手里了，是实话吗？”

“长官，我要是有一句瞎话，您一枪毙了我。”

朱子华沉思片刻：“那好，我放你出去，你把这两幅字画给我要回来。”

宋怀仁一听就傻了，他结结巴巴：“那……要是魏东训不……不给，我……我该怎么办？”

朱子华轻蔑地瞟了他一眼：“这我可管不着，怎么说那是你的事，这件事很简单，这两幅字画要是拿回来，你就可以活下去，拿不回来，你就得死，你要考虑清楚。”

“长官，我想活，我想活，您放心，我一定想办法。”宋怀仁赶紧表了态。

宋怀仁还能有什么好办法呢？思来想去，他只好硬着头皮去司法局找魏东训。魏东训也不含糊，整整蹲了他仨多钟头才慢腾腾地走进会客室，宋怀仁战战兢兢地站起来：“魏先生，我……我有急事找您……”

魏东训很不耐烦，他皱着眉头：“什么事？快说！”

“是这样……我上次拿给您的两幅字画……”宋怀仁吞吞吐吐。

“怎么啦？”

“保密局的朱先生您认识吧？”

“你说的是朱子华吧？认识，他怎么啦？”

宋怀仁又吞吞吐吐起来：“那两幅字画……不知怎么，被朱先生知道了，他说……他说这属于敌产，应该由……由保密局接收保管……”

魏东训一听就火了：“放屁！他朱子华有什么权力对司法局下命令？不给，他能怎么样？”

宋怀仁“扑通”一声跪下，声泪俱下：“魏先生，我求求您了……保密局我……我实在惹不起……朱先生说了，我要是要不回这两幅字画，我……我就没命了……”

魏东训嘲讽地看着他：“姓宋的，保密局你惹不起，难道就惹得起司法局？”

“不不不，我……我谁也惹不起，你们都是我的爷……”宋怀仁就差给魏东训磕头了。

回到办公室，魏东训把朱子华惦记《柳鸽图》和《西陵圣母帖》的事告诉了张乃光，张乃光自然是暴跳如雷，他爹啊娘的一通招呼，恨不得把朱子华的八辈祖宗都侮辱一遍。骂痛快之后，张乃光想出了一条计策，他拿出《柳鸽图》：“东训啊，你到琉璃厂，找个高手仿一幅。”

“什么？仿一幅？”魏东训迷惑不解。

张乃光也没有解释：“到时候你就知道了。”

云生腋下夹着几幅字画，撩开门帘走进荣宝斋后院的北屋，他把字画递给王仁山，搓着冻得通红的双手：“经理，这阵子溥大爷是真够勤快的，只要尺寸送到，准是提前交活儿，不拖着了。”

王仁山展开一幅，边看边说：“溥大爷是懒到家了的主儿，他能勤快？除非太阳从西边儿出来，头些年，有一回这位大爷愣给客人拖了一年半才交差，弄得你急不得、恼不得，我看溥大爷准是手头儿没得用啦，这才上赶着写写画画的，挣饭钱。”

“倒也是，物价涨得这么厉害，谁心里不肝儿颤啊。”

“这阵子给书画家的润笔别耽误，能早结尽量早结。”

正说着，张幼林走进来，他诧异地看着王仁山：“外边儿这么冷，你这屋里怎么还不笼火？”

“嗨，生火烟气大，我这些日子胸口老觉着憋闷。”王仁山撒了个谎。

张幼林半信半疑：“不会是卖炭的长了钱，你舍不得用吧？”

“瞧您说的，该用还得用，前边铺子里不是暖暖和和的？”

云生给张幼林沏上茶：“东家，您喝口水。”

张幼林嘘了嘘茶叶，抿了一口：“我说经理，你这茶不对呀。”

王仁山苦笑着：“今儿您老人家就将就点儿，涨价闹的买卖不好做，眼瞧着过了阳历年就是年关了，今年的‘官话儿’还不知该怎么说呢，能省还真得省点儿。”

“你这可有点儿小家子气了。”

“我也是没辙，法币再这么贬下去，前景可不妙啊！”王仁山忧心忡忡。

“躲过了初一，还有个十五在后头等着呢，唉，盼中央，盼中央，中央来了更遭殃。”

“东家，还有件窝心的事儿呢，我在心里憋了好几天了，魏秘书来通了个信儿，说张乃光想问问您，有没有意思出让《柳鸲图》和《西陵圣母帖》？”

张幼林突然意识到了什么，他盯着王仁山：“司法局的货款划过来了吗？”

王仁山摇摇头：“还没有，张乃光是个口是心非的东西，前些日子还答应得好好的，这两天又变卦了。”

张幼林一拳砸在桌子上：“《柳鸲图》《西陵圣母帖》，我张家三代人豁出命来保了几十年，没想到现如今成了祸害！”

宋怀仁提心吊胆地挨了些日子，当他差不多已经万念俱灰地再次来到司法局的时候，万万没想到，魏东训竟然没怎么刁难他就归还了《柳鸲图》和《西陵圣母帖》，宋怀仁喜出望外，他立即狂奔到保密局，上气不接下气地把字画呈给了朱子华。

朱子华得到这两件宝贝爱不释手，他把《柳鸲图》和《西陵圣母帖》展开，和北平地图并排悬挂在办公室的北墙上，仔细地欣赏着。

门外有人喊："报告！"

朱子华身子没动："进来！"

郑天勇走进办公室，他手里拿着文件夹递到朱子华的面前："长官，这是一份逮捕令，请您签字。"

朱子华看也没看就签了字。

郑天勇合上文件夹，看了看《柳鸲图》，谄媚地问道："长官，这真是那个皇上画的吗？"

朱子华点点头："嗯，北宋的徽宗皇帝，这幅画传世已经八百多年了。"

"哟，那可值钱了，这书法呢？"

"更值钱，已经传世一千一百多年了，你看，这上面还有历代收藏家的收藏印，光皇帝就好几个，有南唐李后主的、明朝英宗皇帝的，还有清朝乾隆皇帝的……"

"长官，那个宋怀仁怎么处置？"

"他的事先放一放，过一阵再说，我还不信他敢跑了。"

郑天勇面有难色："宋怀仁是个汉奸，我们收到不少有关他的检举信，这样的汉奸我们要是不意思意思，舆论……恐怕交代不过去。"

"宋怀仁的罪行还是比较轻的，他不过是和日本人拉拉扯扯，介绍日本人买些古玩字画，从检举信上看，他手上好像还没有人命，要是这样的人都追究，那么沦陷区里好人就不多了，北平就是再建一百座监狱也关不下。"

"我明白了，长官。"

"不过，说是这么说，可宋怀仁的案子还不算完，先把他挂起来，以观后效吧。"

以观后效？啥叫以观后效呢？咱又不能到保密局去表现，宋怀仁仔细琢磨了一番之后，决定回荣宝斋上班，他要争取在近期内做出几档子露脸的事儿给朱子华看。

第二天，宋怀仁大摇大摆地走进荣宝斋，他又恢复了以前的派头，背着手在营业厅里踱步，东瞧瞧，西看看，只是大伙儿都各自忙着手里的活，谁也没搭理他。

宋怀仁终于坐下："启贤啊，给我沏杯茶去。"

任启贤瞟了他一眼："沏茶？对不起了您哪，店里生意不好，买不起茶叶了，我们都改喝刷锅水了，怎么着，给您也来一碗？"

宋怀仁一拍桌子站起来："嘿！你怎么说话呢？见我宋怀仁走了背字儿，连你也想挤对我？"

"不敢，宋先生，您有事儿没事儿？要买东西您掏钱，要是没事儿就赶紧走，别耽误我们营业。"

"我可告诉你，我不是来买东西的，我是来上班的，我这个副经理是东家任命的，咱东家可没说要撤换我，怎么着？谁瞧我不顺眼找东家说去，跟我说不着！"宋怀仁气哼哼地又坐下。

王仁山一直在核对账目，他终于抬起头来："老宋啊，不是让你在家歇着吗？东家待你不薄，你那工钱待遇不是一点儿没少吗？"

"王经理，我正要跟您说呢，我已经没事儿了，保密局的朱先生说，这案子已经结了，我在敌伪时期的表现不算汉奸，结论已经有了，也劳驾您跟东家说一声，我想来上班了。"

"老宋啊，有句话我本来不想说，可我要是不说出来，你总是不明白。你是不是汉奸，政府有政府的说法，咱老百姓有老百姓的说法，这是两码事儿。就算政府说你没事儿了，可老百姓不认可，那谁也没辙，鬼子在北平待了八年，谁都干了点儿什么，老百姓心里自然有杆秤啊。"

"王经理，照您的意思，我就该找一地缝儿钻进去？天地良心啊，这八年里我可没干什么缺德事啊。"宋怀仁还挺理直气壮。

李山东实在忍不住了，他大声吼道："姓宋的，你还有事儿没事儿，没事儿赶紧走！"

宋怀仁瞪起眼睛："李山东，连你一个伙计也敢欺负我？你就不怕我将来……"

还没等宋怀仁说完，李山东抄起墙角的长柄扫帚向他扑过去，宋怀仁见势不妙，仓皇逃出了荣宝斋……

张乃光遇见朱子华是在一个舞会上，舞会的场面很大，北平国民党军政要员们都携着打扮得珠光宝气的夫人、小姐在舞池里翩翩起舞，朱子华身穿笔挺的军服，佩上校肩章和一个女人在跳华尔兹，这一对男女的舞姿出众，引来不少旁观者。

一曲结束，众人纷纷鼓掌，朱子华春风得意地向众人频频致意，张乃光挤入人群："哎哟，这不是朱组长吗？少见，少见！怎么样？老弟近来好吗？"

“哦，是张局长，你也来跳舞啦？你的舞伴呢？”

张乃光拍拍自己的大肚子：“我这个岁数可是跳不动喽，还舞伴儿呢，这会儿我家那个河东狮吼就在那边看着我哪，你要是个女人，这老娘儿们就该扑过来和我拼命了。”

朱子华大笑起来：“早听说张局长惧内，看来是真的了？”

张乃光凑过去小声说道：“子华老弟，有件事我想向你核实一下，我局里最近收到不少检举信，都是告一个叫宋怀仁的汉奸，我正想抓他呢，可听说他的案子被你们保密局接手了，有这事儿吗？”

“哦，你问这个？”朱子华点头，“没错，我们是在办这个案子，因为这其中牵扯着不少日伪特务组织的敌产，按照对口接收的原则，我们保密局理应负责，张局长有什么异议吗？”

张乃光赶紧摆手：“没有，没有，我只是好奇，听说你老弟收藏了两幅珍贵的字画，你知道，我从民国五年就开始搞收藏，手里多少也有几件好东西，一般的字画咱还看不上眼，可要是真有《柳鸽图》和《西陵圣母帖》那样的宝物，我还非要看看不可，怎么样？朱组长，找个时间，请几个有身份的朋友，我来摆一桌，你把字画带来，让我们开开眼，如何？”

“好说，好说，我随时恭候。”朱子华爽快地答应了。

不久之后，张乃光在全聚德包了个雅间，邀请了几位有头有脸的国民党军政官员，大伙闲聊着。

警察局的柳局长问道：“张局长，你今天请客总要有个说法吧？”

“是啊，是新娶了一房姨太太，还是捡到一坛金元宝？你给说说嘛。”城防赵副司令附和着。

张乃光摆摆手：“没事儿，没事儿，不过是想和大家聚聚，一起吃个饭。”

魏东训推门进来：“保密局北平站朱子华先生到！”

身穿军服的朱子华出现在雅间门口，他双手抱拳：“抱歉！抱歉！朱某来晚了，还请各位老兄多包涵。”

张乃光迎上去握手：“哪儿的话，朱组长能大驾光临，张某受宠若惊啊，请这边坐，这边坐。”

朱子华回头对随从吩咐：“把字画挂起来，让张局长和各位老兄给我掌掌眼。”

张乃光故作惊讶：“朱组长，您还真把字画带来啦？我还以为您就是这么一说呢，朱组长真是太客气了。”

“你张局长是收藏大家了，可别看不上我这些小玩意儿哟，说实话，我也就是玩玩票而已。”话是这么说，可朱子华的脸上还是洋溢着一种骄傲的神情。

《柳鸽图》和《西陵圣母帖》被悬挂在北墙上，官员们纷纷围上去观赏。

“我的天，怀素的狂草？不得了啊，朱组长还自称是玩票，你的收藏是故宫博物院的级别。”柳局长艳羡地看着朱子华。

“徽宗的画虽说传世不少，可件件是珍品，都是价值连城啊。”财政局的王局长也赞叹不已。

张乃光面带微笑：“朱老弟，您这两幅字画鉴定过真伪吗？”

“也找了一些行家鉴定过，没什么问题，关键是这两幅字画有出处，应该是真迹。”

“都是哪些行家呀，这么肯定？”

张乃光的话里明显地具有挑衅的意味，朱子华的脸一沉：“张局长，你这是什么意思？”

“朱组长不要误会，我的意思是，行家也难免有走眼的时候，鄙人就上过不少回当。”张乃光依旧是笑眯眯的。

“那以张局长一个收藏大家的眼光看，这两幅字画是不是真迹呢？”

“有一半儿的可能是真的。”

“哦，那另一半儿的可能就是假的了，理由呢，理由是什么？”

“很简单，就在前几天，我也得到了《柳鸽图》，加上我以前收藏的《西陵圣母帖》，和您这两幅简直一模一样。”张乃光回过头，“魏秘书，把我那两幅字画挂起来，也让朱组长给我掌掌眼。”

魏东训打开早就准备好的卷轴，挂在墙上，来宾发出一阵惊叹。

赵副司令仔细地看着：“还真是一模一样，连细小的笔触都毫无二致。”

朱子华吃了一惊，冷汗从脑门上滚落下来，但他不肯服输，仍然强硬地说道：“张局长，即便如此，那也不能证明我的字画就是假的。”

张乃光不禁大笑起来：“朱老弟，你非要这样认为当然也可以，收藏家都是这样，只要自己认为是真的，那就是真的。不过……我可没朱老弟这么自信，在座的诸位老兄，谁要是喜欢收藏名家仿作，我愿意奉送。”

柳局长马上搭腔：“哎哟，那我先谢谢张兄了，反正我不是收藏家，弄幅仿作挂在客厅里我也知足了。”

朱子华一声不吭，他脸色铁青地走到自己的两幅字画前，掏出打火机点燃了字画，火苗迅速飞蹿着向上卷起……

赵副司令大声惊叫：“赶快灭火，赶快灭火！把房子点着了可了不得……”

张乃光则慢悠悠地鼓起掌来：“好啊，烧了也好，省得有人拿假画再去害人，魏秘书，把我那两幅也点了，给大伙儿助助兴！”

朱子华铁青着脸拂袖而去。

回到保密局，他气得直拍桌子，立即差人叫来了宋怀仁。

宋怀仁小心翼翼地走进朱子华的办公室："朱先生，您找我？"

朱子华指了指椅子，宋怀仁坐下。

朱子华依旧铁青着脸："现在北平司法局正在调查你在日伪时期当维持会长的事儿，我们准备把你移交给司法局。"

"交给司法局？"宋怀仁的心里一掂量，觉得不对劲，赶紧追问，"长官，我这案子……你们不是已经结了吗？"

"谁告诉你结了？是我们通过调查，认定你不是日本人留下的间谍。"

宋怀仁站起身，连连鞠躬："谢谢长官，谢谢长官！"

朱子华冷冷地说道："间谍的嫌疑是排除了，但你在日伪时期所犯的汉奸罪是确凿的，按照业务归口的原则，你的案子应该由司法局负责，因此，我们决定把你的案子移交给司法局。"

宋怀仁听罢，大惊失色，他"扑通"一声跪下，磕头不止："朱先生，朱先生，您不能把我交给司法局……我……我是为了您才得罪的张局长……您饶命，饶命啊！"

朱子华阴冷地笑了："到了司法局，恐怕你就再也出不来了。"

"司法局我不能去，朱先生，您无论如何得拉我一把。"宋怀仁哭了。

朱子华起身走到窗前，望着窗外："救你？我凭什么？放你出去？恐怕没那么容易，你我有过命的交情吗？没有哇，那凭什么呢？不把你交给司法局，我拿什么向上峰交代？不把你送走，又用什么堵住我部下的嘴呢？"

宋怀仁哭得更厉害了，眼泪像开了闸的河水，奔涌不止："朱先生，我冤枉啊，当初日本人逼着琉璃厂成立维持会，是东家和王经理让我出面干的，我真是冤枉啊……"

朱子华不耐烦地冲门口喊道："来人，把他带走！"

两个多月后的一天早晨，李山东和徐海打开荣宝斋的大门准备卸窗板，突然发现张幼林正站在门口，李山东颇感意外："呦，东家，您今儿真早。"

"睡不着啊。"张幼林神情疲惫。

"您到后院歇会儿，我给您沏茶。"李山东转身进了铺子。

张幼林没忙着进去，他问徐海："你说，宋怀仁到底是个什么样的人？"

"嗯，这个……这人论做买卖是够精明的，可就是……做人有点儿那什么……我说不上来。"徐海支支吾吾。

张幼林望着东边升起的一轮红彤彤的太阳，感叹着："日月轮回，又是一天哪！"

云生急急忙忙从铺子里出来："东家，您有事儿？"

"宋怀仁……昨儿个夜里没了。"

云生大吃一惊："怎么回事儿？"

"汉奸罪，被执行死刑了，我刚接到的通知。"

徐海也很吃惊："东家，他的事儿不算大，手上又没人命，照理说，判个两三年徒刑也就差不多了，他是有罪，可罪不该死呀？"

张幼林长叹一声："唉！我也没想到宋怀仁会被枪毙，这的确有些冤枉，看来司法局也会草菅人命。"沉默了半晌，张幼林又说道："云生，帮我办件事儿，你待会儿去趟左家庄，帮着把后事办了，费用都记在我的账上。"

云生有些犹豫："东家，宋怀仁被枪毙了，政府自有安排，我看您就不必管了吧？"

"唉，大家共事一场，好也罢，坏也罢，临到了都是一把灰，人都没了，就别计较了。"张幼林向铺子里走去，他刚要迈进铺子，忽然想起了什么，又站住，回过身叮嘱云生，"你再去趟法源寺，烧几炷香，请僧人念念经，赶早儿超度了他，下辈子可别再做坏事儿了。"

"您放心吧，我这就去办。"云生带上钱，匆匆地走了。

徐海感叹着："东家，您可真是好人啊！"

张幼林无奈地摇摇头："这世道，好人又能怎么样？你看咱荣宝斋，生意是越来越不景气了，比日伪时期还糟糕。"

"主要还是因为政府各部门欠款不还，咱就是想告他们，法院也不会受理，上次我问法院的人，像这种情况，我们能不能起诉政府，您猜人家怎么说？想告政府？你长着几个脑袋？"

"盼了八年啊，总算是盼回了我们自己的政府，可这个政府啊，我是越来越看不透了，它究竟是不是好政府？我还想再看一看，时间长了，也许就看清了。"

徐海愤愤地说道："东家，我看这个政府挺孙子的，您没地方说理啊，就这么熬着吧！"

就这么熬着，晃晃悠悠，不知不觉间已经到了1948年的初春。那天傍晚，张幼林正在自家的书房里写字，王仁山匆匆走进来："东家，您还写字儿哪？有人要找事儿了！"

张幼林放下毛笔："仁山，你坐下，慢慢说，荣宝斋不死不活挺了两年，已经这样儿了，还能再倒霉到哪儿去？"

"魏东训刚找过我，还是那两幅字画的事儿，说张乃光……"

张幼林听不下去，他打断了王仁山："这又不是什么新事儿，张乃光惦记那两幅字画也不是一天两天了。"

"张乃光的意思是，他为这两幅字画已经耐着性子等了两年，他想问问，张先生还打算让他等多久。现在他的耐性已经到了头儿，想找张先生说道说道了。"

张幼林一听，气就不打一处来，他不耐烦地挥挥手："我不想和他谈，你转告魏秘书，我那两幅字画现在不卖，将来不卖，永远也不打算卖！"

王仁山皱着眉头："东家，我听到一个消息，应该是可靠的，宋怀仁临被处决之前，写了两份儿供词，一份儿是揭发您在日本人投降之后，指使荣宝斋收购嘉禾商社的字画，将敌产据为己有；另一份儿是，宋怀仁指认少东家和共产党有来往。"

张幼林"啪"地一拍桌子站起来："放屁！"

"您别急，谁都知道宋怀仁被枪毙了，这两份供词是死无对证，况且是不是宋怀仁写的也很难说，可张乃光事隔两年以后又把这事儿抖搂出来，也是醉翁之意不在酒，他明摆着是威胁您，咱们得好好合计一下，这一关怎么过。"

"怎么过？反正是要字画没有，要命有一条！让他张乃光看着办吧。"张幼林咆哮起来。

"东家，刀把子在人家手里攥着，硬顶不是事儿，得想个辙。"王仁山心平气和地说道。

过了半晌，张幼林颓然坐下："我是没辙了，为这两幅字画，张家三代人提心吊胆了近百年，心血都快耗尽了。"

"我倒有个主意。"王仁山压低了声音，"三十六计，走为上策。"

第二天一早，张幼林取出《柳鸽图》和《西陵圣母帖》，默默地将它们展开，悬挂到墙上。注视着这两幅饱经沧桑的字画，张幼林的耳畔似有似无地又响起祖父张仰山临终前说的那些话："今后张家子孙就算是遇到天大的难事，也不准将国宝卖掉，否则，就是最大的不孝……"他仿佛又看到母亲倒拿着鸡毛掸子，咬着牙往自己的背上抽："说！你把画拿到哪儿去啦？说……"

张幼林的流泪"唰"地滚落下来。

张小璐推门进来，他很诧异，试探着问："爸爸，您……怎么了？"

张幼林抹了一把眼泪："小璐啊，我问你件事儿，你一定要和我说实话，你是不是和共产党有联系？"

张小璐不觉一愣："爸，您问这干什么？"

张幼林直视着儿子："回答我，难道还怕你爸爸去告密吗？"

张小璐赶紧摇头："爸，我不是这个意思，我……有几个清华的同学，抗战时去西山参加了八路军，前两年我们在街上遇见又恢复了联系，正巧那时我接到通知，让我们这些预备役军官重返部队，同学们劝我，千万不要参加内战……”

张幼林打断他的话：“我问你，现在还找得到他们吗？”

“可以联系上，平西门头沟一带有共产党的根据地。”张小璐回答得十分肯定。

“那马上离开北平，去找你那些同学。”

“爸，出什么事儿了？”张小璐瞪大了眼睛。

张幼林收起字画，递给儿子：“事情紧急，你今天就走，走时带上这个。”

“我为什么要带着字画走？”张小璐迷惑不解。

张幼林长叹一声：“唉！有人在打它的主意，这人很有势力，我们斗不过他，所以，你必须带走，保护它。”

“爸，这是我们张家的传家之物，谁在打它的主意？难道没有王法了吗？”

“这个世道，哪儿有王法？惹不起咱总还躲得起，孩子，你带上它走吧。”

张小璐思索了片刻：“爸，我该怎么处置这两幅字画？”

张幼林不无留恋地抚摸着两个卷轴：“孩子，你知道，这两幅书画承载着我们张家三代人的希望，当年我祖父曾打算作为张家的传家之宝，一辈接一辈地传下去，无论到什么时候，就是饿死也不能卖掉，否则，就是最大的不孝，张家的子子孙孙永远不会原谅他。近百年来这两幅书画历尽坎坷，这其中的甘苦，只有我们张家后人自己知道，不足为外人道啊。时至今日，我终于想明白了，这两件国宝……实在不适合由张家保管了。”

“为什么？”

“因为在一个个人的生命财产包括个人尊严都毫无保障的社会里，连生命的价值都变得微不足道，更何况两幅字画呢？没有一个政治清明，提倡民主、自由、公正的政府，那么这个国家的每一个公民都将生活在黑暗中，永远没有希望。我仔细考虑过，这两件国宝级的字画实在不适合私人收藏，张家三代人为它们已经熬尽了心血，实在没有能力再继续保护它们了，我希望在不久的将来，由一个民主、自由、公正的新政府保管它，这样珍贵的字画，只有一个政治清明的好政府才有资格收藏它……”张幼林老泪纵横，“要和它分手了，我这心里……很难过，真是舍不得……”

看着父亲伤心的样子，张小璐有些犹豫：“要不……咱们再想想别的办法？”

张幼林擦干了眼泪，他态度坚决：“走吧，你必须走，带上它，走得远远的，你妈那儿由我去说，孩子啊，你走时……不必和我们告别，悄悄地走……”

张幼林转身走出了书房，张小璐流着泪喊道：“爸……”

荣宝斋的生意越来越不景气，云生指着货架子上少得可怜的几沓纸对王仁山说道："您看，冰雪宣、云母宣、净皮、棉料都没多少了，安徽的纸要是再上不来，恐怕得用川纸顶了。"

王仁山摸着冰雪宣，十分惆怅："北方的书画家都用不惯川纸啊，这些先收起来，留给老熟人吧，唉！还不知道什么时候能进货呢。"

就在这当口，任启贤送完货，拉着空板车走进广安门的城门洞，他被几个士兵拦住，一名军官走过来，上下打量着他："小子，多大啦？"

"我还小呢，六十了。"任启贤没好气儿地答道。

"嗬，你小子还挺各，怎么说话呢？"

"老总，我说您有事儿没事儿？我可没工夫跟您逗咳嗽，没事儿我走了啊。"

"走？往哪儿走？没事儿我能找你吗？告诉你吧，老子找你不光是有事，而且还是公事，跟我们走吧。"

"跟你们走？干什么？"任启贤倔强地梗着脖子，他丝毫没有意识到厄运已经来临。

一名士兵把他拽住："长官看得起你，带你当兵去，有饭吃、有钱花。"

"我不去！"任启贤挣脱着。

军官吼道："少他妈啰唆，这由不得你，给我带走！"

"你们讲不讲理？这不成了土匪吗？"任启贤和士兵厮打起来。

"他妈的，给脸不要脸，把这小子给我捆起来，你不是不想当兵吗？老子非让你当不可……"

任启贤被士兵捆了起来，他骂着："好啊，要非让我当兵，没关系，大爷我就当，反正别让我赶上打仗，上了战场大爷我第一枪就照你后脑勺上打……"任启贤的话还没说完，后背就狠狠挨了一枪托，他被士兵连拉带拽地拖走了。

任启贤的失踪对荣宝斋而言无疑是雪上加霜，从经理到伙计，一个比一个情绪低落。铺子里仅有的那点儿货卖得差不多了，柜台里空空荡荡，李山东百无聊赖地拿着鸡毛掸子东掸一把、西掸一把，王仁山心事重重地抱着一卷旧蓝布进来："山东，帮着把货架子给围上。"

李山东放下鸡毛掸子，懒洋洋地走过去："经理，都没东西了，还围它干吗？"

"你看着空架子心里舒服是吧？"王仁山没好气地把旧蓝布蹾在柜台上。

"三五天都没个人进来，肚子都喂不饱，谁还有闲心写字画画的。"李山东嘟囔着。

"我看你是想回家了吧？"

"回不回家倒无所谓，可铺子里没货，又没客人，咱就这么干耗着？"李山东扯起旧蓝布往货架子上围。

“别围到头儿，露出半格，好歹放几张宣纸进去撑撑门面。”

“经理，这都一个多月了，启贤一点儿消息都没有，我看……”后面的话李山东没有说出口。

王仁山长叹一声：“唉！祸不单行啊，铺子本来就不景气，启贤又……将来我怎么和他父母交代啊，人家可是把儿子送到荣宝斋学徒来的。”王仁山真想大哭一场。

时间一分一秒地过去，两人都没有再言语。

下午，荣宝斋终于来了买主。一前一后两辆洋车停在铺子门口，瘦先生搀扶着胖太太从前车上下来，胖太太吩咐后车的车夫：“韩老五，你看着钱。”说完，和瘦先生一起向铺子里走去。

进了铺子，胖太太四处打量着：“这就是荣宝斋？”她显然大失所望。

王仁山迎上去：“是，太太、先生，您二位用点儿什么？”

“空荡荡的什么都没有，就你这样也敢叫荣宝斋？”

“太太，您要用什么这儿没有，我可以给您从库里调过来。”

胖太太嘴一撇：“算了吧，等你把东西调来又不知道是什么价钱了。”

王仁山苦笑着：“您知道，现在的物价是一天三变，谁也说不准哪。”

瘦先生倒背着手走到西墙的书画前：“这都是谁的画？有名吗？”

李山东跟在他身后：“都是知名书画家的作品，您看的这幅是齐白石齐老先生的。”

胖太太也走过去：“齐白石？好像听说过，就是他吧。”

“您要……订画？”王仁山疑惑地看着胖太太。

“我才不订呢，咱们一手钱一手货，今天就说今天的，明天怎么样我管不着，就这个……什么石的画，给我来五十张。”

“齐白石的画，五十张？”王仁山不禁睁大了眼睛。

“怎么？嫌少？那就一百张。”胖太太蛮不客气地又加了一倍。

李山东差点儿被吓着，他半张着嘴，半晌才说出话来：“一百张？字画也囤积啊？”

胖太太颇为得意：“没见过是吧？那我就让你见识见识，告诉我，除了齐白石，还有谁的画？”

这下王仁山和李山东都不敢轻易开口了，见没人言语，瘦先生假内行地摇着脑袋：“这样，花卉、虫草、果蔬、树石都来点儿，还有……”

胖太太不耐烦地打断他：“行了，行了，就你那点道行还在这儿耍？”随后她转向王仁山，“就一百张，什么中堂、条幅、扇面……干脆，你随便看着来吧，我付现钱。”

“天哪，一百张……这么多？”王仁山不知如何是好。

胖太太叹了口气：“唉，实在没东西可买了，弄几幅画先收着，总比存废纸票子强。”她吩咐瘦先生：“去，把韩老五叫进来。”

瘦先生去叫韩老五的当口，胖太太对王仁山说道：“告诉你，我才不订画，今天就付全款，别等着画好了又涨价。”

王仁山又是一惊：“付全款？那我得跟东家商量商量，您稍等。”

王仁山转身要去打电话，胖太太横过身子拦住他：“你别找辙，价钱不能变，就按你现在的润格走。”

王仁山很是为难：“太太，您看，现在的物价没个谱儿，这一百张画到拿过来的时候……”

“今天你店里的润格可是明码标价，我才不管拿过来的时候是什么价。”胖太太蛮不讲理。

韩老五扛着一麻袋金圆券进来：“撂哪儿？”

王仁山无奈地摇摇头：“就放这儿吧。”

韩老五把麻袋放在地上，转身又出去了。

李山东帮着王仁山把麻袋拖到账柜前，悄声说道：“经理，咱赔大发了！”

王仁山抹了一把头上的汗，无可奈何：“那有什么辙？除非关门。”

韩老五又扛进一包来：“够吗？”

胖太太吩咐：“都搬进来，咱把这点儿钞票全砸在这儿。”

“这么大的数目，怎么个点法儿？”李山东边解麻袋边发愁。

王仁山过去和胖太太商量：“太太，您看，这金圆券一时半会儿点不完，您二位先坐着喝点儿水，我和伙计慢慢给您过数儿。”

胖太太皱起眉头：“那得等到什么时候？我可没那闲工夫，痛快点，我看你还是过秤吧。”

“那就省事儿了，山东，把台秤搬来。”

李山东推来台秤，王仁山定砣记数：“一千万圆八十斤七两……”

自从小璐走后，何佳碧郁郁寡欢，终于病倒在床上，张幼林的心里也不痛快，为了使荣宝斋能够维持下去，王仁山咬着牙借了笔款子，可谁承想，两个月就赔得一干二净，唉！张幼林在家里坐不住，他溜达出来，沿着大街向鸟市走去。

张幼林看见赵翰博拎着鸟笼子迎面走过来，他停下脚步，双手作揖：“赵先生，您可是有日子没见了，怎么着，遛鸟儿呢？”

赵翰博摇摇头："哪儿啊，我是卖鸟儿来的，瞧见没有？这对百灵我是养不起啦，到鸟市上看看，给它们找个好人家吧，价钱好商量。"

"好嘛，您这新闻界的泰斗，怎么连只鸟儿都养不起了？不至于吧？"张幼林有些不大相信。

赵翰博苦着脸："不瞒您说，如今我比叫花子强不到哪儿去，就冲这一天三变的物价，我离要饭也不远了，唉！政府天天嚷嚷限制物价，可限制得了吗？日本人投降以后，三年多的时间，物价上涨了八百万倍，如此恶劣的通货膨胀，在中国几千年的历史上也是非常罕见的。"

"咱们彼此彼此啊，赵先生，我还欠着您的情呢，您动用社会舆论，联合各界知名人士为我鸣不平，我还要到府上专门致谢呢。"

"您太客气了，张乃光作为司法局局长，为了两幅字画居然指使汉奸诬陷您和荣宝斋，这太可耻了，哎，这事儿后来怎么样了？"赵翰博关切地问。

"荣宝斋有账目为证，收购嘉禾商社字画的口供不攻自破，司法局费了半天劲也没找着茬儿，他张乃光说我儿子是共产党，可小璐不在北平，他又没地方查去，也就这么悬着了。"

"但愿到此为止吧！"

"借您吉言，不过，我也想开了，要字画没有，要命有一条，大不了赔上我这条老命，至于《柳鸽图》和《西陵圣母帖》，他张乃光休想得到！"

张幼林是铁了心要跟张乃光斗到底，反正字画已经安全地带出了北平，他还有什么可怕的呢？告别了赵翰博，张幼林漫无目的地向前走着，不知不觉来到了琉璃厂。

琉璃厂街上是一派败落的景象，店铺的幌子被昨夜的大风吹得东倒西歪、七零八落，也没人收拾，行人寥寥无几，大多数店铺都没有开门营业。张幼林缓慢地走着，不住地摇头叹息，王仁山从后面紧走几步赶上来："东家。"

张幼林站住，他指着荣宝斋隔壁大门紧闭的古韵堂，长叹一声："唉！"

"前两天东街连着倒了三家老古玩铺子，都是百八十年的老店，东家，不成咱们也……"后面的话，王仁山说不出口。

"国运不济呀，仁山，我明白，眼下是干耗耗不起，可买卖一做就赔，做得越大赔得越多，就算你有天大的本事也无回天之力了！启贤有消息吗？"

"有人看见他被抓壮丁了，唉，国共正打得你死我活，这时候被抓去当兵，不是睛着送死吗？"

张幼林百感交集，他的眼泪"唰"地流下来："启贤，我对不住你啊，你遭了难，我这当东家的……救不了你啊，我张幼林……是个废物点心……"

“东家，您别价……”王仁山扶住张幼林，进了铺子。

晚上回到家，何佳碧把张幼林唤到床边：“幼林啊，我想了又想，荣宝斋不能就这么趴下，咱还得想法儿借钱，这回跟我娘家借。”

张幼林摆摆手：“算了，我谁也不求，你还是死了这份儿心吧。”

“不，幼林，这么些年，我从没跟娘家张过嘴，眼下荣宝斋到了这个份儿上，我跟亲弟弟借，他不会见死不救。”何佳碧很固执。

张幼林沉默不语。

“我求你了。”何佳碧挣扎着要坐起来，“我给你跪下……”

张幼林赶紧扶住她：“你这是干吗呀？”

何佳碧流着眼泪：“我跟了你一辈子，知道你是个不轻易低头的人，可这不是你个人的事儿，荣宝斋是张家祖传的买卖，说什么也不能败在咱们手里，只要能借到钱，无论如何得撑下去；再说了，铺子里还有王经理和伙计们，他们辛辛苦苦跟着你干了这么多年，荣宝斋要是倒了，大伙儿都到哪儿吃饭去？”

这后一条理由打动了张幼林，他沉默半晌，缓缓说道：“唉，我应了你还不行？”

第二天一大早，王仁山接过张幼林的电话，吩咐徐海和李山东：“你们俩到顺源祥米店买粮食去。”

徐海想了想：“路不近哪，王经理，大老远的干吗去那儿？”

“顺源祥米店是太太娘家开的买卖，东家过去办事儿，你们跟着把粮食买回来，这日子口儿要是没个熟人，指着排队买粮食？腿站折了也不一定见着粮食毛儿。”

张幼林坐着洋车赶路，街上开门营业的商户不多，急匆匆穿行的人却不少，很多人都在惶惶不安地来回串店，偶尔过来一两辆洋车都是载货不载人，叫车的人随着拉货的车走。

快到顺源祥米店了，前面突然骚动起来，有人大喊：“粮店要放粮啦，粮店要放粮啦……”路人听罢，纷纷向前奔去。

顺源祥米店的门外乱哄哄地挤着一大堆人，铺子的大门开了一条缝，戴眼镜的账房先生把一块木牌子挂到门板上，上面写着：白面7500元/斤，棒子面3200元/斤。众人立即炸了窝：“又涨了300，这价儿还他妈有谱儿没谱儿了……”

起风了，天空传来阵阵雷声，挤在前面的人开始用拳头砸门：“开门，开门，快卖粮食……”后面的人则拼命往前拥。

看到这阵势，张幼林吩咐车夫：“绕到后边去，从后门进去。”

进到米店里，张幼林硬着头皮说明来意，何佳碧的弟弟、顺源祥米店的东家何兆光哭丧起脸：“姐夫，不是我驳您的面子，我们的买卖也不好做，流动资金也很困难，您说，这日子口儿，不开门吧，政府说你囤积居奇，扰乱市场，可开门，您瞧这阵势，能开吗？”

伙计带着两个警察进来，何兆光过去冲两个警察拱手：“这么多人非出乱子不可，还得请您二位帮忙维持维持。”

高个子警察翻了翻白眼：“我们只管抓囤粮的奸商，其他的管不着。”

“咚咚咚……”外面的民众把门砸得更响了。

矮个子警察背着手走了几步：“何掌柜的，算是帮您一把，给您立个新规矩，粮价加500，我们兄弟和你二一添作五。”

何兆光还在犹豫，大门忽悠起来，似乎马上就要被挤垮了。

高个子警察大手一挥：“就这么着吧，行不行也由不得你了。”说着，他拉开门闩，从里面把大门打开，挥舞着警棍驱赶门口的人：“靠边儿，滚开，都他妈滚开！”

账房先生跟在矮个子警察身后出来，他哆哆嗦嗦地在粮价上各加了500，又哆哆嗦嗦地躲回到铺子里，众人又激愤起来：

“棒子面刚还3200，屁大的工夫儿就涨到3700？”

“黑心的奸商啊，还让不让人活了……”

一时民怨沸腾，两个警察眼瞧着就要弹压不住了，这时，一辆军用卡车疾驶而来，众人躲闪着让开路。卡车在米店门口停住，跳下十几个持枪的国民党士兵，一个配上尉军衔的军官指挥士兵：“先清门口。”

士兵横枪驱赶众人：“靠边儿，都靠边儿！”

米店门口很快被清理出来，军官站在车上大喊：“都安静……安静！听我说，不法奸商囤积粮食，哄抬物价，必须严惩！”

人群中有人附和：“对，严惩奸商，平抑物价！”

也有人高喊：“别说废话，快卖粮食。”

军官继续说道：“上峰指令，所有奸商，政府都要严惩，所有囤积的粮食政府都要没收！”

何兆光蹿出来，他撕心裂肺地喊道：“长官，不能啊，我这是在卖粮食啊，警察可以给我做证……”他在人群中搜寻着刚才那两个警察，谁知，他们早已不知去向了。

“政府平价卖粮……好啊！”众人欢呼起来。

军官挥着手：“安静……安静，没收的粮食都要押到前方充任军粮。”

士兵随即把铺子的大门撞开，扛起粮食往卡车上装。

众人明白过来，叫喊着：“放下，那是我们的救命粮，不能当军粮，不让他们抢走，强盗……”老百姓和士兵撕扯起来，站在汽车上的军官拔出腰间的手枪，向着天空“啪、啪、啪”连放三枪，嘴里喊着：“谁敢再抢？老子崩了他……”

人们被镇住了，纷纷向后退去，士兵一袋一袋地往卡车上装粮食，其中一袋散落到地上，立即有人上去捡拾，众人蜂拥而上。混乱中，老幼多人被挤倒，一位妇女的钱袋散了，纸币被狂风刮得漫天乱飞，妇女号啕大哭：“钱，我的救命钱……”她的女儿——一个六七岁的小女孩哭着帮妈妈捡钱……

眼瞧着刚刚平息下来的人群又乱套了，士兵不由分说，挥舞着枪托冲向人群。

乌云翻滚，大雨倾盆而下。李山东躲闪着大兵挥舞的枪托，后退中被倒在地上的老人绊倒，撞向帮妈妈捡纸币的小女孩，徐海冲过来一把扯开小女孩，小女孩挣脱了徐海，继续跪爬在泥水中疯狂地抓钱，她凄惨地叫着：“妈妈，钱，钱啊……”

倒在地上的老人不顾践踏，拼命地往怀里扒拉散落在地上的粮食……

目睹此情此景，张幼林的眼泪像断了线的珠子一般，“扑簌簌”地滚落下来。

又是一个阴雨天，天空响起一个炸雷，荣宝斋高悬在门楣上的匾被震得摇摇欲坠。张幼林拄着拐杖，步履蹒跚地走过来，王仁山在前，云生、李山东扛着木梯子在后也从铺子里出来，王仁山紧走几步搀扶张幼林，张幼林在门口站住，他抬起头，凝视着荣宝斋的匾，良久才缓缓说道：“道得众，则得国；失众，则失国；皮之不存，毛将焉附……”他无力地抬了抬手，“摘吧。”

王仁山的眼泪涌流出来，他抓住张幼林的胳膊：“东家……”

“给我摘！”张幼林使劲用拐杖戳着地面。

王仁山和伙计们大哭起来：“东家，荣宝斋就这么……完啦？”

张幼林猛地跺脚大喊道：“摘啊！”

云生和李山东爬上梯子，慢慢地把匾摘下来，张幼林老泪纵横，突然，他捂住胸口，颓然倒下，王仁山和伙计们哭喊着扑过去……

轰鸣的雷声再次响起，天空像被撕开了个口子，瓢泼大雨疯狂地倾泻下来。此时，国内战局处在急剧的变化之中，中共领导下的华东野战军在济南战场上已大获全胜，东北野战军正在攻克锦州。此后不久，平津战役拉开了序幕，张幼林、何佳碧和北平一百多万市民一起，在困顿中苦熬岁月。

1949年1月31日，北平终于和平解放，当天，中国人民解放军第四野战军一部从西直门进入北平城，接管了北平的防务，原北平守军傅作义部二十多万人开往城外听候整编，平津战役宣告结束。

1949年2月3日，中国人民解放军举行了隆重的北平入城仪式。那一天，道路两旁挤满了欢呼的人群，张幼林、何佳碧站在前门大街离人群稍远的一个高台阶上，他们望着入城的队伍和欢呼的人群，脸上洋溢着喜悦的笑容，两位老人很久没有这样舒心、惬意了。

张幼林举起单筒望远镜仔细察看着，何佳碧有些着急，她催问道：“都看见什么了，跟我说说？”

身穿解放军军装的任启贤雄赳赳地走在队伍里，张幼林一眼就发现了，他激动起来：“启贤？他参加解放军了？”

原来，任启贤被抓壮丁，辗转到了国民党整编第七十三师，在济南战役中，他俟机逃脱，加入了人民解放军。

何佳碧接过望远镜：“在哪儿呢？我怎么没瞧见？”

张幼林指给何佳碧，这时，张小璐所在的部队走过来，他远远地就看见了父母，兴奋地走出队伍，拨开人群跑过来。

“爸爸、妈妈！”张小璐举起右手，行了个军礼。

张幼林愣了一下，随即和张小璐紧紧地拥抱在一起。

“爸爸，《柳鸽图》和《西陵圣母帖》我已经交给了人民政府，将来会在新的故宫博物院展出！”

“太好了，太好了，这下我就放心了……”张幼林老泪纵横，“小璐啊，咱那铺子……”

“我都听说了，爸爸、妈妈，一个新时代开始了，荣宝斋垮不了，它会继续存在下去，新政府会帮助咱们，我们首长说，荣宝斋是代表中国文化的一张名片，只要中国文化在，荣宝斋就会永远存在下去。”

张幼林不住地点头：“这就好，这就好啊！”泪眼模糊中，欢迎的人群点燃了鞭炮，无数爆竹炸响着，震耳欲聋；大街上，红旗招展，解放大军源源不断地开进北平……